FONDA LEE

GUERRA DE JADE

CB080156

TAMBÉM DE FONDA LEE

Obras Publicadas pela Alta Novel

A Saga dos Ossos Verdes

Cidade de Jade

Guerra de Jade

Outras Obras

The Exo Novels

Exo

Cross Fire

Zeroboxer

FONDA LEE

GUERRA DE JADE

Tradução de João Pedroso

ALTA BOOKS
GRUPO EDITORIAL
Rio de Janeiro, 2025

Guerra de Jade

Copyright © **2025** ALTA NOVEL.

ALTA NOVEL é um selo da Editora ALTA BOOKS do Grupo Editorial Alta Books (STARLIN ALTA EDITORA E CONSULTORIA LTDA).

Copyright © **2020** FONDA LEE.

ISBN: 978-85-508-2059-0

Translated from original Jade War. Copyright © 2020 by Fonda Lee. ISBN 9780316440929. This translation is published and sold by permission of Orbit Books, *an imprint of Hachette Book Group, the owner of all rights to publish and sell the same. PORTUGUESE language edition published by Grupo Editorial Alta Book Ltda, Copyright © 2025 by Starlin Alta Editora e Consultoria Ltda.*

Impresso no Brasil — 1ª Edição, 2025 — Edição revisada conforme o Acordo Ortográfico da Língua Portuguesa de 2009.

Dados Internacionais de Catalogação na Publicação (CIP)
(Câmara Brasileira do Livro, SP, Brasil)

Lee, Fonda
Guerra de Jade / Fonda Lee. -- Rio de Janeiro : Alta Books, 2025.

ISBN 978-85-508-2059-0

1. Romance canadense I. Título.

24-220013 CDD-C813

Índices para catálogo sistemático:

1. Romances : Literatura canadense em inglês C813

Eliane de Freitas Leite - Bibliotecária - CRB 8/8415

Todos os direitos estão reservados e protegidos por Lei. Nenhuma parte deste livro, sem autorização prévia por escrito da editora, poderá ser reproduzida ou transmitida. A violação dos Direitos Autorais é crime estabelecido na Lei nº 9.610/98 e com punição de acordo com o artigo 184 do Código Penal.

O conteúdo desta obra fora formulado exclusivamente pelo(s) autor(es).

Esta é uma obra de ficção. Os nomes, personagens, lugares, organizações e situações retratadas são produtos da imaginação do autor. Qualquer semelhança com pessoas reais, vivas ou mortas, eventos ou localidades é mera coincidência.

Produção Editorial: Grupo Editorial Alta Books
Diretor Editorial: Anderson Vieira
Vendas Governamentais: Cristiane Mutüs
Gerência Comercial: Claudio Lima

Coordenadora Editorial: Illysabelle Trajano
Produtoras da Obra: Beatriz de Assis & Viviane Corrêa
Tradução: João Pedroso
Copidesque: Yonghui Qio Pan
Revisão: Ellen Andrade
Diagramação: Natalia Curupana
Capa: Karma Brandão
Mapas: Tim Paul Illustration

ALTA BOOKS
GRUPO EDITORIAL

Rua Viúva Cláudio, 291 — Bairro Industrial do Jacaré
CEP: 20.970-031 — Rio de Janeiro (RJ)
Tels.: (21) 3278-8069 / 3278-8419
www.altabooks.com.br — altabooks@altabooks.com.br
Ouvidoria: ouvidoria@altabooks.com.br

Editora **afiliada à:**
abdr
ASSOCIADO CBL Câmara Brasileira do Livro

Para os artistas marciais com quem treinei
e de quem aprendi.

N
Continente de Lycius
Oceano Amárico
Stepênia
Lybon
Ygutan
Continente de Orius
Tun
Kekon
Golfo de Origas
Shotar
Oortoko
Continente de Gaspius
Ilhas
Uwiwa

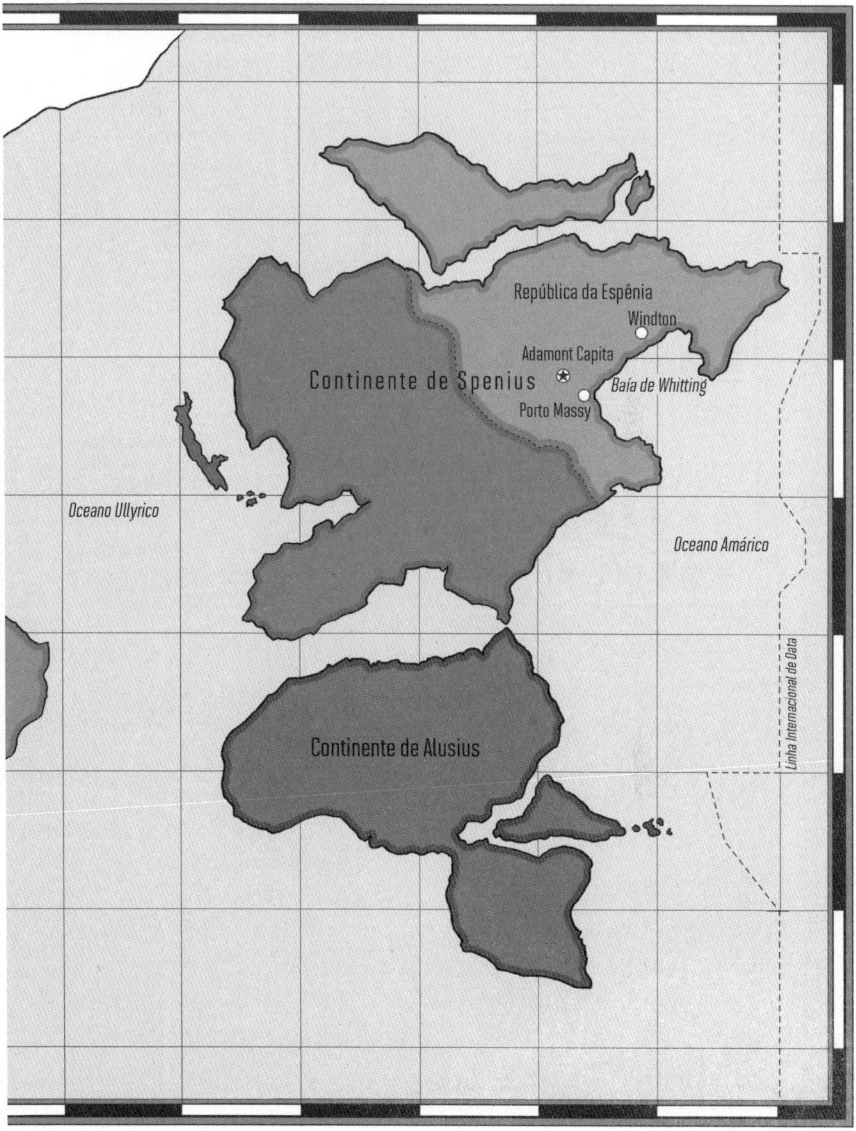

Copyright © 2019 by Tim Paul

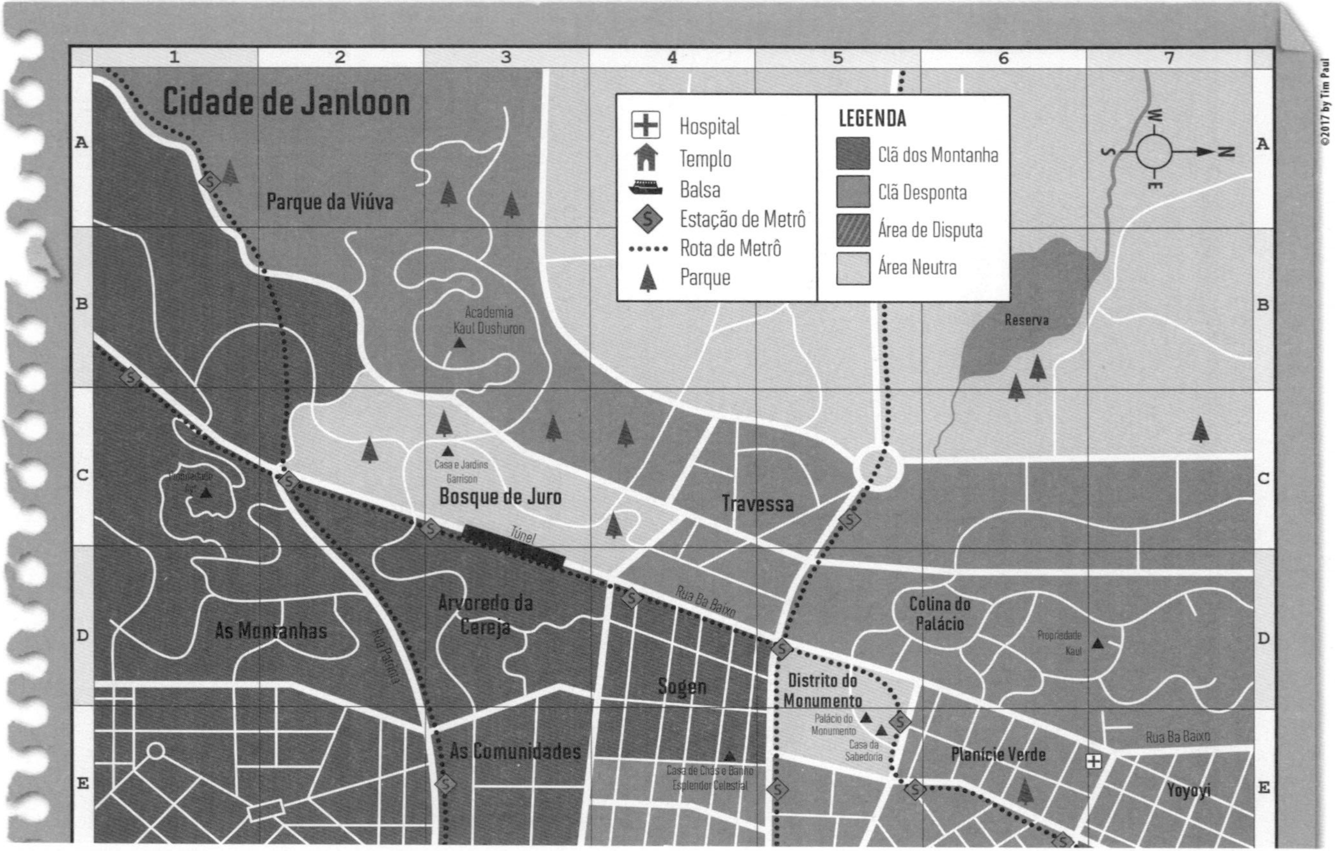
Cidade de Janloon
LEGENDA
Hospital
Templo
Balsa
Estação de Metrô
Rota de Metrô
Parque
Clã dos Montanha
Clã Desponta
Área de Disputa
Área Neutra
N
S
E
W
Parque da Viúva
Academia Kaul Dushuron
Reserva
Casa e Jardins Garrison
Bosque de Juro
Túnel
Travessa
Rua Ba Baixo
Arvoredo da Cereja
As Montanhas
Rua Patriota
Sogen
Distrito do Monumento
Palácio do Monumento
Casa da Sabedoria
Colina do Palácio
Propriedade Kaul
As Comunidades
Casa de Chás e Banho Esplendor Celestial
Planície Verde
Rua Ba Baixo
Yoyoyi
©2017 by Tim Paul

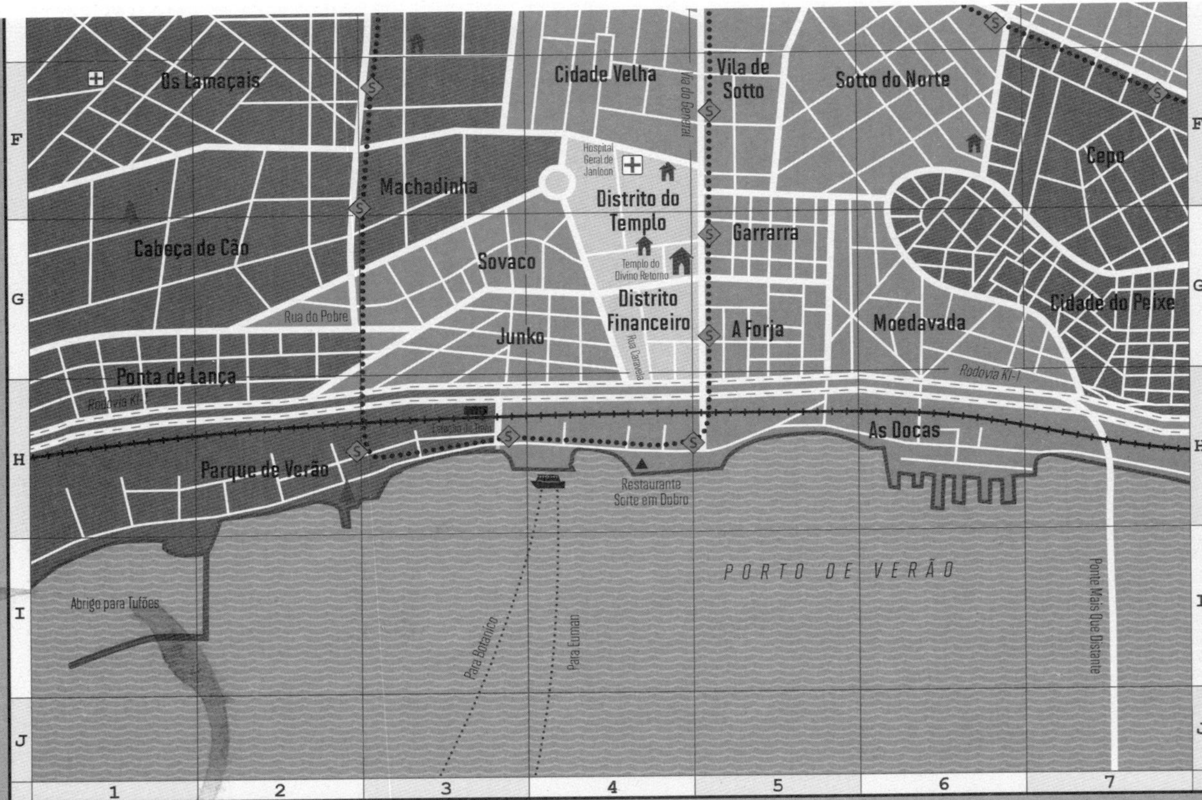

Embora todo o esforço para verificar a veracidade deste mapa na data de impressão, jurisdições territoriais estão sujeitas a mudanças. Aconselhamos viajantes a consultarem as autoridades locais para informações atuais.

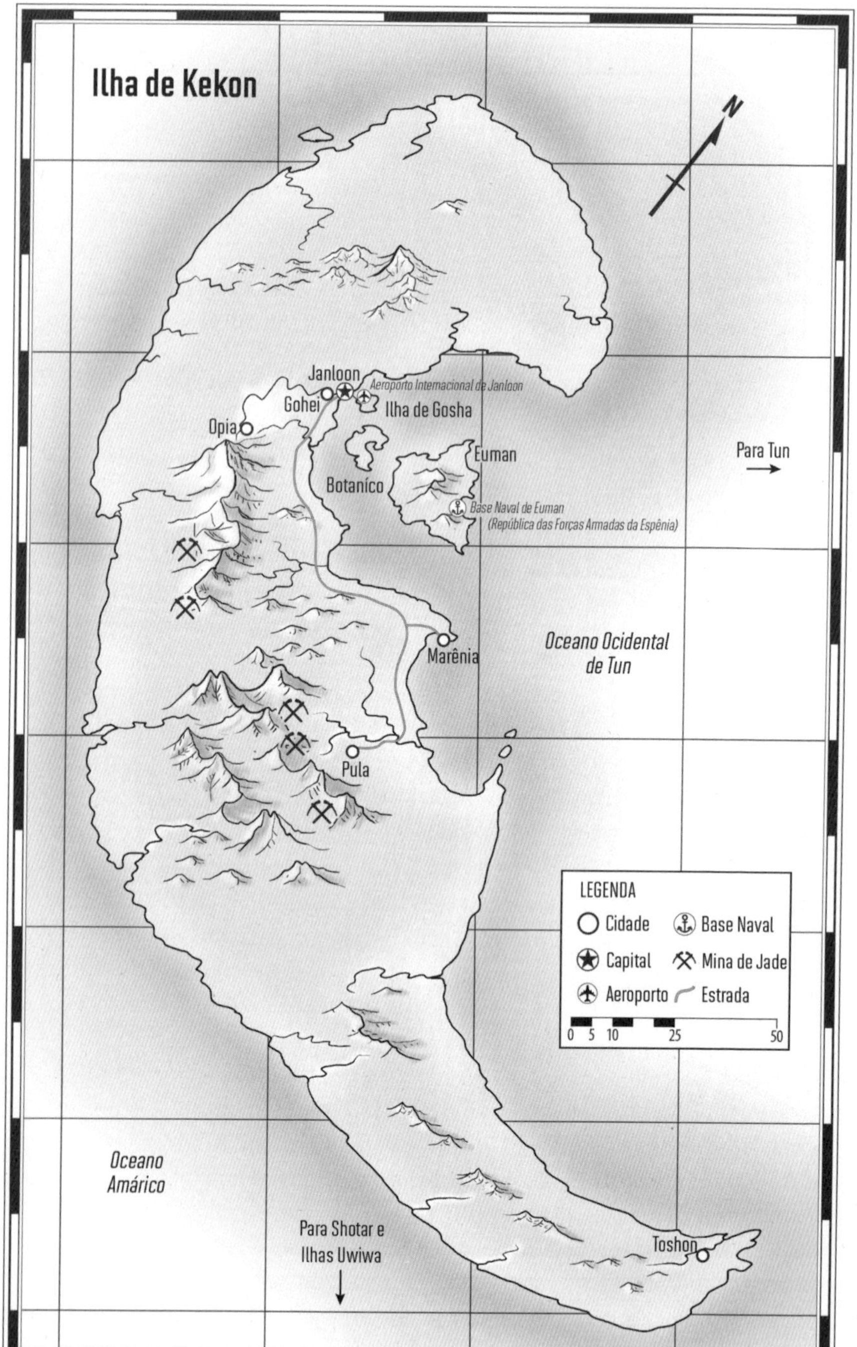

Copyright © 2019 by Tim Paul

Os Clãs Ossos Verdes

Seus associados e inimigos

O Desponta

Kaul Hiloshudon, Pilar
Kaul Shaelinsan, Homem do Tempo
Emery Anden, Kaul por adoção, recém-formado na Academia Kaul Dushuron
Kaul Lanshinwan, antigo Pilar do clã, irmão mais velho de Hilo e Shae; falecido

Kaul Seningtun, o Tocha de Kekon, patriarca da família; falecido
Kaul Dushuron, filho de Kaul Sen, pai de Lan, Hilo e Shae; falecido
Kaul Wan Riamasan, viúva de Kaul Du, mãe de Lan, Hilo e Shae

Maik Kehnugo, Chifre do Desponta
Maik Tarmingu, Encarregado do Pilar
Kaul Maik Wenruxian, esposa de Kaul Hilo, pedrolha

Woon Papidonwa, o Sombra da Homem do Tempo, antigo Encarregado de Kaul Lan
Hami Tumashon, Mestre da Sorte
Juen Nurendo, Primeiro Punho de Maik Kehn
Lott Jinrhu, Dedo do clã

Yun Dorupon, antigo Homem do Tempo de Kaul Sen e Kaul Lan; traidor
Aun Uremayada, mãe de Emery Anden; falecida
Haru Eynishun, ex-mulher de Kaul Lan
Teije Runo, primo de segundo grau de Hilo e Shae
Kyanla, governanta da propriedade Kaul

Outros Punhos e Dedos

Vuay Yudijo, Segundo Punho de Maik Kehn
Iyn Roluan, Punho sênior
Vin Solunu, Dedo sênior habilidoso em Percepção
Heike, Dudo, Ton, Dedos do clã, antigos colegas de classe de Emery Anden
Doun, Yonu, Tyin, Hejo, Ossos Verdes a serviço do Encarregado do Pilar

Lanternas notáveis

Eiten, proprietário da destilaria Beleza Maldita, antigo Punho mutilado por Gont Asch
Seu Une, proprietário do restaurante Sorte em Dobro
Dona Sugo, proprietária do Clube de Cavalheiros Divino Lilás
Seu Enke, empreendedor imobiliário, presidente do Grupo Enke de Propriedades

O Clã da Montanha

Ayt Madashi, Pilarisa
Ree Turahuo, Homem do Tempo
Nau Suenzen, Chifre

Ayt Yugontin, o Lança de Kekon, pai adotivo de Mada, Im e Eodo; falecido
Ayt Imminsho, filho adotivo mais velho de Ayt Yu; falecido
Ayt Eodoyatu, segundo filho adotivo de Ayt Yu; falecido

Gont Aschentu, antigo Chifre do clã; falecido
Waun Balushu, Primeiro Punho de Gont Asch e Nau Suen
Iwe Kalundo, Mestre da Sorte
Ven Sandolan, presidente da Estrela-K Transportes, Lanterna do clã
Ven Hakujon, Punho sênior do clã, filho de Ven Sando
Koben Atosho, criança, batizado como Ayt Ato, filho de Ayt Eodo
Seko, Punho do clã, responsável pelos Ratos Brancos
Mudt Jindonon, informante; falecido

Ti Pasuiga

Zapunyo, contrabandista de jade, líder de Ti Pasuiga
Iyilo, guarda-costas de Zapunyo
Soradiyo, recrutador de peixes-pedra e gerente
Bero, ladrão de jade
Mudt Kalonun, ladrão de jade, filho de Mudt Jin

Outros de Kekon

Vossa Celestidade Princípe Ioan III, atual soberano de Kekon
Son Tomarho, chanceler do Conselho Real de Kekon, leal ao Desponta
Guim Enmeno, ministro de Políticas Internas, leal ao Montanha
Senhor Kowi, membro do Conselho Real, leal ao Desponta

TAU MAROSUN, professor de estudos internacionais da Universidade Real de Jan
MESTRE AIDO, treinador particular das disciplinas de jade
DURN SOSHUNURO, Pilar do clã Cauda Preta
DOUTOR TRUW, médico Osso Verde
GRÃO-MESTRE LE, instrutor-chefe da Academia Kaul Dushuron
TOH KITARU, âncora da Emissora Nacional de Kekon

Representantes do governo espênico
GREGOR MENDOFF, embaixador da República da Espênia em Kekon
QUIRE CORRIS, secretário de relações internacionais da República da Espênia
CORONEL LELAND DEILLER, comandante oficial da Base Naval de Euman
TENENTE CORONEL JAY YANCEY, oficial executivo da Base Naval de Euman

Em Porto Massy

Os keko-espênicos
DAUK LOSUNYIN, Pilar de Arapuca Sul
DAUK SANASAN, esposa de Dauk Losun, sua "Homem do Tempo"
DAUK CORUJON, "Cory", filho de Losun e Sana

ROHN TOROGON, "Chifre" de Arapuca Sul
SEU E DONA HIAN, família que hospedou Emery Anden
SHUN TODORHO, "Tod", Osso Verde, amigo de Cory
ETTO SAMISHUN, "Sammy", Osso Verde, amigo de Cory
LEDT DERUKUN, "Derek", amigo de Cory
SANO, segurança do salão do rancor

Os Tripulantes
BLAISE "TOURO" KROMNER, Chefe da Tripulação do Sul
WILLUM "CANELA SECA" REAMS, principal braço direito da Tripulação do Sul
DUQUE TRAÇA, braço direito da Tripulação do Sul
CARSON SUNTER, casca da Tripulação do Sul

JOREN "JOZÃO" GASSON, Chefe da Tripulação da Rua do Padeiro
RICKART "RICKY VIGARISTA" SLATTER, Chefe da Tripulação de Larvadeira; preso
ANGA SLATTER, chefe vigente da Tripulação de Larvadeira, esposa de Rickart Slatter

Capítulo 1

Céus à Espera

Era loucura roubar o túmulo de um Osso Verde. Só alguém com pouquíssima consideração pela própria vida chegaria a cogitar uma coisa dessas, mas, para quem não se importava consigo, aquela noite seria a oportunidade perfeita. Os dias frescos e secos do fim do inverno ainda não haviam dado lugar às incessantes chuvas da primavera, e nuvens baixas obscureciam a lua que ascendia sobre a copa das árvores no Parque da Viúva. As ruas de Janloon andavam estranhamente quietas: por respeito, o povo estava postergando as atividades rotineiras e ficando em casa, pendurando nas janelas as luminárias cerimoniais que serviam de guias espirituais para honrar o falecimento de Kaul Seningtun, herói nacional de guerra, patriarca do Clã do Desponta, o Tocha de Kekon. Então, muito embora Bero e Mudt tivessem tomado a precaução de não empunharem lanternas, não havia ninguém para perceber a chegada deles ao cemitério.

Nuno, o zelador, os encontrara no portão cinco minutos antes do encerramento oficial do expediente.

— Por aqui. — O sujeito jogou um saco de lixo preto para Bero. — Sejam ligeiros. Os guardas da noite só chegam daqui a meia hora.

Mesmo sozinhos, Nuno sussurrava com pressa. Seus olhos, nas cavidades enrugadas do rosto, percorriam com medo as sombras dos arbustos e das lápides. Ladrões já eram a escória da escória de Kekon, mas ladrões de túmulo eram considerados mais gentalha ainda. Uma bala na parte de trás da cabeça, cujo custo, ainda por cima, seria repassado para seus familiares (era essa a punição que poderiam esperar na manhã seguinte caso fossem pegos).

Bero aceitou o saco plástico de Nuno. Usando o muro de pedra como cobertura, pegou duas camisas azuis e bonés bordados com a logo do Cemitério Céus à Espera. Apressados, ele e Mudt vestiram a roupa e colocaram os bonés sobre a cabeça. Nuno os guiou rapidamente em zigue-zague colina acima em direção a um dos maiores e mais proeminentes memoriais do recinto. Um novo buraco fora cavado na frente do imenso monumento de mármore verde. Amanhã, Kaul Seningtun seria colocado para descansar ao lado do neto, Kaul Lanshinwan, antigo Pilar do Desponta, assassinado e enterrado dezesseis meses antes. *Dezesseis meses!* Uma eternidade frustrante que Bero passou tramando e à espera daquela jade.

Nuno mesmo fizera a cova naquela tarde; um trator com uma retroescavadeira acoplada continuava ao lado do túmulo. Bero foi até a borda do buraco retangular no chão. Uma brisa balançou a grama arruinada a seus pés e levantou o cheiro pungente de terra úmida. Um calafrio de empolgação subiu-lhe pela espinha. Era *disso* que sempre precisara: que outra pessoa fizesse o trabalho pesado por ele. Na primeira vez que, junto de Mudt, entraram às escondidas no cemitério com pás, haviam sido interrompidos por um grupo de outros adolescentes bêbados cambaleando para lá e para cá na penumbra enquanto tentavam assustar uns aos outros; na segunda, começou a chover e mal conseguiram cavar um centímetro antes de quase serem pegos pela segurança. Depois disso, Bero entendeu que teriam que ser mais espertos, bolar um plano melhor e esperar a hora certa de agir.

Para sua surpresa, Mudt se agachou e pulou para dentro da cova primeiro. O garoto olhou para cima e, com os olhinhos de furão reluzindo, enxugou as mãos. Bero tirou a bolsa do ombro e pegou as ferramentas de que precisava. Passou-as para Mudt e depois o seguiu. As solas de seu sapato bateram na terra recém-exposta. Por um segundo, os dois adolescentes se encararam, maravilhados com a própria ousadia. Depois, juntos, começaram a atacar a parede do buraco com as pás e foram cavoucando como toupeiras até o caixão vizinho.

Nuno ficou vigiando perto do trator, mastigando areca e fingindo estar tirando um intervalinho casual do trabalho pesado de abrir uma cova. Era incomum que precisasse levar a retroescavadeira; a maioria dos kekonésios eram cremados e sepultados em columbários ou enterrados em pequenos buracos feitos à mão. Devido a questões de espaço, até mesmo famílias ricas como os Kaul, que tinham condições de pagar por túmulos completos, eram enterrados a apenas trinta centímetros uns dos outros, então não demorou muito para que a pá de Bero batesse numa superfície dura. Sufocando um grito de triunfo, ele redobrou os esforços. Terra voava, escorria por suas mãos suadas e, quando ele parou para enxugar a testa, ficou com marcas marrons no rosto. Não sentia fadiga alguma, apenas alegria e um anseio quase insuportável. Certamente porque sua jade por direito estava tão perto, chamando-o de dentro do caixão do homem que matara.

— Kaul Lan era o pilar do Desponta — disse Mudt numa voz apressada, mas ávida. Era a primeira vez que falava desde que tinham chegado. O rapaz tinha apenas 15 anos, três a menos do que Bero, e empunhava braços magricelas; o serviço exigia-lhe esforço, e seu rosto fino estava vermelho na penumbra. — É pra ter mais jade do que praticamente qualquer outra pessoa, não é? Mais até do que os irmãos Maik.

Um lampejo vingativo reluziu nos olhos do garoto. Ele tinha os próprios motivos para querer jade.

— Pode apostar, keke — respondeu Bero, sem perder o foco.

Um toque de ansiedade se agigantou sobre o sussurro de Mudt:

— Como é que a gente tem certeza de que vai ter jade aí?

A não ser quando tomada por um inimigo em batalha, a jade de um Osso Verde era herdada pela família do falecido. Em geral, guerreiros eram enterrados com uma quantidade cerimonial de suas joias, mas o caixão de Kaul poderia muito bem conter apenas algumas pedras preciosas, ou até mesmo nenhuma. Levando em consideração o intenso estigma cultural e religioso contra quem roubava dos finados, e a pena de morte atrelada ao crime, o esforço e o risco de roubar covas raramente valia a pena, até mesmo para os criminosos mais assolados pela febre de jade.

Bero não respondeu; não tinha como oferecer nenhuma garantia além de dizer que, quando tinha certo pressentimento, sempre lhe dava ouvidos. E o estava tendo agora. Era como se o acaso estivesse lhe oferecendo um sorriso. As marés caprichosas do destino arrastavam as pessoas para lá e para cá, mas Bero tinha a impressão de que lhe dedicavam uma atenção especial, de que surfava por elas com mais destreza do que a maioria das pessoas. Ah, tivera, sim, muito azar na vida a partir do minuto em que fora arrancado, aos berros, do útero de sua mãe, que vivera tão pouco; mas, por outro lado, continuava vivo quando muitos outros morreram. E agora, ali estava ele, perto de jade.

Já era possível ver a lateral do caixão. O que outrora fora uma superfície polida de cerejeira agora emanava um brilho opaco contra a terra preta. Os adolescentes soltaram as pás, amarraram lenços com força sobre o nariz e a boca e colocaram luvas pesadas de jardinagem. Bero pegou uma serra elétrica.

— Segura a lanterna — pediu, com a voz abafada pelo tecido.

O pequeno feixe da lanterna de bolso de Mudt apareceu, apontado para a superfície do caixão. Quando Bero ligou a serra, o ruído estridente quase o fez pular e deixar cair a ferramenta sobre seus pés. A luz tremeu violentamente antes de voltar a se firmar. Com o coração martelando contra as costelas, Bero enfiou o instrumento no caixão e começou a serrar.

De forma grosseira, abriu um buraco do tamanho de uma tela de TV, depois desligou o equipamento e o colocou no chão. Com ajuda de Mudt, tirou o pedaço de madeira. Poeira e pedaços de poliéster se soltaram e rodopiaram no ar. Um objeto caiu na terra aos pés deles. Com um grito de euforia, Bero se ajoelhou, mal conseguindo conter a vontade de agarrar o que viu brilhando feito um tesouro desenterrado sob o feixe da lanterna: um cordão de contas de jade; cada pedra era perfeita e, separadas umas das outras com curtos espaçadores pretos, reluziam, verdejantes, atadas a uma corrente de prata. Era tanto o ornamento quanto a arma de um poderoso líder Osso Verde, uma parte de sua própria identidade. Um objeto inestimável, incapaz de ser comprado com qualquer outra moeda além de sangue.

Mudt foi o primeiro a recuperar os sentidos; agarrou o ombro de Bero e disse:

— Tava costurada no forro. Deve ter mais.

Cavaram ainda mais fundo no estofamento danificado e quase que imediatamente encontraram duas braçadeiras de pulso feitas de couro cheias de joias. Kaul usara um cinto carregado de jade. Talvez estivesse ali também, escondido em algum canto do caixão.

Antes que pudessem continuar procurando, Nuno apareceu na extremidade da cova e, com o rosto áspero como couro tremendo, encarou-os ali de cima.

— Vocês precisam dar no pé. Mandei os guardas darem uma olhada no cadeado no portão dos fundos, mas eles vão voltar. A gente tem que dar um jeito nessa imundice.

— Joga a bolsa — exclamou Bero.

Nuno obedeceu. Os dois ladrões devolveram o pedaço de madeira do caixão ao lugar e colocaram o máximo possível de terra úmida ao redor. Bero chegava a sentir dor pensando em todas as outras jades que podia estar deixando para trás, mas antes um pássaro na mão do que dois voando. Aprendera com muito sofrimento que não dava para ser ambicioso demais. Com cuidado para não tocar nas pedras preciosas com a pele, envolveu os valiosos achados em diversas camadas de juta e guardou-os junto às ferramentas. Bero limpou as mãos sujas nas calças, passou a bolsa pelo ombro e estendeu o braço para que Nuno o puxasse do buraco. Com os lábios manchados se afastando dos dentes numa expressão de nojo, o zelador recuou.

— De jeito nenhum que eu vou chegar perto de jade roubada.

Fora apenas porque o sujeito se metera numa dívida considerável que haviam conseguido suborná-lo com uma quantia de dinheiro que Bero quase se arrependera de entregar ao pensar em quanto brilho teria que vender ao longo de meses para financiar aquela empreitada.

Bero mandara Mudt fazer mãozinha para ajudá-lo a sair do buraco. Quando cambaleou em segurança para fora, olhou para o adolescente mais jovem, ali de pé na terra, com o braço esticado e, por um instante, pensou em deixá-lo para trás. Agora que finalmente tinha sua jade, por que dividi-la com esse pirralho? Acontece que Mudt era bem capaz de entregá-lo caso fosse deixado de lado. Além do mais, o rapazote era duro na queda e fora útil até então. Isso Bero não tinha como negar.

Ele se agachou e ajudou Mudt. Nuno ligou a retroescavadeira e usou-a para ajeitar a terra remexida. Quando terminou, a cova estava quase igual a antes. Alguém de olhar aguçado perceberia as pegadas no barro e o firmamento irregular e bambo do túmulo, mas aí já seria pensar longe demais. Os jovens ladrões desamarraram os lenços e enxugaram o suor e a lama dos rostos enquanto Nuno, às pressas, os guiava de volta colina abaixo. A noite já estava completamente escura àquela altura, e não havia ninguém prestando atenção nos três, mas, se houvesse, veria o que parecia um trio de funcionários do cemitério terminando o expediente.

No portão, Nuno disse:

— Devolvam as camisetas e os bonés de uma vez.

Os rapazes tiraram os disfarces sujos com veemência e os devolveram ao saco de lixo.

— Conseguiram o que queriam, não conseguiram? Malditas sejam suas almas, coisa e tal — exclamou o zelador, cheio de asco. — Agora vamos tratar da outra metade do dinheiro.

Bero assentiu e se agachou para abrir o bolso lateral da bolsa. De trás, Mudt, com toda a força, acertou a nuca de Nuno com a pedra que segurava com firmeza no punho cerrado. Depois, empurrou o sujeito para o chão. Bero se levantou com uma pistola compacta nas mãos e atirou duas vezes; a primeira bala atingiu o homem na testa e a segunda, na bochecha.

Ambos os garotos ficaram olhando, estupefatos, por três ou quatro segundos depois que o clarão do disparo esmaeceu. Revirados para cima, os olhos de Nuno estavam abertos e congelados numa feição de alarme e susto. Os ferimentos eram surpreendentemente pequenos e o sangue já estava sendo absorvido pelo solo seco.

O primeiro pensamento de Bero foi que o plano, por mais incrível que parecesse, tinha ido muito bem, e que, no fim das contas, fora um acerto manter Mudt por perto. O segundo foi que era bom o fato de o zelador não ser um sujeito grandalhão, porque senão teria sido difícil movê-lo. Os dois adolescentes ofegavam e suavam devido à exaustão e ao medo quando terminaram de arrastar o corpo até um buraco raso debaixo do arbusto mais próximo. Bero procurou às pressas pela carteira de Nuno na jaqueta.

— Pega o relógio também — sibilou para Mudt. — Faz parecer que foi um assalto.

Surrupiaram o chaveiro do bolso do homem e, depois de chutarem folhas e galhos sobre o cadáver, correram para o portão. Enquanto Bero xingava e tinha trabalho com o cadeado, Mudt dobrou o corpo, sem ar, com a parte branca dos olhos visível sob a cortina ensebada de cabelo e as mãos sobre os joelhos.

— Puta merda. *Puta merda puta merda puta merda.*

Conseguiram, enfim, abrir o portão. Puxaram as pesadas barras de metal depois de passarem e Bero agarrou a bolsa com força enquanto, fugindo das lanternas dos guardas, trotaram em direção à cobertura oferecida pelo Parque da Viúva, para o brilho da cidade lá embaixo.

Capítulo 2

A Morte do Tocha

Kaul Hiloshudon estava na ponta da vasta multidão que se reunira para oferecer as últimas honrarias ao seu avô. Havia muita gente prestando atenção nele hoje, e o povo perceberia se o Chifre parecesse distraído ou agitado, então Hilo manteve os olhos fixos no caixão envolto naquele caro tecido branco e moveu os lábios, com obediência, para acompanhar os cânticos entoados pelos penitentes. Mesmo assim, achou difícil manter a atenção na cerimônia; era impossível abafar sua Percepção na presença de tantos inimigos.

Seu avô tivera uma vida longa e importante. Kaul Sen lutara pela libertação do país e, depois, através de política, de administração e do grande clã que construiu, moldara a nação de Kekon de formas duradouras. Do alto de seus 83 anos, morrera sem alarde no meio da noite, sentado, como sempre, em sua poltrona que ficava à janela da casa da família. Um sinal da benevolência dos deuses, é claro. Se nos últimos anos de sua vida, com a demência e cada vez menos tolerância à jade, vovô se tornara um velho cruel, insuportável e amargurado por arrependimentos e perdas, que não tinha nada além de palavras cruéis a respeito da administração do Desponta, agora nas mãos do neto de quem menos gostava, para oferecer... bom, os cidadãos comuns não faziam a menor ideia disso. Por dois dias e duas noites, uma vigília repleta de pessoas acontecera no Distrito do Templo, e Hilo teve a impressão de que metade da população da cidade aparecera para o funeral. A outra metade provavelmente estava assistindo pela televisão. A morte do Tocha de Kekon marcava o fim de uma era, a passagem de uma geração fundamental que libertara a nação das garras da ocupação estrangeira e reconstruíra a prosperidade do país. Todas as figuras públicas importantes estavam presentes para tamanha e profunda comemoração, inclusive Ayt Madashi.

A Pilarisa do Clã da Montanha se encontrava do outro lado da multidão, em um comprido casaco branco e com uma echarpe da mesma cor, cercada por seu próprio povo. De onde estava, Hilo mal conseguia vê-la, mas nem precisava: era capaz de Perceber a distinta densidade de sua aura de jade sem esforço algum. A ironia da presença dela no mesmíssimo lugar em que Lan, o irmão mais velho de Hilo, se transformava em pó sob a terra o teria enraivecido se ele tivesse se dado o direito de pensar a respeito, o que não aconteceu; ele não tinha a menor intenção de dar essa satisfação à rival.

No dia anterior, Ayt divulgara um comunicado público reconhecendo a importância de Kaul Sen como um herói nacional, um pai para o país e o amado camarada e amigo de seu falecido pai, Ayt Yugontin, que os deuses saúdem ambos. Ela expressou sua tristeza frente ao recente conflito entre os clãs desses dois homens extraordinários; esperava que as infelizes discordâncias fossem superadas para que a nação seguisse em frente com o inabalável espírito de união outrora demonstrado pela patriótica irmandade de guerra conhecida como Sociedade da Montanha Única.

— Papo furado — dissera Hilo.

Nem por um segundo achava que Ayt Mada abandonaria o objetivo de matar a ele e a sua família, de destruir o Desponta e de assumir o controle inquestionável dos estoques de jade do país. Sangue derramado não se lavava com anúncios na imprensa.

— É uma ótima jogada de relações públicas — comentara Shae. — Fazer o povo se lembrar da parceria do vovô com o pai dela e se associar com o legado de todos os Ossos Verdes.

Para além da breve análise, sua irmã pouco falara nas últimas setenta e duas horas, até mesmo depois da vigília de silêncio de dois dias. Hilo olhou para ela, ao seu lado, com a coluna reta, mas com olheiras ainda visíveis sob o pó branco dos enlutados sobre o rosto. Sua aura de jade, normalmente aguçada, parecia abatida. Shae amava o avô, sempre se deleitara no favoritismo que recebia. Chorara com amargura diante da morte dele.

Hilo voltou a atenção à multidão. Havia outros líderes influentes do Montanha ali presentes; perto de Ayt Mada estava um sujeito baixinho com cabelo lambido (Ree Turahuo, o Homem do Tempo do clã), e ao lado dele, um sujeito com traços grosseiros e uma barba grisalha caprichosamente aparada para combinar com o cabelo. Hilo não sabia lá muita coisa a respeito de Nau Suenzen, que sucedera Gont Aschentu como o Chifre do Montanha, mas os rumores e os espiões lhe disseram que Nau possuía a reputação de ser um cruel combatente de guerrilha que conduzira missões de sabotagem e assassinato para Ayt Yu durante a ocupação de Shotar. Ele tinha apenas 23 anos quando a Guerra das Muitas Nações terminou e não parecia, fosse pela aparência modesta ou pela textura tranquila e branda de sua aura de jade, ter metade do poder ou presença de seu antecessor. Hilo suspeitava de que essa era, por si só, uma artimanha digna de preocupação.

Em vestes brancas funerárias, os penitentes deístas (vinte e quatro deles para um público tão grande e um enterro tão importante) concluíram a longa cerimônia religiosa com várias repetições de *que os deuses o saúdem*, que foram ecoadas por todos os reunidos. Hilo fechou os olhos e aguçou sua fadigada Percepção enquanto vagava através do ruído mental de milhares de respirações e batimentos cardíacos. Ali estava: despercebida em algum lugar atrás do aglomerado de membros do Clã da Montanha, a familiar e nebulosa aura de jade do homem que um dia chamara de tio. O antigo Homem do Tempo do Desponta, um traidor da família Kaul. Yun Dorupon estava ali, e de luto.

— Nem se dê ao trabalho. Não vamos pegar ele hoje — avisou Shae, baixinho.

Talvez ela tivesse visto o olhar concentrado no rosto do irmão, ou simplesmente Percebera seu ímpeto, mas Hilo ficou surpreso. Não pensou que ela fosse notar Doru ou que sequer estivesse prestando atenção.

Ela tinha razão, é claro. Não poderiam agir com violência na presença de penitentes no dia do funeral do avô, mas, pensando por um viés mais pragmático, havia guerreiros do Montanha demais ali. Centenas de Punhos e Dedos dispostos em frente aos do Desponta. Ao ampliar sua Percepção, as auras de todos os Ossos Verdes no local criaram um pesado sussurrar de energia de jade como as incessantes vozes de uma rua movimentada. Os clãs estavam, sim, fazendo um showzinho com a força de seus respectivos números, mas hoje erguiam uma bandeira branca para honrar o mesmo homem.

A enorme multidão começou a se dispersar. Hilo se preparou para a interminável e inevitável tarefa de exibir um semblante solene e aceitar as condolências do círculo íntimo de fiéis ao clã: Lanternas, políticos e famílias proeminentes de Ossos Verdes. Mais cedo, certa perturbação pareceu ter ocorrido perto da entrada do cemitério, e Maik Kehn mandara um de seus Punhos para investigar. Agora Kehn apareceu ao lado de Hilo e disse baixinho:

— Tão fofocando por aí que um corpo foi encontrado no cemitério ontem à noite.

Hilo curvou a boca.

— Só um? Os outros se levantaram e saíram andando, por acaso?

O Chifre bufou. Era o mais próximo de uma risada que conseguia proferir, mas seus ombros largos se levantaram, achando graça da situação.

— Encontraram o zelador com um tiro na cabeça perto do portão. Disseram que foi por causa de dívidas. Não parece muito importante, mas você sabe como algumas pessoas são. Tem gente que chora com medo do azar só por achar uma mosca num copo de hoji.

Hilo assentiu. Nenhuma notícia negativa deveria manchar o funeral do Tocha.

— Fala com o diretor do cemitério e deixa quieto. — Relutante, olhou para a longa fila de simpatizantes que precisaria encarar. Já não conseguia mais Perceber nem Ayt e nem Doru por perto. — Fala pro Tar me dar uma hora. Depois não tô nem aí pra quantos puxa-sacos continuarem aqui, vou pra casa.

Duas horas e meia depois, Hilo chegou à propriedade Kaul. Havia carros estacionados por todo o longo acesso à entrada e ao redor da rotatória; o funeral público seria sucedido por um velório reservado para os membros da família e para os Ossos Verdes de cargos mais elevados do Desponta. Através da janela meio aberta do carro, era possível ouvir música e sentir o cheiro de churrasco que vinha do pátio. Chegar na casa dos 80 anos era, ao que diziam, motivo para comemoração; era considerado um sinal de conquista das Virtudes Divinas e uma marca da aprovação dos deuses que garantiria a volta ao reino dos Céus do prometido dia do Retorno. Hilo considerava essa uma daquelas crenças que deviam ter feito mais sentido em uma época de guerra e poucos cuidados médicos, mas, mesmo assim, agora que o luto oficial por Kaul Sen terminara, o véu branco caíra e a reunião mais informal tinha um quê de festividade. Provavelmente duraria um bom tempo.

Maik Tar dirigiu o Duchesse Priza direto para a entrada da casa principal. O Encarregado do Pilar colocou o carro em ponto morto e se virou para trás.

— Hilo-jen, aquelas pessoas que você concordou em ver hoje ainda tão aqui. Quer que eu mande te encontrarem ou me livre delas?

— Cadê a minha irmã? — perguntou Hilo. — Ela já voltou?

— Tá te esperando lá dentro.

Conformado, Hilo afundou o cigarro no cinzeiro.

— Manda entrarem.

Tar deu um olhar solidário para o chefe.

— Vou guardar um prato de comida pra você. Quer algo específico?

— Um pouco daquela carne de porco defumada.

Hilo saiu do carro, caminhou para dentro de casa e, com relutância, entrou no escritório. O local já havia sido o cômodo favorito de Lan, e Hilo ainda não se sentia completamente confortável ali. Enfim havia feito algumas mudanças: tirara algumas das estantes, instalara uma televisão, comprara um frigobar maior e trouxera poltronas mais aconchegantes, mas sempre que ia àquele lugar, a sala, sem gentileza alguma, fazia-o lembrar de que ele não nascera para ser o Pilar do clã.

Com frequência, preferia usar a cozinha ou o pátio quando encontrava seus subordinados, mas esses espaços estavam ocupados no momento e ele era obrigado a admitir que o escritório transmitia um ar de autoridade formal que parecia mais apropriado para uma reunião com os acionistas e peticionários do clã, pessoas com quem era preciso amenizar seu ar juvenil e a reputação conquistada nas ruas, e enfatizar o poder e o legado de sua família.

Shae já estava ali, sentada em uma das poltronas de couro. Havia tirado o pó do rosto, refeito a maquiagem e vestido uma saia escura e uma blusa bege, mas os olhos pareciam fundos e cansados, quase acusadores. *Você não amava o vovô nem um pouquinho?*

— Não precisa ficar — disse Hilo. — Eu consigo me virar sozinho.

— E se um Lanterna te pedir pra pressionar o Conselho Real a respeito do futuro projeto de lei pra limitar taxas extras dos combustíveis?

Hilo semicerrou os olhos.

— Ninguém vai me pedir isso.

— Verdade. Nem existe um futuro projeto de lei pra limitar taxas extras dos combustíveis. Acabei de inventar. — O sorriso de Shae era singelo e sua astúcia carregava pouco da petulância de sempre. — Vou ficar.

Hilo franziu o cenho e se absteve de responder, mas apenas em consideração ao luto da irmã. Era verdade que não conhecia os negócios e os entraves políticos do clã tão bem quanto ela, mas ficar esfregando isso na cara dele era o tipo de grosseria que a irmã devia ter herdado do avô.

Hilo mal tirara a gravata e desabotoara o colarinho quando Tar bateu à porta e a abriu para permitir que um homem acompanhado de uma mulher com um neném nos braços entrassem. Ao vê-los, Hilo se iluminou de imediato e foi abraçar o homem com carinho.

— Eiten, meu amigo — cumprimentou-o. — Sua filha tá enorme! Ela tem mesmo só nove meses? Podia muito bem encarar uma criança de dois anos.

Eiten não tinha como retribuir o abraço do Pilar e nem levar as mãos entrelaçadas à testa na tradicional e respeitosa saudação, mas seus olhos brilharam com orgulho diante das palavras de Hilo e ele fez uma leve reverência. Vestia uma camisa branca bem passada de mangas curtas que cobria as pontas amputadas de seus braços e sandálias pretas e macias.

— Ela é uma pestinha, Hilo-jen. Chora por horas a fio e odeia ficar fora do colo.

Ele meneava a cabeça de forma rabugenta, mas não parecia nem um pouco infeliz.

— Claro que ela nasceu pra ser tão verde quanto o papai dela — disse Hilo.

Viu a esposa de Eiten assentir e sorrir. A velha crença de que crianças agitadas cresciam e se tornavam guerreiros melhores antigamente se aplicava apenas a meninos, mas nos últimos tempos, vinte por cento dos alunos na Academia Kaul Dushuron eram garotas; havia Punhos mulheres e até mesmo uma Pilarisa. Uma menininha com cólica era motivo de orgulho, não de preocupação.

— Minha única preocupação é que ela seja verdejante demais para se casar — comentou a esposa de Eiten.

Hilo percebeu o olhar dela se desviar brevemente para Shae.

— Quem sabe quando ela crescer as pessoas não vão mais pensar assim — disse Shae, com um sorrisinho.

— A Homem do Tempo tá certa e, além do mais, é cedo demais pra se preocupar com isso — declarou Hilo.

O Pilar colocou uma das mãos no ombro do amigo e guiou a família em direção às poltronas. Um macaco marrom corria na cola de Eiten, e quando o antigo guerreiro se sentou, o animal pulou para o descanso de braço e, alerta, se empoleirou ali enquanto coçava o peito. Hilo pegou algumas garrafas de refrigerante do frigobar e as colocou sobre a mesinha de centro. Com uma ordem de Eiten, o macaco pulou na mesa, abriu uma das garrafas, inseriu um canudo e levou-a de volta ao mestre. Eiten tirou um dos pés das sandálias e segurou o pescoço da garrafa com firmeza entre os dedos. Havia um bracelete de jade pendurado no calcanhar que descansava sobre o joelho oposto.

Hilo se sentou na frente de seu antigo Punho. Sua voz assumiu um tom solene.

— Como está se virando? Tem mais alguma coisa que o clã possa fazer pra ajudar?

— O senhor já fez muito pela gente. Fácil não é, mas o Zozo deixa tudo menos difícil. Ele abre portas, abotoa minhas camisas e até limpa a minha bunda pra mim — contou Eiten, rindo.

Um Dedo do clã contara a Hilo a respeito da organização shotariana que treinava macacos para ajudar pessoas com deficiência, já que havia muitos veteranos de guerra naquele país, e ele mandara um Lanterna cuidar dos trâmites.

Eiten se curvou para a frente e bebericou do canudo. Quando voltou a ajeitar a postura, encarou o Pilar direto nos olhos.

— Quando o Gont Asch tirou meus braços, o senhor prometeu que ia matar ele e pegar a sua jade, e foi bem isso o que fez. O senhor me mandou viver por um ano pra poder ver a vingança do clã, pra ver minha filha nascer e, se depois desse ano eu ainda quisesse morrer, o senhor mesmo honraria meu desejo. — A voz do sujeito ficou rouca, mas não vacilou. — Um ano se passou e eu tô aqui na sua frente, Hilo-jen. Se eu pedisse pro senhor cumprir a promessa que me fez sem hesitar, o senhor ainda faria?

A esposa de Eiten agarrou com mais firmeza a filha adormecida e, mordendo o lábio, abaixou a cabeça. O marido não olhou para ela ou para a bebê; seus olhos permaneciam em Hilo, que Percebeu uma estranha e mordaz insistência no zumbir da aura de jade do amigo.

— Faria — respondeu o Pilar. — Como prometi.

Eiten assentiu. Sua aura relaxou e se assentou; ele olhou para a filha que dormia e seu rosto, tomado por uma devoção evidente, suavizou.

— O senhor estava certo, Hilo-jen. Tenho motivos para viver agora e não desejo mais morrer. — Mas Hilo entendia que era importante que ele soubesse que a opção esteve ali, que a decisão estivera, de fato, em suas mãos, e que a palavra do Pilar sempre seria verdadeira. Eiten encarou-o de volta. — Ainda assim, não quero passar o resto da vida sendo um inútil e precisando de ajuda pra tudo. Eu era um Punho de altíssimo ranque do Desponta. Tenho ciência de que não tenho mais utilidade para o senhor, mas se estiver disposto a me ouvir, vim pedir um favor.

— Me peça tudo o que precisar — disse Hilo. — Se eu puder, farei de bom grado.

— Meu sogro faz hoji. A destilaria dele é pequena, mas produz uma das melhores bebidas do país e vende para lojas chiques e restaurantes. Ele quer expandir para um lugar maior, mas tá ficando velho e precisa de um sócio pra cuidar da empresa. Sei que não seria nada muito grande pro clã, mas peço que o escritório da Homem do Tempo ofereça patrocínio pra mim, pra que eu possa tomar conta dos negócios da família da minha esposa. Meu corpo pode até não estar inteiro, mas minha cabeça tá, e acho que fazer a empresa crescer como um Lanterna do clã me traria muita satisfação.

Hilo se virou para a esposa do sujeito com um sorriso.

— O que você acha da ideia, Dona Eiten? O seu marido tem o que é preciso pra ser um dos melhores produtores de hoji que o mundo já viu?

— Nós dois passamos anos ajudando meu pai na destilaria, e ele sempre teve vontade de assumir o comando em algum momento — respondeu a mulher, baixinho, mas com confiança. — Mas meu marido era um Punho, devotado ao senhor e ao clã, então é claro que o dever dele era mais importante. Já sou muito grata por ele estar vivo, e é graças ao senhor, Kaul-jen, e meu coração me diz que essa é a nossa segunda chance. Ele se daria muitíssimo bem, e assim que nossa filha for mais velha eu ajudaria também, é claro.

— Você falou que precisava de um lugar novo — falou Hilo, novamente se dirigindo a Eiten. — Todo o andar mais baixo do Dobro Dobro tá sendo renovado e expandido. A gente poderia arranjar espaço pra sua destilaria, e tem uma adega bem grande lá também. Acha que serviria? Vocês forneceriam hoji para todas as casas de aposta na Rua do Pobre.

Eiten arregalou os olhos.

— Hilo-jen, é muito mais do que a gente poderia pedir...

— Preciso de alguém de confiança naquela parte do Distrito do Sovaco — continuou Hilo. — Tem sempre o risco dos Montanha tentarem reaver o que a gente tomou deles ano passado. O Chifre garante que a área fique sempre protegida, mas eu me sentiria melhor se tivesse um Osso Verde em quem confio dentro das instalações pra ficar de olho e atento. Será que você dá conta de fazer o seu hoji de qualidade e ainda servir o clã, Eiten-jen?

Eiten engoliu em seco e assentiu.

— O clã é meu sangue, e o Pilar é seu mestre. Obrigado, Hilo-jen. Sempre serei um de seus guerreiros, de qualquer forma que o senhor exija de mim.

Hilo sorriu e se levantou; os outros se levantaram junto. O movimento acordou a bebê, que procurou pelo peito da mãe e começou a berrar numa intensidade absurda que fez Hilo estremecer, e depois rir.

— Vão lá, você precisa dar comida pra essa diabinha. Podemos resolver os detalhes depois.

— Reúne os registros financeiros dos últimos cinco anos do seu sogro e mande tudo pro escritório da Homem do Tempo junto com os detalhes do pedido de patrocínio — disse Shae. — Assim podemos ajeitar as coisas mais rápido.

Eiten e a esposa reafirmaram sua gratidão. O macaco marrom bebeu até a última gota do refrigerante de pêssego de seu mestre e saiu correndo atrás da família.

Vê-lo tão bem quanto as circunstâncias permitiam e ser capaz de atender àquele pedido melhorou consideravelmente o humor de Hilo. As duas reuniões seguintes foram bem diretas. O Cauda Preta, um clã menor, mandara um representante para oferecer condolências com flores e dinheiro, e para expressar sua amizade inabalável com o Desponta. ("Ele provavelmente tá indo direto pra Ayt Mada neste instante pra dizer a mesmíssima coisa", comentou Shae após o homem se retirar.) Depois, uma empresária sócia de seu avô com o desejo de escrever uma biografia hagiográfica do Tocha de Kekon, mas com permissão do Pilar e aprovação posterior do clã, claro. Hilo ficou grato com o progresso e olhou para o relógio quando Dona Teije chegou ao escritório.

Imediatamente, teve a sensação de que não gostaria nada daquela conversa. Atrás dele, sentiu uma ligeira mudança na aura de Shae que sugeria que a irmã sentia o mesmo.

— Tia Teije — cumprimentou Hilo, beijando-a em uma das bochechas secas —, quanto tempo.

Nem de perto o bastante, pensou, feliz pela mulher estar sem jade e não conseguir Perceber nenhum de seus sentimentos verdadeiros.

— Tia — repetiu Shae, também fingindo uma acalorada recepção.

Dona Teije tinha 60 anos e era a esposa do primo do pai deles. Kaul Sen tivera apenas uma irmã mais velha que sobrevivera até a idade adulta. Ela se casara com um sujeito chamado Teije Jan e tivera quatro filhos com ele. Os Teije eram parentes dos Kaul e muito mais numerosos. Esse fato, por si só, deveria ter feito com que fossem uma das famílias mais poderosas de Kekon, mas nenhum Teije jamais conquistara nada importante ou mantivera alguma posição significativa de liderança no clã. Apenas um punhado deles tinha se formado na Academia como Ossos Verdes. Pelo que Hilo se lembrava, dois chegaram a ser Punhos iniciantes. O resto compunha uma porção de Lanternas de pouco destaque e civis sem jade, alguns com formação e empregos respeitáveis, outros não, mas quase todos foram muito mais longe do que teriam ido não fosse a conexão com o nome Kaul.

— Os deuses têm mesmo seus favoritos — afirmara o avô de Hilo uma vez durante o jantar. — Tiraram de um lado da nossa família para dar para o outro. Então sejam gentis com os primos de vocês; se os Teije fossem mais inteligentes ou tivessem mais coragem, vai saber onde é que a gente estaria?

Dona Teije era uma mulher atarracada com curtos cabelos grossos e uma expressão tensa que fazia parecer que estava constantemente tentando engolir algo desagradável. Com uma voz ofegante, ela disse:

— Kaul-jen, Kaul-jen, que os deuses te saúdem. Você é minha única esperança.

Depois afundou em uma das poltronas enquanto enxugava os olhos com um lenço amarrotado.

— O que foi, titia? — perguntou Hilo.

— É o inútil do meu filho, o Runo — respondeu Dona Teije. — Ele se meteu em problema lá nas Ilhas Uwiwa. Só os deuses sabem o que ele tava fazendo naquele lugar pecaminoso, pra começo de conversa, mas por causa de algum erro terrível ele foi preso e jogado na prisão.

Hilo segurou um suspiro e assumiu uma expressão reconfortante.

— Titia Teije, não me surpreende a senhora estar tão chateada, mas se foi um erro mesmo, tenho certeza de que podemos resolver a questão e pagar pra que soltem o Runo. Quanto é a fiança?

— Ah — exclamou a mulher, com uma feição envergonhada —, a fiança já foi paga e ele foi solto duas semanas atrás.

Quando Hilo pareceu confuso, ela continuou, atropelando as palavras:

— Não fomos nós que pagamos. A família tava juntando o dinheiro, mas antes que conseguíssemos, ouvimos falar que um estranho rico tinha pagado e Runo foi liberado.

— Quem é o estranho? — questionou Hilo.

— O nome dele é Zapunyo. Dizem que é um homem malvado, um contrabandista. Contrabandista de *jade*. — Ela parecia bem capaz de cuspir no chão, caso não estivesse no escritório finamente acarpetado dos Kaul. — Tão mantendo meu filho como "convidado" desse sujeito, que não solta ele por nada. Tentamos negociar, oferecemos até dinheiro, mas esse tal de Zapunyo diz que só vai conversar com o Pilar do clã.

Titia Teije se levantou da poltrona, se ajoelhou na frente de Hilo e agarrou suas mãos.

— Por favor, Kaul-jen, você precisa trazer o Runo de volta. Ele tem um coração genioso que ama arranjar encrenca, mas é um bom garoto. Meu marido se recusou a vir falar com você porque é teimoso como uma mula! Ele fica dizendo que "se pedirmos pros Kaul nos ajudarem com nossos próprios problemas, aquela gente sempre vai nos olhar com desdém", mas eu não me importo. Sei que você tem um coração tão grande e se preocupa tanto quanto seu avô, que os deuses o saúdem.

Hilo estremeceu por dentro com a comparação, mas deu uns tapinhas na mão que o agarrava. Não olhou para Shae, mas conseguia sentir a aura dela formigando, cautelosa, enquanto observava a conversa. Ele analisou o rosto lamurioso de Dona Teije por um longo minuto antes de se decidir.

— Não se preocupa, titia. Vou fazer o que for preciso pra garantir que o Runo seja solto e volte pra senhora. O que seria do Desponta sem a família Teije? Eu mesmo vou pras Ilhas Uwiwa falar com esse tal de Zapunyo.

Dona Teije soltou um chorinho baixo e levou as mãos entrelaçadas à testa repetidamente. Hilo a fez se levantar e a acompanhou até a saída enquanto fazia carinho nas costas dela. Depois, fechou a porta e se virou para encarar a irmã, que não se mexera de onde estava, na poltrona ao lado da dele. Shae não parecia nada contente.

— Você não devia ter enchido ela de esperança assim.

Hilo se sentou em uma poltrona na frente dela e esticou as pernas.

— E o que é que eu devia fazer? Deixar ela ir embora pensando que a gente ia deixar um golpista pegar o garoto sem consequência nenhuma? Ele faz parte da família, no fim das contas, é um Osso Verde.

Shae semicerrou os olhos.

— Você não tá querendo arriscar sua vida por causa do Teije Runo não, né?

Na época da Academia, Runo estivera três anos à frente de Hilo e de Shae. Ele era bom cantando, jogando revezamento, mantendo um rodízio de namoradas, mas nada muito além. Se formara com uma única pedra de jade e ganhara outra durante os dois anos que passara como Dedo antes de decidir viajar para ver o mundo enquanto corria atrás do próprio destino. De acordo com uma fofoca do clã, Teije fora contratado, por suas habilidades como Osso Verde, para proteger projetos de mineração e extração de petróleo em partes do mundo destruídas por guerras e até passara certo tempo como segurança particular de um rico oligarca em Marcucuo. Hilo não o via havia anos e também não tinha a menor vontade. Não respeitava ninguém que usava suas habilidades de jade para ganhos pessoais sem dar nada em troca para o clã ao qual devia o verde que recebera.

— Olha, eu tô cagando pro Runo, mas você sabe que a questão aqui não é ele. A guerra entre os clãs tem sido ótima para os contrabandistas de jade, e aquele carniceiro do Zapunyo ficou muito atrevido nos últimos anos. Com as últimas notícias de Shotar, ele tem ainda mais motivos pra acreditar que o mercado clandestino só vai melhorar.

Um conflito separatista despontara em Shotar entre o governo do país e uma insurgência pró-ygutaniana na província de Oortoko, mais a leste. Havia uma grande chance de que as grandes potências mundiais se envolvessem e de que a crise armada se intensificasse, o que significava ainda mais demanda por jade, tanto de forças militares legitimas quanto ilegítimas ao redor do planeta.

— Hilo — disse Shae, séria. — O Zapunyo tá tentando forçar uma reunião sob as condições dele e no país dele, onde ele controla o governo corrupto e tem a polícia na palma da mão. Você estaria se colocando em um possível perigo se fosse pra lá. Não vale a pena, não pelo bem de alguém tão inútil quanto o Teije Runo.

— Mas ele é um inútil da *nossa* família — retrucou Hilo, se levantando e esticando o corpo. Sentiu uma pontada num músculo do ombro e girou-o com uma careta. As marcas externas da surra cruel que levara de Gont Asch e seus homens mais de um ano atrás já tinham desaparecido havia muito tempo, mas o corpo de Hilo ainda insistia em prover lembretes nada bem-vindos do acontecido. — Imagina só, um uwiwano mantendo um Osso Verde kekonésio como refém, alguém que tem o nosso sangue. O Zapunyo sabe que isso a gente não vai admitir. É assim que ele quer chamar minha atenção.

— Manda o Kehn ou o Tar pra negociar com ele.

Hilo meneou a cabeça. Era trabalho da Homem do Tempo aconselhar o Pilar com perspicácia e lógica para pesar os prós e contras de cada possibilidade, então, ao sugerir que tivesse cautela, Shae estava apenas fazendo seu trabalho, mas acontece que ela nunca fizera parte do lado militar do clã, então havia coisas que não apreciava. Hilo não estabelecera sua reputação por ficar se escondendo e mandando que outras pessoas resolvessem questões importantes. Não falharia agora, muito menos num momento em que contava com sua notoriedade como antigo Chifre para sustentá-lo como Pilar em meio à guerra.

— Eu mesmo preciso falar com o Zapunyo — insistiu Hilo. — Um desentendimento entre amigos não tem problemas. Já um desentendimento entre inimigos é um problemão.

Shae parecia prestes a continuar discutindo, mas naquele instante, Tar bateu à porta e a abriu apenas o bastante para enfiar a cabeça e dizer:

— Tá ficando escuro e a festa lá no pátio tá acabando. E aí, Hilo-jen? Ainda quer falar com Anden?

Uma mudança tomou Hilo de assalto. Sua boca se virou para baixo e os ombros ficaram rígidos, como se um peso tivesse caído ali.

— Vou falar com ele — respondeu baixinho. Depois olhou para Shae. — Sozinho.

Tar saiu. Shae se levantou.

— Pra começo de conversa, quem te convenceu a falar com o Anden foi eu. Você passou meses sem me escutar, nem tocava no nome dele, e agora quer que eu saia. — Ela encarou o irmão com um olhar indignado e desconfiado. — Você vai tentar ameaçar ou ludibriar o garoto pra que ele volte pro clã, pra que volte a usar jade. Eu te conheço, Hilo.

— Quero falar com ele sozinho, Shae. — A voz de Hilo estava séria agora. — O que aconteceu naquele dia foi entre mim e ele. A gente deveria ter a chance de conversar direito.

Com a aura eriçada, a Homem do Tempo o encarou por um longo instante. Depois passou por Hilo, foi em direção à porta e saiu sem dizer nada; deixou o Pilar sozinho no escritório vazio de seu irmão.

Capítulo 3

Exílio

Emery Anden se sentou no banco debaixo da cerejeira no pátio da propriedade Kaul enquanto segurava uma garrafa de refrigerante de limão e evitava fazer contato visual com outros convidados do velório. As compridas mesas de madeira com comida estavam decoradas com guirlandas de flores-coração brancas, e um harpista posicionado no jardim dedilhava uma canção melodiosa, sentimental e animada. O pátio estava lotado, mas o constante murmúrio de conversa se mantinha num nível respeitoso. A única coisa que estragava a decoração de muitíssimo bom gosto era a temporária cerca azul de plástico em um dos lados do pátio que isolava o campo de obras onde a residência da Homem do Tempo estava sendo praticamente desmontada e reformada.

Anden não podia afirmar com todas as letras que fora próximo de Kaul Sen, mas o sujeito havia sido seu avô adotivo e lhe dera tudo: fizera com que fosse parte da família Kaul e o permitira estudar na Academia Kaul Dushuron do mesmo jeito que os filhos do Tocha de Kekon. Desde que era criança, Anden deduzira que um dia retribuiria o patriarca ao se tornar um Osso Verde de alto nível do Desponta. Agora vovô morrera, e a dívida continuaria em aberto.

As sombras do fim de tarde ficavam maiores enquanto a multidão diminuía e Anden continuava esperando. Ele se levantou para pegar outra garrafa de refrigerante da mesa de bebidas e não deixou de perceber todos os ombros e queixos que se viraram, todos os olhos interessados e rudes que o seguiam. Aquelas pessoas sabiam quem Anden era e o que ele fizera no ano anterior, que ajudara a salvar o clã da destruição e depois, no dia da formatura, se recusara a usar jade e fora publicamente renegado pelo Pilar.

Num sobressalto, ele reconheceu alguns de seus colegas da Academia, Lott, Heike e Ton, juntos perto de suas famílias, conversando entre si e olhando de soslaio em sua direção. O eco de um antigo sentimento, amortecido pelo desuso, se agitou no peito de Anden. Lott Jin estava inclinado casualmente contra uma mesa. Ele não perdera o ar desajeitado e inquieto, mas parecia ter malhado durante o último ano; os ombros estavam mais largos e preenchiam todo o blêizer cinza, e o cabelo fora cortado, então já não caía mais sobre os olhos de pálpebras grossas.

Anden desviou o olhar e sentiu o rosto corar. Agora, depois de morar em Marênia por mais de um ano, havia certos momentos em que encontrava satisfação no cotidiano e era capaz de afastar a lembrança de sua desgraça. Retornar a Janloon e àquela casa e ficar entre os membros do clã de novo, porém, o levou de volta aos dias e às semanas logo depois de ter sido exilado. Isso o lembrou de tudo aquilo de que havia desistido.

Ele voltou para o banco sob a árvore. Para seu pavor, Ton atravessou o pátio. Lott e Heike ficaram para trás observando, mas sem se aproximarem.

— Anden — disse Ton, tocando a testa numa saudação informal. O rapaz pigarreou. — Faz um tempinho, né? Fico feliz de ver que você tá bem.

Relutante, Anden ergueu o olhar para encarar o rosto de seu antigo colega.

— É bom te ver, Ton-jen — respondeu.

Ton assentiu e, por nervosismo e força do hábito, mexeu nos dois anéis de jade da mão esquerda. Ele era um Dedo do clã agora. Subordinado do Chifre e de seus Punhos, patrulhava e defendia o território do Desponta, ajudando a manter a tênue vantagem que tinham sobre o Montanha. A fim de quebrar o gelo, Ton parecia estar procurando alguma outra coisa para falar, mas Maik Tar apareceu, se abaixou e, baixinho, disse para Aiden:

— Ele tá pronto pra te ver.

Anden se levantou, colocou a garrafa sobre o banco e seguiu o Encarregado do Pilar para a casa. Na entrada do escritório, deteve-se para tomar outro segundo para se preparar, mas Tar abriu a porta e não houve outra escolha a não ser entrar. Tar fechou a porta às suas costas, o que bloqueou o barulho externo dos convidados que permaneciam lá fora.

Sentado na maior das poltronas de couro, Kaul Hilo parecia ao mesmo tempo igual e diferente da última vez que Anden o vira. Continuava com a aparência juvenil, ainda exalava o carisma casual e insolente que Anden vira se manifestar como uma cordialidade generosa com aqueles de quem era amigo e uma crueldade assustadora para os inimigos. Mas o fardo de ser Pilar não deixava nenhum homem incólume; havia uma rigidez nos olhos e na boca de Hilo agora, um aspecto mais austero, mais controlado em seu jeito, um comportamento do qual Anden vira pouquíssimas evidências antes.

Anden procurou por Shae, mas ela não estava ali. Era a única membra do clã com quem ele mantivera contato regularmente no decorrer do ano anterior. Tinha esperado vê-la. Ele engoliu em seco, levou as mãos entrelaçadas à testa e se abaixou numa saudação formal.

— Kaul-jen — falou. — Sinto muito pela perda do seu avô.

Houve uma época, não muito tempo atrás, que Hilo teria se levantado, abraçado o primo com carinho, beijado-lhe a bochecha e, sorrindo, levado-o até apoltrona mais próxima.

— Andy. — Ele teria dito, num tom zombeteiro. — Não me vem com essa formalidadezinha aí, não. Para de besteira e vem se sentar comigo.

Mas não foi o que o Pilar fez. Hilo continuou sentado e, num tom gélido e reprobatório, declarou:

— Ele era seu avô também, Andy. De todos os jeitos, menos de sangue. Ele te trouxe pra esta família.

— Algo que eu não esqueci — respondeu Anden, ligeiro.

— Não esqueceu, é?

Hilo foi um pouco para a frente e agarrou um maço de cigarros espênicos da mesinha de centro. Pegou um, colocou-o na boca e, para a surpresa de Anden, estendeu a caixa para lhe oferecê-la. Anden se sentou e pegou um cigarro sem encarar os olhos do Pilar. Hilo acendeu o dele, deslizou o isqueiro sobre a mesa para o primo e voltou a se acomodar no encosto da poltrona.

— O que você andou fazendo da vida, Andy? — perguntou, com a voz suave, mas num tom de acusação. — A Shae me disse que você tá morando em Marênia. Um rapaz de 19 anos, com treinamento de Osso Verde, morando numa vila com pescadores e velhos sem jade.

Anden abaixou a cabeça para esconder o vermelhão nas bochechas enquanto acendia o cigarro.

— Tenho um emprego lá — respondeu. — É um trabalho fixo que dá pra me sustentar. Daqui a um mês já vou ter dinheiro pra alugar um lugar meu mesmo, aí não vou precisar mais incomodar a sua mãe.

Os olhos de Hilo se incendiaram com uma ira repentina.

— E os guardas que ficam te vigiando? Seu salário trabalhando numa loja de móveis vai cobrir eles também?

Anden se encolheu frente ao tom de voz do primo.

— Kaul-jen, o clã não devia me dar nenhum luxo. Vocês precisam de cada Osso Verde disponível na guerra contra os Montanha. Ninguém veio atrás de mim em Marênia, e se vierem, é mais do que justo que eu encare o risco por conta própria.

— Deixa de ser idiota. Você matou Gont Asch. Virou o rumo da guerra ano passado. Acha que a Ayt Mada algum dia vai esquecer isso? — Hilo foi para a frente de novo. — Ela sabe que você tem a capacidade de virar um dos Ossos Verdes mais poderosos do país.

Anden murmurou:

— Não se eu nunca mais usar jade. Seria contra o aisho se...

— A Ayt dá um jeito de contornar o aisho se quiser. Ela não precisa mandar Ossos Verdes com espadas da lua pra acabar com um cara sem jade numa vila pesqueira. Ela ainda não sussurrou seu nome porque não ganharia nada com isso agora. Vai saber... Talvez a Ayt ache que, se esperar um pouco, consegue te levar pro outro lado.

Anden levantou a cabeça com avidez.

— Eu nunca iria pro lado dos Montanha, nem se a minha vida estivesse em jogo. Posso não ser um Osso Verde, mas eu jamais trairia o clã, jamais apoiaria nossos inimigos.

— E você por acaso falou isso praquele homem que te abordou mês passado?

Anden não respondeu, mas a mão que segurava o cigarro tremeu um pouco. Um estranho, um sujeito careca se aproximara dele num supermercado e, com um sorriso de intimidade, falara:

— Admiro que você tenha recusado usar jade e virar um daqueles assassinos Ossos Verdes. Dá pra ver que você é um jovem íntegro. Até mesmo numa cidadezinha pequena como esta, o povo sabe quem você é. Se precisar de ajuda pra achar trabalho, um lugar pra ficar, ou de uma mãozinha amiga, é só me ligar.

E lhe entregara um cartão de visita com um número de telefone.

— A Shae investigou. Ele tem conexões com os Montanha — contou Hilo. — Eles tão sendo pacientes, mas logo mais vão garantir que você passe por alguma barra pesada que talvez te faça ligar pro número naquele cartão. E se não ligar, vai acontecer alguma barra ainda pior mais pra frente.

Anden deu uma tragada ligeira no cigarro e o bateu no cinzeiro. Agora entendia o porquê de ter sido convidado: o Pilar podia até não ter lhe perdoado, mas também não queria que um membro da família, fosse ele honrado ou não, ficasse numa posição vulnerável em que pudesse ser manipulado pelo inimigo.

— Andy — chamou Hilo, e muito embora sua voz continuasse severa, havia uma pontada de mágoa que fez Anden finalmente encará-lo nos olhos. O Pilar retorceu a boca enquanto batia o próprio cigarro. — Você é meu irmão. Se voltasse a pensar direito, teria me pedido pra vir pra casa a qualquer momento do ano passado, se tivesse conversado comigo e admitido que errou, assim como eu admiti que tive culpa também, eu te perdoaria na hora. Teria te recebido de volta de braços abertos, é claro que teria. Mas você nunca pediu. Ficou longe da família e desperdiçou um ano da sua vida.

— Você falou que nunca mais queria me ver — murmurou Anden.

— E quem é que não fala besteira quando fica bravo? — retrucou Hilo, irritado. — Você se humilhou aquele dia, humilhou o clã e me insultou com tudo isso.

Raiva e indignação tomaram Anden de assalto e dissiparam a culpa que ele sentia.

— Você teria me recebido de braços abertos mesmo se eu me recusasse a usar jade? Ou eu só tenho valor como Osso Verde?

— Você nasceu pra ser um Osso Verde. Pensar o contrário é só mentir pra você mesmo. A Shae parou de usar jade e foi embora; tentou fingir ser outra pessoa e olha no que deu. Se ela não tivesse feito aquilo, talvez tudo fosse diferente. Talvez Lan ainda estivesse sentado nesta sala, e não eu. Você se recusar a usar jade é igual a um ganso que não chega nem perto da água. — Hilo suspirou com força. — Nem tenta me convencer de que não pensa nisso.

E ele pensava, claro que pensava. A lembrança da jade, do poder que lhe fornecera, do terror catártico daquela última batalha quando matara um dos Ossos Verdes mais poderosos de toda Janloon... às vezes o fazia sentir um anseio que, de tão animalesco, de tão voraz, parecia quase sexual. Sem querer, os olhos de Anden pousaram no topo da camisa de Hilo, cujos dois primeiros botões, como sempre, estavam abertos. Olhar para a longa fileira de pedras de jade que cravejavam a clavícula do primo deixava Anden dividido entre o temor e o desejo. Ainda queria ser um Kaul.

Porém, ainda mais forte do que o anseio, era o fantasma da loucura e de uma vida em constante medo de si mesmo. Sempre que contemplava a ideia de voltar a usar jade, memórias sombrias arrombavam as portas de sua mente: dos gritos dementes de sua mãe antes de morrer de Prurido, de Lan no último dia que Anden o vira com vida (exausto, instável e enfraquecido de usar tanta jade e se drogar com brilho) e de si mesmo depois da batalha com Gont, de quando acordou desidratado e febril no hospital, meio enlouquecido com aquela sede por jade e por morte.

Ele meneou a cabeça.

— Não, Hilo-jen. A jade vai me fazer virar um monstro. Continuo grato à família e fiel ao clã. Vou fazer tudo o que o senhor pedir de mim, menos usar verde.

A princípio, Hilo não respondeu. Anden não ousou dizer mais nada e o silêncio fez morada entre os dois. Quando o Pilar voltou a falar, sua voz estava conformada, desprovida da raiva que Anden percebeu ser um sinal do quanto o primo desejara um final diferente para os dois, de como depositara esperanças de que as coisas não chegassem ao que estava prestes a anunciar:

— Vou te mandar pra Espênia. Shae já organizou tudo. Você viaja semana que vem.

Sem acreditar, Anden o encarou.

— Espênia?

— Você não tem utilidade nenhuma pra mim aqui se não for um Osso Verde. Não dá pra ficar em Marênia. Não vou te deixar sob vigilância vinte e quatro horas por dia pra você poder entalhar cadeiras de balanço e pegar conchinhas na praia enquanto os Montanha decidem o que vão fazer. Se você não quer usar jade, então precisa fazer alguma coisa da vida. Você vai estudar lá.

— Eu nunca fui pra Espênia — protestou Anden.

— Você é metade espênico. Tem mais é que aprender sobre aquele país, aprender o idioma — disse Hilo.

Anden estava tão chocado que, a princípio, nem sabia o que dizer. Hilo nunca chamara atenção para o seu lado estrangeiro, nunca sugerira que Andy fosse qualquer coisa além de um verdadeiro kekonésio e cem por cento membro da família Kaul.

Essa súbita mudança, talvez mais do que qualquer outra coisa, foi o que o deixou tão magoado a ponto de Anden perder a compostura.

— Você quer é se livrar de mim — declarou, com as palavras atrapalhadas. — Tá me exilando.

— Puta que pariu, Andy — respondeu Hilo, irritado. — Pela última vez: será que dá pra você se ajoelhar, fazer os juramentos pra mim como Pilar pra depois usar a jade e ser um Osso Verde? Ser parte desta família?

Com a mandíbula tão tensa a ponto de sentir a pressão na cavidade dos olhos, Anden agarrou os braços da poltrona. Se abrisse a boca, não sabia ao certo o que sairia, então se impediu de falar. Hilo se levantou e caminhou até chegar ao lado do primo. Ficou ali, pairando em cima do garoto, com a coluna retesada e os ombros levemente curvados para a frente, como se quisesse agarrá-lo, fosse para abraçar ou para machucá-lo. Anden sentiu lágrimas queimando o fundo de seus olhos.

— Por favor, Hilo-jen — sussurrou. — Não me manda pra lá. Eu odeio aquele povo e aquele país.

— Talvez depois de chegar lá você goste. Não vai ficar sozinho. O clã tem conexões que vão cuidar de você durante esse período. Daqui a uns anos, você terá outras opções que poderemos discutir.

Ele imaginou que pudesse recusar. Que pudesse desobedecer a Hilo uma segunda vez, insistir em ficar em Marênia. Mesmo que uma vida maçante e cheia de rotina fosse tudo o que pudesse ter a chance de viver lá, pelo menos continuaria em Kekon e não em um país estrangeiro. Mas tinha certeza de que, se fizesse isso, Shae não poderia mais ajudá-lo. Estaria, de fato, fora da família. Kekon era controlada pelos clãs; sendo um pária, suas perspectivas de futuro seriam poucas. Com Hilo assim tão perto, era possível sentir as cristas de sua aura de jade e Perceber a determinação relutante naquelas palavras. O primo se decidira. Ele era o Pilar e, com a morte de Kaul Sen, a maior autoridade da família.

Anden se levantou e levou as mãos entrelaçadas à testa.

— Tudo o que o senhor mandar, Kaul-jen.

Sua voz soava distante. Não ousou encarar Hilo nos olhos enquanto se virava e saía do escritório.

Atordoado, caminhou corredor abaixo e viu Shae sentada na escadaria principal do saguão. Parecia estranha ali sozinha no escuro, ainda de roupas sérias e com as mãos ao redor dos joelhos. Ela se levantou quando o viu. Lá fora, no pátio sob luz de lampiões, alguns funcionários pegavam as sobras e traziam para a cozinha enquanto outros recolhiam as mesas. Era possível ouvir carros partindo da entrada.

— Anden... — Ela começou a dizer.

— Você disse que ia falar com ele — vociferou Anden, num tom acusatório. — Que ia achar um jeito de eu voltar pra casa. Mas me mandar pra Espênia foi ideia sua, não foi?

Shae soltou um suspiro.

— A gente decidiu que era a melhor saída. Você vai ficar mais seguro lá, além de ganhar um pouco de experiência e aprender a se virar. A Espênia é nosso maior aliado militar e parceiro comercial. No fim das contas, vai ser uma vantagem ter você estudando e morando lá. Depois, quando fizer sentido que você volte...

— Vocês por acaso pensaram no que *eu* quero? — Agora Anden tinha certeza de que Hilo jamais faria uma coisa dessas sem que a Homem do Tempo tivesse pedido. — Talvez ir embora tenha sido o que *você* quis fazer, mas *eu* não quero sair de Kekon. Não tô nem aí pra Espênia ou pra um diploma espênico. Nunca fui muito bom na escola mesmo.

Só com jade. Ele fora um prodígio nas disciplinas de jade.

Shae esticou uma das mãos e a colocou no braço do garoto.

— Você ainda é jovem. Não sabe o que tem por aí no mundo.

Anden se afastou.

— Eu queria era ter morrido naquele dia com o Gont.

Shae soltou a mão.

— Não fala assim.

A resposta foi cortante, mas Anden não estava nem aí de tê-la chateado. Ele deu meia-volta e saiu da casa. Ouviu a prima dar dois passos para segui-lo antes de parar e deixá-lo partir.

Capítulo 4

Caminhos Sem Volta

— Porra, mas que notícia ruim do caralho — disse Maik Kehn.

O rosto do gerente do Cemitério Céus à Espera empalideceu. Sua garganta sacolejou ao, apavorado, engolir em seco.

— Maik-jen, nós vamos, é claro, providenciar um novo enterro num caixão de aço. Os restos mortais parecem intactos. Só a...

— Não era do corpo que estavam atrás — grunhiu Maik. — E o que queriam já pegaram.

Não tinha sido o zelador assassinado que levantara suspeitas, mas o saco preto de lixo encontrado ao lado dele com duas camisetas e bonés do cemitério imundos de barro. Fora isso que motivara uma análise no último túmulo aberto por ele (no caso, o de Kaul Seningtun) e levara à descoberta da terra frouxa e do caixão danificado de Kaul Lan.

— Duplica o número de guardas daqui — ordenou Maik. — E não conta nada pra ninguém. Ouviu bem?

O homem assentiu com vigor. O Chifre não sentiu a necessidade de ameaçá-lo mais. O cemitério certamente não iria querer que a notícia de que fora invadido por ladrões de cova por causa de um funcionário subornado se espalhasse. O gerente, todo ansioso, já estava apertando o lóbulo, talvez para afastar a má sorte ou quem sabe contemplando a ideia de cortar a orelha inteira para enviá-la a Kaul Hilo como uma forma de prevenir a reação do Pilar. Kehn tentou se forçar a não esquecer de mandar reforços do próprio clã para vigiar o Parque da Viúva. Depois, deu dois telefonemas.

O primeiro foi para a namorada, contando que não ia conseguir vê-la naquele dia, já que estaria ocupado com assuntos do Desponta. Lina recebeu a notícia com serenidade. Era uma mulher gentil e prática, linda de um jeito simples, robusta e repleta de curvas, bem como ele gostava e, o mais importante de tudo, não era uma Osso Verde. Ser o Chifre do Desponta consumia a maior parte das horas de Kehn; a última coisa de que precisava era levar jade para a cama também. Tinha visto como os relacionamentos de Tar viviam dando errado. Conhecera a namorada através da irmã, Wen. Lina era professora na Universidade da Cidade de Janloon e vinha de uma grande família; tinha a própria vida, carreira, amigos e sobrinhos e sobrinhas para mantê-la ocupada, então não ficava tão ressentida pela principal prioridade do Chifre sempre ser o clã.

— Você ainda vai conseguir ir pro aniversário de 80 anos da minha vó na quindia? — perguntou Lina pelo telefone. — Meus pais adorariam se o Chifre aparecesse.

Às vezes, Kehn achava engraçado que agora as pessoas o chamavam para todo tipo de evento e consideravam sua presença um sinal de benevolência e prestígio do clã. Quando criança, era raro ser convidado para qualquer coisa que fosse, já que ninguém queria se associar à desonrosa reputação do nome Maik. A ascensão de sua família era praticamente um conto de fadas dentro do Desponta e gerava admiração, inveja e um número cada vez maior de obrigações sociais.

— Talvez — respondeu ele, para não se comprometer.

A segunda ligação foi para seu irmão.

Irritado, Tar esbravejou diversos palavrões e então disse:

— É melhor a gente contar junto.

Kehn concordava; já estava pensando em qual seria a melhor maneira de dar a notícia ao chefe. Hilo-jen sempre esperava ficar sabendo de assuntos importantes imediatamente, mas também não gostava de ser informado sobre problemas sem ouvir o que estava sendo feito para solucioná-los. Caso contrário, era bem capaz de acabar se metendo na situação para resolvê-la. Muito embora Kehn apreciasse o contínuo envolvimento do Pilar no lado militar do clã, seria impossível exercer as funções de Chifre se seus próprios Punhos continuassem indo direto para Hilo-jen como costumavam fazer. No decorrer do ano anterior, Kehn começara a se empenhar para, quando possível, afastar o Pilar dos deveres do Chifre.

Então, mais tarde naquele dia, começou a conversa num tom positivo.

— Terminei de nomear os Dedos novos que vieram da Academia este ano — contou. — Coloquei a maioria nas Docas e no Sovaco, onde é mais provável que os Montanha tentem alguma coisa. E em Junko e na Forja também, onde nos últimos tempos temos pegado contrabando e tráfico de brilho. Também promovi umas pessoas. Quase metade do pessoal que nomeamos ano passado subiu pro terceiro ou segundo ranque.

Hilo assentiu e pediu detalhes, mas não deu nem um mísero sorriso sequer. O Pilar andava rabugento desde o funeral de Kaul Sen. Quem sabe a morte do velho tenha lhe afetado mais do que ele deixava transparecer. Ou talvez a menção aos formados da Academia o tenha feito se lembrar de seu jovem primo, Anden, que fora exilado.

Depois de discutirem negócios por mais um tempinho, Kehn e Tar se entreolharam. Tar gesticulou para que o garçom enchesse seus copos de água mais uma vez. Hilo comeu o último bolinho crocante de lula do prato e então, impaciente, olhou de um irmão Maik para outro.

— Parem de bancar as virgenzinhas nervosas e desembuchem de uma vez. O que é que não me contaram ainda?

Kehn explicou que o túmulo da família Kaul fora roubado. Em geral, era capaz de manter a calma e transmitir informações de forma direta até mesmo em situações ruins, então era melhor que ele contasse em vez de Tar, mesmo que o assunto provavelmente acabasse caindo no colo do outro irmão. Enquanto Kehn falava, Hilo foi ficando cada vez mais imóvel e quieto de forma desconcertante. Os três estavam num reservado do Sorte em Dobro no meio de uma tarde de primidia, por isso não havia mais ninguém para ouvir, mas Kehn não conseguiu evitar e olhou em volta, só para garantir que não havia outros Ossos Verdes no restaurante que pudessem Perceber a aura de jade do Pilar se incendiando como graxa queimada.

— Já coloquei gente ao redor do Parque da Viúva — informou Kehn. — A gente tá falando com quem conhecia o zelador que morreu e repassando a notícia pros nossos informantes. Ninguém sabe dos detalhes, é só pra que fiquem de olho. Talvez alguém do Montanha esteja tentando reivindicar a jade do Lan-jen.

— Não consigo acreditar que foram os Montanha — se intrometeu Tar. — Que tipo de Osso Verde iria se prestar a esse papel? Ou ser tão relaxado a ponto de deixar um corpo e disfarces usados praticamente debaixo do nariz de todo mundo? — Ele pegou um punhado de nozes torradas do pratinho no centro da mesa. — Se os Montanha querem atacar a gente de novo, tem um milhão de outras formas de fazerem isso. A Ayt é uma pau no cu do caralho e não dá pra saber do que aquele tal de Nau é capaz, mas eles nunca tocariam na jade de um morto.

O Pilar ainda não tinha proferido nenhuma palavra e nem se mexido. Kehn disse:

— Quem quer que os ladrões sejam, se tentarem movimentar esse tanto de jade no mercado clandestino, não tem como a gente não ficar sabendo.

Por fim, Hilo se manifestou. Sua voz soou assustadoramente suave a princípio.

— As únicas pessoas que sabiam que o Lan tinha sido enterrado com jade têm os sobrenomes Kaul ou Maik. A não ser aquele *filho de uma puta* que emboscou e matou ele. Algum capangazinho qualquer, um *zé-ninguém*. — A voz do Pilar se transformou num grito e sua mão atingiu a mesa com força, o que fez os pratos pularem. Sua aura se agitou com tanta violência que ambos os irmãos tiveram que lutar contra o instinto de se afastar. — A gente aqui pensando que o assassino já tinha saído da cidade faz tempo ou que os Montanha já tivessem matado esse sujeito, mas ele continua vivo. E *com a jade do Lan*.

Os Maik ficaram em silêncio. Tar não olhava o Pilar nos olhos. Um ano antes, Hilo mandara o Encarregado do Pilar localizar a origem da metralhadora deixada na cena do assassinato de Lan. Tar conseguira fazer quase todas as outras coisas que Hilo ordenara. Sem dó nem piedade, erradicou dezenas de criminosos que usavam jade e informantes do Montanha do território do Desponta, mas essa questão em particular continuou sem ser esclarecida.

— Os Montanha podem até não ter nada a ver com isso. — Hilo encarou seus cunhados. — Mas mandaram assassinos atrás do Lan e *alguém* naquele clã sabe quem o ladrão é. Não importa em quem vocês vão ter que pisar... *achem esse desgraçado*. E me contem na mesma hora.

Maik Tar se dedicou à tarefa passada pelo Pilar. Haviam encontrado duas metralhadoras Fullerton e o corpo de um adolescente no píer na noite do assassinato de Lan. Fazia alguns meses que, depois de muito esforço, Tar identificara o jovem morto como membro de uma gangue de ladrões das Docas comandada por um informante dos Montanha chamado Mudt Jindonon. As chances eram grandes de que o assassino sobrevivente tenha feito parte desse mesmo grupo. O problema era que Mudt Jin estava morto; Tar já o matara no ano anterior.

Por outro lado, alguém do Montanha abastecera Mudt Jin de jade, brilho e informações que o tinham possibilitado chefiar o empreendimento criminoso no território do Desponta. Antes de ter morrido, Mudt deixara escapar a descrição de um Osso Verde anônimo. Podia ser qualquer um dos diversos homens que antes obedeciam Gont Asch, nenhum nos quais Tar conseguiria colocar as mãos com facilidade àquela altura. Mas, devido à insistência renovada de Hilo-jen, ele acabou perseguindo a pista mais uma vez. Hilo lhe fornecera outros dois homens, então ele tinha quatro Dedos que o serviam diretamente e, por meio de seu irmão, também tinha acesso à rede mais abrangente de espiões do clã. E tudo isso foi usado para atingir o objetivo.

No início, Tar não concordara muito em ser removido do lado mais militar do clã, do lado do Chifre, mas agora gostava da nova configuração. Parte de seu trabalho como Encarregado do Pilar era rotineiro e administrativo, mas o resto era diplomático e vital para o clã. Sentia-se grato por não ter ficado com a função do irmão, por não ter que gerenciar centenas de membros do Desponta e nunca ser o suficiente como antecessor de Hilo-jen. Este papel lhe servia muito melhor. Não tinha que lidar com as camadas da hierarquia do clã ou cuidar de interações com os Lanternas e o público; obedecia apenas ao Pilar, que confiava nele de olhos fechados.

Emboscar um Osso Verde inimigo em seu próprio território (e, ainda por cima, capturá-lo vivo) não era uma tarefa fácil. Tar planejou cada mínimo detalhe da operação. O alvo era um Punho iniciante do Montanha chamado Seko, que tinha uma mãe idosa que morava no Distrito das Comunidades. Cedo da manhã numa quardia, uma ligação falsa foi feita para o rapaz informando que sua mãe caíra na calçada a caminho da mercearia e fora levada ao Hospital Geral de Janloon, no Distrito do Templo. Seko foi correndo para lá na mesma hora.

Num cruzamento da rua que dividia Machadinha e Sovaco, foi impedido de avançar por uma barricada de construção. Dois carros se aproximaram por trás dele e bloquearam a saída. Estivesse o sujeito um pouco menos distraído pela preocupação, teria Percebido a aproximação dos emboscadores. Nervoso como estava, porém, foi pego de surpresa. Pistoleiros no primeiro carro alvejaram os pneus dele com balas e estouraram o vidro vigia. Num turbilhão, Seko saiu do veículo com um grito enraivecido, correu em direção à barricada e pulou com a Leveza, mas Tar já havia antecipado o movimento e posicionara dois Ossos Verdes do Desponta com grandes habilidades de Deflexão. Juntos, lançaram uma rajada que pegou Seko em pleno ar e o derrubou no asfalto como uma boneca desmantelada. O Punho ficou lá, atordoado, já que sua energia fora toda gasta com o Aço para que resistisse ao impacto. Não tivera chance de pegar a arma no porta-luvas do carro e também não carregava uma espada da lua, apenas a faca talon com empunhadura de jade. Antes que pudesse sacá-la, os homens de Tar o imobilizaram com a Força e arrancaram-lhe a lâmina. Prenderam suas mãos nos pés, taparam-lhe a boca e o jogaram no porta-malas de um dos veículos.

Tar ficou satisfeito com a tranquilidade com que tudo acontecera. Haviam levado menos de cinco minutos para capturar o homem. As patrulhas de Kehn tinham garantido que a avenida estaria livre, então nenhum estabelecimento fora danificado e nenhum civil sofrera qualquer coisa a não ser a discreta inconveniência do bloqueio. Janloínos já eram acostumados com incidentes ocasionais de violência entre os clãs, mas a intensa guerra de rua do ano anterior esgotara a paciência do povo; o Pilar não queria que perturbações desnecessárias afetassem ainda mais a boa vontade dos cidadãos.

Tar ficou tentado a parar num orelhão e ligar para Hilo-jen com as boas notícias, mas decidiu que estava colocando o carro na frente dos bois. Esperaria até que tivesse mais informações para compartilhar. Além do mais, precisava se apressar para evitar o trânsito tumultuado da manhã. As ruas já começavam a se encher de entregadores de bicicleta e caminhões de correio. Por estradas mais discretas, ele dirigiu até o Distrito de Junko. Era possível ouvir baques abafados e batidas vindo da traseira do carro, mas nada que o preocupasse. O porta-malas fora muito bem reforçado com tanto aço que nem a Força de um homem com o dobro de jade de Seko seria capaz de danificá-lo. Depois de um curto período de tempo, os barulhos cessaram, e tudo o que restou foi a Percepção dos batimentos cardíacos apavorados do sujeito e a textura incômoda do desespero que emanava lá de trás.

Levaram o prisioneiro para uma antiga boate que fora originalmente construída como um abrigo para ataques aéreos cinquenta anos antes, mas passara os últimos meses vazia. A estrutura seria demolida em breve e substituída por um conjunto habitacional. Os punhos de Seko foram imobilizados com correntes e amarrados a uma viga do teto. Ele ficou ali, pendurado com os braços para cima da cabeça; as pontas de seus coturnos mal tocavam o chão. Tar analisou o homem. O refém vestia roupas escuras, tinha brincos de jade que atravessavam as orelhas e um piercing também de jade no nariz. Estampava um curto e muito bem aparado cavanhaque em seu rosto arrogante. Mesmo naquela situação horrenda, seus lábios se moveram em um sorriso nada sincero.

— Então você é o tal Maik Tar. O cão de caça do Kaul Hilo.

O sorriso sumiu do rosto de Seko quando Tar lhe arrancou o piercing do nariz e os brincos das orelhas. O Punho rugiu de dor. Tar gesticulou para que seus homens se posicionassem à porta e então quebrou as duas menores costelas de ambos os lados do corpo do rapaz.

— Se já ouviu falar mesmo de mim, então sabe muito bem que eu só tô começando.

— Cadê minha mãe? — arquejou Seko, num tom de voz um tanto diferente. — Ela tá bem?

— Claro que sim — respondeu Tar. — Deve tá voltando da mercearia agora. Tá achando que a gente é o quê? Um bando de animais? No Desponta ninguém quebra o aisho. Não usamos pessoas sem jade como fantoche. — E cuspiu nos pés de Seko. — Você até que foi inteligente de nunca usar seu nome verdadeiro e cobrir seus rastros no nosso território, então levou um tempinho pra te pegar. Já achei a maioria dessa gentinha da sua laia, mas você vai me ajudar a encontrar o resto.

— Você vai me matar de qualquer jeito, não importa o que eu te contar.

Tar deu de ombros.

— Verdade, mas não é melhor morrer rápido e evitar que a sua mãe sofra? Vai por mim, você não vai querer ficar pendurado aqui por dias a fio, ainda mais passando por abstinência de jade. Eu mesmo não quero ver uma coisa dessas. Você não é que nem aqueles viciados em brilho que você mantém na rédea curta. Você é um Osso Verde dos Montanha. Tem pelo menos um pouco de respeito por si mesmo, não tem?

Seko deixou a cabeça cair entre as omoplatas tensas. E assentiu.

— Que bom que agora a gente tá falando a mesma língua, seu veadinho filho da puta. — Tar rolou a jade do sujeito na palma da mão. — O negócio é o seguinte: os Montanha nunca foram responsabilizados pelo que aconteceu com o Kaul Lan. Alguém deu informações sobre a rotina dele pra dois assassinos, entregou metralhadoras Fullerton e mandou os caras pro Divino Lilás. Já investiguei muito por aí, e na minha cabeça foi você.

Depois de um instante, Seko assentiu de novo, mas sem erguer a cabeça. Tar segurou a empolgação que lhe invadiu e disse:

— Eles trabalhavam pro Mudt Jin, aquele seu espião, não trabalhavam?

— Eram dois zés-ninguém que roubavam caminhões com bolsas chiques, carteiras e merdas assim — declarou o rapaz. — Não passavam de dois moleques com febre de jade. Não dávamos nem um trocado pelos dois.

— Quais eram os nomes deles?

— E como é que eu vou saber, porra? Não lembro.

Não era a resposta que Tar queria. Tinha a péssima impressão de que Seko estava dizendo a verdade, mas quebrou mais duas costelas dele e falou:

— É melhor abrir o bico direito, ô cavanhaquezinho de merda. Ou então eu mudo de ideia e você vai conhecer os deuses todo picotado.

Seko, pendurado ali inerte, respirava sem forças através da boca frouxa e torcia levemente a corda. Tar o deixou e foi para o lado de fora, assim o sujeito teria algum tempo sozinho para vasculhar a memória. Algumas pessoas lembravam melhor depois de um bom período de reflexão.

Na rua, como ainda não tinha tomado café da manhã, seguiu até uma padaria na esquina e comprou um saco de bolinhos de nozes e uma caixa de leite adoçado. Junko era, acima de tudo, um distrito industrial, repleto de tijolos e concreto cinza. Nada muito atrativo, mas onde o Desponta tinha bastante força. Os comércios mantinham lanternas brancas sobre as portas ou janelas, e o povo se abaixava em saudações quando via a jade ao redor dos dedos e do pescoço de Tar. Ele voltou para dentro do prédio e dividiu a comida com Doun e Tyin, dois de seus Dedos. Tradicionalmente, o Encarregado do Pilar prestava um serviço administrativo para o clã e não comandava Punhos ou Dedos, mas devido aos tempos de guerra que viviam, Kaul Hilo fizera certas mudanças no cargo. Incumbira a Tar e seus homens a responsabilidade de encontrar e eliminar agentes inimigos no território do Desponta, e agora chamava a pequena equipe para quaisquer missões especiais que precisassem ser executadas e que, caso contrário, virariam um fardo adicional para o Chifre. Para minimizar a confusão com a organização de Kehn, Tar ia sugerir para o Pilar que seu time fosse chamado de outra coisa que não fosse Dedos, mas não tinha certeza do quê.

Estava derrubando as últimas migalhas de bolo na mão quando sua Percepção foi tomada de assalto pela repentina noção de que havia algo muito, muito errado. Tar ficou tenso, alarmado e prescrutou todas as direções até perceber que o que estava sentindo vinha lá de dentro: batimentos cardíacos espasmódicos, uma dor capaz de cegar e uma intensa onda de terror e triunfo. Abriu a porta de metal com força e ficou chocado ao ver Seko se debatendo e babando enquanto sangue escorria de seu pescoço até a frente da camiseta preta que vestia. Tar sacou a faca talon e cortou a corda que mantinha o Punho pendurado; o homem desabou como um saco. Por instinto, a boca dele tentava respirar, mas seus olhos reluziam com desdém. Xingando, Tar se agachou sobre o sujeito. Dava para sentir a vida do refém escorrendo como uma maré. Chegou a tentar impedir o inevitável ao direcionar a própria energia para fechar o ferimento, mas Afluência nunca foi seu ponto forte. Em segundos, Seko morreu. Suas mãos manchadas de sangue, ainda envoltas em correntes, seguravam uma pequena e simples navalha.

Tarde demais, Tar entendeu onde havia errado. Despira o homem de sua faca talon, da jade que carregava e o considerara indefeso. Numa impressionante façanha de vigor e força de vontade, o Punho dos Montanha conseguira levar os pés até as mãos e extrair a singela lâmina escondida dentro dos coturnos. Depois, puxara o corpo para cima e cortara a própria garganta.

Num acesso fervilhante de fúria, Tar chutou e pisoteou o cadáver. Quando se acalmou, não teve como negar que estava impressionado. Um guerreiro extirpado de jade, mas que, mesmo assim, superara os inimigos e morrera de acordo com seus próprios termos... A mãe de Seko deveria se encher de orgulho por ter um filho tão verdejante assim.

Mas isso não mudava o fato de que, para sua humilhação e frustração, Tar agora estava num beco sem saída, não tinha mais pistas a respeito do assassino e das jades desaparecidas.

Como sempre, Kehn foi mais estoico e encarou a situação com certa tranquilidade.

— É só a gente esperar até ele aparecer de novo — disse o irmão pelo telefone. — Pelo que você falou, esse moleque é só um ladrão desmiolado com tanta jade roubada que chega a ser pecado. Ninguém com esse tanto de jade consegue ficar escondido por muito tempo.

O bom senso do irmão fez com que Tar ficasse mais aliviado, mas apenas por alguns dias. Na semana seguinte, os Montanha foram roubar do outro lado da fronteira de Ponta de Lança e vingaram Seko em um ataque que matou um dos homens de Kehn e fez Tyin passar duas semanas no hospital. Como a fachada de uma loja foi danificada pelos tiros e dois moradores se machucaram com potentes rajadas de Deflexão, o incidente acabou virando notícia de capa. A manchete, *Violência Entre Clãs Parece Longe de Ter Fim,* foi impressa em cima da foto do Osso Verde do Desponta morto, caído numa poça de sangue em frente à vitrine estilhaçada de um mercado da rede Super Jollo.

Capítulo 5

Qualquer Vantagem

Deve ser algum mal-entendido, Kaul-jen — disse Seu Enke. O entroncado e grisalho Lanterna estampava uma carranca descontente no rosto e, embora estivesse tomando o cuidado de manter a voz num tom respeitoso, os olhos que encaravam Shae por baixo daquelas sobrancelhas peludas pareciam indignados. — Minha empresa é a maior construtora de Janloon faz mais de uma década. Faz vinte e cinco anos que sou um Lanterna do Desponta e minha família sempre pagou os impostos pro clã. Dois dos meus filhos são Ossos Verdes. Um é um Punho que serviu seu irmão quando ele era o Chifre e agora trabalha diretamente com o Maik Kehn. Como é que este contrato aqui foi pra uma empresinha dessas que mal tem história com o clã e nem é totalmente kekonísia?

— A outra construtora prometeu terminar antes por um preço menor — respondeu Shae, do outro lado da mesa. — O clã valoriza a lealdade e a amizade de nossos Lanternas de longa data, mas este contrato foi oferecido com base no mérito.

Seu Enke emitiu um som agoniado de quem não conseguia acreditar. Um pouco para trás e à esquerda e à direita, Shae podia sentir Hami Tumashon e Woon Papindowa se mexendo, desconfortáveis diante daquelas palavras.

— Não sei como a senhora define *mérito*, Kaul-jen — disse o sujeito. Agora era evidente que estava irritado. — Mas sou obrigado a perguntar: pra que serve o clã se ele não cuida dos interesses dos membros mais leais? Será que é possível a amizade do Desponta ser deixada de lado sem mais nem menos por causa de uns números suspeitos num pedaço de papel? Por acaso não somos mais kekonésios e viramos espênicos? Nos vendendo assim pra qualquer um que cobre menos?

— Com a permissão da Homem do Tempo — disse Hami. Não era sua hora de falar, mas ficou claro que queria controlar a situação. — Talvez possamos chegar num meio-termo. — Shae pressionou os lábios um contra o outro, mas assentiu, então Hami continuou. — Seu Enke, o clã precisa cuidar dos interesses do país assim como dos Lanternas, nisso todos nós temos que concordar. Empresas pequenas devem receber chances para prosperar, e investimento estrangeiro faz bem para a economia nacional. O que não significa que o Desponta não valoriza mais a aliança do senhor e da sua família. Na verdade, o que queremos é ver a sua empresa continuando a crescer com investimentos em equipamento e equipe. Se a Homem do Tempo concordar, podemos negociar uma redução nos impostos para apoiar o senhor nessa empreitada.

Hami olhou para Shae, que inclinou a cabeça de forma rígida.

— Parece uma ideia razoável.

Seu Enke não parecia completamente satisfeito com a concessão, mas depois de alguns momentos pensando em silêncio, grunhiu:

— Muito bem, então. Confiei no clã do Tocha, que os deuses o saúdem, por tempo demais pra deixar essa única experiência infeliz estragar nosso relacionamento. — O jeito com que olhava para Shae deixou bem claro que ele não confiava *nela* assim também. — Vamos aproveitar os impostos mais baixos que vocês ofereceram e dar nosso melhor para apresentar uma proposta mais atrativa na próxima vez.

Depois do Lanterna se retirar e Woon fechar a porta, Shae se virou para Hami e indagou:

— Por que você falou sem minha autorização? Você ofereceu muita coisa cedo demais.

— Você me indicou como Mestre da Sorte pra que eu fosse sincero — disse Hami com certa dureza enquanto se levantava e ia até a porta. — Então vou ser sincero agora: você não soube lidar com a situação. Os Enke são uma família tradicional e influente do clã. Mesmo que você tivesse bons motivos pra tomar essas decisões, fez eles se sentirem desrespeitados. — Parou, olhou para trás e continuou: — Agora, Kaul-jen, você precisa mais do apoio dos Lanternas do que de um milhão de dien que consiga economizar.

Hami empurrou a porta do escritório, o que permitiu a entrada de uma onda de ruídos (telefones tocando e o clique claque dos teclados vindo dos cubículos do outro lado do corredor) antes da saída se fechar com firmeza e sua orgulhosa aura de jade recuar.

Shae se reclinou na cadeira. Hami tinha razão: sua atitude defensiva perante Enke e toda aquela conversa a respeito de mérito acabara pegando mal e forçara o Mestre da Sorte a se meter e oferecer uma solução antes dela. Passara a imagem de uma jovem ingênua, influenciada demais pela educação estrangeira, e não de uma experiente Homem do Tempo de um clã Osso Verde. De finanças entendia, estratégia e política estava aprendendo, mas as habilidades de liderança exigiam não apenas que gerenciasse o vasto escopo de empresas fiéis ao Desponta, mas os aparentemente irreconciliáveis interesses e expectativas do povo.

— E o que é que eu deveria ter feito? — exclamou, e foi capaz de ouvir a irritação na própria voz.

Woon não reagiu à mudança no timbre dela; tinham trabalhado juntos por madrugadas demais no último ano para que Shae continuasse exibindo o mesmo comportamento profissional com ele que demonstrava com Hami ou qualquer outra pessoa na torre administrativa da Rua Caravela. O Sombra da Homem do Tempo olhou para baixo, para as mãos que mantinha dobradas, e pigarreou.

— Tudo o que posso dizer é o que eu acho que o Lan-jen teria feito. Devido à consideração pelo status do sujeito no clã, ele teria chamado o Seu Enke para o escritório e dado a chance de que fizesse uma proposta melhor. Se o Lanterna não tivesse condições, aí ele explicaria que, infelizmente, precisaria ofertar o contrato à outra empreiteira, mas perguntaria o que o clã poderia oferecer para ajudar a empresa do Enke a se tornar mais competitiva.

Melancólica, Shae encarou as janelas pinceladas pela chuva. Passara os últimos seis meses vivendo o luto pelo avô e, por um curto período de tempo, quase se esquecera de como sentia saudades de Lan.

Woon se inclinou para a frente e colocou os cotovelos sobre os joelhos.

— O clã é um navio velho e enorme. Poderoso, porém difícil de conduzir, Shae-jen. Sei que você quer mudar as coisas e fazer melhorias, mas é preciso ser cuidadosa. Em épocas de incerteza, o povo anseia pela garantia de que podem contar com o processo que aprenderam a esperar. Vão falar de como você errou com a família Enke. Até hoje não esqueceram de como você errou com o Kowi Don.

— Não vou administrar este setor com base no favoritismo do jeito que o Doru fazia — respondeu Shae, um tanto indignada. — Kowi Don não era qualificado pra trabalhar como Agente da Sorte, não importa que seja filho de um conselheiro.

Woon inclinou o queixo.

— Você tá sentada nessa cadeira porque é da família Kaul.

Ele falou de forma branda, sem rancor algum, mas Shae estremeceu diante da verdade. Tinha plena noção de que ainda havia um longo caminho a percorrer até provar seu valor na Rua Caravela. O clã mal escapara da aniquilação no ano anterior, e embora a guerra nas ruas tenha se transformado praticamente num impasse, o Montanha era maior e continuava numa posição financeira melhor. O Desponta dominava alguns setores, como o imobiliário e o de construção civil, mas o boom de desenvolvimento urbano e residencial que começara nas décadas seguintes à Guerra das Muitas Nações tinha desacelerado. Enquanto isso, muitos dos campos em que o Montanha era mais atuante, como o industrial, o varejista e o de transporte, continuavam a crescer sem problemas. Era preciso expandir as operações com mais afinco caso quisessem sobreviver a longo prazo, e cada ação que Shae tomasse como Homem do Tempo podia melhorar ou piorar a posição do clã em relação à de seus inimigos. Assim como os ombros, sua voz cedeu:

— Precisamos de qualquer vantagem possível, não importa quão pequena seja. É com base nisso que estou tomando minhas decisões, mesmo que algumas pessoas se irritem.

— Ter a confiança dessas pessoas também é uma vantagem — comentou Woon.

— Você acha que o clã não confia em mim?

— Você é muito dedicada e esperta, Shae-jen, isso qualquer um percebe — respondeu Woon, com uma veemência surpreendente para alguém que costumava falar de forma tão branda. — E é uma Kaul. Então a confiança do clã em você vai até aí. Acontece que os Lanternas são fiéis ao clã por causa do que recebem em troca e, nos últimos tempos, você anda fechando portas em vez de abri-las.

Shae permaneceu ali sentada em silêncio por um instante. Nuvens espessas carregadas de chuva da primavera cobriam Janloon. À distância, o céu e o mar compartilhavam o mesmo tom indistinguível de azul-acinzentado.

— Sou grata por ter você ao meu lado, Papi-jen.

E era mesmo. Se Lan não tivesse sido assassinado, seria Woon quem estaria sentado neste escritório como Homem do Tempo. Mesmo assim, ele se dedicava com uma devoção incansável ao cargo de Sombra, o chefe da equipe da Homem do Tempo, e nunca parecia amargurado ou reclamava. Woon não era astuto ou inteligente de um jeito particularmente diferenciado, não tinha uma personalidade forte, mas assim como Lan, parecia construído de uma fibra tão firme e confiável que era fácil compreender o porquê tinha sido amigo e mão direita de seu irmão por tanto tempo. Shae colocou uma mão no braço dele.

— Foi um dia pesado. Vai pra casa, não precisa me esperar.

Woon se levantou, o que fez a mão cair de seu braço. Ela Percebeu a aura de jade dele pulsar com algum sentimento repentino e reprimido.

— Também tenho que trabalhar — declarou ele. — Não se apressa, Kaul-jen. Depois te levo pra casa como sempre.

O antigo Encarregado do Pilar deixara Lan sozinho na noite do assassinato. Desde que começara a trabalhar como Sombra, não fora embora mais cedo nenhuma vez.

Depois de Woon ter saído, Shae encarou a papelada sobre a mesa por mais algumas horas. Seu reflexo emergiu nas janelas poentes conforme as luzes do centro de Janloon se acendiam e transformavam os arranha-céus em colunas luminosas. O telefone tocou e ela o atendeu.

— Kaul-jen — disse a voz levemente anasalada de Ree Turahuo do outro lado da linha. — Que bom que deu tempo de te encontrar no escritório. Eu tava na expectativa de que pudéssemos ter uma conversa franca de Homem do Tempo pra Homem do Tempo.

Shae soltou o relatório que estava lendo. O fio do telefone se esticou quando ela afastou a cadeira da mesa.

— Ree-jen — respondeu, com o timbre calmo e imparcial. — Sobre o que você gostaria de conversar?

— Mês que vem o conselho da Aliança Jade-Kekon vai finalmente se reunir e sediar uma votação entre os acionistas para decidir se podemos recomeçar com as minerações de jade em território nacional — explicou Ree. — Como o Desponta e os aliados de vocês entre os clãs menores planejam votar?

Shae respondeu:

— O Pilar tá analisando todas as possibilidades. Ainda não se decidiu.

— Ah, faça-me o favor, Kaul-jen — exclamou Ree, com a voz mais séria. — Para de brincadeira. Todos sabemos que o seu irmão confia no conselho para essas questões. É você quem vai decidir. Seu plano é prolongar essa suspensão desnecessária ou deixar o país voltar ao normal?

— As minas podem voltar a trabalhar de novo assim que todas as medidas para evitar outro abuso de poder do Clã da Montanha forem tomadas — retrucou Shae. — Ainda não sei se acho as reformas que o Conselho Real propôs satisfatórias.

Deu um sorriso para si mesma. Como queria ver ou Perceber a reação do outro Homem do Tempo. Um escândalo nacional estourara quando, quase dois anos atrás, discrepâncias financeiras descobertas por ela nos registros da AJK revelaram que os Montanha andavam, pelas costas do governo e de outros clãs Ossos Verdes, pegando mais jade do que as cotas permitiam. Para o público, Ayt defendeu que ninguém tinha culpa, que era tudo uma questão de negligência e problemas operacionais, mas foram poucos os que acreditaram, até mesmo dentro de seu próprio clã. O Conselho Real aprovara uma legislação que instituía restrições de domínio para evitar que a Aliança Jade-Kekon acabasse sobre controle de um único clã, demandara auditorias terceirizadas anuais, formara um comitê para supervisionar a operação e tomara uma série de outras medidas cujo objetivo era salvaguardar o estoque nacional de jade e garantir transparência em seu gerenciamento. Enquanto isso, nos últimos dezoito meses, as minas de Kekon ficaram vazias. Nenhuma jade nova entrou nos cofres da nação. As exportações oficiais haviam cessado. Milhares de mineiros abukianos solicitaram assistência governamental.

Com firmeza, Ree disse:

— Se os votos não forem suficientes, o projeto vai voltar pro Conselho Real por sabe-se lá quanto tempo. Vamos perder a época de seca e esta crise econômica terrível vai durar mais um ano. É *isso* que você quer?

— Eu quero é que os Montanha sejam responsabilizados pelas infrações que cometeram.

Quanto mais a suspensão das minas durasse, mais o público lembraria dos crimes dos Montanha.

Houve uma pausa. A voz de Ree mudou e assumiu um tom astuto.

— Uma hora vocês vão ficar sem jade pra vender pros espênicos. Até onde você tem condições de esvaziar os estoques do Desponta? — Shae foi capaz de imaginar a expressão presunçosa de Ree no silêncio momentâneo que se seguiu. — Ah, sim, claro que sabemos que vocês andam vendendo as suas próprias reservas, e é por isso que os estrangeiros não armaram um circo ainda maior até agora. Acredito que o Conselho Real e o povo de Kekon teria bastante interesse em saber que a economia do Desponta ainda tá de pé porque vocês tão vendendo jade diretamente pra República da Espênia.

— E eu acredito que nossos aliados oficiais, os espênicos, adorariam ficar sabendo dos contratos secretos dos Montanha pra vender jade pros ygutanianos, inimigos deles — afirmou Shae com frieza. — Ainda mais se houver soldados espênicos sendo enviados pra lutar em Shotar contra rebeldes treinados e apoiados por Ygutan. Duvido muito que vão gostar de ver soldados do outro lado do campo de batalha com jade kekonísia.

— Essa discussão não vai levar a lugar nenhum, Kaul-jen — atestou Ree, irritado. — Você pode até achar que continuar arrastando esse escândalo na AJK é bom pro Desponta, mas pensa no nosso dilema mútuo. A redução nos estoques de jade não serviu pra nada a não ser encorajar traficantes e aumentar a taxa de crimes violentos. O povo já viu sangue demais, já sofreu muito pela economia. Tá todo mundo preocupado que a crise em Oortoko vire uma guerra entre duas potências internacionais e se espalhe pela região inteira. Eles esperam que os Ossos Verdes defendam Kekon se isso acontecer. Você acha que vão acreditar que é isso que estamos fazendo, Kaul-jen?

Shae não respondeu.

— Nós dois não somos Punhos, que veem o mundo apenas em tons de preto e vermelho — disse Ree. — Nem a minha Pilarisa. Quanto ao seu Pilar, eu já não posso garantir nada. Ayt-jen quer propor uma reunião entre nossos clãs. Um encontro com todas as garantias apropriadas.

Capítulo 6

Os Novos Verdes

Bero se sentia um novo homem, o sujeito que sempre nasceu para ser. Não precisava mais dormir no chão do apartamento de sua tia; tinha a própria casa agora, no terceiro andar de um edifício residencial com dez andares, localizado na Forja. A aparência não era lá grande coisa. A porta não fechava direito, o encanamento era antigo e as paredes, finas. A vizinha, Dona Waim, era uma velha rabugenta que cheirava a pastilhas para dor de garganta e batia em sua porta para reclamar sempre que ele tocava música ou fazia barulho demais. Nada disso importava. Todo dia, quando acordava por volta do meio-dia, Bero ia ao banheiro e encarava no espelho a jade que pendia de seu pescoço. Com os ombros empertigados e a cabeça inclinada, se virava para lá e para cá enquanto examinava o próprio reflexo de diferentes ângulos. Pegava uma faca talon e a equilibrava na ponta dos dedos. Gostava do que via. Força. Poder. Respeito.

Amarrava o braço com um torniquete de borracha e aplicava uma dose de BL1 todo dia sem falta e marcava cada injeção num calendário na parede. Mudt (não o jovem Mudt Kal, e sim o pai dele, Mudt Jin, agora já falecido) dissera-lhe que esquecer uma injeção ou tomar uma a mais poderia gerar uma overdose fatal. Quando o brilho chegava em seu cérebro, Bero se sentia invencível. Os estrangeiros até serviam para certas coisas, sim, e uma delas era o brilho. Por que passar a infância inteira treinando em alguma escola de artes marciais draconiana por aí se já existiam métodos modernos? A energia de jade que cantarolava através de suas veias era quente e cortante, melhor do que qualquer outra coisa no mundo, melhor até do que dinheiro ou sexo. O gosto que experimentara dois anos atrás, quando pusera as mãos em jade por alguns poucos minutos... aquilo não tinha sido nada. Tudo o que viveu antes fora enfadonho, sem cor, um sonho meio acordado do qual ele finalmente despertara. Quando saiu rua abaixo, a sensação era de que estava planando como um tigre através de um rebanho de gado.

À noite, ia a um clube de treino subterrâneo em Moedavada chamado Casa do Rato. Era um dos poucos esconderijos na cidade onde pessoas com jade ilegal se encontravam para treinar a si mesmos, injetar BL1 com segurança e exibir todo o verde que jamais poderiam mostrar em público. Normalmente, encontrava Mudt ali também e os dois praticavam Força em blocos de concreto ou corriam com a Leveza contra a parede de tijolos. Suas habilidades eram inconsistentes. Bero podia muito bem pular um metro inteiro num dia, mas mal conseguir passar de um salto normal no outro. Isso o frustrava, mas não o desencorajava. Não criara nenhuma expectativa de que ficaria bom logo no início. Era apenas uma questão de mais jade e mais prática para que logo fosse capaz de encarar Ossos Verdes.

Depois de algumas horas, Bero bebia algo no bar e então começava a vender brilho pelo salão mal iluminado. Ele tinha clientes regulares que compravam toda semana e fazia um belo dinheiro, o que significava que não precisava manter nenhum outro emprego, bem diferente de Mudt, que se mudara para a casa de parentes distantes e mentira a respeito da própria idade para trabalhar como repositor numa loja de sapatos. A maioria das pessoas na Casa do Rato era homens com vinte e poucos anos vindos de partes pobres do interior do nordeste de Janloon (Docas, Forja, Moedavada e Cidade do Peixe). Alguns estampavam tatuagens de gangue na pele. Outros, Bero desconfiava que estavam do outro lado da lei por motivos que iam além da posse ilegal de jade. Alguns pareciam até sujeitos respeitáveis com trabalhos normais, mas que, por algum motivo, estavam dispostos a arriscar suas vidas para serem verdes. Ninguém na Casa do Rato tinha treinamento formal, e muitos nem sequer tinham treinamento. Precisavam de BL1 diariamente para manter a tolerância à jade que Ossos Verdes desenvolviam depois de anos de esforço. Tudo isso formava uma base confiável de fregueses.

O senso inexperiente de Percepção de Bero parecia funcionar de forma intermitente. Não ia muito longe, mas quase sempre lhe permitia saber quem no recinto estava usando jade, já que fazia essas pessoas reluzirem de forma diferente em sua mente. De vez em quando, ele olhava para alguém e captava lampejos de sentimento ou intenção. Não era preciso muita habilidade com esse poder, porém, para notar a curiosidade quase hostil que lhe era dirigida conforme vagava pelo clube. Quando ia para a cidade, Bero escondia a jade debaixo da gola levantada de uma camisa ou jaqueta e ficava o mais longe possível de Ossos Verdes que talvez percebessem sua presença e fizessem perguntas, mas ali na Casa do Rato, o povo via quanta jade ele usava. Queriam saber como um adolescente conseguira tanta assim.

Nunca perguntavam. A regra principal no estabelecimento era não perguntar onde e como alguém havia conseguido jade. Fosse roubada, encontrada, comprada no mercado clandestino, não importava. A única coisa que todos ali tinham em comum era a sentença de morte que receberiam caso fossem pegos por Ossos Verdes dos clãs maiores que, por sorte, estavam ocupados demais lutando uns contra os outros para prestar muita atenção em outras coisas. A Casa do Rato era o único lugar onde usuários ilegais podiam conversar livremente, testar seus poderes e, bêbados, se gabarem de como haviam passado a perna naqueles que mantinham a jade nas poucas mãos da elite.

Eles se denominavam novos verdes.

Pela maior parte do tempo, Bero sentia que tudo finalmente tinha dado certo em seu mundo, a não ser por um detalhe: logo estava fadado a ficar sem brilho.

Seu considerável estoque inicial ia diminuindo conforme ele usava e vendia. Um dia, um homem que Bero andava vendo por ali havia algumas noites gesticulou para que ele se aproximasse e disse:

— E aí? Que tal você e o seu amigo virem aqui pra minha mesa beber alguma coisa? Tenho uma ideia de negócio pra vocês, uma proposta que acho que vão gostar.

Então Bero chamou Mudt e puxou uma cadeira.

O sujeito tinha um rosto estreito e muito bronzeado que o cabelo, com as laterais raspadas rentes à cabeça e o centro arrepiado com gel, fazia com que parecesse mais estreito ainda. Ele parecia ser kekonésio, mas talvez tivesse mais de uma descendência, e falava com sotaque estrangeiro. Devia ter trinta e poucos anos e contou que seu nome era Soradiyo.

— Mas que nome é esse? Parece coisa de shote — comentou Bero.

— E é — concordou Soradiyo, sem nenhuma expressão enquanto encarava os rapazes com um olhar questionador. — Vocês não têm medo de usar tanta jade assim, não?

Bero semicerrou os olhos. O homem à sua frente tinha uma aura de jade, disso ele tinha certeza, mas a pedra que Soradiyo usava ficava fora de vista. Quem quer que ele fosse, não queria chamar nenhuma atenção, nem mesmo ali na Casa do Rato.

— A jade é minha e eu vou usar — declarou Bero. — Se os Ossos Verdes me pegarem, aí azar o meu. Todo mundo vai morrer um dia.

— A gente tem mais jade do que alguns Punhos — acrescentou Mudt, todo destemido e com as bochechas coradas. — Pode demorar o que for, mas vou treinar até ser capaz de derrubar *qualquer* Osso Verde.

Este tipo de discurso inflamado e fatalista era comum entre novos verdes, mas, nos últimos tempos, palavras assim andavam sendo ditas com menos frequência e por vozes mais baixas. Nada daquilo era novidade para Bero. Muitos fregueses da Casa do Rato haviam sido informantes do Clã da Montanha, e foi assim que receberam jade e tinham acesso a brilho pelas mãos de Ossos Verdes sob o comando de Gont Asch, que queria plantar agentes no território do Desponta. Desde a morte de Gont, os Montanha tinham recuado, e o Desponta abatia os novos verdes sempre que conseguia encontrá-los. Os Kaul ofereciam anistia para qualquer um que se apresentasse, entregasse sua jade e revelasse o nome de seus cúmplices. Muitos aceitaram a oportunidade, já que acreditavam que seria melhor perder a jade do que a cabeça e não queriam ser caçados por Maik Tar e seus homens.

Soradiyo ergueu o copo e abriu um sorriso com aqueles lábios grossos que, de algum jeito, era encorajador e condescendente ao mesmo tempo.

— Fé é o primeiro passo pra realizar os nossos sonhos — disse ele.

Impaciente, Bero bufou. Por algum motivo, sentia um ímpeto de impressionar aquele sujeito, mesmo que não fosse com a cara dele.

— Tá, e o que é que você quer com a gente, afinal de contas?

Soradiyo tirou a cadeira debaixo de uma goteira. A Casa do Rato não tinha janelas; o teto e as paredes estampavam manchas de umidade, e lá pelas duas ou três da manhã o ar ficava carregado com a catinga de suor e fumaça de cigarro.

— Eu sou olheiro. Procuro gente que tenha duas coisas: jade, e algum probleminha na parte do cérebro que devia fazer a pessoa sentir medo da morte.

— Bela propaganda do emprego — falou Bero.

Soradiyo deu uma risada cortante.

— Tô perguntando se você quer ser um peixe-pedra. — Um contrabandista de jade, do tipo que leva joias para fora do país. — O pagamento é em dinheiro, brilho e, depois de um tempo, em verde. Você nunca veria esse tanto de grana vendendo brilho. Nunca.

— Você trabalha pra alguém? — perguntou Bero.

— Eu sou um arras do Ti Pasuiga. Sabe o que isso significa?

Frente ao silêncio afirmativo dos dois, Soradiyo arreganhou os dentes num sorriso. O que ele dissera já não parecia mais um exagero. Ter associação ao maior e mais notório cartel de tráfico poderia, de fato, oferecer a um homem ousado uma riqueza fabulosa ou uma morte sem honra alguma.

Soradiyo tamborilou os nós dos dedos desfigurados ociosamente sobre o tampo da mesa.

— Os negócios tão indo de vento em popa. A demanda tá maior do que nunca e dinheiro não é problema. Mas é arriscado demais continuar dependendo dos abukianos.

Indígenas nativos que eram imunes à jade, não emitiam aura e não sofriam os intensos (e às vezes até fatais) efeitos da longa exposição à jade eram as mulas comuns no mercado clandestino, mas era fácil identificá-los e, por isso, viravam alvo de suspeita em qualquer fronteira. Soradiyo abriu a carteira e pegou dinheiro para pagar as bebidas de todos.

— A parte boa é que, hoje em dia, qualquer um é capaz de usar jade com a quantidade certa de brilho. Talvez vocês até sejam confundidos com Ossos Verdes. — Ele se levantou e pegou seu casaco. — Pensem nisso. Vou voltar aqui nesta mesma hora na próxima quardia e aí vocês me dizem se querem sair desse buraco e trabalhar com os mandachuvas.

Depois que Soradiyo foi embora, Mudt limpou o nariz no ombro da camiseta e disse:

— A gente não precisa desse barukâne otário. Já temos tudo o que precisamos. Foi a gente mesmo que conseguiu esta jade. — Ele tocou os braceletes que usava. — Podemos treinar aqui até ficarmos bons o bastante pra derrotar qualquer um. Pra derrotar até os Maik.

— Você fala demais — vociferou Bero, irritado, antes de se levantar para pegar outra bebida.

Passou por uma mesa de pessoas arrastando facas sobre os antebraços para praticar Aço. Um deles xingou baixinho ao sentir dor e caiu da cadeira quando a lâmina cortou sua carne.

O problema de Mudt era que ele tinha opiniões demais. Nunca sabia a hora de calar a boca. O garoto nem teria jade ou brilho se não fosse por Bero. Se não fosse pelo plano daquela noite no cemitério. Bero *matara* para que o rapaz tivesse jade. Duas vezes. Mudt não fizera nada disso. No fim das contas, era apenas um oportunista que nem merecia ser verde.

Capítulo 7

A Persuasão da Homem do Tempo

A Universidade Real de Jan, situada no extremo oeste de Janloon, é a instituição acadêmica mais antiga de Kekon e sobreviveu a períodos de guerra e de invasão no decorrer de seus trezentos anos de história. Alguns dos prédios de pedra desgastada pelos quais Shae passava agora foram construídos havia muito tempo, na época da unificação da ilha depois da Guerra das Irmãs. Outros, como o edifício do Departamento de Estudos Estrangeiros, eram reluzentes estruturas modernas de aço, vidro e concreto. Shae passou pelas portas duplas, entrou quietinha num auditório e ocupou um assento vazio da última fileira. A aula já havia começado. Maro estava escrevendo no quadro e não a viu entrar, mas quando ele se virou para encarar a turma, seus olhos a encontraram e um singelo sorriso apareceu brevemente em seus lábios antes de voltar a focar os alunos que prestavam atenção.

— Semana passada nós discutimos as consequências da Guerra das Muitas Nações e falamos de como o colapso econômico e político do Império Tun, seguido por décadas de conflito civil e reforma, permitiu que Ygutan preenchesse o vácuo de poder deixado no continente oriuano. Pelo resto do semestre, vamos começar a focar as políticas do pós-guerra da República da Espênia no que diz respeito a Shotar e Kekon, e como isso se relaciona diretamente com os eventos atuais.

Shae estava interessada na aula, e Tau Maro era um orador envolvente (organizado, inteligente e muito entusiasmado quanto ao material), mas ela não conseguia parar de pensar na conversa que tivera com Ree Tura no dia anterior. Ficou surpresa quando a hora passou e desapontada por não ter conseguido se concentrar melhor. Maro escreveu no quadro uma pergunta para encerrar — "A tarefa desta semana é escrever três páginas a respeito do seguinte assunto: Como a recente homologação do Pacto de Amizade e Neutralidade Mútua entre Tun e Ygutan afeta Kekon?"

Depois de os estudantes terem reunido os pertences e saído do auditório, Shae se levantou e caminhou para a frente do recinto.

— Tomara que você não se importe de eu ter entrado pra assistir — comentou. — Você é um ótimo professor.

Maro terminou de apagar o quadro e então olhou para as cadeiras vazias ao redor antes de se inclinar para dar um beijo no canto dos lábios dela. A barba curta fez cócegas na bochecha de Shae, que sentiu um leve aroma de loção pós-barba misturado ao cheiro de pó de giz nas lapelas e ombros da jaqueta marrom de suede que ele usava sobre a camisa.

— Que nada. Você tá linda. A gente vai jantar onde?

As chuvas da primavera haviam limpado as calçadas e deixado os extensos gramados verdejantes e exuberantes. Alunos em bicicletas passavam por eles enquanto os dois saíam do campus. Shae não tinha carro nem motorista esperando. Pegara um táxi direto do escritório na Rua Caravela; passara em casa só para retocar a maquiagem e trocar o blazer por um xale vermelho de lantejoulas. Ela começou a sinalizar em busca de outro táxi, mas Maro falou:

— A esta hora de uma quindia vai ser mais rápido pegar o metrô. Não tem problema pra você, né?

Ela garantiu que não.

Parados na plataforma enquanto conversavam casualmente a respeito da aula, do campus e do clima dos últimos dias, Shae sentia parte da tensão da semana de trabalho se dissipar aos poucos. Descansou os olhos em Maro, em sua calma reconfortante enquanto deixava o primeiro trem lotado demais passar e esperava pelo próximo. A barba curta o fazia parecer mais velho do que de fato era, mas ele tinha uma boca macia, olhos atentos e mãos enormes e lindas. Era a surpresa mais agradável que acontecera no ano de Shae. Ela não estava procurando por relacionamento nenhum. Às vezes, sentia nostalgia ao pensar em Jerald e desejava ter companhia, mas não havia muito espaço para qualquer tipo de vida fora das responsabilidades do Desponta. Com a morte do avô, o funeral e as recentes demandas no escritório da Homem do Tempo, passara quase um mês sem ver Maro.

— Desculpa ter ficado tanto tempo sem te encontrar — disse ela.

Ele meneou a cabeça.

— Sei que as coisas não estão fáceis. Andei pensando em você, mas não queria me meter porque sabia que sua família já tava muito na boca do povo. — Maro hesitou, mas então entrelaçou os dedos na mão de Shae e os apertou. — Tô feliz que você conseguiu um tempinho hoje.

Foram para o Cozinha Golyaani, um restaurante de luxo em Sotto do Norte, não muito longe do primeiro apartamento em que Shae morou logo depois de ter voltado para Janloon. Fazia um tanto que andava querendo levá-lo ali. O garçom os conduziu até um reservado no canto do salão, onde ela pediu um drink e Maro escolheu um uísque shotariano nem muito caro e nem muito barato e um copo de água.

— Então. Como é que você tá? — perguntou.

— Melhor do que antes. Sinto falta do meu vô... mas no último ano de vida ele já não era mais o mesmo. Ele costumava ser um furacão. — Pensativa, ela mexeu o coquetel. — Gosto de pensar que ele tá esperando o Retorno na vida pós-morte com meu pai e meu irmão e que eles estão muito mais felizes e em paz agora.

Shae parou e, determinada a não deixar a melancolia estragar o que deveria ser uma noite tranquila, tomou um grande gole da bebida. Esticou o braço até o outro lado da mesa e colocou a mão sobre a mão muito maior de Maro. A aura de jade dele era como um cobertor leve, cheio de vincos interessantes e agradável ao toque.

— Como vai o trabalho?

— Como sempre — respondeu ele, deixando que trocassem de assunto. — Tô lecionando três matérias este semestre. E ainda tô tentando arranjar financiamento pras viagens de estudos estrangeiros. A burocracia acadêmica nunca para de me surpreender. — Deu um suspiro conformado. — De tanto que os eventos lá em Shotar andam aparecendo no jornal, também tão me chamando muito lá na Casa da Sabedoria.

Quando conheceu Maro no encontro de ex-alunos da Academia Kaul Dushuron seis meses antes, já percebera na hora que ele seria um contato valioso. Como Homem do Tempo, precisava estar atualizada quanto às relações internacionais e comércio entre nações. Aos 33 anos de idade, Tau Marosun era um dos mais novos docentes do Departamento de Estudos Estrangeiros da Universidade Real de Jan e consultor político do Conselho Real. O fato do jovem e bem-sucedido professor ser atraente não passava despercebido, mas não era o mais importante. Algumas semanas depois, durante um jantar, pedira-o para se sentar ao seu lado na esperança de construir uma relação profissional e conseguir mais indicações de especialistas. Conversaram por horas. Começaram com as áreas de expertise dele, mas logo estavam papeando a respeito de tudo, desde os restaurantes de Janloon a filmes estrangeiros e viagens baratas.

Depois, Maro, todo envergonhado, perguntara se poderia vê-la de novo.

O Cozinha Golyaani servia versões luxuosas de pratos tuni junto com um enorme e variado cardápio de drinks e, naquela noite de quindia, as mesas ao redor estavam ocupadas pelos jovens trabalhadores que moravam no Distrito de Sotto do Norte. Lampiões pendurados iluminavam a estilosa lareira de tijolos, as mesas pretas e as estantes com garrafas rústicas decorativas cheias de ervas secas. A comida chegou: salsicha de fígado defumada, ensopado de berinjela apimentada com arroz e carne de codorna cozida numa panela de barro. Shae ficou feliz quando Maro exclamou satisfeito com os pratos e elogiou as escolhas. Ela o observou servir o ensopado para os dois. Maro fazia tudo de um jeito muito sútil e deliberado: anotava os pontos principais da lição antes da aula começar, parava por um instante antes de falar, dedicava um momento para sentir o aroma do uísque antes de bebê-lo. Era o completo oposto de Jerald. O namorado anterior de Shae era atlético, exuberante e vigoroso na cama. Um jovem oficial do exército espênico divertido, charmoso, insensível e, pensando bem, superficial também. Maro era inteligente e opinativo, mas despretensioso, um sujeito que valorizava conversas profundas e novas experiências. Era diferente da maioria dos homens Ossos Verdes com quem Shae estava acostumada. Ele usava, de forma discreta, duas pedras de jade na orelha esquerda, mas nunca fora um Dedo. Inclusive, parecia ter pouquíssimo interesse nas questões do clã. Fazia perguntas a esse respeito apenas porque sabia que era um assunto importante para Shae e porque talvez pudessem ter a ver com a política nacional e os problemas do mundo.

— O que é que o Conselho Real anda te pedindo? — perguntou ela.

— Exatamente o mesmo que eu peço pros meus alunos — respondeu Maro, com certa ironia na voz. — Mas com muito mais detalhes do que um relatório de três páginas.

Shae se lembrou da pergunta deixada no quadro depois da aula: *"Como a recente homologação do Pacto de Amizade e Neutralidade Mútua entre Tun e Ygutan afeta Kekon?"*

— E como é que você responderia à tarefa que você mesmo passou?

Maro pegou um pedaço de codorna, mastigou e engoliu antes de responder.

— Eu diria que Kekon vai ficar numa sinuca de bico sem precedentes. O Pacto entre Tun e Ygutan não é surpresa nenhuma. Tun tem problemas demais sozinho pra se opor a Ygutan, e pros ygutanianos é mais do que bom não precisar se preocupar com a maior fronteira do país, porque assim podem se concentrar em conseguir controle total do Golfo de Origas. O que é cem por cento inaceitável pra Shotar e pra Espênia. A RDE é obrigada a oferecer mais recursos militares pra região, principalmente pra Kekon.

Shae assentiu.

— E vamos acabar bem no meio da Espenosfera e da Coalisão Ygut.

Oficialmente, Kekon era aliado da República da Espênia e abrigava a maior base naval da região na Ilha Euman. Os kekonésios, por outro lado, tinham o costume de tratar os espênicos como nada além de estrangeiros. Geograficamente falando, ficavam mais perto do continente de Orius do que de Spenius, e tinham rivalidade com Shotar fazia tanto tempo que era difícil imaginar os dois países de um mesmo lado só porque faziam parte da RDE. A mente de Shae voltou a pensar na conversa incômoda que tivera com Ree Tura. O mundo fora dos limites de Kekon estava exercendo forças que interferiam até mesmo em uma rixa familiar entre os clãs Ossos Verdes.

— É uma situação política complicada — concordou Maro. — Mas talvez seja uma oportunidade também, sabe? Pra que nosso país assuma um papel mais importante a nível global.

Ele bebericou o drink. Quando devolveu o copo à mesa, continuou:

— Por boa parte da nossa história, fomos uma ilha insular, exótica e isolada, um povo que confiava na jade e nos Ossos Verdes pra nos proteger. Mas tudo isso anda mudando nos últimos tempos. A jade fez com que o mundo batesse à nossa porta, e agora temos que fazer parte do mundo.

Shae pensou no primo, agora na Espênia. Na época, tivera certeza de que estava fazendo a escolha certa ao convencer Hilo a mandar Anden estudar no exterior. O Desponta precisava de mais gente que tivesse vivido e trabalhado fora de Kekon, de pessoas que entendessem esse mundo frenético do qual Maro falava. Só que Anden não acreditara nela e chegara até mesmo a culpá-la. Shae parou de comer e encarou Maro.

— Não tem jeito, vou ter que perguntar como foi que você acabou como professor titular de estudos estrangeiros depois de se formar em uma instituição de Ossos Verdes tão tradicional como a Academia Kaul Du — disse, sorrindo.

Maro fez uma careta e se inclinou para a frente.

— Foi por pouco — confessou ele. — Que me formei, no caso. Passei o maior perrengue com as matérias que envolviam as disciplinas de jade e quis largar tudo no quinto ano, mas era impossível. Sou o único garoto na minha família.

Era uma antiga crença da cultura kekonísia de que famílias que prestam têm jade. É esperado que um filho único receba educação marcial e use verde. Pensativo, Maro franziu os lábios e então terminou o copo de uísque.

— Só que agora, pensando bem, fico feliz de ter feito o treinamento. Acho que me deixou mais forte. Mas aqueles dias não foram fáceis. A sorte foi que as minhas notas me salvaram, mas eu nunca levei muito jeito pra ser um Osso Verde. Não como certas pessoas que se formaram no topo do ranque. — Ele deu uma cotoveladinha provocadora em Shae. — Lembro de você naquela época. Eu tava no quarto ano e você chegou como caloura. Você não deve se lembrar de mim, né?

Ela ficou com vergonha de admitir que não.

— Não tem problema. E nem teria por que lembrar. Eu era um rato de biblioteca e não impressionava muito. Por outro lado, todo mundo sabia quem você era. Era difícil não prestar atenção em você já que você e o seu irmão estavam na mesma turma.

— Chego a me tremer só de pensar que você lembra de mim aos dez anos de idade.

Maro riu; um som surpreendentemente valioso e agradável.

— Fico é aliviado de você não lembrar do adolescente esquisito no fim da hierarquia da Academia que eu era. Se lembrasse, nunca que teria vindo jantar comigo. Sei que a gente não se conhece há muito tempo, mas... eu te acho maravilhosa. — Ele ficou com o rosto corado e voltou toda sua atenção para dobrar um guardanapo. — É linda, inteligente, visionária e mente aberta. Acho que foi ótimo você ter se tornado a Homem do Tempo. Qualquer um como eu pode falar sobre mudar as coisas, mas você foi lá e mudou de verdade.

Shae não sabia como responder. As palavras de Maro fizeram-na sentir um acalento no peito, mas ela não tinha certeza de que merecia toda aquela moral abundante. Os clãs continuavam em guerra, a AJK estava suspensa e o contrabando só aumentava. A crise de Oortoko estava respingando em Espênia e Ygutan e, como o próprio Maro dissera, Kekon estava fadado a acabar envolvido em qualquer conflito regional entre duas grandes potências. Ela se sentia despreparada para lidar com tantas ameaças ao clã e ao país, e suas decisões já a tinham gerado inimigos.

— Não é tão simples assim. O clã é um navio velho e enorme, difícil de conduzir. — Ouviu-se repetindo as palavras proferias por Woon no dia anterior. — Mesmo como Homem do Tempo, não tenho certeza de que sou capaz de fazer muita diferença.

Maro abaixou o queixo e ergueu as sobrancelhas numa expressão desconfiada que Shae o imaginava usando com alunos que davam explicações nada convincentes para entregar tarefas fora do prazo.

— Seu avô, que os deuses o saúdem, ajudou o país a se abrir e prosperar depois da Guerra das Muitas Nações. Os clãs Ossos Verdes podem até culturalmente ser as instituições mais tradicionais de Kekon, mas já evoluíram antes. — Ele pegou as duas mãos de Shae e olhou para ela com uma seriedade intensa que tornou difícil encará-lo sem ficar com o rosto quente.

— Você era a mais nova da sua turma na Academia, mas foi melhor do que todo mundo nos ranques, melhor até mesmo do que o seu irmão. Já ouvi dizerem que você lidera o clã tanto quanto ele hoje em dia. Você nasceu e treinou para este papel. Quem é que seria capaz de fazer a diferença se não fosse você?

Quando tinha opiniões fortes sobre algum assunto, Maro empunhava uma retórica inegavelmente convincente e, apesar das recentes crises de autoconfiança, Shae não conseguiu evitar: sorriu e desejou acreditar em cada uma daquelas palavras.

Enquanto o garçom retirava os pratos, a chefe Lanterna, que também era a proprietária do Cozinha Golyaani, saiu da cozinha e se aproximou da mesa para demonstrar respeito. Era uma mulher tuni baixinha e de rosto arredondado que devia ter sido criada em Janloon, pois falava um kekonês perfeito.

— Kaul-jen — disse ela, e levou as mãos entrelaçadas à testa enquanto fazia uma saudação reverente. — É uma honra servir a senhora aqui no meu humilde estabelecimento. A comida foi do seu agrado?

Shae garantiu que a refeição fora fantástica. Maro pegou a carteira para pagar a conta e sofreu uma reprimenda imediata.

— Não, não, não custou nada. O senhor é um convidado da Homem do Tempo e somos fiéis ao Desponta.

Shae se levantou para ir embora, mas Maro continuou sentado.

— Eu insisto em pagar — declarou. Não estava olhando para a proprietária, mas para Shae. — Não faço parte do clã, então o restaurante não me deve nada. E mesmo sabendo que você pode comer em qualquer lugar em qualquer dia da semana de graça, eu gostaria de pagar pelo jantar. É besteira, mas por favor me deixa pagar pela comida.

A empresária olhou incerta para Shae, que hesitou. Se aceitasse o nobre, porém esquisito, gesto, teria visitado o Cozinha Golyaani não como a Homem do Tempo do Desponta ajudando um negócio ligado ao clã ao levar um convidado, mas como companhia de Maro. Já conseguia até imaginar os rumores e questionamentos que começariam a correr pelos círculos mais fofoqueiros do clã.

Havia algo tão singelo no pedido de Maro, um desejo tão genuíno de cortejá-la do jeito certo, que ela não conseguiu dizer não. Assentiu para a Lanterna proprietária do Cozinha Golyaani, sorriu para seu acompanhante e voltou a se sentar para permitir que ele acertasse a conta.

— Obrigada, Maro.

Lá fora, o concreto estava úmido devido ao típico Suor do Norte da temporada de chuvas, mas o orvalho havia dissipado o nevoeiro de poluição e Janloon exalava um incomum aroma fresco. Caminharam de braços dados pela calçada enquanto conversavam. Tomada por nostalgia, Shae ia apontando para algumas coisinhas de seu antigo bairro: a livraria com o papagaio na janela, a barraquinha de comida que vendia cones de papel com nozes doces torradas, o novo letreiro neon do cinema que aparecera depois de sua mudança. Pararam na vitrine de uma loja de discos, e ela ficou impressionada ao ver uma seleção de trilhas sonoras em vinil de musicais espênicos, muitos dos quais assistira durante a época em que estudava em Windton. Desenvolvera certo carinho por esses filmes sempre cheios de fantasias e melodramas risíveis.

Maro a envolveu pela cintura com um braço. A sensação daquela pressão suave em seu quadril era boa.

— Por acaso já falei que você não é o que eu esperava? — perguntou ele.

— Como assim?

Shae se apoiou na lateral do corpo dele. Deixar que Maro pagasse o jantar a havia tirado da defensiva. Sentia o corpo quente pela bebida, pela comida e pela companhia. Fazia muito tempo desde a última vez em que aproveitara tanto uma noite e se distraíra de maneira tão agradável da guerra entre os clãs e dos negócios.

— Quando as pessoas escutam o nome Kaul, pensam *heróis de guerra* ou *prodígios de jade*, ou então *herdeiros da grandíssima dinastia Osso Verde*. Mas nunca *fãs assumidos de musicais românticos bobinhos*.

— Não tem nada de errado com musicais românticos bobinhos — protestou Shae.

— Claro que não — disse Maro, fingindo seriedade. — Nunca que eu vou discutir uma coisa séria dessas com você. Ainda mais sabendo que você pode muito bem me matar usando um mindinho.

— E por que é que eu faria isso? Pra estragar uma noite perfeita dessas? — provocou ela.

O sorriso de Maro esmaeceu e sua expressão vacilou. A discussão fora só de brincadeira, mas, mesmo assim, destacara a disparidade inescapável entre os dois. Conforme continuavam pela rua, ele passou um minuto num silêncio desconfortável.

— Posso te contar um segredo? — perguntou. Shae assentiu. — Nunca lutei num duelo. Me desafiaram uma vez por causa de uma briga ridícula de bêbados, mas dei um jeito de deixar pro outro dia e nunca apareci. É por isso que tenho a mesma quantidade de jade de quando me formei na Academia. — Maro parou na calçada e, com o rosto nas sombras do poste e uma feição incerta, se virou para encará-la. — Não me considero um covarde, mas... não sou tão fiel ao clã e conquistar jade nunca importou pra mim.

Se algum dos irmãos de Shae tivesse alguma vez fugido de um duelo justo, o avô os teria açoitado pela desonra. Claro, nunca fora necessário, afinal, era mais fácil que Hilo fosse punido por causar duelos demais sem necessidade do que por qualquer outra coisa. Na maior parte do mundo, duelos (isso se dois homens apontando pistolas um para o outro de lados opostos de um campo pudesse ser considerado um duelo) acabaram saindo da moda ou se tornando ilegais muito tempo atrás, mas em Kekon, vencer disputas era a forma mais prestigiosa de ganhar jade, jade esta que era intrinsecamente atrelada ao status quo. Duelar era nada mais do que o esperado de um Osso Verde, e um meio comum de resolver conflitos até mesmo entre pessoas que não fossem Ossos Verdes.

— Nunca achei que eu fosse me apaixonar por uma mulher tão verdejante quanto você, uma *Kaul* ainda por cima. Acho que pelo menos metade da motivação dos homens pra usar jade é impressionar mulheres e, nesse quesito, é óbvio que não tenho a menor chance. — Maro deu uma risadinha suave e autodepreciativa. Deu um passo para mais perto dela, diminuiu o espaço que os separava e abaixou o rosto. — Mas foi o que aconteceu. Me apaixonei por você. Mesmo deduzindo que não sou o tipo de gente aceitável pra sua família.

Shae imaginou qual seria a reação de Hilo ao ouvir um Osso Verde confessar que nunca lutara para conquistar ou defender a própria jade (desconfiança, choque e desdém) e foi tomada por uma abrupta avalanche de orgulho, afeição e zelo por Maro.

— Acho que se manter fiel a si mesmo é o oposto de covardia — afirmou ela, antes de se inclinar e beijá-lo.

O calor das duas bocas colidiu. Shae se arrepiou ao sentir a aura de jade de Maro ondular diante da agradável surpresa e então cantarolar com um desejo resplandecente. Um desejo recíproco, chocante, forte e insistente a tomou de assalto e gelou-lhe o umbigo. Fazia muito tempo que não levava um homem para a cama (desde que se separara de Jerald e voltara a Kekon dois anos antes). Ela agarrou as lapelas da jaqueta de Maro e ficou na ponta do pé para beijá-lo com mais força, com mais intensidade. Ele envolveu a nuca de Shae com a mão e, com os dedos, acariciou-lhe o cabelo. O outro braço, ao redor da cintura dela, se dobrou e puxou-a para mais perto. Um ardor se acendeu entre os dois.

De repente, desesperada pela possibilidade de terem sido vistos, Shae se afastou respirando fundo. Ali, em território do Desponta, Dedos e informantes do clã viviam por perto e boatos de que a Homem do Tempo fora vista beijando um estranho numa esquina podiam chegar até Hilo.

— Um táxi — sussurrou ela num tom urgente, e subiu no meio-fio para chamar um carro.

No banco de trás, colocou as pernas sobre as dele. Maro abaixou a cabeça sobre a dela e ficou beijando com paixão sua mandíbula e orelha.

— Quer ir pra sua casa?

A casa da Homem do Tempo continuava em reforma e Shae não queria levá-lo para a residência principal, onde talvez acabasse tendo que apresentá-lo ao irmão.

— Não — respondeu enquanto colocava as mãos por baixo da jaqueta dele e sentia o calor e a musculatura de suas costas. — Vamos pra sua.

Maro morava num apartamento térreo de quadro andares numa parte antiga da Vila de Sotto, recheada de ateliês, lojas de bugigangas e estúdios de tatuagens. De tantos em tantos metros, havia novos restaurantes e edifícios mais modernos. O táxi os deixou na frente do prédio e eles correram escada acima de mãos dadas. No patamar, se beijaram mais uma vez. Maro tentou encaixar a chave na tranca duas vezes antes de falar um palavrão, rir e finalmente conseguir abrir a porta. O interior do imóvel era espaçoso e mais arrumado do que ela esperava. Claramente tratava-se do lar de um partidão intelectual, cuja única decoração consistia em várias estantes para livros, revistas e fitas cassete. Além de uma breve olhadela pelo ambiente, Shae não parou para prestar atenção em nada. Cambalearam para o quarto de solteiro, despiram um ao outro e jogaram as roupas no chão. Ela pressionou uma mão na lombar de Maro e segurou o saco dele com a outra. Seus mamilos roçavam contra o peito dele. O mais singelo arrastar dos pelos dele contra sua pele extremamente sensível a fez tremer, assim como o pulsar das duas auras de jade juntas, que se misturavam e aglutinavam como se o calor de ambos os corpos estivesse se fundindo.

Afundaram na cama. Shae guiou a mão de Maro para o meio de suas pernas enquanto o masturbava e acariciava. Depois, abaixou-se para engoli-lo por inteiro. O gosto era bom (limpo, mas com aquele indescritível odor masculino). Quando ele começou a ficar ofegante e a meter em sua boca, ela se afastou.

— Você tem uma ca... — começou a dizer, mas Maro a entregou uma camisinha tão rápido que ela caiu na risada.

Abriu o pacote, desenrolou o preservativo sobre o pênis dele e sentiu-o estremecer de excitação.

— Primeiro me faz chegar quase lá com a sua boca — sussurrou ela, e empurrou-o pelos ombros em direção ao seu quadril.

Ele obedeceu com determinação, e sabia muito bem o que estava fazendo. Quando Shae começou a sentir cada músculo do corpo ficar tenso, à beira de entrar em erupção, levantou as pernas num convite genuíno. Arquejou alto quando foi penetrada e agarrou a bunda de Maro para encorajá-lo. Tentou se segurar, prolongar aquela deliciosa escalada, mas várias metidas fortes a mandaram precipício abaixo. Com espasmos e tremores, trancou a cintura dele com as pernas enquanto ondas de clímax se apossavam de seu corpo e invadiam Maro, fazendo-o atingir uma vivacidade selvagem. Em minutos, a aura de jade dele se expandiu conforme a catarse se aproximava. Ele gritou, jogou a cabeça para trás e dobrou a coluna sobre Shae.

Os dois entraram em colapso juntos. Maro beijou-lhe o ombro e, envolvendo-a nos braços, rolou para o lado.

— Obrigado — murmurou ele na curva do pescoço dela, fazendo o hálito quente aquecer sua pele.

Quando Shae acordou na manhã seguinte, se sentia completamente em alerta e de cabeça limpa, como se o sexo tivesse varrido seu sistema como um tufão desanuviante. Maro continuava a dormir. Enquanto encarava a longa silhueta dele sobre os lençóis, Shae percebeu que, embora fosse uma belíssima visão, ele estava notavelmente nu. Deitada ao lado dele com toda a jade que usava (gargantilha, pulseiras, brincos e tornozeleiras), ela se sentiu quase espalhafatosa. Remover as joias nunca nem lhe passara pela cabeça.

Pensou em ficar onde estava, em voltar a dormir, fazer amor de novo, passear pela Vila de Sotto para tomar um café da manhã reforçado. Em vez disso, se levantou na surdina, limpou o corpo com uma toalha do banheiro, pegou as roupas espalhadas e as vestiu. A fraca luz do sol emoldurava as cortinas fechadas do quarto, e foi então que ela notou coisas que não percebera na noite anterior. Fotos de viagens e cópias de mapas antigos nas paredes. Um gato alaranjado tomando sol no parapeito da janela. Sobre a cômoda, o retrato de duas garotinhas, que deviam ter 6 e 4 anos de idade.

— Minhas sobrinhas — disse Maro, respondendo à pergunta não feita com uma voz embargada de sono. — Só que essa foto aí é do ano passado. Tenho umas mais novas, só não emoldurei ainda.

Shae se sentou no canto da cama e colocou uma mão na perna dele.

— Foi incrível.

Maro esticou o braço e puxou-a pela cintura.

— Você tem que ir embora assim cedo?

Ela assentiu e, relutante, levantou-se.

— Tenho que controlar o Pilar.

Shae encontrou o irmão no salão de treinamento nos fundos da residência Kaul terminando uma bateria matutina de exercícios com o Mestre Aido. Com a Percepção, conseguia sentir o bater de seu coração, a respiração e o empenho antes mesmo de deslizar a porta. Vendado com firmeza, com a faca talon nas mãos parecendo um borrão enquanto atingia os coletes de couro que protegiam o torso, os braços e o pescoço de Aido, e confiando apenas na Percepção, Hilo apontava e cortava. O mestre se movia com uma velocidade surpreendente para um homem grisalho enquanto, atacava com a própria faca de vez em quando para testar o Aço de Hilo.

Aido fora professor da Escola do Templo Wie Lon muito tempo atrás, antes de criar uma desavença pessoal com o grão-mestre e se demitir para trabalhar como treinador pessoal das disciplinas de jade. Assim como os médicos que usavam jade, professores não deviam nada a clã algum. Antigamente, Aido orientava Ossos Verdes dos dois grandes clãs, mas nos últimos tempos, limitara sua clientela aos altos escalões do Desponta para evitar possíveis conflitos de interesse. Era possível viver muito bem como treinador; Ossos Verdes que pretendiam avançar nos cargos de combate do clã pagavam grandes quantias para continuar desenvolvendo seus poderes depois de se formarem, e mesmo aqueles sem muitas ambições marciais eram aconselhados a pelo menos se esforçarem para manter suas habilidades, porque senão acabariam fracos, lentos e se tornariam alvos em potencial. Era fácil regredir na proficiência em jade, assim como era fácil ganhar peso, sempre aos poucos e de maneira sutil.

O cronômetro de cozinha sobre o balcão ressoou.

— Bem melhor — elogiou Mestre Aido, abaixando os braços. — Você já voltou a ter confiança na faca e não tá perdendo velocidade porque exagera no Aço.

Hilo não parecia satisfeito. Ele arrancou a venda e foi até o bebedouro.

— Kaul Shae-jen — disse o treinador, e assentiu para ela enquanto saía. — A senhora bem que deveria me ligar pra marcar um horário também. A agenda tá enchendo rápido este mês.

— Pode deixar, Aido-jen.

Hilo bebeu todo o copo descartável e o jogou na lixeira. Pendurando uma toalha no pescoço, olhou para Shae na porta, deu-lhe as costas e, com certa melancolia, apoiou as mãos no balcão.

— Acho que nunca mais vou ser o mesmo.

Hilo levara muitos meses para se recuperar dos ferimentos do ano anterior e, apesar das demandas urgentes como Pilar, parecia obcecado em voltar ao condicionamento de guerreiro. Shae sabia que ele mantinha pelo menos outros dois treinadores além do Mestre Aido. Suspeitava que a preocupação do irmão com a boa forma marcial era um jeito de evitar as partes do trabalho como líder do clã que eram desinteressantes ou difíceis. A destreza como Osso Verde em combate era algo que ele tinha capacidade de entender e controlar.

— Não precisa mais ser o melhor guerreiro com a faca talon — afirmou Shae. — Agora tem homens que lutam por você.

— Homens fortes não lutam por homens fracos. — Hilo passou por ela em direção à porta. — Já tomou café?

Na mesa do pátio, Kyanla trouxe tigelas de ovos cozidos com caldo e uma cesta de pães. Shae contou da conversa que tivera com Ree Tura e revelou a proposta de Ayt para uma reunião formal.

— Querem discutir uma trégua.

— Uma *trégua*... — Seu irmão fez uma careta. — É muita cara de pau daquela vagabunda.

Shae pegou um pão e o partiu ao meio. Lembrou das palavras ditas por Maro na noite anterior, da coragem que ele tentara fazê-la sentir. *Você lidera o clã tanto quanto seu irmão. Você pode fazer a diferença.*

— Acho que devíamos concordar — disse ela.

Para sua surpresa, Hilo não reagiu de imediato. Ele mastigou em silêncio por alguns segundos e então perguntou:

— Por quê?

— Acho que você sabe o porquê, Hilo. A gente tá num impasse. O Tar começou outra leva de ataques que ficam indo de lá pra cá e de cá pra lá, mas que já tá nas últimas. A cobertura da imprensa anda particularmente mordaz porque, a essa altura, todo mundo já percebeu que brigar não faz sentido. Um ano e meio de guerra declarada minou os dois clãs. Ninguém é forte o bastante pra vencer.

— Ano passado, a Ayt tentou acabar com a gente até não dar mais e fracassou — vociferou Hilo. — Agora ela vem com o rabinho no meio das pernas querendo uma trégua? Por que é que iríamos querer aliviar agora que temos a vantagem?

— Mas a gente não tem vantagem coisa *nenhuma* — retrucou Shae. — Não temos recursos ou números pra controlar a cidade inteira mesmo que destruíssemos os Montanha. Você mesmo falou: esta guerra é um presente pros criminosos e contrabandistas, e a coisa só vai piorar enquanto os clãs continuarem perdendo gente dos dois lados. Por quanto tempo mais você espera que a gente consiga ficar se apertando só pra conseguir território nas ruas?

Tinha sido argumentativa demais. Hilo a encarou de forma sombria e comentou:

— Pelo que ando ouvindo, talvez por mais tempo do que você é capaz de segurar as pontas no escritório da Rua Caravela.

Shae fez uma careta, mas não desviou o olhar.

Hilo esfregou os olhos.

— De idiota eu não tenho nada, Shae — exclamou ele, com veemência. — Eu confiro, *sim*, os relatórios que você deixa na minha mesa. De vez em quando. A mineração de jade parou, o turismo decaiu e as despesas de guerra foram lá pra cima, o povo tá irritado... Eu entendo. Mas você acha mesmo que a Ayt virou outra pessoa de repente? Que tá disposta a viver em paz daqui pra frente?

Shae envolveu a cumbuca de caldo com os dedos. Não era difícil lembrar das palavras da Pilarisa dos Montanha no ano anterior, aquela certeza eminente com que prometeu destruir o Desponta.

— Não — respondeu. — A Ayt apostou tudo na ideia de um único clã soberano.

— Então trégua nenhuma vai durar — apontou Hilo. — Os Montanha vão é aproveitar a oportunidade pra se fortaleceram, pra nos atingirem com mais força depois.

Shae assentiu devagar.

— É uma via de mão dupla, Hilo. Também precisamos nos fortalecermos, pra planejar a longo prazo. Podemos muito bem fazer um acordo agora sem esquecer que eles são nossos inimigos.

Hilo se esparramou na cadeira e bufou com desdém.

— O povo parece que tem memória de peixe. Um ano atrás, tava todo mundo do nosso lado, culpando os Montanha por acumularem jade e começarem a guerra. Agora querem deixar tudo pra lá, dar as chaves da AJK pra Ayt e que a gente aperte as mãos como se nada fosse nada.

— A maioria da população não é Osso Verde. Não é um assunto pessoal pra eles. O que os preocupa é a economia indo de mal a pior, a criminalidade, o contrabando e principalmente a crise separatista em Oortoko que tá virando uma guerra entre os espênicos e os ygutanianos bem aqui no Leste Amárico. Nossa ilhazinha, a única fonte de jade do mundo, vai ficar cercada pelas duas maiores forças militares do planeta.

Shae analisou a feição carrancuda do irmão e continuou:

— É por *isso* que o povo não se importa mais com picuinhas entre os clãs. Eles não querem só que a gente pare de brigar, querem que haja uma cooperação pra defender os interesses nacionais. Senão, é capaz de condenarmos os clãs *e* o país. Tá aí o motivo para termos que concordar com essa reunião. — Num tom mais baixo, acrescentou: — Você sabe que é o que o Lan ia querer que a gente fizesse.

— Lan queria muita coisa que não conseguiu.

Hilo ficou quieto e olhou para o outro lado do pátio. As manhãs estavam mais quentes agora. Na primavera, o jardim florescia com peônias e azaleias rosas e brancas. Shae aguardou. Os dois já tinham se sentado ali várias vezes no decorrer do último ano (para conversar, discutir com ferocidade ou ficar em silêncio) e ela passara a reconhecer a sensação específica da aura de jade dele quando finalmente conseguia convencê-lo. Forçá-lo demais com argumentos factuais servia apenas para deixá-lo irritado e na defensiva; era preciso uma razão genuína e pessoal para justificar as escolhas dele.

— Tenho que falar com o Kehn — declarou Hilo, por fim. Comeu o resto do pão em duas mordidas rápidas e limpou a boca com o guardanapo. — Avisa pro Ree que vamos conversar, sim. Marca um horário pra depois que eu voltar das Ilhas Uwiwa.

Capítulo 8

Assuntos de Família

Kaul Maik Wen se apressou para encontrar o marido no quarto que dividiam enquanto colocava alguns pertences na mala para a viagem dele.

— Hilo — arquejou ela.

Não tivera a intenção de parecer tão preocupada, mas ele deve ter Percebido toda aquela agitação porque largou a carteira e a faca talon na colcha da cama para pegar a esposa nos braços.

— O que foi? — questionou. — Você tá bem?

— Tô — respondeu Wen. Sendo bem sincera, ela passava a maior parte do tempo exausta e mal conseguira manter o café da manhã no estômago, mas não fora por isso que subira as escadas correndo. O envelope quadrado e os papéis amassados em sua mão tremiam quando foram estendidos para Hilo. — Encontrei isto aqui no meio dos documentos do seu escritório que você pediu pra eu encaixotar.

Hilo e Shae haviam deixado o quarto e o escritório de Lan intocados por tanto tempo que, ao se mudar para a casa, Wen assumira a tarefa de dar um jeito na situação. Tivera muito apreço por Lan e sentia muito por nunca ter a oportunidade de conhecê-lo como cunhado, mas os mortos não precisavam de bens materiais. Era melhor cuidar dos que continuavam vivos. Wen tirara os móveis do quarto e mudara a cor das paredes; o plano era transformá-lo num cômodo para o bebê. Para incentivar Hilo a reformar o escritório, colocara os pertences e papéis de Lan em caixas e as tirara de lá. No começo, Hilo resistira.

— Deixa assim. Não vou usar essa sala mesmo — dizia o Pilar.

Com o tempo, ele reconhecera a necessidade e, mais do que feliz em deixá-la cuidar da tarefa, pedira que pelo menos vasculhasse os documentos e guardasse qualquer coisa que parecesse importante antes de armazenar num depósito ou descartar o resto. Era exatamente o que ela estava fazendo naquela manhã quando encontrara o envelope selado.

O destinatário era Lan, e o carimbo datava de duas semanas antes de sua morte. O endereço para devolução era uma caixa postal de Lybon, na

Stepênia. Wen entregou ao marido dois pedaços de papel dobrado, lotados de texto escrito à mão e uma foto de um bebê de seis meses de idade.

— O que é isso? — perguntou Hilo.

— Seu sobrinho — afirmou Wen. — A Eyni tava grávida quando saiu de Kekon.

Ela apontou para o topo da carta: *Não consigo pensar em nenhum outro jeito de lhe contar, mas ele é seu. Peço desculpas por não falar antes, mas eu não tinha certeza de quem era o pai. Ficou óbvio depois do nascimento. Ele tem o seu nariz, seus olhos e até mesmo as suas expressões... Aquele olhar típico dos Kaul. Você sabe do que estou falando. O nome dele é Nikolas, e ele é um bebê lindo e saudável.*

Wen viu os olhos de Hilo percorrerem, incrédulos, o resto da carta. Ela já a tinha lido e sabia como terminava. *Sei que é um choque. Não sei direito o que fazer. Mesmo que nós dois não tenhamos dado certo, ainda quero que Niko conheça o pai biológico. Talvez devêssemos discutir meu retorno a Kekon. Caso não queira mais saber de mim, eu não te culpo, mas saiba que nunca deixei de me importar com você. Por favor, me escreva também.*

Hilo soltou a carta e analisou a foto.

— Não vejo nada dessa semelhança que ela tá falando, não — declarou, por fim.

Wen agarrou a foto.

— Você tá cego, então — exclamou. E de fato a criança no retrato parecia com qualquer neném por aí: rosto redondo, olhos arregalados, pele macia e doce; mas era tão óbvio que era filho de Kaul Lan que a vontade de Wen era surtar com o marido. — Você precisa mandar uma carta pra Eyni.

Hilo fez uma careta e se sentou na beirada da cama. Ninguém da família tivera contato com a ex-esposa de Lan desde sua saída de Kekon. Por outro lado, ela certamente ouvira falar da morte do antigo Pilar.

— Ela não vai querer me ver nem pintado de ouro. A gente nunca se deu bem. O que é eu vou dizer agora?

Wen se agachou ao lado das pernas do marido e, com insistência, encarou seu rosto. Sabia que Hilo nunca gostara muito da esposa do irmão, mas que diferença isso fazia? Seus sentimentos pessoais não eram nem de longe tão importantes quanto fazer o que era certo por aquele bebê. No momento em que colocara os olhos na foto de Nikolas, Wen sentira o coração derreter.

— Diz que ela pode voltar pra Janloon — respondeu. — Ela tá disposta a voltar, mas precisa da sua permissão.

— Ela vai querer trazer aquele estrangeiro junto, o cara que ela usou pra cornear o Lan — disse Hilo, com a voz levemente irritada.

— Mesmo assim, tenho certeza de que o Lan deixaria a honra de lado e permitiria que ela voltasse se isso significasse trazer o filho dele pra Kekon. — Wen empurrou a carta e a foto para o colo de Hilo outra vez. — Escreve de volta pra Eyni e diz pra ela que a gente só descobriu a carta agora. Fala que ela tá perdoada e que é bem-vinda pra voltar pra casa e criar o filho em Janloon, onde ele vai ter a chance de conhecer a família. O Niko já deve estar com dois anos. Não é certo que viva tão longe, que cresça numa cultura sem jade e rodeado de estrangeiros.

Hilo esfregou o olho com uma mão, mas assentiu.

— Tem razão — concordou. — Nunca vou considerar a Eyni como minha irmã, mas me disponho a aturar ela, e aquele vagabundo com quem ela fugiu, pelo bem da criança.

Ele dobrou a carta e enfiou-a de volta no envelope, mas continuou olhando para a fotografia. Wen era capaz de senti-lo tentando internalizar a ideia de que aquele bebê era seu sobrinho, um garotinho que a existência, até então, era desconhecida.

— Talvez fosse melhor você escrever pra Eyni — sugeriu Hilo.

Wen percebeu na mesma hora que era uma ideia melhor.

— Claro. — Ela se levantou e continuou: — A Eyni vai acreditar mais em outra mulher. Vou escrever hoje e convidar ela pra nos visitar, assim a gente pode conhecer o bebê.

Já era possível perceber Hilo aceitando o plano um pouco melhor. Era como ver nuvens se separando no céu e abrindo espaço para o sol. Ele sorriu daquele jeitinho moleque e de lado que Wen sabia que nunca conseguiria capturar direito com uma câmera ou num desenho, muito embora tivesse tentado. Hilo a devolveu a carta, mas enfiou a fotografia no bolso da camisa.

— Fala na carta que eu tô disposto a deixar o passado pra trás. Quando ela voltar pra Janloon, vai ter todo o apoio do clã. A gente ajuda ela a achar uma casa, um emprego, tudo o que precisar. Ela vai acreditar mais em você do que em mim. E, claro, vou tratar o filho do Lan como meu próprio filho.

Wen envolveu o pescoço de Hilo com os braços e lhe deu um beijo de gratidão. Seu marido podia até não ter muita visão de futuro e ser teimoso; às vezes, se apegava a princípios rigorosos ou rancores pessoais que tinham a capacidade de atrapalhar seu julgamento, mas ele possuía também a qualidade mais valiosa em qualquer pessoa, ainda mais no líder de um clã: a habilidade de colocar os outros em primeiro lugar, sem dar importância para alguma opinião dominante ou para o quanto lhe custaria.

Hilo passou os braços pela cintura dela e colocou a palma da mão no abdômen da esposa.

— Quando podemos contar? Depois do enterro do velho e de tudo o que andou acontecendo, bem que precisamos de uma notícia boa pela casa.

— Assim que você voltar — sugeriu Wen. Foi subitamente tomada por uma pontada de medo de que essas palavras acabassem trazendo azar à viagem. Agarrou o pescoço do marido com mais força e confessou: — Estou preocupada. Acho que a sua irmã tá certa. Não vale a pena se meter naquele lugar.

— O Tar vai comigo — disse Hilo, despreocupado.

— O que significa que terei que me preocupar com vocês dois, então.

Ele deu um apertãozinho reconfortante na cintura dela.

— Os Montanha querem me ver morto. Cada dia em Janloon já é perigoso. Pra que ficar ansiosa justo por causa dessa viagem?

— A Ayt tá propondo uma trégua porque sabe que não tem condições de te matar agora. Te assassinar só serviria pra trazer ainda mais violência pra cidade num momento em que ela não tem nem o apoio do povo e nem força marcial pra lidar com isso. Você fica mais seguro aqui.

— Pelo visto você andou conversando com a Shae — comentou Hilo, um toque de divertimento misturado com irritação na voz. — Vocês duas obviamente já debateram essa questão, mas vocês têm que entender que eu também.

Ele se levantou e terminou de guardar a muda de roupas e os itens de higiene pessoal numa mochila de viagem.

— Esse vagabundo desse Zapunyo depende da discrição. Ele paga o governo e a polícia das Ilhas Uwiwa pra conseguir manter o contrabando de jade de pé. Se o objetivo fosse se livrar de mim, você acha mesmo que ele se daria ao trabalho de me ludibriar a ir até o território dele pra isso? Um criminoso uwiwano matar um cidadão kekonésio, o Pilar de um clã Osso Verde ainda por cima, viraria notícia internacional. Ele perderia a impunidade. O governo dos dois países iria caçá-lo. Ele não vai arriscar tudo o que construiu por causa disso.

Wen ficou quieta, mas não conseguia deixar a preocupação para lá enquanto observava Hilo guardar a carteira e o passaporte. Estava acostumada a ser deixada para trás. Quando criança, ficava do lado de fora da Academia Kaul Dushuron, vendo os irmãos entrarem onde ela nunca poderia entrar.

Vira-os crescer, se transformarem em homens poderosos, ganharem jade, cicatrizes e respeito num clã que outrora os relegava ao ostracismo.

Ela tinha conquistado as próprias vitórias. Aos 14 anos, seus irmãos trouxeram um amigo em casa. Era algo raro. Os Maik recebiam poucas visitas. Kaul Hilo tinha 16 anos, a mesma idade de Tar, e os membros do clã já o definiam como o mais feroz dos netos do Tocha, já tinham certeza de que ele um dia se tornaria o Chifre. Naquela noite e em muitas que estavam por vir, Hilo comeu todo feliz o jantar humilde daquela família em Garrarra em vez do banquete na grande residência no Palácio Hill. Ele respeitava a mãe dos colegas e provocava Kehn e Tar como se os três fossem irmãos. Quando a mãe de Wen estalou os dedos para que ela enchesse a xícara de chá do convidado, a coitada, morrendo de vergonha, se apressou para obedecer. A maioria das pessoas evitavam olhar ou conversar com Wen por mais tempo do que fosse necessário, e sempre puxavam o lóbulo das orelhas para mandar a urucubaca da pedrolha para longe. Hilo se virou para agradecê-la e parou. Seus olhos repousaram sobre o rosto dela por um instante prolongado, e então ele sorriu antes de voltar ao jantar e à conversa com os amigos.

Wen terminou de servir o chá e voltou a se sentar com as mãos no colo e encarando o próprio prato. Seu rosto parecia estar pegando fogo com uma certeza fervente que ela nunca sentira na vida. *É com esse menino que eu vou casar.*

Tinha muita coisa pelo que ser grata, e ela sabia disso. Nem mesmo o fato de ser uma pedrolha a incomodava mais, já que, justamente por isso, foi capaz de exercer funções que ajudaram a Homem do Tempo na guerra contra os inimigos do Desponta. E com sorte haveria ainda mais alegrias em sua vida, e logo. Mesmo assim, o familiar sentimento de ser deixada para trás (uma mágoa nauseante e desiludida que se alojava na boca de seu estômago) nunca deixava de ser difícil de engolir.

— Não subestima esse sujeito — sussurrou Wen. — Me promete que vai tomar cuidado.

Hilo pegou a faca talon embainhada e a prendeu na cintura.

— Prometo. — Ele olhou para o relógio, apanhou a mochila e lhe deu um beijo singelo na boca. — Eu vou ser pai. Sei que essa responsabilidade muda tudo.

Capítulo 9

O Uwiwano e seus Meios-Ossos

O turboélice de dez lugares levou menos de duas horas para voar de Kekon até Tialuhiya, a maior das treze ilhas de Uwiwa. Janloon estava encharcada e nublada quando Hilo saiu e lá, mas ele encontrou um calor tropical e um sol cegante quando saiu do avião. Esperando ao lado da pista havia dois carros alugados com motoristas, o que Hilo tinha pedido que Tar arrumasse, assim como um batalhão de boas-vindas com dez homens armados, o que ele não pedira, mas também não ficou surpreso ao vê-los ali.

Tar e um de seus encarregados, Doun, desceram primeiro. Escoltaram Hilo enquanto o Pilar descia as escadas dobráveis da aeronave. Um dos dez estranhos foi adiante para encontrá-los. Era um sujeito alto e com traços que não pareciam uwiwanos, mas tão bronzeado que ficava difícil dizer com certeza. Uma grossa corrente de ouro com cinco pedras verdes pendia de seu pescoço.

— Kaul Hiloshudon, seja bem-vindo à Tialuhiya — cumprimentou ele num kekonês até que aceitável. — Pas Zapunyo nos enviou para encontrá-lo e garantir que o senhor chegue em segurança à sua casa, onde ele terá o prazer de recebê-lo.

Hilo olhou o homem de cima a baixo e depois encarou os outros sujeitos atrás dele. Estavam todos com roupas parecidas: calças cáqui, camisas de seda, óculos de sol escuros e pedras verdes encrustadas em colares e anéis grossos e braceletes de metal. Hilo teve que se segurar para não dar um sorrisinho debochado.

— Vamos dirigindo nos nossos carros mesmo, mas vocês podem escoltar a gente.

Além de Maik Tar e Doun, o Pilar trouxera três dos homens de Kehn: o Primeiro Punho do clã, Juen, e dois Dedos, Vin e Lott. Nenhuma dessas escolhas tinha sido ao acaso. Juen era um dos melhores guerreiros, com habilidades de combate que viriam a calhar caso algo desse errado, mas também era uma das pessoas mais entendidas dos serviços administrativos do Desponta em Janloon. Hilo queria a chance de falar com ele no avião para se atualizar do que estava acontecendo lá embaixo e descobrir como Kehn estava se saindo como Chifre. Já fazia dois anos e meio que Vin era um Dedo e faltava pouco para ser promovido a Punho. Hilo ouvira dizer que ele era um dos Ossos Verdes mais talentosos do Desponta quando o assunto era Percepção. Lott era apenas um Dedo iniciante que se formara na Academia no ano anterior, mas era filho de um Punho importante que fora assassinado pelos Montanha no auge da guerra dos clãs. Hilo desenvolvera um interesse pessoal pelo garoto, e queria usar a viagem para entender melhor o potencial do jovem.

Hilo entrou em um dos carros alugados com Tar e Lott. Mandou Juen, Doun e Vin na frente no outro. Os homens de Zapunyo entraram em seus três sedans prateados idênticos. Um dos veículos liderou o caminho e os dois seguintes seguiram na retaguarda. O comboio notável viajou por trinta minutos, primeiro por uma rodovia plana cercada de plantações de cana, chá e frutas que se estendiam dos dois lados em meio ao calor cintilante, e depois pegaram uma estrada sinuosa e esburacada que levava a montanhas cheias de cabras, barraquinhas vendendo artesanato nos acostamentos e trabalhadores lavrando com largos chapéus de palha sob o sol escaldante. Vários dos roceiros deram sorrisos com os dentes tortos, acenaram para os carros e depois continuaram os encarando conforme passavam. Para Hilo, os uwiwanos tinham a aparência astuta de um povo com a consciência de que dependia do poder e da riqueza de estrangeiros, e se odiavam por isso. Podiam até ser as pessoas mais amigáveis do mundo durante o dia, mas depois roubavam carteiras e cortavam gargantas no meio da noite.

De vez em quando, Hilo via placas gastas escritas em shotariano. Até mesmo as sinalizações mais recentes em uwiwano eram cheias de palavras emprestadas do idioma de Shotar, e a maioria dos uwiwanos tinham nomes com influências shotarianas. Assim como Kekon, as Ilhas Uwiwa eram ocupadas pelo Império de Shotar antes da Guerra das Muitas Nações. Por outro lado, não havia nem uma pedrinha de jade sequer em todo o arquipélago e nem clãs Ossos Verdes dispostos a incitar uma longa rebelião contra as forças estrangeiras. A oposição dali fora rapidamente esmagada e os shotarianos exerceram um domínio de ferro por setenta anos. Depois da derrota na guerra, Shotar foi obrigada a renunciar àquela terra e devolvê-la ao povo, mas a independência tivera resultados no mínimo contraditórios. Agora o país, empobrecido, era conhecido internacionalmente pelo agronegócio, belas praias e contrabando de jade.

— Kaul-jen — disse Lott durante a viagem de carro. — Quem são aqueles homens que trabalham pro Zapunyo?

— São barukânes — respondeu Hilo. — Gângsters shotarianos.

— Tinha tanta jade vagabunda naqueles caras que parecia que eles tinham roubado uma loja de fantasia — zombou Tar.

— Não inventa de bancar o machão, não — exclamou Hilo, sem rodeios. — Pra onde a gente tá indo vai ter vários deles pra cada um de nós. Tá achando que só porque eles são cafonas não vão ser perigosos?

Continuava desgostoso com Tar pela recente displicência e pelo fracasso em encontrar o assassino de Lan e recuperar a jade roubada da família. Em silêncio, o Encarregado do Pilar ficou amuado e sua aura assumiu uma cadência áspera.

Os pneus levantaram uma nuvem de poeira quando os veículos entraram numa rua de cascalho que levava a um cume e descia até um vale raso entre duas colinas. O comboio deu a volta num açude cercado cheio de vegetação com folhas largas e estátuas de pedra retratando divindades uwiwanas entre as flores tropicais. No fim da estrada, no lado mais distante do lago, se estendia uma mansão de dois andares no estilo shotariano colonial: janelonas quadradas debaixo de um telhado duas águas feito de argila, uma larga varanda frontal apoiada por pilares de rocha e alas no térreo que se alongavam dos dois lados da estrutura central. Os carros estacionaram na frente da entrada.

Enquanto se aproximavam da propriedade, Hilo não deixara de perceber as torres de vigia com sentinelas armados com rifles, e agora contava ainda mais guardas ao redor da casa, além dos seguranças que os haviam encontrado no aeroporto. Ao sair do carro, notou as trancas eletrônicas em todas as portas, assim como as câmeras de segurança e os sensores de movimento discretamente enfiados em cada cavidade daquela arquitetura tradicional. A residência de Zapunyo era uma fortaleza de luxo. O líder dos barukânes que lhes dirigira a palavra mais cedo encabeçou o grupo, abriu a porta e ficou segurando-a. Hilo gesticulou para que Vin andasse mais perto dele conforme subiam a escadaria até a casa.

— Quantos são? — perguntou baixinho.

— Vinte e dois dentro e ao redor da propriedade, Hilo-jen — sussurrou Vin. — Catorze com jade, mas nem de perto tanta quanto eles tão exibindo.

Hilo assentiu, satisfeito ao perceber que suas suspeitas estavam certas.

— Fica ligado — disse, e o rapaz concordou.

A Percepção do Dedo era, de fato, excelente. A maioria das joias ostentadas pelos guardas barukânes de Zapunyo eram nefritas inertes e decorativas (*jade dos tolos*, como diziam os kekonésios). Ao conhecer o bronzeado líder, Hilo notara que apenas uma das cinco pedras verdes no colar do sujeito era jade de verdade. Acontece que, para qualquer um que não fosse Osso Verde e incapaz de discernir a incongruência na aura de jade (em outras palavras, praticamente todos os uwiwanos), os barukânes pareciam tão perigosos e intimidantes quanto os melhores guerreiros de Kekon. Nenhum Punho do Desponta jamais usaria jade de uma maneira tão tosca, em correntes e braceletes frouxos, nada práticos para combates de verdade.

Embora toda aquela pose, assim como Hilo fizera questão de destacar para Tar, não significasse que aqueles homens não eram uma ameaça, servia para aumentar o desprezo do Pilar. Em shotarianês, a palavra *barukan* tradicionalmente significava tanto *convidado* quanto *estranho*, e era usada para se referir a visitantes indesejados, mas inevitáveis, como inspetores da sede de uma empresa ou uma sogra metida demais. Nos vinte anos anteriores, porém, o termo acabara virando sinônimo para gângsters keko-shotarianos. Durante a ocupação de Kekon, uma geração atrás, centenas de milhares de kekonésios foram enviados à força ou imigraram por vontade própria para Shotar. Os descendentes desse êxodo eram uma minoria marginalizada naquele país, e muitos deles acabaram recorrendo à jade ilegal e viviam à base de crimes.

Os kekonésios chamavam os barukânes de *meios-ossos* e os tratavam com pena e desdém.

Os mercenários meios-ossos contratados por Zapunyo escoltaram Hilo e seus homens por uma escada larga e serpenteante que passava por uma espaçosa sala de visitas com um piano de cauda e estantes altas e acabava em um conjunto de portas de vidro que levavam a uma sacada com vista para o açude particular. Zapunyo estava sentado debaixo de um guarda-sol amarelo em uma mesa de pátio cimentada no chão, almoçando. Três jovens comiam com ele. O sujeito à direita era o mais velho, devia ter uns 25 anos. Quanto aos dois à esquerda, um parecia ter 20 e o mais novo era um adolescente por volta dos 16. Era óbvio que se tratava dos filhos de Zapunyo.

O líder dos barukânes parou na ponta da mesa.

— Pas — chamou ele, usando o respeitoso termo que tanto shotarianos quanto uwiwanos tinham em comum. — Seus convidados chegaram.

— Muito obrigado, Iyilo. — O contrabandista ergueu o olhar, mas não se levantou. — Kaul Hiloshudon, o Pilar do Desponta. Faz muito tempo que ando querendo te encontrar pessoalmente. Senta, fazendo o favor. Come alguma coisa.

Com a voz um pouco rouca, Zapunyo falava um kekonês compreensível e tranquilo, mas carregado de sotaque. Era um homem baixo e de tez escura com os dentes da frente rachados e a aparência meio atrofiada de alguém que aparentava ter sofrido de inanição na infância. Fontes confiáveis diziam que ele era diabético. Sua mãe também desenvolvera a doença por volta dos quarenta e poucos anos e acabara morrendo devido a isso. Zapunyo vestia uma larga camisa amarela de seda e um lenço azul pálido ao redor do pescoço. Sobre os lábios secos, agitava-se um bigode fino. Parecia cem por cento uwiwano, como um roceiro sofrido, mas todos sabiam muito bem que ele era meio kekonésio. A descendência paterna e pequenas doses de BL1, injetadas diariamente com insulina davam-lhe a tolerância à jade necessária para sua área de atuação. Usar jade, porém, ele não usava.

Havia apenas uma cadeira e talheres bem à frente de Zapunyo e seus filhos. Hilo se sentou ali. Tar recuou para um dos cantos do pátio, e os outros quatro Ossos Verdes se posicionaram, atentos, atrás do Pilar. Os seguranças barukânes do contrabandista assumiram posições similares atrás do chefe. Hilo não conseguiu evitar e sorriu diante da cena cômica: os dois se encaravam separados por uma mesa com pratos de frutas tropicais, legumes marinados e carnes curadas guarnecidos com uma dúzia de subordinados armados até os dentes e em silêncio. Zapunyo organizara aquele encontro como uma reunião entre reis do mesmo nível. Com os filhos ao seu lado, o uwiwano deixava claro que ali quem estava no comando era ele.

Um empregado apareceu e encheu os copos de água saborizada com frutas cítricas. Hilo não tocou nem na água e nem na comida, não porque achava que fosse ser envenenado, e sim porque não confiava muito no saneamento das Ilhas Uwiwa. O Pilar se reclinou na cadeira e perguntou:

— Cadê o Teije?

Zapunyo estava tirando a polpa de uma fatia de mamão com uma colherzinha de prata.

— Deve estar aproveitando a piscina. — Ele colocou uma porção generosa da polpa rosada na boca, mastigou, engoliu e então limpou delicadamente o canto dos lábios com o lenço. — Se tem uma coisa que esse seu primo sabe é se divertir. Ficou sabendo que ele se encrencou com a polícia? Pra começar, entrou numa balada usando jade, o que é proibido aqui. Depois tentou transar com três mulheres numa noite só, mas acontece que o máximo é duas. Ele teve muita sorte da história ter chegado até mim. As prisões daqui são capazes de matar um homem com alguma doença antes mesmo dele ter a chance de ver um juiz. Eu jamais iria querer que um contratempo estragasse a relação dos nossos países.

— Por mim podia muito bem mandar ele de volta pra cadeia — disse Hilo. — O único problema é que eu ia me sentir mal de ver a coitada da mãe dele chorando. Toda essa enrolação e papo furado pra me fazer vir pra cá... Você claramente acredita que a gente tem alguma coisa pra discutir. Eu vim porque, com toda a sinceridade, fiquei curioso pra ouvir o que um carniceiro da sua laia teria pra dizer pra mim, o Pilar.

Hilo tinha achado que o contrabandista demonstraria certa raiva, ou pelo menos que fosse se ofender, mas Zapunyo se limitou a assentir, como se fosse exatamente o que esperara.

— Vocês Ossos Verdes com essas ideias antiquadas... — falou o criminoso, encarando Hilo com aqueles olhinhos pretos de besouro. — Imagino que ainda deve ter kekonésios que acreditam que a jade veio dos Céus, que vocês são descendentes de Jenshu e fazem parte da raça mais próxima dos deuses de todas. Já ouvi todas essas histórias. E aí vocês se apegam à jade, se agarram com tanta força que chega a parecer que é a alma de vocês que tá em perigo, em vez de ter a cabeça mais aberta e pensar em como podem compartilhar esse presente maravilhoso que vocês têm com o resto do mundo.

— Ah, então é isso o que você faz — retrucou Hilo, com deboche. — Compartilha jade com o mundo.

— Eu sou um empreendedor — comentou Zapunyo. — Vejo a necessidade e a preencho. Se existe demanda pra alguma coisa, e os fornecedores normais não fazem um bom trabalho, então é claro que aparece uma oportunidade de negócio. Meu pai kekonésio não deu nada pra mim e pra minha mãe, nada além de dor e sofrimento, mas foi por causa dele que eu aprendi a me cuidar. E com a abençoada da minha mãezinha aprendi a compartilhar o pouco que eu tinha com os outros. É por isso que quero conversar com você.

Hilo olhou para o lago cintilante. Quanto será que Zapunyo usara de sua fortuna vinda do mercado clandestino para construir aquele oásis artificial no meio das montanhas? Para construir, guarnecer, fortificar a propriedade e subornar todos os requisitos legais necessários. O nome de sua organização era Ti Pasuiga, *A Tribo*, em uwiwanês. Ele tinha subordinados que portavam jade e cobrava juramentos de lealdade daqueles que empregava. O contrabandista podia até desdenhar das crenças e costumes kekonésios, mas isso não o impedia de usar os aparatos do clã para seus próprios objetivos. Hilo voltou a encará-lo.

— Você me fez vir até aqui pra oferecer uma proposta de negócios. Então faz de uma vez.

Zapunyo espetou alguns feijões verdes em conserva e fatias de berinjela e os levou até o prato.

— Meus negócios, assim como qualquer outro, dependem de gente. Mas não é fácil encontrar e manter trabalhadores quando os Ossos Verdes são tão ligeiros pra matar qualquer um que tente sair do país nem que seja com um pouquinho de jade. Um clã tão importante como o Desponta, sabe... vocês devem ter mais com o que se preocupar. Seus territórios em Janloon precisam ser defendidos contra os inimigos. Vocês precisam de homens e dinheiro pra fazer isso. Então pra que gastar energia em coisas que não machucam ninguém? Não tem motivo nenhum pra gente ficar um contra o outro. Não sou um homem ganancioso. Nasci pobre e, até mesmo agora, me contento com os restos de Kekon e nem me importo de compartilhar o pouco que tenho.

Hilo assentiu.

— Você quer que eu pare de matar os seus peixes-pedra em troca de uma parte dos lucros da jade que você contrabandeia do nosso litoral.

— Você aceita imposto de todo tipo de negócio, Kaul Hilo. Por acaso o dinheiro que vem de um bordel tem menos valor do que o lucro de uma mercearia pra você? Kekon vende jade pro governo da Espênia e aliados. Esse dinheiro é melhor que o meu?

Pela primeira vez, um lampejo perigoso de afronta apareceu na voz comedida e seca do contrabandista. Ele virou a cabeça para ambos os lados para indicar os filhos. O mais velho estava caindo de boca na comida, fazendo barulho e tudo, e de vez em quando erguia os olhos do prato, mas não parecia muito preocupado com a conversa. Os outros dois encaravam Hilo como cachorros prontos para dar o bote. Zapunyo continuou:

— Meus filhos têm muito mais do que eu tinha quando era novo, uma vida bem melhor. É um conforto saber que um dia eles vão assumir os negócios e que, caso algo de ruim aconteça comigo, nunca vão esquecer dos meus inimigos. Conforme eu envelheço, penso cada vez menos em mim mesmo e mais em como quero repassar o que ganhei em vida para meus filhos e para os filhos dos meus filhos. Você já tem filho, Kaul-jen?

— Não — respondeu Hilo.

— Se os deuses permitirem, quem sabe no futuro você receba essa benção também. Aí você vai entender que sou como qualquer outro pai e empresário. Você, Kaul-jen, quer que a sua família e o seu país sejam prósperos e fiquem em segurança. E é a jade que faz com que isso aconteça. — Zapunyo gesticulou vagamente em direção à casa, aos filhos, aos funcionários e a todo o arquipélago de Uwiwa. — Não dá pra dizer que a gente é tão diferente, né?

Hilo tirou o prato intocado do caminho e se inclinou para a frente. Foi um movimento singelo, que não indicava nenhuma ameaça explícita, mas seus Ossos Verdes, e os guardas barukânes com qualquer mínima sensibilidade à Percepção, ficaram tensos diante da mudança em sua aura de jade.

— Nós dois temos tanto em comum quanto os seus barukânes têm com Ossos Verdes: *nada*. — O Pilar falava com uma voz suave e pincelada de desprezo enquanto encarava o uwiwano fixamente. — Pra você, jade é só um *objeto*, algo pra ser roubado e vendido. É por isso que você não tá usando nenhuma. Sua vontade era se abrir pessoalmente pra mim, e isso eu sei reconhecer. Vim pra cá pelo mesmo motivo, pra dizer da forma mais simples possível: fica longe de Kekon. Você não é um Lanterna e não vai conseguir acordo nenhum com o Desponta. Existir abukianos desesperados a ponto de arriscar as vidas transportando jade em balsas pra você é uma coisa. Mas tem uma diferença entre um cachorro que fica mexendo no lixo do lado de fora e outro que pula a janela pra roubar comida da mesa. Um não passa de um incômodo que dá pra ignorar, o outro é um problema que precisa ser abatido.

"Sei muito bem que você plantou agentes em Janloon pra recrutar criminosos kekonésios pra trabalharem como seus peixes-pedra. Sei que você tá mandando barcos pra partes remotas do litoral e enviando grupos de catadores pra vasculhar as minas. A ordem pros meus Punhos e Dedos é matar qualquer ladrão que for pego. Não me leve a mal: eu te entendo. Os últimos anos foram bons pra você. As minas foram suspensas, o Desponta e o Montanha estão em guerra, e agora o conflito em Shotar vai aumentar ainda mais o mercado clandestino. Mas não vai achando que jade transforma seu pelotão de meios-ossos num clã, e nem por um segundo se iluda pensando que, por ter dinheiro, você é um Pilar."

Finalmente, Hilo sentiu a raiva de Zapunyo. Viu a boca debaixo do bigode ficar tensa e virar uma linha enrugada. Hilo retorceu o lábio superior.

— Você devia parar de contrabandear enquanto tá no topo. Se inventar de ir adiante, se trazer essa sua merda pra Kekon, vai perder tudo. Nenhum Osso Verde vai se vender pelo seu dinheiro uwiwano sujo.

— Dinheiro é dinheiro, e é sempre sujo. Qualquer um pode ser comprado. — A cordialidade provinciana demonstrada antes de repente tinha sumido. Aqueles olhinhos minúsculos estavam semicerrados, e Zapunyo parecia um furão com dentes afiados como agulhas. — Foi um erro da minha parte pensar que você pudesse ser um homem sensato, um sujeito esperto. Nós dois sabemos que você tem inimigos com quem eu poderia falar.

Hilo riu.

— Vai lá e tenta. A Ayt Madashi quebraria seu pescoço num estalar de dedos. Os Montanha assassinaram meu irmão e entraram em guerra contra a minha família pra controlar a jade de Kekon. Se a Ayt não tá disposta nem a se comprometer com outros Ossos Verdes, acha mesmo que ela vai negociar com alguém da sua *laia*?

Ele se levantou rápido e com destreza. Iyilo e o outro barukan perto de Zapunyo levaram as mãos até as armas. O Pilar sentiu Tar e seus homens avançarem com as auras zumbindo. Com toda a calma, Hilo disse:

— Você pagou a fiança do inútil do meu parente e foi hospitaleiro com ele na sua casa, então muito embora eu seja um Osso Verde, você um ladrão de jade e, teoricamente, minha obrigação fosse te matar, vamos deixar combinado que não tem motivo pra gente estragar uma tarde tão prazerosa. A conversa foi boa. Agora sabemos a posição de cada um. Qualquer coisa que aconteça a partir de agora, mesmo que seja desagradável, não deveria surpreender nenhum de nós dois.

Zapunyo nem se mexeu. Levou um último pedaço gelado de carne curada à boca e moveu a mandíbula para a frente e para trás enquanto encarava Hilo com olhos que acabaram constantemente semicerrados devido aos sofridos anos de muita poeira e sol forte. O contrabandista entrelaçou os dedos roliços e os descansou sobre a barriga.

— Tô decepcionado, é claro. Fiz um grande favor pro clã, te convidei pra minha casa, ofereci comida, bebida e não recebi nenhum obrigado em troca. Vocês, Ossos Verdes, dão muita importância pra sua honra, mas se não forem corteses com outras pessoas, vão ficar pra trás do resto do mundo. Por outro lado, o que você falou é verdade: não tem motivo pra gente estragar uma tarde tão prazerosa. Não sou orgulhoso, Kaul-jen, e tô acostumado a engolir o pouco de orgulho que tenho. Quem começa a vida sem nada e aprende a valorizar cada coisinha é assim.

Com indiferença, Zapunyo gesticulou em direção às portas do pátio.

— Fica à vontade pra pegar seu primo e voltar pro seu país. Iyilo vai mostrar a saída pra vocês.

Encontraram Teije Runo, bem como Zapunyo dissera, relaxando ao lado da piscina que ficava atrás da mansão. Estava com um drink em uma das mãos enfeitadas com um anel de jade e uma jovem esbelta de biquíni deitada de barriga para baixo sobre uma toalha ao lado dele. Um aparelho de som numa mesinha tocava músicas espênicas animadas. Hilo se aproximou e ficou parado sobre o sujeito. Teije se mexeu e tirou os óculos. Pelo visto, estava cochilando. Atordoado, encarou Hilo por vários segundos, então se levantou apressado, soltou a bebida e ajeitou a bermuda.

— Primo Hilo — chamou enquanto, feliz e surpreso, estendia os braços.

Hilo lhe deu um tapão no rosto. Teije cambaleou e soltou uma exclamação de dor. O Pilar o acertou de novo, o que fez o rapaz cair com tudo. O pé de Teije bateu na taça, que tombou e quebrou. A jovem de biquíni gritou e fugiu berrando em uwiwanês enquanto Hilo chutava com crueldade a lateral do corpo de Teije.

— Kaul-jen, espera, para — arquejou ele, engatinhando para longe.

Hilo o seguiu. Chutou o parente na barriga, na virilha e o atingiu mais diversas vezes no rosto e no tronco.

Teije Runo não era pequeno (era alguns centímetros mais alto do que Hilo, tinha ombros largos, braços compridos e se mantinha em forma), mas protegeu a cabeça e se encolheu enquanto os golpes vinham. A mulher correu berrando até entrar na casa. Iyilo, ali ao lado, observava junto com os outros barukânes e os próprios Ossos Verdes. Tar riu. Quando Hilo terminou, nenhum dos ossos de Teije estavam quebrados, mas seu corpo coberto de óleo florescia com hematomas e ele gemia de dor.

— Levanta e se veste — disse Hilo. — A gente tá indo embora.

Capítulo 10

Um Desperdício Ridículo

Saíram da propriedade de Zapunyo quinze minutos depois. Desta vez, os barukânes nos carros prateados não os escoltaram. Hilo não pediu, e Iyilo não ofereceu. O meio-osso superbronzeado ficou parado na entrada, observando-os partirem com uma expressão cuidadosamente inelegível no rosto. Quando entrou no veículo, Hilo Percebeu o inconfundível pulsar de hostilidade na aura de jade do segurança. Iyilo podia até ser apenas um capanga shotariano contratado, mas ele e seus semelhantes tinham motivos de sobra para guardar rancor e odiar gente como os Kaul. Jade e linhagem fizeram dos Ossos Verdes os heróis históricos e governantes não oficiais de Kekon; as mesmas características faziam dos barukânes criminosos e forasteiros em Shotar. Hilo tinha plena certeza de que, caso recebesse a ordem de Zapunyo, Iyilo e seus homens ficariam ávidos para matar todos eles e se provarem tão merecedores de jade quanto os convidados kekonésios.

Desta vez, Hilo levou Tar, Vin e Teije no primeiro carro junto com ele e mandou Juen, Doun e Lott no outro. Teije, todo acuado e segurando gelo envolto em um papel toalha sobre os lábios, ficou em silêncio durante a viagem. Tar abriu as janelas e disse:

— Viu como aquele nanico e os cachorrinhos barukânes dele não conseguiam nem olhar a gente no olho? Deixaram a gente sair na maior tranquilidade. Se esses são mesmo os homens mais perigosos de Uwiwa... não me surpreende este país ser um lixo desses.

Hilo não respondeu. Já tinha ralhado com Tar uma vez naquele dia e não queria seu Encarregado ainda mais distraído. Às vezes, Tar falava sem parar quando se sentia inseguro. Era leal e valente, mas não tinha uma mente estratégica. Como o Pilar dissera para Wen, Zapunyo não tentaria machucá-los na própria propriedade. Era um risco grande demais, exposição demais.

Hilo inclinou o banco para trás e fechou os olhos. Parecia estar descansando, talvez até tentando tirar uma soneca. O sol atingiu seu rosto. O interior de sua visão se tornou uma parede vermelha que coloria até mesmo sua Percepção enquanto ele a espalhava e analisava, em total alerta. Quando pegaram a estrada do aeroporto, Hilo se sentou e abriu os olhos. Havia duas motos e cinco carros de polícia estacionados na frente da passarela em que o pequeno avião fretado os esperava.

— Vin — disse o Pilar.

— Doze homens — exclamou o Dedo de imediato. — Hilo-jen... eles tão aqui pra nos matar.

Hilo assentiu, mas Teije Runo, pela primeira vez desde que haviam saído da propriedade de Zapunyo, falou numa voz apavorada:

— Eles vieram atrás de mim. Acham que tô fugindo da fiança.

— Essa gente não tá nem aí pra você — retrucou Hilo. — São contratados do Zapunyo.

Dois dos policiais gesticularam para que estacionassem. Hilo mandou o motorista obedecer. O outro veículo parou logo atrás. Hilo se virou para Teije.

— Fica no carro — ordenou. — Prometi pra sua mãe que ia te levar de volta em segurança, mas se você me desobedecer vou ser obrigado a partir o coração de merda dela.

Ele saiu do carro. Os Ossos Verdes o seguiram.

— Mãos ao alto! Mãos pra cima agora! — vociferou um dos policiais com um megafone.

O fato de que o sujeito falava num kekonês bem mais ou menos foi outro sinal de que aquele homem sabia exatamente quem eles eram, de que tudo aquilo fora organizado de antemão. Hilo ergueu as mãos vazias sobre a cabeça e começou a ir adiante.

— Parado aí! — gritou o oficial com o megafone. Parecia apavorado. — Para agora! É meu último aviso.

Hilo não parou. Continuou andando com passos lentos e calculados.

— Você fala kekonês? — perguntou em voz alta. — Ninguém aqui tem como impedir a gente de entrar naquele avião. Mas vou dar uma chance pra vocês irem embora. Ossos Verdes não matam pessoas sem jade. A não ser que essas pessoas infrinjam nossas leis ou se aliem aos nossos inimigos.

A Percepção de Hilo se preencheu de batimentos cardíacos galopantes. Às suas costas, era possível sentir a tensão de seus próprios homens, as auras de jade agitadas como cavalos atrás de portões de partida nos segundos que antecedem uma corrida e, à frente, a catinga emanada pelo medo e por uma coragem impiedosa. Hilo desacelerou.

— Mesmo que o Zapunyo seja o dono desta ilha e vocês não tenham outra escolha a não ser aceitar o dinheiro dele, a vida de vocês vale mais do que isso — afirmou, e deu mais um passo adiante.

Os policiais abriram fogo.

Hilo já estava em movimento. Empurrou os braços para baixo com firmeza e liberou um golpe abrangente e descendente de Deflexão que varreu a chuva de balas como um vendaval vertical. Os agentes, assustados, tinham exagerado e desperdiçado munição. Toda a rajada inicial (pelo menos trinta tiros) tinha sido direcionada a ele. Essa tinha sido sua intenção ao sair sozinho, já que era mais fácil Defletir um ataque focado em um ponto só. Muito embora algumas balas tenham chegado perto o bastante a ponto de Hilo se encolher e usar o Aço, a saraivada interrompida de tiros rasgou o asfalto bem longe do alvo.

Os Ossos Verdes avançaram correndo. As auras de Tar e Jade ardiam com Força e Leveza enquanto os dois saltavam sobre a fileira de viaturas. Tar pousou em meio ao grupo de oficiais com a faca talon em mãos. Juen, por sua vez, amassou o teto de um dos veículos quando aterrissou agachado, mas logo se posicionou com uma pistola em cada mão e começou a atirar com precisão.

Doun, Vin e Lott não estavam muito para trás de seus Punhos. Dois dos uwiwanos haviam se virado e fugido em direção ao avião. Lott pegou um par de facas de arremesso que carregava na lombar, jogou-as juntas e lançou ao mesmo tempo um golpe de Deflexão que habilmente separou a trajetória das lâminas. Elas deslizaram pelos ares feito dois espigões e atingiram um homem entre os ombros e outro na nuca.

Com a faca talon em punho, o Pilar adentrou o combate. Ele agarrou um homem por trás e lhe cortou a garganta. Outro policial abandonou o revólver vazio e usou um cassetete preto para golpear o crânio de Hilo com uma força que cortou o ar, mas o Osso Verde abaixou a cabeça e dilacerou o antebraço do sujeito de uma ponta a outra. O cassetete caiu e Hilo o pegou com a mão direita antes que chegasse ao chão. Com uma explosão de Força, direcionou seu peso em uma investida que esmagou os joelhos do uwiwano com a estrutura de aço, depois estendeu-o e bateu com a coronha da arma no queixo do oponente, o que quebrou sua mandíbula e o derrubou.

Hilo olhou ao redor, à procura do próximo adversário, mas não havia mais nada para fazer. Seus homens estavam acostumados a lutar com outros Ossos Verdes, e este embate não chegara nem perto de algo assim. Os adversários eram mal e porcamente treinados e não tinham habilidades reais; nem kekonésios eram. Enquanto olhava os corpos espalhados, foi atingido por um repentino e poderoso ódio pelo contrabandista, uma raiva quase tão intensa quanto a que sentia por Ayt Mada, sua inimiga.

O chefão do crime organizado de Uwiwa ficava lá, sentado numa fortaleza luxuosa, protegido por barukânes que, esses sim, poderiam ter oferecido uma briga de verdade, mas não os arriscava e nem chegava perto do perigo. Ele ordenara que policiais corruptos dessem um jeito de matar Hilo por resistir à prisão.

Que desperdício ridículo.

Alguns dos homens no chão não estavam mortos, mas como nenhum ali oferecia mais qualquer ameaça, Hilo ordenou que os Punhos os deixassem em paz. Voltaram para os carros, pegaram as malas e Teije Runo, que empalideceu ao ver a cena e não apresentou a menor resistência para entrar no avião. O piloto kekonésio tinha associação com o clã, então, como instruído, não comunicara a confusão pelo rádio e simplesmente esperara.

Juen havia sido atingido de raspão no ombro e uma bala atravessara a canela de Doun.

— Fui negligente, Kaul-jen — disse ele enquanto fazia uma careta de dor, embora parecesse envergonhado por ter se ferido numa batalha tão unilateral.

Hilo encontrou o kit de primeiros socorros no depósito da aeronave e o entregou para seus homens, mas mandou o piloto decolar imediatamente. O avião de turbinas gêmeas acelerou pela pista, subiu ao céu e deixou o asfalto sangrento e os exuberantes campos verdes de Tialuhiya para trás.

No caminho para casa, Hilo deu uma olhada em Juen e Doun. Garantiu que o sangramento estava sob controle e que ambos se mantivessem hidratados com o refrigerante no cooler a bordo. Tar agora estava muito mais tranquilo; parecia que aquela partida violenta expurgara um pouco da frustração de mais cedo. Ele se esticou em uma fila de assentos e tirou uma soneca. Hilo foi para o lado de Lott, que ocupava um lugar no fim da aeronave enquanto encarava o oceano lá embaixo.

— Só conheci um outro Osso Verde que conseguia jogar facas tão bem assim, ainda mais direcionar com a Deflexão.

— Meu pai, eu sei — falou Lott, ainda olhando pela janela.

Pela agitação persistente da aura do rapaz, Hilo percebeu que o jovem estava chateado e confuso. Como um típico adolescente, é claro, ele fingia normalidade.

— Fora isso, vocês não são tão parecidos assim.

Os ombros do garoto ficaram tensos.

— Desculpa desapontar o senhor, Kaul-jen.

— Não foi isso o que eu disse. Seu pai era verdejante até dizer chega, um dos meus Punhos mais fiéis e temíveis, que os deuses o saúdem. Mas ele sabia ser cruel por motivo nenhum e não se importava com quase ninguém. Pra mim, você não é assim.

— Eu matei aqueles homens, não matei? Sei que você me trouxe pra ver como eu ia me sair.

Hilo tinha certeza de que, sob outras circunstâncias, o jovem jamais se dirigiria ao Pilar do clã com uma mágoa tão sincera, mas ele tirara uma vida pela primeira vez e estava abalado, sem saber direito como reagir. Não havia uma forma correta, disso Hilo sabia muito bem. As pessoas reagiam de formas diferentes. Alguns vomitavam, outros ficavam empolgados e havia ainda os que não sentiam nada.

— Você matou só um deles, aquele que você atingiu no pescoço. Mas o outro vai sobreviver.

Hilo não sabia ao certo se o sujeito resistiria, mas não fazia mal afirmar que sim para que Lott se sentisse melhor. O Dedo não respondeu e nem virou a cabeça.

— Lott-jen, olhe pro Pilar quando ele falar com você — exclamou Hilo, com a voz séria.

O garoto se encolheu com todos os trejeitos de um menino acostumado a ser punido e, com os olhos tomados de culpa, rapidamente se virou para Hilo. Seu rosto mudava entre incerteza e provocação, mas ele não ousou enfrentar o olhar severo de Hilo. Olhou para baixo e murmurou:

— Perdoe meu desrespeito, Kaul-jen.

Desde que conhecera Lott, Hilo percebera que o rapaz era um adolescente temperamental e mal-humorado, o que até podia ser tolerável por algum tempinho, mas agora ele era um Osso Verde e precisava aprender a se comportar. Hilo não mexeu os olhos e nem deixou a seriedade de lado, mas, depois de um minuto, disse numa voz muito mais gentil:

— Sempre vou perdoar um amigo, porque se não como é que as pessoas conseguiriam ser honestas umas com as outras? Não te trouxe pra esta viagem pra que você provasse seu valor. Te trouxe porque você se levantou na minha frente antes de todos os seus colegas ano passado, e foi o primeiro a fazer os juramentos. É disso que eu lembro. Quando o assunto é os irmãos que eu quero conhecer, os companheiros que quero do meu lado numa luta de vida ou morte, é esse tipo de coisa que importa.

Lott não voltou a erguer o olhar, mas depois de um segundo assentiu e sua aura de jade se acomodou em um relutante, porém muito mais calmo cantarolar. Hilo se virou e esticou o braço para pegar dois refrigerantes de manga no cooler. Abriu as garrafas e entregou uma para Lott, que aceitou e bebeu metade do conteúdo de uma vez só.

— Aqueles homens com quem lutou hoje... você não conhecia ninguém e nenhum deles te fez nada pessoal. É por isso que você tá desse jeito. É natural. Caso contrário, a gente seria igual a qualquer bicho. Claro, tem gente que é assim, até mesmos alguns Ossos Verdes, mas ainda bem que não são muitos.

Hilo bebeu o próprio refrigerante.

— As pessoas nascem egoístas. Bebês são as criaturas mais egoístas de todas, mesmo que sejam indefesos e incapazes de sobreviver um único dia sozinhos. Crescer e perder esse egoísmo... esse é o significado de ser civilizado, é o que nos separa das bestas. Se alguém machuca meu irmão, me machuca também. É isso que nossos juramentos querem dizer. Aqueles homens não eram seus inimigos, eram *nossos* inimigos. Você entende, né, Lott Jin?

O Dedo hesitou.

— Entendo, Kaul-jen.

Hilo colocou uma mão calorosa no ombro de Lott e a deixou ali por um instante. Depois, levantou-se e mudou de assento para que o rapaz tivesse um momento sozinho de reflexão. Quando era Chifre, Hilo considerava a mentoria com os Dedos uma parte vital do trabalho, e sempre garantia que os mais promissores não passassem despercebidos. Ainda não tinha certeza quanto a Lott, mas estava feliz por ter tido a chance de falar com o jovem pessoalmente. Às vezes, poucas palavras como aquelas já faziam toda a diferença.

Hilo terminou a bebida e colocou a garrafa embaixo do banco ao seu lado. Inclinou-se em direção à janelinha e encarou o horizonte distante. O barulho e a vibração do avião retumbavam em seu crânio. No meio do caminho entre as Ilhas Uwiwa e seu lar, não havia nada para ver além de oceano e mais oceano separando Kekon de seus vizinhos mais próximos. Do outro lado daquela vastidão de água que parecia interminável, ficava Espênia, o país que abrigava a cidade de Porto Massy, onde Anden morava agora.

Hilo olhou para o outro lado do corredor, para seu primo de sangue, Teije Runo, que continuava a passar gelo no rosto com melancolia, e sentiu um desejo irracional de jogá-lo da aeronave e ficar assistindo à longa queda até o mar lá embaixo. Quando voltou a encarar a janela, estava com o cenho franzido, e a carranca foi se tornando ainda mais intensa e absorta do que a expressão que tentara afastar do rosto de Lott.

Capítulo 11

Porto Massy

Na semana seguinte ao enterro de seu avô adotivo, Anden embarcou num voo de onze horas e meia saindo do Aeroporto Internacional de Janloon. A sensação era a de que estava adentrando a cela que abrigava prisioneiros na noite que antecedia a execução. A diferença era que, em vez de um altar do tamanho de uma caixa de sapato e um penitente para guiar preces e meditação que talvez aliviassem a consciência do detento que se preparava para a vida após a morte, havia pilhas de revistas velhas de fofoca e comportamento e aeromoças indo e vindo através das névoas circulantes de fumaça de cigarro para oferecer mantas e chá quente.

Anden tomou um remédio para dormir e passou a maior parte da viagem apagado. Quando acordou, o avião estava começando a aterrissar e, ainda meio grogue, ele abriu a persiana da janela para ter um primeiro vislumbre da cidade estrangeira na qual fora exilado. Como um monstro vasto e cheio de esporas adormecido debaixo de um lençol, a metrópole de Porto Massy se estendia debaixo de uma grossa camada de neblina tingida pelo alaranjado do crepúsculo. Arranha-céus de aço e concreto se projetavam em conglomerados densos nos bancos de areia no decorrer do grande Rio Camres, que desaguava na Baía Whitting e encontrava o Oceano Amárico do Norte. Anden procurou pelos pontos de referência que tinha visto em fotos e na televisão: a Ponte do Olho de Ferro, o Mastro e as estátuas do Guardião do Porto. Até então, ele não tinha de fato acreditado que estava deixando Kekon para trás, mas agora parecia real, e quando os trens de pouso da aeronave se chocaram contra o asfalto, seu coração respondeu com um baque surdo de temor e medo.

Na área para retirar as bagagens, pegou a mala e, nervoso, parou para analisar a multidão até encontrar um casal de idosos kekonésios segurando uma placa que exibia seu nome. Anden se aproximou e perguntou:

— Senhor e senhora Hian?

Os dois o olharam surpresos, como se ele não fosse quem esperavam. O homem tinha olhos gentis e uma barba grisalha rala e crespa mais escura do que o cabelo. A mulher tinha um rosto largo e rosado e pouquíssimas rugas, o que parecia inesperado para alguém daquela idade.

Anden colocou a mala no chão e se apresentou:

— Meu nome é Emery Anden. Muito obrigado por abrirem as portas de sua casa pra mim. Que os deuses brilhem em favor de vocês por tamanha gentileza.

Ele levou as mãos entrelaçadas até a testa e se curvou em uma saudação respeitosa.

Se o casal a princípio parecera confuso com a aparência de Anden, ficaram tranquilos com o kekonês fluente e a educação.

— Imagina, gostamos de hospedar estudantes — disse Seu Hian, agora sorrindo e também tocando a testa para cumprimentá-lo.

Sua esposa fez o mesmo e perguntou:

— Como foi o voo? A viagem é longa, né? Voltamos pra Kekon só duas vezes desde que nos mudamos pra cá. É muito tempo naquele avião! Meu corpo velho não aguenta mais.

O marido tentou pegar a mala de Anden, mas o rapaz nem pensou duas vezes antes de impedi-lo, e o casal guiou o caminho até o estacionamento.

Seu Hian dirigiu com a Dona Hian no banco do passageiro. Era o menor e mais velho carro em que Anden já estivera, com assentos encapados por um tecido marrom, painel de madeira falsa e janelas que só abriam até a metade. Ele ficou no banco de trás, olhando para as ruas e prédios lá fora. O ar era úmido, mas nada como o suor perfumado de Janloon; a umidade dali parecia fria e cinzenta. De grades nas calçadas, subia vapor enquanto pessoas apressadas passavam por vitrines com manequins exibindo roupas reluzentes e espalhafatosas. Artistas de rua, quase que completamente ignorados, batucavam em baldes de cabeça para baixo no exterior da estação de trem. Ônibus de dois andares vomitavam uma fumaça preta pelos escapamentos. A maior cidade da Espênia parecia um lugar sem sol e nada amigável, um retrato frenético de movimento contra uma tela sépia de tijolo e concreto. Para qualquer canto que olhasse, ele via espênicos.

— Então... você tem família por aqui? — perguntou Seu Hian como quem não quer nada.

— Não — respondeu Anden, mas como reconhecia o verdadeiro objetivo da pergunta aparentemente inofensiva (escrutinar sua ancestralidade), continuou: — Meu pai era espênico, mas nasci em Kekon. É minha primeira vez aqui.

Era esquisito até mesmo falar de seu pai, um militar estrangeiro qualquer que nunca conhecera e nem tinha a menor vontade de conhecer. E mais esquisito ainda pensar que estava na terra natal daquele sujeito.

O Sr. e a Sra. Hian moravam em uma parte da cidade chamada Arapuca Sul, no lado mais baixo do Camres. Era um bairro de trabalhadores, povoado principalmente por imigrantes e com edifícios de vários andares quase colados uns nos outros de um jeito que fazia Anden se lembrar dos Distritos de Garrarra ou da Forja, em Janloon. A família que o hospedaria morava em uma das melhores residências da região: uma casa amarela de dois andares de frente para uma movimentada rua de duas vias. Anden levou a bagagem para dentro e a carregou escada estreita acima até o quarto de hóspedes, que tinha vista para um beco dos fundos. Era quase do mesmo tamanho de seu dormitório na Academia e muito menor do que o cômodo com que tinha se acostumado na casa de praia dos Kaul, em Marênia. Por outro lado, era aconchegante. A roupa de cama era grossa e macia, e havia um quadro em aquarela de uma montanha enevoada pendurado na parede sobre a cabeceira. Um vaso em cima da penteadeira abrigava três raminhos de flores feitas com um tecido azul.

Seu Hian preparou um jantar tipicamente kekonésio: frango assado com leite, legumes salteados e macarrão com molho de alho. Anden ficou imensamente grato pela comida familiar e nem se importou de repetir várias vezes para demonstrar o quanto tinha gostado.

— Coma até não aguentar mais — encorajou Dona Hian. — A comida espênica não é lá essas coisas. Vivo dizendo pro meu filho vir jantar em casa com mais frequência, mas ele tá sempre ocupado e enfrentar o trânsito não é nada fácil. É por isso que ele tá perdendo peso.

Os Hian tinham dois filhos. O mais velho, de quem ela estava falando, morava no norte da cidade, mas trabalhava com vendas para uma empresa de equipamentos médicos e viajava bastante. Foi ele quem trouxera os pais para a Espênia havia mais de uma década. O caçula estava fazendo doutorado em história na Universidade da Vigia Marítima, em Adamont Capita.

— Um curso inútil. — Dona Hian suspirou. — Mas as crianças fazem o que bem entendem.

Depois do jantar, ela limpou os pratos e Anden entregou os presentes que Shae o instruíra a dar: uma garrafa cara de hoji, um envelope com notas de thalirs espênicos e um bule verde de cerâmica que fora envolto em jornal para viajar em segurança. A bebida e as notas não passavam de meras frivolidades. Ele tinha certeza de que o casal receberia um valor mensal por hospedá-lo. O bule tinha mais significado. Seu Hian ergueu a tampa. A insígnia circular do Desponta fora estampada lá dentro. Um presente verde e marcado com o símbolo do clã implicava a amizade dos Ossos Verdes e conferia status a quem o recebesse. Quando oferecido a alguém de fora do clã, representava um favor que fora feito e que, em algum momento, seria recompensado.

O casal agradeceu de forma carinhosa e colocou o bule em uma prateleira na cozinha ao lado de fotos dos filhos. Seu Hian ofereceu a Anden uma dose do fino hoji e eles o saborearam juntos à mesa de jantar.

— As pessoas de Kekon tão preocupadas com a guerra? — perguntou o sujeito.

A princípio, Anden ficou confuso. Por um momento, teve a impressão de que seu anfitrião estava falando da guerra entre o Montanha e o Desponta.

— O senhor tá falando do conflito em Shotar — disse, quando se deu conta. — Acho que sim. É que não ando muito atualizado com as notícias.

O rapaz não explicou que passara o ano anterior com o rabinho entre as pernas numa pacata vila costeira.

— O povo aqui só fala da Guerra de Oortoko — explicou Seu Hian.

A província mais a leste de Shotar, conhecida como Oortoko (Ortykvo, em ygutaniano), ficava na fronteira de Ygutan, abrigava ygutanianos nativos e era uma área disputada há muito tempo. Três meses antes, uma milícia rebelde proclamou a independência da região. O governo shotariano rejeitou a declaração unilateral e mandou tropas para suprimir o levante, que, ao chegarem lá, encontraram inimigos bem equipados, treinados e não tão discretamente apoiados pelos ygutanianos. Em busca de ajuda, os shotarianos apelaram para a Espênia.

— Se as tropas espênicas forem combater os rebeldes em Shotar, talvez uma guerra contra Ygutan comece. — Seu Hian meneava a cabeça, preocupado. — Meu sobrinho anda falando que os kekonésios também serão afetados porque os espênicos vão usar Kekon como base e exigir jade pros soldados.

— Tenho certeza de que ele tá certo — disse Anden. — Quem trabalha no escritório da Homem do Tempo sabe muito bem do que tá acontecendo.

O sobrinho de Seu Hian era um importante Agente da Sorte do clã no arranha-céu da Rua Caravela; ele fora colega de Woon Papidonwa e Kaul Lan na Academia e garantira para Shae que seu tio cuidaria de Anden durante o tempo na Espênia.

— E você, Anden? — perguntou Dona Hian, curiosa. — Tem uma posição no clã?

Ela não disse "membro do clã" ou "parte do clã". A maioria das pessoas em Janloon podiam afirmar que eram afiliadas a um dos clãs Ossos Verdes, mas "ter uma posição" era diferente; referia-se a um lugar de status e normalmente significava alguém que devia usar jade.

Talvez o sobrinho do Seu Hian tenha contado que Anden se formara na Academia Kaul Dushuron. Eles devem ter ficado confusos, já que não o viram usando verde. O rapaz hesitou; não queria perder nem um pouco da admiração dos anfitriões, mas também não queria ser desonesto.

— Eu tinha, mas meu primo, o Pilar, decidiu que era melhor que eu viesse estudar na Espênia.

Por um instante, Anden fingiu internamente que estava falando de Lan, não de Hilo, e sentiu um pulsar de pena de si e luto. Não estaria nesta situação se Lan continuasse vivo.

Os Hian assentiram. Não havia dúvida de que a história de Anden ia mais além, mas se abstiveram de fazer outras perguntas.

— Você é sortudo de ter uma família tão poderosa e com condições de pagar pela sua educação, mesmo que isso signifique te mandar pro outro lado do mundo — comentou Seu Hian. — Você deve tá bem cansado, né? Acho que já é hora de irmos dormir.

— Seu Hian — Anden começou a dizer, mas o homem ergueu a mão para interrompê-lo.

— Seu primo colocou você sob nossos cuidados. Enquanto estiver aqui na Espênia, nos considere sua família. Pode perguntar qualquer coisa que perguntaria aos seus parentes.

Anden assentiu.

— Tio, você gosta de morar na Espênia?

Seu Hian coçou a barba e pareceu ficar pensativo.

— Até que gosto — respondeu. — Claro, não é como Kekon. A comida, o idioma, os espênicos e seus modos sempre vão ser meio estranhos pra nós. Mas também há coisas boas aqui. E o mais importante de tudo: é onde nossos filhos estão. O lar é sempre onde a família tá.

A esposa assentiu para concordar.

O longo sono induzido por medicamentos no avião fez com que Anden não conseguisse dormir quando foi para a cama. O dormitório na Academia, a Residência dos Kaul em Janloon e o quarto na casa de praia em Marênia sempre foram espaços quietos, separados do alvoroço da cidade. Ali, porém, era possível ouvir pessoas, carros, sirenes e outros barulhos urbanos a noite inteira logo do outro lado da janela. Anden ficou deitado por diversas horas, sentindo-se extremamente amargurado.

Shae o matriculara no Programa Imersivo de Espênico para Falantes de Outras Línguas (PIEFOL), na Faculdade de Porto Massy. O segundo semestre começou na semana seguinte. Seu Hian lhe mostrou onde pegar o ônibus e foi com ele no primeiro dia. Anden sabia um total de cerca de trinta palavras em espênico, e grande parte delas devido à cultura pop. Até existia uma matéria na Academia, mas ele fizera apenas por seis meses antes de trancar e optar por uma eletiva suplementar em Deflexão. Naquela época, não fazia sentido estudar espênico já que dificilmente seria um conhecimento útil. Como se tornaria um Punho do Desponta, a proficiência nas disciplinas de jade era muito mais importante.

Havia cinquenta alunos no programa, vindos de todo o mundo. Quatro tunis e dois shotarianos faziam parte de sua turma, mas ele era o único kekonésio. A professora era uma mulher grosseira com um cabelo cor de trigo. Quando Anden respondeu de onde vinha, ela inicialmente entendeu "Callon", uma cidade de Stepênia. Os estudantes ficavam juntos em mesas redondas e eram encorajados a se conhecerem melhor. Anden decidiu que seria educado, mas não estava ali para fazer amigos (o que não foi muito difícil já que, no intervalo, grupinhos baseados nas etnias se formaram num estalar de dedos). Ele podia até ter tentado se juntar à mesa com os jovens tunis, mas por instinto, ficou desconfiado. Kekonésios se viam como superiores em relação às raças vizinhas.

Na cabeça de Anden, havia duas formas de lidar com a própria situação: se entregar para o desespero e passar o ano inteiro como um sonâmbulo, ou aguentar firme e provar que era capaz de dar conta desta punição. Apesar de estar claramente começando como um dos alunos menos fluentes, estava determinado a se esforçar mais do que todos os outros. Estudos teóricos nunca tinham sido seu forte, então não foi uma surpresa quando ler e escrever em espênico se provou um desafio constante. Por outro lado, não demorou para descobrir que se dava muito melhor absorvendo a língua falada. Sempre que podia, ficava sentado no bandejão do campus, em bancos públicos ou em paradas de ônibus, de butuca em conversas dos arredores; às vezes, até ecoava as palavras mentalmente e, em silêncio, formulava-as com a boca. Ele se agarrou à ideia de que, quanto antes se formasse, mais cedo voltaria para casa.

No decorrer dos meses seguintes, quando não estava na sala de aula ou estudando, tentava se mostrar útil para o casal que o hospedava. O tempo que passara trabalhando na loja de móveis em Marênia o deixara habilidoso com ferramentas e serviços desse tipo. Consertou uma porta frouxa, vedou uma janela e transformou alguns caixotes descartados numa sapateira. Acompanhava os Hian em afazeres e carregava coisas.

— *Nós* é que deveríamos estar *te* pagando por este tempo aqui em casa — exclamou Seu Hian. — Já recebemos outros alunos antes, mas a maioria quer sair por aí, explorar e aproveitar a cidade. Você trabalha demais.

A vizinhança, Anden descobriu, era uma colcha de retalhos que abrigava diversos enclaves culturais distintos. Muitas famílias de ascendência kekonísia moravam nas dezenas de quadras ao redor da casa dos Hian, mas era só atravessar a rua que Anden se via numa área inteiramente tuni, onde os habitantes gritavam com suas crianças usando aquele idioma gutural e a fumaça lacrimejante de cerâmicas queimando subia de fornos portáteis na frente de todas as residências. O restante do Distrito de Arapuca Sul, que se estendia a oeste até Matago e a leste até Marmelo, era ocupado por espênicos mais humildes e da classe trabalhadora.

Numa tarde, Anden perdeu o ônibus e, como era um dia quente de primavera para os padrões de Porto Massy, decidiu caminhar de volta para a casa dos Hian. Levou quase duas horas, mas ficou orgulhoso por estar se virando sozinho naquela cidade estrangeira e compreendendo melhor a estrutura do lugar. Durante o trajeto, ficou com sede e parou numa loja de conveniência de esquina para comprar um refrigerante e um pacote de castanhas. Contou as moedas espênicas sobre o balcão. O dono do estabelecimento, um homenzarrão de bigode, disse algo animado que Anden deduziu ser uma gentileza. Como ainda não se sentia confiante em nada que saísse de sua boca, ele se limitou a assentir e sorrir. Era um problema recorrente: num primeiro momento, até passava por um nativo, mas era sempre esquisito e vergonhoso quando estranhos tentavam puxar conversa.

Quando foi sair da loja, dois homens entraram. Os sujeitos não pararam para procurar mercadoria nenhuma; foram direto para o balcão e começaram a conversar com o dono no que a princípio parecia um tom cordial, mas que logo se tornou grosseiro e ameaçador. Anden parou na soleira da saída e se virou bem a tempo de ver o comerciante abrir o caixa e, nervoso, contar um bolo de notas que entregou para um dos invasores. Por um instante, os olhos do senhor se voltaram para Anden, como se tivesse esperança de que o estranho fosse lhe ajudar. Anden ficou ali, indeciso, com uma mão na porta. Aquele não era seu povo; ele não sabia o que estava acontecendo e não queria se meter em confusão.

A quantidade de dinheiro entregue pelo visto não foi o bastante, porque mais palavras mordazes foram proferidas. Um homem agarrou dois estandes da loja e os empurrou para frente, o que fez doces e óculos de sol se espalharem pelo chão. O lojista deixou um grito enraivecido escapar. O segundo homem agarrou-o pelo cabelo e bateu sua cabeça no topo do caixa com um baque que soou dolorido, e então o empurrou com violência para trás. O comerciante caiu para fora do campo de visão de Anden, que recuou um passo para que os dois assaltantes passassem. Um deles parou, encarou-o cara a cara por tempo o bastante para vociferar:

— Tá olhando o quê?

Foi a primeira vez que Anden entendeu com tanta clareza algo dito em espênico. O outro apressou o parceiro porta afora, que se fechou atrás dos criminosos.

O coração de Anden martelava. A sensação era de que devia ter feito alguma coisa, mas o que exatamente? Ele soube na mesma hora que se meter seria uma má ideia, o que não tinha certeza era do que alguém ali na Espênia deveria fazer ao presenciar algo assim. Em Janloon, teria corrido para informar um Dedo do clã (ou Punho, se conseguisse encontrar algum) sobre o incidente.

O dono da loja resmungou e começou a se levantar atrás do balcão. Não parecia muito ferido, e Anden, claramente envergonhado, mas sem a mínima vontade de interagir com aquele coitado, saiu e escapou para a rua.

O senhor e a senhora Hian estavam nervosos pelo tardar da hora e o repreenderam por não ter ligado para que o buscassem. Ficaram ainda mais chateados quando ele explicou que tinha voltado para casa a pé e o que acontecera pelo caminho.

— Aqueles homens são os Tripulantes. Trabalham pro Chefe Kromner — explicou Seu Hian. — Não vá mais lá a partir de agora.

Anden não se importava com a ideia de certas partes da cidade serem zonas proibidas. Na verdade, foi até meio estranho perceber quão reconfortante era o fato de que, assim como em Janloon, havia clãs e territórios em Porto Massy. Com isso em mente, ele suspeitou que o lojista fosse algum tipo de Lanterna e que os dois homens tinham recebido ordens de recolher impostos atrasados. Ficou feliz por não ter bancado o bobo e se metido nos negócios de um clã desconhecido, mas se sentia incomodado pela situação porque a abordagem lhe parecera extraordinariamente rude. Em Kekon, era raro que Ossos Verdes tratassem até mesmo os Lanternas mais problemáticos de forma tão ruim. Os clãs tinham laços em cada aspecto da sociedade. Não pagar impostos razoáveis significava perder o apoio do clã, o que poderia dificultar a vida em uma miríade de jeitos diferentes. Um Lanterna no qual não pudessem confiar podia ter dificuldade para abrir uma conta bancária, comprar uma casa ou matricular os filhos na escola. Não havia necessidade de ameaçá-lo ou feri-lo.

Era nisso que Anden pensava enquanto tomava a sopa de peixe com gengibre de Dona Hian.

— Por que é que o dono da loja não foi atrás desse tal Kromner pra pedir um pouco de calma? — perguntou.

Tinha certeza de que uma porcentagem significativa do trabalho de Shae como a Homem do Tempo era negociar acordos com Lanternas (mas, claro, num nível muito mais alto do que donos de lojinhas de esquina).

Seu Hian deu uma risada abafada, mas logo ficou sério ao perceber que Anden não estava brincando. O sujeito se levantou e vasculhou uma caixa de papelão no chão, que guardava uma pilha de jornais antigos acumulados, até puxar uma edição do *Tribuna de Porto Massy* da semana anterior e folhear até a página certa. Ele colocou o folhetim sobre a mesa e apontou para uma foto preto-e-branco de um espênico corpulento de terno escuro e gravata saindo de um ZT Touro preto, acompanhado de uma mulher vestindo um longo casaco de pele branca. Anden ainda não lia a nova língua muito bem, mas a manchete dizia algo sobre corrupção policial.

Seu Hian falou:

— Esse Blaise Kromner é um homem ruim. Um criminoso. Conhecido por vender drogas e usar mulheres como moeda de troca. O pessoal dele trabalha pra que o sujeito nunca seja pego, mas ele tem um carrão, roupas chiques e vive indo em festas e sendo fotografado. Você acha que ele se importa com o dono da loja? Ou que sequer sabe quem ele é? — O homem dobrou o jornal e o colocou de volta na caixa. — Anden-se, as Tripulações não são como os clãs. Dinheiro é a única coisa que importa pra eles. Nunca dão, só tomam. O dono daquela loja paga, paga, paga, mas nunca recebe nada.

Anden teve outro choque cultural duas semanas depois, desta vez muito mais familiar. Estava voltando para casa de noite, carregando uma sacola de supermercado com alimentos que comprara para os Hian, quando ouviu gritos vindo de uma das janelas abertas do outro lado da rua.

Não era nenhuma novidade. O casal kekonésio que morava ali vivia brigando como se fossem animais e às vezes gritavam um com o outro até tarde da noite. Era possível escutar a voz do homem com clareza: "*Eu ainda te mato, sua vagabunda do caralho!*" Um estrondo, mais berros dos dois e então, de repente, a mulher saiu pela porta da frente de camisola e correu, ou pelo menos foi o que pareceu, direto para o meio do trânsito.

Anden visualizou-a sendo atropelada como uma cabra fugitiva no meio da rodovia e voando do capô de algum carro. Uma bicicleta desviou do caminho e o jovem que a pedalava deu um pulo enquanto, assustado, soltava um xingamento. Anden largou a sacola e foi adiante mesmo sabendo que, àquela altura, seria impossível fazer algo a tempo.

O jovem na bicicleta avançou e agarrou a mulher perturbada. Em uma explosão de Força e Leveza, arrastou-a de volta para a calçada. Os carros passaram a um fio de cabelo de distância, buzinando alto. O marido apavorado da moça (sem camisa, bêbado e com raiva) apareceu correndo e gritando algo incompreensível. Ele cambaleou quando o ciclista se virou e lançou um golpe de Deflexão que o atingiu nos joelhos. Enquanto tropeçava para a frente, outro golpe o pegou em cheio no diafragma e o obrigou a se sentar com força, como se tivesse sido amarrado pela cintura.

A mulher, chorando, saiu correndo para uma vizinha no fim da rua sem nem se dar ao trabalho de agradecer o sujeito que a defendeu. Depois de um minuto, o marido se levantou e, xingando baixinho, voltou para casa, mas sem ter coragem de encarar ninguém com aquele olhar assassino.

Anden conseguiu falar de novo.

— Você é um Osso Verde — gritou em kekonês.

O jovem do outro lado da rodovia tirou o cabelo desgrenhado da testa, como se quisesse vê-lo melhor. Ele deu um sorriso largo recheado de dentes brancos e riu.

— E você é um ilhéu bem do burro — gritou de volta, antes de bater a poeira das calças e pegar a bicicleta.

Chocado e boquiaberto, Anden o encarou. Não conseguia ver jade alguma no corpo do rapaz, mas era impossível que não houvesse nenhuma ali. O Osso Verde passou uma perna por cima da bicicleta arranhada e olhou para Anden mais uma vez, que continuava parado na calçada cercado de compras espalhadas.

— Achou que só em Kekon é que as pessoas tinham jade, é?

O sujeito acenou de forma zombeteira e pedalou para longe. As panturrilhas iam se retesando enquanto os ombros magricelas se inclinavam sobre o guidão. Anden o encarou até que o rapaz estivesse fora de vista.

Pelo visto, era possível que nem tudo em Espênia fosse desconhecido e insuportável.

Capítulo 12

Medidas Necessárias

A reunião entre os Pilares do Clã da Montanha e Desponta aconteceu na cidade de Gohei, que ficava a mais ou menos setenta e cinco quilômetros do coração de Janloon. Fazia um ano desde que Kaul Hilo e Ayt Mada tinham se encontrado pessoalmente pela última vez, na Casa da Sabedoria, numa negociação que durara vários dias sob a jurisdição de um comitê mediador idealizado pelo Conselho Real. Diferentemente da última assembleia, que fora uma performance pública que ambos os clãs sabiam que não resultaria em nenhum acordo efetivo, apenas alguns Ossos Verdes no topo da hierarquia dos dois clãs sabiam deste evento. Gohei era controlada pelo Cauda Preta, um clã menor sem nenhum status tributário ou aliança formal nem com os Montanha nem com o Desponta, então tudo aconteceria num ambiente neutro. A reunião levaria apenas uma tarde. Cada clã pagou pela presença de dois penitentes experientes do Templo do Divino Retorno. Todos esses detalhes foram organizados pelos Homens do Tempo, o que significava que as discussões seriam levadas a sério.

Hilo, Shae, Kehn e um pequeno grupo de pessoas de confiança (Tar, Woon e Juen) chegaram em Gohei pouco depois do meio-dia e foram recebidos na casa do Pilar do Cauda Preta. Durn Soshunuro, sua esposa e três de seus quatro filhos cumprimentaram os visitantes com muito respeito. O único ausente era o mais velho, que estava esperando em outro lugar, longe dali, o que era uma precaução compreensível que não geraria rancor algum, dada a leve, porém perigosa possibilidade de as negociações irem por água abaixo e os anfitriões acabarem levando a culpa ou se envolvendo na confusão. O tio de Durn fora um camarada de Ayt Yugontin e Kaul Seningtun durante a guerra, mas depois se afastara da cidade grande e preferira morar no interior. Com a benção de Ayt e de Kaul, ele formou o próprio clã e assumiu a jurisdição de Gohei que, na época, era uma comunidade agrícola que também funcionava como entreposto comercial com as aldeias abukianas e parada para viajantes a caminho de Janloon.

Com as décadas de expansão de Janloon, Gohei se transformara em algo como um subúrbio distante; Hilo mal vira qualquer pausa na paisagem urbana no caminho até ali. Durn Soshu, por saber que a continuidade da independência de seu clã dependia disso, tinha muitos motivos para continuar em bons termos tanto com os Montanha quanto com os Desponta. Mesmo que fosse apenas uma questão de tempo até que o Cauda Preta virasse uma entidade tributária, Durn era um Pilar esperto o bastante para desejar que a transição acontecesse pacificamente. Já tinha visto o derramamento de sangue de que os grandes clãs eram capazes e queria evitar que sua família (na qual apenas metade usava jade) acabasse vítima desses conflitos. Então colocou sua residência inteira à disposição dos visitantes e organizou o grande jardim de inverno para sediar a reunião com o número certo de cadeiras já a postos e uma jarra de chá gelado de frutas cítricas e copos no centro da mesa. Dois dos penitentes ficavam nos cantos do recinto e os outros dois no corredor da frente e de trás para que nenhum centímetro do andar escapasse do alcance espiritual. Hilo agradeceu Durn com afinco e Woon discretamente entregou à esposa dele um envelope verde como forma de retribuí-los por todo o trabalho.

Foi bom Hilo já ter tido uma longa conversa com Shae e Kehn e se preparado mentalmente para a reunião no carro, porque Ayt e Mada e sua equipe chegaram poucos minutos depois. Quando entraram no recinto, o número de auras de jade que aglomeraram a mente de Hilo pareceram diminuir a luz do sol que se derramava pelas grandes janelas. Era a primeira vez que via Nau Suen, o novo Chifre dos Montanha, e seus olhos e Percepção se demoraram um pouquinho demais no sujeito que substituíra Gont Asch. Nau era alto, esguio e, embora tivesse cinquenta e poucos anos, parecia o tipo de pessoa que se levantava ao raiar do dia e corria cinco quilômetros antes do café da manhã. Talvez devido à carreira anterior como instrutor na Escola do Templo Wie Lon, as pedras de jade de Nau ficavam todas amontoadas nos pulsos, em pulseiras de couro parecidas com aquelas usadas pelos alunos. Sem piscar e com uma aura de jade gélida e que sondava a todos, parecia que muito pouco lhe passava despercebido.

Ayt Mada parecia não ter mudado nada e, com seu estilo prático, vestia calças azuis e uma blusa branca, mas mesmo assim tinha total controle sobre a intensidade de seu olhar e de sua densa aura.

— Kaul-jen — disse ela, antes de se acomodar em uma das duas cadeiras perto da mesa.

Sem falar nada, Hilo ocupou o assento à frente da Pilarisa. Os Chifres e os Homens do Tempo assumiram seus lugares logo atrás dos Pilares, e os outros Ossos Verdes ficaram de pé, atentos e recostados nas paredes. Durn e a esposa chegaram com pratos de petiscos leves (frutas cortadas, pãezinhos com recheio de nozes e bolos de carne seca) e serviram chá gelado nos copos. A filha mais nova de Durn, uma garota com cerca de 8 anos, não saía de perto dos pais. Com a permissão dos Pilares, o anfitrião fez questão de encher o copo da filha com chá e deixar que ela se servisse, assim qualquer suspeita de algum problema com a comida seria sanada. Ele fez uma saudação profunda para Ayt e Kaul, depois fechou as cortinas da grande janela para que tivessem privacidade e se retirou em silêncio.

Ayt falou primeiro:

— Acredito que sua Homem do Tempo tenha explicado o motivo deste encontro.

Hilo estreitou os olhos frente a insinuação condescendente de que precisava de explicação até para as questões mais simples. Se Ayt o via como nada além de um valentão, então azar. De que valeria o esforço para fazê-la mudar de ideia? Ele se reclinou na cadeira, colocou um pãozinho inteiro na boca, mastigou sem pressa alguma e engoliu.

— O motivo é que você esperava ter o controle da cidade a essa altura, e que todo mundo com o sobrenome Kaul tivesse virado comida de minhoca, mas não foi assim que a banda tocou. — Hilo abriu as mãos e sorriu para ela. — A conversa vem só quando a violência falha.

Com um relampejo de impaciência, a Pilarisa do Montanha declarou:

— Kaul-jen, se algum de nós dois pudesse ganhar esta guerra com espadas da lua, já teria ganhado. Agora acabamos colocando nós mesmos, e o país, numa posição insustentável. Não tem dinheiro de exportação de jade entrando nos cofres nacionais. O conflito de Oortoko vai virar uma disputa entre grandes potências que estão de olho nas minas de jade inativas de Kekon pras suas forças militares. Se continuarmos assim, vamos debilitar nosso governo, acabar com o estoque de jade dos dois clãs, perder o apoio do povo e deixar nossa nação vulnerável pros estrangeiros. A população sabe disso, o Conselho Real sabe disso e contrabandistas como Zapunyo sabem também. Então agora é nossa obrigação evitar esse desastre.

Hilo encarou-a com um olhar astuto.

— Se a AJK voltar à ativa, tem que ser com todas as novas regras em vigor. Toda a jade que for mineirada passa pelo órgão oficial pra que nenhuma parte *roube*. — Seus lábios se curvaram de leve. — Ou melhor dizendo, pra que ninguém roube ainda *mais*. Vocês ainda não devolveram pro Tesouro de Kekon as "discrepâncias financeiras" que a auditoria revelou ano passado.

Ayt não pareceu se incomodar.

— Vamos deixar esses relatórios pra lá, Kaul-jen. Ninguém se importa com planilhas de três anos atrás. Você esquece esse assunto das supostas sonegações, e a gente aceita uma parte menor do orçamento da AJK pelos próximos três anos. Nosso Homem do Tempo pode chegar numa porcentagem exata que satisfaça o conselho de diretores.

Hilo deu de ombros. Nunca pensara que os Montanha assumiriam a responsabilidade pela jade que já tinham roubado, então deduziu que Ayt não faria mais do que isso.

— Ótimo. Então o problema da AJK está resolvido. Agora a respeito do contrabando: Ti Pasuiga espalhou capangas pela cidade e pelo país inteiro. Zapunyo não tá nem aí pras fronteiras territoriais dos clãs e os estrangeiros também não vão se importar. Uma trégua significa que vamos ter que concordar em trabalhar igualmente pra estancar o mercado clandestino, e isso inclui erradicar os peixes-pedra, os traficantes de brilho e os gângsters gringos que se espalharam como erva daninha enquanto a gente se ocupava lutando um contra o outro. Se um lado se esforçar mais, vai ser fácil demais pro outro se aproveitar e avançar pra territórios sem defesa.

Ayt inclinou a cabeça.

— Meu Chifre vai cooperar com o seu pra garantir que vamos unir esforços contra o tráfico. Concordamos que é algo que precisa ser extirpado. Não avançaremos pra nenhum dos seus territórios, contanto que os distritos que estão em disputa agora sejam divididos de maneira justa.

— De maneira justa — repetiu Hilo, num tom zombeteiro.

Nenhuma divisão satisfaria os dois lados. Três dias na Casa da Sabedoria no ano anterior deixaram isso extremamente claro. Não fazia diferença quais partes da cidade fossem concedidas para cada clã; qualquer um poderia ficar discutindo para sempre que a partilha estava incorreta e deveria acontecer de outra maneira. Só pensar em ceder *qualquer coisa* para os Montanha já deixava Hilo fervilhando de raiva, mas ele sabia que não havia outra forma de lidar com a situação. Era preciso ser ligeiro e abrupto.

— Depende do que estamos falando. Área ou valor?

— Valor — afirmou Ayt.

Hilo fez uma careta. Deveria ter adivinhado. Se virou para consultar Shae brevemente e então voltou a encarar a Pilarisa.

— A gente fica com a Rua do Pobre e o resto do Sovaco.

As maiores casas de aposta da cidade não eram apenas as conquistas mais rentáveis e simbólicas do clã, mas também um complemento estratégico para as empresas do Desponta que atuavam no setor hoteleiro.

— Então reivindicamos a parte de Ponta de Lança que fica ao sul da Rua Patriota e ficamos com Sogen — respondeu Ayt sem rodeios e com uma voz tranquila, como se tivesse previsto as prioridades do rival.

— Três quartos de Sogen — contra-argumentou Hilo. — Tudo que fica a oeste da Rua Vigésima.

Assim, preservariam uma área do Clã do Desponta de ambos os lados do Boulevard Haino e criariam uma zona tranquila para a Cidade Velha. Ainda seria uma concessão gigantesca, principalmente se levassem em consideração o quanto Tar e seus homens tinham lutado para conquistar aquele distrito no ano anterior. Atrás dele, Hilo conseguia Perceber o desgosto de seu Encarregado, mas já tinham ido ali sabendo que perderiam alguma coisa. O Pilar disse:

— Nossos dois Homens do Tempo terão que fazer as contas e entrar num consenso.

— Claro — concordou Ayt.

Hilo continuou:

— E você nos entrega o Yun Dorupon.

— Ele tá vivendo tranquilamente na cidade de Opia — afirmou a Pilarisa, sem nem piscar, como se estivesse informando as horas. — Pode mandar seus espiões confirmarem.

Hilo sentiu a aura de Shae mudar de forma sutil, mas não reagiu.

— Uma última coisa. Meu primo Anden. Você sabe que ele não tá usando jade nenhuma. Enquanto a situação continuar assim, não importa onde, ninguém do Montanha se aproxima. Mandei ele estudar fora do país, mas a cada dia que passa o mundo tá ficando menor. Qualquer coisa suspeita que acontecer, vou culpar as pessoas desta sala. A gente nem devia precisar ficar recitando o aisho como se fôssemos um bando de alunos do maternal, mas pelo visto é nesse nível que as coisas tão.

Ayt pareceu entretida.

— Enquanto eu for Pilarisa e Emery Anden continuar sem jade, não vamos mexer com ele ou nos vingar pela morte de Gont Asch. — Seu rosto exibia uma expressão gélida, mas o canto da boca dela se contorceu para cima. — Temos um acordo, Kaul Hiloshudon?

Hilo nunca se imaginara nessa posição. *Morto*, sim, isso já tinha imaginado incontáveis vezes, mas ficar sentado a um braço de distância de sua inimiga enquanto, com toda a calma, negociava um tratado de paz? Jamais. Não era um grande deísta e nem acreditava muito na vida após a morte, mas conseguia conceber os espíritos de todos que haviam morrido em nome do clã flutuando, cheios de acusações, atrás dele: seu irmão, os vários Punhos (Satto, Goun, Lott, só para começar) e dezenas de Dedos que tinham lhe jurado lealdade, a maioria guerreiros jovens que perecerem no auge de suas vidas.

Por um segundo, Hilo quase chegou a se sentir fisicamente doente de tanto nojo de si mesmo. Como é que Shae o convencera a uma coisa dessas? Ela vivia forçando-o a tomar decisões calculadas e sábias, mas acontece que o sábio nem sempre é o que é *certo*. Ele sabia que Ayt conseguia Perceber o flamejar de sentimentos em sua aura de jade, assim como era possível sentir que, por trás daquelas feições serenas, o ódio que ela sentia pelo Pilar do Desponta não diminuíra nem um pouco. Para ambos ali, tudo era apenas um teatro fruto da necessidade.

— Temos — disse Hilo. — Sob os Céus e pela jade.

— Sob os Céus e pela jade — concordou Ayt, repetindo os termos que consistiam em uma versão resumida do tradicional juramento dos Ossos Verdes.

E assim encerraram aquela reunião, selando as decisões que haviam tomado como a palavra oficial do Pilar e a vontade suprema do clã. Com um pacto de paz em mente, ficaria a cargo dos Homens do Tempo a negociação dos pormenores.

Ayt se virou um pouco para trás e falou diretamente com seu Chifre e Homem do Tempo.

— Antes de terminarmos, eu gostaria de falar a sós com Hilo-jen por alguns minutos. — Ela voltou a encarar Hilo com uma feição ainda mais impenetrável no rosto do que de costume. — De Pilarisa pra Pilar.

Nau Suen e Ree Tura se levantaram e, levando seus assessores junto, saíram do salão. Depois de hesitar por um instante, Hilo deu uma olhada para Kehn e Shae e assentiu para que se retirassem também. Ambas as auras de jade zumbiam frente ao pedido nada corriqueiro, mas mesmo assim saíram e levaram consigo o resto dos homens do Desponta. Nenhum Osso Verde foi para muito longe; Hilo conseguia Perceber todos de pé logo ali fora, prontos para voltarem a qualquer instante sob mando de seus Pilares.

O comportamento de Ayt mudou e ficou quase casual. Ela se inclinou sobre a mesa com um cotovelo e colocou algumas fatias de fruta e um bolo de carne num pratinho. A manga da blusa caiu para baixo e revelou as pulseiras de prata repletas de jade.

— Vamos ser sinceros, Kaul-jen — falou a Pilarisa. — Você não quer ser Pilar. Diferente de seu avô e seu irmão, você não combina com a função.

Com uma voz extremamente gélida, Hilo respondeu:

— Não me esqueci que você é o motivo de eu ter acabado com esse emprego.

— E eu não me esqueci que você massacrou dezenas dos meus Ossos Verdes e assassinou Gont Asch. Nós dois usamos métodos e artimanhas que julgamos necessárias durante um período de guerra. Perdas inesperadas já eram de se esperar.

Ayt se levantou e, com o prato, foi até a janela, onde abriu a cortina apenas o suficiente para lhe permitir olhar para a paisagem rural: colinas verdejantes baixinhas transformadas em deques caprichados, trabalhadores roçando a terra lá longe, uma caminhonete enlameada ultrapassando uma carroça na estrada atrás da propriedade de Durn. Sem pressa, Ayt comeu e se virou. A luz da rua definiu seus contornos e obscureceu seu rosto.

— Ao contrário de você, Kaul Lan nasceu e foi treinado para ser o Pilar. Você acha mesmo que consegue se dar bem em diplomacia, em negócios... em qualquer coisa que não exija uma faca talon na mão? Caso seja capaz, deixa essa vingança obsessiva de lado e tenta encontrar lá dentro de você a força de vontade pra pensar com clareza por um minuto. Não mandei que matassem seu irmão, e eu te entregaria os assassinos dele de mão beijada se soubesse quem são e onde se meteram.

Ela abaixou o volume da voz e, pela primeira vez, até onde Hilo conseguia se lembrar, Ayt falou com ele num tom que quase chegava a ser razoável.

— Uma fusão entre nossos clãs ainda é possível. Seria melhor pra todo mundo: o fim das lutas na cidade, um ponto final nas picuinhas por qualquer empresa e influência política. Juntos, os Ossos Verdes dariam conta de acabar com o tráfico, conseguiriam controlar o comércio de jade e de brilho e formariam uma força implacável contra a invasão estrangeira.

Ayt se afastou da janela e continuou:

— Tem duas coisas que até seus inimigos dizem a seu respeito, Kaul-jen: você cumpre o que promete e nasceu para ser Chifre. Nau Suen é velho demais pra ser o Chifre do Montanha por mais do que alguns anos. Você poderia servir a si mesmo *e* ao país: se comprometa a acabar com a rixa de sangue, una nossos clãs e volte ao lugar que é seu por direito, no comando das ruas, mantendo jade fora das mãos de criminosos e contrabandistas, sendo o Osso Verde que você sabe bem como ser, do tipo que deixa uma trilha de sangue por onde passa, como fez em Tialuhiya.

Hilo se recostou na cadeira e inclinou a cabeça de leve para um lado.

— Você é uma pessoa excepcional, Ayt-jen — disse, por fim. — Sabe, eu fico imaginando como deve ser pensar como uma máquina e não se importar com ninguém.

Ayt ficou rígida no mesmo instante que ouviu aquelas palavras. Sua espessa aura de jade se projetou como uma onda. Ela não ergueu o tom da voz, mas falou devagar e com um timbre mordaz:

— Não vá achando que me conhece, Kaul Hilo.

Hilo se levantou em um único movimento suave e foi para a frente.

— Eu sei algumas coisas a seu respeito. Você sussurrou o nome do seu próprio irmão. Conspirou com um traidor do meu clã e plantou criminosos no território do Desponta. Roubou e vendeu jade pelas nossas costas. Você é a razão do Lan ter morrido. Tentou me assassinar, e tentou convencer minha própria irmã a me matar. Isso já é o suficiente pra te conhecer, Ayt-jen?

Ele olhou para os penitentes que continuavam ali, imóveis nos cantos do salão, como se fizesse questão que as santidades presentes ouvissem com cuidado a descrição de todos os crimes. Cada uma das palavras de Hilo saía com a destreza do corte de uma lâmina.

— Eu *nunca* vou fazer um juramento pra você.

O rosto de Ayt borbulhou com um desprezo que sugeria que ela estava farta daquelas reações previsíveis.

— Estou estendendo minha mão, não uma espada. Se recusar, será sua última oportunidade.

— Então estamos de acordo — declarou Hilo. — Ficou bem óbvio que você continua sonhando com o governo de um único clã em Kekon, o que significa que, com trégua ou não, em algum momento você vai ter que me matar.

O Pilar deu de ombros, mas não havia nenhum resquício de indiferença no movimento.

— Mas isso se eu não te pegar primeiro.

A boca de Ayt se moveu de forma imperceptível, mas sua poderosa aura banhou Hilo com o calor de uma fornalha que queimava com uma ameaça tão implacável quanto um incêndio.

— Já tentei muitas vezes ser racional com a teimosia da linhagem Kaul. — Ela ajeitou um dos braceletes de jade. — Ree Tura vai trabalhar com a sua Homem do Tempo pra organizar o anúncio do acordo entre os clãs pro povo e pro Conselho Real. Tenho certeza de que os habitantes de Kekon vão ficar aliviados e satisfeitos com a nossa mudança de posição.

A Pilarisa do Clã da Montanha passou por Hilo com passos firmes, deixou o pequeno prato sobre a mesa e saiu da sala.

Capítulo 13

Depois do Show

Uma coletiva de imprensa foi programada para duas semanas depois, na manhã seguinte ao Dia do Barco, na zona franca do Distrito do Monumento. O salão de festas do histórico Hotel Estrela Universal já recebera chefes de Estado estrangeiros, oficiais do governo, diplomatas e dignatários de todos os tipos, mas Hilo duvidava que já tivesse visto dois Pilares e aquele tanto de Ossos Verdes dentro de suas quatro paredes. Através das largas janelas atrás da plataforma elevada, era possível ver o lado oeste da Casa da Sabedoria e mais longe ainda, depois de uma fileira de árvores desabrochando, o telhado escalonado do Palácio do Triunfo. Ninguém, incluindo os jornalistas nas cadeiras da frente, era capaz de ignorar a importância do evento: os anúncios feitos ali teriam tantas consequências para o país quanto qualquer coisa que viesse do governo oficial.

Não era um show apenas para a imprensa e para o povo, mas para os próprios clãs. Centenas de membros de alto escalão do Desponta (Lanternas, Agentes da Sorte, Punhos) ocupavam o lado esquerdo do recinto. Fiéis ao Clã da Montanha dominavam o direito. Para garantir a paz, cerca de doze penitentes vestindo longas túnicas verdes se mantinham de pé ao longo das paredes e nos cantos.

Kaul Hilo e Ayt Mada se sentaram lado a lado na mesa elevada. Um microfone fora instalado na frente de cada um. Shae e Kehn ocuparam uma mesa um pouco para trás de Hilo, enquanto Ree Tura e Nau Suen ocuparam a mesma posição, só que atrás de Ayt. As lideranças mais importantes dos dois maiores clãs de Kekon, que por quase dois anos haviam dado o sangue para destruir um ao outro, estavam sentadas juntas para encarar o povo kekonésio e declarar a paz.

Ambos os lados haviam concordado em ter Toh Kita, um conhecido âncora de jornal da Emissora Nacional de Kekon, como mediador da coletiva. Falando com as câmeras, Toh apresentou os Pilares, que já eram conhecidos por todos ali. Em seguida, Hilo e Ayt, um de cada vez, leram a declaração conjunta que expunha os termos da trégua: novas jurisdições territoriais, retomada das atividades mineradoras sob a nova reforma da

AJK, cooperação no combate aos problemas cada vez maiores relacionados ao contrabando de brilho e tráfico de jade. Os dois Pilares terminaram reiterando o respeito e o compromisso que tinham não apenas pelos constituintes de seus clãs, mas pela nação.

Um número limitado de questões previamente selecionadas foi entregue pelos jornalistas e lido em voz alta por Toh. Para Ayt, perguntaram quais medidas seriam tomadas em seu clã para garantir que "descuidos contábeis" não voltassem a acontecer. A Pilarisa dos Montanha respondeu dizendo que acolhia as preocupações do Conselho Real e do povo com muita seriedade. Ree Tura tinha se demitido e um novo Homem do Tempo seria nomeado dentro de um mês. Hilo nem se surpreendeu, e Ree muito menos. Já estava quase se aposentando de qualquer jeito e, sem sombra de dúvidas, já esperara colocar o dele na reta pelo bem do clã.

Uma pergunta foi feita a Hilo.

— Kaul-jen, o acordo de hoje quer dizer que o senhor não vai mais procurar vingança pela morte do seu irmão?

— Os dois clãs perderam gente. Meu luto não diminuiu nem um pouco, mas sei que vingança não é o que meu irmão ou meu avô, que os deuses os saúdem, iriam querer como o foco do clã. Precisamos seguir em frente.

Não era exatamente uma resposta à pergunta, o que não passou despercebido para os Punhos no salão que conheciam Hilo bem. Mas Shae e sua equipe haviam se preparado com afinco para este evento, e o fato do Pilar se ater com tanta atenção ao roteiro talvez fosse um indicativo da experiência que tinham adquirido.

O último questionamento indagava se os Pilares tinham algo a dizer a respeito da atual crise em Oortoko e se achavam que a tensão geopolítica entre Espênia e Ygutan ameaçava Kekon.

— A interferência de forças estrangeiras em Shotar é profundamente preocupante — respondeu Ayt. — Muito embora ainda defendamos nossa longa aliança com a República da Espênia, é nossa obrigação deixar claro que nenhuma nação se aproveitará de nós.

— Kekon é uma ilha cercada por países maiores, e somos o único lugar do mundo com jade — complementou Hilo. — Nunca deixamos de correr perigo. Mas sempre tivemos Ossos Verdes.

Para o público, os Pilares pareciam estar em sintonia enquanto Toh concluía a conferência. No palco e em frente aos espectadores e as câmeras, Kaul Hilo e Ayt Mada se levantaram ao mesmo tempo e, se encarando, levaram as mãos entrelaçadas à testa, numa saudação respeitosa e mútua. Quando Hilo trocou um olhar com a Pilarisa, um momento quase amigável de parabenização passou por eles: haviam interpretado seus respectivos papéis. Suas auras de jade queimavam uma contra a outra como carvões incandescentes e ferro fundido.

Tar e Woon estavam à espera para escoltá-los do palco. Woon colocou uma mão firme nas costas de Shae e a guiou em direção à saída, onde os carros os esperavam, mas Hilo parou pelo trajeto para conversar com o Chanceler Son Tomarho. Nos últimos tempos, o corpulento político exibia uma feição pálida e exaurida, além de parecer ter engordado ainda mais. Foi arfando levemente que alcançou o Pilar. Durante a época em que esteve na liderança do Conselho Real, fora vítima da praga gerada pela violência dos clãs, as preocupações econômicas e agora a escalada militar internacional atrelada à pressão estrangeira. Ao mesmo tempo em que, por fora, representavam os interesses do povo, a maioria absoluta dos conselheiros tinham filiações a um dos principais clãs. Durante dois anos, a guerra declarada entre o Desponta e o Montanha fomentara um ambiente tenso e parcial em que a maré do destino político podia ser refém do resultado das batalhas de rua entre Ossos Verdes. Tentar liderar um órgão político tão dividido com certeza não fazia muito bem para a saúde. Son tinha pela frente menos de dois anos em seu mandato de seis, e Hilo suspeitava que o homem já não via a hora de deixar o ofício para trás.

— Chanceler — disse o Pilar, com um sorriso forçado enquanto colocava a mão no ombro largo do sujeito. — Paz entre os clãs, como você pediu. E nós dois ainda aqui, vivos.

Desconfortável, Son pigarreou.

— Ah, pois é. Não vou mentir: eu achava difícil que isso algum dia fosse acontecer. Fico feliz de falar em nome do Conselho Real e elogiar você e a sua Homem do Tempo por essa conquista. O país inteiro ficou agradecido e aliviado. — Son levou as mãos entrelaçadas à testa e se curvou numa saudação. — Tenha um bom dia, Kaul-jen.

— Que dia desgraçado, ainda mais no fim de um mês tão desgraçado quanto — resmungou Hilo depois do jantar. Ele serviu arroz doce de coco em tigelinhas e as passou pela mesa enquanto Kyanla recolhia os pratos usados. — Pelo menos trouxe o Teije de volta.

— Uma conquista que com certeza fez valer a pena você e todos do Desponta serem banidos pra sempre das Ilhas Uwiwa — disse Shae, rancorosa.

— O Zapunyo fez questão de passar as imagens dos policiais uwiwanos mortos em todos os jornais do país, e até em alguns internacionais.

— Shae — ralhou Hilo, olhando para a mãe deles.

Para a surpresa de todos, Kaul Wan Ria se manifestou:

— Todo mundo sabe que os uwiwanos não passam de um bando de bandidos, inclusive a polícia. Só de pensar no que poderia ter acontecido com o filho da coitada da Dona Teije se você não tivesse feito esse resgate... Você salvou a vida da sua tia, Hilo-se. Ela teria morrido de tristeza se o filho tivesse se machucado, ainda mais tão longe de casa. Tomara que ele aprenda a lição e sossegue o facho em Kekon daqui pra frente.

Ela começou a se afastar da mesa.

Wen se levantou para ajudá-la.

— Não vai querer sobremesa, mãe? — perguntou.

— Não, mas você devia comer. Precisa de sustância pro bebê.

Depois do jantar, era hora de os Ossos Verdes da família discutirem assuntos do clã. Hilo se lembrava que, quando criança, era enxotado para que fosse brincar e sua mãe ia para o quarto ler ou assistir à televisão enquanto vovô, Doru e seus parceiros continuavam à mesa, fumando e bebendo hoji.

Hilo deu a volta na mesa e passou por trás das cadeiras de Kehn e Tar para dar um abraço na mãe antes que ela se retirasse. Jantares com a família inteira eram raridade nos últimos tempos.

— Tudo certo com a sua casa de hóspedes? Vai ficar bem melhor quando a gente reformar, com flores e eletrodomésticos novos. Sei que a senhora gosta de Marênia, mas seria melhor ficar por perto depois que o bebê chegar.

Desde a morte de Lan, Hilo tinha a impressão de que sua mãe havia envelhecido e encolhido. Contratara uma equipe para verificar como ela estava, cuidar da casa de praia e fazer compras, mas seria bem mais seguro se ficasse dentro dos muros da propriedade, e um neto poderia ser o incentivo perfeito.

Ela acariciou o braço do filho. Hilo não forçou a barra. Sua mãe podia até ter alguma relutância quanto a abrir mão do isolamento pacífico a que se acostumara no litoral, mas ele era o filho mais velho agora, e obedecê-lo era o certo. Ele só precisava ser gentil com o assunto.

Depois de ela sair, Hilo se sentou para comer a sobremesa e deu outro olhar de repreensão para Shae pela nada discreta falta de tato. Garantir o acordo de paz entre os clãs fora uma significativa vitória pública para o escritório da Homem do Tempo. Hilo sabia que a irmã andava trabalhando e liderando detalhes das negociações até tarde fazia semanas. Mas isso não era desculpa para destratá-lo daquele jeito, ainda mais na frente de seus homens e de sua esposa.

— Querem saber o que a Ayt Mada me falou em Gohei? — Hilo deu uma olhada pela mesa antes de voltar a encarar Shae fixamente. — Ela me mandou desistir agora. Me ajoelhar e fazer juramentos pro Montanha porque não sou o vovô e nem o Lan, então o Desponta tá fodido.

— Hilo-jen — disse Kehn, com uma expressão carrancuda no rosto. — Ela tá tentando fazer você duvidar de si mesmo. Só porque você não é o Tocha, ou por ser diferente de Lan-jen, que os deuses os saúdem, não significa que não possa ser um Pilar forte, ou até mesmo melhor. Olha pra mim, por exemplo: não consigo ser o Chifre que você era. Só posso dar o meu melhor e fazer do meu jeito.

Todos o olharam, surpresos pela honestidade e consideração.

— Eu não teria te nomeado Chifre se achasse que você não era capaz — afirmou Hilo. — Então não é a mesma coisa. Nunca tive a benção nem do vovô e nem do Lan.

Wen colocou a mão sobre a perna do marido.

— Mas você tem a gente.

Hilo assentiu.

— Verdade, e talvez essa seja a única coisa que eu tenho e que a Ayt não tem. Todos nós aqui, reunidos nesta mesa, somos uma família, então não tenho vergonha de admitir que preciso da ajuda de cada um de vocês. No que me diz respeito, prometo ouvir o que vocês têm a dizer, mesmo que eu não concorde ou acabe tomando uma decisão diferente. E quando isso acontecer, saibam que é a palavra do Pilar e vocês precisam respeitar.

A última parte parecia direcionada à sua Homem do Tempo, que o encarou de esguelha com uma quantidade adequada e relutante de culpa pelo sarcasmo de mais cedo.

— Então — falou Tar enquanto passava um palito nos dentes. — Vai nos contar o plano de verdade agora?

— O que concordamos em Gohei já *é* o plano de verdade... — respondeu Hilo, com firmeza — pra todos no clã, exceto quem tá aqui. Quero que vocês confirmem o acordo para todos os níveis de Dedos e Punhos. Vamos nos ater às fronteiras como combinado. Chega de invasões e ataques ao território deles, acabou essa história de derramar sangue dos Montanha ou se apossar da jade deles sem aprovação da família.

Pelo amor dos deuses, pensou Hilo, nada satisfeito, *tô igualzinho ao Lan*.

— Vamos seguir nossa parte da barganha — continuou ele, em resposta à expressão incrédula de Tar — porque precisamos que os Montanha sigam a deles e comecem a ir atrás dos contrabandistas. Um clã sozinho não dá conta de proteger as minas e o litoral do país. Então o negócio é o seguinte: por enquanto, temos que estabelecer a paz. Porque o que aconteceu em Tialuhiya deixou mais do que claro que o Zapunyo tem a intenção de chegar em Kekon, e aquele gringo baixinho é ambicioso o bastante pra achar que é capaz de dar conta de Ossos Verdes. Ele vai se esconder naquela mansão e usar outras pessoas, sejam policiais, bandidos, viciados ou qualquer um que consiga pagar ou intimidar, para fazer o trabalho sujo. O que significa que ele vai infestar Janloon de ratos, isso se já não infestou.

— A gente tem nossos próprios ratos — relembrou Tar.

— Mas não o suficiente. — Hilo direcionou as próximas palavras para ambos os irmãos Maik. — Precisamos de Ratos Brancos em qualquer lugar que nossos inimigos estiverem, e não tô falando só das ruas daqui de Janloon. Temos que ficar de olho em todos os possíveis próximos passos dos Montanha. A Ayt vai tentar bancar a espertinha e vir atrás da gente de um jeito que não fique feio pra ela depois de ter sentado do meu lado sorrindo pra câmera. E precisamos de um dos nossos ou de alguém de confiança nas Ilhas Uwiwa, perto ou infiltrado em Ti Pasuiga, pra passar informações dos negócios do Zapunyo pra que a gente dê um jeito de acabar com tudo.

Os Maik assentiram. Shae disse:

— Duvido muito que o Zapunyo seja o único de olho nas minas de jade daqui. E alguns dos outros interessados têm exércitos. Nossa preocupação maior tinha que ser os ygutanianos e espênicos, não o Zapunyo.

Keth apoiou os braços cruzados sobre a mesa.

— Os ygutanianos não teriam culhão pra invadir Kekon, ainda mais com os espênicos acampados na Ilha Euman.

— Ué, mas isso nunca impediu eles de comprarem jade no mercado clandestino de traficantes como o Zapunyo ou por baixo dos panos com a Ayt Mada, que já sedimentou fábricas de brilho dentro de Ygutan pra garantir os contratos secretos dela — apontou Shae. — Os espênicos veem Kekon como a fonte de jade pra *eles*, e vai ser um problema se decidirem que o fornecedor não é seguro ou confiável o bastante durante a guerra.

— Os espênicos são uns otários mesmo — exclamou Tar. — Não dão conta nem da jade que já têm. É só olhar o que tá acontecendo lá. Vão banir o uso de jade fora do exército. Nem mesmo os caras das operações especiais da RDE têm permissão de usar por mais do que três anos de serviço por causa dos efeitos do vício em brilho, que deixa a pessoa toda fodida, dá câncer e sei lá mais o quê. Tem mais jade nessa mesa de jantar do que num pelotão inteiro deles.

Tar começou a puxar um cigarro, mas Hilo pegou o fumo. Ele também queria fumar, mas Wen dizia que a fumaça fazia mal para o bebê. Em vez disso, serviu um copo de hoji para o colega.

— Enfim — disse Tar, aceitando a bebida de má vontade. — Se aquele bando de sangue ralo tentassem ocupar Kekon, nunca dariam conta de segurar as pontas. Seria caro demais pra eles, e dinheiro é tudo o que importa pros espeniquitos.

— Eles são nossos maiores parceiros comerciais e aliados militares — comentou Shae. — Se quisermos fomentar o lado empresarial do clã, precisamos ter acesso àquele mercado. Tem outros jeitos deles pressionarem ou controlarem a gente além da invasão. E já tão tentando.

— Nesse caso, que bom que eu tenho uma Homem do Tempo que fala espênico e não deixa nada passar despercebido — declarou o Pilar. — Temos duas opções: apaziguar ou comprar aquele povo, como o que você fez ano passado.

Shae bufou.

— Falando assim parece tão simples. — Hilo achou engraçado que ela e Wen trocaram um olhar que podia muito bem ser de solidariedade. — É isso que eu recebo por ser a Homem do Tempo numa família cheia de ex-Punhos.

— Ah, Shae, pra que isso? — Hilo cutucou o braço da irmã. — Você podia dar uma equilibrada nas coisas, trazer alguém da Rua Caravela pra família. Tenho certeza de que a mãe ia gostar se você convidasse o Woon Papi pra jantar aqui em casa. Ele vem de uma boa família de Ossos Verdes, não vem? E é entendido de administração.

Para o deleite de Hilo, Shae piscou e começou a corar.

— Woon-jen é o Sombra da Homem do Tempo — respondeu ela, séria. — Nossa relação é estritamente profissional.

Hilo deu uma risadinha e os Maik esconderam sorrisos.

— Pra você tenho certeza de que é mesmo — concordou ele. — Ô, Shae, como é que você pode ser tão inteligente pra umas coisas, e tão perdida pra outras? Deve ser porque você já tá com a cabeça em outra pessoa. Por acaso alguma das famílias do clã já conseguiu te apresentar um filho?

Ele já conseguia perceber que seu sorriso largo e provocativo estava começando a envergonhá-la e irritá-la, o que melhorou consideravelmente seu humor. Não porque queria arrumar uma briga, mas porque o fazia sentir uma saudade singular das várias batalhas que tinham o costume de travar na infância. Além do mais, sua irmã tinha bancado a espertalhona mais cedo.

Hilo empilhou as tigelas vazias de sobremesa. Kyanla veio da cozinha para pegá-las e trouxe um bule de chá. Enquanto Wen servia todos na mesa, o Pilar se reclinou na cadeira.

— Agora chega de brincadeira. Hoje firmamos a paz com os Montanha, como eu disse. — O sorriso debochado desapareceu de seu rosto e Hilo falou com uma voz completamente séria: — Então não dá pra titubear na hora de mover nossas peças. Não podemos ferir e nem começar outra maldita guerra sangrenta com ninguém. Temos que cortar o mal pela raiz. Isso significa que precisamos de um plano. Quando entrarmos em ação, temos que ser fortes... pelo nosso povo, pelos nossos negócios, por tudo. Ayt passou anos montando uma estratégia antes de dar o primeiro passo. O que foi ótimo pra ela, já que quase conseguiu o que queria e deu um golpe pesado na gente, mas continuamos aqui e agora é a nossa vez. Todos aqui são família, então ninguém tem dúvida de que o que aconteceu naquele palco hoje não passou de um show.

Hilo parou e deu uma olhada pela mesa. Ninguém se pronunciou. Os olhares permaneciam fixos nele, e as auras de jade zumbiam de maneira uniforme, sem alarde.

— Os Montanha têm fraquezas que a gente não conhece. Se não tivessem, nunca concordariam com uma trégua. Temos que descobrir esses pontos fracos. Mesmo que leve tempo. E então a gente planeja como matar a Ayt Madashi, seus seguidores e o clã dela.

Na manhã seguinte, Hilo acordou descansado, mas levemente ansioso. A conversa na mesa de jantar da noite anterior tinha lhe voltado à mente antes de cair no sono. Talvez outras pessoas em Janloon estivessem mais felizes agora, ao saber que os clãs estavam em paz, mas ele continuava o mesmo. Como Chifre, vira Punhos duelarem por jade, cafetões e traficantes se enfrentarem com facas pelas melhores esquinas, cachorros e mendigos brigarem por comida. Se havia uma coisa que sabia era que impasses e acordos sempre acabavam. Paz duradoura era resultado de vitórias inquestionáveis.

Enquanto pensava em como seria possível destruir o Clã da Montanha de uma vez por todas, não tinha dúvida nenhuma de que, do outro lado da cidade, Ayt Mada também estava tramando para fazer o mesmo com ele. Hilo ainda não sabia como poderia debilitar o inimigo a ponto de ter certeza de que aquela ameaça nunca mais pairaria sobre sua família. Parecia uma tarefa impossível, uma missão da qual talvez nem mesmo seu avô ou Lan fossem dar conta, mas que, mesmo assim, era essencial para a sobrevivência irrevogável do Desponta. Além de tudo isso, agora havia outros adversários e perigos em que precisava pensar. Eram peças demais, e todas obscuras, escondidas da luz.

Ele se aconchegou em Wen e envolveu os braços ao redor da barriga proeminente dela. Se usasse a concentração, era capaz de Perceber aquela vidinha ali dentro. Um tamborilar singelo e rápido como o coração de um ratinho aninhado sob a familiar energia de sua esposa. Pensar em Wen nutrindo seu filho dentro do corpo dela era um deleite e algo que o emocionava. Começou a acariciá-la, primeiro com gentileza, mas um pouco impaciente enquanto segurava seus peitos inchados, rolava os dedões sobre os mamilos escuros, passava a mão pela curva de seu quadril, nádegas e entre suas pernas. Pressionou a ereção quente contra as coxas da esposa. Wen girou, deu um sorriso sonolento e se contorceu para mais perto. Ele puxou a camisola dela pela cabeça, virou-a de lado e fez amor, talvez de um jeito um pouquinho mais cuidadoso do que estava acostumado por causa do neném, mesmo que ela tenha dito que não havia nada com o que se preocupar.

Depois, quando estava deitado de costas e consideravelmente mais relaxado, Wen disse:

— Talvez o Tar esteja certo e a Espênia nem tenha a intenção de invadir Kekon de verdade, mas o povo tá nervoso. Passamos anos aceitando dinheiro estrangeiro com um sorriso no rosto pra construir o país, mas agora é a primeira vez que o cidadão comum tá percebendo o que significa gente de fora pondo as mãos no que sempre foi nosso. — Ela se apoiou sobre os cotovelos ao lado do marido. — As pessoas tão começando a se perguntar se nossas decisões acabaram nos colocando em perigo. Talvez ao exportar jade, a gente tenha perdido nossas almas ou irritado os deuses. Um povo com medo toma decisões ruins.

Intrigado, Hilo se virou de lado para encará-la.

— Por que você sempre faz isso? Noite passada, na conversa depois do jantar, você ficou quieta e não falou nada. Aí depois, quando a gente tá na cama, você vem querendo discutir negócios do clã. Se tem coisas pra falar, o que custa falar na hora certa?

Wen afastou o olhar e descansou o queixo sobre os antebraços dobrados. Para a surpresa de Hilo, parecia um tanto magoada pela pergunta.

— Não era meu direito. Eu não sou uma Osso Verde.

— Mas também não é igual à minha mãe, que sai assim que a conversa começa. Você não é uma Osso Verde, mas é minha esposa. Todo mundo aqui é família. Se você quiser falar, tem mais é que falar.

Wen ficou em silêncio por um instante.

— Prefiro falar sozinha com você. — Com a cabeça descansando sobre o braço dobrado, ela se virou para encará-lo de novo. — Quando é só a gente, consigo dizer qualquer coisa que me vem à cabeça. Sei que você vai ouvir mesmo se não concordar. Falo com muita gente normal: donos de pequenos negócios, empreiteiros, funcionários de escritórios, alunos...

Wen transformara seu talento com design de interiores em um trabalho como consultora para propriedades afiliadas ao clã e estava fazendo aulas na Universidade da Cidade de Janloon para sedimentar ainda mais a carreira.

— Então só tô te falando o que eu ando escutando por aí.

Hilo puxou-a para mais perto e pressionou o rosto contra o peito dela.

— Quando o bebê nascer, você vai ter um novo trabalho pra se ocupar e não vai sobrar tempo pra se preocupar tanto com os meus.

— Eu sempre me preocupo. Mesmo sabendo que não existe homem mais verdejante do que o meu marido, toda vez que vejo tudo isso — ela passou os dedos pela clavícula e pelo peitoral de Hilo, tracejando cada pedra de jade com delicadeza —, não importa quanto orgulho eu sinta, não consigo deixar de pensar no perigo que você corre, na quantidade de inimigos que temos.

— Nunca vou deixar nenhum deles chegar perto de você — prometeu o Pilar. — E nem dos nossos filhos.

Os dois se beijaram e ficaram tocando um ao outro mais um pouco e, bem quando Hilo tinha começado a pensar que deveria se levantar porque tinha mil coisas para fazer, Wen disse baixinho:

— A Eyni respondeu à minha carta. Mandei uma mensagem enorme e enviei imediatamente. Dei notícias da família inteira e a convidei pra vir nos visitar com o namorado e o filho. Eu sabia que iria demorar pra uma carta chegar em Stepênia e outra voltar, mas mesmo assim, ela levou um mês pra responder e escreveu só algumas poucas frases.

Hilo se sentou com as costas contra a cabeceira. Era raro que Wen soasse tão ofendida; costumava ser carinhosa e afetuosa, mas quando ficava triste, podia ser teimosa ao extremo e reservada a respeito dos detalhes da chateação. Era preciso incitá-la a elaborar.

— E aí? O que foi que ela disse?

— Ela me agradeceu pela consideração, mas mandou não entrar mais em contato. — Wen sentou-se ao lado do marido e o encarou com mágoa no olhar. — Pra que falar uma coisa dessas, sabe? A gente já tinha se visto antes. Não éramos melhores amigas quando ela era casada com o Lan, mas só porque nunca tivemos a chance de nos conhecer. Não consigo entender a grosseria.

— Eu te falei, a Eyni sempre foi arrogante assim.

Sempre considerara a cunhada uma mulher rasa e egoísta, alguém que gostava de roupas chiques, teatro, vinho e do status de ser a esposa do Pilar, mas que, lá no fundo, não combinava com a família Kaul. Hilo fizera o melhor possível para demonstrar respeito à parceira do irmão, mas nunca perdera a impressão de que ela o desprezava e de que o considerava um moleque tosco (e ele sabe que deve ter sido mesmo), além de nunca ter se esforçado para puxar conversa. Lan provavelmente apreciava a intelectualidade culta e o belo rosto de Eyni, mas Hilo não ficara nem um pouco surpreso e, em segredo, aliviado quando o casamento acabou.

— *Você* é quem tem que responder agora — insistiu Wen. — Ela pode até não sentir que eu mereço a gentileza de uma resposta decente, mas vai ter que pelo menos reconhecer o Pilar do clã.

— Eu pensava que a gente já tinha falado disso — disse Hilo, mas cedeu ao ver o olhar determinado no rosto da esposa. — Acho que não vai fazer diferença, mas tudo bem.

Satisfeita, embora ainda claramente irritada, Wen assentiu.

— Se ela não vai se dar ao trabalho de vir aqui, você deveria ir até Stepênia. Mesmo que seja uma viagem longa, valeria a pena. — Frente à expressão incerta do marido, ela acrescentou: — Você vive dizendo que se encontrar cara a cara é melhor.

Capítulo 14

Misericórdia ao Velho Guerreiro

Três dias depois da coletiva de imprensa, Shae fez uma viagem para fora de Janloon e levou apenas Woon e Hami. Chegaram na vila de Opia no fim da tarde. Como era de se esperar durante a temporada de chuva, a névoa espessa que se desgrudara das montanhas cobria a copa das árvores lá de cima, o que reduzia a visibilidade da estrada de mão única serpenteante que levava ao povoado. Em suma, Opia consistia em algumas dezenas de construções feitas de madeira e argila que, enterradas com firmeza nas encostas íngremes, se apoiavam umas nas outras em ângulos estranhos. Havia galinhas sentadas nos cantos de telhados baixos de alumínio corrugado. Um menino descalço com um cachorro amarelo os encarou quando os três Ossos Verdes desceram do Cabriola LS vermelho de Shae. Com um grito, o garoto se virou e saiu correndo por uma viela de lajota.

Woon se aproximou e ficou ao lado dela. Shae o encarou por um instante mais longo do que o normal. Desde que Hilo a provocara na mesa de jantar, andava sendo difícil não imaginar se o irmão estava certo mesmo, se Woon desenvolvera, de fato, sentimentos que ela não conseguira perceber ou que então deixara para lá por considerar que não passavam de um instinto de proteção fruto do dever. Era estranho ver seu chefe de equipe sem as roupas do escritório e com uma espada da lua na cintura. Parecia outra pessoa, alguém muito distante do sujeito na Rua Caravela. Talvez, a julgar pela incerteza em seus olhos, ele estivesse pensando o mesmo a respeito dela.

Woon sugerira que trouxessem alguns funcionários do Chifre, mas Shae recusara. A sensação era de que aquele era um compromisso quase pessoal, uma responsabilidade do escritório da Homem do Tempo. Os dois lados do clã dependiam um do outro, mas ainda assim, havia um quê de competição entre eles.

O garoto com o cachorro deve ter espalhado a fofoca, porque os moradores das pequenas casas saíram para ficar na soleira das portas.

— Ossos Verdes! Vem ver, gente!

Shae ouviu as crianças sussurrando, empolgadas. Homens e mulheres vestiam camisas de algodão básicas ou xadrez e, em silêncio, num respeito meio cauteloso, observavam e levavam as mãos à testa conforme Shae e os dois homens iam passando. Opia parecia um lugar de outra época, ou talvez um ponto no espaço em que o tempo, seguindo sua marcha impiedosa, ignorara. A névoa espessa que obscurecia até mesmo os traços mais próximas da paisagem fazia com que tudo exalasse um ar ainda mais remoto e misterioso. Era difícil acreditar que estavam a apenas noventa minutos de carro da metrópole de Janloon.

Hami, em alerta, ficava virando a cabeça de um lado para o outro. A pistola marcando sob a jaqueta de couro e a faca talon embainhada no cinto ajudavam Shae a imaginar como o Mestre da Sorte devia ter sido quando trabalhava como Punho, antes de ir para o setor administrativo do clã.

— Pelo visto os Montanha não mentiram — comentou ele. — Não tem nenhum outro Osso Verde aqui por perto.

A Percepção de Shae concordava. Ela estendeu o sentido aqui e acolá através da energia suave dos habitantes do vilarejo até encontrar a familiar aura de jade que estava procurando, bem adiante, em uma casa marrom de ripas no fim da rua. Havia algo levemente suspeito ali, mas ela não era capaz de dizer o quê.

Shae caminhou até a cabana e empurrou a porta destrancada, que se abriu com o auxílio das dobradiças enferrujadas. Entrou em um pequeno cômodo iluminado por uma única lâmpada pendurada no teto.

— Tio Doru.

O antigo Homem do Tempo estava na cozinha, sentado numa cadeira ao lado de uma mesa dobrável de baralho. Por baixo do roupão marrom enrolado ao redor do corpo, ele vestia uma regata branca e calça esportiva cinza. Uma garota com cerca de 13 anos que devia ser, pelo menos de acordo com o que Shae achava, filha de alguém do vilarejo, estava abaixada enchendo um escalda-pés com água fervente. Ao vê-la entrar, a menina levou um susto e deixou cair a toalha que carregava.

— Shae-se — disse Doru, com a voz seca. Um sorrisinho se espalhou por seu rosto enrugado. — Que bom te ver.

Ele olhou para além dela.

— Ah, Hami-jen e Woon-jen. Essa visita é muito melhor do que o esperado.

Shae se virou para a garota.

— Sai — ordenou.

Incerta, a adolescente olhou para Doru, que, com carinho, falou:

— Isso, volta lá com seus pais, Niya-se, e obrigado por toda a sua gentileza com esse velho Osso Verde nas últimas semanas. Os deuses com certeza vão brilhar em favor de você e da sua família.

A mocinha colocou o balde de água vazio no chão e saiu apressada sem jamais erguer a cabeça. Shae a observou ir embora. As protuberâncias de sua espinha dorsal e os pequenos montinhos de seus seios juvenis apareciam por debaixo da fina camisa.

Shae se virou para Doru.

— Você tá um caco.

— Não por muito tempo, Shae-se. É pra isso que vocês vieram, não é? Pra fazer justiça em nome do clã.

Ele colocou os pés na água quente e suspirou.

— Aqui de noite fica frio, bem mais do que na cidade, mesmo que nem seja tão longe. Eu lembro desse tipo de frio, só que na época eu era mais jovem, então não me incomodava tanto assim.

Uma ternura nostálgica apareceu nos olhos de Doru.

— Durante a guerra, o principal acampamento da Sociedade da Montanha Única ficava a... hum... uns oito quilômetros ao sul daqui. — Ele gesticulou vagamente para algum ponto distante. — O terreno não era nada fácil, e a estrada vinda de Janloon não era toda direitinha que nem é agora. A vila de Opia era a nossa parada. Shae-se, não há gente mais patriota em toda ilha de Kekon do que o povo simples do interior. O povo daqui nos escondeu dos soldados shotarianos, cuidaram das nossas feridas, trouxeram comida e suprimentos pro acampamento pela floresta. Na realidade, eles foram os primeiros Lanternas. Muto mais do que os empresários de hoje em dia, o pessoal que tinha mania de me mandar canetas chiques e garrafas de hoji como presente.

— E eles inclusive te esconderam agora — afirmou Shae.

Ela deu uma olhada pela pequena cozinha e sala de estar. Havia apenas um quarto com uma cama estreita. Do lado de fora da janela encardida, e a única da casa inteira, o céu escurecia.

Doru deu de ombros e respondeu:

— Só enquanto conseguissem. Eu sabia que os Montanha acabariam vendendo minha cabeça de volta pro Desponta. Cooperei com eles por anos, usando a posição como Homem do Tempo e a influência que eu tinha com o Kaul Sen e com o Lan, que os deuses os saúdem, apenas por ter esperança de conseguir chegar numa solução pacífica pra todo mundo. Depois que meti o pé do Desponta e a paz já não era mais uma possibilidade... Qual seria a minha utilidade? Mas, olha, eu não deixo de ser grato, tá? Por ter vindo você e não aquele selvagem do Maik Tar atrás de mim.

Shae encarou o homem que fora melhor amigo e conselheiro de seu avô, a figura sempre presente na família desde antes de ela nascer. Yun Doru parecia até mais frágil e murcho do que da última vez em que o vira, quando tinha sido extirpado de jade e mantido como refém dentro de sua própria casa um ano antes. O cabelo dele estava ralo e quase todo branco, os olhos pareciam ter afundado no rosto comprido e a pele exibia uma palidez nada saudável manchada pelas sombras escuras projetadas pela única lâmpada.

— Como dá pra ver, eu tô morrendo — comentou Doru, com indiferença.

No momento em que essas palavras foram ditas, Shae soube que era verdade. Dava para Perceber agora a debilidade adoentada da aura de jade do velho.

— Câncer no fígado. Avançado já, pelo que me falaram. — O antigo Homem do Tempo deu um sorriso vago. — Espero que você não tenha barganhado muito pela minha vida. Não vale muita coisa, e agora que o Kaul Sen se juntou aos nossos camaradas do outro lado, vai ser um alívio finalmente encontrá-lo. Você veio mostrar misericórdia pra um velho guerreiro. Eu só queria saber se a gente pode conversar a sós por uns minutinhos.

Shae hesitou, mas então se dirigiu a Woon e Hami:

— Me esperem lá fora.

— Shae-jen — exclamou Woon, mas ela o encarou com um olhar que deixava a seriedade da ordem clara.

— Esperem lá fora, como eu mandei. Eu dou conta.

Com pena e nojo, Hami disse para Doru:

— Você nem merecia tudo isso.

Os dois saíram. Shae e Doru ficaram sozinhos. Ele tirou os pés da água e os secou com a toalha que a garota deixara. A janela havia embaçado devido ao vapor, e era possível sentir o cheiro dos sais de ervas.

— Quero que você saiba que eu tinha, sim, a intenção de cumprir a promessa que te fiz. Eu teria de bom grado continuado como um prisioneiro sem jade na minha própria casa pra fazer companhia ao Kaul Sen durante os últimos dias dele. — Os lábios de Doru tremeram, e Shae sentiu um pulsar de tristeza naquela aura de jade enfraquecida. — Ele foi um grande homem, o maior Osso Verde da nossa geração, e um amigo querido... que os deuses o saúdam. Quebrei nosso combinado só porque ele insistiu, e eu nunca tinha o desobedecido.

Doru calçou os chinelos e, com um ruído doloroso, se levantou e caminhou até uma velha poltrona amarela enquanto ia amarrando o roupão ao redor da cintura. Ele pareceu tão frágil naquele momento que Shae foi obrigada a reprimir uma estranha ânsia por ajudá-lo.

— O que foi que você deu pros Montanha quando foi pra lá? — perguntou ela.

— Nada, Shae-se. Mas bem que eu tentei. — Com cuidado, Doru se acomodou na poltrona e estremeceu ao sentir alguma dor invisível. — Fui atrás da Ayt Mada quando parecia que eles iam ganhar a guerra, na esperança de negociar a sua segurança. Ofereci meu conhecimento a respeito dos negócios do Desponta e fiz uma proposta de auxiliar financeira e operacionalmente na fusão depois que os Montanha ganhassem, mas na condição de que você fosse poupada. Pedi o mesmo pelo Anden, porque eu sabia que era o você ia querer. A Ayt recusou. Depois do jeito que você irritou aquela mulher, ela não tinha a mínima intenção de te deixar viva.

"Não tenho nem palavras pra dizer como fiquei aliviado quando o Hilo conseguiu virar a situação da guerra nas ruas, mesmo que isso significasse que não haveria lugar e nem necessidade de mim. Os Montanha permitiram que eu ficasse aqui em Opia pra cuidar da saúde. No começou, deixaram guardas, acho que pra minha proteção, mas na verdade, eu era um prisioneiro. E mais do meu próprio corpo coxo do que de qualquer outra coisa. — Doru tossiu com um som longo, profundo e horrível, e então a encarou com os olhos límpidos e uma expressão séria no rosto. — Shae-se, até mesmo neste lugar eu consigo ouvir coisas... e eu sempre li as nuvens. Quando fiquei sabendo da trégua dos clãs, me senti muito grato, pode acreditar. Mas acontece que enquanto a Ayt Mada governar os Montanha, você sempre vai correr perigo."

As palavras fizeram as mãos e pés de Shae ficarem gélidos.

— E o que é que eu tenho que fazer?

— Pra não perder o poder, é preciso impedir que outros se tornem poderosos. A Ayt não tem herdeiros. Algumas famílias influentes de lá vivem na esperança de serem os sucessores e seguem a Pilarisa igual uma alcateia à espera de que a vítima tropece. A família Iwe é leal ao círculo interno, e os Ven são ricos, mas os Koben são os que mantém as maiores pretensões e que teriam mais a ganhar. Ayt é uma líder forte, mas não deixa de ser humana, e mulher. Encontra um jeito de se unir ao sucessor dela. Shae-se, vai ficar a seu cargo o fim da guerra entre os clãs e o caminho de volta para a verdadeira paz. — Doru tossiu de novo, e desta vez o acesso soava como pneumonia. — Fora isso, tudo o que tenho pra oferecer é o conselho de um Homem do Tempo velho pra uma nova: escute todo mundo, mas leia as estrelas por si mesma.

Shae teve a abrupta impressão de que sua voz estava presa na garganta.

— Você tem mais alguma coisa pra dizer, Doru-jen?

Havia chegado a hora. Ela colocou a mão no punhal de sua espada da lua, mas ainda não a desembainhou.

Doru pegou a corrente com quatro jades que usava ao redor do pescoço. Com os olhos marejados, segurou as pedras preciosas entre os dedos compridos e enrugados por um instante.

— Essa jade era do seu avô. Pertence à família Kaul.

Ele colocou a joia numa mesinha de madeira ao lado. Sua familiar aura se dissipou como fumaça saindo de madeira queimada. Tudo o que restava na Percepção de Shae eram os lentos batimentos cardíacos e a respiração entrecortada do antigo Homem do Tempo.

Shae sentiu os braços e pernas ficarem pensados. O encontro não estava saindo como o esperado. Passara anos odiando Doru. Sua expectativa era chegar, agir de forma rápida e empregar a frieza necessária para corrigir o erro que cometera ao poupá-lo antes. Não esperara encontrá-lo doente, sofrendo e já com o pé na cova. Era momento de agir, mas mesmo assim, ela continuou parada, incapaz de se mover. Doru era um velho pervertido e desonesto que traíra o clã da pior forma possível, mas ali, com as mãos dobradas sobre o colo e encarando-a com uma expectativa tranquila, Shae se lembrou de que ele tinha sido como um tio para ela, de que fora o melhor e mais querido amigo de Kaul Sen.

Uma aflição desabrochou em seu peito, uma agonia que pareceu se espalhar pelo seu corpo e transformá-lo em pedra. Não podia matar Doru. Seu avô, que os deuses o saúdem, jamais a perdoaria.

O antigo Homem do Tempo soltou um suspiro estranhamente satisfeito.

— Ah, Shae-se, infelizmente você tem uma coisa a aprender com a Ayt Madashi, sua inimiga. Pra liderar um clã Osso Verde, às vezes é preciso ser frio como aço. — Doru se mexeu na cadeira e abriu a gaveta da mesinha de canto. — Mesmo assim, fico feliz de pensar que, mesmo depois de ter perdido o seu respeito, ainda sobrou um pouco de carinho nesse coração pelo seu velho tio. Você era a favorita do seu avô, e a minha também. Nunca quis te magoar ou causar problemas.

Shae percebeu o que Doru estava prestes a fazer um instante antes de ele pegar a pistola, levar o cano à boca e puxar o gatilho.

A porta da casinha foi aberta com tudo e Woon entrou num rompante, com a espada da lua já em mãos e sua aura de jade ardendo em alerta. Ele exclamou algo, mas Shae não ouviu. O eco do tiro mergulhara o mundo inteiro em silêncio. O corpo de Doru fora empurrado com força contra o encosto do assento e agora estava ali, caído, com os longos braços e pernas pendendo e a cabeça enrugada jogada de lado sobre o pescoço fino. Pedaços sangrentos do crânio e dos miolos foram pulverizados pela poltrona. O coração dela batia com tanta força que dava para senti-lo na garganta. Doru fora tão rápido e certeiro que ela nem Percebera. Para sua surpresa e vergonha, sentiu lágrimas ardendo no fundo dos olhos.

Hami veio e encarou o corpo, mas não disse nada. O que tinha acontecido era óbvio. Shae fracassara, mas Doru aceitara a justiça do clã mesmo assim.

— Pega a jade na mesa. É do clã — ordenou a Homem do Tempo.

Ela não conseguia se forçar a chegar perto do cadáver e coletar as joias, já que não merecia. Shae se virou e saiu por onde veio. Ouviu Woon a seguindo de perto, mas Hami permaneceu lá atrás. Sabia que tinha prejudicado o respeito que ele sentia por ela. O amontoado de aldeões reunido no lado de fora se afastou quando a viu e abriu espaço para que ela chegasse até o meio da multidão.

— Quem é o chefe deste vilarejo? — perguntou.

Um homem barbado de meia-idade que vestia um macacão e uma boina foi para a frente. Com cautela, o sujeito levou as mãos entrelaçadas à testa e se inclinou numa saudação.

— Obrigado pela gentileza e hospitalidade prestada a um velho Osso Verde em seus últimos dias — disse Shae, em alto e bom som para que todos ali ouvissem. — Caso a presença dele tenha atrapalhado, ofereço gratidão e um pedido de desculpas por parte do meu clã.

O chefe olhou para seus conterrâneos antes de voltar a encará-la. Estava escuro agora, e não era possível decifrar direito a expressão no rosto do senhor sob a luz dos lampiões de querosene pendurados nos postes de madeira em frente às casas espalhadas a esmo.

— Sempre alimentamos e abrigamos qualquer Osso Verde que precisasse da nossa ajuda — declarou o líder.

O homem não perguntou o que havia acontecido na cabana. Era um costume enraizado pelas décadas de guerra e invasão: moradores do interior de Kekon ajudavam e acolhiam Ossos Verdes sem contar a ninguém e sem fazer perguntas; era a melhor saída para protegerem a si mesmos da tortura praticada pelos soldados shotarianos. O povo de Opia se apegou à tradição.

Shae colocou um envelope na mão do chefe. Com certeza era mais dinheiro do que o vilarejo vira em anos.

— Enterra ele nas montanhas, perto do acampamento de rebeldes que fica ao sul daqui — instruiu ela aos aldeões. — Marque o túmulo com as palavras: *aqui jaz um Osso Verde guerreiro de Kekon.*

Capítulo 15

Ratos na Esplendor Celestial

Uma vez por semana, Wen passava a tarde na Casa de Chás e Banho Esplendor Celestial, um espaço apenas para mulheres que ficava a uma quadra da Rua Vigésima no Distrito de Sogen. Essa parte da cidade era território dos Montanha; durante a guerra, o Desponta conquistara a área, mas quase três meses antes, Hilo a cedera de volta como parte do acordo de trégua entre os clãs. Nada disso parecia afetar quem trabalhava ou frequentava a Esplendor Celestial. Os donos tinham duas lanternas (uma branca e outra verde-pálida) que trocavam na fachada dependendo da jurisdição do momento. Pagavam os tributos como deviam, e a casa de banho não sofrera nenhum prejuízo durante os períodos da batalha nas ruas. Era um local de encontro social para esposas, e um lugar procurado por turistas para relaxar depois de visitarem o Distrito do Monumento. Não era um estabelecimento de muito valor, e os Ossos Verdes não se disporiam ao papelão de atacar uma casa de banho feminina, afinal, seria como brigarem por uma creche ou funerária.

Então, muito embora Wen estivesse trezentos metros adentro do território inimigo, não estava preocupada. O segurança que a levara ali abriu a porta do veículo, e ela saiu do Lumezza 6C conversível de cor verde que ganhara do marido como presente de casamento. Era um carro lindo, mas não muito prático. Já suava quando atravessou a pequena calçada e subiu os degraus ladrilhados da entrada. Estar grávida de sete meses durante o verão de Janloon era uma provação nada agradável. Assim que chegou, fez o check-in na recepção e foi levada a um vestiário, onde se trocou, guardou seus pertences e entrou numa sala privada adjacente onde se acomodou numa maca estofada para uma esfoliação do corpo inteiro e uma massagem pré-natal. Cinco anos atrás, quando trabalhava para receber o salário básico de uma secretária num pequeno escritório de advocacia e vivia numa pocilga em Garrarra, nunca se permitira o direito de tamanho luxo. Havia vantagens em ser a esposa do Pilar. Não era uma posição na vida que tivesse desejado; sempre achara que continuaria como a mulher do Chifre, um título com status, mas mais anonimato, e que requeria uma considerável resiliência emocional e autossuficiência, já que o Chifre exercia uma função perigosa, imprevisível e que o exigia disponibilidade a todo tempo. Qualidades admiráveis que Lina tinha, e fora por isso que Wen a apresentara a Kehn.

Ser a esposa do Pilar, por outro lado, significava visibilidade. Exigia que Wen acompanhasse o marido para eventos chiques, que sediasse cerimônias do clã e fosse fotografada. Ela sabia muito bem que sempre que aparecia em público ao lado do marido, olhares cheios de julgamento a encaravam enquanto mentes mesquinhas pensavam que, com toda a certeza, Kaul Hiloshudon, segundo filho do Desponta e Pilar do clã, poderia ter arranjado coisa melhor do que uma pedrolha, uma fulana provavelmente bastarda vinda de uma família com a reputação manchada. Talvez até fosse bonita, sim, mas havia mulheres mais belas.

Wen não se permitiria ser a fraqueza de Hilo, não aceitaria ser explorada ou usada contra a família por ninguém de dentro ou de fora do Desponta. Se esforçava para conhecer todas as pessoas nos altos escalões do clã, principalmente aquelas que talvez sentissem rancor ao ver a rápida ascensão social dos Maik. Ela se vestia de forma impecável e cuidava do corpo. A saúde era muito importante. Esperava, com o tempo, voltar a trabalhar com design de interiores, mas pelos próximos anos teria responsabilidades mais importantes como esposa e mãe. O clã não consistia apenas de pessoas, jade e dinheiro. Era uma ideia, um legado que conectava o passado com o presente e o futuro. A força da família era uma promessa. Lan tinha morrido e seu filho estava longe, muito embora Wen esperasse que isso mudasse logo. Shae não teria filhos por um bom tempo. Kehn e Lina ainda não haviam casado, e Wen não sabia direito o que fazer com Tar. Os Teije compartilhavam o sangue com os Kaul, mas estavam fora de cogitação. Saber que sua contribuição para o clã era crucial e que dependia inteiramente dela dava a Wen uma sensação de satisfação mais forte até mesmo do que o brilho normal de uma mãe esperando um bebê. O neném a chutou nas costelas e rolou como uma pequena montanha de um lado a outro de seu abdômen. A massagista sorriu e disse:

— Seu filho já é tão atlético, Dona Kaul.

Sentindo-se revigorada depois dos tratamentos no spa, Wen deu um breve mergulho na piscina mineral, tomou banho e vestiu uma calça macia de moletom, uma regata e um roupão de lã. Foi até a casa de chás e se sentou de pernas cruzadas a uma mesa baixa em um dos vários reservados cuja intenção era criar uma sensação de calma e descanso da agitação do cotidiano urbano. Samambaias esbeltas em vasos e plantas de folhas largas formavam um modesto jardim interno, e uma fonte de pedra borbulhava de forma agradável ao fundo. A maioria das outras mulheres ali eram mais velhas. Algumas ficavam felizes da vida sozinhas lendo livros ou jornais, enquanto outras conversavam com amigos ou jogavam xadrez circular ou baralho. Wen pediu um pãozinho de gergelim e um copo de chá gelado de especiarias com limão. A garçonete, uma mulher corpulenta com jeito de avó, deu um sorriso de sabe-tudo para Wen e lhe trouxe o limão inteiro, cortado em fatias delicadas em um pequeno prato branco. As superstições diziam que chupar o suco de um limão inteiro por dia garantia um filho homem, assim como caminhar todo dia ao amanhecer (ou ao entardecer para que nascesse uma menina), comer pratos apimentados e dar à luz em dias de sorte específicos previamente determinados por mapas astrais que cruzavam os aniversários do pai e da mãe. Wen não era muito supersticiosa (de que adiantava se já era uma pedrolha?) e deixava as orações aos deuses para sua cunhada, mas sorriu e agradeceu a mulher mesmo assim enquanto esperava ficar a sós para jogar o limão em algum vaso por perto. O gênero do bebê já fora definido, para que ficar azedando a boca?

Uma mulher franzina que devia ter a mesma idade de Wen se aproximou e, nervosa, olhou ao redor antes de se sentar à mesa. Baixinho e com a voz preocupada, Wen perguntou:

— Como você tem andado, Mila? Como vai a sua filha?

A mulher desviou o olhar enquanto puxava as longas mangas da blusa. Wen foi tomada de pena.

Mila balbuciou:

— Deixei ela na casa de uma amiga por uns dias.

— Que bom — respondeu Wen, com gentileza. — Você tá fazendo tudo o que pode pra manter ela em segurança. É tudo o que uma mãe pode fazer.

Mila esfregou os olhos e assentiu.

— O que foi?

A mulher pegou um envelope pardo da bolsa e a passou por baixo da mesa para Wen, que o enfiou em sua ecobag sem nem avaliar o conteúdo. Mila contorceu as mãos sobre o colo e, apressada, disse:

— O novo Homem do Tempo, Iwe Kalundo, assumiu o cargo semana passada. Ele anda ocupado fazendo reuniões particulares com todos os Lanternas importantes do clã. Eu vi a agenda do mês inteiro aberta na mesa da secretária dele e tirei uma xerox.

— Obrigada.

Wen passou para Mila um envelope com dinheiro, que rapidamente sumiu na bolsa da mulher. Akul Min Mila trabalhava como secretária num departamento menor do escritório do Homem do Tempo do Clã da Montanha, que também ficava no Distrito Financeiro, a cinco quilômetros ao norte do escritório de Kaul Shae na Rua Caravela. Era casada com um pinguço violento que agredia a ela e à filha de 8 anos que tinham. O marido vinha de uma família com ótimas conexões dentro do Montanha, o que a deixava com medo das consequências caso contasse para alguém do clã. Em segredo, ela estava guardando o dinheiro que o Desponta a pagava pelas informações que roubava do escritório para que pudesse pegar a filha e fugir para a casa de seus únicos parentes que moravam em Toshon, no sul do país.

Quando a rata se levantou para ir embora, Wen lhe deu um conselho:

— Mila, não se apresse e nem assume nenhum risco desnecessário. Você já sobreviveu por bastante tempo. Dê um jeito de garantir que quando você fugir de verdade, não vai deixar nenhuma suspeita pra trás.

A mulher hesitou. Ficou ali mordendo o lábio e olhando para Wen com um tipo de gratidão meio encurralada. Depois assentiu, se virou e saiu. Mila não entendia muito bem as questões administrativas do Montanha e, como nem sempre sabia o que procurar, acabava copiando o que quer que visse à disposição quando a oportunidade aparecia. Algumas coisas que fornecia eram úteis, a maioria não, mas era uma moça esforçada. Desta vez Wen estava um tanto otimista. A agenda detalhada do novo Homem do Tempo de Ayt Mada daria uma pista a respeito das prioridades do Montanha e de seus maiores constituintes.

Wen bebericou o chá de especiarias e massageou os pés inchados. No decorrer do ano anterior, ela e Kaul Shae haviam encontrado e cultivado um punhado de informantes. Foi Hilo quem disse para Kehn e Tar à mesa de jantar: o Desponta precisava de ratos por toda a parte, não apenas nas ruas e não somente ao lado do Chifre. A casa de banho feminina era possivelmente o lugar mais invisível da cidade para se encontrar com espiãs. Era raro ver Ossos Verdes ali, e aqueles que Wen via (jovens estressadas que precisavam de um intervalo do dia a dia com os colegas homens) faziam limpezas de pele, massagens e não enrolavam na casa de chá. Os proprietários sabiam muito bem que ficavam num território fronteiriço e não tinham nada a ganhar traindo os clãs e arriscando o status vantajoso como um negócio sem importância o bastante para virar motivo de disputa. E enquanto a Homem do Tempo do Desponta não podia se dar ao luxo de passar várias horas no spa a ponto de levantar suspeitas, ninguém se importava com os momentos de lazer da esposa do Pilar.

Wen já pensara em contar o que estava fazendo para Hilo. Talvez provasse que ela era séria e completamente capaz de se envolver nas questões do clã e, mesmo que ele não aprovasse num primeiro instante, teria que perceber a grande utilidade de tais ações e mudar de ideia a respeito da esposa. Hilo aceitava as pessoas como elas eram. Nunca a fizera sentir vergonha pela desgraça de seus pais, publicamente conhecida por ambos os clãs, pelos rumores de que não era filha legítima ou por sua condição de pedrolha. E por isso, Wen o amava com ferocidade. Ela odiava manter segredos dele. Mas, para Kaul Hilo, havia uma firme divisão no mundo que determinava as obrigações e o destino de cada um, e ela era marcada por jade.

Quando engravidou, Wen, mesmo que com relutância, entendeu que o marido não perdoaria nem o mínimo risco que ela corria ao encontrar os informantes na Esplendor Celestial. Além do mais, ser honesta com Hilo significaria expor o plano de Shae, e a Homem do Tempo tinha um compromisso com o sigilo de seus métodos e fontes de informação. Enquanto Hilo acreditasse que as visitas da esposa à casa de banho não passavam de simples momentos de autocuidado que faziam bem para a saúde dela e do bebê, ele não teria motivos para proibi-las. O potencial valor do que talvez descobrissem a respeito dos inimigos do clã era muito mais importante do que a paz de espírito de Wen, e a relação entre o Pilar e a Homem do Tempo não podia correr riscos. A sobrevivência da família dependia disso. O Pilar era o mestre do clã, a espinha dorsal do corpo, mas uma espinha sem o devido apoio cederia e quebraria. Kaul Lan, o falecido cunhado de Wen, tinha sido um bom Pilar, mas acabara arruinado por um avô senil, um Homem do Tempo traidor e uma esposa infiel. Ele se esforçara demais para carregar o clã nas próprias costas, não pedira ajuda quando deveria e mantivera a irmã e o primo de fora quando mais precisava dos dois. Tentara ser forte de todas as formas possíveis, e por isso, enfraquecera. Wen não deixaria que o mesmo acontecesse com seu marido.

Ela relaxou nas almofadas e leu um livro por quinze minutos até ver a segunda informante entrar discretamente na casa de chá vestindo chinelos e cheirando a sais de banho. Com quase 60 anos, Dona Lonto era uma cabeleireira que abrira e mantivera por 30 anos um salão de beleza no rico Distrito do Plano Alto, controlado pelos Montanha. No decorrer das décadas, ouvira todo tipo de histórias, rumores e fofocas circulando entre as clientes, que consistiam principalmente nas esposas, mães e outras mulheres ligadas aos Punhos, Agentes da Sorte e Lanternas de mais alta patente do Montanha. As freguesas de Dona Lonto não apenas morriam de inveja e conheciam cada detalhe das dinâmicas sociais, fortunas e alianças das várias famílias poderosas do clã, como algumas também sussurravam bravatas a respeito de Ayt Mada, a mulher que controlava as vidas de seus homens mais do que elas mesmas.

Dona Lonto era cliente regular da Esplendor Celestial já fazia anos, e fora ela quem se aproximara de Wen, não o contrário. Um dia, a senhora vira a esposa do Pilar saindo de uma piscina de água mineral e dissera:

— Dona Kaul, peço mil desculpas por incomodar a senhora, mas é que... — O rosto da mulher tremia de desespero. — Meu filho ofendeu o seu clã, e não sei a quem pedir misericórdia.

O problemático filho mais velho da dona do salão roubara à mão armada uma loja no território do Desponta porque queria dinheiro para comprar drogas. Durante o assalto, atirara e ferira dois inocentes, incluindo o tio de um Dedos mais antigos do clã. Para a sorte do filho de Dona Lonto, o rapaz havia sido pego pela polícia de Janloon e jogado na cadeia antes que o clã o pegasse, mas o Dedo ofendido estava decidido a encontrar o ladrão assim que ele fosse solto e, talvez até não o matasse, mas daria uma surra tão brutal que faria o rapaz implorar para voltar à prisão.

Dona Lonto estava penhorando o salão de beleza para pagar um tratamento para o filho encarcerado, mas apesar de conhecer muita gente no Montanha, se recusava a pedir ajuda financeira ou proteção de qualquer um do clã. Seu neto, filho de sua filha, tinha 9 anos de idade e queria entrar para Wie Lon. Como o direito do garoto aos estudos na Escola do Templo não era cem por cento garantido, ela tinha medo de chamar atenção para a má fama de seus familiares mais próximos com um histórico de drogas e criminalidade, já que isso destruiria as chances do menino. Depois de ouvir a história de Dona Lonto, Wen falou com Kehn, que falou com o Dedo do Desponta, que foi persuadido a deixar a vingança para lá em troca de um pedido formal de desculpas e a orelha do ladrão numa caixa. Para a sorte de todos os envolvidos, o tio se recuperara por completo. Agora, ao se sentar em frente a Wen para contar que a reabilitação de seu filho estava indo muito bem e que ele não usava drogas fazia meses, Dona Lonto parecia estar de bom humor. Wen a parabenizou; era bom saber que o dinheiro pago pelo Desponta para contar com os olhos e ouvidos daquela mulher no Plano Alto estava sendo usado numa boa causa.

— Peço desculpas, senhora Kaul — disse Dona Lonto. — Não tenho muito o que contar esta semana. As notícias andam meio fracas, e os negócios também não tão lá essas coisas. O povo foi para o litoral por causa do calor.

— Tudo bem. Ainda quero conversar sobre uns acontecimentos do passado que talvez você conheça. — Quando a senhora assentiu com cautela, Wen dobrou as mãos sobre a barriga proeminente e continuou: — Me fale tudo o que você sabe sobre a família Koben.

No decorrer das duas semanas seguintes, Wen foi mais três vezes à Casa de Chás e Banho Esplendor Celestial para se encontrar com outras informantes que pudessem corroborar ou elaborar o que ficou sabendo com Dona Lonto. Conversara algumas vezes com os parentes mais fofoqueiros da grande família cheia de conexões de Lina e fizera uma visita à biblioteca nacional e aos arquivos da Casa da Sabedoria para examinar alguns documentos públicos. Wen repassava tudo o que descobria para Shae, que juntava os novos dados às outras informações que já possuía a respeito das negociações dos Montanha para que conseguissem entender melhor a situação do inimigo.

De acordo com Dona Lonto e outras pessoas, quando Ayt Eodo, o segundo filho adotivo de Ayt Yugontin, o patriarca do clã, foi assassinado a mando de Ayt Madashi, sua irmã, ele deixou para trás uma esposa que não lamentou sua morte. Por diversos motivos que iam além do fato de o sujeito ser um mulherengo incorrigível, o casamento não era lá muito bom. A viúva talvez até tivesse conseguido ficar um tiquinho mais triste caso o homem não tivesse sido assassinado pelado no apartamento da amante; nem mesmo na hora da morte ele a respeitava. Ela voltou para a casa dos pais, largou o nome de casada e criou o filho, na época com 14 anos, sob o sobrenome de sua família: Koben.

Os Koben eram uma grande família de status médio no Clã da Montanha. Contavam com quase vinte e quatro Ossos Verdes, incluindo diversos Punhos, um número ainda maior de Dedos, alguns professores, um médico e um penitente. Outros ainda eram Agentes da Sorte de nível mediano, Lanternas proprietários de pequenos estabelecimentos ou trabalhavam em cargos respeitáveis relacionados ao clã. Muito embora fossem pessoas geralmente importantes, não chegavam a ser líderes ou talentosos. Havia quem os descrevessem como mesquinhos, teimosos e mais corajosos do que inteligentes. Houve uma época em que parecia que a hora deles tinha chegado, quando alguém se casou e passou a fazer parte da grande família Ayt, mas acontece que, com a morte de Eoto, nem pestanejaram: consideraram-se sortudos pelo casamento ter sido desastroso e foram ligeiros para deixar claro à nova Pilarisa que nunca haviam gostado do sujeito.

Koben Atosho, que nascera Ayt Ato, era o único sobrinho de Ayt Mada. Ele tinha poucas lembranças de seu falecido pai e fora criado sem amor nenhum por ele. Atualmente tinha 9 anos de idade. No ano seguinte, terminaria o ensino fundamental e entraria na Escola do Templo Wie Lon para dar início a sua educação marcial. Com este marco, os Koben esperavam que a Pilarisa reconhecesse o rapaz como neto de Ayt Yu e seu possível herdeiro e, consequentemente, que o prestígio da família crescesse dentro do clã.

Os dois maiores obstáculos para tais esperanças se chamavam Ven e Iwe. A família Ven era menor do que a Koben, mas uma das mais ricas de Kekon. O patriarca, Ven Sandolan, era dono da maior transportadora do país e tinha três filhos e duas filhas. O mais velho era um respeitado Punho de alto escalão. Ven Sando era um homem influente no mundo dos negócios, e também não tinha medo de criticar seu próprio clã quando acreditava ser necessário.

A família Iwe não era tão numerosa quanto os Koben ou tão rica quanto os Ven, mas Iwe Kalundo havia acabado de se tornar Homem do Tempo dos Montanha. Iwe tinha 36 anos e era colega e amigo de longa data da Pilarisa, além de ter trabalhado com ela quando a própria Ayt Mada era a Homem do Tempo. Muito agradava aos Iwe o boato de que Ayt via Kalundo como seu provável sucessor. Seria um grande passo em direção à limpeza da má reputação que tinham, já que eram menos dotados de habilidades com jade, mas tão suscetíveis ao Prurido quanto a infame família Aun e, por isso, dizia-se que eram todos viciados em brilho.

Shae explicou a situação para a família à mesa depois do jantar da sepdia seguinte.

— A Ayt tá sendo pressionada a deixar a linha de sucessão no clã clara, mas ela anda evitando o assunto, o que é compreensível. O menino da família Koben tem só 9 anos, é novinho demais para que suas habilidades sejam julgadas, e a Ayt não participou da criação dele. O Iwe Kalundo acabou de começar no cargo. A Ayt com certeza planeja ser Pilarisa por um bom tempo e não quer bater o martelo quanto às opções de sucessão ainda. Nomear um herdeiro agora só serviria pra elevar o status de uma outra família qualquer e rebaixar a autoridade dela.

Pensativo e com os olhos semicerrados, Hilo rolou um cigarro não aceso entre os dedos.

— Você disse que o Doru achava que os Koben eram uma possibilidade mais certeira.

— As outras parecem forçadas demais — respondeu a Homem do Tempo. — Os Ven são ricos e influentes, mas não tem direito legítimo e não seriam favorecidos pela Ayt. Demoraram pra declarar aliança depois que a Ayt virou Pilarisa. No começo, apoiaram o irmão dela e só mudaram de lado quando não havia mais escolha. Talvez ela queira aproveitar o dinheiro e o apoio dos Ven, mas duvido muito que deixe eles chegarem perto da liderança.

Shae bebericou o chá e empurrou o restante de sua sobremesa em direção à Wen.

— Os Iwe, por outro lado, são completamente fiéis à Ayt e não conversariam conosco caso a gente os abordasse. A reputação do Iwe Kalundo é impecável, mas o pai dele morreu de Prurido e eles têm histórico de dependência de brilho na família. Muita gente do Montanha não apoiaria a liderança do clã indo parar nas mãos dessa linhagem.

Kehn coçou a sobrancelha e franziu o cenho.

— O que importa é o que a Pilarisa acha — apontou ele. — Se a Ayt confia no Iwe o bastante pra que ele seja o Homem do Tempo e ele fizer um bom trabalho, talvez ela não ligue pro que as outras famílias digam.

— Talvez — concordou Shae devagar —, mas os Koben têm bem mais gente *e* uma conexão com a família Ayt.

Sucessão num clã de Ossos Verdes não era estritamente hereditária, mas havia uma forte tendência histórica e cultural para que se mantivesse dentro da família.

— O menino tão tem nem uma gota do sangue do Ayt Yu *ou* da Ayt Mada — argumentou Tar, levantando as mãos. — Se esse é o argumento mais forte, ainda parece fraco pra caralho.

— É por isso que não dá pra deduzir o que vai acontecer — disse Shae. — Eu entendo o motivo do Doru sugerir que a gente formasse uma aliança. Se tivéssemos uma relação amigável com a família Koben, poderia fazer com que eles tivessem mais chances, porque aí sugeriria para os dois clãs que a paz continuaria. E com os Koben do nosso lado, a Ayt talvez pense duas vezes antes de nos atacar abertamente. — A Homem do Tempo emitiu um som relutante. — Como um movimento defensivo, faz sentido.

Wen olhou pela mesa. Depois, falou com o marido de forma suave, mas séria:

— Doru era um bom estrategista. É óbvio que pensou bastante em como unir os dois clãs. — Ela tocou o joelho de Hilo. — Era o que ele queria, o que tentou fazer pelas costas do Lan: uma unificação. Então agora, se queremos algo diferente, a gente sabe o que *não* fazer.

Kehn, Tar e até mesmo Shae pareceram surpresos ao verem Wen se envolvendo na discussão, mas Hilo deu um sorriso aprovador para ela.

— Pelo visto aquela toupeira velha do Doru acabou nos ajudando, no fim das costas. — Ele se virou para Shae. — Encontre um jeito pra que eu me reúna com Ven Sandolan.

Capítulo 16

Ladrão, não

Anden se acostumou com a rotina da vida em Porto Massy. Os dias de verão iam ficando mais compridos e cada vez mais quentes e abafados, mesmo que a cidade vivesse quase sempre nublada e cinzenta. Apesar de tudo, a relação de Anden com os colegas de turma acabou se tornando cordial, e ele pôde conhecer alguns dos vizinhos dos Hian. Viu o Osso Verde de bicicleta em mais duas ocasiões: uma acelerando na direção oposta do outro lado da rua e outra parado numa esquina falando com três jovens enquanto Anden passava no ônibus municipal.

Estava curioso demais e queria fazer mil perguntas ao sujeito. Quando mencionou o encontro aos Hian, o casal disse:

— Ah, aquele é o Dauk Corujon. Ele estuda direito. Todo mundo tem muito orgulho dele. Sim, claro que ele é verde. Um verdadeiro kekonésio. Quantos Ossos Verdes têm aqui no bairro mesmo?

Seu Hian deu de ombros.

— Uns trinta? Quarenta? Vai saber.

Anden ficou maravilhado. Shae estudara na Espênia, mas nunca mencionara ninguém com jade. Ele suspeitava de que a prima nunca tivesse encontrado nenhum Osso Verde durante o período em que morou nos alojamentos da faculdade na cidade universitária de Windton, onde não existia uma comunidade kekonísia expressiva. Porto Massy possuía vinte vezes a população de Windton, e por isso era como um centro comercial no que dizia respeito ao povo, à comida e aos bens materiais que poderiam ser encontrados em toda parte do mundo. Como pegava o ônibus todo dia, Anden ouvira diversos idiomas diferentes, e imaginava que, caso se rodeasse de pessoas com a mesma origem que a sua, seria possível sobreviver ali sem nem saber espênico de verdade. Agora que ele sabia que havia Ossos Verdes vivendo em segredo por perto, ficava tentando localizá-los. Analisava homens e mulheres normais na mercearia, em filas do banco, nas calçadas... E questionava o casal Hian com frequência.

— Seu Tow? Claro que não. Você consegue imaginar ele sendo um Osso Verde? — Seu Hian bufou e acrescentou: — Ah, claro, a família Ruen... São todos Ossos Verdes. Ruen-jen leciona as disciplinas de jade há anos.

Sem perceber que Anden passara a vida inteira cercado por Ossos Verdes e que desde o primeiro dia em Porto Massy achara a ausência deles uma das coisas mais inquietantes da Espênia, o casal se divertia com o interesse extremo do rapaz. Por outro lado, descobrir a existência secreta de Ossos Verdes em Arapuca Sul era reconfortante de um jeito esquisito.

Mesmo assim, não importava o quanto se concentrasse, não conseguia ver nenhuma jade à mostra, nenhum piercing, anel, pulseira ou cinto encrustado de pedras. Era desconcertante demais. Em Janloon, jade era um inconfundível indício de status, algo que impunha respeito nos becos mais escuros da Moedavada e em salas de reuniões dos mais altos arranha-céus do Distrito Financeiro. Ossos Verdes as usavam abertamente e com orgulho, e jamais pensariam em escondê-las, a menos que quisessem parecer modestos ou simples.

Anden tinha a impressão de que não saber nem quem deveria ser chamado de *jen* dificultava as interações sociais na Espênia.

— Aqui não é Kekon — relembrou Seu Hian. — Os espênicos não reconhecem jade como parte da nossa cultura. Achariam que a gente tá tentando ameaçar ou se aparecer. Ficar exibindo jade serviria só pra atrair problema.

Por mais fascinado que Anden estivesse pela inusitada subcultura de jade, não se esforçou muito para conhecer os vizinhos Ossos Verdes ou para descobrir onde treinavam e socializavam. Afinal, ele não era um deles, um fato que ainda o fazia sentir vergonha sempre que pensava a respeito, muito embora esse sentimento tivesse diminuído no decorrer dos meses. Longe de Janloon, sua desgraça dentro do Desponta era desconhecida e ele não era lembrado a todo momento do que ocorrera como acontecia lá. Em Arapuca Sul, onde ninguém sabia dizer quem era verdejante ou não, parecia não fazer tanta diferença. Ele não tinha expectativas de que fosse voltar a se envolver pessoalmente com assuntos dos Ossos Verdes. Até que cometeu um erro compreensível, mas sério.

Com a mesada que Shae conseguira para ele e a ajuda do Seu Hian para examinar os anúncios do jornal local, Anden comprara uma bicicleta de segunda mão que mantinha acorrentada no beco atrás da casa geminada do casal; esperava usá-la com mais frequência agora que o tempo estava mais agradável e às vezes até ensolarado. Numa tarde do fim do verão, ele pedalou até um parque próximo, onde se acomodou debaixo de uma árvore para completar as leituras da semana. Acabou caindo no sono depois. Quando acordou, reuniu seus pertences, pegou a bicicleta do rack e tomou o caminho de volta para a casa dos Hian.

Tinha percorrido mais de meia quadra quando ouviu gritos, olhou para trás e avistou um homem o perseguindo e agitando os braços. Anden parou e colocou um pé no chão. O perseguidor o alcançou. Era um sujeito com vinte e tantos anos, pouco mais velho do que ele. O rosto do rapaz estava todo pipocado de rosa e os dentões estavam à mostra de raiva.

— Mas o que é isso? Essa bicicleta é minha!

Anden olhou para baixo e percebeu que, de fato, pegara a bicicleta errada. Era quase idêntica à que comprara, mas a pintura vermelha estava nova e sem marcas e a correia nos pneus, intacta. O dono agarrou o guidão.

— Achou que podia roubar minha bicicleta nova, é?

E deu início a uma enxurrada acusatória em espênico rápida demais para que Anden conseguisse acompanhar.

— Desculpa. — O rosto de Anden queimava de vergonha enquanto ele desmontava da bicicleta. — Desculpa. Erro.

O rapaz o empurrou para o lado com tudo.

— Você deve ser o ladrão mais burro daqui. Por acaso sabe quem *eu* sou? Você pelo menos fala espênico?

A compreensão do idioma que Anden tinha estava longe de ser perfeita, mas ele entendia o bastante para saber que estava sendo acusado de roubo. De início, ficou em choque. Depois, uma ânsia irritada de se defender o inundou pescoço acima até a cabeça. Ladrões eram o tipo mais baixo de gente. Ser chamado de algo assim era pior do que ser chamado de covarde ou depravado. Quem é que diria uma coisa dessas para um completo estranho sem nem dar a chance de a pessoa se explicar?

— Roubo, não — protestou ele com veemência. — Eu disse engano.

— Ah, claro. Bela tentativa. Vaza daqui, volta pro buraco de onde você saiu, seu burro do caralho.

O sujeito começou a empurrar a bicicleta para longe. Anden ficou ali parado com cara de bobo por um instante. Depois, deu vários passos largos e agarrou a parte de trás do assento. Com a boca aberta de surpresa e raiva, o rapaz se virou.

— Não roubei sua bicicleta. — Anden enunciou cada palavra. — Pede desculpa.

— Tá me tirando? — gritou o homem. — Você fala que nem um keko... É isso que você é? Quer que eu acabe com a porra da sua cara, é?

O rapaz jogou a bicicleta no chão e o encarou com os punhos em riste.

Anden passou por um momento de muita dúvida. Só queria que o sujeito retirasse o que havia dito. Ninguém merecia ser tratado com grosseria e ouvir calúnias por causa de um erro tão simples. Não queria brigar com aquele estranho, mas parecia não haver outra saída que não envolvesse bater em retirada (o que não era aceitável, já que fora ele quem levara o insulto). Em Janloon, se tivesse amigos por perto para testemunhar o acontecido, talvez tentasse remarcar o duelo para outra hora e local; às vezes, com a cabeça mais fria a situação já se resolvia. Mas não fazia ideia de como funcionavam os costumes de duelo na Espênia, e o outro sujeito não parecia prestes a dar para trás.

Anden tirou os óculos e colocou-os no bolso lateral da mochila antes de repousá-la na grama da calçada. Ergueu os punhos e assumiu uma postura equilibrada e com o peso bem distribuído enquanto ainda se perguntava como é que tinha acabado naquela confusão. Por que é que aquele homem não podia simplesmente aceitar as desculpas e deixar para lá?

Os olhos do sujeito se arregalaram de surpresa e depois se semicerraram numa encarada ameaçadora.

— Ah, agora você tá pedindo, é, seu arrogantezinho de...

O rapaz correu adiante e mirou em sua cabeça.

Já fazia algum tempo que Anden não lutava. A última vez fora durante as Provações finais da Academia, para ser mais exato. De início, ele demorou a reagir. Mal conseguiu se defender da enxurrada inicial de socos e, apesar de ter visto a oportunidade perfeita de contra-atacar, havia exagerado ao recuar devido a seus reflexos lentos e acabou longe demais, fora de alcance. Além disso, não foi rápido o bastante para diminuir a distância antes que o oponente se preparasse para encará-lo de novo. Frustrado consigo mesmo, Anden meneou a cabeça. Hilo teria dado-lhe um socão na cabeça por ser tão desajeitado. Enquanto pensava nisso, o adversário conseguiu atravessar um murro perfeito por sua guarda e o atingiu na bochecha.

Anden sentiu a dor desabrochar em seu rosto. Ser atingido pareceu despertar uma infância inteira de treinamento marcial. Ele abaixou o queixo e os ombros, desviou do próximo golpe e acertou um soco na lateral do corpo do sujeito. O rapaz grunhiu de dor e tentou passar um braço ao redor do pescoço de Anden para aplicar um mata-leão. Anden deu uma cotovelada na coxa do homem e se empurrou para trás, assim foi capaz de escapar dos braços do inimigo por baixo e mandou o espênico tropeçando para a frente. O sujeito se recompôs na mesma hora e voltou com uma investida violenta de murros. Anden bloqueou a maioria com os braços erguidos, mas alguns lhe acertaram de maneira feroz na barriga e nas laterais do corpo; um golpe na boca foi forte o bastante para cortar seus lábios. O rapaz lutava com pouca classe, mas era bastante rápido e poderoso, e exalava o impetuoso instinto de alguém que já tinha passado por uma bela quantidade de quebra-paus na vida. Era maior do que Anden, e mais bravo; duas características que, num duelo puramente físico como aquele, davam-lhe a vantagem.

Numa onda súbita de pânico e vergonha, Anden, o mais jovem membro da família Kaul, educado em uma das melhores academias de artes marciais de Kekon, percebeu que estava prestes a levar uma surra de um arruaceiro espênico.

Anden arfou de dor, mas manteve a posição. Com os braços ainda dobrados ao redor da cabeça, ele levantou o cotovelo e acertou o queixo do oponente. Plantando o pé no abdômen do sujeito, deu o chute mais forte de que era capaz. Quando o espênico recuperou o equilíbrio e voltou a avançar, Anden recuou em desespero, como se estivesse relutante em continuar a luta, o que não deixava, de forma alguma, de ser verdade. Sentiu o calcanhar encostar no meio-fio. Enquanto o oponente empregava todo o peso no próximo golpe, Anden pulou para longe da calçada. Pegou o braço esticado do sujeito e o puxou. Não foi um movimento violento, apenas um puxão certeiro no pulso, mas com a força cinética dos dois, o espênico avançou, errou o passo no meio-fio e seguiu cambaleando com a cabeça adiante do corpo. Ainda assim, o rapaz era ágil e não teria caído. Anden tinha que dar um jeito nisso, então desferiu um soco apontando para baixo enquanto o tronco de seu oponente se inclinava. O murro se conectou com força à bochecha do desconhecido e deixou um arranhão de sua orelha até a mandíbula.

O espênico estendeu as mãos e amorteceu a queda ao atingir o asfalto. Anden não perdeu tempo. Atingiu-o de novo, e então deu-lhe uma joelhada no peito. O oponente tentou passar os braços ao redor de suas pernas, mas Anden desviou para o lado e lhe chutou nas costelas. Grunhindo de dor, o rapaz finalmente se encolheu em posição fetal. Anden saltou sobre o sujeito, montou no peito dele e segurou o punho sobre aquele rosto inchado.

— Quer parar?

O homem não respondeu, então Anden deu outro soco em sua boca com tanta força que cortou os nós dos dedos nos dentes do inimigo.

— Quer parar? — repetiu, e ficou aliviado quando, dessa vez, o espênico assentiu. — Fala que eu não sou ladrão.

— O q... quê? — perguntou o rapaz por entre os lábios inchados.

Anden preparou o punho de novo.

— Fala que eu não sou ladrão.

— Tá bom, beleza, seu maluco do caralho. Você... você não...

Diversas mãos agarraram Anden pelos braços e pelo peito e o arrastaram para longe do sujeito, de volta à calçada. Surpreso e confuso, Anden olhou em volta e viu um pequeno semicírculo de gente reunida. Dois homens grandalhões o afastaram do rapaz, e havia outra pessoa ajoelhada ao lado de seu oponente. Anden se mexeu para se livrar das mãos que o seguravam. Por que é que tinham se metido? Ele claramente havia vencido de forma justa. O outro cara estava prestes a admitir a derrota.

Um dos transeuntes parecia ser kekonésio. Anden o chamou usando o idioma nativo.

— O que tá acontecendo? Qual é o problema?

Mas o homem apenas o encarou com um desgosto pétreo no olhar.

Seu oponente se esforçou para ficar de pé.

— Você tá morto, entendeu? — A voz dele era como um rosnado mortal. — Não sei quem você pensa que é, mas quem se mete com Carson Sunter, se mete com o tripulante errado. Eu vou te achar e vou te *matar*.

O sujeito cuspiu uma maçaroca de sangue na calçada, perto dos pés de Anden, se virou e saiu mancando para pegar a bicicleta e se apoiar nela enquanto percorria a rua até desaparecer, soltando xingamentos o caminho todo.

O pequeno grupo de espectadores se dispersou. Nenhum deles ousou olhar para Anden. Mais uma vez, ele falou com o kekonésio que tinha certeza de já ter visto pela vizinhança.

— O que aconteceu? Eu fiz alguma coisa de errado?

Para seu choque, o homem respondeu em espênico.

— Pra que fazer isso? Quer manchar a nossa reputação, é? Espancar alguém por causa de uma bicicleta? — Numa torrente apressada de kekonês, acrescentou: — Tá tentando ser um daqueles capangas dos clãs de antigamente?

Depois de encará-lo com um olhar derradeiro de desdém, o sujeito se virou e foi embora, deixando Anden na calçada.

Quando chegou na porta de casa, Dona Hian deixou escapar uma exclamação horrorizada.

— No que foi que você se meteu? — questionou ela, antes de fazê-lo se sentar numa cadeira da cozinha e se apressar para pegar gelo e um emplastro para a bochecha e o lábio inchado. — Como foi que isso aconteceu?

Depois de Anden ter relatado a história, o casal Hian trocou um olhar sinistro.

— Isso é ruim — falou Seu Hian, com um suspiro de preocupação. — Pode causar muito problema pra gente.

— Não tô entendendo — protestou Anden. — Ele me insultou, me desafiou e eu ganhei a luta de forma justa. Ele admitiu a derrota, as pessoas viram. Se ele vier atrás de mim querendo se vingar, o errado vai ser ele.

— Anden-se — disse Seu Hian, sério. — Duelos não são permitidos neste país. Os tribunais espênicos não reconhecem o resultado de nenhuma disputa resolvida por duelo, mesmo que os dois tenham concordado.

— Aquele homem pode voltar pra te machucar, ou, o que é mais provável, a família dele pode exigir dinheiro da gente — explicou Dona Hian enquanto enxugava o rosto ensanguentado de Anden.

— Sob a lei da Espênia — informou Seu Hian —, não existe essa coisa de expurgo por lâmina.

Abatido, Anden ficou em silêncio por tanto tempo que os Hian pareceram ficar ainda mais ansiosos e tentaram o melhor que podiam para confortá-lo. Dona Hian se levantou, fez carinho em suas costas e disse:

— Não fica assim. A culpa é nossa, não sua. Você só tava defendendo a sua reputação e o nome da sua família. Como é que ia saber que essas regras não fazem sentido aqui? Deveríamos ter te explicado, mas não pensávamos que isso fosse acontecer.

Seu Hian lhe ofereceu um copo de hoji e um cigarro, depois disse:

— Não se preocupa tanto assim.

— E agora, o que a gente faz? — perguntou Anden, desolado.

Dona Hian pressionou os lábios numa linha preocupada. Ela se virou para o marido, que dobrou os braços sobre a pequena mesa da cozinha e, relutante, assentiu.

— Precisamos ir até o Pilar.

Capítulo 17

O Pilar de Arapuca Sul

Na noite seguinte, Anden e os Hian passaram por seis paradas de ônibus até o outro lado da Arapuca Sul, onde entraram numa casa térrea azul e foram recebidos por uma mulher com cerca de 50 anos, permanente no cabelo e esmalte branco, que recebeu o Sr. e a Sra. Hian com carinho e os apressou porta adentro.

— Você deve ser Anden, o aluno de Janloon que veio estudar aqui — disse ela.

— Sim, tia — respondeu Anden.

— Que educado! — exclamou a mulher antes de dar um sorriso de aprovação. — Vem, pode deixar seus sapatos lá. Losun-se! — chamou ela escada abaixo.

Um homem subiu os degraus limpando as mãos empoeiradas com um trapo. As mangas de sua camisa de flanela estavam enroladas até os cotovelos.

— Tô quase acabando a instalação dos azulejos do banheiro — disse ele, desenrolando as mangas e abotoando os punhos da camisa. — Depois, acho que o porão vai ter quase terminado.

— Isso aí vai acabar é nunca — comentou a esposa, num tom alegre, mas pessimista.

— Como você é negativa — resmungou ele. — Ah, os Hian tão aqui.

No dia anterior, Anden perguntara aos anfitriões:

— Quem é esse Pilar? Qual clã ele lidera?

Estava perplexo e pensando no motivo de nunca terem lhe contado aquilo antes.

Seu Hian coçara a barca.

— É que não é a mesma coisa de Janloon. A gente não tem muitos Ossos Verdes. O Dauk Losunyin é o homem que os outros obedecem, o único sujeito por aqui que todo mundo chama de Pilar, então acho que isso faz dele... — O senhorzinho deu de ombros. — O Pilar da Arapuca Sul.

O homem era corpulento, calvo, tinha mãos grandes de comerciante e um semblante agradável e amigável. Ao olhá-lo, Anden não soube o que pensar. O desconhecido não o fazia lembrar dos guerreiros Ossos Verdes e parecia menos ainda o líder de um clã. Sua casa era menor do que a acomodação para convidados na propriedade Kaul. Era uma pessoa que não exalava nenhum senso de poder ou autoridade. Chegava a ser risível imaginá-lo ao lado de alguém como Kaul Hilo ou Ayt Mada.

— Dauk-jen — falou Seu Hian, levando as mãos entrelaçadas até a testa para se inclinar numa saudação respeitosa. Dona Hian fez o mesmo e entregou à Dona Dauk um prato de pãezinhos recheados com pasta de amêndoa. — Obrigado por nos receber. Esse é Emery Anden, o estudante de Janloon sobre quem conversamos.

Anden seguiu a deixa e se inclinou numa saudação formal.

— Dauk-jen.

Dauk deu um tapinha no ombro de Anden de um jeito afetuoso.

— Tá gostando da Espênia?

— Eu... hm... tô me acostumando.

O Pilar deu uma risadinha.

— Não é de uma hora pra outra, né?

Ele os guiou através da cozinha até a sala de jantar, onde passou a colocar cadeiras extras para a mesa oval de madeira. Havia uma alcova na parede entre a cozinha e a sala que abrigava um luxuoso vaso verde que deixou Anden de boca aberta até ele se dar conta de que não se tratava, como tinha pensado num primeiro instante, de uma quantidade perigosa e surpreendente de jade, mas de um item decorativo feito de nefrita.

Depois notou um conjunto de duas pequenas estátuas entalhadas na cornija e um candelabro numa mesinha de canto ao lado do sofá, tudo feito de jade de mentira. Em Janloon, uma demonstração de tanto verde falso em casa ou numa empresa seria um desastre terrível. Será que era por terem acesso tão escasso à jade de verdade e não poderem usá-la abertamente que os keko-espênicos exibiam as falsas? Ou talvez, pensou Anden, o povo apreciasse aquela ostentação dos ornamentos inertes como um lembrete visual da herança cultural.

A porta da frente se abriu e um jovem entrou. Era o Osso Verde que Anden já vira antes, o sujeito que salvara a mulher correndo em direção ao meio do trânsito alguns meses atrás. Dona Dauk se apressou para cumprimentá-lo.

— Coru, achei que você não fosse conseguir chegar a tempo do jantar.

O rapaz tirou o boné e abraçou a mãe.

— Temos convidados?

— Você conhece o senhor e a senhora Hian — respondeu Dona Dauk —, e esse é Emery Anden, um aluno de Kekon que tá morando com eles enquanto frequenta a Faculdade de Porto Massy.

Anden percebeu que estava encarando feito um idiota. Foi só então que se lembrou de que Seu Hian o havia contado que o nome da família de Ossos Verdes era Dauk. Já fazia tanto tempo que ele acabara se esquecendo e não conectara os pontos. O ciclista perspicaz era filho do Pilar.

Os olhos de Coru se arregalaram ao reconhecê-lo. O rapaz sorriu. Uma covinha se formou entre as sobrancelhas e seus olhos escuros cintilavam de deleite.

— Então a gente se encontrou de novo — disse ele em espênico. — E você ainda tá com aquela cara de corça assustada da primeira vez que eu te vi.

Anden piscou e declarou, em um espênico hesitante:

— Você me surpreendeu das duas vezes, jen.

— Coru, isso lá é jeito de falar com a visita? — exclamou Dona Dauk antes de dar um tapa reprovador na nuca do filho. — Fala em kekonês.

— Não tem problema, Dona Dauk — anunciou Anden, já com o rosto começando a ficar vermelho. — Se eu quero ficar bom em espênico tenho mais é que praticar mesmo. Seu filho só tava me ajudando, assim como ele... sempre parece estar fazendo.

— Sana — chamou Dauk Losun. — Falta muito pro jantar?

— Tá pronto — respondeu a esposa antes de se apressar de volta à cozinha e trazer uma panela de aço, que colocou sobre um tapetinho de silicone no meio da mesa. — O ensopado de porco ainda não cozinhou direito, mas todas as outras coisas já. Depois eu trago. Não fiquem parados aí, gente. Sentem e comecem a comer!

A mesa ficou apertada com seis pessoas. Dauk Sana fizera mais comida do que seria necessário: repolho apimentado, camarão com molho de pimenta e limão e o ensopado avinagrado de porco atrasado, que veio com pedaços generosos de cogumelo e ovo. Tudo comida tradicional e caseira de Kekon, com exceção das longas, grossas e escuras bolachas salgadas que iam de um lado para outro da mesa em um cestinho. Os espênicos pareciam servi-las como acompanhamento de todas as refeições, e as usavam como colher para pegar porções e molhar em sopas e cozidos. Anden estava sentado perto de Dauk Coru, que comia com vontade e, como um bom filho kekonésio, elogiava a mãe a cada prato.

Anden tentou desesperadamente pensar em alguma forma de iniciar uma conversa normal com o vizinho sem mencionar as vezes em que já haviam se encontrado. Ficava olhando o garoto de vez em quando, tentando avistar a jade que Coru usava. Anden calculou os segundos para conseguir se inclinar para a frente e pegar o cesto de bolachas no exato instante em que seu braço roçasse no dele. Um formigamento atravessou seu cotovelo e se afundou em seus ossos. Sentiu um puxão firme na barriga, como um anzol de aço na boca de um peixe antes de ser puxado para fora da água. Começou a suar; fazia bastante tempo desde a última vez em que ficara perto o bastante para sentir a aura de jade de outra pessoa. Depois de tanta abstinência, o inegável anseio de seu corpo à proximidade de jade o deixou quase tonto. Ele estremeceu e afastou o braço.

— Então, quanto tempo você vai passar aqui? — perguntou Coru.

— Como é? — Anden se recompôs às pressas. — Ah, dois anos. É o tempo necessário pra completar o programa de imersão no idioma e conseguir um diploma básico. É o plano, pelo menos.

Coru comeu outra garfada de comida sem perguntar mais nada. Depois de uma pausa desconfortável, Anden continuou:

— Então, Coru-jen... ouvi falar que você estuda também. Tá fazendo direito?

O outro jovem ergueu o olhar para encará-lo e riu.

— Só meus pais e os amigos deles me chamam de Coru. Todo mundo me chama de Cory. — Ele limpou a mão e a estendeu para cumprimentar Anden. — Agora que a gente se conheceu oficialmente, é isso aí, vou começar a estudar direito no outono que vem na Universidade da Vigia Marítima. Tirei este ano pra fazer um pouco de serviço voluntário e juntar dinheiro pra matrícula trabalhando como estagiário de advogados. E tô planejando passar seis semanas viajando pelo país no verão que vem.

Ele inclinou o queixo para cima e levantou a voz para que seu pai conseguisse ouvir.

— Antes de me forçaram a seguir os passos da minha irmã.

— Você tem uma irmã mais velha?

— Três. — Cory balançou a cabeça. — Vai, pode ficar à vontade pra sentir pena de mim.

Anden não sabia como era ter tantas irmãs, mas era o mais novo em sua família e tinha três irmãos mais velhos, por assim dizer, então foi o que falou. Cory se levantou da mesa para pegar um retrato de família da cornija da lareira, mostrou-o para Anden e explicou:

— A mais velha é a advogada. Ela trabalha no Departamento Industrial federal. O marido dela é engenheiro. Só que eles não têm filhos. Minha segunda irmã estudava enfermagem, mas agora virou dona de casa pra cuidar dos dois filhos dela. A terceira, essa aqui, se formou em serviço social e casou ano passado.

Todos os membros da família Dauk compartilhavam a semelhança no formato dos sorrisos e nos ombros largos. Anden queria perguntar se alguma das irmãs de Cory era Osso Verde também, mas já havia cometido tantas gafes culturais e feito tantas deduções erradas na Espênia que hesitou. Se as pessoas dali escondiam jade, talvez fosse grosseria perguntar publicamente se alguém era Osso Verde. Ele analisou a foto com gosto por mais um minuto antes de devolvê-la.

— Seu filho mais novo continua na Vigia Marítima, não é? — perguntou Dauk Losunyin aos Hian. — Como ele anda se saindo por lá? Ainda fazendo o doutorado?

O assunto entre os quatro mais velhos rumou para amenidades e variadas reclamações a respeito dos filhos já crescidos, depois se transformou em fofoca sobre os vizinhos nas regiões kekonísias de Arapuca Sul. Para Anden, tudo aquilo parecia uma conversa fiada sem nada que valesse a atenção de um Pilar, mas Dauk Losun, com um cotovelo pesado repousado sobre a mesa e o queixo apoiado no punho, ouvia Dona Hian se lamentando quanto ao trânsito cada vez pior na frente de casa e demonstrando preocupação com o casal do outro lado da rua, aqueles que viviam brigando.

Dauk Sana havia acabado de recolher os pratos do jantar e trazer chá junto com uma lata de biscoitos espênicos quando a campainha tocou. Cory abriu a porta e permitiu a entrada de um sujeito que assentiu, solene, para todos ali.

— Dauk-jens. Senhor e senhora Hian.

Ele olhou para Anden, mas não disse nada. O homem tirou o chapéu, o casaco e as botas. Vestia um par de luvas de couro chiques, e as removeu também, mas em vez de deixá-las junto ao casaco, enfiou-as no bolso frontal da camisa antes de se reunir às pessoas na mesa de jantar. Cory arrumou outra cadeira, o sujeito murmurou um obrigado e se serviu dos biscoitos enquanto Sana servia chá para todos ali.

O recém-chegado era o primeiro homem que Anden tinha conhecido na Espênia que o fizera pensar: *Punho*. Não era alguém necessariamente grande, mas todos os seus trejeitos (o olhar afiado, a postura, a forma como se movia e carregava a estatura esguia) sugeriam que tinha capacidade para violência. Kaul Hilo uma vez dissera a Anden que bons Punhos tinham a mente de cães de guarda: podiam ser amigáveis, sorrir e balançar os rabinhos, mas viviam em alerta. A qualquer movimento errado, a qualquer possível ameaça ao que valorizavam, não hesitariam em usar os dentes.

Mesmo sem nunca ter visto aquela pessoa, Anden o reconheceu no mesmo instante como alguém que se encaixaria ao lado dos irmãos Maik.

— Peço desculpas por não ter conseguido chegar para o jantar — disse o sujeito.

Sua chegada sinalizava uma mudança na noite. Anden suspeitava que não se tratava de uma coincidência, mas sim de algo cronometrado com precisão. O blá-blá-blá cessou. Cadeiras foram empurradas ligeiramente para longe da mesa agora vazia. Cigarros e hoji apareceram.

— Rohn-jen, você sabe que é sempre bem-vindo — afirmou Dauk Sana, mas havia um súbito tom reservado em sua voz que não estava ali antes. — Como anda seu ombro?

— Muito melhor depois das suas sessões de cura, Sana-jen — respondeu Rohn.

Dauk Losun gesticulou para Anden.

— Toro, esse é Emery Anden, um estudante de intercâmbio que veio de Janloon. Ele é apenas metade kekonésio, mas sua mãe foi uma Osso Verde poderosa e ele foi adotado pela família Kaul do Clã do Desponta como neto mais novo.

Anden foi pego desprevenido. Durante todo o jantar, tivera a impressão de que o Pilar de Arapuca Sul o conhecia apenas como um aluno morando com os Hian. Dauk Losunyin falou com o mesmo tom prestativo e casual que usara a noite inteira, como se o histórico de Anden não fosse novidade para ninguém, mesmo que isso claramente não fosse a verdade. Cory ergueu as sobrancelhas. O rapaz se recostou na cadeira, inclinou a cabeça e ficou olhando para Anden com muito mais interesse agora.

Rohn Toro mergulhou um biscoito de canela na xícara de café e comentou:

— Kaul é um nome famoso.

— Bem famoso — concordou Dauk Losun, reclinando-se no assento e coçando a barriga com satisfação depois de uma refeição tão boa. — Cresci em Kekon, numa família de Ossos Verdes durante a ocupação shotariana, e sempre ouvi histórias a respeito dos bravos líderes da Sociedade da Montanha Única. Ayt Yugontin e Kaul Seningtun, o Lança e o Tocha. Depois que meu pai matou um policial shotariano, a Sociedade me ajudou, a minha mãe e as minhas irmãs a fugirmos pra Espênia. Aquelas três semanas no porão do cargueiro foram as piores da minha vida. Mas graças aos deuses chegamos em segurança no nosso país, com nada além das roupas do corpo. Eu tinha 14 anos. — O Pilar encarou Anden com um olhar intenso. — Jovem, te conto isso pra que você entenda que tenho o maior respeito pela sua família. Saber do que acontece na vizinhança hoje é meu trabalho, então quando o senhor e a senhora Hian me ligaram e falaram que iam te trazer aqui, claro que fiz algumas perguntas e descobri mais a seu respeito. Agora que sei quem você é, minha família e eu queremos ajudar de qualquer forma que pudermos.

— Obrigado, Dauk-jen — agradeceu Anden, tentando se recuperar da súbita mudança tanto de Dauk quanto do tom da conversa.

Ainda não tinha certeza do que esperar deste modesto Pilar, do jantar humilde e simpático e da casa decorada com jade falsa.

— Anden-se, conte pra eles o que aconteceu — pediu Dona Hian.

Depois de relatar o violento encontro no parque, Dauk se virou para Rohn Toro.

— Você conhece esse tal de Carson Sunter?

— É um casca do "Canela Seca". — Rohn proferiu a palavra *casca* e o nome *Canela Seca* em espênico. — O Chefe Kromner não se incomodaria com uma besteira dessas, mas o Canela talvez se meta.

O senhor e a senhora Hian pareceram profundamente preocupados.

— Dauk-jen, os Tripulantes não têm princípio nenhum — exclamou Dona Hian. — Não é capaz deles virem atrás da nossa casa? Quem sabe até dos nossos filhos?

Anden estava completamente perdido e cada vez mais assustado.

— Aquele homem com quem eu lutei... Quem é ele?

Para sua surpresa, Cory respondeu.

— Você não tinha nada melhor pra fazer do que se meter numa briga com um tripulante? Eles são uma gangue, só pra você ficar sabendo. O Chefe Kromner comanda toda a aposta, extorsão, tráfico e trambicagem no sul de Porto Massy, e o Willum "Canela Seca" Reams é o braço direito dele. Carson Sunter, o cara que você espancou, é um casca, um soldadinho da Tripulação do Kromner. O tipo de sujeito que dá um sacode nos comércios e cuida do dinheiro das drogas, não é lá essas coisas. Mas o Canela... pode ser que ele veja um kekonésio acabando com um morador local de outro jeito.

— Esses bandidinhos vivem de olho em qualquer um que seja mais fraco, principalmente imigrantes — disse Seu Hian. — Mas deixam nossas vizinhanças kekonísias pra lá porque temos o Dauk-jen como o Pilar e Ossos Verdes com jade pra nos proteger. É por isso que não se vê essa gente na nossa parte da Arapuca.

— Temos quase que um acordo com os Tripulantes. Eles não se metem com a gente, e a gente não se mete com eles — explicou Dauk Losun.

— Mas meu medo é que as coisas mudem assim que a posse civil de jade se torne ilegal.

Essas palavras causaram um murmúrio de pavor pela pequena mesa. Dauk Sana sussurrou um palavrão baixinho. Seu marido levantou uma mão num gesto tranquilizador.

— E vamos ter que acabar aceitando. Já publicaram reportagens demais com histórias de uso irresponsável, casos de Prurido, e agora ainda veio esse aumento no interesse em jade por causa do envolvimento militar em Oortoko. A legislação pra banir jade já foi pra Assembleia Nacional e tem apoio do primeiro-ministro e das principais Entidades Comerciais. É praticamente certo que será aprovada.

O Pilar esticou a mão para baixo da gola de sua camisa de flanela e pegou um pingente redondo de jade preso numa corrente de prata. Beijou o disco de pedra e disse para Anden:

— É a nossa herança kekonísia. Minha família usou jade por gerações. Hoje, é o que mantém nosso povo a salvo dos Tripulantes e de qualquer um que quisesse se aproveitar de nós. É algo que une a comunidade e faz parte da nossa identidade como keko-espênicos. Agora o governo vem querer me dizer que é contra a lei? Pois eu falo que errada é a lei.

Sua esposa assentiu, concordando veementemente.

— Posso até não ser médica, mas fui treinado como enfermeira lá em Kekon e aprendi o bastante a respeito de Afluência médica com a minha mãe pra ajudar as pessoas que me procuram com problemas. Agora, por causa dessa lei ridícula, o povo vai ficar com medo de se envolver em algo ilegal, mesmo que já façam isso há anos.

Assim como com os outros membros da família Dauk, Anden tentou deduzir onde a mãe de Cory escondia sua jade, mas não conseguiu.

Dauk Losun voltou a guardar o pingente debaixo da camisa, fora de vista.

— Essa proibição só vai prestar pra uma coisa: deixar os Tripulantes sedentos pra terem a jade deles. Sei muito bem que isso já tá acontecendo. A expectativa deles é abocanhar um pedaço de cada setor do mercado clandestino de Porto Massy. Já usam drogas mesmos, então, naturalmente, vão querer contrabandear brilho também. Não vai demorar até a gente precisar lidar com os Tripulantes querendo o que é nosso.

Dauk Sana suspirou com força.

— Mas esse dia não chegou ainda. Não vamos colocar o carro na frente dos bois. Anden e os Hian nos procuraram porque precisam de ajuda, e não podemos deixar esse mal-entendido bobo causar problemas pra ninguém. Vamos pedir pro Rohn-jen ir até o Canela Seca com... — Ela ponderou por um instante — Dois mil thalirs. Eu diria que podemos arriscar até uns três mil, mas nada mais.

O Pilar assentiu.

— Como sempre, minha esposa é mais esperta do que eu. É bom ter ela por perto para manter minha cabeça no lugar. Toro, seria bom você levar dois dos seus amigos mais verdejantes, e se o Canela tentar barganhar por mais dinheiro, lembra ele de que sabemos tim-tim por tim-tim daquele fiasco de quando ele ficou bêbado e não contamos nada pra polícia. Três mil e nosso silêncio. Isso eles vão aceitar.

Anden olhou ao redor da mesa. Se sentia preso nas garras de duas epifanias simultâneas. A primeira era a percepção de que, no fim das contas, não havia, ao contrário do que ele e seus primos tinham pensado inicialmente, vindo para uma terra desprovida de jade e de clãs. Em Janloon, a questão acerca de quem controlaria a jade levara a um derramamento de sangue declarado entre o Desponta e o Montanha nas ruas. Ali, era algo que estava bem no comecinho, fervendo no submundo espênico e nas comunidades de imigrantes, mas que existia mesmo assim.

A segunda coisa que percebeu se fez compreender quando ele olhou de Dauk para sua esposa e então para Rohn, o desconhecido. Aquela pequena mesa de jantar num seio familiar parecia estar a um mundo de distância do escritório formal na residência Kaul ou no último andar da torre na Rua Caravela, mas Anden agora entendia que estava olhando para um Pilar Osso Verde, sua Homem do Tempo e seu Chifre. Em Porto Massy, eles eram, de certa forma, diferentes de seus equivalentes em Janloon. Pessoas simples da comunidade, vizinhos secretamente ajudando outros vizinhos.

Deu uma olhada para Cory. O futuro advogado, recostado na cadeira inclinada contra a parede e com uma perna sobre o assento, ainda dedicava certa atenção à conversa, mas parecia mais interessado no punhado de biscoitos recheados de geleia que tinha em mãos. Cory tinha a pele sem barba, era alto e possuía panturrilhas fortes por andar de bicicleta. Vestia uma camiseta com a logo do que Anden deduziu ser uma banda popular e que parecia muito espênica. Mas era um Osso Verde; havia jade em algum lugar de seu corpo e ele fora treinado para usá-la. Qual seria a posição daquele rapaz no clã?

Rohn Toro terminou o chá e se levantou.

— Vou achar o Canela e falar com ele.

— Obrigado, velho amigo — agradeceu Dauk Losun, também se levantando e acompanhando-o até a porta. — Além disso, acho que seria uma boa ideia você fazer uma visita amigável a Tim Joro daqui a um tempo.

O que acontece entre um homem e sua esposa não é da conta de ninguém, mas quando a situação vira um problema na vizinhança capaz de atrair a polícia... Bom, aí já é um assunto que afeta todo mundo. Não esqueça de falar isso pra ele, viu?

Rohn assentiu e saiu da casa. Enquanto Dauk Sana colocava uma tigela de sobras do jantar nas mãos de Dona Hian, Seu Hian recolhia os casacos e, mais uma vez, prestava uma saudação solene ao Pilar.

— Dauk-jen, não temos como agradecer ao senhor por cuidar desse problema pra nós. Que os deuses brilhem a seu favor.

— Imagina. Podemos confiar no Rohn Toro de olho fechado, e já tivemos que lidar com os Tripulantes antes. Apareçam pra jantar sempre que puderem, e tragam este carinha aqui com vocês. — De brincadeira, ele apontou um dedo para o rosto de Anden e continuou: — E você vê se fica fora de encrenca, ouviu? Agora sabe que duelos são proibidos. Há formas de contornar essas situações, mas não vamos falar disso agora. Fique sabendo que admiro seu sangue forte, por ter se defendido e se recusado a ser rebaixado por qualquer um que seja. Um kekonésio de verdade, um homem da velha terra, de alma verde, diferente dessa pirralhada espênica de hoje em dia.

Ele olhou para o filho.

De trás do pai, Cory deu uma piscadela e disse:

— A gente se vê por aí, ilhéu.

Anden levou as mãos entrelaçadas à testa numa saudação de despedida. Continuava meio atordoado com tudo o que acontecera.

— Dauk-jen, o senhor tem certeza de que isso vai funcionar pra acalmar as coisas?

O que mais lhe preocupava eram os Hian; não conseguia nem suportar a ideia de que talvez os tivesse colocado em perigo.

— Olha, não tenho como garantir, mas você deveria deixar isso pra lá — respondeu o Pilar. — Tem um ditado, sabe, que diz: quando aparece um problema, os espênicos primeiro tentam usar dinheiro e depois a violência. Os kekonésios vão primeiro pela violência, e só depois é que recorrem ao dinheiro.

Dauk Losun deu uma risadinha. Era evidente que era uma frase que havia usado antes, porque sua esposa e filho reviraram os olhos atrás dele.

— Estamos na Espênia, então assim como os Hian são a sua família adotiva aqui, me permita agir como amigo seu e da sua família.

Anden assentiu, agradecido, mas sentia uma preocupação crescente. Tinha uma grande suspeita de que o Pilar de Arapuca Sul, apesar de ser um sujeito querido e sincero, estava oferecendo ajuda não apenas pelo carinho que sentia pelos Hian, mas devido à ligação de Anden com a família Kaul. Será que ele não esperava que, em algum momento, a amizade e o favor fossem devolvidos pelo Desponta? O homem ficaria dolorosamente desapontado se Anden não fosse capaz de prover qualquer retribuição.

Anden escolheu as palavras com cuidado.

— Dauk-jen, o senhor tem minha gratidão. Sou um estranho neste país e é a generosidade da comunidade kekonísia que tem me ajudado a me virar. Queria poder falar em nome dos meus primos também, mas infelizmente não tenho mais nenhum status no Desponta. Inclusive, foi por isso que me tiraram de Janloon. Não sou um Osso Verde, mas espero que um dia minha amizade valha mais do que hoje.

O Pilar não pareceu nem um pouco decepcionado pela confissão. Talvez, ao descobrir mais a respeito de Anden antes daquela noite, ele ficara sabendo de tudo o que havia para saber e já tinha conhecimento a respeito do papel de Anden no clã e de sua subsequente desonra. Ele estendeu a mão enorme e áspera para que Anden a apertasse, e disse:

— Um jovem com uma oratória tão boa quanto você? Aposto que sim. As coisas mudam. Também fui exilado com minha família aqui na Espênia devido às circunstâncias, mas não sinto qualquer arrependimento.

Capítulo 18

O Clube Lanterna Branca

Shae chegou no Clube Lanterna Branca vinte minutos antes da reunião marcada com o embaixador espênico e o comandante da Base Naval de Euman. Queria garantir uma das melhores mesas e se posicionar como anfitriã antes que os convidados estrangeiros aparecessem. Pediu para que o especialista em hoji do estabelecimento trouxesse duas marcas recomendadas da adega e também duas garrafas de vinho importado para que colocasse no centro da mesa. Alguns dos fregueses perceberam sua chegada e pareciam decididos a irem lhe prestar respeito. Woon deu uma volta pelo salão para cumprimentá-los e evitar com destreza qualquer possível tentativa de iniciar uma conversa enquanto explicava que a Homem do Tempo estava ali para uma negociação importante e infelizmente não podia se distrair, mas que ele ficaria feliz de repassar quaisquer cumprimentos.

Shae entrou no banheiro para dar uma conferida na maquiagem e lavar as mãos, que pareciam pegajosas. Vestia um conjunto de blazer e saia de um vermelho-vivo, num estilo espênico com lapelas largas e mangas bufantes. A blusa branca de gola alta escondia as pulseiras e a gargantilha de jade. Os brincos eram o único vestígio visível de verde. Ela pegou dois pedaços de papel dobrados do bolso de dentro do blazer e os revisou. Eram alguns fatos e números importantes quanto à política e à economia, reunidos depois de uma conversa com Maro. E uma página com observações estratégicas que ela havia escrito para si mesma durante um período de trabalho com Woon. Guardou os papéis. Estava bem munida, mas a sensação ainda era de que entraria num campo de batalha em desvantagem.

Voltou à mesa. O Embaixador Mendoff e o Coronel Leland Deiller chegaram ao mesmo tempo, cinco minutos depois. Shae se levantou para recebê-los e trocar apertos de mão.

— Embaixador. Coronel. Fico feliz por terem conseguido me encontrar nesta tarde.

As palavras saíram razoavelmente bem. Shae passara boa parte das duas semanas anteriores com o rádio do escritório sintonizado na estação espênica e muitas horas praticando espênico sozinha, a fim de refrescar a memória com a língua que tivera pouquíssimas ocasiões para usar desde que retornara de Windton. Estava falando bem mais vagarosa e assertivamente do que o normal não apenas para minimizar o sotaque, mas para definir o tom da reunião. Não apresentou Woon ou o outro homem que levara junto, um tradutor que ela esperava não ser necessário. Deduziu que os convidados teriam familiaridade o bastante com os costumes empresariais kekonésios para entender que isso significava que os dois eram apenas espectadores, e não participantes ativos na discussão.

Trocou palavras cordiais com os homens por alguns minutos enquanto o garçom trazia chá, bolinhos de camarão e figos em conversa como aperitivos. O Embaixador Mendoff reclamou do tempo úmido e o Coronel Deiller, que nunca havia ido ali antes, comentou a respeito da grande quantidade de bebidas de qualidade expostas na parede atrás do bar. O Clube Lanterna Branca era um lugar descaradamente luxuoso: havia cadeiras estofadas de couro vermelho, lustres de vidro, quadros caros pendurados e funcionários impecáveis em coletes pretos. Era apenas mediante convite que era possível se tornar sócio, e até pouquíssimo tempo era algo exclusivo para Lanternas do Desponta de certo nível e posição social, considerado um dos mais cobiçados símbolos de status concedidos pelo clã. Mulheres tiveram autorização para participar pela primeira vez cinco anos antes. E no ano seguinte, a possibilidade de se entrar na sociedade foi aberta para quem não necessariamente trabalhasse com o setor administrativo do Desponta, o que incluía conselheiros, escritores e artistas proeminentes de Janloon e membros do corpo docente da Academia Kaul Dushuron. Atualmente havia até certos privilégios recíprocos limitados para os membros do Clube da Cidade de Janloon, que ficava do outro lado do Distrito Financeiro e antigamente era conhecido como o espaço para os homens influentes do Clã da Montanha. Até mesmo durante o recente período de guerra, dinheiro era mais fluído do que sangue. Os Ossos Verdes de ambos os clãs podiam até ser inimigos mortais, mas seus empresários continuavam sendo capazes de construir conexões enquanto bebiam em estabelecimentos de alto nível.

— Acredito que os senhores devem ter ouvido as boas notícias — disse ela, assim que os aperitivos acabaram e a sopa e carnes chegaram. Shae aprendera que os espênicos geralmente não esperavam até o final da refeição para começar conversas importantes. — A suspensão da mineração de jade pelo governo acabou e os trabalhos voltaram, o que significa que Kekon logo começará a cumprir os contratos normais de exportação.

— Pois é, são boas notícias mesmo — concordou Mendoff.

O embaixador era um sujeito corpulento, com um bigode grisalho e simpáticos olhos azuis. Shae tinha a impressão de deixá-lo um tanto desconcertado; ele ficava discretamente inclinando os ombros para o lado e olhando para Woon de vez em quando. Mendoff era ex-presidente da poderosa Sociedade dos Trabalhadores Navais e estava há seis meses trabalhando como embaixador, uma recompensa por suas enormes contribuições à campanha do atual primeiro-ministro da Assembleia Nacional Espênica. Ele pigarreou.

— E me permita acrescentar que veio num momento vital, senhorita Kaul. Levando em conta a instabilidade política causada pela guerra civil em Oortoko, meu governo enxerga nossos acordos comerciais com Kekon como um dos principais meios para promover a segurança na região.

Shae deu um sorriso educado, porém firme.

— Embaixador, aqui em Kekon a forma correta de se referir a alguém que usa jade é *jen*. O senhor pode me chamar de Kaul-jen, ou simplesmente Homem do Tempo, um termo que talvez possa parecer estranho, mas significa muito na minha cultura.

Mendoff ficou vermelho e pareceu desconfortável, mas Shae continuou como se não houvesse estranheza alguma.

— Imagino que as atuais exportações de jade sejam de grande interesse para o senhor. — Ela inclinou a cabeça para o Coronel Deiller. — Afinal de contas, os especialistas dizem que o conflito em Oortoko tem tudo para se tornar a primeira guerra de jade moderna.

O coronel tinha um rosto quadrado, sobrancelhas expressivas e a dignidade cansada de um militar de carreira que já tinha sido realocado a dezenas de lugares pelo mundo e visto todas as palhaçadas que havia para ver. Encarava Shae com um olhar intenso e avaliador, que a deixava levemente apreensiva. Ela suspeitava que o sujeito estava folheando um dossiê mental, comparando-a a fotografias antigas, do tempo em que atuara como informante para o serviço de inteligência da RDE. Shae tinha 21 anos naquela época, namorava um oficial da marinha da República da Espênia e era a neta mimada do famoso herói de guerra Kaul Seningtun. Talvez o coronel estivesse se perguntando como era que em apenas sete anos ela se tornara uma das figuras mais influentes na política e na administração da ilha de Kekon.

— Nosso objetivo em Oortoko é apoiar o governo shotariano. — A voz de Deiller carregava um sotaque pesado do norte da Espênia que ela reconhecia devido aos anos de estudo em Windton. — Estamos mobilizando recursos militares a pedidos deles.

— Vocês foram rápidos para reunir forças navais no Oceano Ocidental de Tun assim que suspeitaram que o exército ygutaniano estava equipando os rebeldes de Oortoko — apontou Shae.

— A política da RDE é combater qualquer ato de violência vindo dos ygutanianos, e está mais do que claro que a rebelião em Oortoko é um veículo para que Ygutan expanda território. — Deiller olhou de forma desconfiada para o prato de lula e decidiu optar pela carne de porco. — O primeiro-ministro e o secretário do Departamento de Guerra afirmaram que vamos defender inequivocamente a soberania de nossos aliados. — Ele a encarou com um olhar incisivo. — Inclusive Kekon, eu diria.

Shae gesticulou para que o garçom enchesse de novo os copinhos de hoji. O embaixador terminara o primeiro prato, mas o coronel não. Shae apenas beliscara.

— Lamento informar que muitos kekonésios não veem o rápido acúmulo de forças militares na Ilha Euman e no mar que nos cerca como ações de um aliado confiável.

— Tive uma longa conversa com o Chanceler Son Tomarho — disse o embaixador, de algum jeito capaz de transmitir indignação diante da afirmação de Shae enquanto mantinha a suavidade no tom diplomático de sua voz. — Garanti a ele e ao Conselho Real que nossa alta presença militar em Kekon é uma medida necessária e, eu espero, temporária em nossos interesses conjuntos de segurança.

— Jade é do seu interesse — esclareceu Shae, abaixando a colher de sopa. — Todos nós assistimos aos jornais, Embaixador. Histórias de equipes espênicas de operações especiais equipadas com jade kekonísia... isso deixa o povo muito nervoso. O senhor precisa lembrar que meu país tem uma longa história de estrangeiros tentando invadir e ocupar nosso território. Como é que podemos confiar que nossos aliados espênicos são diferentes? Se quisessem, vocês por acaso não poderiam usar sua força militar e os seus soldados com jade para pegarem nossas minas e controlar nosso país?

Shae abriu as mãos num gesto de desamparo, como se estivesse apenas dando voz a uma paranoia ridícula, mesmo com a certeza de que Mendoff e Deiller haviam tido conversas a esse respeito com seus superiores. Se o Desponta não tivesse mantido o fluxo de jade para Adamont Capita durante o desligamento da AJK, ou se a guerra entre os clãs tivesse continuado e obrigado as minas a continuarem inativas por tempo demais, talvez os espênicos, de fato, tivessem partido para ações militares.

— O senhor não se ofenda. Estou apenas dizendo como funciona a cabeça dos kekonésios. Estamos sempre na defensiva contra roubo.

— Pelo visto você já está sabendo do nosso pedido ao Conselho Real — resmungou o embaixador. — Nada neste país passa despercebido por vocês dos clãs.

— Pedir um aumento tão significativo na exportação de jade assim que as minas voltam a funcionar, e ao mesmo tempo abarrotar nosso território de tropas militares não vai ajudar a fazer o povo de Kekon ver a Espênia com bons olhos. O Conselho Real já está sofrendo uma pressão pesada da população para diminuir as exportações e condenar a Guerra de Oortoko.

— Shotar está em crise — insistiu o sujeito, inclinando-se adiante para dar ênfase. — E Ygutan é uma ameaça clara e presente para todos nós. Kekon é importante geopoliticamente não só como a única fonte de jade bioenergética do mundo, mas por causa da posição estratégica no Oceano Ocidental de Tun. Exigimos apoio total do seu país.

— Vocês não conseguirão mais jade — afirmou Shae. — Nem os membros do Conselho Real nem os representantes do clã com cadeira no conselho da Aliança Jade-Kekon vão concordar em ceder mais das reservas nacionais para uma guerra que nem é nossa.

O Embaixador Mendoff se recostou e franziu o cenho.

— Vai me desculpar, senhorita Kaul-jen, mas você não fala pelo governo kekonésio.

— Verdade — admitiu Shae. — Você vai ter que esperar por uma resposta oficial. E vai ser a mesma não oficial que estou te dando agora. Temos um ditado em Kekon: "ouro e jade nunca devem se misturar." Aqueles de nós que usam jade não assumem cargos políticos, mas o senhor não está pedindo ouro, está pedindo jade. E nisso, a última palavra é dos clãs.

Shae esperava que os dois homens captassem a sutil advertência: Kekon podia até ser uma ilha pequena com um exército nacional diminuto, mas qualquer tentativa de controle militar sobre o país significaria mexer com os clãs Ossos Verdes, que controlavam as cidades, todas as principais indústrias e cujos membros incluíam milhares de guerreiros treinados, cada um com mais jade do que diversos soldados espênicos de elite juntos.

— Permita que eu explique para que o senhor possa passar a informação aos seus superiores: a questão não é que discordamos do seu posicionamento contra Ygutan. Mas acontece que, em Kekon, acreditamos que jade é um presente divino dos Céus. É preciso treinar por muitos anos desde a infância para usá-la, e faz parte da nossa tradição sagrada que apenas aqueles que defendem outras pessoas as empunhem. Claro, reconhecemos que o mundo se abriu e já não somos mais os únicos que podem possuir jade, mas mesmo assim, é algo fundamental para nossa identidade nacional. Há uma grande população keko-shotariana em Oortoko; eles e outros civis estão presos no meio do fogo cruzado. Não queremos que a jade fique conhecida como uma ferramenta de guerra para estrangeiros, como algo que pode ser usado para machucar pessoas de etnia kekonísia.

— Você está sugerindo que, de algum jeito, militares usarem jade num conflito armado vai manchar a reputação de Kekon e a santidade da pedra? — perguntou o embaixador, desacreditado. — Disputas entre os clãs neste país já tiveram como resultado gente com jade se matando com *espadas* nas ruas de Janloon. Então qual é a lógica?

Shae falou com calma, mas havia uma firmeza gélida em sua voz:

— As duas coisas que o senhor descreveu são completamente diferentes. Se não consegue entender o motivo, é porque não é kekonésio.

Os dois homens pareciam descontentes. O garçom chegou para recolher os pratos vazios. Mendoff e Deiller olharam com certo dó para os homens ao lado de Shae, que não tinham comido ou bebido nada. O tradutor, um Agente da Sorte iniciante no clã, não conseguiu evitar e, faminto, olhou para as sobras de comida que eram levadas de volta à cozinha. Woon, que de bobo não tinha nada, já havia comido antes da reunião e não deu nem uma olhadinha sequer.

Shae esperou o garçom terminar de servir o chá, e então, num tom mais conciliador, acrescentou:

— Mas não pense que isso significa que não apoiamos nossos aliados. Jade é um recurso nacional que deve ser gerenciado por toda Kekon, mas agora eu falo com o senhor não como parte do conselho da AJK, mas como Homem do Tempo do meu clã. Podemos oferecer outras coisas de valor além de jade.

Pela primeira vez, ela se virou em direção a Woon, que de imediato a entregou um grosso envelope pardo.

Shae colocou-o no meio da mesa e observou o Coronel Deiller esticar a mão para pegá-lo primeiro. Ele retirou os papéis de dentro e começou a examinar os documentos. Enquanto lia, franziu as sobrancelhas e, muito embora seu rosto tenha mantido a compostura rígida, seus batimentos cardíacos aceleraram bastante, a ponto de que Shae Percebesse. Ele entregou os papéis ao Embaixador Mendoff que, depois de alguns minutos de análise, alisou o bigode e olhou para Shae.

— Como você conseguiu isso aqui?

Shae procurara nos arquivos de Doru pelas informações que ele compilara depois de ter viajado para Ygutan sob ordens de Lan dois anos antes. Ela questionara o Punho e o Dedo que haviam corroborado no relatório a respeito das atividades do Clã da Montanha naquele país e, com a permissão de Maik Kehn, mandara-os de volta para lá por quatro semanas junto com duas pessoas de sua própria equipe para verificar e atualizar as descobertas.

Shae se dirigiu a Deiller:

— O cormorão por acaso já forneceu informações falsas para o senhor?

O coronel semicerrou os olhos ao ouvir o antigo codinome dela.

— Não — admitiu ele.

A mesa em que estavam ficava separada do resto do restaurante por um biombo de madeira, e Woon garantira que os funcionários não colocassem nenhum outro cliente ao alcance de suas vozes, mas, mesmo assim, o Embaixador Mendoff sussurrou:

— Isso aqui é prova de uma produção de BL1 em larga escala em Ygutan.

— Com bastante BL1, e caso Ygutan dê um jeito de se garantir com o mercado clandestino, eles podem usar jade com objetivos militares, inclusive para equipar a milícia fantoche que mantêm em Oortoko.

Os dois homens pareceram ficar visivelmente desconcertados com a possibilidade. Mendoff perguntou para Deiller:

— Por que é que nossos contatos no governo ygutaniano não nos contaram?

— Seus espiões infiltrados em Dramsk provavelmente nem sabem disso — apontou Shae. — As fábricas de BL1 não estão sendo comandadas por Ygutan. Muito embora nós, kekonésios, sejamos contra o tráfico de brilho no nosso próprio país, tem gente de outros clãs, não do meu, que não vê problema em produzir e vender essa droga para qualquer um que pague, independentemente de alianças políticas.

Mesmo antes da guerra dos clãs, Lan previra que o Desponta poderia usar as informações a respeito da produção de BL1 dos Montanha no outro lado do oceano para prejudicar seus inimigos, e era exatamente esse o objetivo de Shae. Ela pegou o maço de papel, guardou-o de volta, colocou a mão em cima do envelope e, com as sobrancelhas arqueadas de expectativa, olhou para os dois homens.

— Apesar de nossas visões e prioridades serem diferentes, o Desponta deseja que nossos países continuem amigos, e foi por isso que convidei os senhores para esta conversa hoje e para oferecer algo de valor.

Os sujeitos se entreolharam e pareceram chegar a alguma decisão silenciosa e tensa antes de voltarem a encará-la.

— Preciso fazer umas ligações para Adamont Capita — comentou o Embaixador Mendoff, devagar —, mas você foi de grande ajuda para nós com essa informação. Acredito que deva valer de dez a quinze milhões de thalirs.

Shae conseguiu esconder um repentino sorrisinho diante da brusca menção do preço. Os espênicos eram um povo mercenário e plutocrático, com uma sociedade construída sobre os alicerces de uma longa história de poder naval e mercantil, e por isso tratavam o comércio justo como uma religião. Ela suspeitava de que eram capazes de precificar qualquer coisa. Jade com certeza e talvez até mesmo a vida e a morte.

Ela se recostou na cadeira e bebeu um pouco de chá enquanto fingia considerar a oferta do embaixador; os dois provavelmente ficariam ofendidos se ela não desse a entender que estava levando a proposta a sério.

— Os clãs em Kekon têm uma tradição — disse, por fim. — Quando alguém de fora fez algo por nós com respeito e de boa vontade, damos um presente. Deve ser algo verdejante, marcado com o símbolo do clã. Significa que somos gratos pela amizade e que, caso possamos ajudar no futuro, vamos ajudar.

Deiller se remexeu no assento e Mendoff tossiu. Era visível que esse conceito de favores e de sempre ficar em dívida os deixava desconfortáveis. Incerto, o embaixador indagou:

— É isso o que você gostaria em troca de informações importantes quanto às operações militares?

Shae sorriu.

— Não, não, vocês não têm essa tradição, então é claro que eu não esperaria que seguissem nosso costume. O objetivo do presente é não ter uma data ou valor específico. É algo que deve simbolizar estima e confiança. Mas não preciso de um token simbólico, e eu não esperaria que vocês aceitassem uma troca tão incerta. Só mencionei isso porque gostaria que essa fosse uma oportunidade para que melhorássemos o vínculo entre nossos países. Como o senhor disse, somos aliados, mas devido ao que está acontecendo agora, a relação ficou tensa. Se construíssemos laços rentáveis, seria ótimo para fortalecermos nossa aliança *e* o modo como o povo vê a Espênia.

O embaixador Mendoff assentiu devagar. Seus ombros largos e pálidos olhos azuis estavam voltados para ela.

— E você tem alguma oportunidade específica para isso em mente?

— Existem muitas empresas kekonísias que gostariam de conseguir acesso ao mercado espênico. Para que isso aconteça, as tarifas teriam que ser reduzidas ou eliminadas em certas indústrias, como a têxtil e a de bens de consumo. Seria ótimo ver restrições quanto ao investimento imobiliário estrangeiro em cidades como Porto Massy serem suspensas para que mais empresas kekonísias possam operar lá. — Shae decidiu que era melhor ser tão sincera quanto eles. — Desde o fim da Guerra das Muitas Nações, Kekon anda se abrindo ao mercado internacional, mas se tiramos nossa principal exportação, a jade, temos um déficit comercial considerável. Para corrigir isso, e para expandir as oportunidades para nossas empresas, vou precisar do apoio de vocês.

Mendoff e Deiller ficaram encarando-a em silêncio por vários segundos. Por fim, o coronel disse:

— Bom, eu sou um soldado, não um político, mas não posso negar que Kekon é o pivô estratégico para nossa presença militar no Leste Amárico. Nos comprometemos com nossa aliança e em manter uma boa relação com o governo e o povo deste país.

— Mesmo assim — acrescentou o Embaixador Mendoff —, o que você espera é o tipo de coisa que não acontece rápido ou de maneira fácil. Seria prudente aceitar os quinze milhões de thalirs. Posso defender seus interesses com o Primeiro-ministro Galtz e com a Assembleia Nacional, mas...

— É tudo o que peço. — Shae adicionou um toque calculado de humildade lisonjeira na voz. — Sei que o senhor é amigo do primeiro-ministro e tem bastante influência com ele, pelo menos é o que todos com quem converso me contam. O senhor conseguir levar esta ideia para o mais alto escalão e talvez aprimorar nosso futuro econômico em conjunto valeria tanto quanto qualquer outra coisa que o senhor poderia me oferecer.

— Você age como se fosse a autoridade máxima, senhorita Kaul-jen. — O embaixador parecia apreensivo. — Cadê o líder do seu clã? Por que é que ele não está aqui?

Porque, pensou Shae, *Hilo preferiria fazer qualquer coisa no mundo em vez de sentar no Clube Lanterna Branca falando manso com diplomatas estrangeiros.*

— Tenho plena autoridade para atuar como representante do Pilar nestes assuntos. O que eu digo no Desponta é a palavra final.

Capítulo 19

Reunião em Lybon

Quando Hilo chegou em Lybon, na Stepênia, ficou surpreso ao ver como tudo era limpo. O ônibus que fazia o translado até o aeroporto era uma cápsula prateada que anunciava chegadas e partidas em estepenês, espênico e outro idioma que devia ser lurmíshe. Mesmo no fim do verão, a temperatura estava mediana, quase fresquinha. As pessoas não eram antipáticas, mas pareciam sucintas, pálidas e práticas.

Hilo decidiu que gostaria de poder dirigir por ali e conhecer a cidade, então Tar alugou um cupê azul da locadora de carros do aeroporto. Enquanto seu Encarregado estudava o mapa, Hilo foi pegando instruções com a funcionária. Mostrou-lhe o endereço em que precisavam chegar e conversou usando o espênico limitado que conhecia. Quando, por fim, pegaram a estrada, descobriram que era bem fácil navegar por Lybon. Comparando com Janloon, parecia uma cidade larga, dividida em quatro quadrantes e cortada de norte a sul pelo Rio Farstgein. A silhueta azul das montanhas escarpadas se erguia a oeste, e altas casas pitorescas com telhados pontudos preenchiam as ruas, com flores se esparramando de jardineiras em sacadas de aço. As calçadas eram estreitas, mas cercadas por sebes verdes muito bem aparadas e árvores frondosas.

Tar sugeriu que fossem primeiro ao hotel, mas Hilo meneou a cabeça. Tinha dormido no avião e sempre que possível preferia já colocar a mão na massa.

O endereço, no fim das contas, era uma casa verde pastel curiosa de um andar só que ficava na região noroeste de Lybon. Tar estacionou na calçada. Quando tocaram a campainha, a porta se abriu de imediato. Eyni devia estar esperando outra pessoa, talvez algum entregador ou homem que fazia consertos, porque começou a dizer algo antes de perceber quem é que estava na sua frente. A ex-esposa de Lan deu um passo involuntário para trás e arregalou os olhos.

Hilo sorriu e atravessou a soleira. Com uma voz calorosa, disse:

— Irmã Eyni. Desculpa não ter ligado antes pra avisar da nossa visita, mas é que eu não tinha nenhuma moeda estepenêsa pra usar no orelhão do aeroporto. Espero não estar incomodando. — Hilo fechou a porta atrás de Tar. — Esse aqui é o Maik Tar, acho que você não se lembra dele. Era o meu Segundo Punho quando eu era o Chifre e agora é meu Encarregado.

— O que você tá fazendo aqui? — perguntou Eyni, com a voz saindo aguda. — Como foi que descobriu onde eu moro?

— Essas coisas são fáceis de desvendar.

Não valia a pena mencionar que ele a havia rastreado fazia anos, mas por ordens de Lan, nunca fizera nada com a informação.

Eyni mudara de certa fora. O rosto continuava o mesmo, mas a maternidade lhe deixara com os quadris mais largos e seu cabelo agora ficava na altura do queixo.

Hilo tirou a jaqueta, estendeu-a nas costas de uma cadeira e falou:

— Ficar mandando e recebendo cartas não é o melhor jeito de conversar sobre coisas importantes. A gente tem que reservar um tempo pra escrever tudo, depois esperar semanas até a resposta chegar. E quando chega, a gente já quase esqueceu o que disse. E quando não dá pra ver a outra pessoa, é fácil dar muitos mal-entendidos. Por exemplo, eu sei que você não quis ser grossa com a Wen, mesmo que tenha dado essa impressão por escrito. Então pensei: em vez de te dar todo o trabalho de organizar uma viagem enorme pra Janloon, coisa que eu sei que pode ser difícil com uma criança, vim falar com você pessoalmente.

Os olhos de Eyni foram de Hilo para a porta.

— O Lors vai chegar a qualquer minuto.

— Que bom. Aí a gente pode todo mundo se sentar e se apresentar direito.

Ele olhou com cuidado pela sala de estar: era um espaço pequeno, mas bem iluminado e com cheiro de essências florais. Eyni sempre gostara de arte; havia máscaras de argila, pequenas telas de aquarela nas paredes e uma tigela de vime na mesinha de centro com frutas de feltro dentro, assim como um chocalho plástico no formato de um sapo que parecia deslocado ali. Ela estava tentando parecer calma, mas era possível Perceber os batimentos de seu coração. Sua desconfiança parecia uma sirene vermelha, o que o irritava. Havia momentos em que amedrontar as pessoas era útil e necessário, mas quando não era essa a intenção de Hilo, a reação era um tanto ofensiva. Ele se sentou no sofá e, com uma olhada, indicou que Tar fizesse o mesmo. Hilo pegou o chocalho.

— Cadê meu sobrinho?

— Dormindo — respondeu Eyni, rápido, porém bem naquele instante um barulho ecoou de outro cômodo.

Hilo se levantou e viu um neném de pé agarrando as grades de metal de uma cerquinha no fim do corredor. Ele foi até o pequeno e se agachou. O menininho de 2 anos mal parecia o bebê rechonchudo na fotografia que Wen o mostrara; tinha agora os traços de um Kaul: o nariz, a boca e os olhos atentos. Já era claro que cresceria e seria parecidíssimo com Lan, assim como Lan fora semelhante ao próprio pai. Todos os primogênitos da família pareciam seguir o mesmo padrão. O garotinho encarou Hilo com muito interesse e sem medo algum. Semicerrou levemente o olho esquerdo e passou a mão gordinha pelas barras da cerca. Hilo, extasiado, também estendeu a mão para o neném, que lhe agarrou os dedos.

— Oi, Niko — disse o Pilar. — Eu sou o Hilo, seu tio.

Eyni passou por ele, pegou o chocalho, abriu a cerca e pegou Nikolas, que grunhiu em protesto enquanto ela o fazia ficar quieto e o levava para o quarto. O garoto se contorceu e estendeu a mão por trás dos ombros da mãe enquanto era tirado dali.

Um sentimento súbito e desnorteante de proteção tomou conta de Hilo. Tinha acabado de conhecer o pequeno, mas agora se arrependia de não ter vindo antes. Devia ter viajado assim que Wen lhe mostrara a carta, e não ter esperado. Quase esticou o braço para tocar Eyni, para impedi-la de levar Niko para longe poucos segundos depois de finalmente ter colocado os olhos no garoto.

Ela desapareceu em outro cômodo e ressurgiu um minuto depois, fechando a porta.

— *Era* pra tá dormindo — explicou. — Ele não tá querendo dormir ultimamente. Se fica empolgado demais, não sossega e aí vai ficar mal-humorado de noite.

Eyni mostrou o caminho de volta pelo corredor sem nem olhar para seu ex-cunhado. Hilo a seguiu a certa distância. Uma vez de volta na sala, o Pilar disse com muita determinação:

— A gente precisa conversar, Eyni. Eu sei, não éramos amigos. Pode ser que eu nunca tenha sido como um irmão pra você e você como uma irmã pra mim, mas isso não importa agora. Temos que pensar no melhor pro Niko. Precisamos falar da sua volta pra Janloon.

Com as costas rígidas, Eyni agora evitava encará-lo. Quando voltou a se virar, estava com os braços cruzados e uma expressão séria que escondia sua raiva e teimosia.

— Você não devia ter vindo aqui, Hilo. Falei pra sua mulher não entrar mais em contato comigo, e tive meus motivos pra não responder às últimas duas cartas. Deixei o passado pra trás.

O rosto de Hilo se contorceu num lampejo de irritação.

— Foi você que escreveu pro Lan. Eu vi a carta. Você falou que queria que o seu filho conhecesse o pai e que tava disposta a voltar pra Kekon.

— Dois anos atrás — exclamou Eyni. — Fazia pouco tempo que tinha chegado em Lybon, e depois que o Niko nasceu eu me senti tão sozinha e tudo parecia tão incerto. Ainda amava e sentia saudade do Lan, mas aí uns amigos me contaram, pois é, *amigos*, porque ninguém no clã se deu ao trabalho de me contar, que ele tinha morrido. Que tinha sido *assassinado*. Em alguma guerra ridícula entre Ossos Verdes que tinha tomado conta da cidade inteira.

— Você que deixou a família pra trás — afirmou Hilo, sem empatia alguma. — Por isso ninguém te contou.

— Pois é — respondeu Eyni, baixinho. — Demorou um pouco, mas eu finalmente fui embora. Agora tenho uma vida aqui com o Lors. Temos uma casa, e amigos. Não tem motivo nenhum pra voltar pra Kekon.

— Não tem motivo nenhum?

Hilo estava estupefato, porém se forçou a aguardar diversos segundos para compor uma resposta. Sabia que seu temperamento podia às vezes fazê-lo dizer coisas que não poderiam ser retiradas mais tarde. Com a voz mais paciente de que era capaz, continuou:

— Admito que não sei muita coisa sobre Lybon, mas sei que aqui não é lugar pra criar um Osso Verde. Mal tem kekonésios aqui. Que tipo de vida o Niko poderia ter em Stepênia? Ele sempre vai ser um forasteiro. Ele precisa crescer em Janloon, perto da família.

— O Lors e eu somos a família dele — retrucou Eyni.

— Esse homem, seu namorado, não é kekonésio. E ele tá mesmo disposto a criar uma criança bastarda? Vocês são casados, por acaso?

Os olhos de Eyni se acenderam de indignação.

— E isso importa? Nos comprometemos um com o outro e em criar filhos juntos.

Hilo ficou em silêncio por um minuto.

— Tá bom — disse, por fim. — Então já entendi. Vamos nos sentar pra conversar. A gente não precisa ficar cada um bravo de um lado da sala.

Ele se aproximou lentamente de Eyni, como se estivesse chegando perto de um cavalo arisco, pegou seu cotovelo e a guiou para o sofá. O Pilar se sentou e, apesar de puxar o braço de volta, ela o obedeceu e se acomodou ao seu lado. Com uma voz muito mais gentil, Hilo disse:

— Acho que deve lembrar de mim como o irmãozinho do Lan. Eu era um tanto mais novo do que ele e, sim, é verdade que era meio sem noção. Mas quem não é com aquela idade, né? Só que muita coisa mudou desde que você saiu de Kekon. Eu sou o Pilar do clã agora, e isso significa que minhas decisões são obedecidas. Você não saiu de Janloon sob as melhores circunstâncias e acabou se acostumando com este país estrangeiro, então consigo compreender sua relutância em voltar. E quer ficar com o seu namorado, o que eu também entendo.

Ele se inclinou para a frente e encarou o rosto abatido dela.

— Mas o que eu posso prometer é o seguinte: você e sua família vão ter uma vida boa em Janloon, melhor do que aqui. O clã vai cuidar de tudo. Vocês vão ter uma casa, que pode ser na propriedade Kaul ou não... A escolha é sua. Um carro, um motorista, uma empregada, uma babá para o Niko e o que mais vocês precisarem. Depois de se casarem em Janloon, vou receber seu marido na família. Ele já morou em Kekon, não morou? Ele ainda trabalha com turismo? Tem muitos estrangeiros em Janloon hoje em dia, e mais empresas estrangeiras do que nunca. Não vai ser difícil arranjar emprego. Ele provavelmente vai poder escolher a dedo.

Claro, Hilo não tinha a menor intenção de integrar o amante estrangeiro de Eyni ao Desponta, mas contanto que não interagissem muito, talvez pudesse aprender a tolerá-lo em Janloon. Era uma questão com a qual ele estava disposto a se comprometer, já que Eyni era o tipo de pessoa que precisaria de companhia, e nenhum kekonésio respeitável a aceitaria como esposa.

Enquanto ela contemplava as palavras de Hilo, ele continuou:

— Tar, pega alguma coisa pra gente beber.

O Encarregado do Pilar, que estava recostado no assento enquanto observava a cena, se levantou e foi até a cozinha estreita. Eyni olhou ansiosa e deu uma leve indicação de que iria segui-lo, mas então pareceu mudar de ideia. Voltou a se acomodar e ficou torcendo as mãos sobre o colo.

— Tem outra coisa também: minha esposa, Wen, tá grávida. Falta menos de dois meses. O Niko vai ter primos da mesma faixa etária. Vai ter tias e tios que o amam, e em Janloon vai crescer como um Kaul, como o primeiro filho do Desponta. — Ele gesticulou para a casa e para os arredores. — Este lugar é tão melhor assim a ponto de valer a pena abrir mão dos direitos do seu filho? De abandonar seu país natal?

Tar voltou com dois copos. As mãos de Eyni tremiam discretamente quando ela pegou a água sem nem olhar e bebeu rápido. Hilo percebeu que suas últimas palavras a tinham pego em cheio. Eyni podia até ser uma mulher meio rasa, mas, de certa forma, ele sabia que devia estar com saudades de casa. Ela não teria saído de Kekon sozinha se não fosse pelo amante e pelo divórcio, e agora que Hilo a oferecia o perdão do clã e um retorno ao padrão de vida em Janloon, não era difícil Perceber o conflito interno que a assolava. Ele bebeu um pouco de água e esperou.

Eyni segurava o copo vazio com força.

— É verdade que tem coisas que eu não gosto em Lybon e coisas de Janloon que me fazem muita falta — admitiu ela, por fim. — Mas a vida que você tá oferecendo, a vida como parte da poderosa família Osso Verde do Desponta... Foi isso o que acabou afastando Lan e eu. Foi o que o matou. É uma vida de aço, jade e sangue. Só isso. Não é uma vida segura ou feliz. Não é o que eu quero pro Niko.

A labareda na aura do Pilar fez Tar erguer o olhar com mais interesse. Numa voz suave e incrédula, Hilo disse:

— O Niko é meu sobrinho, o filho de um Pilar do Desponta, o bisneto do Tocha de Kekon. Nasceu pra ser um Osso Verde. E você quer que ele cresça falando outra língua, cercado de estrangeiros, sem nunca usar jade e sem nunca saber quem ele é de fato? — Eyni era uma mulher desleal, mas Hilo tinha a impressão de que o que ela estava fazendo era ainda pior do que a forma como traíra Lan. — Como é que, como kekonísia, você justifica uma coisa dessas?

Com as mãos cerradas ao lado do corpo, Eyni se levantou.

— Você não entende nada, Hilo. Talvez se o Lan ainda estivesse vivo as coisas fossem diferentes, mas você *não* é o Lan. Você não é o pai do Niko. E eu *não* sou uma subalterna do clã que vai acabar com a vida da minha família só pra seguir suas vontades.

— Você olhe bem como fala com o Pilar — interrompeu Tar com um tom de aviso na voz, mas Hilo o silenciou com um olhar sério e um firme balançar da cabeça.

Havia ouvido a porta de um carro se fechando lá fora e agora Percebia alguém se aproximando da casa.

Eyni se apressou até a porta. Um sujeito estepenês jeitoso de cabelos avermelhados entrou. Ao ver Hilo e Tar, ele parou, surpreso e confuso. Hilo se levantou e Tar o seguiu. Eyni pegou o braço do namorado e, em kekonésio para que todos conseguissem entender, explicou:

— Lors, esse é o Hilo, o irmão do meu ex-marido de Janloon. Ele e o amigo tão de visita em Lybon e pararam pra dar um oi. Esqueci de dizer que iam passar aqui.

O homem relaxou a postura singelamente. Hilo notou que Eyni temia pela segurança de Lors. Ela estava tentando acalmá-lo e evitar que desafiasse o estranho em sua casa.

— Olá — disse o sujeito, com cautela, num kekonês de sotaque carregado, mas razoavelmente compreensível. — Nunca recebemos nenhum dos amigos da Eyni de Kekon antes. Vão ficar por quanto tempo na cidade?

— Pouco — respondeu Hilo. — Vim conhecer meu sobrinho. Faz só uns meses que fiquei sabendo dele. É uma pena vocês viverem tão longe. O restante da família iria adorar conhecer o pequeno também.

— Ah, verdade, é uma situação e tanto mesmo — falou Lors enquanto sorria de nervosismo e passava uma mão pelo cabelo cor de cobre. — Imaginamos que pudesse haver alguns ressentimentos.

— Nada que não possa ser deixado de lado — comentou Hilo, e deu uma olhada em Eyni, que estava rígida ao lado do namorado. — Eu tinha acabado de falar pra Eyni sobre como queríamos que todos vocês voltassem pra Janloon. Mas pelo visto ela prefere ficar aqui. Você deve ter vendido muito bem o seu peixe pra conseguir trazer uma kekonísia pra tão longe.

Lors soltou uma risadinha, agora mais tranquilo com o tom casual e cortês de Hilo.

— Olha, vou ser sincero: antes de morar em Kekon, eu não fazia ideia de como as mulheres de lá eram bonitas. Nem sei como tive a sorte de conseguir uma pra mim.

Ele deu um tapinha afetuoso na bunda de Eyni.

— Já viajei pra muitos lugares exóticos, mas vou te contar que ela é o melhor suvenir que eu já consegui. Não é, minha flor? — Ainda encarando Hilo, Eyni deu um sorriso levemente desconfortável. Lors continuou: — Olha, Hilo. É Hilo, né? Pronunciei direto? Você parece um bom homem. Só quero dizer que eu nunca quis nada de ruim pro seu irmão. Nunca nem conheci ele. Acontece que eu e a Eyni... a gente...

O sujeito colocou um braço ao redor da namorada, que ficou ainda mais rígida.

— A gente se apaixonou... quero dizer, a gente *é* apaixonado. Tem alguma mulher lá na sua terra que você ama?

Hilo assentiu.

— Ah, então você entende, não é? Tem um ditado aqui no meu país. — Lors pronunciou uma frase em estepenês e então a traduziu: — Flores crescem até mesmo no deserto, então não há lugar onde o amor não seja capaz de acontecer.

Os lábios de Hilo se contraíram para cima.

— É bom ver que vocês dois são felizes juntos, mesmo depois de uma mudança tão drástica e de aparecer uma criança que você deve ter desejado que fosse sua.

O sorriso do sujeito vacilou.

— Pois é... mas é coisa de família, né? Nosso plano é dar um monte de irmãos e irmãs pro Nikolas. Ele vai se encaixar direitinho e vai dar tudo certo.

— Tenho certeza de que vai, mas é uma pena que o meu sobrinho fique tão longe dos parentes e não saiba nada da ancestralidade kekonísia dele. Então a gente devia achar um meio-termo. Daqui a uns anos, quando o Niko for mais velho, ele pode ficar um pouco em Stepênia e um pouco em Kekon. Metade do ano em Lybon e a outra metade em Janloon.

Sinceramente, Hilo estava satisfeito com a solução que acabara de lhe vir à cabeça, e tinha a sensação de que a proposta era difícil de ser contestada. Não era perfeito e nem o que esperara, mas ele viera sabendo que Eyni era uma pessoa complicada. Aquilo seria aceitável para todo mundo.

— Enquanto ficar em Janloon, ele mora comigo e com a minha esposa, e vai ser tratado como nosso próprio filho. Agora tem escolas internacionais em Janloon, inclusive algumas que ensinam estepenês e outros idiomas. Ele pode frequentar uma dessas até os 10 anos, depois vai pra Academia Kaul Dushuron durante o ano letivo e volta pra Lybon nas férias. Assim ele cresce apreciando os dois países e as duas culturas. Como um cidadão do mundo. Todo mundo diz que no futuro vai ser assim. Vai ser uma vantagem pra ele.

— Parece uma ideia excelente — comentou Lors. — Você não concorda, minha flor? Ainda mais depois que tivermos nossos próprios filhos, vai ser uma grande ajuda os parentes kekonésios do Nikolas auxiliarem na criação dele. — Para Hilo, ele acrescentou: — É bem capaz de você mudar de ideia quando descobrir como aquele monstrinho tem cólicas! Acho que os primeiros seis meses foram extremamente difíceis pra Eyni.

Ela estava séria. Cutucou o namorado nas costelas para tentar fazê-lo ficar quieto. Hilo disse:

— Tar e eu vamos passar mais uns dias em Lybon. É nossa primeira vez aqui e queremos passear e olhar a cidade. O que vocês acham de jantarmos juntos na próxima quindia? Eu pago, é claro. Aí podemos conversar mais pra eu dar a boa notícia pra família. Tragam o Niko junto. Vamos em algum lugar mais casual.

O homem ruivo apertou a mão de Hilo e de Tar.

— Sinto muito por não termos nos conhecido antes. Eyni, você devia ter me contado que eles viriam. — Para o Pilar, falou: — Não entendo o motivo dela não manter contato com os parentes de Kekon. Parece que é medo de que eles julguem a gente. Pessoalmente, durante meus dois anos em Janloon, só conheci gente tranquila e agradável. Bem diferentes dos estereótipos.

— Só quero o melhor pras nossas duas famílias — afirmou Hilo.

Combinaram de se reunirem dali a três dias. Hilo e Tar saíram da casa e caminharam até o carro alugado.

— E agora, a gente vai ficar fazendo o que aqui por três dias? — perguntou o Encarregado.

O Pilar olhou para a casa lá atrás e acendeu um cigarro.

— Quero que você siga aquele homem e descubra tudo que for possível a respeito dele. Pode ser útil.

Capítulo 20

Complicações

— Você anda quieto — disse Maro.

Deitados encarando um ao outro, Shae estava com a perna sobre a coxa de Maro, e a mão dele descansava sobre o quadril dela. Ambos os corpos estavam pegajosos e lânguidos. O ventilador no canto do quarto oscilava para um lado e para o outro enquanto soprava um ar fresco sobre as peles nuas. O Festival de Outono passara fazia pouco tempo, e a temporada dos tufões fora tranquila naquele ano, mas a manta do verão permanecia, úmida e pesada, sobre Janloon. Shae não queria se levantar para trabalhar.

— Preocupada com alguma coisa? — perguntou Maro.

Com várias, com tantas coisas que nem sabia qual escolher, e eram todas situações que envolviam o Desponta e seriam difíceis demais de explicar. Ela passou a mão pela curva do ombro nu de Maro.

— Te incomoda? Que eu use mais jade do que você? Que eu seja uma Kaul?

Chegou a imaginar se estava soando insegura, mas ali, com Maro, longe da realidade cotidiana do clã, se sentia vulnerável.

Ele hesitou. Percorreu os braços dela com os dedos e seguiu pela clavícula até chegar à curva descendente de sua garganta, e ali os descansou com leveza sobre a gargantilha de jade que dava duas voltas ao redor do pescoço dela.

— Incomoda um pouco — admitiu o sujeito. — Todo mundo espera que os homens sejam mais fortes e mais verdejantes que as mulheres, e é difícil não sofrer com o que o mundo espera. As pessoas podem ficar achando que eu tô ficando com você só pra subir no clã, o que não é verdade. Gosto de passar tempo com você por causa da sua personalidade, não pela sua jade ou pela sua família.

Shae abaixou a cabeça e passou a língua sobre o mamilo de Maro.

— Só por causa da minha personalidade, é?

— E por isso aqui. — Ele balançou um dos seios dela. — E isso aqui também. — E apertou a bunda de Shae, o que a fez cair na risada. O sorriso dele esmaeceu. — Mas quem devia tá perguntando sou eu. Você tem vergonha de namorar comigo? É por isso que a gente sempre vem aqui em casa? Porque você não quer me apresentar pra sua família?

Shae ficou em silêncio por um instante.

— Talvez você não queira conhecer a minha família.

— Eu não sou ingênuo — afirmou Maro. — Conheço Ossos Verdes e conheço a reputação do seu irmão.

— Mas não é só o Hilo. O clã... ser uma Kaul... talvez você não queira fazer parte disso.

Shae tracejou a sobrancelha dele com o dedão. Pelos três últimos meses, sempre que fazia sua visita semanal ao Templo do Divino Retorno e se ajoelhava para rezar no santuário, pensava no corpo de Doru esparramado contra a poltrona.

— Tive que matar um homem faz pouco tempo. Alguém que eu conhecia bem.

Maro ficou ligeiramente tenso.

— Tenho certeza de que havia bons motivos.

— Havia mesmo, mas eu não dei conta. Nunca tinha precisado matar alguém que conhecesse tão pessoalmente. Quando chegou a hora, não consegui sacar a espada. Por mais estranho que pareça, a sensação é de que falhei com ele. E, pra piorar, perdi o respeito de uma pessoa que eu preciso que me apoie.

Ela continuava ruminando o quanto prejudicara sua imagem perante Hami. O Mestre da Sorte era um antigo Punho, e provavelmente jamais perdoaria um tropeço tão crasso. Uma líder Osso Verde não podia ser frouxa ou hesitante, ainda mais sendo uma mulher, quando já tinha muita gente esperando que ela fracassasse. Ayt Mada havia matado os amigos mais próximos de seu pai; ordenado a morte do próprio irmão. Não teria hesitado naquela cabana.

— Você usa jade, mas é estudado. Um profissional experiente, alguém que já viajou o mundo. Queria que existisse mais gente assim. Você é o lado moderno do país. Acontece que o outro lado de Kekon ainda não passa de aço e sangue. De alguma forma, como a Homem do Tempo do Desponta, tenho que ser essas duas coisas ao mesmo tempo.

Maro ficou em silêncio por um instante. Depois se sentou, jogou as pernas para a lateral da cama, virou-se de costas para ela e apoiou os cotovelos nos joelhos. Será que Shae dissera algo de errado? Será que, sem querer, o ofendera? Antes que pudesse perguntar, porém, Maro falou:

— Tem um motivo pra eu ter escolhido uma carreira em estudos internacionais e pra eu ter me especializado especificamente em Shotar. — Ele olhou para trás, e então se virou parcialmente para encará-la. — Meu pai era um soldado shotariano que serviu na guarnição de Janloon durante a

Guerra das Muitas Nações, e se apaixonou por uma garota local. Ele e a minha mãe queriam se casar, mas nenhuma das famílias permitiu. Mandaram ele de volta pra Shotar junto com o resto do exército. Minha mãe deu à luz poucos meses depois.

A voz de Maro assumiu um tom de amargura que Shae nunca ouvira antes.

— Meus avós falaram pra todo mundo que meu pai era um jovem guerreiro Osso Verde da Sociedade da Montanha Única que tinha morrido na guerra. Era muito melhor ser o filho de um guerreiro de jade que morreu em batalha do que o bastardo de um soldado inimigo. Pra preservar a reputação da família, minha mãe adotou a história a vida inteira. Só foi me contar a verdade doente, no leito de morte, quando eu tinha uns vinte e poucos anos. Eu tinha passado a vida inteira até aquele momento me perguntando como é que eu podia ser tão ruim nas ordenações de jade se meu pai tinha sido um guerreiro Osso Verde. Pra mim a culpa era minha, porque não tentava o bastante, porque ficava lendo livros em vez de treinar.

Maro ergueu o rosto para o teto e deu uma risada dolorosa.

— Só de pensar em todas as inseguranças de infância que poderia não ter tido. Quando soube da verdade, fiquei furioso com a minha mãe e com os meus avós. Eles roubaram metade da minha identidade só porque tinham vergonha.

Ele se aproximou. Colocou uma mecha do cabelo dela atrás da orelha de Shae e lhe deu um sorriso abatido.

— Sei que eu não tenho como entender como é ser um Kaul, ou as pressões de ser a Homem do Tempo. Mas você não é a dona dessa cultura venenosa de honra. Claro, talvez os Ossos Verdes sejam os principais culpados, mas não é tão simples assim.

Shae não sabia ao certo o que dizer. Estava grata por Maro ter se aberto, mas também se sentia estranhamente culpada. Ela e sua família tinham, sim, muita responsabilidade na perpetuação do modo Osso Verde de viver, na preocupação cultural com a verdejância que permeava todos os aspectos da sociedade kekonísia.

— Você já tentou encontrar seu pai? — perguntou.

— Já. — Ele se recostou na cabeceira. — Só pra criar a coragem de ir atrás dele levei anos, mas acabei encontrando. Depois da guerra, ele casou com uma mulher em Shotar. Descobri que tenho duas meias-irmãs shotarianas.

Ele parou e ficou introspectivo por um instante.

— Fui pra Cidade de Leyolo seis anos atrás pela primeira vez pra encontrar eles. Foi... uma experiência estranha. Acho que meu pai nunca superou a tristeza e a culpa de ter deixado a minha mãe pra trás, mesmo que não tivesse escolha, já que abandonar o exército shotariano significava execução. Tenho a impressão de que a minha existência faz ele lembrar de uma época triste. Mas é um bom sujeito. Ainda nos falamos, mas...

A voz dele esmaeceu. O sol estava subindo pela janela. Lá fora, Shae conseguia ouvir os carrilhões do bonde e os gritos dos ambulantes mais pontuais da cidade. Com um tom mais feliz, Maro disse:

— Consegui conhecer minhas meias-irmãs muito melhor. São mais novas que eu, claro, e a mais velha delas... Ali naquela foto são as duas filhas dela, minhas sobrinhas.

Shae sempre achara que as duas crianças não pareciam kekonísias, mas, educada que só, não perguntara nada.

— Elas são uns amores — comentou.

Maro saiu da cama e pegou o retrato sobre a cômoda.

— Esta é a Kullisho — explicou, apontando para a mais velha. — Vive lendo e ama gatos. — Ele sorriu e apontou para a mais nova. — E aqui a Danallo, essa porquinha. Sempre acaba imunda de terra, mas é a menininha mais meiga do mundo e fala as coisas mais engraçadas que já ouvi. Se algum dia eu tiver filhos, espero que sejam pelo menos tão queridos quanto elas.

Shae olhou para os dois rostos de anjinho e então de volta para Maro. Quantos kekonésios teriam a coragem de não apenas admitir, mas de ir atrás de uma linhagem estrangeira? Anden, seu próprio primo adotivo, nunca demonstrara nenhum interesse em procurar o pai biológico ou seus ancestrais espênicos. Ainda lhe doía pensar no quanto ele ficara infeliz ao ser mandado para Porto Massy. Talvez as coisas fossem diferentes para Maro porque ele tinha uma passabilidade muito grande como kekonésio, mas, pensando bem, na geração de seus pais e avós, os shotarianos eram os estrangeiros mais desprezados.

— Você foi muito corajoso de entrar em contato com o lado shotariano da sua família. E de se esforçar pra construir uma relação de verdade com eles — declarou Shae, com sinceridade.

Maro soltou a foto.

— O resto da minha família não concorda. Minha vó já morreu, que os deuses a saúdem, mas meu vô nem toca no assunto, que nem meus tios e primos. Acham que eu não devia ter mexido nessa história. — Ele suspirou, pegou algumas roupas no armário e, sem pressa, começou a se vestir. — Não é só preconceito, sabe? Sou o único da família que usa jade. Tenho uma carreira boa na universidade e contatos no Conselho Real. A verdadeira história da minha paternidade só seria ruim pra minha família. Então eu mantenho segredo, igual minha mãe fez.

Maro voltou a se sentar na cama ao lado dela.

— Viu? Toda família tem algum detalhe sombrio que dá medo de compartilhar, até mesmo as que não são famosas e poderosas. — Frente ao silêncio pensativo de Shae, ele beijou-lhe a curva do maxilar e então olhou para o relógio na cômoda. — Tá ficando tarde. É melhor eu ir pro trabalho.

— Eu também.

Shae ficou chocada com as horas. Levantou-se, foi até o armário e pegou a muda de roupas que deixava ali. Vestiu-se enquanto Maro foi para o banheiro tirar a barba e já estava pronta quando ele saiu.

— Eu não respondi à sua pergunta — comentou enquanto apanhava os sapatos. — Eu quero, *sim*, que você vá na minha casa nova, agora que já tá quase pronta. Minha cunhada ainda não terminou de decorar o interior, mas já levei quase todas as minhas coisas. Quer ir lá jantar qualquer dia desses?

Maro ajeitou o cabelo despenteado. Shae achava aquele visual de professor amarrotado logo cedo de manhã cativante de um jeito sexy.

— Mesmo agora que você sabe que eu sou um bastardo meio shotariano? — perguntou ele com leveza, mas havia certa preocupação em sua voz.

Um indício de que ele talvez achasse que tinha compartilhado demais, que tinha se deixado numa posição vulnerável.

Shae foi até a porta.

— Meu primo não é cem por cento kekonésio também, não faz diferença.

Anos atrás, ela cometera o erro de manter o relacionamento com Jerald em segredo por medo da voraz desaprovação de seu avô. Mas vovô estava morto agora, e Shae não tinha medo da opinião de Hilo, fosse ela qual fosse.

Woon estava esperando no escritório da Homem do Tempo quando Shae chegou trinta minutos atrasada. O sujeito se levantou e ela se sentiu estranha de repente, pois sabia que ele desconfiaria dos motivos do atraso. Será que era possível sentir o cheiro de Maro por todo o seu corpo? Woon parecia estranhamente ansioso, o que não era comum. Engolindo em seco o desconforto, entregou-a um pedaço de papel dobrado. Shae começou a ler e então, perplexa, ergueu o olhar para seu Sombra.

— Que isso?

— Minha carta de demissão, Kaul-jen — respondeu Woon.

— Carta de *demissão?* — Shae o encarou. — Por quê?

O sujeito não a encarava nos olhos.

— Você consegue achar alguém melhor pro cargo.

Shae colocou a carta e a bolsa sobre a mesa.

— Qual é o problema de verdade, Papi-jen?

A aura normalmente equilibrada de Woon estava agitada.

— Acho que você já sabe a essa altura — respondeu ele, rouco. — Não me faz falar, Shae-jen. Eu valorizo demais nossa amizade.

Shae meneou a cabeça enquanto lutava contra uma onda de pânico. Sua posição já era tênue o suficiente. Andara preocupada em perder o apoio de Hami, mas nunca imaginara que talvez perdesse Woon. Ele nunca falhara com seus compromissos, sempre fora confiável e estivera ao seu lado a cada situação difícil desde que ela pusera os pés no escritório. Woon era sua mão direita, assim como tinha sido para Lan. Ela não podia perdê-lo, não se quisesse continuar como a Homem do Tempo do Desponta.

— Eu não aceito esta carta de demissão, Woon-jen.

Woon a olhou sério. Shae era capaz de contar em uma mão as vezes em que o vira parecer bravo.

— Fiz meu trabalho da melhor forma que pude — disse ele, com a voz um tanto abalada. — Me manter num cargo que eu tô pedindo pra sair é injustiça.

— Eu preciso de você — afirmou Shae. — Ninguém consegue te substituir como o Sombra, não tem ninguém em quem eu confie assim. Sob outras circunstâncias, você teria sido o Homem do Tempo do Lan.

— Eu falhei com o Lan-jen — admitiu Woon, com uma expressão abatida no rosto. — Meu medo é estar falhando de novo com ele agora. E de falhar com você.

— O único jeito de você falhar comigo é me abandonando. — Shae ficou parada na frente do sujeito. — Por favor, Papi-jen. Você sabe que eu podia muito bem ir pedir pro Pilar mandar você ficar. Mas não quero. E *não* vou. Só que preciso que você continue me ajudando.

Woon deixou os ombros caírem, exausto.

— É doloroso demais pra mim, Shae-jen — confessou. — Você é irmã do Lan-jen, e a Homem do Tempo, então são dois limites que eu jamais ultrapassaria. Mas passamos tempo demais juntos, não consigo evitar sentir o que eu sinto.

Shae não conseguia acreditar. A questão não era que não sentia afeição alguma por Woon. Muito pelo contrário; havia passado a considerá-lo um amigo. Ele era quase dez anos mais velho, mas continuava bonito de um jeito despretensioso; e de sua ética profissional e caráter, então, nem precisava falar. Simplesmente nunca considerara um relacionamento romântico com um subordinado. E, claro, estava com Maro agora, então essa possibilidade nem existia. O fato, porém, era que não podia se dar ao luxo de perder Woon Papidonwa, mesmo que fosse preciso magoá-lo.

— Você é um bom homem, Papi-jen — disse Shae. — E merece alguém que te demonstre tanta devoção quanto você tem demonstrado pro clã e pra minha família.

Queria colocar uma mão no braço de seu amigo assim como sempre fizera, mas agora tinha receio de tocá-lo de qualquer jeito que fosse, por medo de piorar a situação. Sua cabeça repassava as opções: será que poderia oferecê-lo mais dinheiro? Um escritório maior? Ou será que isso serviria apenas para ofendê-lo, para mostrar que ela era ainda mais insensível do que ele já havia desconfiado? Tinha uma única vantagem emocional sobre ele e, mesmo sabendo que o efeito seria cruel e que já estava se arrependendo, usou-a.

— Nós dois assumimos essas posições por causa da tragédia, porque devemos isso ao Lan, porque precisamos ser dignos de encarar ele na vida após a morte — insistiu ela. — Demos um jeito de manter o Desponta em pé durante a guerra, mas ainda falta muita coisa. Ainda precisamos fortalecer a indústria pra durarmos mais do que nossos inimigos. Somos uma boa dupla, Papi-jen. Estamos mudando o escritório da Homem do Tempo pra melhor. Fizemos investimentos e alianças que vão valer a pena. E todo o nosso trabalho não vai beneficiar só o clã, mas o país como um todo. Espera um ano. Você consegue deixar de lado qualquer desconforto que sinta perto de mim por um ano?

Shae parou de falar, com medo de que, se continuasse, acabaria apenas demonstrando seu desespero e enfraquecendo o que já havia dito. Prendeu a respiração e esperou enquanto a indecisão vagava pelo rosto de Woon. Por fim, olhando para baixo, ele assentiu com relutância. Shae voltou a respirar. O Sombra da Homem do Tempo abriu a boca para dizer alguma coisa, mas naquele momento, alguém bateu com força à porta de Shae.

Woon se afastou quando a porta se abriu e Hami enfiou a cabeça na sala. Com os olhos semicerrados, ele olhou de um para outro por um instante e então disse bruscamente:

— Aconteceu. Forças espênicas invadiram Oortoko. Tá em todos os canais de notícia.

Seguiram-no até a área comum, onde uma dezena de pessoas havia se reunido ao redor de uma televisão. Na tela, Toh Kita, o âncora do ENK, falava com um analista político por cima de imagens que mostravam comboios militares espênicos percorrendo as montanhas do extremo leste de Shotar e reforços aéreos sendo enviados do porta-aviões *Massy*.

O jornal foi interrompido por um discurso do Chanceler Son Tomarho na Casa da Sabedoria, que declarou que Kekon apoiava seus aliados espênicos, mas também enfatizou a necessidade de diplomacia, diálogo honesto e respeito mútuo. Além disso, expressou muita preocupação com as possíveis mortes de civis durante o conflito militar. Shae compreendeu que tudo aquilo significava que os espênicos não haviam comunicado o governo kekonésio antes de invadir Oortoko. Nos comentários oficiais em nome do Conselho Real, Son agora tinha a obrigação de se equilibrar sobre a linha tênue entre os interesses públicos que o Conselho supostamente tanto representava, os clãs aos quais tecnicamente deviam favores e a realidade das alianças diplomáticas do país.

Uma hora depois do discurso, Ayt Madashi ofereceu uma coletiva improvisada com repórteres do lado de fora do Templo Wie Lon, onde acontecia um evento de arrecadação de fundos organizado por ex-alunos. Uma multidão de jovens Ossos Verdes musculosos em treinamento preenchia o fundo da tela.

— Na época do meu pai, a Sociedade da Montanha Única lutou contra a tirania e a brutalidade dos shotarianos. É um terror que nossa jade e nossa segurança agora seja sacrificada em nome dos estrangeiros que mataram, estupraram e torturaram nossos compatriotas.

A Pilarisa do maior clã de Kekon era tão confiante diante das câmeras quanto em pessoa. Falava com a clareza e a voz determinada de um orador por natureza. Seu olhar firme parecia saltar da pequena televisão e pousar em cada espectador individualmente.

— O Chanceler Son que apoie os espênicos, mas o Clã da Montanha luta por Kekon e apenas Kekon. Vamos defender nosso país contra inimigos declarados ou contra aqueles que se fingem de amigos. Não sou uma pessoa da política. Ouro e jade nunca devem se misturar. Mas se for preciso escolher entre um ou outro, conte com a jade.

Algumas pessoas perto da televisão do escritório começaram a soltar vivas antes de perceber *quem* é que estavam aplaudindo. Shae os viu tapar a boca com a mão e, mortificados, encararem-na. Não tinha como culpá-los. Ayt Mada, sua maior inimiga, que prometera pessoalmente matar toda a família Kaul e destruir o Desponta, falara em nome de toda a nação de Ossos Verdes e dera voz aos sentimentos do povo kekonésio.

Enquanto isso, Kaul Hilo estava desaparecido, fora de vista do outro lado do mundo.

— Encontra o telefone do hotel do meu irmão — ordenou Shae para a secretária enquanto voltava apressada para o escritório. — E depois passa a ligação pra mim, imediatamente.

Capítulo 21

Mudança de Planos

Hilo desligou a ligação internacional e declarou:

— Temos que ir embora.

Tar, que assistia a um jogo de ruquete na televisão do hotel apesar de nenhum dos dois conhecerem as regras do esporte, falou:

— A passagem foi comprada pra sexdia e marcamos de jantar com a mãe do menino e o namorado dela amanhã à noite. O que você quer fazer?

Hilo pegou o controle remoto e trocou de canal. O jornal cobria a invasão dos espênicos em Oortoko. Não compreendia o que os comentaristas estepenêses diziam, mas estavam se referindo a um grande mapa do Leste Amárico com destaque em Shotar, as Ilhas Uwiwa e Kekon. Hilo xingou baixinho. Era esse o resultado de confiar nos espênicos: não informaram e nem consultaram mais ninguém.

Shae deixara bem claro que era preciso voltar para Janloon o quanto antes, mas ele também estava determinado a não deixar Lybon antes de firmar um combinado aceitável a respeito do futuro de seu sobrinho. Odiava a possibilidade de explicar a Wen que voara até Stepênia e a deixara grávida de trinta e quatro semanas para não conseguir nada.

Além do mais, também percebeu que estava pensando muito a respeito do filho de Lan e sentindo, lá no fundo e de forma dolorosa, um laço com o menino que falava muito mais alto do que apenas sangue. Como Niko, Hilo perdera o pai antes de ter 1 ano de idade. De todas as histórias que ouvira a respeito de Kaul Dushuron, sempre imaginara que teria se dado bem com ele (certamente melhor do que com o avô). Niko também nunca conheceria o pai. Talvez fosse o fato de estar prestes a ter um filho que deixava Hilo tão tomado pelo luto por seu irmão mais velho de um jeito que não conseguira sentir dois anos antes, quando a guerra, a vingança e a sobrevivência reinavam soberanas em sua mente. No decorrer dos últimos dias, andara estranhamente melancólico, incapaz de aproveitar o cenário novo e pitoresco de Lybon.

Tar, ciente do humor do Pilar e talvez até dos motivos para tal, tentava animá-lo com a sinceridade de uma criança preocupada, fazendo graça de cada coisa inesperada que encontravam: de doces salgados e penteados estepenêses ao fato de os supermercados fecharem no fim da tarde. Enquanto Hilo cuidava de assuntos do clã em ligações com Shae ou Kehn, Tar passeava pela cidade e voltava com descobertas diárias na esperança de agradar o chefe: tinha achado um bom restaurante e feito uma reserva para a quindia; através da vasta rede de contatos do clã, conhecera algumas pessoas que poderiam vir a ser úteis; discretamente seguira o namorado de Eyni até um prédio empresarial no centro e descobrira onde e com quem ele trabalhava.

— Quer que eu ligue pra companhia aérea e tente adiantar o voo? — perguntou Tar agora.

Hilo apertou a ponte do nariz e assentiu. Lybon ficava sete horas à frente de Janloon. Era cedo e os postes do lado de fora do hotel haviam acabado de acender. Se pegassem um avião na manhã seguinte, conseguiriam chegar em casa no fim do dia.

— Isso. E depois a gente vai lá falar com aqueles dois. Vamos insistir pro jantar ser hoje e aí resolvemos tudo.

Quando chegaram na casa, Hilo disse:

— Fica no carro dessa vez. Você é intimidante demais.

Tar emitiu um barulho meio incrédulo em protesto, mas o Pilar explicou:

— Você parece e age como um Punho. A Eyni passou a vida inteira me achando um palerma, você lá parado que nem um capanga mudo não vai ajudar. Tenho que ludibriar aqueles dois até eles perceberem o que é melhor. — Saiu do carro e se inclinou pela janela aberta. — Espera aqui. Daqui a pouco já saio pra gente ir comer.

Hilo parou quando chegou na porta da frente. Conseguia Perceber Eyni se mexendo lá dentro com uma pressa e energia considerável, e também, lá nos fundos, uma presencinha quieta que só podia ser o menininho dormindo. O estepenês não estava em casa; devia ter ficado até mais tarde no trabalho. Uma desconfiança se formou na cabeça de Hilo. Nos poucos dias que passara em Lybon, percebera que parecia comum as pessoas deixarem portas e portões abertos. Em vez de tocar a campainha, virou a maçaneta. Destrancada. Empurrou a porta e entrou.

A primeira coisa que viu foram duas malas e um carrinho dobrado na sala de estar. Uma das malas estava fechada e em pé. A outra continuava aberta no chão e parcialmente cheia com roupas de criança, um macaco de pelúcia e alguns livros infantis. A bolsa aberta de Eyni, com a carteira e o passaporte à vista, estava logo ao lado. Hilo foi tomado por uma gélida compreensão. Eyni saiu do quarto com os braços cheios de cobertores de bebê, toalhas e um pacote de fraldas. Ela congelou ao ver o Pilar parado ali.

— Irmã Eyni — disse ele, com calma. — Parece que você tá saindo de viagem.

— A gente tinha combinado só amanhã. — Ela deixou escapar.

Hilo olhou para as malas e para a pilha de suprimentos em seus braços.

— Se o seu plano é voltar amanhã até a hora do nosso jantar, você tá exagerando na bagagem. Cadê o seu namoradinho gringo?

Os cobertores tremeram nos braços de Eyni.

— Ele saiu um instantinho.

— Ele tá é resolvendo as coisas no trabalho porque vocês esperam passar um tempo fora — inferiu Hilo, com a voz agora séria. — Pra onde você tava planejando ir? Iam desaparecer sem me contar. Acharam que iam me deixar esperando que nem um idiota.

— Vai pra casa, Hilo — vociferou Eyni, com a voz agora mais alta, num tom raivoso e suplicante. — Eu deixei as suas cartas sem resposta de propósito, e mesmo assim você apareceu na minha casa sem convite nenhum. O Lors não sabe como você e o clã são. Você teria convencido ele a fazer o que queria: levar meu filho de volta pra Kekon e criar ele pra ser um assassino. Isso mesmo, um assassino obcecado por jade e destinado a morrer jovem, igualzinho ao pai e ao avô dele. E a você também.

— Isso é jeito de falar do seu marido? Do meu irmão? E do meu pai, que deu a vida pelo país? — Hilo arreganhou os lábios. — O que aconteceu com você, Eyni?

Ela soltou as coisas e ajeitou a postura. Sempre fora uma mulher elegante e orgulhosa, era uma antiga dançarina e agora, para tentar reivindicar um pouco do status que uma vez já teve sobre Hilo quando ele era um jovem Punho e ela, a esposa do Pilar, ergueu o queixo e o encarou.

— Você não mudou nada, Hilo. Sempre foi esse bandidinho sem coração, um rapaz arrogante obcecado por jade e pelo próprio ego. Você não se importa com o Niko, só quer transformar ele num dos seus seguidores. — Ela respirou fundo. — Sabia que na Espênia agora o porte de jade é *proibido*? Que outros países, incluindo a Stepênia, provavelmente seguirão a deixa? As pessoas associam jade a soldados, mercenários e gângsters, e é assim que você quer criar meu filho? Não, Hilo. Nada que você possa oferecer vai me convencer. Quero que o Nikolas cresça como um estepenês, com amigos estepenêses, irmãos estepenêses e uma educação estepenêsa. Quero que ele não tenha *nada* a ver com você.

Por um dos poucos momentos de sua vida, Hilo ficou sem palavras. Por alguns segundos, não sentiu nada além de um choque inicial, tão desorientador quanto uma facada no estômago. Depois, a mágoa o inundou. E com ela, a raiva.

— Vai pra casa ficar com seus Punhos e guerras por qualquer pedacinho de lama — disse Eyni. — Eu *nunca* vou deixar o Niko virar um Osso Verde.

Ela deu um passo para trás, entrou na cozinha para pegar o telefone e deixou um dedo pairar sobre o teclado. Ele a viu dar uma olhada no faqueiro que estava ao alcance.

— Vai embora ou eu chamo a polícia. E eles chegam em minutos. Você é um turista estrangeiro sem nenhum poder ou autoridade neste país, e se eu falar que você invadiu a minha casa, vão te colocar na cadeia.

— Deixa eu ver o Niko — pediu Hilo. Eyni moveu o dedo e apertou apenas um botão. — Eu vou embora — prometeu o Pilar baixinho, quase num apelo —, mas só me deixa ver meu sobrinho.

Por um segundo, a derrota na voz de Hilo e a angústia evidente em seu rosto pareceram surtir algum efeito sobre Eyni. Ela apertou o gancho do telefone. Mas então, como se lembrasse de sua determinação em não dar nenhuma vantagem sequer ao antigo cunhado, ela comprimiu os lábios e meneou a cabeça.

Do quartinho, Nikolas começou a berrar.

— *Maaaaa...*

Eyni se virou em direção ao som e deu dois passos. Hilo se moveu com o tipo de velocidade que apenas um Osso Verde fortemente revestido de jade seria capaz. Envolveu a frente do corpo dela com um braço e a prendeu ali. Com a mão em suas costas, Afluiu com todo o poder que tinha num único e violento golpe. A cabeça de Eyni foi com tudo para trás e o topo de seu crânio atingiu o queixo de Hilo. A energia de jade do Pilar a rasgou com a precisão destrutiva de um eixo de metal e ela morreu sem emitir som algum.

Hilo ficou com a visão embaçada. Caiu de joelhos no chão da cozinha ainda segurando Eyni, como se fossem dois namorados abraçados. O coice de energia de sua morte o sobrepujou e então se dissipou, deixando-o momentaneamente atordoado e confuso. Havia cortado o lábio nos dentes no lugar em que a cabeça dela o atingira, e o gosto forte de sangue em sua língua, junto com o zunir do telefone perto da orelha dele o fez voltar a si. Levantou-se e colocou o aparelho de volta no gancho. De pé, ergueu Eyni e a levou até o sofá. Deitou-a sobre as almofadas, se afastou e limpou o suor da testa com as mangas.

Ela não parecia com dor e nem esquisita, apenas molenga. Ele alinhou seus braços sobre a barriga para que a posição parecesse mais natural. Hilo voltou à cozinha e tomou um longo gole de água direto da torneira. Depois, se apoiou com as duas mãos contra a bancada e encarou o cadáver no sofá por um bom tempo. Ela não sofrera, não lutara e nem vira a morte chegar, o que apenas deixava claro o quanto continuava ignorante e com um coração orgulhoso a ponto de não entender direito o que estava fazendo e desconsiderar do que os Ossos Verdes são capazes (do que *ele* era capaz) ao serem insultados ou pressionados demais. Hilo tentara de todas as formas chegar a um meio-termo, oferecera cada possibilidade aceitável e se mantivera o tempo inteiro muitíssimo controlado... e de nada havia adiantado.

Nunca gostara de Eyni e, para começo de conversa, sempre achara Lan errado por ter permitido que ela simplesmente fosse embora com o amante sem sofrer consequência alguma. Mas ao olhá-la agora, ficou triste. Sabia que Lan não iria querer que ela morresse, mesmo que fosse para o bem de seu próprio filho.

— *Maaaa* — ressoou o grito de novo, do quarto no fim do corredor.

Hilo seguiu o som. Passou por cima da cerquinha que bloqueava o caminho e foi adiante. Encontrou Niko de pé, segurando as barras do berço. O pequeno estava chamando de um jeito impaciente, mas calmo, e quando Hilo entrou, parou de fazer barulho e encarou o tio com os olhos arregalados e a boca aberta. O Pilar pegou o bebê e o colocou no chão. O menino se sentou, pegou um carrinho de brinquedo e começou a empurrá-lo pelo carpete. Hilo se agachou ao lado dele.

— Carro — disse Niko em kekonês, antes de cantar uma cantiga em estepenês e olhar para Hilo em busca de aprovação.

— Vem comigo, Nikoyan.

O nome lhe veio de uma vez só, um perfeito nome kekonésio. Ele guiou o garoto para fora do quarto, em direção à sala de estar. Hilo abriu e fechou a cerquinha para que o sobrinho passasse. Niko foi até Eyni.

— Ma ma ma — chamou ele.

— Sua mamãe tá dormindo — respondeu Hilo, com gentileza.

Arrumou os suprimentos que ela colocaria na mala menor junto com os outros pertences já empacotados do menino e a fechou. Procurou dentro da bolsa aberta e encontrou a certidão de nascimento de Niko enfiada no passaporte de Eyni. Quando desdobrou o documento, viu que o campo para o nome do pai havia sido deixado em branco. Redobrou o papel e o guardou no bolso da jaqueta. Depois se ajoelhou e apontou para o carrinho de brinquedo na mão de Niko.

— Quer passear de carro?

O rosto do garotinho se iluminou. Ele parou de tentar acordar a mãe e levantou os braços para ser pegado no colo. Hilo o beijou no topo da cabeça e então o içou com uma mão e pegou a mala com a outra. Carregou Niko para fora, até o veículo onde Tar esperava. Hilo jogou a mala no banco de trás e então se sentou no assento do carona com o bebê de 2 anos no colo.

— Niko-se — disse. — Esse é o Tar, seu tio.

— Que prazer te conhecer, Niko — respondeu Tar, e bagunçou o cabelo do pequeno. — Que menino bonito você é.

Se o Encarregado se surpreendeu ao ver Hilo emergir sozinho da residência com a criança, isso ficou claro apenas como uma leve mudança no estado de alerta de sua aura, como um momento de hesitação enquanto olhava meio confuso para o Pilar.

Hilo falou:

— Precisamos ligar pra companhia aérea e transferir sua passagem pro Niko. E preciso achar uma máquina de escrever pra preencher a certidão de nascimento pra ele conseguir embarcar comigo. Você vai ter que ficar pra resolver as coisas com o namorado. Seja ligeiro e tome cuidado. Ele não é tão ruim assim e não precisa sofrer.

Tar assentiu e entregou as chaves do carro.

— É melhor colocar o menino no banco de trás e levar o carro de volta pro hotel. Vou esperar aqui. A gente se vê daqui a uns dias.

Seis semanas depois, Wen deu à luz um garoto saudável. Hilo trouxe o sobrinho para o quarto em que ela descansava. Kaul Rulinshin, com três horas de vida, estava deitado sobre o peito da mãe. Buquês de crisântemos e sopro-do-céu amarelas, que simbolizavam felicidade e boa saúde, haviam sido enviadas por pessoas fiéis ao clã e lotavam cada superfície disponível do cômodo.

— Bebê — exclamou Niko. — Bebezinho.

Ele havia começado a usar palavras kekonísias e formar pequenas frases. Depois de diversos ataques de raiva motivados pela frustração, o pequeno já não tentava mais falar estepenês.

Hilo pegou a criança nos braços e o colocou na beirada da cama. Depois de dezesseis horas de parto, os olhos de Wen estavam marcados de exaustão, mas brilhavam de triunfo. Hilo se inclinou, beijou a testa da esposa, a do bebê e inalou a indescritível doçura de seu filho. Niko esticou a mão para fazer carinho no cabelo ralo do recém-nascido.

— Esse é o seu priminho — contou Hilo. — Vocês dois vão ter que cuidar um do outro a partir de agora.

Primeiro Interlúdio

Achados e Perdidos

Uma figura muito conhecida na antiga história do Império de Tun é um homem chamado Ganlu, que era um guerreiro, curandeiro, filósofo religioso e conselheiro do Imperador Sh'jan, o Terceiro. Ganlu é descrito em textos históricos tunis como um estrangeiro barbado que veio de uma ilha do oeste. As informações a respeito da data de sua chegada divergem, mas dizem que, ao ver as vastas planícies da Grande Bacia de Tun, ele caiu de joelhos, clamou aos deuses e emitiu o famoso brado (uma frase que mais tarde seria apropriada por vários governantes e generais tunis como justificativa para a expansão territorial):

— Terra gloriosa, onde um homem pode passar a vida inteira caminhando e nunca alcançar o mar!

Ganlu viajou por muitos anos. Após uma época de fome e guerra, o interior de Tun foi tomado pela praga da ilegalidade e da bandidagem, contra as quais muitos aldeões viviam quase sempre indefesos. Para onde quer que Ganlu fosse, ele confrontava o crime e a imoralidade, ensinava habilidades marciais para cidadãos comuns, tratava doenças e pestes com seu toque de cura e propagava uma filosofia de vida pacífica, comunidade e comunhão com os espíritos divinos da terra, dos rios e do céu. Seus ensinamentos formaram a base do krajow, as artes de combate tuni, e influenciaram fortemente a religião shubai.

Com o tempo, a reputação do peregrino chegou aos ouvidos do imperador, que convocou Ganlu e seus discípulos até o palácio, onde pediu para que ele se tornasse um conselheiro real. Ganlu recusou três vezes antes de aceitar, e a cada uma delas ia pedindo ao imperador que falasse de suas virtudes como monarca. A perspicácia de Ganlu como conselheiro e a fundação das escolas de krajow são recontadas em outras lendas, que diferem nos detalhes, mas têm em comum o fato de que o extraordinário poder e conhecimento de Ganlu derivava de uma pedra encantada, a qual ganhara de sua deusa mãe da floresta e mantinha sempre perto do coração. Dizem que Ganlu viveu até os 170 anos. Quando morreu, seu espírito adentrou a pedra, que foi guardada no Palácio Imperial para que o imperador pudesse continuar consultando-a.

Embora historiadores acreditem que Ganlu era um Osso Verde kekonésio e que seus ensinamentos têm semelhanças consideráveis tanto com o folclore abukiano quanto com a espiritualidade pré-deísta, foi apenas recentemente que chegaram à conclusão de que ele devia ser o terceiro filho do rei Jan durante os primórdios do período das Três Coroas na história kekonísia.

Kekon não tem registro algum desse homem além de uma árvore genealógica da época com uma referência anônima a um "jovem príncipe perdido".

Capítulo 22

O Salão do Rancor

Anden agora jogava releibol duas vezes por semana com Dauk Corujon e um grupo de amigos no campo de grama e terra atrás da escola de ensino médio do bairro. Um dia, duas semanas depois do jantar na casa dos Dauk, o filho do Pilar passara de bicicleta pela residência da família Hian enquanto Anden estava do lado de fora, de pé sobre uma escada consertando uma calha quebrada. Em vez de acelerar como sempre fazia, Cory parou e o chamou.

— Ô, ilhéu, você joga releibol?

Anden limpou as mãos na calça e começou a descer.

— Aham.

— E joga direito? — perguntou Cory, mas não de um jeito arrogante ou zombeteiro, apenas curioso.

O jovem avaliou Anden de cima a baixo.

— Eu jogava no time da Acad... — De repente, não queria que Cory soubesse que ele havia frequentado a Academia e que recebera treinamento como Osso Verde. — Da minha escola em Janloon.

— Qual a sua posição?

— Defesa.

Cory assentiu

— Quindia à noite, beleza? Eu te busco.

Ele empurrou a bicicleta adiante e pedalou para longe antes mesmo que Anden pudesse dizer sim ou não.

No primeiro jogo, Cory o apresentou a um grupo de homens com idades parecidas e disse:

— Olhem aqui, seus cacos, esse é o nosso novo zagueiro, o Andy.

— Anden — corrigiu rápido e talvez com mais avidez do que pretendera. Ele sorriu para suavizar a grosseria não intencional e, num tom mais amigável, falou: — É Anden.

Não fora a intenção começar sua relação com o filho do Pilar local com o pé esquerdo de novo, ainda mais agora que finalmente tinham trocado mais do que vinte palavras e ele estava sendo apresentado ao grupo de amigos de Cory. Era só que... em casa, seu primo Hilo era o único que o chamava de Andy, e parecia estranho que outras pessoas fizessem o mesmo.

Anden descobriu que era um dos melhores jogadores. Releibol era o principal esporte de Kekon, mas na Espênia, apenas comunidades kekonísias e shotarianas jogavam, então os membros mais atléticos da liga informal de Cory tinham outras empreitadas que levavam mais a sério (botabol, ruquetes e natação) e vinham aos jogos de segundia e quindia no campo da escola por puro lazer. Havia muita gozação e rivalidades fingidas. Para Anden, era difícil acompanhar todas as gírias espênicas proferidas a torto e a direito, mas logo os encontros se transformaram no ponto alto de sua semana. Ele não se encaixava muito bem, mas não tinha problema; era algo com o qual já estava acostumado. Pelo menos estava se tornando um membro aceito da comunidade. Não importava o quanto estivesse ocupado com os deveres de casa, os Hian sempre o encorajavam a ir.

— É bom ver você finalmente fazendo amigos — diziam.

Cory jogava como arrematador. Era o melhor jogador, o organizador extraoficial e líder da liga do bairro. De início, Anden deduziu que tudo isso se dava ao fato de ele ser um Osso Verde, o filho do Pilar, mas logo percebeu que o rapaz sustentava a própria reputação. Cory nunca falava dos negócios do pai e, mesmo depois de dois meses vendo-o duas vezes por semana, Anden ainda não havia descoberto onde ele usava a jade. Até onde percebera, Cory nunca usava suas vantagens de Força e Leveza em campo. Mesmo assim, sempre se separava de Shun Todorho, o outro Osso Verde que às vezes aparecia; era um para cada time, assim seria justo. E também não discutia a respeito dos pontos. Mais de uma vez, quando os ânimos se alteraram em campo, Anden o ouviu dizer com uma risadinha:

— A gente tá aqui só pra se divertir, seus cacos.

Contrariando o estereótipo que dizia que kekonésios brigavam por qualquer coisa, Cory parecia nunca se ofender e nem ofendia os outros. Pelo visto, ele se dava bem com todo mundo. Até mesmo nas vezes em que chamava Anden de "seu ilhéu boca aberta" era com tanta suavidade e um discreto tom provocador que ficava impossível interpretar como maldade.

Anden tinha dificuldade de imaginar como Cory se sairia se fosse um Dedo em Janloon. As pessoas não saberiam o que pensar de um Osso Verde tão tranquilo e que parecia tão fácil de agradar.

Jogaram durante o outono, quando o vento úmido balançava as redes de releibol e as noites iam ficando geladas o bastante para que precisassem de gorros e luvas. Numa quindia, foram finalmente expulsos do campo pela primeira tempestade de inverno de verdade; as nuvens que nunca deixavam os céus de Porto Massy escureceram até ficar da cor de ardósia e começaram a despejar granizo sobre a cidade. As pessoas corriam entre carros e prédios com maletas e jornais sobre as cabeças. A relva irregular atrás da escola se transformou num lamaçal encharcado. Anden escorregou durante um passe e caiu de costas com tudo em uma poça congelante de barro. Nunca tinha passado tanto frio na vida. Decidiu, enquanto levantava batendo o queixo, com todas as extremidades dormentes e os óculos sujos e embaçados demais para que conseguisse ver, que não era de se espantar que os espênicos, com uma pátria tão inóspita, tivessem sido um povo que navegara para todo o mundo.

Cory encerrou a noite antes do esperado e todos foram embora correndo. Anden temia voltar de bicicleta para a casa dos Hian num clima como aquele.

— Não vai durar muito tempo — comentou Cory para ele e para os dois outros jogadores que ainda estavam ali enquanto se amontavam sob a marquise da porta dos fundos do colégio. — Vamos correr pro salão do rancor, aí a gente se aquece lá e pega alguma coisa pra comer até o granizo passar.

Atravessaram com pressa dois quarteirões de Arapuca Sul até uma construção retangular e cinza que, de fora, não parecia diferente de uma escola ou biblioteca. A grande placa branca em cima da entrada anunciava CENTRO COMUNITÁRIO KEKONÉSIO tanto em kekonês quanto em espênico. Anden passara por ali diversas vezes e, por curiosidade, atravessara as portas na manhã de uma sepdia. Lá dentro, tinha virado à direita e encontrado um pequeno altar deísta com um cartaz emoldurado do mural Banimento e Retorno pendurado na parede em frente a cerca de doze acolchoados verdes desbotados para que as pessoas ajoelhassem e uma fileira de velas aromáticas escurecidas. À esquerda, havia uma cozinha no estilo cafeteria atrás de uma área abarrotada de mesas e poltronas ocupadas por idosos jogando xadrez circular ou lendo jornais desatualizados e livros bem antigos pegos na biblioteca de língua kekonísia (um espaço com pouquíssimos funcionários e que consistia em diversas estantes amontoadas contra a parede dos fundos). No fim do corredor, havia uma pequena sala de musculação com equipamentos de exercício e um horário das aulas colado na porta. A creche para emergências era gerida por duas adolescentes.

— O centro comunitário? — perguntou Anden, cético e com os lábios dormentes de frio enquanto usavam uma brecha no trânsito para atravessar correndo a rua escorregadia. Ele não achava que aquele seria o lugar em que um grupo de jovens iria querer passar a noite de uma quindia. — Foi isso que você quis dizer com salão do rancor?

Um dos amigos de Cory, Ledt Derukun, riu baixinho, mas o outro, Shun Todorho, disse:

— O centro comunitário é só a parte da frente, seu caco. O salão do rancor fica no porão. A gente entra por trás.

Trotaram para os fundos da construção cinzenta até um par de portas de metal sem nenhuma marcação, onde, para a surpresa de Anden, um toldo metálico portátil abrigava uma longa fila de pessoas (a maioria homens, mas havia algumas mulheres também) velhas e novas que esfregavam os braços e pisoteavam o chão para espantar o frio enquanto esperavam para entrar. Cory guiou o caminho até a frente, onde o atendente, um sujeito musculoso com uma capa de chuva forrada de lã falou:

— Quanto tempo, Cory. — Ele assentiu para os outros dois. — Derek, Tod, que bom ver vocês.

— E aí, Sanão — respondeu Cory, antes de apertar a mão do porteiro e bater o ombro no dele. — A noite tá ruim, mas talvez isso signifique que vai ter bastante gente hoje, né? Meus parceiros tão aí?

— Com certeza.

O homem empurrou a porta de metal e deu um passo para o lado para que pudessem entrar na frente de todo mundo que esperava. Anden ficou surpreso; era a primeira vez que via Cory se aproveitar das vantagens de ser o filho do Pilar. O funcionário impediu Anden de passar.

— Ele não — avisou Sano em kekonês, e encarou Anden com um olhar reprovador antes de dizer para Cory: — Você conhece as regras. Nada de estrangeiros no salão do rancor. Só nas terdias e por vinte thalirs.

— Ele é um de nós — retrucou Cory. — Diretamente da ilha, inclusive. Joga releibol igual a um profissional.

— É sério? — perguntou Sano, agora para Anden. — Você é kekonésio?

— Nasci em Janloon. Minha família me mandou pra cá pra estudar.

Cory concordou.

— É verdade. Pode até perguntar pro meu pai que ele confirma.

Sano ergueu as sobrancelhas.

— Confirma, é?

E deixou-o passar.

Lá dentro, o cheiro caloroso de comida atingiu Anden de imediato. Estavam num grande salão com vigas expostas no teto e chão de concreto; parecia ter sido construído originalmente como a garagem do centro comunitário. De pequenas cozinhas portáteis instaladas atrás de compridas mesas brancas, pessoas serviam sopa apimentada de macarrão, pãozinho frito e doces kekonésios em bandejas. Havia também bolinhos de batata com recheio de queijo e as balas azedas que eram sempre tão presentes nos eventos esportivos na Espênia. Já havia uma fila se formando no lugar para onde rolaram um barril de hoji e o instalaram sobre uma pequena plataforma.

— Vamos lá embaixo arranjar um lugar pra nos sentarmos primeiro — sugeriu Tod.

Atravessaram o salão e desceram um lance de escadas. Anden estava tendo dificuldade para conciliar o que tinha visto na enfadonha parte da frente dali com todo o vigor dos fundos. No porão, pequenas mesas de bar e banquetas se amontoavam ao longo das paredes de tijolo. Algumas pessoas deixavam as jaquetas nos assentos para guardar o lugar. Tod e Derek encontraram lugar para os quatro perto de um aquecedor roncando alto. Anden seguia mais devagar, distraído. Havia uma área mais ou menos do tamanho de uma quadra interna de ruquete isolada por corda azul e delimitada com bancos no perímetro. No meio do espaço vazio uma rinha de galo acontecia. Apostadores se inclinavam sobre a barreira, gritando empolgados ou grunhindo de decepção quando um dos lutadores caía sob as esporas de aço do oponente num alvoroço emplumado.

Cory os levou até onde seus pais estavam sentados comendo macarrão de embalagens plásticas descartáveis e conversando com Rohn Toro, o homem que Anden começou a considerar o Chifre de Arapuca Sul; também havia dois outros sujeitos que ele não conhecia, mas suspeitava que eram Ossos Verdes. Cory disse:

— Pois é, agora a temporada de releibol acabou. A chuva finalmente expulsou a gente do campo e decidimos vir pra cá. Eu trouxe meus cacos.

Ele sorriu e cumprimentou os outros homens ao redor da mesa, que deram tapinhas carinhosos nas costas do filho do Pilar e perguntaram se ele estava animado com a faculdade de direito.

Dauk Losun irradiou de alegria ao ver Anden atrás de Cory e gesticulou para que ele se aproximasse.

— Meu jovem amigo de Janloon! Você nunca veio no salão do rancor, não é?

Anden meneou a cabeça. Uma movimentação se fez ouvir quando a próxima rinha de galo começou com tudo. O Pilar falou mais alto para ser ouvido.

— Agora que te conhecemos, você é sempre bem-vindo por aqui! Mantemos algumas tradições antigas da ilha, você vai ver. Algumas são sérias, mas a maioria é só pra se divertir mesmo.

Rohn Toro comentou:

— Inclusive, deu tudo certo com aquele incidentezinho. Só pra você saber que não precisa se preocupar.

— Ficou muito feliz com isso, Rohn-jen — respondeu Anden, aliviado. — Nunca quis causar problema pra ninguém.

— Pelo que *eu* fiquei sabendo, você ajuda muito os Hian, mais até do que os próprios filhos deles, que são ocupados demais pra visitar. — Indignada, Dauk Sana grunhiu e deu um tapinha no braço de Anden. — Você comeu? Não pode deixar de experimentar o macarrão da Dona Joek.

Os dois voltaram a se reunir com Tod e Derek numa mesa própria, e então se revezaram para ir lá em cima pedir comida e bebida. As roupas molhadas de Anden logo secaram; o porão era quente e, conforme mais gente chegava e preenchia o espaço, ia ficando, de certa forma, cada vez mais abafado e desconfortável. A rinha de galo parecia ser a atração principal, mas também havia pessoas jogando baralho, bebendo e socializando. Anden entreouvia várias conversas acaloradas discutindo o envolvimento da Espênia na Guerra de Oortoko. Duas jovens se aproximaram da mesa com um olhar malicioso.

— Oi, Cory. — Uma das moças fez beicinho. — Por que é que você sumiu?

— Ô, Tami, você tá me vendo agora, não tá?

Cory bateu na bunda da garota e a puxou para seu colo. Ela deu um gritinho fingindo estar indignada e envolveu os braços sobre os ombros dele.

Incomodado, Anden olhou para o outro lado. Comeu fazendo barulho outra bocada do macarrão quentíssimo que, de fato, fazia valer a recomendação de Dauk Sana, e se virou para Tod.

— Eu não sabia que este lugar existia. É sempre assim?

— Não, só em algumas noites. — Tod olhou para Cory, repassando a explicação, mas o filho do Pilar parecia ocupado, então o garoto se virou de volta para Anden e continuou: — Quando não é o salão do rancor, é uma academia de treinamento.

Anden olhou ao redor e viu alguns colchonetes azuis dobrados contra a parede de um canto, blocos de madeira empilhados e caixas fechadas de equipamento.

— Uma academia de Ossos Verdes — concluiu.

A conversa no salão de repente esmaeceu. Com relutância, a garota pulou para fora do colo de Cory e se apressou com a amiga para a própria mesa. Alguns adolescentes distraídos num canto continuaram a falar, mas vários adultos lá perto os reprimiram com tanto vigor que eles fizeram silêncio. Anden se virou na banqueta e viu que a última rinha tinha terminado, e agora havia dois homens passando por cima das cordas azuis. Os sujeitos tiraram as botas, as camisetas e as entregaram para amigos do outro lado do cordão antes de se encararem.

Foi fácil ouvir os pés da cadeira de Dauk Losun sendo arrastados para trás. Nada parecia distinguir o Pilar das pessoas que o cercavam (seu lugar no salão não era melhor do que o de ninguém; ele vestia um colete vermelho e limpava a boca com um guardanapo de papel ao se levantar) e, mesmo assim, ninguém falou nada enquanto Dauk pigarreava para dizer:

— Orim Rudocun, você recebeu uma proposta de expurgo por lâmina de Yogo Janshogon. Você aceita?

— Aceito — respondeu um dos homens, que era levemente mais forte do que o outro.

Nenhum dos dois portava uma lâmina de fato. Ambos levaram as mãos entrelaçadas à testa numa breve saudação, mas não pararam para oferecer prece alguma para os deuses.

O desafiante, Yoro, se jogou contra o outro com um grito raivoso. Acabou rápido. Yoro mirou o cotovelo no peito de Orim. Cambalearam juntos em direção às cordas azuis e derrubaram o cordão quando Yoro arrastou o oponente para o chão pelo pescoço. Se engalfinharam por um minuto. Orim se debateu e atingiu o rosto de Yoro, mas o homem ligeiramente mais magro acabou por cima e fechou as mãos com força ao redor da garganta do rival. Rosnando, ele chacoalhou o outro homem; a parte de trás da cabeça de Orim bateu contra o chão de concreto com um som que fez todos no salão se encolherem. Então Yoro apertou os antebraços cruzados contra a traqueia de Orim, inclinou seu peso para a frente e começou a apertar com toda a força. Orim se engasgou, chutou e agarrou os braços de Yoro. Ninguém no recinto se movia. Alguns murmúrios preocupados começaram a circular.

Segundos se passaram; o rosto de Orim foi ficando roxo. Dauk Losunyin se levantou mais uma vez e, com a voz séria e preocupada, perguntou:

— Seu Orim, você aceita a derrota? Levanta as mãos se a resposta for sim.

Por um instante, Anden pensou que Orim se recusaria e consentiria em morrer sufocado. Mas então, relutantemente, ele abriu as mãos num gesto de submissão. Yoro cuspiu de desdém, soltou-o e se afastou para pegar sua camisa e botas enquanto estancava a ferida na própria boca com as costas da mão. Ofegante, Orim permaneceu deitado no chão. Dois de seus amigos o ergueram, pegaram-no sob os braços e o ajudaram a sair do salão.

Alguém ajeitou a corda. O Pilar voltou a se sentar. Anden avistou Dauk; ele parecia aliviado enquanto se inclinava para dizer alguma coisa a Rohn Toro.

As pessoas voltaram a prestar atenção em suas próprias mesas e as conversas retornaram.

— O Orim e o Yoro eram bons amigos, se é que dá pra acreditar — comentou Derek.

— A parceria nos negócios deu errado — explicou Cory, respondendo o olhar questionador de Anden. — O Orim falou que o Yoro roubou dez mil thalirs. O Yoro diz que trabalhou sozinho enquanto o Orim "negociava" com a namorada do Yoro por baixo dos panos.

Cory abriu a embalagem de uma bala azeda e a jogou na boca. Ofereceu uma para Anden, que balançou a cabeça. Não conseguia entender por que as pessoas gostavam do sabor daquelas coisas.

— Meu pai tava preocupado que esse duelo fosse até o fim — confessou o filho do Pilar, baixinho. — Não acontece sempre, só de vez em quando por causa de algo mais sério, mas foi bom que o Orim cedeu. Ninguém quer a polícia se metendo aqui.

Anden ficou atordoado com o que vira. Não pelo duelo em si, apesar de todas as diferenças na tradição, mas é que desde seu encontro no parque com o tripulante Carson Sunter, ele andava tomando todo o cuidado para tentar aprender cada regra da Espênia.

— Pensei que duelar fosse ilegal — comentou.

— Caco, *tudo* na Espênia é ilegal. — Derek riu. — Até mesmo rinha de galo.

Cory deu tapinhas no braço de Anden de um jeito reconfortante que o surpreendeu e fez seu rosto ficar um pouco quente.

— Nem, o negócio é que a lei é complicada. E, boa parte das vezes, negociável.

— Palavras verdadeiras de um aspirante a advogado — disse Derek.

— Shun Todorho! — gritou alguém do centro do salão, onde um jovem agora estava de pé no lugar em que o expurgo por lâmina acontecera poucos minutos antes. — Tod, cadê você?

O sujeito apontou através da multidão para a mesa de Anden e depois cruzou os braços, assumindo uma postura de quem fingia estar ofendido.

— Ouvi um pessoal falando que a sua Deflexão é melhor do que a minha Leveza. Quer testar esse papo furado?

Uma salva de aplausos ensurdecedora tomou conta do salão do rancor. Cory bateu nas costas de Tod para encorajá-lo e gritou em resposta:

— Ele ainda só bebeu dois copos, Sammy, tem certeza de que não quer esperar?

Shun Todo ergueu o copo e bebeu o restante dramaticamente. Depois, bateu-o na mesa e se levantou com as mãos no alto para demonstrar que havia se submetido às exigências do público.

— Etto Samishun — grunhiu Tod. — Pela sua arrogância, eu te ofereço... uma *surra*.

Ouviu-se mais aplausos e gritos enquanto o rapaz passava por cima da corda azul. Em contraste com a seriedade mortal do duelo anterior, o clima no salão agora era jovial; todos sabiam que esta disputa era benigna, o típico desafio social que kekonésios faziam o tempo todo.

O desafiante, Sammy, se agachou numa postura exagerada para demonstrar que estava pronto. Tod, com um sorrisinho debochado, encarou o público e andou, todo confiante, com os braços erguidos para incitar a plateia a gritar mais alto, o que fizeram com tanto entusiasmo que Anden chegou a lembrar dos eventos esportivos espênicos. Ele não conseguiu evitar ter a impressão de que aquela exibição inteira era um tanto grosseira e não condizia com a cultura kekonísia.

Tod girou e lançou um golpe de Deflexão em Sammy, que, com um grito provocador, deu um salto com a Leveza para longe. A Deflexão esbofeteou algumas pessoas próximas, que seguraram as bebidas e se agarraram às mesas e cadeiras. Um prato de comida saiu voando. Tod propagou mais duas rápidas Deflexões das quais Sammy teve que se esforçar para conseguir desviar. Ele saltou direto por cima da cabeça de Tod e pousou atrás dele.

Cory comemorou e gritou:

— Pega ele, Tod!

O amigo deles girou, fingiu que miraria no alto, mas então dispersou um golpe baixo e amplo de Deflexão que por fim atingiu o outro jovem nos joelhos em meio a um pulo e o fez cair todo esparramado. Sammy rolou até ficar deitado de costas e ergueu as mãos, sorrindo e fingindo se encolher enquanto Tod fazia todo um teatrinho de que iria atacá-lo e acabar com ele. As pessoas no salão aplaudiram.

Os dois Ossos Verdes trocaram tapinhas amigáveis nos ombros antes de pularem a corda e voltarem para suas mesas em meio aos gritos empolgados.

— Que foda — disse Derek quando Tod se sentou.

Cory acrescentou:

— Foda pra caramba, seu caco.

Anden assentiu, concordando, mesmo que no fundo não tivesse achado a disputa lá grandes coisas. O estilo com que Tod e Sammy empregavam as habilidades de jade era diferente e por vezes parecia ineficiente. A Deflexão de Tod tinha precisão, mas pouco poder; a Leveza de Sammy era ágil o bastante, mas carecia da velocidade que poderia ter com mais Força. No fim das contas, o nível era similar ao de alunos do quinto ano da Academia.

Anden censurou a si mesmo; esses pensamentos não eram nada bondosos. Os Ossos Verdes dali não haviam recebido educação integral nas disciplinas de jade. A pouca quantidade que carregavam tinha que permanecer escondida o tempo inteiro. Eram obrigados a treinar em segredo, no porão abafado de um centro comunitário em vez de num extenso campus de uma escola como a Academia. Qualquer orgulho ou status que pudessem reivindicar por serem verdejantes só poderia ser fomentado aqui, dentro da comunidade kekonísia, em ocasiões como aquela.

Durante a noite inteira, Anden achara o salão do rancor esquisito e um pouco atordoante, e agora entendia o porquê: o lugar era como a epítome da cultura kekonísia; a comida, o hoji, as rinhas de galos, as apostas, a vida social, a tradição do expurgo por lâmina e a celebração das habilidades providas pela jade, tudo misturado sob um mesmo teto numa mesma noite. A ocasião deixava Anden com a mais estranha das sensações. Era ao mesmo tempo extremamente e nem um pouco kekonésio.

Beberam, comeram e conversaram mais. Outra rinha aconteceu. Com a insistência de amigos, outros Ossos Verdes se levantaram para desafiar uns aos outros em disputas de Força e Aço. Depois de um tempo, Tod, que precisava trabalhar na manhã seguinte (ele era gerente adjunto numa loja de produtos eletrônicos), se levantou para ir embora e Anden, já preocupado que os Hian ficassem angustiados com a hora, abaixou o copo e seguiu a deixa. Cory se dirigiu a eles:

— A essa altura vai tá congelando e um breu lá fora. Deixa eu ver se meu pai já tá querendo ir. Quem sabe ele dá uma carona pra gente.

Anden não queria incomodar Dauk Losun, mas Cory não viu problema nenhum em perguntar ao pai, que respondeu:

— Claro, imagina. Não tem por que eu ficar até mais tarde.

Mas antes que conseguissem sair, Dona Joek, a moça do macarrão, desceu correndo as escadas até o salão do rancor e foi apressada até a mesa do Pilar.

— Dauk-jens — exclamou ela —, tem policiais aqui. Dois.

As palavras foram imediatamente ouvidas no porão lotado. Conversas cessaram na mesma hora e cabeças se viraram com ansiedade em direção à mesa do Pilar. Para a surpresa de Anden, Dauk Sana se levantou de onde estava e subiu as escadas. O marido não a seguiu. Ele levantou a voz e, com calma, mas alto o bastante para que fosse ouvido, falou:

— Gente, fiquem nos seus lugares e continuem se divertindo. Não se preocupem. — E para o filho: — Você e seus amigos voltem pra mesa.

Anden se sentou. O clima no recinto estava denso de inquietação e repleto de sussurros. Anden viu Rohn Toro se levantar e ir ficar de pé no canto do salão próximo à porta. Ele tirou as luvas pretas do bolso da camisa, vestiu-as e depois se recostou contra a parede de braços cruzados.

Dauk Sana voltou alguns minutos depois falando alto em seu espênico com sotaque enquanto descia a escada.

— Claro, sim, alvará pra comida, pra bebida... Posso mostrar tudo pros senhores.

Ela chegou ao último degrau. Dois agentes da Polícia de Porto Massy a seguiam. Suas botas ressoavam alto e o gelo na costura dos bonés pretos e das ombreiras do uniforme cintilava.

— Não é restaurante e nem bar — continuou Sana. Ela estava calma um minuto antes, mas agora agia com um nervosismo extremo enquanto agitava as mãos. — É só uma festa. Uma festa do bairro.

Os policiais semicerraram os olhos enquanto avaliavam o porão.

— Festa, é? — repetiu o mais velho dos dois. — Festa de quê? O que é vocês tão aprontando aqui embaixo, seus kekês? Brigando? Traficando jade?

Sana pareceu ficar horrorizada e ofendida.

— Não, claro que não. Talvez o senhor ande vendo filmes demais, sabe? Só porque somos kekonésios o senhor acha que todo mundo aqui usa jade que nem gângsters? — Ela gesticulou para as mesas ocupadas por homens e mulheres de todas as idades. — Não podemos nos reunir pra comer, beber e nos divertir no nosso próprio centro comunitário numa noite chuvosa como esta sem virarmos suspeitos?

O mais jovem dos agentes ficou um tanto envergonhado, mas o mais velho marchou até o centro do salão e bufou ao ver manchas de sangue e penas no chão. Ele ergueu a manta que havia sido jogada sobre um dos bancos e deu uma olhada nos galos engaiolados. Depois de ajeitar a postura e dar um sorriso sarcástico, disse:

— Rinha de galo é crime, minha senhora. A multa é de dois mil thalirs, e podemos fechar este prédio inteiro.

Sana respirou fundo.

— Por favor, senhores. Nós pagamos a multa. Não temos muito dinheiro, mas compreendemos que quebrar a lei gera consequências. Vamos todos pagar.

Como se estivesse esperando a deixa, um dos homens na mesa mais próxima tirou o boné e começou a passá-lo pelo salão. Todos os presentes sacaram as carteiras e depositaram dinheiro para a arrecadação espontânea.

Sana parecia prestes a chorar. Ela retorceu a ponta do cachecol nas mãos e disse para os policiais:

— Temos que sediar algumas rinhas aqui de vez em quando, principalmente pra satisfazer os mais velhos. É que não é ilegal no nosso país de origem. Eles trazem os galos e eu não consigo dizer não o tempo inteiro. Por favor, não revoguem nossos alvarás por causa desse detalhezinho. — Ela os encarou com um olhar suplicante. — O centro comunitário é o coração da nossa vizinhança, é bom pra todo mundo. Tem um altar, uma biblioteca e uma creche lá em cima. Tem gente, algumas pessoas bem velhas e outras bem novas, que vem aqui pra comer e em busca de companhia quando não tem mais pra onde ir. E, sim, às vezes fazemos festas no porão, mas o pior que acontece é bebida e rinha de galo.

Uma garota com cerca de 10 anos de idade correu até Sana com o dinheiro. A mulher agradeceu, pegou o boné e começou a contar na mesa mais próxima.

— Tem 2.450 thalirs aqui — informou, empilhando a notas. — Mais do que os senhores pediram, mas vamos pagar um pouquinho a mais. Só queremos que nosso centro comunitário continue aberto.

Ela apertou o dinheiro na mão do policial mais velho e sorriu para o mais novo.

— Por favor. Todos aqui reconhecem como os senhores trabalham duro.

Os agentes olharam ao redor, para os rostos atentos e esperançosos dos kekonésios. Seus olhos passaram pela mesa de Dauk Losunyin sem alarde algum. O Pilar, assim como todo mundo, estava ouvindo o que acontecia, mas permanecia sentado sem pompa na cadeira e com as mãozorras entrelaçadas, sem chamar a menor atenção para si mesmo. Rohn Toro não havia se mexido de seu lugar contra a parede próxima à porta.

— Vou deixar essa passar só com uma advertência — declarou o policial mais velho, como se tivesse pensado a respeito do problema e chegado, relutante, a uma decisão.

Com uma cautela fingida, ele guardou o dinheiro no bolso interno da jaqueta. Visivelmente aliviada, Sana relaxou a postura.

— Obrigada. Os senhores são muito gentis — murmurou ela, toda agradecida.

— Vocês fiquem longe de confusão e se cuidem pra não quebrar a lei daqui pra frente — alertou o mais velho. — Jade é ilegal. Vocês já deveriam saber disso a essa altura. Se forem pegos usando ou vendendo, é cadeia.

Sana assentiu veementemente.

— Nos preocupamos com jade também — disse ela, e começou a guiar os policiais em direção aos degraus, para fora do salão do rancor. — Os Tripulantes têm negócios nesta parte da cidade. Ouvi boatos de que eles querem começar a se meter com jade. Todos os kekonésios sabem que pessoas comuns não devem usar uma substância tão perigosa, muito menos criminosos. É por isso que precisamos da polícia.

E para o mais novo, ela perguntou:

— O senhor gosta de comida kekonísia? Gostaria de um pouco de sopa de macarrão antes de voltar pro frio lá de fora?

As vozes esmaecerem escada acima. Aos poucos, a tensão no recinto se dissipou. As pessoas relaxaram e as conversas recomeçaram assim que ficou evidente que os policiais não retornariam. Rohn Toro esperou um minuto, e então voltou a se sentar.

Dauk Losun veio até a mesa, sorrindo e todo simpático de novo.

— Eles vão voltar. Isso acontece de tempos em tempos, sempre do mesmo jeito. — O Pilar sorriu e deu uma tapinha no ombro de Anden. — Você parece preocupado. Não precisa ficar assim. A polícia de Porto Massy é como qualquer Tripulante: esperam receber dinheiro e dão pouco em troca.

Anden assentiu, embora não entendesse direito. A possibilidade de sentir medo perto da polícia civil de Janloon nunca lhe ocorrera. Quando seu primo Hilo era o Chifre, vivia se reunindo com os policiais para instruí-los aonde ir em busca de crimes menores, a respeito de quais gangues estavam causando problema e onde é que deveriam conduzir batidas surpresas em busca de drogas. Era tão comum que Anden sempre considerara a polícia um serviço público útil para os clãs, e não um incômodo para eles. Pelo visto, na Espênia, havia uma variedade de regras subjetivas e regulamentos que até mesmo o líder do clã de Arapuca Sul se cuidava para evitar.

— É melhor eu ficar um pouquinho mais, só pra garantir que tá tudo certo — disse o Pilar. Ele pegou as chaves do carro no bolso do colete e as entregou ao filho. — Mas já tá tarde, e não quero que os Hian fiquem preocupados com o Anden. Leva seus amigos embora e volta pra me buscar.

O carro de Dauk Losun era uma perua que estava no estacionamento dos fundos. Cory ligou o veículo e colocou o aquecedor no máximo na função de descongelar enquanto Anden e Tod limpavam o gelo no para-brisa frontal e traseiro. Ali dentro, suas respirações se juntaram e viraram névoa enquanto Cory pegava a estrada para deixar primeiro Derek e depois Tod em casa.

Os limpadores de para-brisa duros arranhavam o vidro, e os faróis brilhavam sobre o asfalto molhado enquanto ele navegava até a residência dos Hian do outro lado de Arapuca Sul.

Numa esquina a um quarteirão de distância do destino, Cory parou o carro no meio-fio, desligou o motor e se virou para encarar Anden. Os olhos dele brilhavam com o reflexo das luzes da rua, mas, no escuro, seu rosto exibia uma expressão indecifrável.

— Você fica imaginando onde tá, não fica? — perguntou. — A minha jade.

Um calorão tomou conta do pescoço de Anden. Como resposta, ele se obrigou a encarar o outro jovem nos olhos. Cory abriu o zíper do casaco, chacoalhou os ombros para tirá-lo, se virou no assento do motorista para encarar Anden e levantou a camisa. As luzes da rua lá em cima iluminaram seu torso nu. Anden engoliu em seco. Seus olhos viajaram pelo peito de Cory até os três piercings de jade em seu umbigo.

Anden tentou afastar o olhar, mas não conseguia. Continuou baixando os olhos, até a linha de finos pelos escuros que desaparecia sob o cós da calça do rapaz. A pele nos braços de Cory estava toda arrepiada de frio. Anden pensou que talvez devesse dizer alguma coisa, que talvez fosse o que rapaz queria, mas tinha medo de abrir a boca e falar algo errado.

Cory também não falou. Ele esticou o braço sobre o banco da frente, pegou o punho de Anden e o puxou até que a ponta gelada de seus dedos lhe tocasse a pele desnuda. Lentamente, Anden colocou toda a superfície das mãos sobre aquele abdômen. Os batimentos cardíacos de Cory pulsavam sob a palma de sua mão. Nas imediações apertadas do carro, Anden de repente pôde ouvir a própria respiração, alta e trêmula.

O olhar de Cory estava faminto agora. Ele moveu a mão de Anden por sua barriga, como se estivesse guiando um leitor cego de braile. Quando Anden tocou as pedras lisas e duras de jade, uma sensação intensa, deliciosa e levemente nauseante, como o gosto de algo maduro demais, atingiu-o no fundo da garganta e caiu no abismo de suas entranhas. Quente de desejo, como uma rocha preta escaldando ao sol, a aura de jade de Cory latejava para dentro de Anden. A vontade que tinha era de se pressionar contra ela, de agarrá-la com voracidade, de deixar que o envolvesse, mas seu corpo se lembrava do gosto da energia de jade da mesma forma que um alcoólatra se recordava da última vez que bebeu até cair: com um anseio desesperado e lamurioso e uma repulsa visceral. Ele queria se perder naquela aura; e queria se afastar correndo. Os dois impulsos colidiram. Com os braços tremendo, Anden congelou. Seus olhos encontraram os de Cory, e ele viu a confusão no rosto do amigo se transformar em compreensão. Com gentileza, o jovem soltou o punho de Anden, largou a camisa para que o tecido voltasse ao lugar e vestiu o casaco.

Com o rosto queimando de remorso e vergonha, Anden puxou a mão de volta até a lateral do corpo.

— Desculpa — balbuciou.

— Você já usou jade — concluiu Cory. — Você recebeu treinamento de Osso Verde em alguma das escolas de Janloon, né.

Era uma pergunta proferida como uma afirmação, mas que guardava outra dúvida nas entrelinhas.

Depois de um instante, Anden assentiu.

— Acho que tá meio na cara. — Com dificuldade, ele ergueu o olhar. — Você tá pensando no motivo de eu não usar mais.

Cory não respondeu de imediato.

— Não precisa me contar, seu caco.

Anden enfiou os punhos nos bolsos da jaqueta de lã. Sua respiração virou névoa nos confins subitamente claustrofóbicos do carro. Sem olhar para o outro rapaz, começou a falar:

— No meu último ano na Academia, minha família tava em conflito com outro clã. Um dos meus primos, o Pilar... foi assassinado. — Fazia mais de um ano que não falava de Lan. — Até mesmo antes de me formar eu já queria fazer o que fosse possível pra vingar o nome dele e ajudar a ganhar a guerra. Eu... eu matei um homem. Uma pessoa importante. Alguns homens, na verdade.

As palavras que saíam de sua boca soavam vagas e triviais. Ele não conseguia imaginar alguém as ouvindo e compreendendo o que significavam, principalmente alguém tão afastado da situação quanto Cory Dauk.

O filho do Pilar assentia devagar.

— Você não quer ser um assassino.

Um pouco surpreso, Anden o olhou. Não era essa a questão, não mesmo. Às vezes era necessário ceifar vidas, algo que todo membro de sua família fizera quando preciso. Tentou pensar em como poderia explicar melhor, como comunicar que isso era diferente, como expressar o quão profundamente afetado fora e em como havia sido trágico, extasiante e doloroso.

— Não quero gostar dessa sensação — respondeu.

Cory o avaliou por um longo momento. Esfregou as mãos para se aquecer e então chegou para o lado. De repente, estava a centímetros de distância de Anden, com um olhar mais contido, mas ainda insistente.

— Fazia muito tempo que eu não conhecia alguém tão interessante quanto você, ilhéu.

Ele se inclinou e beijou Anden na boca.

Os lábios de Cory estavam gelados, mas a língua não. Ela deslizou, por um instante, sobre os dentes inferiores de Anden. O beijo acabou rápido, tão rápido que chegou a ser difícil acreditar que realmente havia acontecido. Quando Cory se afastou, Anden agiu quase sem pensar: avançou e agarrou a frente do casaco do outro rapaz.

O segundo beijo se estendeu por tempo o bastante para que Anden sentisse o sangue fluindo em sua cabeça, os fôlegos quentes se misturando e embaçando as janelas e o calor da jade de aura resvalando sobre sua pele. Quando se afastaram, ele conseguiu dizer:

— Eu pensei... pensei que você gostasse de meninas.

Cory riu.

— Eu gosto. — Com os lábios puxados para um lado, ele se inclinou de novo. — E gosto de *você*, seu caco. Você é um paradoxo. Parece que saiu direto de uma propaganda de revista, mas é kekonésio... pra *caramba*. É meio sexy.

Ele franziu o nariz e fez uma expressão provocadora enquanto passava a mão pela perna de Anden.

— Você não é um kespe qualquer igual a gente.

— Kespe? — perguntou Anden.

— Kespênico. Keko-espênico, sabe?

Cory começou a esfregar a forquilha da calça de Anden, que continuava ali imóvel, sem coragem de se mexer, muito embora parecesse que todo o calor de seu corpo estivesse fluindo para a virilha. Cory desabotoou o topo da calça de Anden e colocou a mão por dentro do cós da cueca dele. Dedos gelados desvendaram o caminho em direção aos pelos e começaram a tocar e rodear seu pau endurecido.

Anden emitiu um barulho indistinto. Tesão e pavor o tomaram de assalto.

— Espera, eu... — arfou ele, mas não conseguiu ir adiante.

Cory abriu o zíper da calça de Anden com um único movimento ligeiro, foi para trás e abaixou o rosto para o colo dele. Era difícil acreditar que aquilo estava mesmo acontecendo. Não parecia apropriado deixar que Cory fizesse isso. O rapaz era filho do Pilar local, um sujeito ao qual Anden devia uma, mas ainda assim parecia errado tentar mandá-lo parar. E então, Anden sentiu a boca de Cory. O calor repentino e delicado que o inundou o fez revirar os olhos, e logo já não conseguia mais pensar com clareza a respeito de nada.

Acabou rápido demais, fato pelo qual Anden se culpou. Queria que tivesse durado mais tempo, mas, de certa forma, ficou aliviado e talvez até um pouco desapontado. A sensação era de que havia experimentado um dos momentos mais marcantes de sua vida até então, mesmo que o ápice não tenha sido exatamente catártico. Furtivo e inesperado, empolgante, um pouco desconfortável. Cory se afastou e limpou a boca com a mão. Anden estremeceu com o choque do ar gelado em sua virilha molhada e exposta. Ainda desnorteado e se sentindo completamente fora de controle, ele abotoou a calça rapidamente.

Cory perguntou:

— Você nunca ficou com um homem, né?

Sem encará-lo nos olhos, Anden negou com a cabeça. Aos 20 anos de idade, nunca tivera momentos íntimos com ninguém. Uma vez, no Dia do Barco três anos antes, vários alunos da Academia haviam ido para um bar, ficado bêbados e uma das meninas da turma o dera um beijo com cheiro de álcool e colocara a língua em sua boca por um longo minuto, mas isso não contava.

Num gesto estranhamente afetuoso e inocente, Cory se inclinou e, com leveza, encostou os lábios na lateral da boca de Anden antes de dizer:

— Beleza. Vamos devagar, então.

Isso deixou Anden com vontade de dar uma risada alta e um tanto histérica, porque nada do que acontecera naquela noite, em sua opinião, fora devagar. As janelas do carro estavam embaçadas. Grandes flocos de neve haviam começado a cair. Logo no fim da rua as luzes na casa dos Hian continuavam acesas. Anden imaginou Dona Hian sentada à mesa da cozinha, ainda acordada para garantir que, mesmo em meio a tempestade, ele voltasse em segurança, e falou:

— É melhor eu ir.

Pensou em dizer mais alguma coisa, mas o quê?

— A gente se vê por aí, ilhéu — respondeu Cory, com um sorrisinho.

Anden saiu do carro, apertou a jaqueta ao redor do corpo e caminhou até a calçada. Os faróis da perua se viraram e iluminaram-lhe as costas, projetando sua sombra no asfalto molhado. Quando enfim chegou à entrada do geminado que, depois de oito meses, finalmente começava a parecer um lar, ouviu o motor do carro. Cory passou por ele com os pneus revirando o lamaçal antes das luzes traseiras do veículo desaparecerem na esquina.

Capítulo 23

Catadores de Restos

Bero estava sobre o solo instável perto do topo do monte de dejetos de mineração. Lá embaixo, os catadores de jade eram como formigas; pareciam pontinhos rastejando na montanha preta de cascalhos, cada um com uma lanterna acoplada na cabeça ligada na potência mínima enquanto trabalhavam na escuridão, procurando. Era tudo uma negociação entre a pressa necessária e a atenção. Precisavam trabalhar o mais rápido possível, mas luz e barulho demais podiam acabar entregando a presença da equipe. A cada minuto que ficavam ali, o risco de serem descobertos aumentava. Acontece que procurar por restos de jade era uma atividade meticulosa e que exigia paciência. Os catadores reviravam cada pedra, tiravam as soltas do chão, sentiam e examinavam a rocha, esfregavam-nas contra as bainhas das camisetas encrustadas de terra e as seguravam sobre a luz para analisar com minúcia em busca do brilho sutil que sugeria a presença da preciosa jade encapsulada dentro do que, caso contrário, seria apenas um pedregulho qualquer.

Uma lâmpada piscou duas vezes. Com a Leveza, Bero saltou para baixo, em direção ao homem que emitira o sinal. Ele estava ficando bom nisso; agora conseguia conjurá-la com frequência e controlar melhor seu peso e velocidade. Leveza e Força eram as ordenações mais fáceis para aprender como principiante, ou pelo menos foi o que lhe disseram, porque eram estimuladas por ações físicas que todo mundo conhecia bem. Só havia conseguido Defletir alguma coisa por acidente, e na única vez em que ele e Mudt encurralaram um cachorro vira-lata para tentarem matá-lo com Afluência, o tiro saiu pela culatra e o cão mordera Bero na perna; a cicatriz continuava ali.

O uwiwano esquelético (todos os catadores eram homens uwiwanos esqueléticos, de forma que era difícil diferenciá-los) levantou uma pedra do tamanho de um pêssego pequeno.

— É jade, jade da boa — disse o sujeito.

Aquelas provavelmente eram as únicas palavras kekonísias que ele sabia, e as únicas que importavam. O homem encostou a pedra contra a bochecha para enfatizar. Jade era um minério amplificador sem energia própria detectável; os catadores sempre as pressionavam contra a pele, e colocavam as menores na boca, se possível, na esperança de sentir o formigamento no corpo, o lampejo de energia e a elevada clareza nos sentidos. Não era um indicador perfeito, já que a jade normalmente ficava blindada por camadas exteriores de rocha densa, e a ânsia de encontrar pepitas valiosas era tão intensa que era comum que catadores imaginassem as próprias reações. Além do mais, eles viviam tão dopados de brilho que suas percepções de jade ficavam emudecidas. Sem a droga, corriam o risco de pegar Prurido se passassem tempo demais trabalhando.

Bero pegou a pedra das mãos do homem. Era marrom, suja e parecia extremamente comum por fora. Com uma grossa caneta de tinta branca, escreveu, na superfície da rocha, o número 1124, que era a identificação escrita no topo da lanterna do catador e no cartão laminado pendurado num cordão em seu pescoço. Quando o minério chegasse nas ilhas uwiwanas, seria aberto com uma serra. Se houvesse jade dentro, incluiriam um registro num livro razão e o sujeito seria pago relativamente bem por tê-la encontrado. A chance de que isso acontecesse era talvez de uma em vinte; era mais comum que não houvesse coisa alguma, ou que a jade fosse de má qualidade, com defeitos que a deixassem inutilizável, ou que o fugaz brilho de um verde lustroso acabasse sendo nada além de nefritas inertes, úteis apenas para imitações ou decoração. A verdadeira jade kekonísia era um dos minérios mais raros do mundo, e as minas comandadas pela Aliança Jade-Kekon ficavam com todos os achados importantes. Aquilo não passava de restos.

Mas restos que tinham seu valor. Faziam valer a pena as balsas que levavam equipes de uwiwanos pobres até a costa de Kekon e depois de caminhonete até as mais densas regiões de selva no interior montanhoso da ilha. Faziam valer a pena a contratação de supervisores locais como Bero e Mudt e o salário dado em dinheiro, brilho e, se ficassem ali por mais de um ano, sua própria parte em jade. No verão anterior, Bero e Mudt foram levados até uma sala numa academia desativada junto com alguns outros peixes-pedra iniciantes. Na frente de Soradiyo e uns dos outros, cada homem furou o lábio inferior com uma faca limpa e beijou um pedaço de pergaminho marcado com seu nome. Os papéis foram unidos e posicionados sobre uma vela, onde o sangue molhado queimou e selou os juramentos de lealdade e silêncio a Ti Pasuiga.

Bero fingiu levar a cerimônia a sério, mas deu um sorrisinho arrogante para si mesmo. Estavam agindo como crianças adentrando um clube secreto, mas tudo o que queriam era dinheiro e jade, o mesmo que todo mundo desejava. Não havia nada de secreto ou especial.

Soradiyo, o gerente barukâne, costumava encontrá-los na Casa do Rato e lhes comunicava com três ou quatro dias de antecedência a respeito de uma escavação noturna para que tivessem tempo de viajar e se encontrarem com os carregamentos de catadores que eram levados por caminhões. Às vezes, o clima ou a evidência de alguma patrulha de Ossos Verdes causava uma mudança nos planos e o serviço era cancelado ou postergado. Nesses casos, tinham que armar uma barraca e esperar na floresta, consumindo comida desidratada e resmungando até que as condições melhorassem e a operação pudesse continuar. O trabalho deles era supervisionar os catadores, e especificamente garantir que ninguém escondesse qualquer quantidade de jade que fosse nos bolsos, bochechas ou entre as nádegas na esperança de vendê-las por conta própria por muito mais do que receberiam de Soradiyo. Supervisores com jade eram capazes de Perceber auras não aprovadas entre os trabalhadores. Uma primeira tentativa gerava uma advertência. A segunda, morte. Bero não matara nenhum catador ainda, mas Mudt sim. Tivera que atirar na cabeça de um homem no mês anterior e rolar o cadáver até as árvores.

Bero pegou a pedra marcada e escalou o cume com pequenos pulos de Leveza até o latão com rodinhas cheio de rochas parecidas e também marcadas com os números dos trabalhadores. Mudt vigiava o latão naquela noite e mantinha guarda ao lado de três caminhões militares salpicados de lama e cobertos com lonas camufladas. Bero soltou a pedra no recipiente, e ela tiniu contra as outras.

— Por quanto tempo a gente precisa continuar fazendo isso? — reclamou Mudt enquanto esfregava os braços e batia os pés no chão. O inverno era a melhor estação para escavar porque o tempo era quase sempre seco. Acontece que ali, no alto daquelas montanhas, fazia um frio de bater os queixos, e a implacável baixa temperatura era úmida e pegajosa. — Esse trabalho é uma desgraça, keke. A gente podia tá lá na cidade a essa altura, praticando. E sem ficar congelando que nem nessa porra.

— E trabalhando por um salário de merda num posto de gasolina, numa loja de sapato ou alguma coisa assim? Você tá mal-humorado por causa do frio, mas é uma boa grana, keke. E se a gente continuar por mais três meses, vamos receber *jade*. — Os olhos de Bero percorreram com cobiça as pedras no latão. — Nenhum outro trabalho vai ter isso.

— A gente *tem* jade — retrucou Mudt. — E não fizemos nada além de ficar de olho nesses pobres coitados ou congelando até o cu nessa selva. Pra que é que a gente precisa de mais jade?

— Pra *quê?* — exclamou Bero. — Pra que você acha?

Era como perguntar por que alguém precisava de mais comida, mais dinheiro ou mais mulheres. Essas coisas nunca eram demais; e era daí que vinham as intermináveis brigas dos Ossos Verdes. Mudt às vezes fazia as perguntas mais idiotas possíveis.

— A gente deveria era tá treinando. Indo atrás do Desponta — resmungou o jovem mais uma vez, mas Bero parara de escutar porque teve a impressão de ouvir alguma coisa na floresta.

A montanha de destroços estava completamente exposta, mas era cercada por folhagens densas e escuras de todos os lados. Tentou expandir sua Percepção. Ao encarar a escuridão, seu coração começou a acelerar e a noite de repente parecia estar repleta de perigo.

— Eles tão vindo — sussurrou Mudt, subitamente tomado por um medo certeiro.

Um instante depois, Bero sentiu também: auras de jade que só podiam pertencer a Ossos Verdes se aproximando em grande velocidade. Não dava para saber ao certo quantos eram ou o tempo que levariam para chegar. Em sua mente, pareciam mísseis brilhantes vindo até ele através da escuridão.

— Os caminhões! Vai pros caminhões!

Agarrou o latão com rodinhas e o arrastou em direção ao veículo coberto por lona mais próximo. Abriu a porta da carroceria, mas nem se deu ao trabalho de abaixar a rampa de metal; com uma dose de Força, tentou erguer as rochas. O recipiente, que devia pesar pelo menos uns cem quilos, balançou e quase virou, mas Mudt correu para ajudá-lo. Juntos, puseram na marra o fruto de uma noite de escavação nos fundos do caminhão.

Mudt correu para o topo do monte de destroços e acendeu dois sinalizadores, que chiaram e queimaram com uma luz vermelha ofuscante para chamar a atenção de cada catador abaixo.

— Ossos Verdes! — gritou. — Corram! Corram!

Em pânico, os trabalhadores começaram a disparar morro acima, agarrando os dejetos com mãos e pés, arrancando pedras frouxas e fazendo-as cair ruidosamente encosta abaixo. Os primeiros a chegarem ao cume pularam para os caminhões como coelhos entrando numa toca, com os olhos arregalados e brancos nos rostos escuros. Proferiam palavras sem sentido num uwiwano desvairado, implorando para que os motoristas abukianos começassem a dirigir, enquanto os companheiros gritavam e imploravam para que os veículos esperassem. Bero encarou do alto da montanha. Os catadores que estavam longe demais e sabiam que não havia jeito de conseguirem chegar a tempo corriam em direção à floresta na esperança de se dispersarem e se esconderem entre as árvores. E tinham razão em sentir medo. A princípio, os clãs haviam batido neles e os mandado de barco de volta para as ilhas uwiwanas, mas isso não fora o bastante para dissuadi-los das escavações. Agora, o comum era que quebrassem os pescoços de qualquer ladrão estrangeiro, assim como os de seus supervisores que usavam jade.

Bero correu para o caminhão mais próximo. Mudt já havia subido no de trás.

— Vai, vai! — gritou Bero, quando dois trabalhadores pulavam para a carroceria.

Um deles conseguiu, mas o outro tropeçou e caiu quando o veículo acelerou, respingando-o de lama enquanto o abandonava. Bero colocou a cabeça para fora da janela, olhou para trás e viu cerca de seis silhuetas emergindo das árvores. Elas se moviam tão rápido que os corpos pareciam um borrão, mas era possível ver que carregavam armas e espadas da lua.

Se não estivesse tão apavorado, teria ficado maravilhado. A cena parecia algo saído de um filme, de um longa-metragem em que rebeldes Ossos Verdes saltavam da selva e emboscavam soldados shotarianos acampados. A diferença era que isso não se tratava de uma batalha, mas sim de uma represália. Tiros ressoaram junto com gritos distantes quando os Ossos Verdes começaram a vasculhar a montanha de dejetos atrás dos catadores. Não havia nada que pudessem fazer por aqueles pobres coitados. Bero se virou para a frente de novo, bem a tempo de ver três homens irromperem das árvores adiante e pousarem no meio da estrada.

— Continua, continua! Atropela! — gritou para o motorista, mas quaisquer outras palavras ficaram presas em sua garganta quando ele viu os três sujeitos se posicionarem lado a lado e lançarem um golpe baixo de Deflexão ao mesmo tempo.

A energia rasgou a superfície da estrada estreita e esburacada como uma onda amplificada e jogou terra e cascalho contra o para-brisa. Os pneus derraparam com violência. O motorista, desesperado, tentou endireitá-los, mas o caminhão girou quase noventa graus e saiu de rota. O veículo se inclinou com um solavanco perigoso e desconcertante e tombou para o lado numa sarjeta repleta de rochas e arbustos.

Bero foi jogado com tudo de encontro à porta; o quadril e o ombro se chocaram contra metal. Ouviu um estalo que torceu para não ter vindo de nenhum de seus ossos. O motorista caiu pesadamente sobre ele. Nos fundos, dava para ouvir os uwiwanos presos colidindo e soltando lamúrias. Alguns segundos nauseantes se passaram, e então abriram a porta com tanta força que quase a arrancaram das dobradiças. Várias mãos se estenderam para dentro e apanharam o motorista, que gritava. Depois, voltaram e agarraram as pernas de Bero. Ele gritou e chutou, mas sua Força atrapalhada e sem precisão não evitou que fosse puxado do veículo tombado como um atum fisgado para fora da água.

Atiraram-no na estrada de barriga para baixo. Bero se esforçou para ficar de joelhos quando largaram Mudt com agressividade ao seu lado. Um medo familiar e repugnante surgiu em sua garganta. Parecia aquela vez, três anos antes, quando fora pego e espancado pelos irmãos Maik. O rosto torto e a forma como mancava estavam ali todos os dias para lembrá-lo daquele encontro, e ele tinha a terrível sensação de que dificilmente pagaria um preço tão baixo agora.

Mudt cuspiu terra.

— Agora a gente se fodeu, keke. É tudo culpa sua.

Bero piscou para tirar o cascalho dos olhos. A metade inferior do caminhão capotado bloqueava a estrada, e os outros dois veículos haviam sido obrigados a parar logo atrás. Ossos Verdes arrastavam catadores para fora de todas as três conduções e os matavam com uma eficiência apavorante. Em poucos minutos, todos foram mortos, todos os treze. Bero suspeitava que os outros sete estavam deitados na montanha de destroços. Pensou em pular e correr para salvar sua vida. Com a Leveza e a Força de seu lado, talvez conseguisse, mas era improvável. Estava prestes a tentar mesmo assim, afinal, o que tinha a perder àquela altura? Mas um dos Ossos Verdes deve ter Percebido suas intenções, porque um par de mãos ásperas os agarrou pela nuca.

— Não inventem de fazer idiotice que vocês morrem, seus barukânes de merda.

— A gente não é barukâne — contestou Bero, com raiva.

Um homem se aproximou. Era mais velho do que os outros, e seu cabelo cortado bem rente exibia entradas grotescas de ambos os lados, mas seu corpo em forma se movia com a eficiência de um lobo cinzento. Seus olhos penetrantes pareciam não piscar muito.

— O Zapunyo não manda mais os barukânes que ele contrata pra supervisionar as escavações — explicou o sujeito para o outro Osso Verde. — Ele precisa que comandem as operações nas ilhas uwiwanas e vigiem sua residência. O povo com febre de jade e vício em brilho de lá é bem mais descartável.

— Então a gente mata eles, Nau-jen? — perguntou o Osso Verde, apertando Bero com mais força.

O Chifre do Montanha analisou os dois adolescentes ajoelhados. Na escuridão, Bero não conseguia ver seu rosto direito, mas sua aura de jade era como um calor profundo e fervilhante vindo de tijolos recém-queimados. O olhar perscrutador do Chifre pousou sobre a jade que rodeava o pescoço de Bero e os braços de Mudt.

— Isso aí é muita jade de boa qualidade pra uns pés-rapados do tipinho de vocês. — A voz dele tinha o tom grosseiro e exigente de um sargento militar. — Como foi que dois catadores que nem vocês conseguiram?

Bero tinha plena certeza de que seria executado, mas, com orgulho e de forma desafiadora, ergueu a cabeça.

— Conquistei essa jade. Eu mesmo peguei do corpo do Kaul Lan.

Por um instante, instalou-se um silêncio atordoado por parte dos Ossos Verdes ali perto. E então caíram numa gargalhada estridente que ecoou sobre os motores em ponto morto dos caminhões. Nau Suen não riu, mas permitiu que seus homens o fizessem. Depois que toda a comoção terminara, um dos Punhos disse:

— Esses novos verdes, como essa gentinha se denomina, são piores do que os barukânes. São todos capazes de fazer a gente acreditar que conquistaram seus espólios em batalhas de verdade, mas nenhum deles consegue usar jade pra nada.

Nau Suen olhou sério para o Osso Verde que acabara de falar.

— Viciamos metade desses patifes miseráveis em jade e brilho pra usar eles contra o Desponta. Por que é que seria uma surpresa se um oportunista como o Zapunyo catasse os instrumentos que o Gont Asch descartou?

Seus homens assumiram um silêncio culpado.

Nau voltou a olhar para os dois adolescentes.

— Não vamos matar esses dois. Vamos mandar eles de volta como um gesto de boa vontade. — Gesticulou para que Bero e Mudt fossem soltos. Bero piscou; parecia tão inacreditável que era difícil sentir alívio. Nau lhes disse: — Escutem com atenção. Falem pro Soradiyo, aquele barukâne, que enquanto eu continuar achando e pegando essas equipes de catadores, ele não vai fazer dinheiro. O Zapunyo não vai ficar feliz. É bem capaz de o gerente de vocês perder o emprego do pior jeito possível. Deixem bem claro que o Nau Suen, o Chifre dos Montanha, gostaria de discutir melhor as opções de carreira para ele.

— Você vai dar propina pro Soradiyo? — perguntou Bero, de repente interessado depois de ter se recuperado do medo.

Mudt o encarou com um olhar que gritava: *Cala a boca. Quer que ele mude de ideia e mate a gente?*

O Chifre encarou Bero de perto e com curiosidade, como se o jovem fosse uma espécie esquisita de sapo descoberta na floresta tropical. Bero achou desconcertante o olhar do homem e começou a achar que talvez Mudt estivesse certo; talvez devesse ter ficado o tempo inteiro de boca fechada. Tinha ouvido rumores por aí de que Nau Suen era tão habilidoso com a Percepção que era capaz de ler mentes, o que era idiotice. Todo mundo sabia era impossível. Mas seu olhar, mesmo assim, era tão penetrante que Bero sentiu a pele se arrepiar.

O Chifre falou:

— Mais uma pergunta e eu corto sua língua fora. Você é um cachorro, um pombo-correio, e só. — Nau se inclinou para mais perto e falou na orelha do rapaz: — Mas não tá mentindo. Você acredita de verdade que tá usando a jade do Kaul Lan. O que significa que, mais cedo ou mais tarde, vai desejar que eu tivesse feito o favor de te matar esta noite.

Nau ajeitou a postura e se afastou.

— Vamos. Tirem esses caminhões daqui.

Diversos Ossos Verdes combinaram suas Forças para rebocar o primeiro veículo e deixá-lo de pé. Depois, Nau e eles entraram nos três caminhões e levaram o latão de jade escavada. Alguns pararam para rolar os corpos dos trabalhadores um por um até a sarjeta. Com uma chuva estrondosa de lama, dirigiram para longe, deixando Bero e Mudt ainda ajoelhados na lateral da estrada, à espera da manhã para que pudessem descer a montanha sozinhos.

Capítulo 24

A Herança

Shae saiu da residência da Homem do Tempo e foi até a casa principal. Muito embora faltasse uma hora para amanhecer, as luzes da cozinha já estavam acesas. Kyanla mexia numa panela de mingau sobre o fogão. Hilo, sentado à mesa, cortava uma nectarina em pedacinhos com uma faca para legumes e os colocava em uma bandeja plástica na frente de Niko. O neném empurrou as porções e, no fim, havia mais fruta no chão do que em sua boca. Hilo grunhiu com uma paciência cansada.

Shae parou na entrada da cozinha. Ainda ficava sobressaltada sempre que olhava para Niko. Era um eco do choque daquela noite, três meses antes, quando seu irmão retornara a Janloon com uma criança de 2 anos exausta nos braços.

— Ele sempre acorda cedo assim? — perguntou.

— Quase sempre — respondeu ele, e comeu os pedaços rejeitados. — Já que eu tinha que acordar cedo de qualquer jeito, pensei em deixar a Wen deitada mais um pouco. Ela passou metade da noite acordada com o Ru.

— A gente precisa ir — avisou Shae.

Hilo limpou as mãos em um guardanapo e se levantou. Kyanla ocupou o assento, mas o menino ignorou as tentativas da empregada de fazê-lo voltar a se interessar no café da manhã e esticou os braços para que Shae o pegasse.

— Titia, titia.

— Agora não, Niko — disse ela com uma pontada de culpa enquanto dava um beijo de consolação no topo da cabeça do pequeno.

Apesar do susto com a existência e a chegada do garotinho, ela o amara quase que de imediato. Era impossível não ver a semelhança com Lan e não sentir a mistura de tristeza e alegria sempre que ele fazia uma expressão que a lembrava do irmão que perdera. Quando Niko ficava agitado, carente e confuso, quando começava a segui-la e, com os olhos cheios de lágrimas, agarrava suas pernas, ela o amava ainda mais e era tomada pelo desejo de reconfortá-lo e protegê-lo. Suspeitava que o motivo de o pequeno ter gostado tanto dela era por ser a única pessoa que se assemelhasse um pouco com Eyni na família.

Um carro discreto com um motorista confiável os esperava na porta da frente. Não podiam usar o Duchesse Priza de Hilo ou qualquer um dos veículos mais reconhecíveis. Sentados, os dois estavam quietos enquanto navegavam pelas ruas escuras.

Shae perguntou:

— O que a gente fala pro clã a respeito do Niko?

O Pilar acendeu um cigarro e abriu a janela.

— Que ele é filho do Lan. Que nasceu do outro lado do oceano sem que a gente soubesse e veio pra Kekon depois que a mãe morreu. O que mais eles precisam saber?

— Ninguém vai acreditar que foi simples assim.

— Eles que acreditem no que quiserem — vociferou Hilo. Um silêncio tenso se agigantou entre os irmãos. Ele virou o rosto e soltou uma baforada pela janela. Quando voltou a falar, sua voz se despira da raiva. — Eu sei o que você tá pensando, Shae, mas não foi assim. Eu tentei fazer diferente. Você lembra da Eyni, de como ela era.

— Ela era a esposa do Lan — retrucou ela, baixinho. — A mãe do Niko.

A Homem do Tempo não havia sido próxima de Eyni, mas as duas mantinham uma relação cordial antes de Shae ter ido para a Espênia. Agora, até lembrar dela era difícil, assim como descrevê-la melhor mentalmente para que, quando se ajoelhasse no santuário do Templo do Divino Retorno e pedisse que os deuses saudassem seu pai, avô e irmão mais velho (que haviam todos partido deste mundo para esperar pelo Retorno), pudesse rogar por sua antiga cunhada também. Quando terminava de nomear aqueles que pereceram, implorava por perdão para seu irmão mais novo. O que Hilo fizera ia contra as Virtudes Divinas, mas o filho de Lan seria cuidado e amado, isso Shae jurava de pé junto. E será que aquela família não havia sofrido o bastante? *Não nos punam mais,* ela suplicava.

Hilo terminou o cigarro e fechou a janela.

— Você preferia que eu tivesse desistido do Niko? — Quando Shae não foi capaz de responder, ele se reclinou no assento. — Foi o que pensei.

Chegaram à orla. Não fora fácil organizar uma reunião com Ven Sandolan, presidente e diretor-executivo da Estrela-K Transportes e patriarca de uma das famílias Osso Verde mais proeminentes do país, num lugar em que não houvesse chance de a conversa ser observada por membros tanto do Montanha quanto do Desponta. O deque de um iate particular atracado no Porto de Verão era provavelmente o local mais neutro e seguro que poderiam esperar.

Ven Sando era um entusiasta de barcos e conhecido por navegar com sua lancha de catorze metros de comprimento chamada *Herança* toda sexdia pela manhã. Quando o sol nasceu, já estavam na água. O empresário veio acompanhado de Haku, seu filho mais velho, um Punho de alto escalão do Clã da Montanha. Enquanto o rapaz cuidava do leme, seu pai foi para as grades de proteção e virou o rosto bronzeado em direção ao oceano, deixando que o vento forte e a maresia soprassem seu cabelo grisalho para trás conforme discursava, todo orgulhoso, a respeito da potência, da velocidade e da capacidade de combustível do *Herança,* e de como uma vez passara quatro semanas velejando pela costa de Tun. Embora um tanto impaciente, Shae, educada que só, ouviu com atenção enquanto Ven os guiava pelo barco e percebeu como o senhor reluziu de orgulho quando Hilo, impressionado, passou a mão pelos móveis e pelo bar molhado sob medida atrás do timão.

Ven Haku conduziu a embarcação até o outro lado da Ilha de Gosha antes de desligar o motor e permitir que os únicos sons presentes fossem o da água batendo gentilmente contra o casco e o distante zunir das aeronaves decolando e pousando no Aeroporto Internacional de Janloon. Uma fina névoa se assentava sobre a costa da cidade e difundia a luz da manhã, mas lá em cima, o céu de fim de outono estava azul e límpido a não ser pelos rastros que esmaeciam das últimas aviações de combate que iam e vinham dos diversos porta-aviões no mar. Shae apertou o suéter contra o corpo para afastar o ar gelado.

— Não é a primeira vez que eu recebo membros do Desponta a bordo. — Ven Sando tinha a arrogância efusiva de um homem que se sentia merecedor de cada moedinha de sua fortuna e tinha uma barrigona que sugeria ele não via sentido em não a aproveitar. Ele gesticulou para que os visitantes se sentassem no salão do barco e se acomodou em uma das cadeiras brancas do deque. — Uns oito anos atrás, conheci o Kaul Sen em um evento de caridade pro Conselho Artístico de Janloon e convidei ele e algumas outras pessoas pra um cruzeiro ao redor de Botaníco na manhã seguinte. Era um homem tão interessante, uma companhia tão maravilhosa, o avô de vocês. As relações entre os nossos clãs eram muito mais cordiais naquela época. Kaul Sen e Ayt Yu tinham suas diferenças, mas nunca faltava respeito no passado.

O sorriso de Hilo chegou perto da expressão tranquila e sincera de sempre, mas morreu antes de chegar nos olhos.

— Espero que nossos clãs voltem a ser tão amigáveis assim algum dia. — Ele se sentou em frente a Ven. Shae colocou uma cadeira levemente à direita e atrás de seu irmão, posição que foi copiada por Ven Haku em relação ao pai. Hilo encarou com sinceridade os participantes da reunião e o ambiente que os cercava. — E aqui estamos nós, o Montanha e o Desponta, então eu diria que parece um bom começo.

— Eu gostaria de concordar — respondeu Ven sem muita empolgação e com as mãos entrelaçadas sobre o estômago —, mas acontece que não sou o Pilar e não posso falar pelo meu clã. Assim como nenhum dos outros membros do Montanha com quem você tem andado conversando.

Desconfiado, mas cauteloso, o empresário ergueu as sobrancelhas.

— Me parece que o Desponta é um galo cortejando galinhas demais.

Quatro meses antes, depois da discussão na mesa de jantar da família Kaul a respeito dos potenciais sucessores de Ayt, Shae mandara um grande buquê de hibiscos da glória e lírios estrela-dançantes, que simbolizavam prosperidade e amizade, ao escritório de Iwe Kalundo para parabenizar a ele e a sua família pelo cargo de Homem do Tempo do Clã da Montanha.

Seis semanas se passaram e, logo depois de retornar de Lybon, Hilo visitara a Academia Kaul Dushuron e se encontrara com o Grão-mestre Le. Naquela semana, Koben Ato, de 9 anos de idade, foi convidado a se matricular e recebeu uma bolsa de estudos integral; um acontecimento raro e reservado apenas para alunos em potencial que demonstrassem um talento incomum e precoce.

A óbvia tentativa da Academia de tentar roubar o neto de Ayt Yu da Escola do Templo Wie Lon foi logo recusada pela família Koben, que independentemente dos estímulos financeiros, seria doida se desertasse da instituição de ensino afiliada aos Montanha, a *alma mater* de toda a família Ayt. O buquê enviado aos Iwe serviu apenas para que recebessem um curto bilhete com um agradecimento educado, mas ambas as investidas conquistaram o objetivo de chamar a atenção para as famílias Iwe e Koben e inflamar a especulação de que o Desponta estava desconsiderando a atual Pilarisa do Clã da Montanha e de olho no próximo líder. Tinha sido intencional da parte de Hilo e de Shae que Ven soubesse dessas ações antes que o encontrassem.

Sem remorso algum, Hilo ergueu as mãos abertas.

— Quero ter uma boa relação com quem quer que lidere o Montanha depois da Ayt Madashi. Nossos clãs declararam paz, mas não confio que Ayt manterá a trégua. Tô pensando na minha própria família, é claro. A Ayt sussurrou o meu nome e é o motivo do meu irmão ter morrido, então só vou dormir bem depois que ela renunciar ou for afastada por um sucessor digno.

Ven se inclinou para a frente e falou, com uma veemência conspiratória:

— E é aí que mora o problema. *Não* existe um plano de sucessão. A Ayt se tornou a Pilarisa porque matou o verdadeiro herdeiro, e agora tá velha demais pra ter filhos mesmo que conseguisse encontrar um homem corajoso o bastante pra se casar com ela. — A voz de Ven ficou mais acalorada. — Os Montanha não estariam enfrentando esse problema se nosso Pilar fosse um homem com uma esposa capaz de gerar filhos. O clã precisa de uma linhagem Osso Verde forte em que seja possível confiar por gerações a fio. — Ele gesticulou para Hilo. — Por mérito próprio, vocês têm isso no Desponta. Nós, não. Estamos sendo liderados por uma mulher sem filhos que persegue as próprias ambições. Pra você ver como o outrora grande clã do Lança de Kekon decaiu.

Shae ficou embasbacada. Até mesmo Hilo estava com os olhos arregalados de leve. Ayt Mada era inimiga deles, e Shae não teria hesitado em descrevê-la como alguém faminto por poder, mas os dois não tinham esperado ouvir Ven falar da própria Pilarisa de um jeito tão abertamente desrespeitoso. A primeira reação da Homem do Tempo foi suspeitar; será que Ven estava tentando cair nas graças dela e de Hilo? Ou será que ele era mesmo tão franco assim?

Ven ergueu as mãos; parecia que estava avaliando o próprio discurso.

— Não me entendam mal — disse, às pressas. Encarou Shae de rabo de olho e voltou a prestar atenção em Hilo. — Não tenho nada contra mulheres sendo Ossos Verdes e ocupando posições de responsabilidade em cargos secundários e valiosos. Mas ser Pilar é diferente. É a coluna do corpo, como todo mundo diz. A Ayt cometeu um erro depois do outro: permitiu que criminosos comuns usassem jade e brilho, trouxe escândalos públicos sobre nosso povo e nos colocou numa caríssima guerra civil que, vocês me desculpem, mas vou falar, a maioria das pessoas do Montanha achava que devíamos ter ganhado sem dificuldade. — Ven franziu os lábios. — Quando eu levanto críticas importantes, e que, vale dizer, não são nada egoístas, a Pilarisa é teimosa e se recusa a ouvir. Inclusive, minha própria vida pode ficar em perigo se aquela mulher descobrir que andei conversando com vocês.

Apesar disso, Ven não parecia ter medo de dar voz ao que pensava. Shae suspeitava que, não importava o quão crítico Ven fosse, a Estrela-K Transportes era grande e importante demais, e aquela família, conhecida e poderosa demais, para que Ayt Mada simplesmente sussurrasse seus nomes e os fizesse desaparecer.

— Fico feliz por termos esta reunião, Ven-jen. É óbvio que o senhor é a pessoa certa pra esta conversa.

Hilo se reclinou na cadeira e, com uma sutil mudança de posição, assumiu um ângulo que o deixou mais diretamente virado para os Ven. Ele pareceu se expandir e relaxar, como se tivesse ocupado aquele mesmo assento no barco incontáveis vezes no passado, e sua voz adotou o tom contente de camaradagem de novos amigos que descobriram que haviam crescido na mesma rua. A mudança aconteceu de forma tão suave e natural que, quando deu por si, Shae teve a impressão de que, desconfortável e separada dos três homens, havia se tornado uma convidada indesejada entre aqueles sujeitos que agora compartilhavam uma familiaridade inexistente pouquíssimos segundos antes.

Com a voz mais baixa, Hilo continuou:

— Fico feliz em saber que tem gente no Montanha que quer ver mudanças tanto quanto o senhor e eu, Ven-jen, mas falando do meu ponto de vista como forasteiro, parece que a família Koben não tem nenhum líder forte além de um garotinho. Não sou paciente o bastante pra esperar vinte anos até que as coisas melhorem, e já percebi que o senhor também não é lá muito complacente. Eu fiquei, é claro, curioso a respeito do novo Homem do Tempo, mas pelo que ouvi por aí, os Iwe seguem a Ayt indiscriminadamente.

Ven bufou.

— É verdade, e também tem muito sangue ralo naquela família.

— Nestes tempos incertos — disse Hilo com um tom austero —, a cooperação entre os clãs é importante. É por isso que eu queria me reunir com o senhor em particular, pra ver se a gente pode se ajudar. A família Ven é conhecida e respeitada por todo mundo, tanto nos negócios quanto nas ruas. Aquele velho ditado, "ouro e jade nunca devem se misturar", é agradável e tal, mas quem é que pode negar que precisamos dessas duas coisas para que nossas famílias sejam fortes de verdade?

Hilo encarou o empresário acima do peso com um olhar de pura convicção.

— O senhor claramente é um homem de princípios, e talvez não queira assumir tanta responsabilidade, mas já que o problema no Clã da Montanha afeta não apenas a minha família, mas Kekon como um todo, sinto que preciso ser sincero. O Desponta reconheceria de bom grado a liderança da família Ven. Não consigo pensar em ninguém que eu preferiria ver como sucessor da Ayt Mada.

A aura de jade de Ven emitiu um pulso perceptível de satisfação, mas ele deu um suspiro dramático e fez um gesto vago com a mão sobre o ombro de "deixa para lá", como se já tivesse ouvido aquilo tantas vezes a ponto de ter se cansado de desapontar as pessoas. O gesto pareceu tão artificial e egocêntrico para Shae que ela se obrigou a esconder uma pontada de profundo desdém. — Fico lisonjeado, Kaul-jen, de verdade, mas tenho uma empresa pra gerir e, além do mais, já tô ficando velho, quase aposentado. O povo sempre espera que o Pilar seja verdejante. — A única jade que Ven usava ficava cravejada em seu pesado relógio de ouro. — Usar tanta jade assim é pros jovens. Pro clã seria melhor ter um líder no apogeu, alguém com a imagem certa, mas que contasse também com os recursos e o capital social de uma família. Eu me contento só de ser a voz da idade e da sabedoria no fundo.

Shae olhou para além de Ven Sando, para o filho dele, e viu os olhos de Hilo indo naquela direção também. Compartilhavam quase a mesma idade com Ven Haku; diziam por aí que o sujeito era um Punho razoável, popular entre os colegas e pessoas mais abaixo na hierarquia, e muito disso se devia à sua falta de pudor em ostentar a riqueza da família com festas e presentes para seus subordinados. Seu cabelo estava penteado com gel para trás e sua jade emoldurava uma gargantilha de couro que lhe circundava o pescoço, como uma coleira de cachorro decorada com joias. Ele estava sentado de um jeito meio despreocupado, com uma expressão em alerta, mas levemente desdenhosa no rosto. Até o zunir baixo e firme da aura de jade dele parecia emanar privilégio e insolência. Ao olhar para Ven Haku e seu rosto sem ruga alguma, por um estranho e desconcertante momento Shae se lembrou do Hilo de seis ou sete anos antes.

Ven Sando pretendia instaurar seu filho como Pilar depois que Ayt Mada se fosse. Hilo olhou do Ven mais velho para o mais novo e inclinou a cabeça com um sorrisinho discreto.

— Um filho obediente e um pai apoiador trabalhando juntos? Acredito que nenhum clã já tenha sido tão sortudo assim. — A aura de jade de Hilo, que costumava ser tão brilhante e expressiva, zumbia com a suavidade de um rio largo e não deixava praticamente nada vir à tona. — Gostaria de ajudar a realizar esta mudança. Mas acontece que a Ayt Mada e eu nos sentamos na frente de nossos dois clãs e declaramos trégua. Eu não quebro minhas promessas, nem mesmo pra inimigos. Sou obrigado a deixar isso claro antes que prossigamos.

Ven Sando encarou Hilo com um olhar perspicaz.

— Ninguém quer outra guerra civil entre os clãs. Mas você não ia ter marcado esta reunião se não tivesse algo pra oferecer além de incentivo.

Hilo ficou um pouco mais severo, um tanto mais formal, e passou a falar mais devagar.

— A Ayt Mada nunca vai sair por vontade própria. Vai ter que ser na força. Quando vocês se movimentarem contra ela, o Desponta oferecerá nossa amizade e apoio completo contra quem insistir em resistir ou quiser se aproveitar do período de transição, porque essa gente sempre aparece. Não é pouca coisa e estou falando sério. Também existem as pessoas que precisam de razões práticas pra aceitar o novo líder. Há coisas que minha Homem do Tempo pode fazer pra ajudar a persuadir esse grupo.

O ensejo pegou Shae desprevenida por um instante. Um tanto irritada, ela tinha começado a achar que Hilo esquecera de sua presença ali.

— A Estrela-K Transportes é uma das maiores e mais rentáveis empresas de Kekon, então imagino que o senhor já tenha muita influência no Montanha — disse ela para Ven, forçando um pouco na adulação. — Ainda assim, alguns dos seus apoiadores em potencial podem ficar mais dispostos se souberem que há incentivos financeiros na jogada. A influência do Desponta em certas indústrias talvez interesse as pessoas que normalmente não têm vantagens nesses setores. Estaríamos abertos até a discutir ofertas de compra ou de parceria com algumas partes de nossos negócios... se os clãs estivessem com uma boa relação. E, naturalmente, esperamos que os senhores tenham zelo com essa informação.

Ven pareceu considerar todas aquelas garantias antes de suspirar alto, como se estivesse chegando a uma decisão difícil, mas inevitável.

— Não seria nada fácil fazer isso que estamos falando. A Ayt tem uma quantidade enorme de jade e se cerca de pessoas leais. A mudança que queremos levaria tempo e planejamento pra acontecer. Mas saber que tenho a promessa de sua amizade, Kaul-jen... é algo que me enche de determinação pra consertar o que anda errado no Montanha e ajeitar as coisas entre nossos clãs.

E ali estava: na surdina, Ven fomentaria o apoio para um golpe dentro de seu clã. Caso desse certo, algo assim quase certamente provocaria a morte de Ayt Mada e de seu círculo mais próximo. Por baixo dos panos, o Desponta ajudaria os usurpadores com suborno, dinheiro, concessões financeiras e, quando a hora chegasse, a força de seus Punhos e Dedos para ajudar a dar um fim nos apoiadores de Ayt. Depois, a família Ven controlaria o Montanha e haveria uma amizade verdadeira e duradoura entre os clãs, não a mera trégua cínica que existia naquele momento.

Hilo declarou:

— Estou empolgado com o futuro, Ven-jen.

Ven entrelaçou as mãos e encerrou a reunião ao se levantar, ir até o bar e servir dois copos de hoji.

— Você com certeza já sabe disso, Kaul-jen, mas dentro do Clã da Montanha, sua reputação é de ser uma pessoa sedenta por sangue. E dizem que a sua adorável irmã é uma simpatizante espênica de coração gelado. Isso serve pra mostrar o tipo de mentira que o povo espalha sobre os inimigos. Vi com meus próprios olhos que você é um homem honesto e sensato, assim como seu avô. Alguém com quem é fácil trabalhar junto.

Ele e Hilo beberam em saúde a nova aliança.

Ven Sando se ofereceu para prolongar o passeio de barco e servir o almoço, mas Shae interpretou o papel da assessora ansiosa do Pilar e sugeriu que seria melhor voltar antes que alguém do Desponta se preocupasse com a ausência dos dois. Enquanto o presidente da Estrela-K deliciava os Kaul com mais algumas histórias de navegação, vez ou outra interrompida por uma anedota a respeito da indústria de transporte, Ven Haku ia conduzindo o *Herança* de volta ao deque privado onde o carro e o motorista dos Kaul esperavam.

Quando o Pilar e sua Homem do Tempo voltaram a ficar sozinhos, agora no interior do carro em movimento, Shae não conseguiu mais se conter.

— O Ven Sando só pode ser o sujeito mais chucro, egocêntrico e insuportável que eu já conheci — exclamou ela.

— Isso te deixa com pena da Ayt?

Hilo deu um sorriso largo, esticou as pernas para o lado da irmã e colocou os pés em cima dos sapatos dela. Shae os chutou para longe, como se ainda fossem crianças implicando um com o outro por espaço no banco de trás do carro de vovô enquanto Lan gritava do banco da frente para que sossegassem o facho. Hilo jogou o braço ao redor do ombro da irmã. O humor dele havia mudado da água para o vinho em comparação com a ida até lá, e a simpatia tranquila demonstrada no barco desaparecera. Seu sorriso torto agora reluzia com ferocidade.

— O Ven e o filho dele juntos não seriam nem metade da líder que a Ayt é. E é assim que a gente vai *vencer*, Shae. Vamos fazer com o que o Montanha desmorone bem debaixo do nariz dela.

Às vezes Shae era obrigada a admitir que talvez o avô deles tivesse apreciado melhor as qualidades de seu irmão mais novo caso ainda houvesse forças shotarianas invasoras que precisassem ser destruídas. Ela disse:

— Vou pensar em outras formas de oferecer nosso apoio pra família Ven.

Capítulo 25

Interceptação

Maik Kehn se equilibrou no deque da lancha quando a embarcação, espalhando borrifos brancos pelo ar, acelerou e começou a pular sobre as ondas dissipadas pelo cargueiro até parar ao lado do navio muito maior. Kehn não gostava muito de ficar na água, e principalmente do chuvisco gelado que lhe voava até o rosto; preferiria mil vezes estar nas familiares ruas de Janloon, nas vielas barulhentas e sujas que ele e seus Ossos Verdes comandavam. Mas os clãs andavam precisando proteger e patrulhar muito além das cidades nos últimos tempos: o alto das montanhas, ao longo do litoral e até mesmo centenas de quilômetros mar adentro. Kehn suspeitava que talvez fosse o primeiro Chifre, pelo menos de sua geração, que estivesse se adaptando às jogadas do inimigo. E com Kaul Hilo aprendera a sempre liderar do fronte.

Juen, seu Primeiro Punho, atirou o gancho, que passou voando sobre a balaustrada do cargueiro, agarrou-se em alguma coisa e amarrou a lancha. Na contramão de alguns homens grandalhões, Kehn não passava trabalho com a Leveza. Segurando a corda retesada, ele içou os pés e, ligeiro, percorreu metade de seu comprimento como uma lagartixa sobre um galho fino. Depois, atravessou os últimos metros do deque do navio com um pulo. Pousou sem alarde e com a faca talon em punho.

Dois homens armados com revólveres saíram correndo em direção aos balaústres. Para sua surpresa, Kehn sentiu a aura de jade dos sujeitos, estridentes de hostilidade e pânico. Quando o avistaram, pararam e abriram fogo. O Chifre saltou direto na direção deles, disparou dois ataques de Deflexão que abriram caminho e, pelo ar, avançou até pousar entre os dois. Com a mão esquerda, agarrou o cano da arma mais próxima, girou-a e arrancou-a do atirador com um rompante de Força enquanto arremessava o homem à direita para trás com um golpe de Deflexão. O sujeito saiu voando até o outro lado do deque escorregadio devido à chuva e atingiu com tudo uma parede de contêineres empilhados ali perto.

Kehn jogou a arma na água. O outrora atirador sacou um par de adagas *durbh* com pontas triangulares, as facas de combate das Ilhas Uwiwa, e avançou com punhaladas cruéis e rápidas. Kehn fisgou e controlou o pulso esquerdo do homem com sua faca talon e, com a mão revestida de Aço, agarrou a lâmina da adaga que o inimigo empunhava na mão direita. O oponente reagiu no mesmo instante, soltou a arma e socou o diafragma de Kehn com Força suficiente para que o ar deixasse os pulmões do Chifre com um grunhido de dor. Na aura de jade do inimigo, sentiu os claros indícios de que o homem estava se preparando para canalizar um golpe fatal de Afluência.

Kehn fortaleceu o torso com Aço; a lâmina *durbh* que havia agarrado com a mão fez um corte profundo na pele de repente desprotegida. Ele a soltou e, rápido e ligeiro, Afluiu primeiro com um golpe não letal no coração, forte o suficiente apenas para deixar o inimigo em choque. Agarrou a camisa do sujeito, deu um grito e então avançou com uma cabeçada que fez o rosto do oponente dar uma guinada para trás e gerar um estalo audível. O Chifre encaixou o ombro no peito do homem agora mole, tirou-o do chão e o jogou para fora do navio. O cadáver caiu na água de superfície embranquecida lá embaixo.

Kehn se virou. Seus Punhos, Juen e Iyn, e dois Dedos, Lott e Dudo, haviam pulado a bordo logo depois dele e deixado um Dedo, Ton, para cuidar da lancha. Iyn estava perseguindo o segundo guarda, que, com a perna quebrada, tentava cambalear para longe. Quando ela sacou a espada da lua, Kehn ordenou:

— Deixa ele vivo por enquanto.

Ocorreu ao Chifre que não deveria ter jogado o outro no mar; agora a jade do homem, mesmo que não fosse muita, jazia no fundo do oceano. Pelo menos não estava mais sendo usada vergonhosamente por um capanga meio-osso vira-lata.

Ele trotou pelo deque em meio às paredes de quinze metros de altura formadas por contêineres vermelhos, alaranjados e azuis empilhados uniformemente igual aos bloquinhos de construção com que seu sobrinho brincava. A embarcação cargueira de trezentos metros de comprimento era grande demais para que fosse possível Perceber todos a bordo, mas ele sabia que seus Punhos e Dedos se dividiriam para fazer uma varredura no barco, que encontrariam e matariam quaisquer outros guardas barukânes e reuniriam a tripulação. Enquanto se encaminhava em direção à ponte de comando, Kehn envolveu a mão com a bainha da camisa e pressionou para que parasse de sangrar.

Vinte minutos depois, o capitão e seus oficiais estavam amontoados juntos no refeitório da embarcação. O capitão era um homem com cerca de

40 anos e uma barba alaranjada encaracolada e costeletas; de acordo com seu crachá, era o Capitão Bamivu eya Kijdiva. Um ygutaniano, assim como boa parte de seus oficiais. A tripulação, por outro lado, era de maioria uwiwana. Muito embora Kijdiva tenha agido com uma calma admirável, era possível ver o suor em sua testa e Kehn pôde Perceber que o coração do sujeito estava batendo muito mais rápido do que o normal. Era óbvio que ele não sabia nada a respeito de Ossos Verdes e pensava que seu navio havia sido atacado por piratas que poderiam roubar a carga ou ferir a tripulação.

— Não se preocupa que ninguém vai se machucar — informou Kehn. O homem ou não entendeu ou não ficou nem um pouco mais tranquilo com a garantia. — Você fala outras línguas? Uwiwano? Espênico?

O capitão falava um espênico até que compreensível, o que foi de grande sorte pois Lott também tinha uma noção decente do idioma, já que o estudara durante os anos na Academia. Era algo aparentemente popular nos últimos tempos; com mais estrangeiros e empresas internacionais em Janloon, era útil que os Dedos soubessem outras línguas além de kekonês. Kehn pediu para que Lott traduzisse:

— Fala que a gente quer ver o documento do navio e o manifesto da carga.

Depois de um certo vai e vem, os documentos foram trazidos da ponte de controle. O navio a motor *Orgulho Amárico,* de propriedade e operado por uma empresa ygutaniana, mas registrado nas Ilhas Uwiwa, saíra de Tialuhiya dois dias antes em direção ao norte, com destino à cidade portuária de Bursvik, em Ygutan. Normalmente, cargueiros rumo a Ygutan iam pelo sul, ao redor de Shotar e através do Golfo de Origas, mas as águas perto de Oortoko haviam se tornado uma zona de guerra cheia de navios de combate shotarianos, espênicos e ygutanianos.

Kehn franziu o cenho enquanto folheava o manifesto. A embarcação transportava quase vinte mil toneladas de carga, de vestuário a bens de consumo e frutas enlatadas. Seria impossível revistar tudo. O capitão fez uma pergunta e Lott disse:

— Ele quer saber se matamos aqueles homens, os quatro guardas.

Juen e os demais haviam encontrado outros dois barukânes quando tomaram o navio.

— Aqueles homens trabalhavam pra um traficante nas Ilhas Uwiwa — informou Kehn ao capitão, sem responder à pergunta. — Você sabe o que é que eles tavam protegendo?

O comandante engoliu em seco.

— Eu não perguntei nada — disse o sujeito, através de Lott. — Recebi pela passagem deles. É normal levar de quatro a dez passageiros pagantes a bordo. Não sei o que tem nas caixas. Nunca vejo nada. Só transporto.

Kehn deixou o capitão e os oficiais sob vigília de Juen e voltou para o deque com Lott. O céu continuava cuspindo uma chuva fraca e intermitente, mas o sol havia aparecido. O barukâne que Iyn deixara vivo, mas com a perna dobrada num ângulo perturbador e o rosto de uma tez pálida, fora amarrado à balaustrada. A Osso Verde, então, despira-o de toda a jade e acabou suspirando de decepção recostada contra um contêiner próximo enquanto estourava o colar, jogava as nefritas no oceano e parava para guardar no bolso as únicas duas pedras de verdade. Punhos iniciantes como Iyn eram os mais ávidos para se provarem, e competiam contra os colegas para conseguir mais jade, território, responsabilidades e Dedos para liderar. Kehn tentou não se esquecer de oferecê-la outra chance de conquistar jade o quanto antes. Ele acabara percebendo que a maior parte do trabalho como Chifre era gerenciar pessoas e, muito embora não fosse naturalmente dotado da simpatia calorosa e do magnetismo de seu antecessor, tentava prestar atenção naqueles que comandava e ser severo, mas justo nas decisões. Depois de dois anos sofridos naquela função, ficara mais confiante em sua própria liderança e sabia que seus guerreiros o respeitavam.

Parado em frente ao barukâne ferido, Kehn perguntou:

— Você fala kekonês? — Quando o sujeito assentiu, o Chifre foi direto ao ponto. — Qual é o contêiner?

— Não sei — respondeu o homem. — O Zapunyo não me paga pra saber das coisas. Só me mata de uma vez.

— Eu não vou te matar. A fratura na sua perna foi feia, mas não é irreversível. Se eu mandar o médico do navio vir aqui e colocar no lugar, você vai melhorar e conseguir andar de novo. Ou então posso mandar o Lott e a Iyn aqui transformar os seus ossos em um monte de cascalho dentro de um saco de pele. Ah, e a outra perna também. E depois te largar aleijado de volta nas Ilhas Uwiwa pra ver qual utilidade o Zapunyo vai achar pra você.

A cor que restava no rosto do criminoso esvaeceu.

— Se eu contar qualquer coisa, pra mim já era. Sabe o que o Zapunyo faz com quem rouba ou abre a boca? Com quem rompe o silêncio de Ti Pasuiga? — Ele começou a bater os dentes quando o vento esfriou suas roupas e a pele encharcada de suor. — Primeiro, ele corta os pés, depois as mãos, e finalmente a cabeça, aí ele manda enterrar essas partes em lugares diferentes pra que nem na vida após a morte a pessoa fique inteira.

— E ele faz isso porque é um animal — disse Kehn. — Nós temos como te livrar do Zapunyo. Como você acha que a gente saberia deste cargueiro se já não tivéssemos informantes sob a nossa proteção? Além do mais, temos o apoio dos espênicos. Eles tão em guerra e também querem acabar com o tráfico pra prevenir que os inimigos fiquem mais fortes. Quer começar uma vida em algum lugar longe das garras do Zapunyo? Ou quer a outra opção? Vou ali dar uma fumadinha enquanto você pensa.

Kehn se afastou.

Ele, de fato, acendeu um cigarro e foi para longe para aproveitá-lo. Lá atrás, ouviu Iyn dizer:

— Por mim eu quebrava sua outra perna só por desperdiçar o tempo do Maik-jen. O Chifre é um homem paciente, mas não gosta de ficar de conversinha, então ele tá sendo generoso até demais e você não tá levando a sério, seu barukâne estuprador de cachorro de merda.

— Iyn-jen, não tem por que xingar assim com ele nesse estado — falou Lott. Depois, num tom preocupado, acrescentou para o sujeito: — Olha, tomara que você decida cooperar. Não consigo entender que lealdade é essa que você tem com o Zapunyo que faça valer a pena tanto sofrimento, e, sendo bem sincero, não quero piorar as coisas pro seu lado, mas é claro, vou fazer o que for necessário.

Tudo isso foi dito com a quantidade certa de empatia, razoabilidade e uma gélida certeza. Kehn fez um som de satisfação para si mesmo. Lott Jin começara sua carreira como Dedo com o pé esquerdo, mas ao seguir as instruções de Hilo para que o rapaz fosse orientado por bons mentores, o jovem chegara longe e melhorara muito de atitude.

Enquanto esperava e dava mais alguns minutos para o refém, Kehn pensou em como pediria Lina em casamento. Já haviam conversado a respeito, então sabia que ela aceitaria. Era o momento certo; ele era um filho mais velho e queria ser pai em breve. Discreto como era, preferiria uma cerimônia pequena e simples, mas sabia que não seria possível; o casamento de um Chifre era um evento para o clã. Todas as deferências políticas e superstições que afetavam a família Kaul afetavam os Maik também.

Quando terminou o cigarro, Kehn voltou e exigiu uma resposta. Agora tremendo violentamente e com um espírito de profunda derrota, o homem os direcionou até o contêiner que fora incumbido de proteger. Era difícil acreditar que os barukânes tivessem mesmo sangue kekonésio, pensou o Chifre, já que tinham tão pouca força de vontade, mas isso era uma consequência natural de nascer e apanhar em um lugar covarde como Shotar.

Kehn convocou o médico do navio para olhar os ferimentos do sujeito. Membros da tripulação foram trazidos para operar o guindaste e remover da pilha o contêiner de seis metros de comprimento. Quando o bloco azul de metal corrugado foi aberto no deque, Kehn viu que estava cheia de caixas de papelão. Várias das primeiras que examinaram continham centenas de artigos de vestuário (calças para exercício, tops e roupas de natação), cada um embalado individualmente com poliéster, das fábricas das Ilhas Uwiwa. E então Iyn percebeu que algumas das caixas pareciam ter um código de barras extra no lado de dentro. Kehn abriu uma delas e puxou uma blusa feminina com pequenos botões verdes na frente. Eram todos feitos de jade e a peça era falsa; o fecho nem abria. A caixa inteira estava repleta de jade disfarçada como meros itens de ornamentação. Aninhadas em camadas de tecido e misturadas com milhares de roupas, as pedras facilmente escapariam de uma inspeção casual até que alguém em Ygutan recebesse a entrega em nome de algum varejista fictício e coletasse a fortuna em jade.

— Aquele uwiwano não é burro, não — admitiu Kehn com um grunhido, parado entre a bagunça de caixas, plástico e tecido.

Deixou seus Ossos Verdes por conta do resto da busca e foi até a ponte de comando para ordenar que o capitão mudasse o percurso. O navio a motor *Orgulho Amárico* atracaria em Janloon, no Porto de Verão.

Capítulo 26

Estabelecendo Expectativas

A notícia foi vagamente difundida nos jornais ygutanianos e nem mencionada fora daquele país, mas de acordo com as reportagens traduzidas que Shae recebera dos contatos do clã em Ygutan, diversos bombardeios direcionados haviam ocorrido na semana anterior e destruído fábricas químicas nas proximidades de Dramsk, Nitiyu e Bursvik. O diretório ygutaniano estava culpando grupos leais a Shotar em Oortoko, apoiados pelo governo espênico. As matérias não revelavam quem operava ou comandava as instalações e nem o que estava sendo produzido para transformá-los em alvo de sabotagem, mas Shae já sabia. Os espênicos não se ofereceriam para pagar alguma coisa se não planejassem usá-la; Shae se encontrara com o Embaixador Mendoff e o Coronel Deiller no Clube Lanterna Branca oito meses antes, e agora as lucrativas fábricas de brilho do Clã da Montanha haviam sido destruídas.

Ayt Mada devia estar furiosa. Um sorriso satisfeito surgiu pelo rosto de Shae e pairou por ali antes de se esgueirar para longe. O Desponta não agira contra as operações dos Montanha diretamente, mas Ayt tinha razão em deduzir quem vendera a informação para os estrangeiros. Shae não se arrependia nem por um instante do que fizera; havia causado um baque financeiro atordoante ao outro clã sem arriscar vidas ou negócios do Desponta, impedira que vastas quantidades da droga venenosa que matara Lan chegassem ao mercado clandestino e fortalecera a aliança com os espênicos sem ceder a demandas por mais jade. Era exatamente o tipo de vitória astuta que deixaria seu avô orgulhoso. O único problema era que Ayt com certeza retaliaria. Shae não sabia quando ou como aconteceria, mas o Clã da Montanha encontraria um jeito.

Ela chamou Woon para seu escritório e pediu que organizasse outra reunião com o Coronel Leland Deiller.

— Diz que temos informações militares adicionais que seriam do interesse dele.

Woon se sentou em frente à mesa dela. Depois da tentativa de se demitir da função de gerente da equipe, várias semanas repletas de uma estranheza latente haviam persistido entre os dois, mas o clima esquisito esmaecera perante a imperiosa necessidade de que tivessem uma boa relação profissional. Shae ficava feliz por Woon ter voltado a parecer confortável em sua presença. Era grata por ainda serem amigos, mesmo que as coisas não fossem como antes.

— E a informação é de que o Maik Kehn descobriu tráfico de jade das Ilhas Uwiwa pra Ygutan em cargueiros comerciais — apontou Woon. — Você acredita que se contarmos isso para os espênicos, eles vão acabar com as operações do mesmo jeito que acabaram com as fábricas de brilho em Ygutan.

— O Kehn e os Punhos dele deram sorte com uma dica a respeito daquele navio em específico, mas é impossível que consigam patrulhar todo o Oceano Ocidental de Tun. Os espênicos conseguem — disse Shae. — Podemos até ter informantes e agentes nas Ilhas Uwiwa, mas nosso poder lá não representa grandes coisas, ainda mais desde que o Hilo causou um banho de sangue público. A Espênia, por outro lado, é o que fornece grande parte do auxílio internacional daquele país e poderia forçar o governo uwiwano a acabar com as atividades do Zapunyo mesmo que ninguém mais possa.

Woon assentiu.

— Vamos fazer com que eles resolvam nossos problemas.

— Tirando a retórica nacionalista da Ayt Mada, temos interesses em comum com a RDE — continuou Shae. — Não queremos jade ou brilho no mercado clandestino, e nem eles.

— Porque eles querem ficar com tudo. Você tem que tomar cuidado, Shae-jen. Trabalhar com os espênicos é como dormir ao lado de um tigre: parece uma boa ideia até o bicho ficar com fome, e os espênicos não são um povo sutil. Tem mais de cem mil deles na Ilha Euman agora, e estamos recebendo reclamações de Lanternas por causa dos soldados espênicos de folga em Janloon causando problemas em cassinos e bordéis. Os jornais tão divulgando um crescimento nas mortes de civis em Oortoko e o mundo tá jogando a culpa no envolvimento da Espênia. Pela forma que a opinião pública anda nos últimos tempos, seria melhor que o Desponta evitasse parecer achegado demais nos estrangeiros.

Shae não podia discordar, ainda mais por saber que algumas pessoas, tanto dentro quanto fora do clã, já a viam como uma aficionada pela Espênia devido à sua formação internacional. Enquanto isso, Ayt Mada estava aproveitando a Guerra de Oortoko para criticar estrangeiros num geral (e especificamente os espênicos) e elevar sua imagem e popularidade.

Dava para entender a tentação do povo em querer comprar os discursos hostis de Ayt, o que Shae não conseguia era concordar com isso. Os sentimentos calculados de Ayt levavam a um caminho já muito conhecido em direção ao isolacionismo etnocêntrico. Kekon vivera um período assim séculos atrás, mas com a tecnologia moderna, o comércio global e pessoas como Maro, jamais conseguiria retornar àquela realidade.

— Você tem razão em ter cautela, Papi-jen — comentou Shae para seu assessor —, mas você me encorajou a abrir mais portas para nossos Lanternas, e a Espênia é o lugar em que eu tenho como fazer isso.

— Faz sentido o que você tá falando — respondeu Woon devagar —, só que quanto mais amarras tivermos com aquele país, mais poder eles terão sobre nós. Vantagens que podem usar no futuro de jeitos que ainda não sabemos e que podem nos custar muito. E como você sabe que os estrangeiros vão cumprir o acordo? O Mendoff e o Deiller ainda não entregaram nada do que você pediu no Lanterna Branca.

— E aí é que tá. Os espênicos valorizam essa reputação de serem empresários diretos e honestos; eles veem a pobreza e promessas não cumpridas como falhas morais. Oferecer outro presente antes de terem retribuído o primeiro vai fazer com que fiquem desconfortáveis. Eles ficarão motivados a corrigir o desequilíbrio de uma vez.

Woon se levantou para sair.

— Vou organizar a reunião como você requiriu, Shae-jen, mas por debaixo dos panos. Nem todos no clã concordam com a gente.

Naquela noite, Shae convidou Maro, Hilo e Wen para um jantar. Tinha pensado em chamar Maro para uma refeição em família na residência Kaul, mas talvez conhecer a família inteira, incluindo as crianças e os Maik, fosse muita informação de uma vez só. Além do mais, a casa principal era o lar do Pilar, e ela ficou com a impressão de que assim talvez desse a entender algo errado quanto à natureza do encontro. Descartou a ideia de um restaurante onde as pessoas poderiam vê-los, porque aí começariam com as especulações de quando a neta do Tocha se casaria e teria filhos.

Shae nunca levara a culinária muito a sério, mas, com a ajuda de Kyanla, fora capaz de preparar o que considerou uma refeição apresentável de salada de conserva de rabanete, sopa de ovos e gengibre e galinha assada caramelizada em molho vermelho de pimenta. Instruíra Hilo a chegar quinze minutos antes de Maro, porque queria conversar primeiro e esclarecer algumas coisas.

— Não tô trazendo meu namorado pra você inspecionar — disse ao irmão, quando ele chegou com Wen, que foi direto para a sala de jantar ajudar Kyanla a dispor a mesa. — Parece que o Maro acha que, por não usar muita jade e não fazer parte do clã, tô relutante de apresentar ele pra minha família. E não é verdade. Eu queria que isso tivesse acontecido faz muito tempo já, mas com a nossa agenda... Ele viaja muito, a gente anda ocupado e agora com o Niko e o Ru pra cuidar... não deu tempo. Então agora finalmente tivemos chance, mas é *só um jantar*.

— E você tá nervosa assim por quê? — perguntou Hilo com um sorriso provocador que a irritou, não porque ela estava nervosa, mas porque queria simplesmente estabelecer expectativas realistas. — Tá achando que eu vou interrogar ele? Que vou fazer ele lutar comigo? Eu e a Wen estamos é felizes de ter uma desculpa pra fugir das crianças por umas horinhas.

Os Dedos que vigiavam os portões da propriedade Kaul foram instruídos a permitir a entrada quando o namorado de Shae chegasse. Maro apareceu com uma camisa nova por baixo da jaqueta de camurça e com uma garrafa cara de hoji de primeira linha em mãos. Ele deu um beijo inocente na bochecha de Shae e saudou Hilo com reverência para demonstrar o devido respeito.

— Kaul-jen.

Vê-lo agindo com deferência para seu irmão deixou Shae mais incomodada do que achava que ficaria.

— A Shae me contou que você é um professor, então devo te chamar de Dr. Tau — respondeu Hilo com um sorriso —, mas estamos entre amigos aqui, então eu deixo a formalidade pra lá se você deixar também.

Com a astúcia de não mencionar que a destilaria Beleza Maldita pertencia a um antigo Punho e, portanto, a família Kaul tinha acesso livre àquele hoji, o Pilar aceitou e admirou o presente. Depois pôs a mão no ombro de Maro e guiou-o até o interior da casa para apresentá-lo a Wen.

O jantar foi mais tranquilo do que Shae esperara. A comida, no fim das contas, havia ficado razoável (e até que boa, mas, sem sombra de dúvidas, graças à ajuda de Kyanla). Hilo foi descontraído na medida certa e charmoso do jeito que conseguia ser quando queria. Shae ficou grata pela presença da cunhada, pois Wen manteve o fluxo da conversa com perguntas amigáveis a respeito do trabalho de Maro como professor e de seus artigos publicados sobre as relações keko-shotarianas pós-coloniais. Ele havia voltado fazia pouco tempo de uma viagem de duas semanas à cidade de Leyolo, onde dera várias palestras como docente convidado na Universidade Imperial e fizera pesquisas nos arquivos nacionais. Shae sabia que as frequentes viagens a trabalho também eram oportunidades discretas de ele visitar o lado shotariano da família.

O único momento esquisito de verdade da noite veio do nada, quando Wen perguntou a Maro com um interesse genuíno:

— Maro-jen, como você é um conselheiro respeitado do Conselho Real, já pensou em ir atrás de uma carreira política?

Maro bebericou o hoji antes de responder.

— A ideia já me passou pela cabeça — admitiu. A antiga proibição de Ossos Verdes em posições políticas significava que ele precisaria abrir mão da jade para se candidatar, uma escolha difícil que dissuadia a vasta maioria dos formandos da Academia de ambições governamentais. — Eu gosto de dar aula e fazer pesquisa, mas também quero fazer uma diferença maior na política nacional.

— O Maro anda se envolvendo em trabalhos sem fins lucrativos que cuidam dos problemas humanitários relacionados à guerra em Oortoko — mencionou Shae.

— Muito admirável — comentou Wen, com um sorriso. — E o fato de que você fala kekonês, espênico e shotariano... deve ser uma vantagem e tanto na sua carreira.

Hilo encheu o copo de hoji do convidado mais uma vez e, de forma encorajadora, disse:

— Com o Chanceler Son se aposentando ano que vem, não faria nada mal ter mais conselheiros do Desponta na Casa da Sabedoria.

Maro não respondeu de imediato. Desconfortável, coçou a nuca.

— Não tenho planos de concorrer a cargos públicos por enquanto, mas se concorresse, seria como independente. — Ele deu uma olhada para Shae e depois para o Pilar. — Sei que seria mais difícil vencer sem o apoio de nenhum dos clãs principais, mas eu não pago tributos como Lanterna e não venho de uma família Osso Verde muito proeminente. Não me sentiria confortável em aceitar o apoio do clã e passar a imagem de que o meu relacionamento com a Shae é motivado por ganhos políticos pessoais.

O sujeito colocou a mão sobre o braço dela, mas continuou falando com Hilo.

— Mas o motivo principal é que eu acho que é importante ter mais vozes no governo sem afiliações com os clãs.

Hilo ergueu as sobrancelhas muito sutilmente. Os olhos de Shae pulavam do irmão para o namorado. O contraste entre Hilo e Maro era gritante. Hilo estava relaxado na cadeira com um cotovelo descansando sobre a mesa e ocupando espaço como lhe era de praxe. Maro estava ereto e concentrado, parecia mais velho, mais prudente e mais cuidadoso com a postura e o modo de falar.

— Estadistas independentes podem ser comprados ou intimidados — disse o Pilar, com uma voz perfeitamente neutra. — Ter essa gente no Conselho Real faz mesmo alguma diferença?

— Se tivesse um número suficiente deles, faria — insistiu Maro. — Tem coisas que os clãs veem como sagradas mas que, talvez, deveriam ser examinadas mais de perto e avaliadas tendo em vista a serventia real que oferecem pra sociedade. A proibição de BL1, os expurgos por lâmina, a Aliança Jade-Kekon.

Para tentar prevenir a colisão eminente, Wen, toda animada, disse:

— O Hilo vive reclamando de como tem que ler mil coisas pras reuniões da AJK e de como os encontros são lentos e chatos.

— E também são economicamente ineficientes — continuou Maro, sem perceber a saída que lhe fora oferecida. — Tem gente que defende que jade deveria ser tratada como qualquer outro recurso, com o fornecimento e a demanda ditados pelo livre mercado.

Hilo bufou.

— E aí os estrangeiros tentariam comprar cada pedra.

— E isso é tão ruim assim? — perguntou Maro, como se estivesse indagando sobre a tese de um aluno. — A AJK restringe o fornecimento global de jade, o que infla os preços artificialmente e canaliza o capital pro mercado ilegal secundário em vez de pro nosso PIB. Com a disponibilidade de BL1, estamos caminhando a passos largos pra um momento em que jade será cada vez menos exclusiva para os kekonésios.

Quando se empolgava com algum assunto, Maro falava rápido e assumia um tom de discurso acadêmico na voz.

— Nossa economia tá se desenvolvendo e diversificando. Temos outras indústrias e recursos. As exportações que mais crescem são bens manufaturados, tecidos e metal. Então por que é que continuamos tratando jade, algo que precisa ser regulado por um cartel nacional e defendido com violência, com muito mais cuidado do que os outros? Só por causa de ideologias históricas e religiosas arraigadas em nós.

Hilo o encarou de um jeito engraçado. Ao contrário de Shae, ele não estava acostumado ao hábito de Maro de desafiar crenças socialmente aceitas em nome de um debate robusto. Por um instante, a Homem do Tempo foi capaz de sentir o irmão o avaliando com frieza: que tipo de Osso Verde, que tipo de kekonésio, desvalorizaria jade e tudo o que ela representava? E ainda por cima na frente do Pilar do clã?

— O Maro é bom em bancar o advogado do diabo — comentou Shae rápido, mas com firmeza, e colocou uma mão no braço de Maro num gesto de afeto e repressão. — E é por isso que ele é tão valorizado como professor. Por sempre desafiar os alunos. Ele tem uma lábia capaz de fazer alguém acreditar que um gato preto é branco, ou que um branco é preto.

Hilo deu um sorriso dissimulado.

— Mas a cor do gato continua a mesma.

A convicção na postura de Maro vacilou. Shae vislumbrou o constrangimento e a indignação colorirem o rosto dele. Ela tinha esquecido como Hilo era ligeiro em fazer com que outros homens ficassem na palma de sua mão; bastava uma olhada ou uma palavra, sem nem tentar. Ficou furiosa com o irmão naquele instante. Estudiosos podiam até ser respeitados, mas pais kekonésios clamavam para que pelo menos um filho trouxesse para a família a honra de terem um guerreiro Osso Verde. Todos os diplomas de Maro não passavam de papel ao lado da jade de homens como Kaul Hilo e, por um breve momento, Shae foi capaz de ver um lembrete desse fato estampado na expressão severa do Pilar.

Maro deu um sorriso forçado.

— Pois é, eu discuto demais mesmo, até mesmo fora da sala de aula. A Shae tem paciência comigo, mas às vezes tenho que lembrar que nem todo mundo gosta.

Ao perceber ou o desconforto do homem ou a raiva de Shae, Hilo mudou imediatamente de postura. Fez um gesto de "deixa para lá" frente à justificativa de Maro e, com uma risada curta, disse:

— A Shae? Tendo paciência? Nunca vi. Você deve aflorar um lado mais amigável dela. — Ele se inclinou adiante e deu um tapinha descontraído no ombro de Maro. — Não leva nada do que eu disse como crítica. Nunca tive muita paciência pra política, sabe como é, mas tenho certeza que você se daria bem em qualquer empreitada, e fico feliz que a minha irmã tenha encontrado alguém que combine com ela tanto nas discussões inteligentes quanto nas opiniões fortes.

Wen perguntou:

— Vocês planejaram alguma coisa pro Dia do Barco este ano? A gente vai levar nossos meninos na beira-mar pra ver o naufrágio. Faz anos desde a última vez que fomos.

A tensão momentânea se dissipou e a conversa fluiu para um território mais leve enquanto terminavam a refeição e aproveitavam um chá. Maro, muito educado, anunciou que estava de partida antes que ficasse tarde demais. Saudou Hilo mais uma vez, agora com menos formalidade, e agradeceu o tempo compartilhado naquela noite. Na porta, virou-se para Shae com uma expressão de alívio e pesar no rosto, como se quisesse dizer "*bom, até que não foi tão ruim... nós sobrevivemos, né?*" E então a beijou na boca.

— Vai demorar pra gente se ver? — indagou baixinho.

— Não — prometeu ela.

Wen disse que precisava voltar à residência principal para amamentar Ru e colocá-lo na cama, mas avisou ao marido que ele não precisava se apressar.

— Se você tiver tempo, vamos tomar chá semana que vem, irmã — falou ao abraçar Shae enquanto saía. — Na quardia ou quindia seria melhor. Tenho uma aula na segundia e vou na casa de banho na terdia. Faz semanas desde a minha última massagem.

— A gente podia construir uma piscina ou uma sauna pra você aqui em casa — sugeriu Hilo. — Te pouparia de todas essas viagens.

— Ocuparia espaço demais — argumentou Wen. — E eu gosto de sair de casa.

Os filhos pequenos ocupavam a maior parte de seu tempo e atenção, mas ela ainda conseguia gerenciar um punhado de informantes que de vez em quando carregavam informações através da Esplendor Celestial até os ouvidos do Desponta.

— Na próxima quindia, então — sugeriu Shae. — Eu te ligo quando chegar do trabalho.

Depois que Wen foi embora, Hilo ajudou a empilhar os pratos na pia da cozinha e depois saiu para acender um cigarro no pátio. Quando a Homem do Tempo o seguiu e parou ao seu lado, ele disse:

— Foi um belo jantar, Shae. — Ela estava prestes a agradecer quando seu irmão acrescentou: — Ele é meio estranho, mas até que gostei do sujeito. Pelo menos é kekonésio.

A resposta de Shae acabou debandando para a indignação.

— O que foi que eu te falei antes? Não convidei o Maro pra conseguir a sua aprovação.

Com o cenho franzido, Hilo se virou para ela.

— Não grita comigo, Shae. Você me convidou pra vir conhecer seu namorado, o que me deixou feliz. Queria que eu pegasse leve com ele, que não fizesse alarde, e foi o que fiz. Já falei que foi um belo jantar; eu e a Wen nos divertimos. Você me apresenta pra uma pessoa e espera que eu não diga uma palavra sequer?

Muito embora Hilo fosse alheio a verdadeira ascendência de Maro, Shae se irritou pelo namorado.

— "Pelo menos" ele é kekonésio? E o que é que você quer dizer com isso?

— Exatamente o que eu falei e nada mais — vociferou Hilo.

Ele apagou o cigarro com mais força do que seria necessário.

— Talvez eu não tenha escolhido as palavras certas — admitiu, de má vontade. — Só tô falando que fiquei feliz porque a gente não vai passar pelo mesmo problema de antes. O Maro é idealista demais, mas parece um homem de bom coração. Ele não chega nem perto de ser tão verdejante quanto você, mas poucos homens são, então não me surpreendo. O que importa é que ele te faça feliz. Você o ama?

Ela ficou desconcertada com a pergunta repentina. O contraste entre a franqueza e a razoabilidade de Hilo a deixaram incerta.

— Acho que sim — respondeu Shae, quase sem pensar.

— Se você não tem certeza de que ama, então é porque não ama.

Claro que Hilo diria uma coisa dessas. Shae tinha certeza de que amava o tempo que passava em sua companhia, as longas conversas, o calor do corpo dele ao seu lado na cama, o jeito que Maro era tudo o que o Desponta quase nunca era: pacífico, ponderado, mente aberta. Quando estava com ele, Shae se sentia valorizada e atraente. Conseguia imaginar um futuro se desenrolando adiante. Mas desde Jerald ela andava cautelosa.

— Acho que a gente tá quase lá — disse. — Queria que pudéssemos passar mais tempo juntos. O clã não deixa muito espaço pra outras coisas.

Seu irmão relaxou a postura.

— Pois é — concordou Hilo, e esfregou a mão cansada sobre os olhos.

Ao olhar para ele, um pouco da irritação de Shae se dissipou e ela não conseguiu evitar uma pontada de compaixão. Hilo era o Pilar mais mão na massa que qualquer um já conhecera. Ainda deixava a maior parte das questões políticas e administrativas com a Homem do Tempo, mas ela o via sentado na cozinha de noite se obrigando a analisar relatórios industriais e destacando as partes que precisaria perguntar para a irmã. Ele cumpria o dever de ir às reuniões que ela marcava com empresários executivos e conselheiros, e usava a inegável força de sua presença para compensar pela falta de experiência e conhecimento nos negócios. Muito embora ele tivesse gradualmente dado muito mais autonomia a Kehn, ainda ia para as ruas conversar com Punhos e Dedos, se encontrava com Lanternas e revisava cada aspecto das atividades militares do Desponta, que haviam mudado e crescido para incluir patrulhas em barcos motorizados e sentinelas na selva montanhosa.

Com sua retórica sagaz e firmeza pública, Ayt Mada era capaz de impor respeito como líder. Hilo não possuía essas qualidades, mas gerenciava o Desponta da mesma forma que havia construído sua massa de seguidores como Chifre: com milhares de conversas e interações pessoais com seus subordinados, o que os conquistou a duras penas, um de cada vez. Era uma forma eficaz, mas cansativa de ser o Pilar. E agora ele também tinha dois filhos pequenos que consumiam o resto de suas energias.

— Não tenho problema nenhum com o Maro — disse Hilo —, mas não quero segredos ou surpresas. Se o relacionamento ficar sério, se você quiser casar e trazer ele pra família, precisa me contar. Tem que me pedir do jeito certo.

— Por que você é meu irmão mais velho? — perguntou Shae, com um sorrisinho um tanto debochado.

— Isso — respondeu ele, com uma pitada de raiva e um olhar que indicava que Shae estava sendo difícil. — Eu sou o Pilar. Ninguém faz algo que afeta o clã inteiro sem a permissão do Pilar. Antes de me casar com a Wen eu fui pedir para o Lan.

— E se ele tivesse dito que não?

— Ele não disse. E por que ele faria uma coisa dessas? — A aura de jade de Hilo agora estalava de irritação. — Tá achando que só por ser minha irmã e a Homem do Tempo as regras não se aplicam a você? O Kehn me procurou do jeito certo. Assim como o Woon. Claro que eu disse sim para os dois.

Shae piscou.

— O Woon... perguntou se podia...?

Hilo piscou de volta para a irmã.

— Você não sabia? — Ele a encarou com um olhar estranho, quase de pena. — Pouco depois do Ano-novo. Ele veio me ver e trouxe a namorada. Fazia pouco tempo que estavam juntos, uns quatro ou cinco meses talvez. Mas as famílias se conheciam e os dois pareciam felizes. Quero dizer, feliz daquele jeito do Woon. É complicado de saber com ele.

O Ano-novo acontecera cerca de oito semanas antes. Shae havia conversado com Woon no escritório naquela tarde.

— Por que foi que ele não me contou? — perguntou, mais para si mesma do que para Hilo.

— Ele devia ter planejado contar e esqueceu — comentou o Pilar, muito embora Shae soubesse muito bem que ele não acreditava nessa explicação. Woon não se esquecia de nada.

— Somos Kaul. Todas as nossas decisões são decisões do clã, até mesmo as que parecem particulares — disse Hilo. — Você acha que eu não sabia que o povo ia falar dos Maik? De que a Wen é uma pedrolha? Claro que eu sabia. Dei ao Kehn e ao Tar todas as chances que eu podia para que conquistassem jade e provassem seu valor pro clã. Consegui a benção do Lan para me casar com a Wen. Você precisa fazer o mesmo com o Maro, porque ele não será uma figura poderosa no Desponta. O sujeito é bacana, mas não nasceu pra isso aqui. Tenho certeza de que seu namorado vai longe no mundo dele e que vai ter uma boa vida se ficar com você, mas ele não vai marcar presença na mesa depois do jantar quando conversarmos sobre os negócios do clã. Nunca. O Maro precisava saber disso antes de tudo. Essa é uma conversa que eu precisarei ter com ele se e quando você me procurar. Acho que ele já sabe disso muito bem, então acredito que não vai ser um problema. Mas já estamos colocando o carro na frente dos bois. Hoje à noite foi só um jantar, como você disse, então vamos encerrar o assunto por enquanto.

— Vamos.

Shae ouviu suas palavras saindo com amargura e um tanto entorpecidas. Ela queria, mais por hábito de instinto do que por qualquer outra coisa, sentir raiva de Hilo, mas nada dito ali era mentira.

Seu irmão bocejou.

— Melhor eu ir. O Ru vai me acordar antes de amanhecer. — Ele olhou para o outro lado do jardim. — Como o Andy tá?

A pergunta foi tão inesperada que Shae ficou sem resposta num primeiro momento. Fazia mais de um ano que o primo vivia na Espênia, e Hilo nunca perguntara a respeito. Sempre que Shae mencionava que havia conversado com Anden pelo telefone ou recebido uma carta, o Pilar ouvia, mas nunca respondia. E o questionamento fora feito agora com tanta simplicidade e tão de repente quanto um paciente em coma abrindo os olhos e querendo saber as horas.

— Tá bem, eu acho — respondeu.

Ela tentou se lembrar da mais recente ligação de longa distância que tivera com Anden, talvez um mês atrás.

— Ele disse que tá tirando notas boas e a família o trata bem. Ele fez amigos e tá até jogando releibol. Dentre os imigrantes kekonésios tem um tipo de clã pequeno e informal, e Anden teve a oportunidade de conhecer o Pilar local e a família dele. — Incrédula, Shae meneou a cabeça. — Não consigo acreditar que ele viajou milhares de quilômetros de Kekon pra acabar no meio de Ossos Verdes de novo.

— Não me surpreende — comentou Hilo, baixinho. — Não dá pra fugir do verde assim tão fácil.

Na manhã seguinte, Shae chegou ao escritório na Rua Caravela e encontrou Woon à sua espera com uma agitação que não lhe era comum. Ela sentiu um lampejo de preocupação; talvez, no fim das contas, as coisas não estivessem bem entre os dois, talvez esse fosse o motivo de ele não ter contado a respeito do noivado e talvez ele tivesse de alguma forma descoberto que Hilo lhe contara na noite anterior. Mas então seu assistente lhe entregou uma cópia do *Diário de Janloon*, abriu o jornal e o dobrou para deixar o fundo da segunda página à mostra. Os olhos dela foram direto para a manchete: *Homem do Tempo do Desponta Era uma Espiã Espênica.*

Sem entender nada, Shae encarou a reportagem por um momento e então leu o restante com uma incredulidade cada vez maior. O texto citava fontes confidenciais e documentos como prova de que sete anos antes Kaul Shaelinsan trabalhava para o exército espênico como uma informante civil. Ao longo de dezoito meses, ela havia cooperado com os serviços de inteligência espênicos para avançar os interesses econômicos e políticos em Kekon. Em troca, recebia um grande salário e um visto de estudante para frequentar a faculdade de Windton com o namorado, um oficial militar espênico de ascendência shotariana. Vários informantes anônimos do clã testemunharam que a traição de sua neta favorita deixara o falecido Kaul Seningtun de coração partido e causara uma ruptura na família Kaul que precedeu o declínio mental e físico do Tocha.

O jornal começou a tremer nas mãos de Shae. Ela jogou-o sobre a mesa e envolveu a borda da escrivaninha com os dedos.

— Isso é coisa da Ayt Mada — murmurou.

Ontem mesmo ela estava satisfeita por usar os espênicos para aplicar um golpe contra as operações dos Montanha e tinha se perguntado como e quando Ayt revidaria. Agora a resposta havia chegado.

No ápice da guerra entre os clãs, Ayt se enfiara no plano de fundo da vida de Shae, usara espiões e fontes próprias para descobrir tudo o que pudesse a respeito de seu passado para tentar convencê-la a se virar contra Hilo. Agora fornecera essas informações à imprensa. As decisões de Shae como Homem do Tempo já tinham atraído detratores, e a Guerra de Oortoko, que se alastrava havia oito meses com muitas mortes e pouco progresso perceptível, elevara a hostilidade pública contra estrangeiros e contra a Espênia a um nível altíssimo. Ayt calculara o ataque para ser destrutivo na medida certa.

Woon falou de trás dela:

— Como devemos responder, Shae-jen?

Ela abriu os dedos fechados com força e se virou. Se ignorasse as revelações públicas, o silêncio a condenaria. Se negasse, Ayt se aproveitaria das mentiras sem nem pestanejar. Sua mente estava em polvorosa, pensando em como conter o prejuízo, em como recuperar a vantagem que tinha na tarde do dia anterior, mas por trás desses planos, uma fúria inquieta ia crescendo. Havia esperado que Ayt fosse atacar de algum jeito, mas não percebera que o golpe seria tão repentino e pessoal, que seu próprio passado seria usado como uma arma contra o clã.

— Temos que fazer um pronunciamento o quanto antes — declarou Shae. — Descobre quem esses repórteres são e quais ligações eles têm com o Montanha. Liga pro editor-chefe do *Diário de Janloon* e diz que quero uma reunião imediatamente. Precisamos acabar com isso.

Capítulo 27

Uma Questão Puramente Prática

Hilo puxou o cordão da pequena bolsa preta de tecido que Kehn soltara sobre a mesa e ergueu um punhado de pequenos botões de jade. Ele rolou as pedras na palma da mão e encarou seu Chifre com um olhar questionador.

— Seis Dedos e uma dúzia de formandos da Academia passaram dias trabalhando, vasculhando caixas de roupa do último cargueiro que apreendemos. O terceiro em poucos meses. Parecia até que a gente tinha aberto a porra de uma confecção clandestina. A diferença é que as roupas estavam sendo destruídas, e não costuradas — disse Kehn. Ele parecia ter vindo direto das Docas. Seu cabelo estava bagunçado pelo vento e o colarinho da camisa apresentava marcas de suor devido ao calor. Ele havia desembainhado a espada da lua e a recostado contra uma das cadeiras, mas continuava de pé. — Essa aí é só uma das bolsas. Mandei o Juen deixar o resto da jade em segurança no escritório da Homem do Tempo.

Hilo soltou os botões de volta ao lugar de onde tinham vindo.

— Aquela empresa ygutaniana seguradora do frete continua ligando todo dia, não importa quantas vezes eu mande eles tomarem no cu.

— A Shae-jen tá cuidando disso. E vai começar processando os clientes deles por transportarem espólios nacionais roubados. — Kehn balançou os ombros largos. — Só que ela anda muito ocupada agora.

— Ouvi falar que você jogou um barukâne com jade e tudo pro fundo do mar sem nem parar pra pensar — comentou Hilo, e deu um sorrisinho quando Kehn pareceu meio envergonhado.

— Devia ser só uma pedrinha ou duas mesmo — murmurou o Chifre, mas o Pilar se levantou, pegou meia dúzia de botões de jade do pequeno saco, deu a volta na mesa para levantar a aba da jaqueta de Kehn e colocou duas joias dentro de seu bolso interno.

— Isso deve cobrir o prejuízo — disse Hilo, e ajeitou o casaco. Seu cunhado grunhiu, mas ele continuou: — Não me questione como Pilar, você merece. Além do mais, logo vai ser um homem casado. Considera isso um presente de casamento.

Era encorajador ver Kehn se transformando num verdadeiro Chifre. Em segredo, Hilo queria ter estado lá, liderando as apreensões, mas sabia que isso era inconcebível e ficava feliz por saber que essa vitória fora inteiramente de Kehn. Também lhe agradava ver Kehn e Shae trabalhando juntos de um jeito que o Chifre e a Homem do Tempo não costumavam fazer. Era assim que deveria ser, com os lados militar e administrativo cooperando em vez de se opondo um ao outro, diferentemente de como havia sido com Doru.

Alguém bateu à porta e Tar colocou a cabeça para dentro da sala.

— Tem gente aqui querendo te ver, Hilo-jen.

Niko passou cambaleando pelas pernas de Tar e adentrou o escritório. O pequeno tinha acesso à casa inteira, mas vivia no caminho das pessoas. O garoto abriu os braços pedindo colo. Hilo o pegou e o balançou para a frente e para trás algumas vezes, arrancando-lhe risadinhas, antes de entregá-lo a Kehn e dizer:

— Vai com o tio Kehn. Depois eu brinco com você.

Com a criança se contorcendo em um braço, Kehn fez uma saudação com apenas uma mão e começou a se retirar. Antes que saísse, Hilo falou:

— E os Montanha? Tão cumprindo a parte deles do acordo?

O Chifre parou na porta e concordou com um grunhido.

— Por enquanto parece que sim. Nau Suen e os Ossos Verdes dele já pegaram seis equipes de catadores este ano. — Frente ao silêncio desconfiado de Hilo, acrescentou: — Não se preocupa, Hilo-jen. A gente tá de olho neles.

Depois que Kehn saiu com Niko, um homem e uma mulher entraram. Hilo nunca os encontrara antes, mas ouvira falar do terrível azar que assolava o casal e sabia quem eram. Seu Eyun era o coproprietário de uma empresa de embalagens e um Lanterna de pouca importância do clã. Ele e a esposa tinham cinco filhos. A mais velha tinha 16 anos. O casal saudou Hilo sem dizer nada e, meio sem jeito, se acomodou no sofá diante do Pilar. Ele gesticulou para que Tar continuasse ali, e então fechou a porta antes de se sentar em frente aos Eyun para perguntar com gentileza:

— Como anda a filha de vocês?

— Ela continua viva — respondeu Seu Eyun com a voz rouca.

O rosto da esposa tremeu com o esforço de segurar as emoções. Os dois pareciam em estado de choque.

Hilo deu a deixa para que Tar servisse água aos visitantes.

— Tem alguma coisa que o clã possa fazer agora para ajudar a sua família? Vocês não precisam se preocupar com as despesas médicas. Já estamos cuidando disso. Tem mais alguma coisa de que precisam?

— De vingança — sussurrou Seu Eyun ferozmente, com a voz falhando. — Os cachorros espênicos que fizeram isso com ela merecem algo pior do que a morte.

Hilo sentia muita compaixão por aquela família, mas sabia que seria uma conversa difícil em que não poderia prometer tudo o que gostaria.

— Os dois soldados foram aprisionados pelo governo deles mesmos e continuam presos na base da Ilha Euman. Não podemos tocar neles por enquanto.

Dona Eyun começou a chorar e Seu Eyun vociferou com raiva:

— Os advogados dizem que os espênicos negociaram pra que os soldados sejam processados na corte civil e cumpram a pena no país de onde vieram. Nos ofereceram dinheiro como compensação. Por espancarem e estuprarem a minha filha... *dinheiro!*

A mulher agarrou o braço do marido e chorou ainda mais intensamente, mas Seu Eyun, todo vermelho e enfurecido, pareceu nem a notar enquanto ia falando cada vez mais alto.

— O Conselho Real não tem como afrontar os espênicos, mas eu pensei que podia contar com o clã pra fazer justiça. O senhor era o Chifre e agora é o Pilar. Deveria ser Kaul Hiloshudon do Desponta, aquele que instiga medo. E agora quer me dizer que até o senhor abaixou a cabeça pra esses estrangeiros, pra esses animais?

Hilo deu um minuto para que Seu Eyun conseguisse se controlar, e então, com toda a calma, mas certa frieza, falou:

— Por causa do seu sofrimento, não me ofendo por nada do que você disse. Se esses dois homens fossem kekonésios, já estariam muito, mas muito pior do que a pobre filha de vocês. Infelizmente, não é o caso, e com tudo o que vem acontecendo no mundo nesses últimos tempos, e todas as forças estrangeiras com que temos de lidar, há limites para o que o clã pode fazer.

Hilo colocou uma caixa de lenços na frente de Dona Eyun.

— Falei que não podemos encostar nesses homens *por enquanto*. Às vezes, precisamos esperar pela justiça, mas o clã não esquece transgressões. Vamos ver o que acontece. Não posso prometer nada, mas sou pai também, então fiquem sabendo que considero imperdoável esse crime contra a sua família.

A boca de Seu Eyun tremeu e ele abaixou o rosto. Dona Eyun enxugou os olhos com um punhado de lenços. Hilo continuou:

— Meu conselho é que aceitem o dinheiro que os espênicos oferecerem. Peguem o máximo que conseguirem. Pode parecer dinheiro sujo pra subornar vocês a não aceitarem o que merecem de verdade, mas não pensem assim.

Deixa essa gente achar que se redimiu, é assim que eles resolvem as coisas, e usem o dinheiro para cuidar da sua filha e do resto da família.

O tom de Hilo era gentil, mas firme também. Tar guiou os pais inconsoláveis até a porta, e o Pilar pediu alguns minutos para ficar a sós. Estava se sentindo mal por não ser capaz de garantir nada melhor para os Eyun, mas a Guerra de Oortoko e a forte presença militar da RDE em Kekon era como uma ferida aberta no pé. Parecia que ninguém em Kekon, nem mesmo os clãs Ossos Verdes, podia dar um único passo sequer para resolver qualquer demanda, por mais simples que fosse, sem senti-la e sem se encolher frente ao incômodo e à dor do machucado. Na semana anterior mesmo, depois de uma conversa com Eiten no Dobro Dobro, Hilo mandara Kehn fechar uma dúzia de casas de câmbio ilegais que estavam se aproveitando dos militares estrangeiros que agora frequentavam os casinos na Rua do Pobre, e também reforçar a segurança no Sovaco devido a uma série de incidentes envolvendo pessoas bêbadas.

— Quer que eu mande entrar o Hami e os outros, Hilo-jen? — perguntou Tar.

Hilo fez uma careta e ficou bem tentado a negar, mas se dissesse que não, o problema que o esperava do outro da porta não desapareceria, simplesmente ficaria pior, o que parecia que já aconteceria de um jeito ou de outro.

— Tá bom.

Tar permitiu a entrada de quatro homens no escritório. Um deles era Hami Tumashon, o Mestre da Sorte do clã. Hilo reconheceu o Conselheiro Kowi pela cabeça em formato de nabo. Os outros dois eram Lanternas experientes cujos nomes o Pilar não se lembrava. Saudaram-no com respeito e Seu Kowi disse:

— Kaul-jen, que os deuses continuem a brilhar em favor do Desponta. Sabemos que o senhor é muito ocupado, ainda mais com dois filhos pequenos em casa, então agradecemos por ter arranjado tempo pra ouvir nossas preocupações.

— Você tem razão, ando muito ocupado mesmo. Todos vocês têm filhos, então devem lembrar como é. Obrigado por virem até a minha casa em vez de me forçarem a viajar até a Casa da Sabedoria ou algum outro lugar.

Aquilo era um lembrete a todos os presentes de que ele nem mesmo quisera encontrá-los e mudara de ideia apenas por Hami, de quem gostava e respeitava. Hilo se acomodou em uma das poltronas e seus convidados se sentaram também. Sem mais delongas, falou:

— Então, o que é que vocês vieram me pedir?

Já sabia a resposta, mas queria que eles falassem em voz alta, que se justificassem para o Pilar.

Os homens olharam uns para os outros antes do Conselheiro Kowi dizer:

— Kaul-jen, é a sua irmã. Devido às revelações escandalosas a respeito de seu passado... ela não deveria continuar como Homem do Tempo.

— E por quê? — perguntou Hilo.

O conselheiro pareceu ficar desconfortável, mas respondeu:

— Antes de tudo quero deixar claro que, pessoalmente, não tenho nada contra a Homem do Tempo. Minha única preocupação é com a reputação do Desponta. Tenho medo de que o clã fique com uma imagem péssima, Kaul-jen. A principal questão é que ela foi agente para o exército espênico e vendeu informações que podem ter sido importantes para a segurança nacional. E hoje, o *Diário de Janloon* veiculou uma entrevista com o antigo namorado dela, um soldado espênico com sangue shotariano. Ela continuava se envolvendo com ele enquanto vivia na Espênia, menos de quatro anos atrás. — Seu Kowi abriu as mãos para indicar como o problema ficava evidente por si só. — Como é que o povo vai confiar nela como a segunda pessoa mais poderosa do Desponta?

Hilo viu os dois Lanternas assentindo, de acordo, e levou os olhos até Hami.

— Você tá sentado nesta sala como o Mestre da Sorte, Hami-jen, e tem muitos anos de experiência no lado administrativo do clã. Na sua opinião, a Homem do Tempo está fazendo um trabalho ruim na Rua Caravela?

Hami olhou para os dois outros homens antes de se mexer e pigarrar.

— Não, eu não diria que está. Ela tomou algumas... decisões questionáveis, mas não é a mesma coisa.

— Mas você pediu para marcar esta reunião e tá sentado aqui. Então concorda com eles.

— Eu compartilho a preocupação a respeito de como isso afeta a posição do Desponta. O Conselheiro Kowi sempre trabalhou a favor dos interesses do clã na Casa da Sabedoria, e o Seu Orn e o Seu Eho são dois dos Lanternas de maior destaque do clã. Quando me procuraram pra que eu pedisse uma reunião com o senhor, pensei que fosse importante ouvir eles pessoalmente. Não tô defendendo nenhuma decisão específica do senhor como o Pilar.

Hami podia até ser conhecido por sua honestidade direta, mas estava claro que era sagaz o bastante para saber até onde poderia ir e que não deveria falar mal de sua própria Homem do Tempo na frente de pessoas que não fossem Ossos Verdes.

Hilo disse para os dois Lanternas:

— Vocês acham que eu deveria substituir a Homem do Tempo?

— Kaul-jen — disse o mais velho dos dois, um sujeito que agora Hilo reconhecia como Seu Eho. — É uma decisão puramente prática. Junto com o Pilar e o Chifre, o Homem do Tempo é o rosto do clã. Desde que essas informações vieram à tona, a imprensa e o público andam questionando se ela continua trabalhando para os estrangeiros em segredo, se tá servindo aos interesses internacionais, e não aos nossos. Começaram a chamá-la de garota dos olhos da Espênia. Um apelido bem brutal. A questão é que a Guerra de Oortoko fez o povo mudar de opinião contra Adamont Capita. O passado da Homem do Tempo é um problema pro Desponta.

— Ela poderia pedir para se afastar e continuar dando assistência pro escritório do Homem do Tempo numa função menos exposta — acrescentou Seu Orn, que Hilo se lembrou de que havia declarado ter intenção de se candidatar ao Conselho Real fazia pouco tempo. — É simples: precisamos de alguém mais palatável pro público pra ser líder do setor administrativo.

Hilo o ignorou e se dirigiu a Seu Eho:

— Quem tá chamando ela disso? — Quando os Lanternas piscaram, confusos, ele repetiu: — Quem tá chamando a minha irmã de vagabunda?

— Eu... eu nunca disse que... — balbuciou o sujeito, que de repente parecia tenso e até mesmo um tanto apavorado, como se tivesse acabado de lembrar da antiga reputação de Kaul Hilo.

— Nem se dê ao trabalho de responder — disse o Pilar. — Eu sei quem. A Ayt Mada organizou tudo isso para acabar saindo como uma patriota. Ela tá manchando a imagem da Shae pra enfraquecer o Desponta.

— Ainda assim, não temos como negar os fatos — argumentou o Conselheiro Kowi.

— Não — concordou Hilo. — E não tô negando nada. Minha irmã cometeu alguns erros quando era mais nova, assim como todo mundo. Teve um romance estúpido com um estrangeiro, mas isso já passou, e qualquer comunicação com os espênicos hoje acontece pro bem do Desponta, em nome dos juramentos que ela fez pra mim, como o Pilar. Se ela tá fazendo o trabalho como Homem do Tempo, então não vejo o problema.

— Kaul-jen — exclamou Seu Eho. — O senhor não se importa com o que vai parecer? Com o que o povo pensa?

Hilo dirigiu um breve olhar fulminante para Eho, Orn e Kowi, e então fixou os olhos em Hami, como se quisesse deixar claro que até perdoaria os outros por desperdiçarem seu tempo, mas que esperaria que um Osso Verde tivesse mais consciência. O Pilar era a coluna vertebral do clã, e não tomava decisões para agradar os outros. Principalmente políticos sem jade.

A aura de Hami se encolheu e, um tanto na defensiva, ele afirmou:

— Seria irresponsável que eu, como Mestre da Sorte, não apontasse as consequências que isso pode trazer pro Desponta e pra sua própria liderança, Kaul-jen. Seu avô e boa parte dos camaradas dele já se foram, que os deuses os saúdem. Quando o povo olha para os Ossos Verdes hoje em dia, não veem os heróis da Guerra das Muitas Nações. Veem líderes jovens que cresceram na riqueza, com influências estrangeiras, e se perguntam se eles são verdejantes o bastante pra defender o país do mesmo jeito que seus pais e avós defenderam.

Hilo se inclinou adiante e deu uma olhada nada impressionada nos homens ao seu redor.

— Meu avô manteve o Yun Dorupon, o velho camarada dele, como Homem do Tempo por décadas, mesmo que o sujeito já devesse ter se aposentado havia muito tempo e sem se importar com quantas meninas pré-adolescentes ele comia, e não vi você se importando assim com o assunto. Tomei a decisão de colocar minha irmã na Rua Caravela e não vou expulsar ela de lá só porque a Ayt Mada tá chutando cachorro morto e contanto tudo pros jornais.

O Pilar se levantou. A reunião havia acabado. Relutantes, os visitantes se levantaram também. O Conselheiro Kowi e os dois Lanternas estavam claramente insatisfeitos e não disseram nada enquanto faziam reverências rígidas.

Hilo disse:

— Gosto que você fale o que pensa, Hami-jen, mas contanto que continue usando o seu bom senso para servir a Homem do Tempo.

O Mestre da Sorte se curvou numa saudação silenciosa e sucinta antes de sair com os outros. Depois de terem partido, Hilo ficou andando em círculos pelo recinto e xingando baixinho. Em seguida, pegou o telefone na mesa, discou para o escritório da Homem do Tempo e falou com a secretária de Shae.

— Fala pra minha irmã que precisamos ter uma conversa.

Capítulo 28

Não Tão Idiota Assim

As perspectivas de Bero, que tinham parecido tão promissoras no ano anterior, andavam empacadas havia meses, desde que os Montanha invadiram as escavações e assassinaram a equipe uwiwana. Ele e Mudt tinham levado o resto daquela noite desgracenta e mais dois dias inteiros para descer a montanha a pé e voltar de carona para Janloon. Quando, famintos, doloridos e imundos, finalmente chegaram e contaram a Soradiyo que Ossos Verdes haviam matado os catadores, roubado os caminhões e levado a jade, o rosto do supervisor barukâne ficara roxo, e parecera disposto a matar os dois ali mesmo.

— Toda essa porra de jade que vocês tão usando, e não conseguiram Perceber os Ossos Verdes a tempo de sair de lá com *nada*?

— A gente saiu com as nossas vidas — balbuciou Mudt.

— Pois é, e *como é* que vocês tão vivos? — perguntou Soradiyo, semicerrando os olhos de desconfiança. — Por que foi que o Nau não quebrou o pescoço de vocês?

— Ele mandou a gente de volta pra te dar um recado — respondeu Bero. — Falou que quer conversar. Que assim como as coisas tão indo você não vai fazer dinheiro. Acho que ele quer fazer você se aposentar mais cedo.

Soradiyo fez uma careta que deixou seu rosto fino parecendo ainda mais comprido.

— Saiam da minha frente agora, caralho — disse ele.

Bero pensou que o próximo serviço seria uma oportunidade para compensar o desastre anterior, mas, no fim das contas, não ficaram encarregados nem mesmo de uma escavação. De caminhão, foram levados até uma praia tomada pelo vento no remoto lado oeste da ilha para ajudar a carregar barcos motorizados de pesca com pedras brutas de jade escondidas debaixo de gelo e frutos do mar. Pelo visto, os clãs, de forma não oficial, andavam comandando a guarda costeira e patrulhando as águas de Kekon com tanto vigor que ficava cada vez mais difícil contrabandear jade para o alto-mar. Soradiyo estava dividindo as remessas para as Ilhas Uwiwa e mandando meia dúzia de barcos para direções diferentes ao mesmo tempo, na esperança de que pelo menos alguns conseguissem passar.

Bero conseguia sentir a catinga de peixe podre em suas roupas, na pele e no cabelo mesmo dias depois.

O próximo trabalho de escavação que Soradiyo marcou para eles foi cancelado devido a um alerta de que havia uma patrulha de Ossos Verdes na área, e então as chuvas torrenciais da primavera deram as caras, o que tornava as montanhas intransponíveis e parava tanto a mineração legal quanto ilegal de jade por três meses.

Bero esperava voltar a trabalhar assim que o verão chegasse, mas Soradiyo não entrou em contato. O supervisor barukâne parecia distraído e estava virando alguém difícil de encontrar pessoalmente. Na única vez em que Bero o viu na Casa do Rato e exigiu uma explicação, o sujeito, irritado, respondeu:

— Logo mais, logo mais, tá bom? Tem outras coisas acontecendo, coisas que podem resolver um monte dos nossos problemas.

Mas, fora isso, se recusara a explicar melhor. Bero ia ficando frustrado e impaciente.

O comportamento de Mudt não ajudava.

— Te falei desde o começo, keke, que a gente não precisa daquele babaca barukâne em quem não dá pra confiar. Pra começo de conversa, foi uma péssima ideia, mas beleza, trabalhamos pra ele, continuamos vivos e fizemos dinheiro suficiente pra durar um tempinho. Os clãs tão indo cada vez mais atrás dos traficantes, e o Soradiyo vai acabar virando comida de minhoca, então é melhor a gente sair dessa enquanto dá tempo. Vamos voltar a treinar de verdade, e depois vamos atrás dos Maik.

— Eu tô cagando e andando pros Maik — vociferou Bero.

— O Maik Tar matou meu pai — gritou Mudt.

— Seu pai fez por merecer. Ficou se metendo numa guerra entre os clãs. E você vai acabar do mesmo jeito se não calar a boca.

No dia seguinte, contudo, Bero se sentiu um pouco mal por ter sido tão duro com Mudt. Os dois tinham passado por poucas e boas juntos. Haviam roubado jade e brincado com a morte juntos. Estavam sozinhos no mundo, e então viraram amigos, ou quase isso. Ficou surpreso ao perceber que não queria perder o garoto e ao se dar conta de que, lá no fundo, até que gostava um pouco dele. Então ligou para Mudt, e foram jogar sinuca no porão da Casa do Rato. Bero disse:

— Não foi de verdade o que eu falei do seu pai. Vamos pegar os Maik. Vou te ajudar a fazer aquele filho da puta pagar. E depois vamos pegar a jade dele pra gente, do mesmo jeito que pegamos a do Kaul. Você e eu.

Os olhinhos pretos de Mudt reluziram de avidez, e ele ficou bem mais animado depois disso. Passaram tempo juntos, treinaram, e Bero voltou a traficar brilho, mas ainda torcendo que Soradiyo ligasse para algum outro serviço ou que uma nova oportunidade se materializasse, porque, apesar do que falara para fazer Mudt se sentir melhor, não tinha a menor intenção de ir atrás dos Maik por algum ímpeto de vingança que nem importava para ele.

Quando Soradiyo finalmente ligou para que se encontrassem na Casa do Rato, deu um tapa nas costas dos dois e conversou de um jeito bem amigável, como se nada de errado tivesse acontecido entre eles. Depois de todos terem bebido um pouco e passado pelas amenidades ridículas de sempre, Bero falou:

— Faz mais de um ano que a gente tá trabalhando como peixe-pedra. Cadê a jade que você prometeu que teríamos a essa altura?

Soradiyo abriu as mãos.

— Logo mais, keke. — Ele parecia ter absorvido algumas gírias e maneirismos kekonésios desde que Bero o conhecera. — Mas a temporada de chuvas não conta. É um período de férias. Falta alguns meses ainda.

Bero fez uma careta.

— Você tem mais trabalho pra gente, então?

Pela primeira vez desde que conseguia se lembrar, Soradiyo parecia nervoso. Ele lambeu os lábios e se inclinou para falar, porque assim ninguém conseguiria ouvi-los.

— Tenho, mas não é uma escavação.

— É o quê, então? Empacotar pedra, de novo?

— É o que vocês chamam de um nome sussurrado. E também não dá pra usar jade no serviço, porque não é um nome *qualquer*. Ofereceram pra gente a chance de partir pro ataque. De entrar no olho do furacão, por assim dizer. Preciso de dois kekes que não tenham medo e queiram fazer uma bolada absurda de dinheiro.

Parecendo interessado pela primeira vez, Mudt se inclinou para a frente.

— É pra gente ir atrás de quem?

— Antes de tudo, tenho que ter certeza de que vocês dão conta. Temos um plano pra colocar vocês lá dentro, fazer o trabalho e depois sair, sem complicação. Mesmo assim, vai ser...

— Não tô interessado — afirmou Bero.

Soradiyo se recostou no assento, surpreso pela negativa rápida.

— É uma grande oportunidade. Se não aceitar, vou dar pro Mo e pro Camarão.

Eram outra dupla dos supervisores peixes-pedra dele.

Bero deu de ombros. Nem se importou de explicar que já conhecia essa história. Toda vez que passara por um desentendimento com os Ossos Verdes, tivera sorte de escapar vivo, e como nunca recebia o prometido, sua fortuna despencara. Tinha vivido experiências de quase morte suficientes para alguém de apenas 20 anos de idade, e a essa altura aprendera que havia jeitos mais fáceis de conseguir jade do que matar um Osso Verde diretamente. Foi difícil, mas ele acabou entendendo como era usar jade e caminhar por aí com um senso secreto de poder que sobrepujava todas as pessoas mais fracas que o cercavam. Acontece que os Ossos Verdes poderiam estripá-lo de tudo isso num piscar de olhos e deixar seu corpo boiando no Porto de Verão.

— Me dá outro serviço de escavação. Eu até empacoto peixe que nem da última vez, mas não vou tirar minha jade por nada, e não vou trabalhar com sussurros, não se envolver Ossos Verdes — disse Bero. — Não sou tão idiota assim.

Soradiyo se levantou da cadeira.

— Espera, mas e eu? — protestou Mudt, mas o barukâne jogou na mesa um pouco de dinheiro para pagar as bebidas, encarou os dois com um olhar decepcionado de desdém e saiu da Casa do Rato.

Capítulo 29

Portas Que Se Abrem e Se Fecham

O Lanterna Seu Enke estava de volta ao escritório de Shae, e com um comportamento consideravelmente mais dócil do que na última vez, já que agora viera pedir dinheiro.

— A Guerra de Oortoko está gerando um efeito terrível no setor imobiliário de Janloon — disse ele. — Minha empresa precisa diversificar o patrimônio. Propriedades em Porto Massy são um investimento confiável e de grande retorno. E esse projeto em especial tem muito valor por causa da localização.

— E você quer que o clã te empreste o capital — concluiu Shae.

Seu Enke pegou uma pasta de arquivos de sua maleta, colocou-a em cima da mesa e abriu em uma página que continha um resumo financeiro detalhando o pedido.

— Com a assistência do escritório da Homem do Tempo, o Grupo Imobiliário Enke conseguiria comprar quarenta por cento desse projeto.

Fazer empréstimos era uma das atividades mais comuns do lado administrativo do clã. Claro, Seu Enke poderia muito bem procurar um banco independente, mas acontece que bancos não passam de instituições financeiras que operam dentro de um âmbito limitado. Uma relação com o clã significava que Seu Enke tinha acesso a inúmeras conexões empresariais por toda a Kekon e outros territórios, e lhe dava a garantia de que os Ossos Verdes protegeriam suas propriedades de criminosos e rivais, além de juros especiais que refletiam o fato de ele ter dois filhos treinados na Academia que usavam jade e trabalhavam como Punhos. Ele buscaria alternativas caso o Desponta não desse tudo o que esperava, mas, como a maioria dos Lanternas de prestígio, primeiro procurava o clã.

Shae analisou as figuras no papel à sua frente, e então, por cima do ombro, entregou a pasta a Woon. Ficou olhando Seu Enke sem dizer nada enquanto o Sombra examinava os documentos. Se Woon se preocupasse com alguma coisa, daria um sinal sutil (tossiria, pigarrearia) para indicar que ela deveria postergar a decisão. Shae Percebeu no zunir firme da aura de Woon que ele estava satisfeito. Seu Enke, por outro lado, não era capaz de se dar conta disso. Frente ao silêncio intimidante da Homem do Tempo e à expressão estoica do funcionário atrás dela, ele continuou falando:

— Mandei meus olheiros mais experientes pra Porto Massy, e todos relataram que a área de Lagata tem potencial. O trânsito é bom, está se gentrificando rápido e dá para ir andando até a Faculdade de Porto Massy e aos principais distritos comerciais. O projeto será de uso misto: apartamentos residenciais com comércio no térreo e...

Woon fechou a pasta e a entregou de volta à Shae, que a colocou em cima da mesa e anunciou:

— Seu Enke, o escritório da Homem do Tempo ficará feliz em oferecer nosso apoio.

O empresário abriu um sorriso e levou as mãos entrelaçadas até a testa.

— Kaul-jen, impossível ficar mais feliz do que com a aprovação do clã. Que os deuses brilhem em favor do Despo...

— Quero que você compre o projeto inteiro.

O Lanterna piscou.

— É muito mais do que...

— Você vai precisar ajustar os cálculos — explicou ela. — O clã se dispõe a financiar sua aquisição de uma parte majoritária do empreendimento. Como você disse, é um bom investimento.

Seu Enke pigarreou.

— Eu gostaria de aproveitar a generosidade da senhora, Kaul-jen, mas há regulamentações na Espênia que limitam muito a posse de bens para estrangeiros.

— Há pouco tempo o embaixador espênico me garantiu que dentro de três meses essas regulações serão afrouxadas para investidores de nações específicas, e Kekon é uma delas. — Não era tudo o que Shae esperara em termos de concessões comerciais, mas já era um bom começo. Os espênicos eram mesquinhos, mas confiáveis. — Se movimente agora para comprar quarenta por cento como o planejado, e compre o restante ano que vem.

Seu Enke abriu e fechou a boca, e então disse:

— A taxação tributária que estou pagando agora...

— Ficaria mais alta de um jeito ou de outro, mas há uma maneira de contornarmos isso. Está ficando cada vez mais comum que universitários kekonésios vão para a Espênia se aprofundar nos estudos. Era uma prática rara cinco anos atrás, quando eu fui, mas hoje em dia muitas famílias encorajam os filhos a adquirirem certa experiência internacional. Meu primo mais novo está na Espênia agora, morando com uma família que hospedou ele. Quando esses apartamentos ficarem prontos, você pode alugar as unidades para estudantes kekonésios em Porto Massy. E cobrar metade da média do mercado na região. Em troca, o clã irá achar esses inquilinos em potencial e cobrir a diferença. Nosso subsídio compensará as suas obrigações fiscais, e você vai ter a garantia de contar com clientes que têm o apoio do clã.

Cauteloso, Seu Enke lambeu os lábios. As sobrancelhas peludas foram para baixo até se tocarem.

— Kaul-jen — falou ele, devagar. — Posso considerar esse plano como um acordo vinculante com o escritório da Homem do Tempo?

Normalmente, uma pergunta dessas seria desnecessária, já que a palavra do Homem do Tempo garantia a efetividade do contrato. Mas Seu Enke não tinha certeza de que Shae continuaria no comando da Rua Caravela por tempo o suficiente para cumprir o combinado. Desde que o escândalo a respeito de sua antiga ligação com os serviços espênicos tinha vazado seis semanas antes, ela andava sendo persistentemente depreciada pela imprensa e já houvera até quem pedisse por sua saída do cargo.

Shae não deu sinal algum de que compartilhava as preocupações de Seu Enke.

— Woon-jen vai redigir uma ata de nossa conversa e te mandar até o fim do dia — informou.

Satisfeito, Seu Enke prometeu que entregaria um orçamento atualizado ao escritório da Homem do Tempo na semana seguinte. Woon conduziu o Lanterna para fora e depois se acomodou no lugar em frente à Shae.

— Você tá torcendo pra conseguir transformar isso numa vantagem de recursos humanos.

— Abrindo portas, como você falou.

Woon assentiu devagar.

— Oferecer incentivos pra que as famílias do clã mandem os filhos pra fazer faculdade na Espênia pode beneficiar o Desponta a longo prazo, mas só se os estudos acabarem sendo úteis pra nós. O que é que vai impedir os alunos que forem pra lá de serem ludibriados pelas luzes cintilantes da Espênia? É capaz de perdermos muitos talentos em potencial pro outro lado do oceano.

— Além de subsidiar a moradia, vamos pagar a mensalidade. Mas só se eles voltarem pra Kekon e trabalharem pro escritório da Homem do Tempo por três anos depois da formatura. — A expectativa era de que pouquíssimos, e talvez até nenhum, dos alunos contemplados fosse tão estúpido a ponto de descumprir uma promessa feita ao clã, ainda mais quando tinham famílias em Janloon cujas vidas e meios de subsistência dependiam do contínuo apoio do Desponta. — O filho do Conselheiro Kowi seria um bom candidato.

— Pode deixar que comunico a ideia pros Kowi. — Woon se levantou para sair, mas parou à porta e olhou com preocupação para ela. — Tem mais alguma coisa que você precise agora, Shae-jen?

Shae passara a manhã inteira tentando agir normal, mas tinha certeza de que Woon, que a conhecia bem, era capaz de Perceber o turbilhão de emoções na aura dela, independentemente da compostura que fora capaz de sustentar na frente dos Lanternas e do restante do escritório. Pelo menos ele deduziria que era tudo por causa dos ataques verbais que vinha recebendo, incluindo de Ayt Madashi, que não perdia a chance de declarar que, como uma Pilarisa Osso Verde patriota, *jamais* permitiria que uma antiga espiã espênica se aproximasse da liderança do Montanha. Com apenas duas semanas para o feriado do Dia dos Heróis, esperava que as coisas só piorassem, e não que melhorassem.

Não queria que Woon suspeitasse que havia qualquer problema a perturbando além disso.

— Não, Papi-jen — respondeu Shae, esforçando-se ao máximo para parecer despreocupada, e até mesmo um tanto otimista e sarcástica. — Eu te falei que o Embaixador Mendoff pagaria a dívida, não falei?

Depois de Woon ter partido, o telefone na mesa tocou e ela quase pulou de susto. Não era a ligação que estava esperando. Maro disse:

— Não queria te atrapalhar no trabalho, mas vi o jornal hoje de manhã e só queria saber se você tá bem.

Shae sentiu o coração apertar com o som da voz de Maro. Olhou para o relógio e fechou os olhos. Não podia conversar agora.

— Tô bem. Isso não chega nem perto da pior coisa que a Ayt Mada já fez pra minha família.

Mesmo assim, a sabotagem estava se provando eficaz. Shae emitira uma declaração pública dizendo que a consultoria que oferecera ao governo espênico acabara anos atrás e negou categoricamente qualquer conflito de interesse que comprometesse sua lealdade ao Desponta e a Kekon. Dedicara muito tempo para responder aos ataques em uma entrevista com Toh Kita na CNK. Criticara e fizera pressão na equipe editorial do *Diário de Janloon*. Mas de nada adiantara; o dono do jornal tinha, o que não era de se surpreender, ligações familiares e empresariais com os Montanha e, além do mais, cópias a vender. O rosto sorridente de Jerald, em preto-e-branco nas páginas, encarara Shae de manhã. Algum repórter esforçado o localizara na cidade de Loruge, ao sul de Adamont Capita, onde trabalhava como corretor de hipoteca agora, mas haviam adicionado à entrevista, no maior estilo revista de fofoca, uma foto velha dele usando o uniforme dos oficiais da marinha da RDE.

— É tudo tão ridículo — vociferou Maro pelo telefone. — As coisas que essa gente tá falando de você são injustas demais. É uma histeria ignorante, misógina e xenofóbica. Não cede pra eles. Você merece ser a Homem do Tempo, não importa o que digam.

Ela nunca o ouvira tão chateado e irritado.

— Tem algo que eu possa fazer pra ajudar?

— Não tem. É uma guerra entre clãs, só que de um jeito diferente. Eu e o meu irmão vamos lidar com isso. Só... fica longe dessa confusão e não fala com nenhum repórter. — Ayt e a imprensa não sabiam de Maro ou das origens da família dele, e Shae queria que continuasse assim. A vontade era de falar mais, mas apenas disse: — Tenho que ir. Te ligo de novo mais tarde.

— Tá bom. Fica firme. Te amo.

Shae engoliu em seco, feliz pela Percepção não funcionar via telefone.

— Eu também.

O telefone do escritório voltou a tocar vinte minutos mais tarde. Desta vez, era a ligação que ela andava esperando, da clínica. A enfermeira do outro lado da linha foi direto ao ponto.

— Testamos a amostra de urina que a senhora deixou aqui ontem e o resultado foi positivo.

— Tem certeza?

— Tenho — respondeu a enfermeira. — A senhora tá grávida. Gostaria de marcar uma consulta com um dos nossos obstetras? Temos horários disponíveis já pra semana que vem.

— Agora não.

Shae agradeceu e desligou. Ficou sentada em silêncio pelo que pareceram alguns minutos, mas que, na realidade, deve ter sido muito mais tempo, porque teve a estranha e nauseante sensação de que tudo ao redor (os barulhos do escritório, a energia das pessoas por perto e até mesmo o movimento do ar) passou por um momento nada gracioso de paralisia.

Pegou o telefone de novo. Sentiu o repentino impulso de ligar de volta para a clínica e exigir que refizessem o exame porque um erro poderia ter acontecido, afinal de contas, mas ela sabia que estava meramente se recusando a acreditar. Em vez disso, ligou para sua secretária e pediu que remarcasse o resto dos compromissos do dia, pois não estava se sentindo bem. Shae se levantou, pegou o elevador até o térreo, atravessou o lobby espaçoso da torre empresarial do clã e saiu pelas portas frontais do edifício.

Lá fora, começou a caminhar para o oeste. Era um dia quente, mas úmido. Pessoas fluíam em ambas as direções da calçada, usando roupas de verão, mas carregando guarda-chuvas. Andou por trinta minutos até que os pés doessem nos saltos pretos e o suor fizesse a blusa grudar em sua lombar por baixo do blazer. A chuva caiu, toda desregulada, mas com uma indiferença que chegava a ser ofensiva, com gotas grossas e esparsas que salpicavam o asfalto e pousavam ruidosamente em toldos, capôs de carro e tampas de lixeiras. No fim da Rua Caravela, ela virou para a direita e continuou adiante, para sair do Distrito Financeiro, até que passou entre pilastras de pedra e atravessou o pátio arborizado do Templo do Divino Retorno.

Shae foi direto para a frente do santuário e se ajoelhou sobre uma das almofadas verdes para oração. A água da chuva acumulada em seu cabelo molhado manchou o piso de mármore quando ela encostou a cabeça três vezes no chão e sussurrou, numa prece tão repetida que mal precisava usar a consciência para se lembrar.

— Yatto, Pai de Todos. Jenshu, Velho Tio. Imploro que saúde meu avô, Kaul Seningtun, o Tocha de Kekon, que partiu em paz para esperar pel'O Retorno. Saúde meu irmão, Kaul Lanshinwan, tirado de nós antes que fosse sua hora. Tenha misericórdia pela alma de Yun Dorupon. Dê paz para o espírito de Haru Eynishun. E, acima de tudo, guie e proteja aqueles de nós que continuam neste mundo, principalmente, Wen, Niko, Ru, e meu irmão, Hilo, por quem também imploro por perdão.

Shae ficou em silêncio enquanto tentava transformar os pensamentos e emoções desenfreados em palavras. Lá da frente do salão, a firme energia incandescente dos penitentes em meditação preencheu os espaços vazios de sua mente.

Ela falou alto, quase como se estivesse exigindo uma resposta:

— O que é que eu faço agora?

Não conseguia acreditar que estava grávida; não conseguia encontrar o sentido nisso, mesmo que não tivesse motivo para duvidar do veredito da clínica. Quando a menstruação atrasou, tinha deduzido que devia ter alguma coisa a ver com o estresse de lidar com um escândalo público. Os dois haviam tomado as devidas precauções. Shae era uma mulher estudada, uma profissional, a *Homem do Tempo*. Uma gravidez não planejada ficaria abaixo de "ser assassinada de repente" na sua lista interna de coisas que considerava plausíveis de acontecer com ela. Desesperada, se deu conta de que o momento não poderia ser pior.

Shae nunca fora capaz de responder se queria filhos. Amava muito os dois sobrinhos, mas não sentia aquele anseio maternal. Não havia espaço para um sentimento desses. Sua posição no clã não deixava tempo para mais nada, e tinha sido difícil desde o começo. Talvez, se as coisas fossem diferentes, o ímpeto de ter filhos aparecesse naturalmente. Mas, pelo visto, nada na vida dela acontecia naturalmente. As mudanças chegavam como golpes inevitáveis, parecidos com marretadas.

Não havia precedentes de uma mulher com filhos na liderança de um clã Osso Verde. Ayt Mada não tinha descendentes e continuava determinada a ignorar quem a questionava a respeito da sucessão. Depois da morte de Lan e da expulsão de Doru, fora difícil para o Desponta aceitar uma mulher como Homem do Tempo, mas aquela era uma época angustiante de guerra, e Shae era uma Kaul. Ainda empunhava o rótulo de neta favorita do Tocha, tinha o apoio e o respeito de homens como Woon e Hami, e eram poucas as pessoas que ousavam desafiar seu irmão.

Essas vantagens não a ajudariam agora. Já estava sob ataque por supostos delitos do passado; de jeito nenhum poderia entrar numa sala de reunião ou na Casa da Sabedoria grávida, solteira e carregando o filho de um homem de uma família pouco importante para a comunidade Osso Verde. Ayt e a imprensa cavoucariam o passado de Maro, questionariam sua ascendência, as muitas viagens para Shotar, revirariam a história de sua família e descobririam que ele era o filho bastardo de um soldado shotariano. Maro não era um Kaul, e mal seria considerado verdejante. Não tinha o preparo para lidar com a animosidade, o escrutínio, o risco para sua carreira profissional e segurança pessoal. Aquilo arruinaria a vida dele.

Quanto a ela, sim, era verdade que o clã era um velho navio enorme, mas por dois anos e meio, Shae se atirara suando ao leme, forçara o Desponta a rumar em direção ao crescimento e à mudança necessária para sobreviver aos inimigos em casa e às ameaças do mundo moderno lá fora. Seus esforços estavam começando a surtir efeito: fizera o clã voltar a ter uma vida financeira sólida, fechara acordos militares e comerciais vantajosos com os espênicos, expandira as operações do clã e abrira novas oportunidades. Se fosse expulsa por um escândalo pessoal, tudo o que conquistara iria pelo ralo. Woon e Hami eram competentes, quanto a isso não restava dúvidas, mas não haviam vivido no exterior, não eram tão estratégicos quanto Ayt

Mada e não saberiam como enfrentar ou persuadir Hilo. E ficava ainda pior: o irmão de Shae a indicara como Homem do Tempo e, com teimosia, mantivera-a no cargo contra toda a oposição. A vergonhosa derrota dela criaria um efeito dominó pelo clã, incriminaria toda a família e afetaria a autoridade de Hilo como o Pilar.

Todos esses pensamentos afundaram da mente de Shae, adentraram seu corpo e se assentaram como uma pilha de pedras no fundo de seu estômago. Tinha assumido a liderança administrativa do clã porque fora forçada a isso, por suas próprias ações e pela morte do irmão. Quando os dias eram longos e o trabalho ficava difícil, ela dizia a si mesma que era tudo por Lan e por seu avô. Porém, lá no fundo, Shae sabia a verdade. Queria ser a Homem do Tempo.

Inclinou a cabeça para o teto alto do santuário e fechou os olhos. Esperou por uma epifania, por uma sensação de paz espiritual que a preenchesse e a guisasse com firmeza. Expandiu sua Percepção e tentou detectar alguma mensagem no murmúrio de energia de jade que vibrava através de sua carne e ossos. Não sentiu nada vindo dos deuses, além de, talvez, uma vigilância distante; e dentro de si mesma, apenas uma turbulência rodopiante que, por fim, se consolidou e virou aceitação e determinação.

Ela se levantou e saiu do templo.

Capítulo 30

Dia dos Heróis

Apenas Wen foi com Shae à clínica de manhã cedo em uma segundia. Pegaram um dos carros discretos da família e deixaram tanto o chamativo Lumezza conversível de Wen quanto o Cabriola vermelho de Shae na garagem. Wen poderia sempre dizer que estava indo ao médico para fazer uma avaliação pré-natal e que Shae era sua acompanhante. Com doze semanas, a segunda gravidez de Wen já era visível. Continuava amamentando Ru, então, entre os seios maiores e a barriga inchada, seu corpo era uma coleção de suaves curvas maternais. Para Shae, a sensação era de que estavam fazendo algo errado, talvez até abrindo a porta para a má sorte, ao levar Wen como cúmplice para terminar uma vida não nascida quando ela mesma estava carregando uma.

— Não precisa entrar — disse para a cunhada. — Só de me trazer aqui e me levar embora já é um grande favor. É só isso que vou pedir.

— Se fosse eu, eu gostaria de ter outra mulher comigo. Por que é que a gente deveria passar pelas dificuldades da vida sozinhas?

Estacionou o carro no terreno quase vazio. Continuava escuro lá fora; a clínica só abriria dali a dois minutos.

— Trazer você aqui parece um mau agouro — confessou Shae.

Wen segurou uma garrafa térmica cheia de chá de gengibre, que bebia toda manhã para ajudar a acalmar o estômago. Seus lábios se curvaram em um sorriso irônico.

— A vida inteira me chamaram de mau agouro. Tenho tanto medo do azar quanto um passarinho teria de penas.

Entraram e Shae preencheu o cadastro. Fazer um aborto não era particularmente fácil e nem difícil em Janloon. A reputação das clínicas variava, e havia um custo modesto, mas a maior restrição era de que a mulher precisava do consentimento do marido, caso fosse casada, ou de um familiar homem, caso não fosse. Essa regra costumava ser ignorada por uma taxa adicional. Shae tinha assinado a papelada de antemão e falsificara a assinatura de Hilo ao lado da sua no fim da página. A jovem na recepção analisou os formulários, depois olhou para a Homem do Tempo, e então arregalou os olhos. Shae suspeitava suspeitou que Ossos Verdes fortemente munidos de jade não frequentavam muito a clínica.

Wen entrou com ela na sala e segurou sua mão durante todo o procedimento, que levou menos tempo do que Shae havia esperado. Mais tarde, enquanto descansava numa sedação agradável, a Homem do Tempo admitiu:

— Você tava certa. Tô feliz por você ter vindo.

Quase acrescentou um "por favor, não conta pra ninguém", mas deu por si e se impediu antes de dizer isso ao perceber o quão insultante e risível soaria.

Já sabia que podia confiar segredos à cunhada.

Wen as levou embora. Embora um tanto mexida, Shae se sentia aliviada. Pensou em Maro, em sua feição sincera, no quanto ele se preocupava, no otimismo genuíno e na fé que tinha nela, e sentiu o corpo ser esmagado pela tristeza e pela culpa. Por um momento, ficou difícil respirar. Os dois não tinham discutido a respeito de filhos, mas pelo jeito com que ele falava das sobrinhas, ela tinha certeza de que Maro iria querer ter a própria família em algum momento. Shae não ligara nem respondera nenhum dos diversos recados desde que haviam se falado pelo telefone do escritório três dias atrás, antes de ter certeza do que teria que fazer. E do que ainda precisava fazer. Estava apavorada de que, ao falar com ele, algo em sua voz a entregaria e Maro descobriria a verdade, ou de que ouvir a preocupação do namorado ou vê-lo de novo lhe arrancaria a convicção.

Ela recostou a cabeça contra a porta do carro e perguntou:

— Eu caí no seu conceito agora?

Sua cunhada parou o carro tão abruptamente que Shae precisou colocar uma mão contra o painel. Wen conduziu o veículo até o acostamento, colocou na marcha neutra e, com os olhos tremendo, se virou para Shae.

— Shae-jen, fico até com vergonha de dizer uma coisa dessas, mas tinha uma época em que eu não confiava muito em você porque não tinha certeza se você era do tipo que se sacrificava pelos outros.

Ela encarou a Homem do Tempo com um olhar firme, quase desconcertante.

— Você poderia muito bem ter renunciado ao seu cargo, casado com seu namorado e tido um filho. Viraria um escândalo desgraçado por um tempinho, mas você ficaria livre pra ter uma vida muito mais fácil. Mas onde é que o Desponta estaria sem você como Homem do Tempo? Como é que meu marido seria o Pilar sem os seus conselhos? O que seria do trabalho valioso que fizemos juntas? E no futuro, como é que eu iria conseguir fazer qualquer coisa que fosse sem você? — declarou Wen, quase irritada. — Jamais te perdoaria se você decidisse ser tão egoísta. Então como é que você acreditou que cairia no meu conceito só porque foi responsável?

Shae estava um tanto perplexa.

— Mas você tem filhos.

Wen engatou a primeira marcha e voltou a dirigir. Terminou o restante do chá e, como se não fosse nada demais, afirmou:

— Cada uma de nós serve o clã da melhor forma que pode. Olha pra Ayt Mada, pra como ela é sozinha. Não devemos nunca ser assim.

Antes de ter saído de Kekon em busca de um diploma na Universidade de Administração Belforte, em Windton, na Espênia, Shae morara por três semanas num quarto do Hotel Suíte Serena, na Ilha Euman. Jerald havia sido dispensado dois meses antes e a esperava em seu país natal; depois da mais recente gritaria na família, Shae não conseguia mais ficar por perto do avô e não aguentava nem ver o rosto de Hilo, então fez as malas e se mudou da propriedade dos Kaul.

Lan foi o único a ir visitá-la na noite que precedeu sua partida. Pegou a balsa de Janloon e bateu à porta do quarto para convidá-la para jantar. Shae disse que o restaurante não importava, então ele sugeriu uma lanchonete especializada em macarrão.

— Depois de amanhã, você só vai comer comida espênica, então vamos aproveitar algo com gosto de casa hoje à noite — argumentara ele.

O lugar ficava na avenida principal da cidade portuária. Os bistrôs e bares dos arredores tinham placas e cardápios escritos em espênico e, naquela noite agradável de verão, militares de folga da Espênia lotavam os passeios ao ar livre e conversavam alto nas calçadas. Não havia lanternas penduradas nas vitrines; os dois não foram recepcionados ou servidos antes de todo mundo. O voo de Shae era apenas no dia seguinte, mas a sensação era de que já estava num país diferente.

Lan não parecia irritado por não ser reconhecido ou saudado. Enquanto esperavam pelo pedido, ele, pensativo e admirado, ficou observando o ambiente.

— Eu não me surpreenderia se o mundo inteiro fosse assim um dia, uma combinação irreconhecível de culturas e pessoas, tudo junto e misturado. Só fico me perguntando como é que a jade e os clãs vão se encaixar, sabe?

— Isso aí é problema seu, não meu.

Olhando para trás, Shae tinha sido grosseira com o irmão, mas naquela época, sua jade estava trancafiada no cofre de um banco e ela continuava enjoada e de mau humor devido à abstinência.

— Você devia comer mais — encorajara Lan, quando a irmã não terminara a comida em sua cumbuca. — Você tem uma viagem longa e cansativa pela frente, e depois vai ficar sozinha num país estrangeiro.

— Não vou ficar sozinha — contra-argumentou Shae. — Vou ficar com o Jerald.

Ele a olhou com compaixão.

— Sempre ficamos sozinhos com as nossas próprias decisões.

Fazia um ano que seu irmão era o Pilar e, durante esse período, Lan se tornara mais melancólico e direto, e parecia ter envelhecido de um jeito que ampliava ainda mais os nove anos de diferença entre os dois.

— Pode acontecer da gente fazer uma escolha racional e muito bem pensada, e ainda assim continuar despreparado pro que ela significa. Você é a mais nova da família, é mulher e uma Kaul, e nada disso facilita a vida em Kekon, mas acontece que, na Espênia, você vai começar debaixo de todo mundo. Vai ter que lutar por cada migalha de respeito que você tá acostumada a ter em casa.

— O vovô te mandou pra tentar me fazer mudar de ideia uma última vez, por acaso?

A forma repreensiva com que Lan a encarou fez Shae desviar os olhos.

— Não — respondeu ele, com frieza o suficiente para fazê-la se sentir envergonhada. — Eu disse que apoio a sua decisão, mas sou seu irmão mais velho, e o Pilar, o que me dá experiência extra de vida o bastante pra te dizer que não importa aonde você for, os outros vão tentar definir quem você é. A menos que você mesma defina quem é.

— Eu tenho 24 anos, Lan. Sei me cuidar.

— Eu sei disso — falou o Pilar, triste. O garçom veio para recolher os pratos. Uma lua alaranjada e inchada tremeluzia na estreita faixa de água que separava a Ilha Euman da silhueta de Janloon, a qual Shae logo assistiria esmaecer pela janela do avião e não veria de novo por dois anos. — Só tenta não esquecer quem você é.

Muito embora diversos países celebrem o fim da Guerra das Muitas Nações (Dia da Vitória, na Espênia; Dia do Fim da Guerra, em Tun; Dia da Libertação, nas Ilhas Uwiwa, para citar alguns), o feriado nacional de Kekon comemorava a derrota da ocupação shotariana na ilha e a restauração da soberania do país cinquenta e dois dias antes da data em que o armistício internacional foi assinado. Devido ao tamanho, o nome oficial do feriado, Triunfo dos Heróis da Nação Contra a Opressão Estrangeira, raramente é usado. Então, referiam-se a ele simplesmente como o Dia dos Heróis.

Quando criança, Hilo sempre gostara da ocasião, porque, além de ser um dia de patriotismo, era uma celebração da cultura Osso Verde. A Academia Kaul Du e a Escola do Templo Wie Lon abriam as portas e realizavam demonstrações públicas das disciplinas de jade. Cinemas sediavam maratonas de filmes de aventura protagonizados por Baijen, o lendário guerreiro Osso Verde. Veteranos de guerra, como seu avô e o falecido pai, eram louvados e honrados. À noite, havia um desfile e fogos de artifício. Depois, Hilo ia dormir sorrindo e se sentindo um príncipe.

Como Pilar do clã, o Dia dos Heróis o apavorava, ainda mais naquele ano do que em qualquer outro. Esperavam que ele fizesse diversas aparições públicas e que, graciosamente, aceitasse honrarias de inúmeras pessoas enquanto mantinha uma solenidade apropriada pela memória de todas as vidas ceifadas na luta de Kekon pela liberdade. Naquele ano, ele previa que o feriado seria marcado pela tensão da atual aversão aos estrangeiros e pioraria ainda mais o escândalo do passado de Shae para o Desponta. Não era de se espantar que sua irmã fosse ficar em casa e não aparecesse em público hoje. Ela alegou não estar se sentindo bem, mas ele não a teria culpado se tivesse simplesmente dito que preferia evitar o fiasco e a inevitabilidade de ver o rosto presunçoso de Ayt Mada.

— Esquece o lixo que a Ayt e os jornais tão espalhando — dissera Hilo para ela. — Você precisa deixar a Rua Caravela sob controle. O Hami tava junto com aqueles homens que foram me ver. Ele não condenou você, mas também não te defendeu. Isso não é bom, Shae.

Sua irmã parecia pálida e muito mais quieta do que o normal.

— Vou dar um jeito — respondeu.

— Se a sua equipe te apoia, então não importa o que esses outros filhos da puta pensam, mas eles precisam te apoiar.

— Já falei que vou dar um jeito — repetiu ela. — Você confia em mim?

— E eu tenho escolha, por acaso?

Hilo não tinha a menor intenção de sucumbir às pressões internas ou externas do clã, mas e se a situação piorasse tanto a ponto de Shae não ter mais a credibilidade para comandar o lado administrativo do Desponta? Ele não queria nem contemplar a possibilidade de precisar remover a irmã do cargo; tinha certeza de que era isso o que Ayt Mada torcia para que acontecesse. Três anos antes, o Montanha havia tentado enfraquecer Lan ao marcar Hilo como alvo para um assassinato. Agora, indo atrás de Shae para debilitá-lo, estavam fazendo a mesma coisa.

Ele partiu para o ataque. Koben Ato, com 10 anos de idade, havia recentemente passado uma semana doente devido a um potente vírus estomacal, fato que só foi a público porque o garoto começara o treinamento na Escola Wie Lon e se tornara uma espécie de subcelebridade. Quando o questionaram a respeito do passado de Shae, Hilo respondeu que o foco dessa indignação deveria se voltar a erros do passado mais sérios cometidos por líderes de clã conhecidos por matarem os próprios familiares. Ele vocalizou a esperança de que a doença do sobrinho de Ayt não fosse nada mais sinistro e que talvez a família Koben devesse se preocupar com as chances de a criança não ter um destino tão prematuro quanto o pai.

Os esforços desviaram um pouco da atenção, mas foram pouco eficazes em outros frontes. A ideia de que Ayt Mada atacaria um menininho era chocante, mas infundada, e mesmo que servisse para relembrar o povo daquele antigo fratricídio, no atual clima político, parecia que assassinar alguém em busca de poder seria perdoado com mais facilidade do que dormir com um estrangeiro. O Desponta continuava numa posição irritante, e Hilo ainda não sabia o que fazer a respeito. Esse impasse permaneceu em destaque na sua mente durante toda a manhã do Dia dos Heróis enquanto caminhava pelo Parque da Viúva com um grande contingente de fiéis ao clã, e deixava flores e frutas no memorial da família Kaul e nos túmulos de outros Ossos Verdes cujas vidas foram perdidas durante a queda da ocupação shotariana na Guerra das Muitas Nações. Essa parte do cronograma era até agradável, já que ele ficava com a família. Wen vestira os meninos de terno (até mesmo Ru usava um coletinho e uma gravatinha de zíper, na qual já tinha babado), e as pessoas ficavam exclamando como eram bonitos, o que muito agradava ao Pilar. Niko corria as lápides, sujando os sapatos.

A tarde, por outro lado, foi uma provação. Wen e as crianças foram embora, e Hilo foi conduzido até o Distrito do Monumento, onde Vossa Celestidade, Príncipe Ioan III, faria uma grande aparição pública em frente ao Palácio do Triunfo. Nos retratos, o príncipe era representado como um homem magnificente e imponente, mas ao vivo, a testa flácida e o queixo fino faziam com que parecesse estar perpetuamente franzindo o cenho de confusão. Porém, ele desempenhava os deveres cerimoniais e de caridade de bom grado e com entusiasmo, e havia gerado dois filhos e duas filhas, então era bastante popular com o público. Quando saiu do palácio e acenou para a multidão, o povo aplaudiu alto.

De acordo com a tradição do Dia dos Heróis, os líderes dos clãs Ossos Verdes compareciam para demonstrar fidelidade ao monarca do país. Um de cada vez, subiram os degraus do palácio, se ajoelharam diante do príncipe e declararam a servidão e a lealdade de seus clãs. O evento tradicional era um lembrete formal da fundação moderna da nação, de quando os guerreiros de jade que triunfaram contra a ocupação internacional tinham, seguindo o aisho, se esquivado do poder político e se apressado para restabelecer a monarquia e o Conselho Real.

Hilo deu um sorriso debochado quando Ayt Mada marchou pelos degraus de mármore e se abaixou como um tigre aceitando receber carinho de uma criança. O príncipe era um símbolo sem poder efetivo, mas, uma vez no ano, o povo se entusiasmava e era tomado pelo orgulho patriota ao reconhecer que até mesmo os Ossos Verdes mais poderosos, aqueles que comandavam a verdadeira influência na sociedade, eram unidos e subservientes a Kekon. Uma garantia particularmente relevante agora, com uma guerra estrangeira estourando não muito longe.

Seguindo a deixa de sua inimiga, Hilo se ajoelhou no chão do palácio e levou a cabeça até o mármore.

— Vossa Celestidade — disse ele. — Eu, Kaul Hiloshudon, o Pilar do meu clã, deixo o Desponta a seu serviço. Que Vossa Celestidade viva trezentos anos sob a proteção dos deuses.

Com essa parte da pompa encerrada, a comitiva do príncipe escoltou Vossa Celestidade rua abaixo até os jardins públicos atrás da Casa da Sabedoria, onde ele abençoou a inauguração de uma nova estátua em homenagem à famosa parceria de guerra entre Ayt Yugontin e Kaul Seningtun, o Lança e o Tocha de Kekon. Hilo também era obrigado a comparecer a esse evento e a ficar encarando o busto de bronze de seu avô muito mais jovem, aprumado e orgulhoso ao lado de seu camarada e olhando para o horizonte, provavelmente para o futuro glorioso de Kekon.

Depois da declaração de trégua entre os clãs no ano anterior, alguém do governo municipal de Janloon aparentemente achou que seria uma boa ideia encomendar arte pública para simbolizar a harmonia restabelecida entre os Ossos Verdes. Levando em conta que os clãs estavam no momento envolvidos num torneio para minar e arruinar um ao outro (e que o Montanha parecia estar vencendo), tudo aquilo parecia irônico para Hilo.

Depois que o príncipe e alguns outros representantes fizeram seus discursos, Ayt pegou o microfone e falou com eloquência a respeito do tipo de homem que seu pai adotivo tinha sido: um general brilhante, um Osso Verde honrado e, acima de tudo, um patriota de princípios.

— Meu pai acreditava que possuir jade requer que assumamos grandes responsabilidades, e que os Ossos Verdes devem lealdade para o país acima de tudo.

Ela deixou as palavras pairarem no ar enquanto movia os olhos pela congregação de pessoas reunidas até encarar seu Pilar rival, de pé e preparado para falar em seguida. Hilo sentiu o peso do olhar de sua inimiga e a pressão da espessa aura de Ayt o banhando com uma atenção importuna.

Olhando diretamente para Hilo, ela disse:

— A aliança por uma causa maior, pela segurança do país, é mais importante até mesmo do que os valorosos laços entre amigos e família. Um líder forte deve ser capaz de deixar o sentimento de lado e tomar decisões dolorosas pelo bem da maioria.

A mensagem de Ayt era clara: tudo o que fizera para se tornar a Pilarisa do Montanha, incluindo assassinar seu inútil e mimado irmão adotivo e o antigo guarda de seu pai, fora pelo bem maior do clã e do país. Kaul Hilo, por outro lado, ao teimar e continuar apoiando sua irmã indigna, de grande líder não tinha nada.

Ayt voltou a se virar para a multidão e declarou:

— Meu pai, se estivesse vivo, ficaria desesperado em ver que os interesses estrangeiros estão de novo invadindo nosso país, e desta vez com a ajuda daqueles que deveriam ser os principais defensores da nossa nação. Como filha do Lança de Kekon, como Pilarisa do meu clã, estou extremamente preocupada.

Shae preparara um discurso para Hilo que continha banalidades inócuas a respeito do Dia dos Heróis e algumas histórias tocantes e divertidas sobre o vovô. Ele viera para este evento determinado a seguir o texto e a não responder às provocações de Ayt, mas sua raiva foi aumentando constantemente à medida que a Pilarisa continuava a falar.

— A Homem do Tempo do segundo maior clã do país é dominada por pessoas e costumes estrangeiros. As ações do passado dela provam que é uma mulher fraca, que não merece ser chamada de kekonísia, e em quem não podemos confiar pra assumir um cargo poderoso e influente. É hora de meu equivalente no Desponta ouvir as preocupações do povo.

Ayt estava cooptando o que deveria ser um discurso agradável sobre o pai e o transformando em uma acusação ao rival. Alguns membros do Conselho Real presentes na cerimônia se remexiam, desconfortáveis. Dentre o público que se reunira para assistir, havia quem assentisse enquanto outros ouviam com expressões imóveis ou encaravam Hilo, à espera de uma reação. Os olhos do Pilar viraram fendas. Ele manteve a feição rígida, mas sabia que a fúria reprimida era Perceptível para qualquer Osso Verde nas redondezas.

— Hilo-jen — grunhiu Kehn de trás do ombro de Hilo com uma voz baixa e apreensiva. — Não precisamos ficar aqui ouvindo esse papo-furado. A gente pode sair agora.

O Pilar não respondeu ao Chifre; era possível sentir a aura de Ayt Mada zunindo numa curiosidade presunçosa. Será que ela seria capaz de fazê-lo ter um surto na frente de todo mundo? Será que ele finalmente se prostraria à pressão, removeria Shae do cargo de Homem do Tempo e faria o Desponta parecer culpado e fraco? Ou seria teimoso, recusaria e assistiria a reputação de seu clã despencar e sua própria aptidão, conquistada a duras penas, como Pilar ser questionada?

Só Percebeu a presença de Shae quando ela se aproximou e ficou bem atrás dele. A aura de sua irmã estalava como estática contra a dele, e quando Hilo, surpreso, se virou, viu que ela estava vindo direto em sua direção. O cabelo de Shae estava preso para trás por um grampo e, no sol, a jade reluzia em seu pescoço. Seu rosto pálido estava tão firme quanto uma máscara. Ela parou quando chegou ao lado dele, mas nem olhou para o irmão.

— Pensei que você não tava muito bem — disse Hilo. — Veio fazer o que aqui?

— Colocar um ponto final nisso — respondeu a Homem do Tempo, e o deixou para trás com um passo tão ligeiro quanto alguém pulando nos trilhos de uma estação de metrô.

Ele se deu conta do que Shae queria fazer um segundo antes de ela falar, mas, a essa altura, sua irmã já tinha atravessado metade do caminho até o pódio.

— Já chega — declarou ela, alto o bastante para interromper Ayt no meio de uma frase e ser escutada por todos ali. Murmúrios de choque atravessaram a multidão e, no ponto em que a aura incandescente de Ayt encontrou a de Shae, foi como se houvesse lava jorrando contra rochas. Ela continuou em frente, implacável e gélida como a lua. — Você já me insultou e caluniou o bastante. Falou que fui uma neta medíocre e que sou incompetente como Homem do Tempo. Que sou indigna de jade, uma traidora e uma vagabunda.

Ela parou; o instante de silêncio que se seguiu foi escaldante.

— Ayt Madashi, Pilarisa do Clã da Montanha, eu te ofereço um expurgo por lâmina.

Segundo Interlúdio

Os Dois Tronos

Após a era das Três Coroas na história kekonísia, que acabou com a autodestruição da linhagem real da família Hunto, os dois reinos vitoriosos (Jan, ao norte, e Tiedo, ao sul) buscaram manter relações pacíficas da maneira tradicional: trocando crianças reais. O segundo filho da corte real de Tiedo foi enviado para a corte de Jan. O monarca de Jan tivera três filhos, mas apenas um menino, então a filha mais velha foi oferecida como refém para Tiedo.

Em Tiedo, a princesa aprisionada de Jan e o príncipe primogênito sem querer se apaixonaram profundamente e se casaram. Assim que o príncipe assumiu o trono, porém, a esposa o pressionou para que atacasse sua terra natal, Jan, numa tentativa de governar toda Kekon. Historiadores debatem se o que a instigou foi ambição política, fé irrestrita no marido ou mágoa pela família que a usara como escambo. A princípio, o novo rei hesitou, mas depois que seu irmão mais novo, que estava em Jan, morreu num suspeito acidente enquanto treinava, seguiu o incentivo da esposa e declarou guerra.

Seu rival, o príncipe de Jan, era inteligente, mas padecia de saúde. Muito embora fosse raro que uma mulher recebesse treinamento como Osso Verde naquela época, sua irmã mais nova teve permissão de aprender as disciplinas de jade. Ela se casou com um guerreiro que se tornaria um famoso general no exército de Jan, e subsequentemente, virou uma figura-chave na campanha militar contra sua irmã e seu cunhado de Tiedo. A derradeira vitória de Jan, duzentos anos mais tarde, unificou a ilha sob uma única monarquia, cuja capital se localizava no litoral norte, onde permanece até hoje. Mesmo que o conflito entre os reinos do norte e do sul tenha se estendido para muito além da vida de seus instigadores, esse segmento da história kekonísia é conhecido como Período das Irmãs em Guerra.

Num geral, os kekonésios não veem essa época com bons olhos, já que o conflito prolongado enfraqueceu o país e reduziu a população de guerreiros de jade, o que permitiu que os invasores estrangeiros tivessem sucesso em se estabelecer na ilha. No entanto, a julgar pelo número absurdo de romances e filmes kekonésios que usam aqueles anos como pano de fundo, o romance entre a traidora princesa Jan e o príncipe Tiedo é considerada uma das maiores histórias de amor que já se viu, e a guerra subsequente entre as duas irmãs é recontada como um de seus trágicos e dramáticos desdobramentos. A peça clássica mais famosa de Kekon a respeito desse período, *Os Dois Tronos*, começa com uma frase muito citada que remonta ao que a filosofia deísta diz sobre conflitos terrenos: "De pequenos ressentimentos brotam grandes guerras".

Capítulo 31

Não Arrede o Pé

O duelo foi marcado para a manhã seguinte, já que seria uma barbaridade derramar sangue num feriado nacional e depreciar as festividades programadas do Dia dos Heróis. As combatentes se encontrariam no Bosque de Juro, que ficava na metade do caminho entre as residências das famílias Ayt e Kaul. Shae sabia que era obrigada a ir para a cama cedo, mas dormir parecia impossível quando levava em consideração que essa poderia ser sua última noite viva. Por volta da meia-noite, com a algazarra dos fogos de artifício do desfile ainda estourando vez ou outra pela cidade, ela foi na surdina até a sala de oração da casa principal e se ajoelhou sobre o acolchoado duro em frente ao pequeno santuário. A convicção sombria, aquele senso gélido de certeza que sentira mais cedo, havia sumido. Tudo o que ela sentia agora era um medo e um pavor de embrulhar o estômago.

Shae havia sido uma Osso Verde extremamente verdejante e talentosa que se formara com honras na Academia Kaul Dushuron. Agora, passava a maior parte dos dias atrás de uma mesa ou em reuniões. Mantinha uma rotina diária de exercícios matinais e sessões de treinamento privativas de vez em quando, mas, ao contrário de Hilo, não treinava diligentemente para manter as habilidades marciais afiadas. Se tivesse sequer desconfiado que acabaria nessa situação, teria contratado o Mestre Aido com rigor pelos seis meses anteriores. Ayt Madashi usava mais jade e matara mais homens numa única batalha do que qualquer outra mulher Osso Verde dos últimos tempos. Anos haviam se passado desde sua violenta ascensão ao cargo de Pilarisa, e talvez tivesse enferrujado um pouco também. Shae esperava que sim, mas não tinha muito otimismo quanto a isso.

Ela abaixou a cabeça.

— Velho Tio nos Céus, tome-me como a mais verdejante de sua linhagem amanhã, caso seja de vossa vontade — murmurou numa prece para Jenshu, o Monge, Aquele Que Retornou, o patrono dos Ossos Verdes. Shae parou. — E se considerar o contrário, pelo menos me valorize pela tentativa dramática.

A expressão de surpresa genuína no rosto de Ayt naquela manhã lhe rendera um momento de sincera satisfação. Se a Pilarisa dos Montanha algum dia achara que Shae fosse desafiá-la para um expurgo por lâmina, tinha deixado essa ideia para lá. Seu alvo era a jovem do escritório, e não um Punho homem movido pela testosterona e faminto por jade. Não alguém ávido para morrer.

Durante dois segundos, uma descrença mútua pairara entre ambas as mulheres, e então a aura de jade de Ayt se expandira ameaçadoramente quando ela mirou o olhar em Shae de um jeito que pareceu fazer com que a multidão que, chocada, assistia à cena, sumisse. Ayt soltou os papéis com o discurso. Em meio àquele silêncio anormal, o microfone destacou o farfalhar das folhas. A Pilarisa dos Montanha saiu de trás do pódio e, com uma voz clara e firme que não precisava ser amplificada, disse:

— Eu aceito.

Depois de ter passado pelo choque inicial do que ela havia feito, Hilo ficara furioso, o que não era de se surpreender. Uma vez combinado e aceito, nem mesmo o Pilar seria capaz de reverter um expurgo acordado de boa vontade entre duas partes solícitas, mas, pela voracidade com que a aura de jade dele rugia, era bem possível que Hilo fosse tentar matá-la antes mesmo que Ayt tivesse a chance. No carro depois de escapulir do rebuliço que se instalara, ele havia se esforçado para encontrar as palavras certas.

— Mas que *porra* é essa, Shae? — gritara.

— É o único jeito — sussurrou ela, letárgica pelo que fizera.

O único jeito de acabar com o escândalo, de eliminar quaisquer dúvidas, de calar Ayt Mada e qualquer um que a acusava de ser espênica demais, influenciada demais pelos estrangeiros, de ser uma mulher indigna de confiança. Não fazia diferença se Hilo a mantivesse no cargo ou não: depois das acusações prejudiciais de Ayt, ela nunca mais seria levada a sério como Homem do Tempo se não respondesse às críticas com firmeza.

— Para com essa idiotice enquanto ainda dá tempo — ordenara Hilo. — Retira a proposta de expurgo por lâmina. Claro que você é verdejante o bastante, mais verde até do que muito homem, mas de jeito nenhum vai vencer da Ayt Mada, a não ser que tenha algum truque na manga ou que tenha passado o último ano treinando escondida todas as noites.

Pelo silêncio da irmã, ele deduziu que esse não era o caso e explodiu de novo.

—Tá tentando se matar, então? Não era pra você ser a inteligente da família?

Na verdade, o pavor fizera Shae sentir anseio de recuar assim que as palavras haviam saído de sua boca, mas a familiaridade com o gênio de Hilo a fez voltar de imediato ao estado de lógica inexplicável que tinha exibido mais cedo naquele dia. Renunciar ao expurgo destruiria qualquer resquício de autoridade que ela ainda tivesse e traria uma humilhação irreparável ao Desponta. Hilo, que participara de muitos duelos na vida, sabia bem disso, então vê-lo sugerir uma coisa dessas era estranhamente comovente.

— Agora é tarde — respondera ela. — Não dá mais pra voltar atrás.

— Ela tá certa — dissera Kehn, no banco do motorista. — Foi Ayt quem veio afrontar. Além do mais, ninguém do Desponta viu aquela vagabunda lutar de verdade. Shae-jen tem tanta chance quanto qualquer um.

— Não pedi sua opinião — esbravejara Hilo, ralhando o Chifre, coisa que Shae nunca vira antes. — A Ayt vive procurando formas de atingir a gente. Agora vai ter um expurgo por lâmina e a chance de arrancar a cabeça da minha irmãzinha na frente de todo mundo. Ela deve estar eufórica pra caralho!

Shae era obrigada a admitir que havia uma ironia dolorosa nessa situação. Quatro anos antes, não tivera muita certeza de que queria voltar para Janloon. Agora estava ali, sacrificando um relacionamento, uma gravidez e quem sabe a própria vida para defender seu cargo e reputação como Homem do Tempo do Desponta. Não costumava ser do tipo audaciosa e imprudente. Esse sempre fora o papel de Hilo na família.

Como as coisas mudam. Se bem que tudo o que Ayt Mada levara a público como provas do mau-caratismo de Shae (o namoro com um estrangeiro, os serviços prestados para os espênicos, ter se despido de jade e deixado o clã para estudar fora do país) tinham sido manifestações de rebeldia, tentativas de se provar igual ou melhor do que seus irmãos. Shae queria o que os outros diziam que ela não poderia ter, e estava mais disposta a sacrificar a si mesma do que a aceitar o que lhe fosse imposto à força. Então, no fim das contas, certas coisas não haviam mudado, não.

A porta para o oratório se abriu e Hilo entrou. Shae não se levantou ou se virou para ver o irmão, mas para sua surpresa, ele se ajoelhou ao seu lado e, seguindo a tradição, tocou a cabeça três vezes no chão. Nunca o tinha visto entrar ali.

— Achei que você não acreditava nos deuses — comentou ela, quando Hilo ajeitou a postura.

— Não acredito, mas o sentimento é recíproco, então talvez eles não me levem a mal.

A aura de jade de Hilo continuava zumbindo numa frequência muito mais alta do que o normal, mas estava mais calmo do que antes. Talvez Wen tivesse conversado com o Pilar. Ela parecia sempre capaz de tranquilizar os dilemas do marido. Shae conseguia ouvir os passos de sua cunhada lá em cima, andando para lá e para cá com Ru para que o menino sossegasse, e também era possível Perceber a energia suave de Niko, dormindo.

A Homem do Tempo pensou que talvez não fosse viver para ver nenhum dos sobrinhos crescer, e uma dor se espalhou em seu peito.

Hilo murmurou:

— Se isso é que é paz, acho que eu prefiro a guerra.

Shae o olhou de relance.

— A Ayt tinha deixado a gente encurralado, e ela sabia muito bem disso. Quer eu renunciasse ao cargo ou não, o Desponta seria prejudicado. O povo nos veria como mais fracos do que os Montanha. Acabar comigo teria sido só o começo. — De queixo erguido, voltou a encarar o santuário. — Independentemente do que aconteça amanhã, agora ela já não tá mais em vantagem.

— Como se isso fosse adiantar de muita coisa se você *morrer.*

Hilo se virou para a irmã com um olhar feroz.

— Você não me deu ouvidos; nunca dá. Fez a sua própria loucura como sempre. E agora vai ter que ir lá e *vencer.* — Ele a agarrou no braço de maneira dolorosa e a obrigou a olhá-lo nos olhos. — O que o Kehn falou é verdade. Você até tem chance de derrubar a Ayt Mada. Nós dois sabemos que qualquer coisa pode acontecer numa luta.

Ele tocou o meio da testa dela com o indicador.

— E um duelo é travado aqui antes mesmo dos oponentes desembainharem as espadas. Então me fala que é isso o que você vai fazer, Shae. Que vai cortar a porra da cabeça da Ayt e colocar um ponto final nessa história toda.

Ela sentia os ossos formigarem pela pressão insistente da aura de jade do irmão. Engoliu em seco, mesmo com a garganta entalada.

— É isso o que eu vou fazer — respondeu, com a voz contida, mas firme. — Vou vencer amanhã.

Hilo a soltou e, com a expressão inalterada, se levantou.

— Então para de ficar sentada aí fingindo que tá falando com os deuses. Vai dormir e descansar direito. Ou então pega a sua espada da lua e vai treinar, ocupar a cabeça com coisa que preste. — Ele abriu a porta. — Estarei no salão de treinamento.

De manhã, Shae se levantou e vestiu um par de calças confortáveis, um top justo de nylon, a veste tradicional de couro e sapatos de sola macia. Amarrou o cabelo e analisou o próprio reflexo no espelho enquanto pensava em qual seria a quantidade certa de jade para usar. Combatentes, na esperança de usarem cada mínima vantagem que pudessem ter, usavam toda a jade que possuíam nos duelos, mas isso significava perder tudo caso fossem derrotados. Ossos Verdes que tinham muita jade e que, portanto, tirariam pouco proveito marcial de usar todo o arsenal, eram aconselhados a pensar com mais prudência, já que prefeririam ver a riqueza ser repassada para a família, e não adornando o corpo de um inimigo. Apesar da promessa que fizera a Hilo na noite anterior, quando dissera que iria ganhar, ser realista quanto às suas chances fazia parte do jeito de Shae. Depois de muito pensar, ela tirou os brincos e as pulseiras e ficou apenas com as tornozeleiras e com a gargantilha que dava duas voltas no pescoço.

Escolheu sua melhor espada da lua, com setenta e cinco centímetros de comprimento, com uma lâmina levemente curvada de cinquenta e dois centímetros feita do mais fino aço temperado de Da Tanori e um cabo cravejado com pedrinhas de jade. Não estava lá com muita fome, mas juntou um ovo ao mingau quente e se forçou a comer. Olhou para os arredores e concluiu que a casa tinha ficado bonita, que Wen a decorara bem: o chão era de madeira maciça e os móveis eram escuros com traços elegantes que contrastavam com as almofadas macias, além das paredes serem claras, e as cortinas, cor de creme.

Ainda assim, o espaço era grande demais para uma pessoa só. Shae pensou em Maro, em todas as mensagens ignoradas que agora lotavam a fita de sua secretária eletrônica, e sentiu um nó na garganta que a impossibilitou de terminar o café da manhã. A culpa e o arrependimento se intensificaram e se alojaram no fundo de seu estômago, como um inchaço. Ela ansiava, com mais desespero do que imaginara, ver o rosto de Maro, ouvir sua voz e ter a chance de dizer que o amava, sim. Agora que já era tarde demais, ela sabia disso. Desejou que tivesse tido a ideia de escrever uma carta, mas não havia tempo, e falar com ele agora não faria bem para nenhum dos dois. Shae tinha a impressão de que não conseguiria se explicar, e Maro (idealista, racional e crítico como era, com suas duas pedrinhas de jade e o ceticismo para com a cultura do clã) não entenderia. Maro nunca estivera num expurgo, e se afastara em vez de derramar sangue ou arriscar a própria vida para satisfazer o que o tradicionalismo descrevia como a honra dos Ossos Verdes. Ele a mandaria fazer a mesma coisa.

Ela lavou e secou a cumbuca e a colher que usara, guardou-os e desligou todas as luzes de casa. Depois, caminhou até a rua, onde Hilo e os Maik a esperavam perto do carro.

O percurso foi feito em silêncio. A escuridão sob os olhos do Pilar sugeria que ele não havia dormido muito mais do que Shae. Hilo não falou, e os irmãos Maik, pegando a deixa, ficaram de boca fechada também. Era uma manhã seguinte ao feriado, então o trânsito estava tranquilo, e não levou muito tempo para que chegassem à Casa e Jardins Garrison, no Bosque de Juro. A suspeita de Shae era de que Ayt Mada tivesse escolhido o local pelo simbolismo. A Casa de Garrison era uma mansão colonial com azulejos vermelhos e pilastras brancas. Tinha sido a residência do governador shotariano durante o período da ocupação e fora poupada da destruição para que virasse um marco da história nacional com um museu e jardins públicos. Shae e Ayt se enfrentariam no gramado, com o símbolo mais evidente da antiga dominação estrangeira se agigantando ao fundo.

O calor que se infiltrava no ar era a promessa de um dia quente à frente, mas o céu, recheado de nuvens e com uma camada de poluição que pairava baixo sobre a cidade, criava um breu difuso e sem sol. Quando o Duchesse se aproximou da calçada diante do jardim público, Shae viu uma multidão gigantesca ao redor do gramado. Algumas pessoas carregavam câmeras e outras haviam disposto toalhas sobre o chão. Por um instante, pensou que estivessem interrompendo algum evento ao ar livre e fossem precisar trocar o local do expurgo. E foi então que se deu conta de que o expurgo *era* esse tal evento. Claro, duelos não eram raridade; mas desse tipo, sim. A notícia ganhara proporções extraordinárias no decorrer da noite. Um expurgo por lâmina entre a Pilarisa e a Homem do Tempo dos dois maiores clãs do país já era algo dramático o bastante, mas, além disso, um duelo entre duas mulheres tão poderosas em seus respectivos clãs nunca acontecera. Foi apenas na geração pós-guerra, quando houve uma sangria na população de Ossos Verdes homens, que se tornou mais comum ver garotas treinando para usar jade. Hoje em dia, um de cada cinco formandos das escolas marciais da nação eram mulheres, mas a maioria dos rapazes ainda desprezava a ideia de duelar com alguém do gênero oposto, e duelos entre mulheres, mesmo que fossem Punhos, eram normalmente motivo de zombaria, considerados piadas.

De piada essa disputa não teria nada. Independentemente do resultado, Shae e Ayt Mada fariam história. Progresso social de acordo com o estilo kekonésio, pensou Shae. Oportunidades iguais para morrer pelo fio de uma lâmina.

Fechou os olhos por um minuto antes de sair do carro. Mesmo quando a mente está determinada, o corpo se nega com veemência à possibilidade de se machucar ou morrer. As mãos de Shae tinham ficado suadas e havia um aperto no peito que ela tentava aliviar respirando com calma. Será que seus batimentos cardíacos retumbantes eram tão Perceptíveis para qualquer Osso Verde dos arredores quanto para ela? Passou-lhe pela cabeça que seus colegas da Universidade de Administração Belforte, em Windton, ficariam horrorizados e embasbacados com o que estava prestes a fazer. Por mais estranho que pudesse parecer, isso a fez sorrir.

Tar saiu e abriu a porta de trás para ela e para Hilo. Os espectadores, ávidos, avançaram adiante, mas mantiveram uma distância respeitosa da presença intimidante dos líderes do Desponta conforme eles se dirigiam ao gramado. Segundos depois, um longo e polido Stravaconi Monarch prateado parou atrás do Duchesse. Ayt Mada emergiu, junto com seu Chifre e dois Punhos. A Pilarisa parecia imperturbada pela presença da multidão; assentiu casualmente para os leais ao Clã da Montanha que a chamavam e saudavam. Ela vestia uma regata preta e calças de seda confortáveis de cordinha na cintura. O cabelo estava amarrado num rabo-de-cavalo apertado. Um par de óculos de sol se empoleirava no topo da cabeça. Enquanto caminhava até o centro do jardim, ela os tirou e entregou a Nau Suen, que guardou o acessório no bolso da camisa como se fosse algo corriqueiro guardar os óculos de sol da Pilarisa durante expurgos por lâmina. Tirando a espada da lua de oitenta e um centímetros com cabo encrustado de jade pendurada em seu ombro, a impressão era de que Ayt estava passando por ali em meio a compromissos da sexdia. Toda sua jade continuava no lugar de sempre, adornando pulseiras de prata em ambos os braços.

Chegara a hora. A Homem do Tempo desembainhou a espada da lua e a estendeu para Hilo. O irmão virou a cabeça para encarar Ayt e o povo dela do outro lado do gramado. Lentamente virou a cabeça, olhou para a lâmina de Shae e cuspiu no metal para dar sorte. Shae abriu a boca para falar, mesmo que ainda não soubesse o quê, mas Hilo descansou as mãos sobre os ombros da irmã. Sua aura de jade recaiu sobre ela como um caloroso colete de chumbo. Ele se aproximou, encostou a bochecha na dela e sussurrou em seu ouvido:

— Quatro carros cheios de Punhos e Dedos tão vindo pra cá, pra bloquear a Rua Ba Baixo e qualquer outra estrada pra fora daqui. Tem outros a caminho da mansão Ayt, da Fábrica e de uma dezena de outras propriedades dos Montanha na cidade. — Sua voz vinha suave e com uma ausência de emoção que era de arrepiar. — Certas lâminas não podem ser expurgadas.

A gelidez das palavras de Hilo causou um calafrio abrupto em Shae, que compreendeu tudo. Ao contrário dela, ele não passara a noite inteira se preocupando ou orando, mas sim fazendo preparativos militares. Se ela perecesse sob a espada de Ayt, Hilo não permitiria que seus inimigos saíssem vivos dali. Ele romperia com a imutável lei do expurgo por lâmina, tomaria a vingança proibida contra a assassina de sua irmã e lançaria os clãs e toda a cidade numa guerra declarada.

Shae estava apavorada. Em nome da honra, estava arriscando a vida para limpar seu nome e recuperar a reputação do clã seguindo o jeito antigo, o jeito dos Ossos Verdes, sob os olhos do Velho Tio e de acordo com as regras que todos os kekonésios consideravam invioláveis. De acordo com a tradição, duelos serviam para resolver rixas pessoais e prevenir que desentendimentos evoluíssem para conflitos que envolvessem a família ou o clã. Furar o pacto do expurgo por lâmina seria inaceitável; colocaria toda a culpa pela retomada da guerra nas costas do Desponta. Além de Pilar, Hilo era um Osso Verde até o último fio de cabelo. Desobedecer tão abertamente o código moral pelo qual viviam arruinaria *tudo*. Seria, acima de tudo, zombar da honra dos guerreiros de jade que ela estava duelando para defender.

Antes que Shae pudesse transformar qualquer um desses pensamentos em palavras, Hilo se afastou com uma expressão sombria e indecifrável. Ele se virou, caminhou até o canto onde os irmãos Maik esperavam, e, tirando pela intensidade rubra e impaciente de Ayt Mada, que esperava de pé à sua frente com a espada da lua já desembainhada, a Homem do Tempo ficou sozinha no centro do gramado.

Shae se esforçou para recuperar o foco. Por um instante, chegou a questionar se Hilo estaria blefando, se era um esforço às avessas para motivá-la a sobreviver, mas não havia tempo para levar a ideia muito adiante. Um silêncio ansioso se assomara sobre a multidão e era possível ouvir o clique das câmeras ao redor. Em sua Percepção, inúmeros batimentos cardíacos iam se intensificando, todos ávidos e aguardando. As auras de jade dos Ossos Verdes dos dois clãs que haviam se reunido para testemunhar este evento se destacavam em meio à multidão, um acontecimento que supostamente dizia respeito à honra pessoal entre duas pessoas, mas que todos sabiam que ia muito além disso. Os janloínos queriam que os clãs mantivessem a trégua, que respeitassem fronteiras territoriais e cooperassem no combate ao crime, ao tráfico e às atuais pressões internacionais, mas mesmo assim tinham vindo na mesma hora, empolgados que só, para ver o sangue sendo derramado entre o Montanha e o Desponta.

Shae encarou a oponente e, numa saudação, levou a parte chata da lâmina até a testa. Ayt fez o mesmo. Não se via mais nem traço da pose costumeira de Ayt. Havia um quê assustador na dureza dela agora, um equilíbrio quase reptiliano no jeito com que estava ali, ereta, analisando a inimiga enquanto esperava que ela atacasse primeiro. Na Percepção aguçada de Shae, Ayt era como uma coluna de energia vermelha, o interior de uma fornalha a carvão, com um calor penoso que obscurecia todo o restante. Quanto mais encarava essa imagem na mente, mais inatacável ela parecia. A Homem do Tempo perderia a coragem. Shae reuniu a Força e, numa ruptura de velocidade, saiu correndo adiante enquanto sua espada da lua reluzia para baixo, num golpe que se abria pela diagonal e cujo objetivo era abrir o torso de Ayt Mada do ombro direito até o quadril do outro lado.

Ayt escapou para a esquerda por um triz, desviou do ataque seguinte e rodopiou rente ao chão, o que fez o cabelo chicotear ao redor do pescoço e transformou sua extensa lâmina num borrão de metal. Shae usou a Leveza para saltar, evitou por pouco que fosse destroçada nos joelhos e aterrissou com um golpe forte que trouxe lá do alto. Com o lado cego da arma contra a palma da mão esquerda, Ayt bloqueou o ataque de frente. Por um instante, foi metal branco ressoando contra metal branco, Força colidindo contra Força, e as auras de jade das duas vibrando com o impacto. E então Ayt tirou a lâmina daquela confusão, mudou de direção como a cauda veloz de um peixe e disparou por um caminho mortal até a garganta de Shae.

A Homem do Tempo moveu a cabeça e, por instinto, levantou o braço embebido em Aço para se defender. A lâmina de Ayt cortou o antebraço erguido e, com a ponta, partiu a pele, mas parou antes de alcançar músculo e osso. Prestando atenção na arma que passou a centímetros de seu rosto, Shae quase deixou de Perceber a pancada de Afluência que a Pilarisa atirou com a mão esquerda. O poder foi em direção à Shae como uma haste de metal afiada, com o objetivo de perfurar o coração e os pulmões.

Shae girou o torso para sair do caminho e se envolveu de Aço; sua caixa torácica começou a estremecer devido à intensidade concentrada de jade quando ela sugou a mortal força cinética da energia de Ayt e, desesperada, atacou: uma apunhalada de Afluência no esterno, seguida por uma rajada perdida de Deflexão que, no fim das contas, atingiu a oponente bem na barriga. Com os lábios partidos numa careta, Ayt cambaleou vários passos para trás. Shae viu a Pilarisa arregalar os olhos e a fissura naquela compostura normalmente perfeita se alastrar quando ambas, ao mesmo tempo, se deram conta de que ela tinha chances de vencer. Nos segundos iniciais do duelo, qualquer um poderia perceber que Ayt Mada era uma eximia lutadora de jade, uma combatente cautelosa e digna da reputação que tinha, mas acontecia que Shae era rápida, talentosa e, talvez o mais importante, uma Osso Verde em seu auge físico, com mais de dez anos a menos.

Um momento de impasse pareceu se passar entre as duas. E então, a aura de jade de Ayt se iluminou com a violência de uma estrela em explosão, bem na hora em que um ímpeto de adrenalina e uma euforia esquisita se apossaram do cérebro de Shae feito uma febre. Ayt veio de arma erguida e lábios franzidos, e Shae, com um grito animalesco devido ao esforço, usou a Leveza para voar até ela com a lâmina já preparada num borrão fatal pela horizontal.

Para qualquer um que estivesse assistindo à disputa, ficou difícil acompanhar o movimento das espadas da lua enquanto as oponentes as faziam retinir uma contra a outra, à procura de brechas e se esforçando pau a pau para fazer metal se conectar com carne. Os espectadores murmuravam alarmados e correram até a beira do gramado para abrir mais espaço conforme as inimigas enfurecidas atravessavam o campo. A realidade de Shae havia se reduzido ao desespero puro da luta. Sua mente consciente estava quase desligada; apenas Percepção, treinamento e reflexos poderiam salvá-la das investidas. Ela viu o rosto de Ayt se deformar num rosnado de impaciência enquanto a Pilarisa avançava com uma série de ataques rápidos e imprevisíveis com o objetivo de sobrepujar e confundir tanto a visão quanto a Percepção da oponente. Golpes foram caindo feito chuva nos braços e no torso de Shae. O Aço da Homem do Tempo estremecia sob a pressão constante e seus pulmões arfavam como foles, escaldados de exaustão. Ela mais sentiu do que viu o iminente ataque derradeiro: um impulso vindo de baixo para cima que perfuraria a cavidade de sua garganta. Em vez de bloquear a investida com sua própria espada, ela lançou uma lufada firme de Deflexão, forte o bastante apenas para desviar a mira de Ayt. A lâmina passou por um triz da bochecha esquerda de Shae enquanto ela usou a própria arma para atacar o pescoço da inimiga.

Foi por pouco que Ayt se esquivou da manobra letal. Shae deu sequência ao ataque com um rápido golpe ascendente, e um corte sangrento se abriu por toda a lateral da cabeça da Pilarisa, dividiu ao meio sua orelha esquerda e arrancou metade por completo.

Ela ouviu toda a multidão resfolegar ao mesmo tempo meio segundo antes de Perceber a raiva e a dor da oponente. Uma orelha talhada não era nada em comparação com o que Shae pretendera de verdade, mas poucas coisas na cultura kekonísia eram mais simbólicas do que uma orelha perdida. Incrédula, Ayt tocou o sangue num dos lados do rosto. Por um breve instante, Shae ficou igualmente abismada. Em algum lugar lá no fundo, não tinha esperado que Ayt fosse uma mera mortal, que fosse uma mulher de carne e osso como ela, alguém que sangraria caso cortada, alguém que poderia ser morta. Mas logo voltou a si. Estava ficando cansada rápido e não conseguiria mais continuar lutando desse jeito por muito tempo. Precisava aproveitar imediatamente esses poucos segundos em que Ayt estava desnorteada e ganhar enquanto tinha chance.

Shae foi para o lado e se dedicou a essa abertura momentânea: lançou todo o peso do corpo em um ataque cortante para decapitar-lhe a cabeça. Longe de ainda estar avoada pelo ferimento superficial, parecia que Ayt tinha previsto o movimento. Ela mudou a posição e, para responder à investida, meteu a própria espada no trajeto da arma de Shae com tanta força que a Homem do Tempo sentiu o impacto reverberar por todo o corpo e ressoar pelos dentes. Por um instante, as duas ficaram ali, enraizadas na concussão do golpe. A estrondosa aura de jade de Ayt se abateu sobre a de Shae como um maremoto, e o tumulto das duas energias desesperadas e agressivas preencheu cada cantinho de sua Percepção. Mais rápido do que uma cobra peçonhenta, Ayt deu o bote com a mão esquerda, agarrou o punho com que Shae segurava a espada e amassou a carne de seu dedão com uma Força extraordinária. Com uma torção, a Pilarisa obrigou a Homem do Tempo a apontar a lâmina para baixo e, usando o antebraço revestido de Aço, derrubou a arma da mão enfraquecida da oponente. Aconteceu em menos de um segundo: a espada da lua de Shae saiu voando e, com um rosnado enquanto usava a Força para abrir um corte estripador, Ayt a talhou de uma ponta a outra.

Shae usou o Aço com todas as forças que tinha. Não era rápido ou duro o bastante. A dor percorreu sua barriga como uma chama no decorrer de uma linha de pólvora explosiva. Um calor repentino e molhado fluiu pela frente de sua calça como se sua bexiga tivesse cedido de uma vez por todas. Quando olhou para baixo, viu o sangue escorrendo pelas pernas; parecia até que alguém havia aberto uma torneira em cima de seu umbigo.

Sentiu-se fraca. A realidade da morte iminente esvaziou-lhe a mente. O tempo se alongou e deixou o mundo estranhamente imóvel. Na periferia de sua Percepção, sentiu o triunfo assassino de Ayt Mada vir abaixo junto com o movimento fatal de sua lâmina. Com cada partícula de força que lhe restava, Shae cambaleou para trás e, com os braços abertos, caiu de joelhos sobre a grama.

— Ayt-jen! — exclamou, rouca e com a cabeça jogada para trás. — Eu me rendo.

Ela fechou os olhos. Morreria a qualquer instante.

— Eu me rendo — declarou de novo. Mal conseguia reconhecer a própria voz. Parecia vir de outra pessoa. Era difícil pensar, agarrar as palavras e organizá-las num esforço final, numa tênue e calculada tentativa de sobreviver. — Você é a maior dos guerreiros Ossos Verdes, a verdadeira filha digna do Lança de Kekon. Minha vida e minha jade são suas. Se você for misericordiosa o bastante pra me poupar, será apenas pra que eu possa seguir o seu exemplo e continuar contribuindo com o pouco valor que tenho para o bem de Kekon.

Um segundo se passou. E outro. A dor do ferimento no abdômen era insuportável. Queria desmoronar no gramado úmido e se encolher debilmente, mas segurou firme. De olhos fechados, ela Percebeu Ayt hesitar. A lâmina parou no ar. A menos de dez metros de distância, a aura de jade de Hilo, com sua selvageria e imprudência inconfundíveis, rugia como um monstro numa cova. Shae abriu os olhos e olhou para o rosto ensandecido de Ayt, que estava com o lado esquerdo todo manchado de sangue, e então para além da Pilarisa. Dois carros grandes bloqueavam a estrada de mão dupla que levava à Casa e Jardins Garrison. Outros dois haviam estacionado na calçada atrás do Stravaconi prateado de Ayt. Havia cerca de doze Punhos do Desponta saindo dos veículos. Os civis ali presentes olhavam, apavorados, para Ayt, para Shae, para Hilo e para os soldados de ambos os clãs, cujas mãos haviam se movido até o cabo de suas armas.

Apesar da agonia no tronco e do clamor de seu próprio coração que batia em pânico, Shae encarou a oponente nos olhos e viu a expressão temível se transformar numa feição amarga de compreensão quando Ayt Percebeu também a chegada dos guerreiros de Hilo e a repentina e perigosa mudança no ar. Até mesmo naquele momento, encarando a morte, Shae estava desesperadamente usando todas as cartas que ainda tinha na manga. Sob a atenção de todo o país, ela lutara com bravura e habilidade e, seguindo os distintos costumes kekonésios, defendera sua reputação, a reputação do clã e, no fim das contas, concedera a vitória do duelo à melhor guerreira. Ayt tivera a oportunidade de ceifar a vida da Homem do Tempo de forma justa em batalha, mas esse momento fora perdido. Expurgos por lâmina eram uma tradição honrosa. Derrubar um oponente rendido, não.

Matar Shae agora, que estava ali prostrada, ferida e desarmada, evidenciaria a Pilarisa do Montanha como uma pessoa impiedosa e sedenta por sangue, e faria com que o povo tivesse a certeza de que ela era, de fato, o que Hilo andava dizendo para o país inteiro: a mulher que matara o próprio irmão enquanto ele dormia para tomar o poder. Alguém que degolasse um oponente rendido e de joelhos seria capaz de fazer qualquer coisa, como romper o aisho de outras formas e até mesmo machucar uma criança. A imagem de Ayt como estadista patriota e guerreira, que ela estava cuidadosamente cultivando pelos últimos dois anos enquanto reconstruía a reputação de seu clã, iria por água abaixo. E Hilo aproveitaria a justificativa de que precisava (isso se precisasse de alguma), para transformar a cena numa carnificina.

O sangue de Shae, que vertia e encharcava a terra seca, exalava um cheiro pungente de metal que irritava suas narinas. Com dedos trêmulos, ela tateou em busca do fecho da gargantilha de jade e o quebrou. As correntes gêmeas caíram de seu pescoço e deslizaram pela pele com tanta facilidade quanto o sangue que escorria de suas veias. Usando os braços que, mesmo com o pouco esforço, já tremiam, ela estendeu a joia para Ayt. Foi capaz de Perceber a incerteza e os cálculos frenéticos por trás do olhar incandescente com que a outra mulher a encarava. Ayt estava num frenesi, se questionando se deveria eliminar um inimigo agora ou preservar a moralidade, e ela não tinha como saber ao certo se Hilo iria de fato romper com o pacto dos expurgos por lâmina, isso sem mencionar a trégua entre os Montanha e o Desponta, e fazer com que todos voltassem a guerrear. Ayt semicerrou os olhos. A mente de Shae ressoava com a Percepção aglomerada de todas as pessoas que, prendendo a respiração e cada vez mais assustadas, assistiam e esperavam.

A Pilarisa abaixou a arma. Esticou a mão, cerrou o punho ao redor das joias de Shae e as tomou. Quando falou, levantou a voz para que cada indivíduo nas redondezas pudesse ouvir:

— Você agiu de maneira vergonhosa no passado, Kaul Shaelinsan. No entanto, seria um desperdício matar uma camarada Osso Verde num momento em que Kekon precisa de cada um de nós. — A governante do Clã da Montanha limpou ambos os lados de sua espada na coxa coberta pela calça de seda. — Minha lâmina foi expurgada.

Exclamações de alívio e estima eclodiram das laterais do gramado. O alvoroço coletivo causado pela tensão das auras dos Ossos Verdes ansiosos recuou até voltar a um zunido ponderado. Ayt se inclinou adiante, até ficar perto o bastante para falar apenas com Shae. A Homem do Tempo encarou sua jade nas mãos da Pilarisa com um pavor curioso, como se as pedras fizessem parte de seu corpo, como se fosse uma mão decepada, um coração, entranhas que a outra mulher segurava no espaço que as separava. O lado esquerdo da cabeça de Ayt, onde faltava parte da orelha, estava tenebroso, mas a inimiga parecia nem se importar.

— Eu te prometi, sua garotinha tola, que você viveria para ver a ruína do seu clã — sussurrou ela. — Seria falta de honestidade te matar antes disso.

E, com calma, se virou para caminhar até o pelotão de guerreiros do Montanha.

A abstinência de jade e a perda de sangue atingiram Shae ao mesmo tempo. Parecia até que um tufão violento estava arrancando-a da face da terra. Tudo foi se fragmentando e se distanciando enquanto seu corpo debilitado desabava. Tinha apenas uma vaga noção de que uma grande comoção acontecia: Hilo e os Maik se agachando, o médico Osso Verde da família, Dr. Truw, pressionando seus ferimentos e usando a Afluência para forçar um fervor formigante a penetrar seus membros. Do que parecia uma longa distância, outras pessoas falavam:

— Levem ela pra uma ambulância.

Shae inalou o cheiro da grama espremida sob sua bochecha e deixou a inconsciência a arrastar para longe de tudo.

Capítulo 32

Conversas Pendentes

Shae precisou de uma transfusão de sangue e doze dias no Hospital Geral de Janloon antes que o cirurgião e o Dr. Truw a dessem alta. A seu pedido, ninguém além dos familiares mais próximos tiveram autorização para vê-la durante a estadia. Grogue com os analgésicos e tremendo devido à abstinência de jade, a última coisa que queria era responder perguntas de repórteres, ser vista nesse estado por qualquer um de seus colegas da Rua Caravela ou até mesmo, cheia de culpa, enfrentar Maro. Como resultado, se sentiu completamente desconectada do mundo quando voltou para casa e desnorteada com a incerteza de por onde começar a recuperar o equilíbrio. Muito embora tivesse treinado na Academia e já lutado e matado antes, de acordo com os padrões Ossos Verdes, e especificamente com os da família Kaul, ela gozara de uma existência relativamente segura: mimada pelo avô, protegida por Lan, preparada para o lado administrativo do clã, morado na Espênia e depois trabalhado no último andar de uma torre empresarial. Nunca chegara tão perto da morte, e a experiência a colocara em seu lugar.

Agora estava de pé e pelada em frente ao espelho do banheiro. Uma longa cicatriz rosada que, repuxada pelos pontos, esmaecia para um tom esbranquiçado nas bordas, despontava de um lado a outro de seu abdômen e distorcia o formato de seu umbigo. Ainda doía quando se virava ou agachava. Uma dor de cabeça chata motivada pela abstinência de jade repousava na base de seu crânio e a sensação era de que todos os músculos do seu corpo pesavam como chumbo. Ela ainda tinha os brincos, pulseiras e tornozeleiras de jade, que Hilo levara ao hospital quando ela ficou forte o suficiente para usar, mas seu pescoço, sem a gargantilha de duas voltas, estava pálido e nu.

Vestiu-se e ligou para Woon. Ele veio na mesma hora e, numa maré mútua de alívio, os dois se abraçaram na porta.

— Shae-jen — disse ele, com a voz trêmula. — Eu entendo por que você fez o que fez, mas, naquele momento, pensei que fosse te perder também. Se isso tivesse acontecido, acho que eu teria procurado o Pilar e implorado pela morte.

— Nunca pense numa coisa dessas, Papi-jen — respondeu Shae, um tanto abalada pelas palavras. Foram para a cozinha.

Ela se inclinou pesadamente contra a mesa enquanto puxava uma cadeira. Woon colocou uma mão firme debaixo de seu cotovelo e ajudou-a a se sentar.

— Tem sido muito ruim, Shae-jen? — perguntou ele, com o cenho muito franzido de preocupação.

— A abstinência? — Ela fez uma careta. — Dá pra aguentar, e não vai durar por muito tempo.

Estava dolorida, exausta e, às vezes, tinha a impressão de que havia teias de aranha sobre seus olhos e orelhas, mas incapacitada, não. Continuava com suas habilidades de jade. Os sintomas da abstinência ficavam ainda piores somados às lesões físicas, mas não eram nem de longe tão graves quanto teriam sido se Shae tivesse perdido toda a sua jade, e ela sabia por experiência própria que passariam dentro de algumas semanas.

Woon interpretou essa resposta de outro jeito.

— Vou trazer jade dos depósitos do clã pra você. Quanto precisa pra fazer uma gargantilha nova?

Shae meneou a cabeça.

— Não quero uma nova.

Nada a impedia de recorrer às abastadas reservas da família Kaul para repor o que perdera no duelo, mas depois de quase morrer do jeito mais público possível, a sensação era de que seria desonesto e, de certa forma, autodepreciativo, ser vista usando uma nova gargantilha feita de jade pela qual ela não lutara. Pareceria que o posicionamento quase fatal que ostentara não tivera nenhum efeito duradouro, que o que ela perdera naquele dia poderia ser facilmente recuperado. Ayt Mada não seria capaz de fazer crescer a parte decepada da orelha. Shae carregaria a ausência de jade abertamente, como uma cicatriz.

Woon assumiu uma expressão duvidosa, mas como entendia que se tratava de uma escolha muito pessoal, aceitou a explicação sem discutir. Shae pediu para que lhe contasse o que acontecera nos doze dias anteriores. O Sombra da Homem do Tempo havia segurado a posição dela com firmeza na Rua Caravela. As decisões que precisaram ser tomadas foram feitas de acordo com o que ele acreditava que ela aprovaria. A resposta para todas as outras questões e pedidos foi que a Homem do Tempo resolveria tudo quando retornasse.

Woon fizera uma coisa que Shae não previra: fora até Hami Tumashon e perguntara ao Mestre da Sorte se ele pretendia renunciar ao cargo. Os dois homens de mais alto escalão no escritório da Homem do Tempo haviam tido uma respeitosa relação profissional que datava de muitos antos, da época em que Woon era o Encarregado do Pilar para Lan, e Hami um Agente da Sorte sênior sob ordens de Doru, mas Hami não aceitara a pergunta com gentileza e entendera muito bem do que se tratava: uma acusação de deslealdade.

— Apenas o Pilar ou a Homem do Tempo podem pedir que eu renuncie, Woon-jen — respondera o sujeito, com frieza. — Minha vontade é propor um expurgo por lâmina, mas acho, a essa altura, que qualquer outro duelo seria anticlimático.

O Mestre da Sorte continuou a lidar com as atividades cotidianas na Rua Caravela com toda a competência que lhe era de costume, mas, depois do confronto, os dois haviam se falado pouquíssimo além do necessário.

Quando Woon terminou de relatar tudo o que ela precisava saber, Shae ficou com a impressão de que não teria sido tão ruim assim passar mais alguns dias no hospital.

— Não sei nem como te agradecer, Papi-jen. E me desculpa por ter te deixado com tantos problemas num momento em que você deveria é estar todo feliz planejando o seu casamento.

A cerimônia aconteceria dali a alguns meses. Shae ainda não conhecera a noiva, mas vira uma belíssima foto da moça na mesa dele.

A aura de jade de Woon mudou com a menção ao matrimônio.

— Não chega nem perto do que você passou. E além do mais, a Kiya e a minha mãe tão cuidando de tudo. Meu compromisso é só aparecer. Ainda assim, se você pudesse levar o momento um pouquinho mais em consideração na próxima vez que for desafiar a Ayt Madashi pra um expurgo por lâmina, eu agradeceria muito.

O senso de humor de Woon, quando dava as caras, era tão seco que Shae não sabia ao certo se deveria rir.

Quando voltou à Rua Caravela no dia seguinte, estava se sentindo fisicamente mais forte e menos confusa depois de ter dormido por catorze horas na própria cama. Um silêncio abrupto acompanhou sua chegada no edifício. Enquanto caminhava do elevador até o escritório, as pessoas paravam de conversar e davam uma pausa no trabalho. Mesmo com a Percepção vagarosa devido à combinação da perda de jade e dos dias de licença, dava para notar a onda de trepidação que se espalhava pelo corredor.

Um homem à esquerda dela levou as mãos entrelaçadas à testa e se abaixou numa saudação formal.

— Kaul-jen — exclamou o sujeito. — Bem-vinda de volta.

A mulher na mesa ao lado dele fez o mesmo, outra também, e os Agentes da Sorte ali por perto se levantaram das cadeiras e foram até a porta de suas respectivas salas ou entradas dos cubículos para saudar a Homem do Tempo. Shae viu sorrisos tênues naqueles rostos, celebratórios e reconfortantes na mesma medida. Ela tinha perdido o duelo e a maior parte da sua jade, mas defendera o clã e a si mesma da difamação. Lutara tão bem quanto qualquer um poderia ter esperado e mostrara que estava disposta a morrer pela própria reputação e pela da família também. No que dizia respeito a esses aspectos mais latentes, tinha colocado uma pá de terra em cima dos questionamentos quanto à sua integridade e capacidade como uma líder Osso Verde.

Sua secretária deu um pulo e a seguiu escritório adentro.

— Kaul-jen, faz dois dias que o Conselheiro Kowi e dois Lanternas vêm de manhã e ficam esperando no lobby pra falar com a senhora. Você deseja vê-los neste instante ou é melhor mandar irem embora?

— Vou falar com eles.

Atrás de Shae, o povo voltou ao trabalho como se não houvesse nada fora do comum acontecendo.

Kowi e os dois Lanternas receberam autorização para entrar. A suposta premissa da reunião era atualizá-la a respeito dos acontecimentos no Conselho Real durante sua ausência, principalmente o orçamento nacional e o posicionamento de Kekon quanto aos refugiados da Guerra de Oortoko, situação que já vinha se arrastando havia um ano. Mas Shae sabia qual era o verdadeiro motivo da visita. Eles haviam se arriscado ao procurar Hilo para defender sua destituição como Homem do Tempo. Agora que ficara claro que tinham fracassado e que ela continuaria no cargo, estavam ali para evitar qualquer repreensão.

— Kaul-jen — disse o Conselheiro Kowi, com uma saudação profunda e nervosa. — Falo em nome de todos nós quando afirmo como estamos aliviados em vê-la bem.

Os dois Lanternas fizeram coro com veemência. Graciosamente, Shae aceitou os bons votos e dedicou vinte minutos a uma discussão sobre assuntos do Conselho. Por fim, Kowi pigarreou.

— Kaul-jen, as ligações da minha família com o Desponta vêm de gerações, então nem preciso dizer que minha aliança para com o clã é inabalável e que, pessoalmente, espero que trabalhemos juntos por muitos anos.

Seu Etho, o Lanterna, se pronunciou:

— Nos dias de hoje, o ciclo de notícias corre mais rápido do que nunca, e as coisas já são impressas nos jornais ou divulgadas no rádio antes mesmo que verifiquem a verdade. Muito me envergonha dizer que eu talvez tenha tirado conclusões precipitadas com base no bafafá negativo dos últimos tempos, mas eu jamais deveria ter perdido a fé no clã e no escritório da Homem do Tempo.

— Me disponho a declarar publicamente perante o Pilar o quanto me arrependo por qualquer mal-entendido — acrescentou Seu Orn, num tom arrependido e sincero, mesmo que sua expressão agonizante sugerisse uma relutância óbvia.

Uma orelha a menos não seria um bom visual para alguém com esperança de concorrer numa eleição.

Shae permitiu que o silêncio se apossasse do cômodo por tempo o bastante para que pudesse Perceber a ansiedade dos visitantes se intensificar. Com o rosto impassível, olhou um de cada vez. Nenhum dos homens a encarou por mais do que alguns segundos antes de desviar o olhar. Ela cruzou as pernas e apoiou as mãos dobradas sobre um joelho.

— Isso não será necessário. Meu avô me ensinou que sempre devemos aceitar quando um amigo pede perdão.

Os convidados relaxaram consideravelmente e sossegaram os ombros. Sorrisos passaram a aparecer em seus rostos.

Antes que qualquer um deles pudesse começar a falar, Shae continuou:

— Ele também me ensinou que, se for preciso perdoar de novo, então essas pessoas nunca foram amigas de verdade. — A Homem do Tempo se levantou num movimento suave para pôr um fim na reunião. — Sei que posso contar com a amizade e a aliança dos senhores daqui pra frente.

Shae passou os dias seguintes recuperando o tempo perdido. Na quindia de manhã, chamou Hami Tumashon.

— Hami-jen — disse, sem mais delongas. — É hora de uma conversinha sobre o seu futuro no escritório da Homem do Tempo e no Desponta.

O sujeito assumiu uma expressão rija e desconfiada, e sua aura de jade começou a se eriçar, na defensiva.

— Nem sempre concordamos desde que comecei a atuar como a Homem do Tempo. Houve vezes em que você desafiou minhas decisões ou deixou claro que achava que eu tinha agido errado.

— Me manifestei quando julguei necessário — exclamou Hami, bruscamente. — Eu fazia o mesmo quando Yun Doru era o Homem do Tempo. Ele tinha a cabeça muito fechada, mas a verdade é que o clã tinha se acomodado porque ele era dos velhos tempos, porque tinha sido camarada do Tocha. Você não tem esse luxo. Mesmo que eu concorde com a sua gestão num geral, tenho que apontar quando você age de forma imprudente ou toma atitudes que prejudicam a sua reputação e a do Desponta.

— E está certíssimo. Por mais que a sua honestidade fira meu orgulho às vezes, sou obrigada a admitir que você é a pessoa no Desponta que melhor concilia os diferentes lados do clã. Você tem a presença e o sangue frio de um Punho, mas a inteligência e a experiência de um bom Agente da Sorte. Vê a necessidade de mudar com o tempo, mas também a importância de permanecer fiel à nossa essência como Ossos Verdes. Foi por isso que te chamei aqui: quero que você se mude pra Espênia, que abra uma filial do escritório da Homem do Tempo em Porto Massy.

O que quer que Hami tivesse esperado quando fora chamado por Shae, não era nada disso. Como a princípio ficou perplexo demais para responder, ela continuou:

— Apesar da atual situação política, a realidade é que temos laços econômicos com a Espênia. Eles compram nossa jade, têm bases militares na nossa terra e agora nossos interesses comerciais naquele país tão crescendo cada vez mais. Não temos como gerir tudo de Janloon. Preciso de alguém lá. Alguém que eu saiba que é fiel ao clã, que seja capaz de se adaptar às novidades, mas que vá conseguir comandar os negócios como um verdadeiro kekonésio.

Hami claramente ainda tentava processar a ideia. Com cuidado, perguntou:

— Que apoio eu teria de Janloon?

Ele queria saber se Shae estava falando sério quanto à expansão, ou se era apenas uma desculpa conveniente para mandá-lo para um exilo prático do outro lado do oceano.

— Todo o apoio que eu puder oferecer. Você escolheria alguns Agentes da Sorte pra começar a filial. Temos contatos em Porto Massy pra ajudar a contratar moradores locais pra equipe. Você prestaria contas diretamente pra mim, como sempre foi. O clã pagaria pela mudança da sua família e pelo custo de vida. Você tem dois filhos, não tem, Hami-jen?

Ele assentiu.

— Eles têm 4 e 6 anos.

— Se aceitar, peço que se comprometa à função por pelo menos três anos. Seus filhos estudariam em Porto Massy e se tornariam fluentes em espênico, mas ainda seriam novos o bastante para frequentar a Academia Kaul Du quando voltarem pra Janloon.

Shae conseguia vê-lo analisando a proposta. Como Mestre da Sorte, o homem estava no auge da carreira; havia poucos caminhos pelos quais pudesse avançar. Não havia dúvidas de que suas expectativas eram permanecer no mesmo cargo na Rua Caravela por outra década ou mais. Mas ele ainda era relativamente novo, tinha só 41 anos, e a possibilidade de ser pago para viver no exterior e começar toda uma nova divisão para as operações do clã era atraente.

— Minha esposa e eu já conversamos sobre a ideia de morar no exterior — admitiu.

— Tem mais uma coisa pra ser levada em consideração — disse Shae, ciente de que esse detalhe poderia dissuadi-lo, mas certa de que não podia deixá-lo de fora. — A posse de jade por civis agora é ilegal na Espênia. Você teria que abrir mão da sua verdejância. Poderia deixar as joias guardadas aqui em Janloon, ou poderíamos achar um jeito de garantir que fossem transportadas em segurança até Porto Massy, mas você não pode usar enquanto estiver naquele país. Se fosse apenas um curto período lá, daria pra conseguirmos uma licença como visitante, mas você vai pra morar. Usar jade iria expor você e os negócios do clã a riscos legais demais.

Hami estremeceu. Fazia muito tempo que havia saído do lado militar do clã, e Shae duvidava que ele tivesse sido convocado a usar habilidades de jade num âmbito marcial recentemente, mas a ideia de ficar sem jade era apavorante para a maior parte dos Ossos Verdes. Mesmo que fosse uma medida temporária tomada por livre e espontânea vontade em vez de uma perda permanente causada por um inimigo, ela conseguia vê-lo se questionando se seria capaz de viver num lugar onde não poderia usar jade, independentemente de quão bom fosse o salário, do desafio profissional e do enriquecimento da família.

Hami a encarou.

— Você já tirou sua jade. Foi tão ruim assim?

A Homem do Tempo analisou a pergunta antes de responder com sinceridade. Seus próprios sintomas haviam aliviado de forma considerável, mas a lembrança continuava fresca.

— Agradável não é, mas não é tão ruim quanto a maioria acha. Você faria isso aqui em casa, sob supervisão médica, então imagino que passaria em algumas semanas. Ficar sem jade na Espênia é diferente. Eu nunca pediria algo assim pra qualquer Osso Verde em Kekon, mas lá, onde a gente não vê mais o verde, paramos de sentir falta depois de certo tempo.

— Como ser surdo num país de pessoas surdas. — O Mestre da Sorte ponderou por um minuto. — Não tenho como tomar uma decisão tão importante no ato. Preciso falar com a minha família.

Shae assentiu.

— Me responde até a quindia que vem.

Ela saiu do escritório uma hora após o almoço e passou trinta minutos no metrô para se encontrar com Maro no campus da Universidade Real de Jan. Tinha levado um livro para ler durante o trajeto, mas não conseguia prestar atenção em nenhuma das palavras. Andava morrendo de vontade de vê-lo de novo, mas temia a conversa que estava por vir. Quando finalmente reunira a coragem para ligar para ele, parte dela esperara que Maro fosse facilitar as coisas e desligar assim que ouvisse sua voz. Mas não tivera tanta sorte; passaram-se diversos instantes de silêncio vindo do outro lado da linha até que, com uma voz destituída de qualquer emoção que Shae fosse capaz de decifrar, ele disse:

— Posso te encontrar depois da minha última aula de hoje.

— Eu vou até aí — ofereceu ela, como se essa pequena delicadeza pudesse compensar pelas semanas sem entrar em contato, por mais ridículo que parecesse.

No auge do verão, o metrô da cidade estava úmido e catinguento, mas o campus, verdejante, agradável e com sombras generosas. Avistou-o sentado numa mesa externa atrás da cafeteria do prédio que abrigava o Departamento de Estudos Estrangeiros. Maro estava de costas para ela. Havia um livro aberto sobre a mesa, mas ele não estava lendo; as páginas permaneciam imóveis em meio ao ar quente e sem vento. Shae teve um anseio poderoso de se aproximar, envolvê-lo pelos ombros e fingir que nada acontecera, que tudo continuava como antes. E ainda assim, essa ideia ao mesmo tempo lhe pareceu impossível, esquisita e inapropriada, como abraçar um estranho. A tranquilidade que sentia com Maro, o escapismo e a aceitação que ele personificava, e que ela entendeu que tinha projetado nele, havia sumido. Até mesmo ali, à distância, Shae conseguia perceber isso.

Deu a volta na mesa e se sentou na cadeira à frente dele. Maro a analisou: as mesmas roupas profissionais de sempre, as cicatrizes feias escondidas e o pescoço nu e pálido onde a distinta gargantilha de jade ficava. Uma expressão estranha atravessou seu rosto, uma mistura de mágoa, confusão, carinho, raiva e alívio que pareceu distorcer suas feições em diversas direções hesitantes antes de virar um sorriso forçado, neutro e desconfiado. O sorriso de quem tentava manter a civilidade com um motorista que batera em seu carro.

— Fico feliz de te ver bem — disse ele, devagar. — E por você ter vindo me ver.

— Me desculpa — falou Shae.

Parecia a única forma de começar a conversa.

— *Por quê?* — Maro fez essa uma única pergunta, proferida de forma tensa, mas que carregava tanto nas entrelinhas a ponto de Shae não saber ao certo como responder. Em seguida, ele abaixou a voz. — Por que foi que você não me ligou de volta nenhuma vez? Antes ou depois de ter feito aquilo.

Por um instante, ela foi tomada pela incerteza. Será que ele estava se referindo ao aborto? Ou ao duelo? Acontece que era impossível que soubesse a respeito do aborto, então só poderia ser do duelo.

— Por que foi que você me fez descobrir no *jornal*? Por que é que você não falou comigo, pra início de conversa?

— Me desculpa — repetiu Shae. — Aconteceu muita coisa muito rápido. Eu sabia que, se falasse com você, perderia a coragem e não conseguiria fazer o que precisava fazer.

— Que *precisava* fazer? — questionou Maro, com um ceticismo que estrangulava cada palavra. — Você por acaso *precisava* se oferecer pra ter uma morte dramática em público?

— Eles estavam me descredibilizando e me forçando a desistir, Maro. Os Montanha estavam me usando pra sabotar e enfraquecer o Desponta. — Ela prometera a si mesma que não entraria na defensiva, mas mesmo assim, dava para ouvir o tom à espreita em sua voz. — Eu tinha que dar um basta nessa situação. No telefone, você me fez lembrar de que eu merecia o meu cargo. Falou pra eu não desistir.

Maro meneou a cabeça.

— Não era de um duelo que eu tava falando! Você poderia ter morrido.

— Pois é, mas não morri. Ainda tô aqui. Ainda sou a Homem do Tempo.

— Mas se você *tivesse* morrido, e quase morreu, não teria nem *falado* comigo antes. É que... — A incredulidade e a raiva distorceram as feições dele. — Não é assim que é pra ser com duas pessoas que se gostam. Como é que você foi capaz de não me contar?

— O que você teria dito? Teria apoiado a minha decisão? Ou teria falado pra eu não arriscar a minha vida? Pra não dar as caras lá e evitar o duelo?

Ela se arrependeu das palavras quase que no mesmo instante. Maro arregalou os olhos, e então seu rosto se contorceu singelamente.

— É. Acho que é bem isso que eu teria dito. Teria dito que você é superior a esse tipo de coisa, a usar a violência pra se provar. Independentemente de qualquer pressão pública, eu teria te relembrado do que você me disse uma vez: que ser fiel a si mesmo é um ato de coragem.

Baixinho, Shae respondeu:

— Mas é *assim* que eu sou.

Maro estendeu a mão até a metade da mesa, mas não a tocou.

— Não é assim que você é quando tá comigo. — Quando ela não o olhou nos olhos, ele assentiu, triste. — Mas eu nem te conheço de verdade, né? Durante todo esse tempo que passamos juntos, fiquei vendo o que queria ver e o que você queria me mostrar. Seu outro lado, o lado *mais verdejante*... essa pessoa eu não conheço.

Shae sentiu o rosto esquentar, como se Maro tivesse lhe estapeado.

— Minha intenção nunca foi mentir pra você ou te deixar de fora. Tentei te avisar que tem coisas a respeito do clã e de mim com que você não concordaria.

— Mas não importa se eu concordo ou não, você não devia ter me deixado a ver navios assim! — A voz de Maro ficou mais alta e, com esforço, ele se forçou a baixar o tom de novo. — Você tá certa... talvez haja coisas na sua vida e na sua família que eu nunca vou ser capaz de aceitar. Já pensei nisso antes... Como é que não pensaria? Já me perguntei se eu precisaria entrar no clã pra poder casar com você, já pensei em como é que iriamos criar uma família com as suas exigências como a Homem do Tempo, se minha família shotariana algum dia poderia conhecer a sua... Tinha tanta coisa que eu sabia que a gente ia ter que conversar a respeito, mas eu sempre deduzi que iríamos *conversar* sobre elas. Que seríamos sinceros um com o outro quanto aos desafios, e que sempre superaríamos tudo juntos.

Com olhos cheios de tristeza, ele procurou pelo rosto de Shae.

— Se não for assim, eu não quero ter um relacionamento com você... se não for pra sermos completamente honestos um com o outro. Eu sei que você não pode me contar tudo o que faz como a Homem do Tempo. Com isso consigo conviver, mas o que afeta a sua segurança, as nossas *vidas*... pelo menos isso eu mereço saber. Você tem como *prometer* que não vai esconder as coisas importantes de mim?

Shae ficou com um nó na garganta. De jeito nenhum poderia contar a respeito do aborto, não agora, não com toda essa mágoa. O que mais será que ela teria que acabar fazendo no futuro que não poderia contar?

— Nos últimos anos, fiz coisas que nunca pensei que fosse fazer — admitiu, com o timbre rouco. — Não sei mais o que eu posso prometer.

O silêncio de Maro perdurou por um minuto interminável. Shae teve a impressão de que ele estava recuando para longe dela, se encolhendo para o fim de um túnel. Com a linha da mandíbula barbada tensa, Maro puxou a mão de volta para seu lado da mesa e olhou para longe, para o gramado verde do campus.

— Então não sei como a gente fica nessa história.

Shae conseguiu dizer:

— Como amigos, por enquanto. Caso você ainda aceite isso de mim.

Maro enfiou um dedo entre as páginas, fechou o livro e se levantou. Seus lábios formavam um sorriso amargurado, sem ânimo algum.

— Claro. Quem, em toda Kekon, seria tolo o bastante para recusar a amizade do Desponta?

Capítulo 33

Lugar Inseguro

Durante seu segundo ano em Porto Massy, Anden arranjou um emprego de meio período numa loja de ferramentas na qual ajudava clientes com projetos para reformas domiciliares. Continuava com os mesmos compromissos estudantis, mas queria ganhar um dinheirinho extra. Conseguia ajudar os Hian com alguns dos gastos mensais, guardar um pouco de grana para o futuro e ainda sobrava um pouco para gastar. Sempre dependera financeiramente da família Kaul, e agora que suas perspectivas no clã pareciam tão fracas, a sensação era de que deveria se preparar para bancar a própria vida. Além do mais, preferia fazer algo além de apenas estudar. Trabalhar na Starr Madeireira e Materiais de Construção aprimoraria sua fluência no espênico, então, na verdade, era possível considerar aquilo como parte de sua formação. Agora ele já conseguia utilizar o transporte público, ler as placas e conversar com estranhos. Era gratificante se sentir independente. Anden nunca entendera o que anos antes motivara Shae, sua prima, a ter ido para o exterior e se afastado do clã; agora achava que já compreendia um pouco melhor.

Tinha continuado a ir com Cory Dauk e seus amigos do releibol ao salão do rancor durante todo o inverno e a primavera lúgubre e úmida. Quando contou pela primeira vez aos Hian para onde estava indo nas noites de quindia, ficou surpreso quando os dois aparentemente não gostaram muito. Tinha achado que o casal ficaria feliz por vê-lo passando mais tempo com amigos do bairro. Em vez disso, num tom que sugeria que o rapaz talvez estivesse tomando uma decisão ruim, Dona Hian disse:

— Anden-se, aquele lugar não é boa influência pra jovens. Tem tanta violência. Faz os outros olharem torto pra nós.

— Eu respeito muito os Dauk — acrescentou Seu Hian enquanto olhava para Anden com uma preocupação paternal —, mas o salão do rancor... eu mesmo não frequentaria. As rinhas de galo, as apostas, os duelos... é tudo contra a lei. E se a polícia invadir e te pegar fazendo alguma coisa ilegal? É capaz de revogarem seu visto de estudante.

Anden se deu conta de que, se isso acontecesse, ele seria deportado para Kekon de imediato e Hilo não teria escolha a não ser aceitá-lo de volta.

Não deu voz a esse lampejo de otimismo em frente aos Hian. No fim das contas, prometeu que nunca se meteria em nenhum tipo de aposta ou duelo.

— Mas sempre tem muito Osso Verde lá — continuou Dona Hian, ainda preocupada. — Não é seguro.

Em Janloon, todo mundo sabia que os lugares frequentados pelos Ossos Verdes eram os mais seguros. Tirando as raras circunstâncias de guerra entre clãs, havia poucos espaços menos suscetíveis à encrenca do que estabelecimentos como o restaurante Sorte em Dobro ou o Clube de Cavalheiros Divino Lilás. Então as preocupações de Dona Hian não fizeram sentido para Anden, até que ele lembrou que a lei da qual Dauk Losun falara no verão anterior fora aprovada pelo Parlamento e que jade era agora outra coisa ilegal na Espênia.

Quase sempre se esquecia desse fato. Conseguia aceitar que diversas coisas eram diferentes de Kekon ali, mas para Anden, a proibição de jade era tão difícil de se conceber quanto a proibição do uso de carros ou dinheiro. Claro, nem todos poderiam ou deveriam ter essas coisas, já que eram perigosas nas mãos erradas, mas tentar extinguir de uma vez por todas seria ridículo. Como é que a sociedade funcionaria assim?

Anden notou que estava agindo de acordo com a mentalidade fechada dos kekonésios. Outros lugares do mundo haviam se virado por milhares de anos sem jade nenhuma, então a disponibilidade agora era algo novo e nocivo. Até onde percebera, a recente proibição contra a posse por civis e a venda de jade não havia mudado nada. Nenhum Osso Verde que ele conhecia iria desistir da verdejância por causa disso. Em sua opinião, tudo o que o novo regimento fazia era promover uma visão negativa do povo kekonésio.

Seu Hian, por outro lado, estava pensando em uma ameaça diferente, que ia além da aplicação da lei.

— Faz muito tempo que os Tripulantes têm deixado nossa comunidade em paz, mas os Chefes... eles sabem que têm apostas e agiotagem por aqui que eles não controlam. — Ele franziu profundamente o cenho. — Dauk-jen falou que logo, logo o acordo vai ser rompido. E você que não queira estar nem perto se algo de ruim acontecer entre os Ossos Verdes e os Tripulantes do Chefe Kromner.

Essa justificativa fazia mais sentido para Anden. Para civis, era sempre melhor evitar conflitos que não os envolvessem. Sentado na cozinha dos Hian, ele foi ficando cada vez mais quieto e absorto em pensamentos. Não queria que o casal passasse mais nervoso por sua causa, mas não tinha como abrir mão de ir ao salão do rancor e de se encontrar com Cory.

Percebendo isso, os Hian cederam.

— Você é nosso hóspede, e a gente se sente responsável pela sua segurança como se você fosse um dos nossos próprios filhos, mas não cabe a nós dizer o que pode ou não fazer. Já é um homem feito e pode tomar suas próprias decisões. — Dona Hian suspirou. — Você cresceu com Ossos Verdes, então é natural que queira voltar a se envolver com eles, e quem somos nós pra te negar isso? Só queremos que tome cuidado.

Grato, ele prometeu que tomaria e que não precisavam se preocupar.

Na realidade, a questão não era que ele queria voltar a se envolver com os Ossos Verdes, como a Dona Hian presumira. Muito embora gostasse da comida e da bebida, as demonstrações de habilidade com jade e a atmosfera geral do convívio no salão do rancor (às vezes marcadas por genuínas e mortalmente sérias resoluções de conflito), na verdade, como ele percebera na primeira vez que tinha ido lá, não se pareciam em nada com Kekon. Na melhor das hipóteses, era algo completamente diferente, na pior, uma caricatura de uma taverna kekonísia da classe trabalhadora. No mínimo, deixava-o com ainda mais saudade de casa. O que realmente queria vinha depois das visitas ao salão do rancor, quando Cory oferecia carona para levá-lo de volta à casa dos Hian mas, na realidade, dirigia até o próprio apartamento.

Cory não era o proprietário do lugar em que vivia, uma quitinete que ficava a apenas dez minutos de distância de onde seus pais moravam. Os Dauk mantinham o imóvel como um investimento e planejavam reformá-lo para colocá-la de novo no mercado quando Cory fosse para a faculdade de direito no outono. Era cheio de correntes de ar desagradáveis, tinha uma calefação barulhenta e o aquecedor de água precisava urgentemente ser trocado, mas esses eram desconfortos que não importavam tanto. Anden era obrigado a admitir para si mesmo, com certa vergonha, que era bem provável que seguisse Cory para qualquer lugar que ele chamasse.

Depois daquela primeira vez no carro, Anden passara a semana seguinte inteira pensando no amigo, na pele pálida do torso dele iluminada pelo poste da rua, naqueles olhos provocantes e no sorriso fácil, na boca e nas mãos sensuais. Quando o tempo continuou feio na quindia seguinte, Cory telefonou para a casa dos Hian para perguntar se Anden queria encontrá-lo no salão do rancor de novo, e a resposta foi sim. Depois, disse sim para ir ao apartamento, assim como para todas as outras coisas que Cory sugeriu naquela noite e nas que se seguiram.

Cory fazia amor do mesmo jeito que fazia tudo: com vivacidade e bom humor; era ávido para dar prazer e fácil de agradar. Anden se sentia grato por isso, porque tinha a impressão de que ele era o contrário: ficava dividido entre a quase insuportável força do despertar de seus desejos e a insegurança de seu próprio nervosismo e inexperiência. Cory não se levava a sério em circunstância nenhuma: colocava música para tocar no quarto e dançava de cueca; dava conselhos gentis a respeito do que fazer na cama; admitiu que, com homens, preferia ser o passivo, mas não era teimoso, e sugeriu que os dois deveriam manter a cabeça aberta para descobrir do que Anden gostava. Quando estavam juntos, Anden conseguia sentir a jade de Cory quase com tanta vivacidade quanto se ele mesmo a estivesse usando, e cada sensação se intensificava a um nível absurdo. A aura de Cory era tão leve e ensolarada quanto ele mesmo, como chantili ou como o sol da primavera, com uma doçura gentil, viciante, tão arrebatadora e tangível para Anden quanto o suor em sua pele ou o cheiro de seu cabelo. Às vezes, perguntava-se quanto de seu apetite recém-descoberto era por Cory em si e quanto vinha do efeito amplificador da jade do espênico. De qualquer forma, a combinação era extremamente inebriante.

Os dois se viam toda semana e, às vezes, mais de uma vez por semana, caso conseguissem dar um jeito de escapar de suas respectivas obrigações. Anden, que nunca na vida matara aula ou se atrasara para o trabalho, percebeu que agora vivia se safando por pouco. Sempre que ficava com a cabeça ociosa, sua mente vagava pensando em Cory e era tomada por lembranças eróticas e pela ansiedade pelo próximo encontro, que, mesmo que fosse no dia seguinte, ou dali a uma hora, nunca estava perto o bastante.

Será que isso era amor?

Voltaram a praticar releibol com a chegada da primavera. Tinham perdido alguns jogadores e ganhado outros, mas Anden agora fazia parte do grupo principal; havia quem o quisesse no próprio time, que desse "oi" pela vizinhança, que demonstrasse um interesse amigável e fizesse perguntas a respeito dos estudos, do trabalho ou de como tinha sido crescer em Janloon.

E então o verão chegou, e Cory se preparou para partir em sua tão esperada viagem, que o levaria pelas principais cidades ao longo da Baía de Whitting num mochilão rumo à vastidão pitoresca do nordeste da Espênia e depois de volta até o interior do país antes de terminar em Adamont Capita, onde ele começaria o curso de direito na Universidade da Vigia Marítima.

— Vem comigo — sugeriu o rapaz.

— Não dá.

Anden queria. A ideia de passar seis semanas sozinho com Cory era extremamente atrativa. Mas ele já tinha se inscrito para continuar no PIEFOL durante o verão, não tinha grana, não conseguiria as folgas no trabalho e não abusaria da generosidade nem dos Hian ou de seus primos pedindo dinheiro. Além do mais, suspeitava que os Dauk suspeitariam de seus motivos para, do nada, querer deixar as obrigações para trás e viajar sozinho com o filho deles.

— O que seus pais iriam pensar se ficassem sabendo da gente? — perguntou Anden.

Cory fez uma careta.

— Que diferença faz o que eles pensam?

Em Kekon, a questão da diversidade era considerada algo natural, ainda que não muito diferente dos pedrolhos e das crianças que nasciam com malformações. Ele explicou que, na Espênia, era comumente considerada uma falha de caráter similar ao vício e à inadimplência, uma conjuntura para a qual algumas pessoas suscetíveis tinham predisposição caso não tomassem cuidado, mas da qual podiam se recuperar.

— Dá pra superar o azar — foi o que Cory disse, todo irônico, a respeito da atitude predominante entre keko-espênicos. — Olha, caco, eu conheço o meu velho. Ele é um ilhéu tradicionalista, assim como você. O importante pra ele é que o filho use jade. Tirando isso e ser fiel às nossas raízes, que são prioridades absolutas pro meu pai, ele faz vista grossa pra praticamente qualquer coisa. Eu desconfio que em algum momento minha mãe vai começar a tagarelar, a falar de casamento e de ter filhos, mas faça-me o favor, eu tenho 24 anos! Tem tempo pra caramba pra pensar nisso depois.

Os dias de verão eram longos, quentes e cheiravam a catingas do cais e mijo. Gaivotas circulavam pelo céu e cagavam nos gramados. Turistas lotavam o sistema ferroviário. As ruas se enchiam de trânsito, vendedores ambulantes, pequenos crimes e obras nas estradas. Porto Massy era uma cidade global gigantesca que ficava acima até mesmo de uma metrópole em expansão como Janloon. Depois de dezesseis meses morando ali, Anden ainda tinha a impressão de que o lugar era avesso a gerar familiaridade. Por vezes, simplesmente parecia que o tamanho e o escopo cultural de Porto Massy bastavam para fazer sua vida encolher, para fazê-lo querer se abrigar nas rotinas e nas pessoas em quem podia confiar.

Na noite de quindia que antecedeu a partida de Cory, jogaram releibol como sempre no campo do colégio. Anden passou o tempo inteiro mais do que consciente da presença de seu amigo. A sensação era de que ele era um pequeno planeta capturado pela gravidade de uma estrela, e de que ficava circundando esse tal astro a uma distância irremediável de seu esplendor. Viu Cory se esforçando e saltando para dar passes, rindo e brincando, tirando o cabelo da frente dos olhos e fazendo aquela dancinha idiota de quando colocava a bola entre as traves que marcavam a pontuação. Anden errou a jogada seguinte e a bola voou para a rede. Ele xingou baixinho.

Depois, quando foram para o salão do rancor, Sano, o porteiro, deu um tapinha nas costas de Cory e disse:

— Última vez que vamos te ver por um bom tempo, hein? Boa viagem, e não esquece da gente aqui na Arapuca Sul quando você for um advogado importante.

Lá embaixo, os amigos de Cory juntaram várias mesas. A mãe de Derek tinha assado um bolo de cereja com especiarias, e as pessoas estavam deixando mensagens num caderno para que Cory levasse na jornada. Anden não fazia ideia do que escrever, então, quando chegou sua vez, rabiscou num espênico cuidadoso "*Obrigado pela amizade esse ano. Você fez eu me sentir em casa aqui em Porto Massy. Boa sorte na faculdade de direito!*" e odiou. Virou-se para procurar Cory de novo e o viu com o braço ao redor dos ombros de Derek, rindo alto de algo que Sammy havia dito. O ciúme feriu Anden como uma faca talon na barriga. Na Vigia Marítima, Cory ficaria imerso em novas experiências e cercado por novos amigos, por jovens espênicos confiantes. Ele se virou e pegou um pedaço de bolo.

Não havia duelos no salão do rancor hoje, apenas as atrações de sempre. Dauk Losun e Dauk Sana não tinham vindo, talvez para que Cory pudesse aproveitar uma de suas últimas noites em Porto Massy longe da vigília dos pais, mas Rohn Toro estava ali, sentado sozinho numa mesinha ao lado da porta, aproveitando discretamente uma bebida e assentindo para as pessoas que tocavam nas testas numa saudação silenciosa ao passarem por ele.

— Ficou sabendo do Tim Joro? — Anden entreouviu um homem ali perto falar para outros dois sujeitos. — Morreu de um infarto repentino. Tinha só 54 anos. Mas vivia bebendo e se metendo em encrenca com a polícia, então acho que nem me surpreendo.

— E a coitada da esposa dele? — Quis saber uma mulher.

— Voltou pra casa dos pais.

A conversa continuou com vozes mais sussurradas. Anden olhou de novo para Rohn. De vez em quando, alguém sentava com decoro na cadeira vazia à sua frente e se inclinava adiante para conversar baixinho. A expressão do homem raramente mudava; ele assentia de leve ou perguntava alguma coisa, mas continuava com o sereno e impassível olhar de um animal descansando, alerta até mesmo em sua própria toca. As pessoas que vinham falar com ele não se demoravam e nem ficavam perdendo tempo com amenidades; logo saíam para que outros pudessem ter a vez. Algo a respeito da gravidade latente dessas pequenas interações fez Anden lembrar de seu lar, da segurança que sempre sentira, da qual nunca dera importância no território do Desponta.

Cory chegou por trás dele e o agarrou num abraço apertado ao redor dos ombros.

— E aí, caco. Hoje tá top aqui — disse Cory, e soltou-o inocentemente. — Tudo certo? Experimentou o bolo? Quer beber mais alguma coisa?

Anden se virou e deu um sorriso forçado.

— Não, tô tranquilo. — Com a voz mais baixa, acrescentou: — Tô feliz por você. Eu só... só queria que Adamont Capita não fosse tão longe.

— Te falei que é só três horas de ônibus, caco — exclamou Cory. — Vai ser de boa voltar pra visitar.

Essa resposta não ofereceu consolo nenhum a Anden.

— Vem, fica aqui com o resto do pessoal. — O rapaz o guiou de volta ao grupo de sempre, com os amigos do releibol e, todo empolgado, anunciou: — Ô, gente, vocês sabiam que agora o Anden é titio?

Envergonhado pela atenção, mas orgulhoso mesmo assim, Anden pegou as fotos 3x4 que Shae o mandara. Uma mostrava Niko na casa dos Kaul, sentado no chão da cozinha vestindo uma camiseta verde e uma bermuda azul, segurando uma faca talon de plástico em uma mão e uma bolacha comida pela metade na outra. O pequeno estava estendendo o lanche, como se estivesse oferecendo-o ao fotógrafo, que devia ser Wen. Parecia que a câmera o tinha pegado de surpresa; o neném encarava a lente com uma expressão levemente intrigada, cheio de farelos no queixo e um olho semicerrado de um jeito que o deixava tão parecido com Lan que às vezes olhar a imagem era até doloroso para Anden.

Ele ficara perplexo ao descobrir a respeito da existência de Niko. Sempre que pensava nesse garotinho que nunca conhecera, sentia uma pontada de compaixão lá no fundo. Niko era órfão também, e fora trazido à residência Kaul devido a uma tragédia (o pai e a mãe tinham morrido em um terrível incêndio em casa, explicara Shae). Sem sombra de dúvidas o menino estava tão perdido e confuso quanto Anden ficara. Se pelo menos houvesse algum jeito para que pudesse tranquilizá-lo e dizer para que não se preocupasse porque, diferentemente de Anden, ele era um Kaul tanto por sangue quanto por nome...

A segunda fotografia era do bebê Ru, com oito semanas de idade, embora já devesse ter uns oito meses a essa altura. Em sua última carta, Anden pedira por fotos mais recentes, mas levava muito tempo para recebê-las, e ele é que não incomodaria a Homem do Tempo por causa de algo tão trivial. Ru era angelical e, moreno que só, tinha muito cabelo. Na imagem, ele mantinha um punho rechonchudinho ao lado da cabeça enquanto estendia o outro, como se estivesse pronto para lutar. A cena fez Anden sorrir. Seus amigos no salão do rancor demonstraram alegria pelas fotos e as devolveram.

— São tão fofos! — exclamou Tami, a jovem paqueradora que, pelo que Anden descobrira, fazia um técnico em odontologia na Faculdade de Porto Massy.

Derek disse:

— Não vai compartilhar a sua novidade, Tod?

Tod olhou ao redor do círculo e ajeitou a postura.

— Me alistei ontem.

Um breve silêncio se instalou após o anúncio.

Cory respondeu:

— Que bom, Tod.

Sammy comentou:

— Pois é, que irado.

Com um toque de preocupação, Ema, amiga de Tami, indagou:

— O que seus pais acham?

— Minha mãe tá preocupada que me mandem pra Oortoko, mas ela me deu apoio. Meu pai é contra. Diz que eu lutar do lado dos shotarianos depois do que eles fizeram pra Kekon e pra nossa família é uma traição.

A maioria dos keko-espênicos vinham de famílias que haviam fugido da ocupação shotariana na geração de seus pais e avós. Muitos tinham parentes distantes que fizeram parte da Sociedade da Montanha Única e haviam sido torturados ou executados.

— Pra mim isso não tem nada a ver — anunciou Tod, um tanto bravo. — A ocupação foi trinta anos atrás e, além do mais, eu não iria lutar pelos shotarianos, mas sim pela Espênia, pra parar com essa história dos gutas acharem que podem dominar o mundo. O recrutador com quem eu tava conversando falou que eles tão muito interessados em arranjar mais kespes igual a gente pra se alistarem.

— Eu ando pensando nisso também — admitiu Sammy.

— É o único jeito legal de usar jade agora — argumentou Tod. — E se os registros de imigração mostrarem que pelo menos um dos nossos pais veio de Kekon, nosso caminho pras forças especiais é bem mais curto. Se entrar, tem uma exceção médica pra nós: uma dose baixa ou nula de BL1, sem aquela restrição de três anos. E ninguém vai ser processado por ter usado jade antes do serviço militar.

— Mas não pode usar nenhuma jade que você já tenha — informou Cory. — Ouvi falar que todo mundo começa do zero. Mesmo que já tenha treinado alguma das ordenações tracionais, eles querem treinar o povo do jeito deles.

Tod enfiou a mão nos bolsos e disse:

— Acho que vale a pena. Eu iria gostar se as pessoas vissem a gente como patriotas, sabe? Se percebessem que a jade pode ser usada pro bem, pra servir à Espênia.

Anden poderia ter indicado que essas eram duas coisas bem diferentes, mas segurou a língua. Era a conversa mais desconcertante que ouvira durante seu período em Porto Massy. Um Osso Verde servindo ao governo que baniu sua jade? Saindo de casa por livre e espontânea vontade para lutar num país distante por um povo ao qual ele não devia nada? De um jeito que quase com certeza mataria civis sem jade e romperia o aisho? Era algo tão anti-Kekon que chegava a ser chocante.

Sabia, pelas discussões na mesa de jantar dos Hian e pelo jornal em kekonês que assinavam, que sua terra natal estava hospedando mais de cem mil soldados da RDE na Ilha Euman, fornecendo apoio econômico e logístico ao esforço de guerra, e ainda assim, o governo espênico continuava pressionando o Conselho Real por mais. Os kekonésios estavam com raiva, e não era de se surpreender. Shae fora vilanizada por suas antigas ligações militares com a Espênia e acabara obrigada a defender sua reputação num expurgo por lâmina quase letal contra Ayt Mada, algo que Anden mal conseguia imaginar e que o deixava enjoado só de pensar. Os gringos e essa guerra estrangeira não estavam causando nada além de problema para seus primos no Desponta.

Era triste de admitir, mas Anden perdera um pouco de respeito por Tod.

Cory, pelo visto, não sentia a mesma coisa.

— Acho irado você ir, Tod. Tomara que...

Ele não terminou a frase porque uma agitação repentina lhe chamou a atenção. Rohn Toro pulara da cadeira e estava de pé, imóvel, com os olhos inebriados de um jeito que Anden sabia que era a expressão de um Osso Verde profundamente concentrado em algo captado por sua Percepção. Um estrondo abafado, parecido com uma dezena de fogos de artifício estourando, veio da rua lá em cima. Tiros.

Rohn avançou pelas escadas como um demônio. Houve uma onda de confusão, depois preocupação, e então medo inundou o espaço subterrâneo e fechado do salão do rancor. Diversas pessoas começaram a se movimentar rumo à escada para escapar, mas Cory reagiu do mesmíssimo jeito de quando a esposa de Tim Joro correra em direção às pistas de trânsito intenso.

— Não subam! — gritou, com uma voz urgente e imponente que Anden nunca o ouvira usar antes. — Todo mundo fica aqui. — Ele olhou para Tod e para Sammy. — Ossos Verdes saem primeiro. Não venham até algum de nós dizer que a barra tá limpa.

Três homens e uma mulher (que Anden já vira ali, mas dos quais não lembrava os nomes) se levantaram dos assentos e se uniram a Cory, Tod e Sammy, que já corriam para os degraus. A maioria das pessoas abriu espaço para que passassem, mas alguns ainda tentaram segui-los ou sair na frente. Vozes revoltadas começaram a se fazer ouvir. Na base da escada, Tod se virou e lançou um golpe largo e superficial de Deflexão que percorreu todo o espaço, arrancando chapéus e derrubando copos.

— A gente mandou ficarem aqui!

Os Ossos Verdes seguiram apressados para fora.

Anden permaneceu imóvel por um instante. E então saiu correndo atrás deles. Não sabia dizer o porquê; não era um Osso Verde e só tinha uma faca talon como arma. Não pensou em nada disso. A única coisa em sua cabeça era o fato de que Cory estava desaparecendo escada acima sem ele.

— Ô, ilhéu, tá indo aonde? Eles mandaram ficar aqui! — gritou Derek, mas nem ele e nem mais ninguém se mexeu para impedi-lo de verdade.

No térreo, Anden viu Dona Joek e os outros vendedores de comida assustados, agachados debaixo das mesas. Rohn Toro tinha sumido. Anden alcançou Cory, que se virou e arregalou os olhos de espanto e apreensão.

— Que isso? — sibilou. — Volta lá pra baixo onde tá todo mundo!

Um murmúrio abafado e agonizante veio de trás das portas de metal.

— Sano — disse Tod.

Ele correu até a entrada para abri-las. O porteiro grandalhão estava desabado contra a parede de tijolos, gorgolejando e sangrando de uma profusão de ferimentos de bala. Tod foi se abaixou ao lado do sujeito.

— Ô, merda. *Merda.*

Um dos outros homens correu para ajudar Tod a puxar Sano para dentro. Um rio escorregadio de vermelho deixou uma trilha sobre o chão atrás deles.

— Se pelo menos minha mãe estivesse aqui, ela talvez pudesse ajudar... — exclamou Cory, com a voz trêmula. — Mais alguém sabe curar com a Afluência?

Com expressões de pavor no rosto, as outras pessoas menearam a cabeça. Sem poder ajudar, Anden fechou as mãos. Na Academia, tinha aprendido os básicos da Afluência para primeiros socorros, mas o estudo agora não lhe servia de nada. Tod tentou mesmo assim, mas Anden já conseguia perceber que era tarde. Havia sangue demais, e a luz já ia se esvaindo dos olhos de Sano. Abafando os soluços de choro com a dobra do braço, Dona Joek começou a vir rastejando de debaixo de uma mesa.

— Não, fica aí — ordenou Cory.

— Vamos conferir a frente — sugeriu Sammy. Sua voz não passava de um sussurro rouco. — Cadê o Rohn, porra?

Apressaram-se para as portas duplas do lado de dentro que não tinham sinalização alguma e levavam para a frente do edifício, para o centro comunitário de fato. Anden os seguiu mesmo depois de Cory gritar de novo para que ficasse para trás. O lugar estava escuro, mas era possível discernir os contornos umbrosos das mesas, cadeiras e estantes. As janelas da frente haviam estourado com os tiros. Estilhaços de vidro reluziam sobre o carpete e a luz dos postes iluminava os buracos de bala na porta e nas paredes. Havia uma silhueta parada na frente do prédio, olhando para a rua e cercada pelo contorno irregular da janela despedaçada. O ar que vinha de uma passagem de ventilação ali perto esvoaçava o casaco de Rohn. Tirando isso, ele estava tão imóvel quanto um poste.

— Rohn-jen — chamou Cory, quando se aproximaram com cuidado por trás do sujeito enquanto analisavam o prejuízo. Rohn ergueu uma mão enluvada para fazer com que parassem. — Eles vão voltar pra mais uma rodada.

Com os motores rugindo, três carros viraram a esquina em alta velocidade. Um segundo depois, a saraivada de uma metralhadora se fez presente.

Cory caiu sobre Anden e o arrastou para o chão enquanto Rohn, Tod, Sammy e os outros Ossos Verdes lançavam golpes sobrepostos de Deflexão que desviavam as balas e as mandavam para o teto, onde espatifaram as lâmpadas; para o chão, onde arrancaram chumaços do carpete; e para as paredes e móveis. Anden caiu de ombro. Ouviu alguém dar um grito de raiva ou dor.

— Fica abaixado! — mandou Cory, e então seu peso sumiu quando ele se levantou num salto para tentar ajudar os outros.

Diversas coisas vieram voando pelas janelas quebradas adentro e se espalharam. Anden, ainda no chão, piscou para as chamas vermelhas que se lançavam em sua direção: um pano incendiado, enfiado no pescoço de uma garrafa cheia de líquido. Em segundos, se deu conta de que as labaredas alcançariam a gasolina e de que as bombas caseiras iriam explodir e incendiar o edifício.

Anden se lançou adiante e apanhou a garrafa. Sentiu uma pontada afiada no joelho quando um caco de vidro cortou-lhe a pele. Esforçou-se para se levantar e correu até a janela quebrada. Ergueu o explosivo e o jogou de volta para a rua. O tecido incandescente encostou nas costas de sua mão e ele exclamou de dor. O plano deu errado: a garrafa girou e começou a tombar em direção à calçada.

Uma mão vestindo uma luva, e tão veloz que chegou a virar um borrão, agarrou o objeto incandescente no ar como se estivesse interceptando um passe de releibol. Num ímpeto de Força e Leveza, Rohn Toro voou em direção aos carros pretos que fugiam rua abaixo, exibindo as lanternas traseiras. Rohn ergueu a garrafa acesa e atirou-a como um míssil sobre o topo do último veículo. O vidro quebrou sobre o capô e levantou uma singela parede de fogo quando a gasolina foi pulverizada no para-brisa. Com um ruído metálico, o pneu direito dianteiro subiu no meio-fio e a grade do para-choque atingiu um hidrante. As portas da frente se abriram e dois homens saíram aos tropeços.

Rohn acelerou o passo e tirou um revólver do bolso interno da jaqueta. Colocou duas balas no peito do motorista. O outro sujeito sacou a submetralhadora Fullerton que tinha usado para encher o edifício de tiros. O Osso Verde o empurrou com força para trás ao usar a mão esquerda e lançar um golpe de Deflexão. O atirador foi jogado contra a porta aberta do carro preto. Rohn deu um tiro em sua cabeça. O sujeito desabou no asfalto, e levou mais uma bala no rosto. Rohn olhou para o fim da rua. Os outros dois veículos haviam sumido.

Segurando a própria mão, Anden se virou e tentou ver a cena através dos pontos vermelhos na sua visão e da sujeira em seus óculos. Cory agarrara um dos outros explosivos e arrancara o pano; com as mãos envoltas em Aço e fazendo careta pela dor e pela intensa concentração enquanto sufocava o fogo entre as palmas, ia apagando a chama. Um dos outros Ossos Verdes estava neutralizando outra garrafa intacta desse mesmo jeito, mas os restantes se esforçavam desesperadamente para combater o fogo. Uma bomba se espatifara contra a parede externa de concreto e estava se extinguindo sozinha, mas outra havia quebrado sobre uma mesa interna e ateado fogo no carpete. Outra havia rolado até o recinto com o santuário deísta e explodido; um incêndio se alastrara em frente à réplica do mural e se espalhara pelos colchonetes puídos.

Anden agarrou a primeira coisa que conseguiu encontrar, um tapete azul de lã da área da creche, jogou-o sobre o fogo no santuário e pisoteou sobre sua superfície. A mulher Osso Verde correu ali para dentro com o extintor da cozinha e, depois de se atrapalhar por um instante, borrifou espuma sobre as chamas restantes. Ela correu de volta para ajudar Tod e Sammy, que estavam derramando baldes de água sobre outro foco de incêndio. Em poucos minutos, o centro comunitário ficou escuro de novo. Anden cambaleou até o salão principal. Os rostos que o cercavam tinham rastros de suor e alguns, que haviam se cortado com os cacos de vidro, sangravam. Cabelos, roupas e mãos estavam chamuscados.

— Pelas bolas do profeta! — exclamou Tod, ofegante, agachado e com as mãos sobre os joelhos. — Eram tripulantes... o pessoal do Kromner. *Filhos da puta*.

Rohn Toro recuou pela janela quebrada quando o barulho de sirenes começou a soar lá longe e disse:

— Quem tiver jade precisa dar no pé antes da polícia chegar. Se separem e sosseguem o facho por um tempinho. Não falem com nenhum policial. Nenhum de vocês sabe nada do que aconteceu aqui. Vou ligar e deixar mensagem quando for seguro.

— Toda aquela gente lá embaixo, no salão do rancor... precisamos tirar eles daqui — comentou Cory.

— Eu cuido disso — respondeu Rohn, e se virou para Anden. — Você fica pra ajudar.

Anden assentiu feito um idiota, muito embora não entendesse o motivo de Rohn achar que ele seria útil. Cory reclamou:

— Não enfia o Anden nessa história. Não era nem pra ele tá aqui.

— Tarde demais. Eu deixo ele lá nos Hian mais tarde. — As sirenes estavam se aproximando. Mesmo assim, Cory hesitou. — Se te pegarem aqui agora, você não vai mais pra Vigia Marítima.

Parecia que Cory queria continuar discutindo, mas acabou fechando a boca.

— Cory, é melhor você ir — sugeriu Anden, encorajando-o.

O filho do Pilar o encarou com um olhar angustiado, e então se virou para os outros.

— Beleza, vocês ouviram o Rohn-jen.

Os seis Ossos Verdes saíram às pressas, se separaram na calçada e desapareceram por ruas diferentes. Rohn se virou para Anden.

— Preciso de tempo pra conseguir tirar todo mundo pelos fundos antes que a polícia possa deter e interrogar alguém. Os policiais que aparecerem talvez não sejam tão tranquilos de lidar quanto a gente tá acostumado. Se tiverem a chance, vão perturbar e ameaçar as pessoas até que indiquem quem é Osso Verde na região, ou que falem da família Dauk. — Os olhos dele prescrutaram o rosto de Anden. — Preciso que alguém vá lá pra frente e atrase a polícia por um tempinho. Você dá conta?

— Deixa comigo, Rohn-jen.

O sujeito assentiu e lhe deu um único tapinha no ombro com uma mão enluvada. Anden sentiu a pressão temporária da aura de jade dele, que logo saiu correndo em meio aos destroços até o fundo dos prédios.

Anden saiu pela frente e correu pelo quarteirão rumo ao barulho das sirenes que se aproximavam. Quando viu o pulsar vermelho e azul das luzes da viatura, saiu da calçada e agitou os braços com urgência. O veículo parou à sua frente. Anden ergueu uma mão para se proteger do brilho dos faróis quando a porta se abriu e um policial de meia-idade saiu do veículo. O sujeito tinha olhos estreitos e um bigode grosso. Não era um dos oficiais que Anden vira recolher dinheiro no salão do rancor antes.

— Qual o problema por aqui? — exclamou o policial. — Foi você que ligou pra denunciar um tiroteio nessa região?

Anden não fazia a menor ideia de quem tinha ligado, mas assentiu de imediato. Compreendeu o motivo de Rohn ter lhe designado essa função. Anden não usava nenhuma jade incriminadora e parecia espênico. Podia se passar por um transeunte não kekonésio preocupado, e não alguém que talvez estivesse envolvido com o salão do rancor ou com os Dauk de qualquer maneira que fosse.

Por uma inspiração espontânea, falou com um leve sotaque estepenês:

— Vi três carros correndo pra cima e pra baixo na rua.

Ele nunca tinha ido para Stepênia e não falava uma palavra sequer do idioma, mas alguns de seus colegas no PIEFOL eram de lá. O sotaque era reconhecível de longe, fácil de reproduzir e, como o espênico de Anden havia melhorado muito, mas não era perfeito, serviria para esconder a óbvia indicação de que era kekonésio.

— Eles tavam indo rápido demais, e as pessoas dentro tavam agitando armas e atirando pela janela.

— Típicos vagabundos dessa merda de Arapuca Sul — murmurou o policial. — Você viu pra qual direção eles foram?

Anden assentiu e apontou pro oeste, pra longe do centro comunitário.

— Por lá. Faz uns cinco minutos.

Agradecido, o agente assentiu, voltou para a viatura e dirigiu rumo ao local indicado. Anden duvidava que ele passaria muito tempo seguindo pelo caminho errado. Logo mais descobriria os cadáveres, o carro queimado, os estojos das balas na rua e as janelas despedaçadas do centro comunitário. Mas Anden fizera o que Rohn pedira: arranjara tempo.

Esperou até ter certeza de que o carro tinha ido embora e de que não havia outros a caminho. Olhando ao redor para garantir que estava realmente sozinho e que não havia ninguém de olho, andou rápido, mas não tão rápido, de volta para o prédio, dando a volta até a entrada do salão do rancor nos fundos. Rohn Toro estava fechando a porta de metal.

Estava sozinho, e todos os carros haviam sumido. Pelo visto, ele tinha conseguido esvaziar o lugar e mandar todo mundo embora.

— Mandei o policial pra Rua Cinquenta e Quatro — anunciou Anden ao se aproximar, apressado. Olhou para a poça de sangue ao lado da porta. — E o Sano?

— A Dona Joek levou ele pro hospital, mas já era tarde demais.

— Que os deuses o saúdem — murmurou Anden.

— Meu pai dizia isso. Mas acho não tem deuses na Espênia. Os nossos não, pelo menos.

Com determinação, Rohn começou a caminhar para longe dali. Atravessou o estacionamento e entrou num dos becos ali perto. Anden o seguiu. O barulho de outra sirene surgiu. Talvez o policial tivesse voltado e descoberto os corpos e o carro a essa altura.

Rohn Toro parou e se virou para o muro ao lado. Sentiu a superfície com as mãos enluvada e então fechou os dedos ao redor de um tijolo levemente protuberante. Puxou-o até que se soltasse e revelou um pequeno espaço oco. Com cuidado, o Chifre tirou as luvas pretas de couro, dobrou-as com tanto capricho que chegava quase a ser reverente, e as empurrou para dentro da abertura. Devolveu o tijolo ao local, de forma que tudo o que dava perceber era a singela irregularidade entre ele e o vizinho.

Como se estivesse de repente passando mal, Rohn fez uma careta e se recostou pesadamente contra o muro por vários segundos. Anden reconheceu os sinais de desconforto na hora: abstinência de jade. As joias de Rohn Toro ficavam dentro da costura das luvas de couro. Quando precisava, ele podia tirá-las e escondê-las em uma localização secreta até que fosse necessário voltar para buscá-las. Caso fosse parado e interrogado pela polícia mais tarde, poderiam deixá-lo nu que não encontrariam nem uma pedrinha verde sequer.

Rohn recuperou a compostura e se afastou do muro. Com hesitação, Anden ofereceu uma mão para ajudá-lo. Tinha visto as habilidades do sujeito naquela noite e sabia que de jeito nenhum devia ser fácil viver como um Osso Verde nessas condições; vestindo e se despindo de tanta jade num piscar de olhos. E Rohn também não era lá muito novo, já devia ter cinquenta e poucos anos. Como é que seu corpo aguentava? Mas o Chifre tinha se estabilizado agora. Ele olhou para Anden e contorceu a boca de vergonha, como se o jovem tivesse presenciado um momento de vulnerabilidade, como se o tivesse visto de zíper aberto, mijando na parede.

Continuaram adiante pela viela escura.

Capítulo 34

A Amizade do Clã

Os dois meses seguintes ao ataque no salão do rancor foram os piores que Anden passara na Espênia, piores até mesmo do que quando havia recém-chegado e ficara desolado com saudade de casa. Cory tinha partido; ele ligara da estação de trem para se despedir. Explicou que queria ter ido visitar Anden para dar tchau pessoalmente, mas era arriscado demais. Além dos tripulantes de Kromner, que continuavam à espreita, a polícia começara a interceptar moradores kekonésios aleatórios na rua para revistá-los à procura de jade. Os Dauk ficaram felizes pelo filho ter saído da cidade.

— Desculpa ter ignorado quando me mandou ficar lá embaixo — disse Anden melancolicamente pelo telefone. — Eu só queria ajudar.

Cory ficou em silêncio por alguns instantes, e então suspirou.

— É que eu me preocupo contigo, ilhéu. Pra um cara que parece tão responsável, você com certeza sabe se meter em confusão. — Um anúncio ressoou pelas caixas de som da estação, e o rapaz falou: — Tenho que ir, caco. Volto pro recesso da Véspera da Colheita. Tenta não fazer nada idiota enquanto isso, tá bom?

Depois de desligarem, Anden ficou não apenas abatido pela partida de Cory, mas também irrequieto com a conversa. Depois de sair do salão do rancor naquela noite, ele e Rohn caminharam por três quarteirões para se afastarem da cena de destruição até que o Chifre acenou para um táxi e instruiu o motorista a levá-los para a casa dos Hian. Quando abriram a porta, os Hian ficaram aliviados e consternados. Enquanto Anden deixou a queimadura na mão debaixo de água gelada na torneira da cozinha, Rohn explicou o que havia acontecido.

— Por que é que você foi se meter? — repreendeu Dona Hian enquanto pegava curativos e um tubo de pomada antibiótica na gaveta. — Você é um estudante estrangeiro, por que não ficou em segurança com os outros no porão? Devia ter deixado os Ossos Verdes resolverem. O que é que a gente diria pra sua família se você morresse ou se machucasse?

Ela estava quase chorando.

A culpa o deixou mudo, mas Rohn respondeu:

— Não precisa disso tudo. Ele não se aguentou. A alma dele é verdejante, como o Dauk-jen falou. Na verdade, ele ajudou muito.

Rohn contou como Anden distraíra a polícia por tempo o suficiente para que conseguisse tirar todos em segurança do salão do rancor. Relutantes, os Hian concordaram que foi, de fato, algo bom. O Chifre bebeu um pouco de chá quente e, dizendo que precisava trabalhar na manhã seguinte, se levantou para partir. Às vezes, Anden tinha dificuldade de se lembrar que Rohn Toro não era realmente um Punho do clã, que precisava ganhar dinheiro num emprego comum, comandando uma pequena companhia de fretes e mudanças com alguns amigos.

Assim que ele saiu, os Hian insistiram:

— Anden-se, o que aconteceu hoje à noite vai causar muitos problemas. A partir de agora, não chega nem perto do salão do rancor ou da casa dos Dauk. Só vai pra escola, pro trabalho e depois direto pra casa. Se a polícia te reconhecer como a pessoa que ludibriou eles, vão querer te interrogar.

Anden cumpriu as ordens, mas, ao longo dos diversos dias seguintes ao acontecido, não parava de lembrar do olhar alarmado de Cory naquela noite, do jeito com que ele o empurrara ao chão para longe dos tiros de metralhadora, e de como ficara bravo com Rohn e o mandara não o envolver naquela história: *não era nem pra ele tá aqui.*

Até o momento, Anden tinha considerado Cory como o condutor da relação e a si mesmo, como o seguidor. A Espênia era o país de Cory, e essa era sua cidade e bairro. Ele era três anos mais velho, mais gregário socialmente e mais confiante e experiente no que dizia respeito ao sexo. Nada disso tinha sido uma questão; na verdade, esses detalhes haviam servido apenas para deixar Cory mais atraente e cativante. Mas agora, pela primeira vez, também se viu como o mais fraco dos dois. Dona Hian estava certa. Cory era um Osso Verde, e Anden, não. Quando correra em direção ao perigo, o filho do Pilar fora obrigado a protegê-lo. Será que, se o relacionamento fosse adiante, seria sempre assim?

Era uma hipótese que o deixou profundamente incomodado. Nascera em uma família Osso Verde, fora adotado e criado por Ossos Verdes, e recebera treinamento numa escola Osso Verde. Durante a vida inteira, fora ensinado a se posicionar não apenas pela própria honra e reputação, mas pela de sua família e a do clã, assim como a defender os mais fracos, os civis sem jade sob proteção do Desponta. Mesmo exilado, mesmo sem jade, *ele* ainda não tinha encarado a realidade de que agora era uma dessas pessoas que precisavam ser defendidas. Todas as pessoas de quem já fora próximo, todos que importavam em sua vida, eram Ossos Verdes. Ele não tinha nenhum exemplo de como ser membro da família Kaul e, na verdade, nem mesmo de como ser kekonésio sem jade. De repente, visualizou Cory algum dia seguindo os passos do pai e se tornando o Pilar de Arapuca Sul, enquanto ele ficaria ali, relegado ao papel de companheiro secreto, um namorado vulnerável que nunca se encaixou na Espênia por mérito próprio, e pensar nisso fez Anden sentir, pela primeira vez em quase um ano, uma súbita pontada de vergonha por sua situação atual.

Ter perdido as partes da rotina que mais passara a amar também não ajudava seu humor. O releibol foi suspenso por duas semanas após o incidente e, depois, ele não conseguia se empolgar para ir sabendo que Cory não estaria lá. O salão do rancor foi fechado por período indefinido. Uma vez, durante o dia, Anden passou na surdina por lá e viu a faixa da polícia estendida pela fachada destruída do prédio.

Os policiais de Porto Massy interrogaram moradores de Arapuca Sul, mas não descobriram quase nada. Ninguém afirmou estar lá quando o tiroteio aconteceu. Ninguém disse nada a respeito do motivo do centro comunitário ter sido escolhido como alvo. Naquela mesma noite, em outros pontos do bairro, estabelecimentos kekonésios haviam sido vandalizados, e paredes pichadas com xingamentos, mas ninguém apontou o óbvio para as autoridades: que os crimes eram motivados por questões raciais, que os tripulantes de Kromner estavam visando os kekonésios por causa das operações de jogos de azar e pela jade.

Anden ouvia rumores de Derek, Tami e demais pessoas que conseguia encontrar sem querer a caminho da faculdade e do trabalho. Dauk mandara Rohn Toro e alguns outros homens retaliarem contra os tripulantes de Kromner. Duas casas de aposta foram atacadas e roubadas, e dois tripulantes que supostamente fizeram parte do tiroteio de carro foram encontrados mortos, com os pescoços quebrados. Como reposta, os ataques a negócios e civis kekonésios se intensificaram: a barbearia que Seu Hian frequentava havia oito anos foi incendiada; um Osso Verde mais velho foi encurralado e espancado no lado de fora de casa e teve sua pouca jade roubada; e um lojista local erroneamente acusado de ser Osso Verde foi atacado num ponto de ônibus. Ninguém foi preso.

O filho mais velho dos Hian, um sujeito de cerca de quarenta anos que, embora cheio de boas intenções, vivia constantemente atribulado, e com quem Anden interagira diversas vezes, mas sempre de forma meio superficial, veio tentar convencer os pais a se mudarem dali para um bairro de classe mais alta. Anden estava em seu quarto no segundo andar, tentando não ouvir a conversa, mas não conseguiu evitar.

— A Arapuca Sul tá virando um gueto étnico — argumentou o homem. — Vocês não preferem viver num lugar mais espaçoso e com menos crime?

Mas o casal insistiu que não queria. Gostavam dali e tinham amigos na região. Onde mais conseguiriam ir a pé até uma mercearia kekonísia? Reclamando, Dona Hian falou que se os filhos prestassem e lhes dessem netos em vida, talvez aí tivessem um motivo para se mudar. Do contrário, qual o sentido?

Dauk Losun ligou e perguntou se ele e a esposa poderiam visitar os Hian numa tarde. Explicou que gostariam de recepcioná-los na própria casa, mas a polícia sabia que Sana tinha conexões com o salão do rancor e suspeitava que o casal não estava falando toda a verdade a respeito do tiroteio e do incêndio, então continuavam ainda mais atentos à parte do bairro em que moravam. Os Dauk não queriam incomodar os Hian, então trariam algo para comer. E será que Anden poderia estar presente também?

Nervosos, eles concordaram, mas Dona Hian fez muita comida mesmo assim, então quando os Dauk chegaram com sacolas plásticas cheias de seis pacotes de comida para viagem, havia um exagero de coisas para comer. Cadeiras extras foram trazidas para a cozinha. Anden saudou os Dauk com muito respeito, mas estava tenso. Por que foi que o Pilar pedira para vê-lo? Será que tinha alguma coisa a ver com Cory? Será que ele sabia dos dois? Jogaria a culpa em Anden e os proibiria de se verem?

— Como vai o Coru? — perguntou Dona Hian. — Ele já se instalou por lá? As aulas de direito na Vigia Marítima já começaram?

— Começaram esta semana — respondeu Dauk Sana enquanto passava pratos de papel e talheres de plástico adiante. — Ele parece feliz, mas esse é o jeitinho do Coru, sempre um espírito livre. Ainda não teve que se esforçar, então vamos ver. Só fico feliz por ele estar em segurança lá longe e com a cabeça ocupada.

Anden esquecera que a faculdade já tinha começado. Cory ainda não telefonara. Devia estar ocupado. A mudança, as orientações aos alunos, as novas aulas... mas mesmo assim. Uma pontada de mágoa deixou a comida insossa em sua boca.

Enquanto comiam, Dauk Losun perguntou:

— E como vão as coisas por aqui? Algum problema nos últimos tempos?

Ele ouviu e assentiu, todo educado, enquanto Dona Hian falava de como o bairro já não era mais seguro e do quanto o filho mais velho queria que os dois se mudassem.

Seu Hian respondeu:

— Os capangas do Kromner tão machucando gente inocente e prejudicando negócios que não tem nada a ver com essa história, e a polícia não faz nada.

Dauk Sana disse:

— É porque recebem propina dos Tripulantes pra fazer vista grossa. Sim, é verdade que temos alguns policiais como capachos, mas eles têm mais. No fim das contas, o Kromner e seus homens são espênicos e nós somos estrangeiros, então a polícia vai ficar do lado deles. E as pessoas num geral também, porque ficam ouvindo no jornal que Kekon tá retendo toda a jade do mundo e prejudicando o esforço de guerra em Oortoko, mesmo que não seja verdade. Às vezes até nos confundem com shotarianos.

Dona Hian exclamou:

— Mas, Dauk-jens, se não dá pra confiar na polícia e a lei não deixa que o povo use jade pra proteger a comunidade, o que é que podemos fazer? É tão injusto.

Dauk Losun estava com uma expressão séria.

— Infelizmente faz meses que essa pergunta me tira o sono.

— É verdade — corroborou a esposa. — Ele tá tendo que tomar remédio pra ansiedade.

Anden ouvia tudo aquilo com uma raiva e uma indignação que iam ficando cada vez maiores. Em Janloon, combatentes de uma guerra entre clãs não atacavam civis inocentes, nem mesmo se fossem abukianos ou estrangeiros. Se qualquer um dos lados começasse a agir assim, o que impediria que a sociedade perdesse todo o senso de aisho e se afundasse na selvageria? E os policiais! Tinham recolhido tributos no salão do rancor, Anden vira com os próprios olhos, e mesmo assim não o protegeram. Dauk Losun comparara as autoridades locais a outro clã, mas de clã a polícia não tinha nada; era simplesmente outro predador, como os Tripulantes. Enquanto isso, eram os kekonésios que ficavam sendo perseguidos e tratados como criminosos pelo simples fato de usarem jade para se defender e para cuidar de suas próprias questões.

O corpanzil pesado de Dauk Losun pareceu se abater sobre a cadeira da cozinha. Numa voz resignada, ele falou:

— Faz quarenta e cinco anos que vivo neste país. A bem da verdade, sou quase espênico. Deve ser por isso que eu prefiro resolver os problemas na surdina, com dinheiro e influência. Mas durante todos esses anos, eu sempre soube que, se fosse preciso, poderíamos usar a força para sustentar nossas palavras, porque éramos os únicos com jade, e os únicos que sabiam como usar.

"Mas as coisas mudaram, e pra pior. Agora que a jade é ilegal, os Tripulantes não veem mais necessidade de nos respeitar. Eles sabem que não temos como retaliar, porque senão ficamos vulneráveis e podemos ser acusados. Os Ossos Verdes com experiência da velha nação, aqueles que devem ser temidos de verdade, como o Rohn Toro... são poucos e tão envelhecendo, e os mais novos que nasceram aqui não são tão sérios ou receberam o mesmo treinamento deles. Olha o meu próprio filho, por exemplo, por mais que eu o ame muito. Ou alguém como Shun Todo, que tem talento com as ordenações de jade, mas é espênico demais... ele quer sair de casa e entrar pro exército."

Dauk meneou a cabeça.

— Minha preocupação é que não tenhamos mais como nos defender de tiranos como Blaise Kromner. O Rohn é o homem mais verdejante nesta cidade, mas é só um. E eu fico acordado na cama toda noite, com medo de que peguem ele. Mais ou cedo ou mais tarde vão matar meu velho amigo. Pelo visto, não temos escolha a não ser concordar com quaisquer que sejam os termos que os Chefes exigirem de nós: pagar pelos esquemas de proteção, fechar o salão do rancor e deixar os traficantes e cafetões deles entrarem no nosso bairro.

Ninguém mais estava comendo. Nervosa, Dona Hian cobriu a boca, e seu marido colocou uma mão reconfortante em suas costas. Anden estava remexendo na comida sem empolgação nenhuma, mas agora percebeu que ambos os Dauk o encaravam. Aos poucos, olhou o Pilar nos olhos. Dauk Losun continuou falando com os Hian, mas seu olhar permaneceu sobre Anden.

— Pensei muito a respeito desta situação terrível em que nos encontramos, e agora tenho que pedir algo pro Anden, nosso jovem amigo aqui. E como vocês são a família que o hospeda, preciso perguntar para vocês também.

Para Anden, ele disse:

— Você é da velha nação, e a sua família comanda um dos mais famosos e poderosos clãs Osso Verde de Kekon. Ainda tenho amigos na ilha e os rumores atravessam até mesmo o Oceano Amárico, então faz muito tempo que eu sei que você é muito mais do que diz ser. Você e seus primos foram pra guerra contra um inimigo mais forte que poderia ter destruído seu clã, mas prevaleceram.

Quando Anden o conhecera, considerara-o um homem acomodado e ordinário demais para ser chamado de Pilar. Agora, os olhos enrugados de Dauk estavam firmes e inabaláveis. Anden entendeu o que ele estava lhe pedindo. Lembrou que havia previsto isso desde que tinha jantado pela primeira vez na mesa dele e aceitado sua ajuda.

Dauk continuou falando:

— A família Kaul tem muito mais recursos do que nós. Jade, dinheiro, pessoas, e até mesmo influência em outros governos. Talvez eles não vejam motivo nenhum pra se preocupar com o que acontece aqui na Espênia, mas se tiver alguma chance de oferecerem algum tipo de amizade, isso poderia nos ajudar agora, neste momento em que não podemos contar com mais nada.

Baixinho, Anden respondeu:

— Dauk-jen, se eu tivesse qualquer influência sobre meus primos do Desponta, eu não estaria na Espênia.

Dauk Sana ergueu um dedo e fez um barulho incrédulo com a garganta.

— Já vi e ouvi o suficiente a seu respeito pra acreditar que se os seus primos tiverem qualquer noção ou astúcia que seja, não vão te desperdiçar. Como é que você pode ter tanta certeza de que não te mandaram pra Espênia por outros motivos? Afinal de contas, eles são a sua família.

Dona Hian se levantou da mesa e pegou o bule de cerâmica verde da prateleira da cozinha, aquele que Anden trouxera e, em nome do clã, dera ao casal no primeiro dia que chegara à Espênia. Era um símbolo da amizade do clã, a promessa de um favor a ser devolvido. Ela o colocou na frente dele e pediu:

— Pelo bem da comunidade kekonísia, Anden-se. Se você tem qualquer carinho que seja por nós, assim como temos por você, imploramos que pelo menos tente.

Capítulo 35

Aliados Estranhos

Um ano depois de a República da Espênia ter entrado na Guerra de Oortoko, o secretário de relações exteriores visitou Kekon pela primeira vez como parte de uma agenda que incluía oito países. O sujeito foi recebido por um comboio militar formal em frente à Casa da Sabedoria por uma multidão de silenciosos militantes antiguerra e comentários ácidos da imprensa kekonísia. No último dia da viagem, que durou apenas três, o secretário teve uma reunião a portas fechadas na Base Naval da Ilha Euman com o Chanceler Son Tomarho, alguns membros escolhidos a dedo de seu gabinete do Conselho Real e as principais lideranças do Desponta. A administração da RDE aprendera com o tempo que o poder político em Kekon ficava abertamente nas mãos dos guerreiros de jade e que nada naquela pequena nação ia para a frente sem o apoio de pelo menos um dos maiores clãs Ossos Verdes.

Sempre que conseguia se livrar, Hilo tentava delegar as negociações com políticos à Shae, mas não podia de forma alguma recusar uma reunião com um diplomata espênico de alto escalão sem que parecesse que estava propositalmente insultando o país, algo que, por diversos motivos, sua Homem do Tempo o aconselharia veementemente a não fazer. Hilo, Shae e Kehn pegaram um helicóptero para ir de Janloon até o aeródromo de Euman. Quando chegaram, foram recebidos pelo comandante, que Shae reconheceu e apresentou como Coronel Leland Deiller, e seu subalterno, um sujeito chamado Yancey, que os guiou pelas instalações.

Quando passaram por um grande campo de treinamento, o baixo zunir coletivo de auras de jade inesperadas chamou a atenção de Hilo. Duas fileiras de soldados carregando conjuntos pesados de apetrechos encaravam um paredão liso de dez metros. Ao sinal do instrutor, o primeiro grupo correu adiante, se virou de costas para a superfície e se agachou, preparado. O segundo avançou em direção aos camaradas, que os impulsionaram para o ar num lance simultâneo de Força alimentada por jade. Os cadetes densamente equipados voaram com a Leveza e se ergueram até em cima do paredão (ou a maioria deles, pelo menos, já que alguns não foram até o topo e caíram de volta ao chão). Aqueles que conseguiram se viraram e usaram a própria Força para agarrar os parceiros no auge dos seus saltos e puxá-los para o topo também.

Yancey percebeu o interesse de Hilo e explicou:

— São cadetes dos Anjos Navais, a maior divisão de operações especiais de elite do exército da RDE. Só trinta por cento desses recrutas vão chegar ao treinamento básico de SCBJ.

O sujeito precisava praticamente gritar para ser ouvido sobre o vento forte de Euman.

Frente ao olhar confuso de Hilo, Shae traduziu tanto as palavras do oficial quanto o acrônimo desconhecido. O Pilar tinha ouvido falar do Sistema de Combate Bioenergético com Jade (o longo e asséptico termo que os espênicos usavam para descrever sua versão própria das ordenações de jade, que foi implantado e modificado com base no que conheciam dos métodos kekonésios), mas nunca o vira de verdade antes. Discreto, Kehn murmurou:

— A gente tem que tirar o chapéu pros espênicos. Eles sabem como fazer das tripas coração.

Um Osso Verde habilidoso em Leveza conseguiria ultrapassar o paredão sem ajuda. Pela aura deles, parecia que os soldados espênicos usavam apenas a mesma quantidade de jade que um formando razoável da Academia Kaul Du receberia, mas o SCBJ os treinava para agirem juntos e, assim, ampliarem a efetividade coletiva. A cultura kekonísia reverenciava a destreza do guerreiro de jade mais habilidoso, respeitava quem vencesse os expurgos e celebrava o heroísmo patriótico de Ossos Verdes rebeldes do passado, mas os espênicos pegaram a jade e a empregaram como um equipamento militar impessoal. A boca de Hilo se remexeu numa careta de desgosto. Tinha certeza de que não era por coincidência que os Ossos Verdes estavam sendo guiados por ali, onde poderiam testemunhar a demonstração no campo de treinamento. Independentemente do que os espênicos quisessem discutir naquela tarde, tinham situado a conversa no centro de sua presença militar em Kekon para enfatizar a mensagem e antecedê-la com um lembrete de que eles também podiam usar jade.

Chegaram ao prédio principal e foram conduzidos até uma ampla, ainda que austera, sala de reuniões com uma bandeira da República da Espênia pendurada na parede e cadeiras de escritório ao redor de uma mesa cinza. O Secretário Corris, que Hilo reconhecia das fotos da imprensa, já estava ali, envolvido num diálogo com outro homem que Shae, com um sussurro rápido, explicou que se tratava do Embaixador Gregor Mendoff. O secretário e o embaixador encerraram a discussão e se aproximaram para um aperto de mãos. Quire Corris era um típico espênico de peito largo e olhos azuis que, na opinião de Hilo, era quase a imagem cuspida e escarrada de Mendoff, mas sem bigode. Como muitos daquele povo, o sujeito falava com empolgação e mal parava por tempo o suficiente para que o intérprete ao lado terminasse de transmitir o que dissera, mas havia também certo ar reservado em seus trejeitos, um aspecto dissimulado e mercenário em seu olhar franco. Para Hilo, a questão não era que os espênicos fossem necessariamente gananciosos, mas sempre pareciam estar se resguardando de demonstrar um pouco de calor humano e, com sagacidade, pensando em como conseguir o que desejavam.

O Chanceler Son e um punhado de outros membros do Conselho Real também estavam presentes.

— Kaul-jen — disse Son, com uma saudação.

Se o Secretário Corris e os demais espênicos ficaram surpresos tanto com a pouca idade do Pilar em comparação aos outros homens no recinto ou com a deferência com que era tratado pelo chefe formal do governo, tomaram o cuidado de não deixar transparecer.

Além dos líderes do Desponta, havia um outro indivíduo ali usando jade: o General Ronu Yasugon, assessor militar sênior do Conselho Real e talvez a única pessoa no governo kekonésio que poderia ser considerada uma exceção à rígida proibição cultural e legal de jade em cargos políticos. Essa violação específica era considerada aceitável porque, assim como medicina, docência marcial e penitência religiosa, entrar no exército kekonésio era um dos únicos jeitos de um Osso Verde renunciar aos juramentos do clã e garantir lealdade a outra vocação de maneira honrada. Acontece que, ao contrário dessas outras profissões, pessoas com jade não podiam ir direto para o serviço militar depois de se formarem: o esperado era que passassem pelo menos um ano como Dedos. Os clãs faziam questão de primeiro garantir a maior parte dos jovens talentosos com jade; depois de um certo período, Dedos menos proeminentes eram sutilmente, ou nem tão sutilmente assim, encorajados a vestir a farda para servir o país. O General Ronu era uma exceção. Tinha saído do Montanha como um Punho júnior para começar a carreira militar dezoito anos antes, e usava mais jade do que a maioria dos oficiais: um relógio com seis pedras acopladas à pulseira de metal. Ele saudou Hilo, e o Pilar levou as mãos até a testa para cumprimentá-lo.

— General.

Quando todos se sentaram, o Secretário Corris começou a reunião falando sobre como sua visita fora agradável e produtiva e agradecendo o governo e o povo de Kekon por terem sido anfitriões tão generosos.

Falou por um bom tempo a respeito da importância das relações keko-espênicas e do compromisso do primeiro-ministro em continuar a fortalecer a aliança política, econômica e militar entre as duas nações.

— Por mais diferentes que nossa história e cultura sejam, temos uma coisa crucial em comum — disse Corris, com pausas para permitir que o intérprete o alcançasse. — Um ardente senso de patriotismo e independência, e uma lealdade igualmente ardente a nossos amigos e aliados.

Hilo ficou com vontade de apontar que eram no mínimo duas, e não só uma coisa, mas o Embaixador Mendoff, concordando, assentiu e sorriu, enquanto os kekonésios continuaram educadamente ouvindo a hipérbole do estrangeiro. Corris pigarreou e, num tom mais sério, prosseguiu:

— Como os senhores sabem, cavalheiros... e damas — acrescentou, depois de uma rápida olhada para Shae. — A República da Espênia empregou recursos consideráveis na defesa da soberania de Shotar contra o expansionismo de Ygutan. Infelizmente, a essa altura da investida, ficou claro que ainda temos um longo caminho pela frente para vencermos a guerra em Oortoko.

Era uma confissão relevante. Os espênicos, sempre confiantes em seu poderio militar, tinham planejado alcançar a vitória em Oortoko em um ano. A província shotariana do extremo leste, entretanto, estava se provando um campo de batalha difícil para eles. A região era quente, árida e montanhosa, com uma variedade de lugares para os rebeldes esconderem seus acampamentos e se misturarem à população civil. A força naval da RDE era incomparável no mundo e a organização também contava com uma quantidade absurda de tropas terrestres e bombas, mas não estava acostumada a combates de guerrilha contra inimigos em trincheiras.

O Coronel Deiller se manifestou:

— Devido à natureza do confronto, andamos percebendo que a chave para o sucesso no conflito de Oortoko são grupos de operações especiais pequenos e ágeis. As vantagens físicas e extrassensoriais geradas pela jade bioenergética kekonísia permitem que nossas forças de elite operem com muito mais precisão e eficácia, o que minimiza baixas de civis.

Impaciente, Hilo semicerrou os olhos. Será que toda essa reunião era outra tentativa dos estrangeiros de convencer Kekon a vender mais jade para eles? Shae já deixara bem claro para Mendoff e para Deiller que a Aliança Jade-Kekon não aumentaria as quotas.

O Secretário Corris levantou as mãos.

— Assim, compreendo que a questão da exportação de jade já foi bastante discutida, e muito embora nosso governo esteja decepcionado por não conseguirmos chegar a um consenso, reconhecemos a pressão que os senhores sofrem com o sentimento predominante do povo no diz que respeito à preservação dos seus recursos naturais. O que ainda não discutimos direito é o potencial que Kekon tem de fornecer apoio militar em Oortoko.

Um frisson desconfortável se alastrou pelo lado kekonésio da sala. O Chanceler Son se inclinou adiante e apoiou os cotovelos sobre a mesa.

— Secretário — disse ele devagar, levando em consideração o intérprete. — É uma honra receber o senhor e valorizamos muito a relação entre nossos estados, mas é preciso entender que nosso país é uma pequena ilha. Nunca praticamos violência contra outras nações. Na verdade, como o General Ronu pode explicar, nossas forças armadas não são destinadas a esse tipo de coisa.

Ronu estava sentado um pouco atrás e à esquerda de Son. Ao sinal de que recebera permissão para se manifestar, ajeitou a postura e falou:

— Mantemos uma tropa modesta de sessenta mil soldados em serviço para defender os mares, o espaço aéreo e as fronteiras de Kekon.

Era, de fato, um número pequeno até mesmo para um país de apenas doze milhões de habitantes. Formalmente, o exército até era respeitado como instituição, mas considerado pouquíssimo vital para os kekonésios.

— Acredito que essa descrição beira o eufemismo, não beira, Chanceler? — argumentou o Embaixador Mendoff, assim que as palavras de Son e Ronu foram traduzidas com fluidez para o espênico. — Seu exército oficial inclui vários milhares de soldados equipados com jade bioenergética. E a verdadeira força de combate dos senhores fica em meio à população civil. Quando levamos isso em consideração, não é exagero dizer que vocês têm a maior reserva de soldados energizados por jade do mundo.

O desconforto ficou ainda mais palpável. O chanceler repuxou o colarinho da camisa e olhou de relance para Hilo, que era a única outra pessoa do lado kekonésio sentado diretamente na mesa, com tanta autoridade para se manifestar quanto Son. Vindo de pouco atrás e de ambos os lados, Hilo conseguia sentir a aura de sua Homem do Tempo estalando com uma irritação cautelosa e o rugir de descontentamento de seu Chifre. Os espênicos eram ligeiros; tinham noção de que a verdadeira capacidade de combate de Kekon ficava mesmo era nas tropas dos clãs Ossos Verdes. Mas a arrogância era impressionante e ofensiva.

Hilo odiava essa conversa diplomática furada. Pensou em deixar Shae falar em seu lugar. Ela estava acostumada a lidar com gringos e, sem sombra de dúvidas, daria uma resposta cortês. Em vez disso, ele se inclinou adiante. Os políticos kekonésios ao redor da mesa recuaram com cautela. Olhando fixamente para o secretário estrangeiro, o Pilar declarou:

— Esses tais "soldados de jade", como você falou, vivem de acordo com princípios acima da compreensão de qualquer um aqui. — Muito embora seu rosto mantivesse uma neutralidade até que amigável, havia um tom cortante na voz de Hilo que fez o intérprete hesitar por um instante antes de transmitir suas palavras. — Ossos Verdes defendem Kekon e lutam pelo clã ao qual fizeram juramento, não por qualquer outro governo estrangeiro.

— Você é o líder do seu clã, Sr. Kaul-jen — respondeu o Secretário Corris, logo em seguida. — Então vou deduzir que quem decide os interesses do clã é você. E, pelo que eu entendi, parece se alinharem com os nossos. Seu povo tem sido nosso parceiro no combate ao tráfico de jade ilegal e drogas, na busca por oportunidades de investimento e no lobby para reduzir as barreiras para negócios internacionais entre nossos países. Ao contrário da líder do outro clã proeminente deste país, cuja retórica pública anda sendo abertamente hostil e belicista, a sua família parece ter interesse em que nossa boa relação continue, algo que muito apreciamos. É por isso que estamos nos esforçando para manter um diálogo franco.

Nenhum kekonésio naquela sala deixara de perceber que Ayt Mada e porta-vozes dos Montanha não estavam presentes.

O Secretário Corris continuou:

— O Primeiro-ministro Galtz, eu e o secretário do Ministério da Indústria estamos dispostos a aprovar diversas das reformas de comércio que vocês têm requerido. Já relaxamos as restrições à propriedade imobiliária para estrangeiros, temos como plano reduzir as tarifas de produtos importados de certos setores de Kekon e facilitar a liberação de vistos para expatriados kekonésios trabalhando ou em busca de educação superior na Espênia. Claro, há certas empresas e organizações kekonísias em que confiamos mais e que preferimos como parceiras.

O secretário inclinou a cabeça para deixar claro que a afirmação se aplicava aos ali presentes.

Hilo ficou um tanto surpreso. Os espênicos não eram tão ignorantes a respeito dos clãs quanto havia deduzido. Estavam oferecendo algo que daria ao Desponta uma vantagem sobre o Montanha, e tinham conhecimento o bastante para saber como isso era valioso para a família Kaul. Hilo suspeitava de que, caso se virasse para consultar sua Homem do Tempo, ela seria capaz de quantificar essa vantagem em dien, mas não havia por quê. Para os espênicos, tudo era uma transação (e alguns preços eram caros demais para serem pagos).

Hilo dispôs as mãos sobre a mesa e se pronunciou:

— Minha Homem do Tempo anda trabalhando muito para expandir nossos negócios, então é claro que gostaríamos de ver todas essas coisas que você mencionou virando realidade.

Shae uma vez lhe contara que os espênicos interpretavam a palavra *não* como um mero ponto de partida de uma negociação, então ele fez uma pausa para que o que dissesse em seguida não deixasse dúvidas.

— Mas, como Pilar do meu clã, jamais vou mandar Ossos Verdes para lutarem por estrangeiros. Não importa a oferta.

O secretário pareceu tranquilo com a rejeição categórica de Hilo.

— Kekon é a peça-chave de nossa presença estratégica no Leste Amárico. Se não pudermos contar com a contribuição militar de vocês para essa investida vital, então é ainda mais importante que tenhamos um apoio político firme.

Chanceler Son deu uma tossidela.

— Desde a independência na Guerra das Muitas Nações que não recebemos tantas tropas estrangeiras em nosso território. Isso já é um apoio *considerável*.

— É para nosso benefício mútuo — declarou o Coronel Deiller. — A presença das forças da RDE na Ilha Euman desestimula qualquer invasão nessa região e garante a segurança do seu país.

— Alguns meses atrás — informou Hilo numa voz suave, quase plácida. — Falei com um casal que tinha uma filha de 16 anos que foi estuprada por soldados espênicos. Pergunta pra Dona e pro Seu Eyun se os jogos de aposta, a putaria e a bebedeira que os soldados fazem no litoral é bom pra *segurança*.

O Embaixador Mendoff estremeceu de desgosto.

— Apesar de acidentes trágicos e isolados — disse ele, implacável —, o que nos preocupa é a boa vontade de Kekon para se posicionar perante os problemas de segurança regional. Mais especificamente, para agir como um bastião contra a ameaça crescente de Ygutan.

— O objetivo de Ygutan é expandir território e estender sua influência de qualquer jeito possível — acrescentou o Coronel Deiller. — O Diretório em Dramsk e todo o conjunto de líderes religiosos deles, os Proteques, pregam um manifesto como visão de destino nacional no qual a Coalisão Ygut se projeta pelo continente de Orius do Oceano Amárico até o Ullyrico. Que Deus impeça, mas se Oortoko perder para os ygutanianos, Dramsk se sentirá ainda mais encorajado a cometer novos atos de violência. A proximidade de Kekon com o continente de Orius, os recursos únicos e a localização estratégica no Oceano Ocidental de Tun tornam o país de vocês um alvo óbvio.

Os políticos kekonésios trocaram olhares taciturnos, mas não responderam às afirmações de Deiller. Um ataque de Ygutan era possível, mas Hilo tinha certeza de que os espênicos estavam exagerando. A verdade era que a vitória de Ygutan em Oortoko traria uma consequência muito mais certeira e imediata para Kekon: faria com que a RDE entrasse em pânico e fornecesse ainda mais recursos militares para a região para garantir o controle de Kekon antes que os inimigos o fizessem, tudo em nome dos já declarados interesses de "defender" seus aliados.

— Sabemos — disse o Secretário Corris — que há um desejo cada vez maior da população, e de algumas partes do governo dos senhores, de que Kekon ofereça mais apoio humanitário na guerra, principalmente no que diz respeito a aceitar e reassentar refugiados.

O Chanceler Son assentiu com cautela. O número crescente de mortes de civis na região de Oortoko tinha tocado a consciência do público; o povo estava comovido pelas condições difíceis dos moradores de etnia kekonísia daquela área, daqueles que haviam sido realocados para Shotar há gerações, oprimidos e discriminados pela sociedade shotariana, e que agora sofriam numa disputa sangrenta entre forças estrangeiras. Nem mesmo o prevalente estereótipo dos keko-shotarianos como mestiços e bandidos barukânes usuários de nefrita fora capaz de desencorajar as movimentações de base para que os refugiados em Oortoko fossem repatriados. *Esse*, divagou Hilo cinicamente, era o inegável poder da televisão. Em que outro momento da história os kekonésios sequer se deram ao trabalho de dar importância ao que acontecia com gente do outro lado do oceano?

— O sentimento é compreensível, mas implica um risco secundário que não temos certeza de que os senhores analisaram por completo — comentou o Embaixador Mendoff.

O modo como os espênicos ficavam mudando o porta-voz da reunião era algo que irritava Hilo, pois o fazia ter que ficar mudando seu foco de atenção. O Secretário Corris era, pelo que diziam, a pessoa de mais alto escalão do lado de lá, e parecia que os outros concordavam com ele, então qual era o motivo de todos ficarem revezando o discurso do nada?

Como se estivesse seguindo a deixa dos pensamentos de Hilo, o Coronel Deiller disse:

— Os agentes ygutanianos são predominantes em Oortoko, e nossa inteligência confirmou que há ligações entre rebeldes e grupos de crime organizado keko-shotarianos. A menos que Kekon vigie muito bem suas fronteiras, há um risco de infiltração ygutaniana, o que seria uma ameaça inaceitável para nossos recursos militares aqui.

— Os recursos de *vocês* — repetiu o Chanceler Son, hesitante.

— Os senhores deveriam levar essa ameaça a sério — respondeu o Coronel Deiller. — No momento, não há restrições de viagem dentro de Kekon. Os civis se movem como bem entenderem entre a Ilha Euman e o resto do país. Isso mudaria se tivesse agentes ygutanianos em meio à população que pudessem roubar informações militares, sabotar nossas instalações ou mandar coordenadas de bombardeio para Dramsk. Eles podem inclusive se empenhar em enfraquecer o governo e instalar um regime mais amigável com a causa ygutaniana. O melhor estratagema de defesa conjunta contra riscos tão inadmissíveis é, para início de conversa, prevenir que entrem aqui.

Ninguém respondeu por um instante. E então Hilo curvou a boca num sorriso sarcástico e sem humor algum.

— Vocês querem que nós mantenhamos outros estrangeiros fora para protegermos os que já estão aqui.

O Secretário Corris franziu os lábios para um lado e deu de ombros, o que, embora não fosse um sinal de que concordava plenamente com a afirmação de Hilo, era uma confirmação bastante clara.

— O que queremos é garantir que nossos aliados em Kekon façam o melhor possível para influenciar políticas públicas e a legislação de forma que preserve a antiga força de nossa relação e nossa segurança mútua. Queremos ter certeza de que vocês irão se posicionar contra outras influências mais demagogas e que buscam o conflito... e gostaríamos de ajudá-los fazendo com que nossa amizade continue trazendo vantagens econômicas.

Hilo assentiu e se levantou. Os espênicos tinham dito o que pretendiam dizer, e ele já estava ficando de saco cheio de todo aquele blá-blá-blá político, isso sem mencionar o constante fingimento de que essa reunião não se tratava de um suborno, feito em altíssimo nível. Pelo amor dos deuses, ele fora um Punho e depois o Chifre por anos antes de se tornar o Pilar. Conhecia muito bem o equilíbrio delicado entre a ameaça e a persuasão, coisas que eram exigência para conseguir o que se queria de ativos relutantes. Shae e Kehn se levantaram também e, depois de um instante, o Chanceler Son e os outros políticos kekonésios fizeram o mesmo. Com as sobrancelhas levemente erguidas, o Secretário Corris imitou o movimento.

— Ayt Madashi é minha inimiga — afirmou Hilo —, mas isso não significa que você é meu amigo. Vou negociar com você e com o seu governo contanto que haja vantagens pro Desponta. Mas vocês ainda tão de visita aqui. Não peçam o braço quando estendemos a mão, ou se atrevam a controlar Kekon. Outros estrangeiros já tentaram antes.

Quando o intérprete terminou de repetir as palavras de Hilo, o Secretário Corris exibiu os dentes brancos num sorriso e, para a surpresa de todos no recinto, entrelaçou as mãos e as levou até a testa, na tradicional saudação kekonísia. O gesto foi feito com a quantidade exata de ponderação para que não restasse dúvidas de que era uma retaliação casual, mas sem parecer uma zombaria exagerada.

— Que os deuses brilhem em favor do seu clã, como dizem no seu país, Sr. Kaul-jen — disse o diplomata espênico. — Ou, como dizem no meu: que você veja e arque com a Verdade.

— Esses espênicos filhos da puta — resmungou Hilo, depois de jantar naquela noite.

Kehn murmurou, concordando, e afastou de si o prato vazio.

— Negociar com eles é como lutar contra uma criatura com muitas cabeças. Tem uma sorrindo, outra roubando comida e a terceira tá arrancando um pedaço da sua bunda. — O Chifre cruzou os braços. — Já sabiam que a gente não mandaria Ossos Verdes pra lutar do lado deles naquele fim de mundo. Só falaram pra dar mais ênfase no que achavam que conseguiriam de verdade.

— É como os espeniquitos são: capazes de fazer fila pra vender a própria mãe só pra ver quem conseguiria o melhor valor. — Tar estava reclinado com uma expressão preguiçosa e satisfeita no rosto depois de ter passado a tarde com sua ocasional namoradinha, Iyn Ro, e não na Base Naval de Euman.

— Você podia ter me deixado mencionar algumas coisas naquela reunião — disse Shae para Hilo, um tanto quanto incomodada. — Como, por exemplo, o fato de que os acordos de importação propostos beneficiam a economia deles também. A capacidade industrial da Espênia se concentrou no esforço de guerra e eles precisam do comércio exterior para suprir a demanda dos consumidores. Então não é como se essa vantagem que eles tão tentando colocar em prática fosse unilateral.

— Já tinha gente o bastante naquela reunião tentando parecer o mais inteligente da sala — retrucou Hilo. — No fim das costas, o problema é que a maioria do povo odeia os estrangeiros aqui e vão ficar puxando o saco da Ayt sempre que ela aparecer com outro dos discursinhos dela, mas nós nos amarramos demais à merda do dinheiro deles.

Shae cruzou os braços em resposta à encarada furtiva de Hilo.

— Você tá me olhando como se a culpa dos espênicos serem exigentes e sem escrúpulos fosse minha. Sim, eles vão tentar tirar vantagem de nós, vão aparecer com demandas ofensivas e vão pechinchar pra conseguir o máximo possível de cada situação. Essa gente é assim mesmo. Mas eles ainda são nosso maior trunfo contra os Montanha.

A destruição das fábricas de brilho do Montanha em Ygutan cinco meses antes causara uma grande perda financeira à Ayt. Shae estava ávida para aproveitar a vantagem e cortar as outras opções de investimento dos rivais, especialmente na Espênia, o foco da expansão do escritório da Homem do Tempo.

— Os Montanha continuam mais fortalecidos do que nós com os negócios de base que têm em Kekon. Mas se garantirmos acordos de comércio que nos beneficiem e os impeçam de entrar no mercado espênico, *nós* podemos nos tornar o maior clã daqui a cinco a dez anos.

Hilo gostava de ver Shae e sua equipe conquistando cada vitória que pudessem ter contra os Montanha; qualquer coisa que enfraquecesse a posição de Ayt Mada como líder e fortalecesse a oposição interna contra ela era bem-vinda. Mas não estava disposto a esperar de cinco a dez anos pelos resultados. A Estrela-K Transportes estava prosperando e elevando a proeminência da família Ven no Montanha, mas a oposição de Ven Sando à sua Pilarisa ainda não rendera nenhuma ação concreta que fosse levar Ayt a virar comida de minhoca no Cemitério Céus à Espera.

— A Ayt anda quieta demais — divagou Hilo.

Talvez não ela não estivesse tão disposta a fazer aparições públicas agora que Shae cortara metade de sua orelha, mas Hilo não era otimista a ponto de acreditar que ela fora dissuadida da ideia de destituir Shae e acabar com o Desponta enquanto isso. O mais provável era que estivesse simplesmente reunindo recursos para algum outro ataque.

— Dinheiro não basta. Temos que continuar remexendo nos podres do Montanha pra poeira não abaixar. Você pesquisou o passado da família Iwe, como eu pedi?

Shae franziu o cenho pela forma com que Hilo mudou de assunto, mas respondeu:

— Não tem nada a respeito do Iwe Kalundo. Ele usa dois anéis de jade nos mindinhos, uma pulseira com três pedras no pulso esquerdo e, até onde todos sabem, nunca teve problema nenhum. — Ela abriu as mãos e virou para cima. — *Mas*... a tia dele quase morreu de overdose de BL1 dois anos atrás e hoje em dia não usa jade. Tanto o irmão mais novo quanto os primos dele são viciados, e usam o mesmo fornecedor, um traficante na Travessa que, segundo os rumores, vende brilho da maior qualidade na surdina pra Ossos Verdes.

Surpreso, Hilo encarou a irmã.

— Como foi que você descobriu isso?

— Hoje em dia tem ratos por toda parte — disse Shae, tão cheia de si que Hilo chegou a dar um sorriso.

Fofocas sobre abuso de drogas e vícios não eram exatamente o tipo de informação que tinha imaginado que a rede da Homem do Tempo seria capaz de encontrar, mas se Shae estava exercitando um pouco de criatividade em sua função, ele é que não iria reclamar.

Wen sorriu e se manifestou. A época em que segurava a língua a não ser quando estava sozinha com o marido tinha ficado bem para trás.

— Se soubermos quem procurar, não deve demorar muito pros Dedos do Kehn encontrarem esse traficante.

— Mas sejam discretos — pediu Hilo ao Chifre. — Me contem quando acharem ele, mas não façam nada a menos que eu mande. Você já tá bem ocupado com as revoltas em Ti Pasuiga.

Lina, a esposa de Kehn, voltou para a sala de jantar com Ru, agora de fralda trocada, e o entregou para Wen. Ela deu um beijo de boa noite no marido e disse que iria para casa terminar um trabalho da faculdade. Kehn assentiu e ficou a observando partir com o óbvio olhar obcecado de um homem recém-casado. Isso fez Hilo sorrir. O casamento no mês anterior fora um evento luxuoso, adequado ao status do Chifre, e entre a família enorme de Lina e todos os Punhos e Dedos do Desponta, o Hotel Estrela Universal ficara quase todo ocupado. Tar fez uma careta de nojo de brincadeira e jogou um guardanapo no irmão.

Kehn arremessou o guardanapo de volta, e sua aspereza de sempre reapareceu quando ele voltou a atenção à mesa.

— Nossos ataques em Ti Pasuiga... Tenho boas e más notícias. A boa é que matamos dezenas dos peixes-pedra de Zapunyo, confiscamos milhares de quilos de restos e cerca de cinco milhões de dien em jade cortada.

Não pela primeira vez, Hilo ficou com inveja de seu cunhado. Os deveres do Chifre eram difíceis e perigosos, mas mais simples e tangíveis.

— A má notícia — continuou Kehn — é que o Zapunyo, aquele vira-lata ligeiro, tá ficando cada vez mais criativo. Vi jade disfarçada de botões, bolas de gude pra crianças, em pacotes de frutos do mar congelados ou escondida em alimentos enlatados. Apreendemos um pouco, mas a marinha espênica apreende mais. Outro motivo que prova que a Shae-jen tá certa.

Precisamos continuar amigos dos estrangeiros se quisermos tirar aquele cachorro uwiwano dos negócios.

Tar meneou a cabeça frente à ironia.

— Os espeniquitos começam uma guerra que faz crescer o mercado clandestino de jade. Então conseguimos a ajuda deles pra acabar com o tráfico que eles mesmo causaram e, em resposta, esperam que a gente seja grato e resolva os problemas deles.

As exigências políticas dos espênicos, a constante ameaça dos Montanha, os esquemas sujos de Ti Pasuiga... cada uma dessas coisas já era muito com o que lidar, mas estavam todas conectadas de formas inextricáveis que deixavam Hilo frustrado e incomodado.

— Tá ficando tarde — disse ele. — Já deu de conversa por hoje.

Kehn e Tar partiram para suas próprias casas. Niko desceu as escadas para dizer que havia tido um pesadelo e não queria ficar sozinho. Wen entregou Ru a Hilo e se levantou com um grunhido de grávida para colocar o menino de volta na cama. O Pilar e a Homem do Tempo foram deixados sozinhos na sala de jantar, a não ser pela criança sonolenta nos braços de Hilo e pelo som de Kyanla lavando a louça na cozinha. Shae parecia perdida em pensamentos; Hilo percebeu que ela desenvolvera o hábito de, sem perceber, esfregar a região do pescoço onde antes ficava sua gargantilha dupla.

Shae soltou a mão e se virou para ele.

— Vou passar umas semanas na Espênia — anunciou. — Ando pensando no que o Anden me falou pelo telefone e acho que nós devíamos conhecer essa gente, esses Ossos Verdes de Porto Massy. Uma coisa a reunião na Ilha Euman hoje deixou bem clara: os espênicos têm vantagem sobre nós porque eles têm pessoas aqui e sabem mais do que tá acontecendo no nosso país do que nós sabemos do que tá acontecendo no deles. Parece que tudo o que os espênicos fazem nos afeta de certa forma, e pelo que Anden falou, a maior cidade deles tá virando um campo de batalha por jade, igual aqui no nosso lar. Preciso ir até lá para me inteirar melhor.

Hilo ponderou sobre essas palavras.

— Não — respondeu depois de um minuto. — Você precisa ficar aqui. Tem muito picuinha política acontecendo com o Conselho Real, com a AJK e com os espênicos no momento. Vai que algum problema acontece. Você não pode se dar ao luxo de sumir de Kekon por tanto tempo assim, e agora que tem o apoio do clã, a última coisa que você deveria fazer é abandonar a Rua Caravela e viajar pra Espênia de novo. — A Homem do Tempo abriu a boca para discutir, mas Hilo continuou: — Eu vou.

Shae nem escondeu a surpresa.

— Você... como é que é?

— Eu sou o Pilar. Se isso pode ser tão importante quanto você tá falando, eu tenho que lidar pessoalmente. Você vive falando que nossa vantagem tá na Espênia, que precisamos investir lá. Vou praquele país ver com meus próprios olhos.

Parte do problema, pensou Hilo, era que o povo estrangeiro e os negócios sempre tinham sido a especialidade de Shae. Mas agora isso tudo estava interligado demais com o destino do Desponta, que era o destino de Kekon também, para que ele deixasse tudo aos cuidados da irmã. Hilo sempre achou que, quando as coisas ficavam incertas, quando não conseguia ver de imediato qual a ação correta deveria ser tomada numa situação confusa, precisava analisar mais de perto. Falar com as pessoas certas, entender tudo melhor. A solução sempre ficava lá fora, na rua, em algum lugar a céu aberto.

Ru começou a se agitar, e Hilo se levantou para andar pelo cômodo a fim de acalmá-lo.

— E além do mais — disse, baixinho —, faz muito tempo que não vejo o Andy. Tempo demais, na minha opinião.

Capítulo 36

O Que Você Merece

Bero e Mudt estavam sentados no chão do apartamento de Bero, bebendo e praticando Afluência em um par de ratos que Mudt atraíra e capturara com um balde de plástico no beco atrás do prédio.

— Eu diria que a gente tem mais é que aprender a fazer brilho sozinhos — proclamou Bero. — Aí podemos vender e guardar a melhor parte pra nós mesmos.

— Claro, keke. — Mudt abriu uma garrafa de cerveja e tomou um grande gole. — Você tem um laboratório pra sintetizar os produtos químicos?

— Não somos a porra do exército espênico — zombou Bero. — Dá pra fazer brilho de rua se a gente conseguir o xarope.

O principal ingrediente do BL1 podia ser encontrado em pequenas quantidades em remédios à base de plantas que eram usados desde antigamente como suplementos. Se conseguissem roubar ou contrabandear medicações prescritas de um hospital ou farmácia, era possível destilá-las até que virassem o "xarope" e amplificar a potência com substâncias químicas industriais.

Bero pairou a mão sobre o balde no chão. Se fechasse os olhos, conseguia Perceber os ratos com mais clareza; eram como pontinhos vibrantes de energia. Bero tentou visualizar sua própria energia como algo capaz de estender para além do corpo, como uma arma afiada que segurava na mão, e Afluiu para um dos roedores com um movimento usando dois dedos. O animal caiu atordoado de lado e ficou mexendo as perninhas de dor, mas continuava vivo.

— Puta que pariu.

Mudt entregou a garrafa de cerveja para Bero.

— Toma o resto.

— Pensei que você gostava disso aqui.

— Não gosto mais. É um lixo ygutaniano barato.

Com o rosto tão retorcido de concentração a ponto de quase deixá-lo com cara de bravo, Mudt colocou a mão no balde e tocou o outro rato. O bicho deu um pulinho, cambaleou em círculo e tombou, morto. Bero fez uma careta e tomou o resto da bebida. Desde quando Mudt ficara melhor do que ele na Afluência? Será que andava praticando?

Bero admitia que não haviam tido muito mais o que fazer nos últimos três meses. Não haviam visto ou ouvido qualquer sinal de vida de Soradiyo. Aquele barukâne ingrato e tarado por ovelhas os tinha dispensado e provavelmente estava passando todos os trabalhos para Mo e Camarão agora. O que significava que, mais uma vez, Bero precisava pensar em como reforçar seu fluxo de caixa.

— Já tenho clientes que compram regularmente comigo — continuou. — Só precisamos montar nosso próprio suprimento.

Ele passou a parte de trás da mão na testa suada; o último tufão da temporada tinha dissipado o persistente calor do verão, mas também derrubara a energia no prédio de Bero, então nenhum dos ventiladores estava funcionando.

Mudt disse:

— Seus clientes não te procuram atrás desse bagulho fraco cozinhado com soda cáustica que deixa as pessoas cegas. Eles vêm por causa do brilho de *qualidade*. — Com o olhar fulminante, ele se virou para Bero. — Do brilho que você roubou do depósito do meu pai depois que ele morreu.

Bero o encarou. *Ele tá bêbado*. Mas o garoto o encarava de maneira firme. Seu rosto estava vermelho de raiva, e não por causa da bebida. Bero grunhiu e, com a voz baixa e ameaçadora, respondeu:

— Tá me chamando de ladrão, é?

Era algo clichê e pretensioso de se dizer, o tipo de coisa que começava brigas em bares, e Mudt simplesmente deu uma gargalhada alta e esquisita.

— Muito engraçado, keke. Nós *somos* ladrões, esqueceu? Somos a bosta do cocô do cavalo. — Sua voz assumiu um tom estranho. — Mas *você*... você vai mais além. Meu pai te deu trabalho e te pagou um bom dinheiro, e aí, quando tava todo mundo querendo te matar, ele salvou a sua vida. E você pegou o brilho dele, vendeu e fingiu o tempo inteiro que se importava em me ajudar a me vingar por ele, mas nunca esteve nem aí. Só me manteve por perto porque eu era útil, mas jamais teve a intenção de retribuir meu pai por nada do que ele fez por você. Você não dá a cara a tapa por ninguém além de si mesmo. Conseguiu jade, mas não sabe o que fazer com ela porque não tem nenhum objetivo de vida. Posso até ser um ladrão, mas pelo menos tenho minhas *motivações*. Você não tem nada. Você é nada.

Foi o discurso mais longo que Bero já ouvira o adolescente fazer. Ele o encarou, chocado. E então explodiu:

— Quem é que você pensa que é pra falar comigo assim, seu pau no cu? Tá achando que eu preciso de você? Se não fosse por mim, você nem *teria* jade. Fui *eu* que bolei o plano pra pegar a jade do Kaul, fui *eu* que coloquei a gente pra dentro da Casa do Rato, *eu* que consegui o trabalho nas escavações. Tudo sempre foi ideia minha. É *você* que não é ninguém e tá querendo jogar isso pra cima de mim. Tenho mais é que...

Ele avançou para agarrar-lhe pela garganta, mas o rapaz pulou e escapou. Bero se lançou atrás do garoto, mas, de repente, o chão pareceu se inclinar sob seus pés. Ele cambaleou e caiu contra o sofá. Uma onda de tontura o assolou, e sua cabeça estava girando. Ainda não tinha bebido muito, com certeza menos do que Mudt, e o jovem estava ali de pé, sem problema algum, observando-o impassivelmente e cheio de expectativa.

Num astuto lampejo de compreensão, Bero se deu conta do que estava acontecendo. Encarou a garrafa de cerveja vazia que tinha derrubado no chão. Lembrou-se de quando contara a Mudt o motivo de seu rosto ser todo torto. Explicara, arrependido, mas ainda um pouco orgulhoso, que quase conseguira roubar jade direto de um Osso Verde quando batizou a bebida do sujeito, anos antes.

— Seu filho da puta.

Bero tentou se livrar da sensação que ia nublando sua cabeça. Com a mente tomada por violência, piscou, xingou e engatinhou em direção ao rapaz.

— Seu papa-merda, seu rato, seu *desgraçado*.

Ele sentiu um embrulho no estômago e pontadas oscilantes de dor atravessaram suas entranhas. Tentou focar e, com um rosnado pelo esforço, soltou um lance fraco de Deflexão na direção de Mudt. O golpe se ampliou, derrubou um abajur da mesa e o atirou com um estrondo contra a parede. Mudt nem se mexeu.

Bero se encolheu sobre o tapete, suando e segurando a barriga com a língua de fora. Através de uma névoa, viu Mudt se aproximar e ficar sobre ele com algo na mão. Não conseguiu ver o que era até que o traidor se abaixou e o apunhalou na coxa com aquilo. Mudt enfiou a seringa e inseriu uma dose tripla de BL1 concentrado em suas veias. Quantidade o bastante para fazer seu coração convulsionar e matá-lo.

Mais uma vez, tentou envolver as mãos ao redor da garganta magra de Mudt, mas o adolescente usou a Força e se afastou sem dificuldade. O garoto se sentou no peito dele, prendeu seus braços e, enquanto Bero revirava os olhos e remexia a boca freneticamente, Mudt retirou o cordão de jade dele e colocou ao redor do próprio pescoço. O mundo de Bero esmaeceu. O veneno na bebida, a overdose no sangue e a jade sendo arrancada... ele não sabia qual desses três estava extirpando mais rapidamente sua capacidade de se mover, de falar, de pensar.

Mudt se levantou de novo.

— Não tenho pena de você — disse, mas soava hesitante, como se estivesse tentando convencer a si mesmo. Encarou Bero por um longo instante e então, com mais convicção, falou: — Você teria feito a mesma comigo se estivesse no meu lugar. É só o que você merece.

Os dedos de Bero agarraram o calcanhar de Mudt. O rapaz saiu de seu alcance, e Bero caiu e rolou atrás dele pelo chão como um peixe arremessado para dentro do deque de um barco. Bero ouviu Mudt se afastando, e então o barulho da porta do apartamento se abrindo e fechando. O adolescente se fora, e tinha levado a jade de Bero e o deixado para morrer. *Mudt!* Aquele garotinho repulsivo, aquele zé-ninguém, aquele menino que trabalhara no Mais Que Bom e sempre parecera tão ofuscado. Tinha sido assassinado por *Mudt*, que deveria ser o mais fraco, que era para ser o ajudante e que se tornara a única pessoa que Bero poderia chamar de amigo; a ironia era tanta que ele foi tomado pelo desejo de rir, gritar e arrebentar o crânio do menino.

Com esse último ímpeto de ódio, Bero rastejou até a porta do apartamento e usou-a para se levantar. A tranca frouxa se abriu, ele caiu para fora, e a sensação foi de que estava sendo arrastado para trás por um túnel comprido e escuro.

Capítulo 37

Ameaças e Esquemas

Um grande contêiner com isolamento térmico e marcações que chamaram a atenção do Desponta foi descoberto em uma marina nas Docas através de uma denúncia anônima. O caixote, normalmente usado para transportar frutos do mar congelados, continha o corpo desmembrado de um homem uwiwano: braços, pernas, mãos, pés, pau, torso e cabeça. Um dos Dedos, Heike, se reclinou sobre a água e perdeu a última refeição. Lott segurou o gorfo ao espreitar a terrível cena antes de dar um passo ligeiro para trás.

— Quem é, Maik-jen?

Kehn fechou a tampa do contêiner. Parecia indecência olhar para as partes daquele cadáver por muito tempo, ainda mais porque ele achava que o sujeito estivera vivo por pelo menos certo período enquanto estava sendo picotado.

— Um dos nossos ratos de Tialuhiya. Meu palpite é de que é o cara que nos falou do *Orgulho Amárico.*

Kehn não era o tipo de pessoa que demonstrava abertamente toda a decepção e raiva que estava sentindo; desde a infância, para manter Tar longe de encrenca, desenvolveu como hábito ser calmo e, caso se metessem em problema, de livrá-los da confusão. Agora, entretanto, saiu pisando fundo da marina sob uma nuvem escura. Estabelecer e manter informantes nas ilhas uwiwanas era um trabalho árduo e um investimento significativo de tempo e dinheiro da parte do clã sob os cuidados do Chifre. Em Kekon, o Desponta tinha amplos recursos e influência, mas não era fácil recrutar, controlar e proteger Ratos Brancos em outros países. Quando, apesar de todos os esforços, alguns deles eram descobertos e grotescamente punidos por Ti Pasuiga, todos os outros se assustavam, e o Desponta não tinha como retaliar de forma efetiva.

Kehn ficou matutando acerca desses problemas e pensando em como poderia levá-los até o Pilar.

— Já perdemos ratos antes — explicou num almoço no Sorte em Dobro no dia seguinte —, mas eles simplesmente desapareciam. É a primeira vez que o Zapunyo esfregou isso na nossa cara e nos mandou um corpo despedaço desse jeito. Contrabandistas costumavam ser só uma pedra no sapato, mas o Ti Pasuiga é muito bem articulado e temido naquelas ilhas, e agora perdeu o medo de nos ofender diretamente. Aquele vira-lata uwiwano ficou atrevido demais.

— Ele tá frustrado — opinou Hilo, passando um prato de espetinhos de pato para Tar. — O Zapunyo tem dinheiro sujo e vidas pra dar e vender, mas se não conseguir tirar jade de Kekon e repassar pros compradores, não tem negócio. Os ygutanianos, os rebeldes de Oortoko e os barukânes que apoiam a rebelião porque odeiam o governo shotariano são os principais clientes dele, e com a pressão que você tá fazendo nas rotas pelo Golfo de Origas e pelo Leste Amárico, ele não tem mais pra onde ir.

O Pilar parecia menos chateado pelo rato assassinado do que Kehn esperara, ou talvez estivesse apenas preocupado pensando em sua futura viagem para a Espênia. Durante o tempo fora, a Homem do Tempo ficaria no comando do Desponta e, muito embora Kehn até gostasse de Kaul Shae, ela trabalhava atrás de uma mesa de escritório e não entendia de verdade o lado militar do clã. Ele estava acostumado a poder consultar Hilo-jen acerca de cada aspecto de suas responsabilidades como Chifre.

— O Zapunyo tá começando a dar uma olhada em outros mercados — falou. — Ele já produz BL1 pra evitar que os catadores, os peixes-pedra e os polidores peguem o Prurido. É natural que também produza pra vender e gerar lucro, ainda mais agora que as fábricas dos Montanha em Ygutan não existem mais. Ouvimos falar que ele tá tentando fazer parceria com outros grupos como cartéis de droga, traficantes de armas e redes de prostituição pra distribuir jade e brilho pra outras partes do mundo.

— Por que é que os espênicos não fazem o governo uwiwano lidar com o Zapunyo? — perguntou Tar. — Eles sabem onde fica a mansão dele. Por que não só vão lá e matam o sujeito?

— O governo de Uwiwa é um buraco negro de corrupção — respondeu Hilo. — Tem partes daquele país que são uma terra sem lei, e metade dos auxílios internacionais que entram naquele lugar desaparecem.

— O Ti Pasuiga paga mais pra polícia do que o próprio governo — comentou Kehn. — E o Zapunyo faz questão de ser generoso; dá dinheiro pras cidades locais construírem estradas, escolas e templos. Ele é praticamente intocável naquele país. A gente pode até estar prejudicando seus negócios, mas, enquanto ele viver, vai continuar sendo um problema pra nós. — Kehn coçou a mandíbula. — Hilo-jen, temos que pensar em como sussurrar o nome dele.

Hilo mal reagiu ao pronunciamento de seu Chifre. Kehn achava que o Pilar já tivesse pensado nisso, mas que não tinha chegado a nenhuma conclusão satisfatória.

— Temos inimigos aqui na nossa casa que estamos tentando derrubar há anos. Não dá pra fazer tudo ao mesmo tempo — disse Hilo.

Duas semanas antes, sob instruções discretas do Pilar, a polícia civil de Janloon prendera e interrogara o traficante de brilho que Shae mencionara e que os Dedos de Kehn tinham rastreado na surdina. O homem fez um acordo e entregou diversos clientes Ossos Verdes de alto escalão, incluindo alguns parentes próximos de Iwe Kalundo, o Homem do Tempo do Clã da Montanha. O Desponta garantiu que tanto a prisão quanto a freguesia exposta vazassem para a imprensa. Ayt Mada não era a única que podia usar os meios de comunicação para desmoralizar os rivais. A notícia reacendera um debate público a respeito dos perigos do BL1, mas acima de tudo, renovara as preocupações quanto à liderança do Montanha possivelmente cair no colo da família Iwe.

Enquanto isso, o Desponta resolvera alguns dos problemas na Rua do Pobre ao repassá-los para os inimigos. Sob ordens de Hilo, os Ossos Verdes de Kehn tinham acabado com a prostituição no triângulo de apostas do Distrito do Sovaco. Os cafetões foram forçados a sair e alertados que não fossem encontrados nas redondezas dos cassinos. Em contrapartida, as casas de jogos do Desponta colocaram cartazes e distribuíram panfletos divulgando os clubes de striptease e bordéis em Ponta de Lança e Cabeça de Cão, distritos próximos controlados pelo Montanha. Os militares espênicos arruaceiros passaram a migrar seu dinheiro e comportamento problemático para o território do outro clã. Recentemente, um grupo de três marinheiros bêbados estrangeiros havia se metido numa discussão com alguns Ossos Verdes da família Koben e acabado no hospital, o que obrigou Ayt Mada à humilhante obrigação de ter que apoiar publicamente os imprudentes Koben enquanto, por baixo dos panos, pagou para os espênicos deixarem a história para lá.

Kehn admirava a destreza tática de Hilo-jen, mas não conseguia deixar de pensar que a preocupação do Pilar em desestabilizar o Montanha era como tentar atear fogo à grama molhada: estavam criando faíscas e fumaça, mas até o momento, nenhuma chama ardente havia surgido.

Talvez Hilo estivesse pensando a mesma coisa, porque empurrou o prato ainda com comida de lado e se dirigiu a Tar:

— Manda matar alguém da família Koben. Não o jovem e nem a mãe, mas um Osso Verde homem, alguém próximo deles. Não pode ser você e nem nenhum dos seus homens. Tem que ser alguém de fora, e esse serviço não pode de jeito nenhum ter conexão com o Desponta. Faz parecer algo óbvio, que não tenha sido acidente.

— A mãe do menino tem um irmão que usa jade, e um tio — afirmou Tar.

— É isso aí — respondeu Hilo. — Pode ser qualquer um dos dois. É melhor se ele morrer, mas se não morrer não tem problema. Contanto que não saibam quem culpar.

Os Maik assentiram. Os Koben eram numerosos, mas não muito inteligentes. Agora que pareciam estar à frente dos Iwe, talvez fosse possível provocá-los até que usassem a violência, do mesmo jeito que haviam agido com os estrangeiros bêbados. Tar começou a fazer uma pergunta, mas Seu Une, o Lanterna proprietário do Sorte em Dobro, se aproximou para prestar seu respeito e todos ficaram conversando com o senhorzinho por alguns minutos agradáveis. Depois do empresário, sorridente que só, saudá-los e se retirar, Hilo se virou para seu Encarregado do Pilar.

— Mas sem pressa pra matar um dos Koben. Pode ser em algum momento depois que a gente voltar da Espênia.

Quando se levantaram para sair, Hilo colocou uma mão no ombro de Kehn.

— Não esqueci o que você falou a respeito do Zapunyo. Perder alguns ratos não é nada além do esperado, mas você tá certo em ficar bravo e se ofender com isso. Tem muita coisa acontecendo agora, mas eu concordo que temos que pegar mais pesado com o Ti Pasuiga. Quando eu voltar, vamos pensar mais nisso.

Tau Maro voltou de uma reunião com o conselho de diretores do Grupo Internacional Quatro Virtudes que acontecera em seu horário de almoço sentindo-se ao mesmo tempo cautelosamente otimista e profundamente frustrado. A organização de caridade de base popular tinha apenas um ano de fundação, mas já havia excedido as metas iniciais de arrecadação de fundos e estava conseguindo uma notável boa exposição na imprensa. Por outro lado, esforços para pressionar a Casa da Saberia a respeito de questões importantíssimas como os refugiados não iam muito para a frente. Quando o assunto era negócios ou política, continuava sendo extremamente difícil conquistar qualquer coisa que fosse em tempo hábil sem apoio dos clãs. Deveria existir uma palavra, divagou Maro, para essa combinação específica de esperança persistente e de inescapável dificuldade que parecia prevalecer em todos os aspectos de sua vida, desde ascender na carreira acadêmica, até se envolver com política e trabalhos sem fins lucrativos, chegando ao coração.

Entrou em seu escritório e encontrou três homens o esperando. Dois eram jovens o bastante para serem alunos da faculdade, mas não os reconheceu como estudantes de nenhuma de suas matérias. O terceiro, sentado à cadeira da mesa de Maro e girando-a sem pressa, tinha uma aura de jade, mas não usava nenhuma pedra à vista. Em Janloon, isso era o equivalente a mostrar o volume suspeito de uma arma ilegal sob o casaco; só podia significar que ele não tinha direito ao verde que usava e era algum tipo de criminoso.

Maro parou à porta do escritório, atenuando sua desconfiança e susto.

— Lamento, mas esse escritório não é seu — falou.

— A gente tá procurando o Dr. Tau Marosun — informou o sujeito na cadeira.

— Quem é você? — perguntou Maro, mantendo a voz equilibrada.

— Um bastardo meio shote — disse o homem, com um shotariano perfeito. — Que nem você.

Maro ficou tenso quando o visitante inesperado se levantou de detrás da mesa e se aproximou com um meio sorriso no rosto fino e bronzeado. Não havia ameaça em seus trejeitos ou hostilidade em sua aura, mas Maro deu um passo involuntário para trás quando o sujeito gentilmente fechou a porta e disse:

— Tá tudo bem, Dr. Tau. Não estou tentando te ofender. Sei como os kekonésios podem ser preconceituosos, e entendo que você não queira que os seus colegas saibam o verdadeiro motivo das suas tantas viagens pra cidade de Leyolo.

O sujeito não dissera o nome. Para Maro, ele parecia um vilão saído diretamente de um filme policial shotariano, com nós dos dedos salientes e uma boca cruel. Maro o encarou cada vez mais incrédulo e, mesmo sem querer, sentiu um arrepio de medo.

O estranho disse:

— Afinal de contas, tem que se tomar cuidado. A menos que você seja um fantoche de um dos clãs grandes de Ossos Verdes, não é fácil se dar bem nesta cidade. Homens como você não recebem o reconhecimento que merecem. — Ele percebeu que Maro deu uma olhada nos dois intrusos mais novos e falou: — Não se preocupa que eles não entendem shotariano.

Me diga, Dr. Tau: você ainda tá comendo aquela mulher Kaul, ou as coisas acabaram entre vocês dois?

Maro virou repentinamente a cabeça para encará-lo. Seu desconforto deu uma guinada brusca e virou raiva.

— Se vocês acham que podem vir me subornar ou chantagear, estão muito enganados. Não sei nada demais a respeito do Desponta e, mesmo se soubesse, não existe preço ou ameaça nesse mundo que me faria contar. Vai, fala pra todo mundo que tenho sangue miscigenado. Dá início a um escândalo xenofóbico, como vocês fizeram com a Kaul Shae. Não tenho medo de perder meu emprego. Vou deixar meu trabalho falar por si só.

O sujeito de rosto fino levantou as mãos num gesto irônico de apaziguamento.

— Relaxa. Por acaso eu tenho cara de que sou do Clã da Montanha? Meus amigos e eu não temos nada a ver com aquelas acusações nojentas contra a sua namorada. Não queremos informação nenhuma de você.

— Então querem o quê?

— Uma apresentação — esclareceu o estranho. — Só isso. Como eu falei, não somos do Montanha. Você conhece a família Kaul pessoalmente. Gostaríamos de marcar uma reunião.

Um calafrio atravessou o corpo de Maro. Ele abriu a porta do escritório com tudo.

— Saíam — disse, e não conseguiu esconder a tremedeira na voz. — E nunca mais voltem.

O homem respondeu com um repentino tom gélido:

— Você não tá sendo sensato. O que você deve ao Desponta que faz valer a pena recusar nosso pedido com tanta grosseria? Pense nisso.

Com um movimento brusco da cabeça, o sujeito indicou para que os dois jovens delinquentes que havia trazido o seguissem. Os rapazes deram de ombros e se afastaram da parede em que estavam recostados. Ainda em shotariano e de forma despretensiosa, o líder falou:

— Lembre-se de que sabemos muito mais sobre você do que você sabe sobre nós, Dr. Tau. Leve isso em consideração antes de fazer ou dizer qualquer outra coisa precipitada.

Os homens saíram sem pressa. Maro fechou a porta e desabou na cadeira. Estremeceu, exasperado, e percebeu que o couro continuava quente pelo calor corporal do estranho.

Capítulo 38

Nada de Verdade

Mudt adentrou o bar Porco&Porco, em Moedavada, e se sentou ao balcão.

— Um prato de camarão à milanesa e um copo de cerveja Brevnya.

O garçom o encarou desconfiado por causa de sua idade, mas como ele parecia um Osso Verde fortemente munido de jade, perguntou:

— O senhor quer um copo normal ou o extragrande, jen? É só cinco dien a mais na segundia.

— O extragrande, então — respondeu o rapaz.

A comida e a bebida chegaram, e Mudt comeu sem pressa para aproveitar a refeição. Estava em clima de festa; hoje, pela primeira vez, tinha combinado Leveza e Aço: correra até a beirada do terraço de seu apartamento e dera um salto de vinte metros até o alto do edifício vizinho. Acertara o concreto, rolara e caíra de costas, ofegante e com o coração acelerado de adrenalina, mas ileso, sem nem um arranhão. Todas aquelas longas horas praticando obsessivamente estavam começando a valer a pena. Ele sabia que ainda faltava muito para ser capaz de encarar alguém como Maik Tar, um Osso Verde com anos de treino. Precisaria esperar o momento certo e também pensar num jeito de obter alguma vantagem inesperada assim como quando envenenara a bebida de Bero.

Mudt não conseguia evitar o remorso por tê-lo assassinado e, mesmo depois de tantas semanas, sentia saudade da companhia do outro adolescente e desejava ter alguém com quem conversar, com quem compartilhar o sucesso de hoje. Continuava atormentado pela forma com que Bero ficara estendido no chão se tremendo e, impotente de raiva, revirando os olhos naqueles últimos minutos. Mas a cada gole encorajador que dava na cerveja, a sensação diminuía. Não havia espaço neste mundo para gentileza. Era só olhar para os clãs. Um Osso Verde de verdade não pensaria duas vezes antes de matar um inimigo e tomar-lhe a jade. Se quisesse conquistar sua vingança contra Maik Tar e o Desponta, era esse tipo de pessoa que Mudt precisava ser.

Pediu outro copo extragrande de cerveja e se consolou por saber que a ausência de Bero não fizera diferença nenhuma no mundo. Uma vez, inclusive, ouvira seu pai dizer:

— Acho que ele é um sociopata.

Na vida que levavam, isso não era algo necessariamente ruim. Mudt o tomara por exemplo durante muito tempo. Diferente dele, Bero parecera tão confiante, tão durão, sem medo de ninguém. Isso era algo que Mudt admirava no rapaz.

Ao redor de seu pescoço, a jade parecia quente e pesada. Se mexia e rolava sobre a pele como algo vivo, como algo que *dava* vida. Precisara aumentar a dose diária de brilho para aguentar. Felizmente, sabia onde Bero mantinha o esconderijo e, ao contrário dele, também sabia como arranjar mais. Talvez, em outra época, pudesse ter contado, caso Bero tivesse se dado ao trabalho de perguntar.

O movimento no bar estava devagar no começo, mas mais pessoas foram chegando com o cair da noite. Cinco garotas com idade para serem universitárias chegaram de saias curtas e salto alto. Estavam comprometidas a deixar a amiga, que levara um pé na bunda do namorado havia pouco tempo, podre de bêbada.

— Um Osso Verde — exclamou uma delas, e depois de fazer seu pedido no bar, deu um sorriso tímido para Mudt. — Nunca te vi antes, mas você deve ser um Punho. É novo por aqui?

— Ele não é um Punho. — Outra menina revirou os olhos diante da ingenuidade da amiga. — É novo demais. Essa jade aí não pode ser de verdade.

— É de verdade, *sim* — confirmou Mudt, com o rosto ficando quente.

Nunca tinha sido notado por mulheres, e mal tivera qualquer tipo de conversa com elas. Sua cabeça zunia por causa da bebida e a sensação é de que estava com a barriga inchada devido à comida frita. Com tanta jade assim, sua Percepção fazia com que fosse difícil de se concentrar e deixava tudo muito intenso. As moças ali perto dele pareciam fornalhas de energia. Estava sendo difícil focar seus rostos.

— Por acaso eu pareço algum impostor barukâne? Cada pedrinha verde que vocês estão vendo aqui é de verdade.

A mais velha das duas perguntou:

— Como foi que você conseguiu, então? Já que você não deve ter nem 20 anos. — Ela fingiu estar intensamente interessada. — Ganhou em expurgos? Seu sobrenome é Kaul?

A amiga riu. As garotas usavam perfume e maquiagem, e eram tão bonitas quanto as modelos na televisão, mesmo que estivessem rindo dele. Lampejos duplos de constrangimento e raiva inundaram o cérebro de Mudt. As pessoas tratavam os Ossos Verdes com *reverência*. Era assim que deveria ser, era assim que sempre tinha sido. Não ousavam questioná-los a respeito de como haviam conseguido sua jade nem se dirigiam a eles num tom condescendente como essas meninas estavam fazendo agora com ele.

Mas nem todo mundo que usava jade atualmente merecia deferência. Era possível encontrá-los em Janloon, na TV ou nas fofocas: novos verdes, barukânes, gângsters estrangeiros e soldados espênicos que matavam até mesmo mulheres e crianças.

Mudt tinha jade, mas não era um Osso Verde: não fora criado ou treinado como um e, por isso, não era convincente. Tinha um comportamento cauteloso, nervoso e submisso que ficava aparente para qualquer um com quem conversasse por alguns minutos. Lá no fundo e com muita vergonha, ele sabia que era assim, e sabia que essas garotas no bar eram capazes de perceber isso também. Naquele instante, lembrou de como Bero tinha enfrentado a desconfiança e a zombaria dos Ossos Verdes do Montanha naquela noite na floresta quando Mudt tivera certeza de que seriam mortos. Bero era egoísta e imprudente, mas medo nunca tivera.

Ele se virou para as meninas e disparou:

— O que faz vocês acharem que os Kaul são tão especiais? Querem saber onde foi que eu consegui a minha jade? Eu conquistei. Peguei do corpo do próprio Kaul Lan.

As duas o encararam. Mudt viu que tinha ido longe demais. Era quase como se tivesse subido no balcão e se proclamado a reencarnação de Jenshu. Ao contrário de Nau Suen e dos Ossos Verdes do Montanha, ninguém ali estava achando graça de toda essa fanfarronice do novo verdejante. Não queriam ser vistos em sua companhia. As garotas começaram a se afastar como se ele tivesse admitido ter uma doença contagiosa enquanto vasculhavam o bar com os olhos para conferir se havia algum Osso Verde no recinto que tivesse entreouvido e viesse quebrar as pernas de Mudt pela blasfêmia.

Sem demora, ele riu alto e abriu um sorriso. Como não tinha prática, o que saiu foi uma careta com dentes demais.

— Vocês deviam ver a cara que fizeram — exclamou.

— Você tá bêbado — disse a outra garota, com o rosto impassível, e puxou a amiga para voltarem à festa.

Mudt admitia que talvez estivesse mesmo. Pagou a conta e saiu antes que pudesse falar alguma outra idiotice. Fazia apenas um mês que aquele bartender tinha começado a trabalhar ali, mas o sujeito tinha o ouvido afiado e nem de longe era novo nas redondezas. Depois que Mudt saiu, ele foi para os fundos da cozinha e usou o telefone dos funcionários perto do banheiro para fazer uma ligação.

Capítulo 39

Um Encontro de Pilares

Anden foi para o Aeroporto Internacional de Porto Massy com Rohn Toro para receber Kaul Hilo. O voo atrasou uma hora. Enquanto esperavam, Rohn comprou um copo de café na praça de alimentação e deu uma olhada nas prateleiras giratórias de livros de bolso na loja de conveniência do terminal. Anden ficou sentado em uma das cadeiras amarelas de plástico perto do portão e tentou, sem sucesso, ler uma revista. A última vez que vira o primo tinha sido no enterro de seu avô, quando o Pilar basicamente o banira de Janloon, e as últimas palavras que trocaram foram ligeiras e dolorosas. Quando Anden telefonara para casa e falara com Shae para explicar a situação e o pedido de ajuda dos Dauk, a última coisa que esperara foi que ela ligasse duas semanas mais tarde para contar que Hilo estava entrando num avião e indo em pessoa para Porto Massy.

Fora preciso mais um mês para garantir todos os documentos necessários para a viagem e limpar a agenda do Pilar. Enquanto isso, as folhas ficaram douradas em Porto Massy e o céu escureceu para um tom cremoso de cinza. As decorações da Véspera da Colheita apareceram: guirlandas de bolotas e maçãs secas, bonecos e ilustrações do Espantalho Jack e fileiras de velas amarelas nas janelas. Panfletos e cartazes lotavam as ruas e os muros da cidade. Mercearias e restaurantes divulgavam banquetes de bolo de milho e coelho gordo. Lojas anunciavam ter os maiores descontos de varejo do ano.

Em Arapuca Sul, os Tripulantes continuavam visando o povo e os negócios kekonésios. Depois que o corpo de um traficante mais ou menos influente foi encontrado boiando no Rio Camres, três atiradores irromperam num restaurante em que Rohn Toro estava comendo. O Osso Verde os sentiu chegando e escapou por uma porta nos fundos, mas recentemente, quando Anden o via agora, ele estava sempre usando as luvas de couro. Ali no aeroporto estava vestindo-as também. Com a boina puxada bem para baixo, ele de vez enquanto parava o que quer que estivesse fazendo e ficava com um olhar distante por um momento enquanto vasculhava o recinto com sua Percepção, à procura de ameaças.

Para passar o tempo, Anden tentou desenvolver uma conversa com o sujeito.

— Tem alguém da sua família vindo te visitar na Véspera da Colheita, Rohn-jen?

Por um instante, Rohn tirou os olhos do guia de viagem que folheava.

— Minha filha vai vir por alguns dias.

Anden não sabia que ele tinha uma filha ou qualquer parente que fosse. Conhecera-o quando conhecera os Dauk, mas, por instinto, mantivera uma distância respeitável, então sabia pouco a seu respeito como pessoa.

— Ela é mais velha do que você. Mora em Campigual, perto da mãe. Eu bem que queria que a gente se visse mais, mas depende dela, não de mim.

Campigual ficava a cinco horas de ônibus ou de trem. Rohn pareceu ficar pensativo por um momento, e então deu de ombros.

— Acho que eu poderia ter sido um homem de família melhor no passado. Mas devo isso aos Dauk. Eles são a coisa mais próxima de uma família que eu tenho agora.

O voo de Janloon enfim chegou, e os passageiros começaram a desembarcar. Hilo e Maik Tar foram duas das primeiras pessoas que saíram da aeronave. Nervoso, Anden se levantou e foi ao encontro do primo. Pararam a dez passos um do outro, como se tomados pela mesma hesitação.

— Kaul-jen — disse Anden, olhando para baixo e levando as mãos entrelaçadas à testa numa saudação.

Voltou a erguer o olhar. Hilo parecia levemente mais velho do que se lembrava. A impressão era de que sua energia expansiva estava um pouquinho mais contida, mas talvez fosse porque Anden o estava vendo ali, no meio de um aeroporto agitado em um país estrangeiro, onde ele parecia com qualquer outro viajante com *jet lag*. Hilo carregava a jaqueta sobre um braço, e os botões de sua camisa azul estavam fechados até o topo para esconder as pedras de jade na clavícula que Anden sempre vira proeminentemente expostas. Ele não estava sorrindo, mas enquanto Anden o observava, uma suavidade relutante apareceu em seus olhos. Sua boca se mexeu de um jeito hesitante, como se estivesse indecisa entre dar um sorriso incomodado ou um sorrisão de satisfação. Hilo atravessou o espaço que os separava e o cumprimentou com um abraço sincero.

— Andy — disse, e deu um beijo firme na bochecha do rapaz.

Uma onda inesperada e intensa de alívio inundou Anden e o enfraqueceu nos joelhos. A intensidade do zunido tranquilo da aura de jade de Hilo assim tão perto era mais vívida e familiar até mesmo do que sua voz ou o cheiro de suas roupas: o singelo odor de fumaça de cigarro misturado com a fragrância indescritível e picante de Janloon que o deixou instantaneamente com saudade de casa. Anden começou a gaguejar uma resposta, e então lembrou de seu papel. Deu um passo para trás e cumprimentou Maik Tar, que também lhe deu um abraço caloroso, embora com menos entusiasmo. Depois, se virou um pouco para trás e disse:

— Kaul-jen, esse é Ron Tohro. Ele é o... — Notou que não sabia se Rohn tinha um título oficial no clã e, inclusive, se qualquer outro Osso Verde além de Dauk tinha uma nomenclatura específica. — Considera ele o Chifre. Dentre os Ossos Verdes aqui de Porto Massy, ele fica em segundo, atrás apenas de seu bom amigo, Dauk Losunyin, que é quem estamos indo ver.

— Não somos de muita cerimônia aqui — explicou Rohn, com sua habitual voz equilibrada e cautelosa. — Mas é uma honra receber o senhor na Espênia, Kaul-jen.

Ele começou a se abaixar numa saudação, mas Hilo o surpreendeu ao estender a mão e cumprimentá-lo com firmeza e de um jeito amigável. O olhar dos dois homens se encontrou e Anden viu que Hilo imediatamente reconheceu Rohn Toro da forma que ele mesmo o tinha reconhecido quando entrou na sala dos Dauk naquela primeira vez depois do jantar. Como o tipo de homem que todo clã precisa ter.

— Ouvi falar muito da Espênia, mas é a primeira vez que eu venho pra cá — declarou Hilo, agora com um sorriso caloroso e cativante, mas com um toque sutil de formalidade. — Neste país, sou um visitante, então fico grato por ser recebido e acolhido pelos amigos do meu primo.

Ele assentiu para Tar.

— Esse é meu Encarregado do Pilar e cunhado, Maik Tar.

Rohn e Tar se cumprimentaram com saudações discretas na mesma medida, como dois cachorros do mesmo tamanho se encontrando.

— É muita bondade do senhor vir confiando apenas na palavra de Anden — disse Rohn para Hilo.

O sorriso do Pilar continuou ali, rígido, quando ele falou sem olhar para o primo:

— O Andy não me pediria pra vir se não fosse importante. Se não pudermos confiar na família, em quem mais poderemos?

Anden sabia que, muito embora Hilo estivesse feliz em vê-lo, ainda não estava cem por cento perdoado.

Depois de reaverem a bagagem, Rohn Toro os guiou até o estacionamento e ao carro preto de luxo alugado. Rohn explicou aos visitantes que Dauk Losun providenciara para que ficassem no Hotel Cume Florestal, no centro de Porto Massy. Será que iriam querer ir direto para lá e descansar um pouco? Hilo estava olhando todo interessado pela janela enquanto Rohn dirigia para fora do aeroporto, em direção à rodovia. Não, respondeu Hilo. Tinha dormido no avião e não precisava ir direto para o hotel se para isso fosse ter que deixar o outro Pilar esperando. Deviam ir se encontrar com Dauk Losun agora.

Rohn dirigiu pelo centro de Porto Massy e, de propósito, pegou um caminho mais longo para que os turistas tivessem a chance de ver um pouco da cidade. Hilo permaneceu em silêncio pela maior parte do trajeto, mas diversas vezes cutucou Maik Tar para indicar algo interessante aqui e acolá: o mundialmente conhecido Edifício Mastro, os extravagantes ônibus alaranjados, o nome familiar de alguma marca num outdoor. Anden queria contar um milhão de coisas para o primo. Sentia uma compulsão estranha de bancar o guia turístico e apontar detalhes interessantes que ele mesmo desconhecia quando chegara em Porto Massy, mas que aprendera depois, e que o Pilar talvez fosse apreciar. Mas estava inseguro, sem saber mais com quanta familiaridade deveria agir com o primo e se seus comentários seriam bem recebidos ou desprezados.

Anden se virou parcialmente no assento e comentou:

— Ali é a Faculdade de Porto Massy, Hilo-jen. Aqueles arcos são a entrada do campus. — Quando chegaram em Arapuca Sul, informou: — O lugar em que moro fica a uns três quarteirões pra lá. Se você tiver tempo, talvez pudesse conhecer os Hian, o casal que tá me hospedando.

Hilo não respondeu, mas quando o carro parou em frente à casa dos Dauk alguns minutos depois, inclinou-se adiante e deu um tapinha no ombro do primo antes de abrir a porta e sair. Anden ficou parado por um segundo, sentindo-se bobo. Fazia dois anos que morava ali, ia bem nos estudos, conseguia falar e ler espênico e tinha um trabalho de meio período com um salário razoável. Tinha amigos e, de certa forma, um lar. E ainda assim, na presença de Kaul Hilo, se sentia como um garotinho ansioso de novo. Não havia percebido até então o quanto ainda desejava a aprovação e o perdão de seu primo. Devia ter ficado evidente não apenas para Hilo, mas para todos no carro. Anden saiu e seguiu os outros homens.

Dauk Losun e Dauk Sana os receberam na porta da frente. Cory estava presente também, passando duas semanas na cidade devido ao recesso de Véspera da Colheita. Felizmente, depois de meses de vigilância infrutífera, a polícia parecia ter desistido de espreitar a casa do casal, ou talvez estivessem aproveitando o feriado também. Os Dauk tinham se empenhado para deixar a casa humilde apresentável para um visitante importante. As bancadas e o corrimão brilhavam de tão polidos; luzes novas e mais brilhantes haviam sido instaladas na cozinha; um vaso com flores frescas na mesa de jantar perfumava o ar com um aroma agradável. Dauk Losun estava mais formal do que era de costume. Em vez de seu suéter típico, vestia uma camisa cinza, uma gravata vermelha com um prendedor dourado e não apresentava aquela sua simplicidade de sempre. Cumprimentou Kaul Hilo com uma saudação respeitosa, falou como estava feliz de conhecer o Pilar do grande Clã do Desponta em carne e osso e perguntou a respeito do voo. De trás dos ombros do pai, Cory deu um sorriso ligeiro para Anden, o qual Anden retribuiu brevemente antes de desviar o olhar. Tinha passado meses impaciente para vê-lo de novo, mas agora estava desestabilizado demais pela presença de seu primo e pela esquisitice de ver partes diferentes da sua vida se unindo debaixo de um mesmo teto.

Sem demora, Hilo deixou os anfitriões tranquilos com seu sorriso assimétrico, elogiou aspectos da casa e fez piada com a comida servida no avião. Quando entraram na sala de jantar, Anden viu o olhar de seu primo recair sobre as estátuas e vasos esculpidos de jade falsa. Um sorrisinho apareceu no canto da boca de Hilo e sumiu num instante; só Anden havia notado. Quando Dauk Losun trouxe uma garrafa de hoji de primeiríssima qualidade para servir antes da refeição, Hilo lhes contou a respeito de um de seus Punhos que fora mutilado em batalha, perdera os braços e agora comandava uma das melhores destilarias de hoji em Janloon. Por acaso Dauk era um apreciador da bebida? Hilo ficaria mais do que feliz em mandá-lo uma caixa. Maik e Rohn estavam de pé e em silêncio ao lado de seus respectivos chefes, observando a interação, e um ao outro, com respeito e uma cautela sutil.

Dauk Sana, trajando um vestido verde de corte clássico e gola alta, trouxe pratos e mais pratos até a mesa, sempre se desculpando pela simplicidade da comida, muito embora estivesse evidente que ela dera o sangue na cozinha o dia inteiro para preparar uma dezena de receitas. Hilo falou que nem sua própria mãe teria sido tão caprichosa, o que fez Dauk Sana reluzir de alegria.

— Meu plano era fazer outro prato de frutos do mar e um bolo, e eu ia mesmo fazer se minhas filhas estivessem aqui pra ajudar, mas uma mora longe, a outra tá em casa cuidando do filho doente e a terceira tá viajando pra alguma conferência da empresa. — Ela suspirou e disse: — Pelo menos Coru foi gentil o bastante pra dar uma mãozinha na cozinha hoje à tarde.

Com um carinho explícito, colocou mais comida no prato do filho.

— O filho mais novo normalmente é o que mais ajuda.

Hilo pareceu pensar a respeito desse comentário enquanto analisava Cory e, sem sombra de dúvidas, Percebia-o como um Osso Verde assim como seus pais e Rohn. Anden sentiu um embrulho no estômago, um repentino e ridículo senso de proteção. Hilo sorriu de um jeito provocador e amigável e levantou o copo de hoji para Dauk Coru.

— O mais novo também é o mais mimado, o que sempre se safa de tudo.

Coru deu uma risadinha meio insegura e olhou para o pai.

— Aí eu já não sei.

Do outro lado da mesa, Dauk Losun perguntou:

— O senhor tem filhos, Kaul-jen?

— Tenho dois filhos. De 1 e 3 anos. E minha esposa tá grávida de novo.

Dauk Losun e Kaul Hilo tinham uma diferença de idade de trinta anos.

— Os deuses brilharam a seu favor, Kaul-jen, por abençoarem o senhor com dois filhos e talvez um terceiro a caminho — comentou Dauk.

— A terceira vai ser uma menina — respondeu. — Parece a tradição na nossa família.

— É uma benção mesmo assim.

Depois da janta, Dauk Sana levou as travessas vazias e os restos para a cozinha. Tinha sobrado muita coisa. Hilo, Anden e os Dauk tinham comido até dizer chega, mas Maik Tar e Rohn Toro, sentados ao lado de seus respectivos Pilares, haviam consumido pouco e falado menos ainda. Permanecer atentos e de guarda era o papel não declarado, mas mutualmente aceito deles. Tratava-se de uma reunião amigável, mas ainda assim, entre dois Pilares que não se conheciam.

Cory se levantou para ajudar a mãe a limpar a mesa. Anden ficou de pé também; queria ser útil e, de repente, se sentiu deslocado entre os Ossos Verdes. Na cozinha, Cory colocou uma pilha de pratos no balcão e sussurrou:

— Seu primo não é como eu esperava.

— O que é que você esperava?

— Alguém que nem você, mas bem mais velho. Sério e intimidante. Terno preto, óculos de sol, carregando umas doze facas pelo corpo. Correntes de ouro com jade penduradas no pescoço e nos pulsos.

— Você anda assistindo muitos daqueles filmes policiais shotarianos idiotas.

Cory deu uma risadinha, um som que sempre fez o coração de Anden perder o compasso.

— Você acha que ele vai mesmo fazer alguma coisa pra ajudar a gente com os Tripulantes? Ou será que veio por outro motivo?

Anden se sentiu culpado, com a impressão de que todos esperavam que ele soubesse o que o Pilar pensava e como se fosse sua culpa os Dauk terem se esforçado tanto para se preparar para a ocasião.

— Não sei.

Dauk Sana levou um bule de chá fresco para a mesa.

— Quando é que a gente vai poder ficar junto? — murmurou Cory, agora que estavam sozinhos na cozinha.

Colocou a mão na lombar de Anden e escorregou o dedo por baixo do cós de sua calça. Anden se afastou e se desvencilhou. Como é que Cory era capaz de pensar nessas coisas agora? Com os pais dele e o Pilar do Desponta no outro cômodo?

— Na segundia, talvez — respondeu, quando viu a expressão levemente magoada no rosto de Coru. — Depois a gente se fala.

Os dois voltaram para a sala de jantar. Havia chá, cigarros e ameixas em conserva fatiadas dispostos pela mesa. Maik e Rohn tinham arrastado as cadeiras de modo que estavam sentados um pouco atrás dos dois Pilares. Anden parou na porta por um instante, incerto de onde deveria ficar, mas Maik Tar enganchou o pé na cadeira vazia dele e a puxou até ficar perto da sua, deixando claro que o lugar de Anden era do lado Kaul, atrás de Hilo.

E assim foi. Para sua surpresa, Sana e Cory continuaram onde estavam, de ambos os lados de Dauk Losun. Numa explicação casual, Dauk falou:

— Kaul-jen, espero que o senhor não se importe de eu pedir pra que minha esposa e meu filho participem da conversa. Não costumamos ter muitas formalidades por aqui e, muito embora o povo do bairro me chame de Pilar, é mais como um sinal de respeito do que um título oficial. Alguém tem que liderar essa comunidade quando é preciso. É uma honra pra mim ter essa responsabilidade, mas não tenho vergonha de admitir que na maior parte do tempo dependo do bom senso prático de minha mulher. Meu filho é o único de nossos quatro que usa jade. Ele é como uma abelha que passa por todas as flores. Todos conhecem e gostam dele e, os céus que me ajudem, mas também tá estudando pra ser advogado, então gosto que fique por perto.

Anden quase nunca tinha ouvido Dauk Losun falar tanto e com tanta humildade. Com essa introdução, entretanto, estava exibindo os termos da conversa e sinalizando sua própria posição como um homem influente. Era como um leopardo encarando um tigre; ele tinha bem menos jade, menos riquezas e menos poder neste país do que Kaul Hilo tinha em Kekon, mas era o líder Osso Verde por seu próprio direito e não o tipo de sujeito que, em seu próprio lar, se faria de fantoche para um visitante.

Solenemente, Hilo disse:

— Eu jamais questionaria a forma com que outro Pilar governa seu clã, ainda mais em outro país. Sei como é importante ter bons conselheiros.

Dauk relaxou um pouco. Não havia como negar, pensou Anden, que Kaul Hilo sabia assumir o tom certo na hora certa. Durante o jantar, ele se comportara como um convidado animado e disposto, cheio de elogios, com um sorriso fácil e risada frouxa. Agora, estava sentado quase que imóvel, com a atenção tranquila e firme de um animal caçador.

— Tenho muitas perguntas a respeito da Espênia, Dauk-jen, e da jade neste país. Desde que me tornei o Pilar, foquei toda a minha atenção lá em casa. Mas foi por necessidade. Além do mais, eu antes era o Chifre, então é aí que fico mais confortável. Mas, como você, tenho bons conselheiros ao meu lado, e foi graças a isso que me dei conta de que jade agora é uma questão internacional, e de que as ameaças ao modo de viver dos kekonésios e dos Ossos Verdes chegam ao outro lado do oceano.

Dauk Sana comentou:

— Muitos dos kekonésios aqui são de famílias que vieram pra fugir dos shotarianos. Mantemos parte das tradições, mas, infelizmente, perdemos muito contato com nossa linhagem lá da ilha. Algumas famílias, como a minha, trouxeram jade quando imigraram, e isso nunca chegou a ser um problema porque éramos discretos. Agora parece que o mundo tá mudando e que todos estão se virando contra nós.

— E nós também não fizemos questão de nos conectar com nossos compatriotas do além-mar — admitiu Hilo. — Nós, kekonésios, nunca fomos muito bons em olhar para fora de nosso litoral, mas meus amigos e inimigos me ensinaram que isso precisa mudar. Foi por isso que quis vir pessoalmente conhecer você, Dauk-jen, e aprender como nós, Ossos Verdes, podemos ajudar uns aos outros.

Três horas de discussão intensa se passaram. Os Dauk contaram para Kaul Hilo da vida reservada dos Ossos Verdes de Porto Massy, explicaram que não podiam usar jade abertamente, que tinham de treinar as ordenações em segredo, que usavam as habilidades para cuidar das questões da própria comunidade, para se defenderem dos predatórios Tripulantes e, agora, da hostilidade e da desconfiança dos espênicos, que tinham apenas aumentado nos últimos anos devido à tensa relação de Kekon com a Guerra de Oortoko e à propaganda do governo da Espênia a respeito dos perigos e dos males da jade em mãos civis. Falaram de como tinham mantido o salão do rancor funcionando por muito tempo porque davam propina à polícia da cidade, mas que agora a maior ameaça vinha dos Tripulantes, que viram a oportunidade de expandir suas redes de extorsão, apostas e drogas para bairros antes controlados pelos kekonésios, além de roubar jade.

Foi ficando tarde. Dauk Sana trouxe mais chá e uma vasilha com nozes tostadas. Ela abriu as janelas para fazer o ar circular, já que a sala de jantar estava ficando nebulosa de fumaça. Fazia algum tempo que escurecera lá fora. Hilo foi fazendo perguntas cada vez mais específicas: quantos Ossos Verdes havia em Porto Massy? Eram organizados? Com quantos Dauk poderia contar caso fosse preciso? Como esse tal de Chefe Kromner era? E quanto ao Canela Seca, o braço direito dele? Quantos cascas ele comandava? Qual era a principal fonte de renda dessa gente? Quem eram os rivais dele? Esse era um lado de Kaul Hilo que Anden sabia que existia, mas que nunca testemunhara de primeira: a mente de um Chifre trabalhando.

Anden viu Cory aos poucos perdendo a postura na cadeira e o foco nos olhos; sua atenção ia vagando para longe como um aluno entediado numa aula da faculdade. Sua mãe o cutucou para que sentasse direito, e ele pediu licença para ir ao banheiro antes de assumir a tarefa de lavar e secar a louça na cozinha. Anden o ouviu abrindo a torneira e fazendo barulho no outro cômodo; ele suprimiu um lampejo de irritação. Também estava todo duro e cansado, mas não achava apropriado se levantar e fazer outra coisa enquanto os Pilares discutiam estratégias que afetariam a todos. Dauk Losun não chamou a atenção do filho publicamente para que voltasse à conversa, mas Anden o viu comprimindo os lábios, decepcionado.

Por fim, Hilo anunciou:

— Eu gostaria de conhecer esses Chefes. Todos eles, num lugar só.

Dauk Losun ficou em silêncio por um minuto. E então, falou com uma preocupação evidente:

— Kaul-jen, duvido que seja possível. Mesmo que o senhor conseguisse essa proeza, e acho que não conseguiria, as leis são extremamente rigorosas no que diz respeito à violência, mesmo contra criminosos que mereçam. Também seria arriscado demais e poderia acabar custando muito caro tanto pro senhor quanto pra comunidade kekonísia. Se alguma coisa acontecer com os Chefes nessa reunião, os Tripulantes vão retaliar todos nós, incluído o povo inocente de Arapuca Sul.

Hilo se reclinou na cadeira.

— Meu amigo, o que é que você acha que eu tô pensando em fazer? Matar todos os Chefes sozinho?

Nos instantes de quietude desconfortável que se seguiram, não restou dúvidas de era exatamente isso que Dauk havia pensado. Um sorriso cansado se espalhou pelos lábios de Hilo. Ele parecia ter achado engraçado que, apesar de ser um Osso Verde também, Dauk fora ligeiro em tirar conclusões com base no estereótipo de os kekonésios serem violentos por natureza.

Hilo balançou a cabeça e rompeu com o momento esquisito de silêncio.

— Só pra eu visitar o país com jade, minha Homem do Tempo já precisou conseguir uma autorização especial do governo. Não posso ficar na Espênia por mais de vinte dias. Tive que declarar cada pedra que trouxe comigo e vou ter que sair com a mesma quantidade. — Ele meneou a cabeça de novo, incrédulo. — Já deu pra ver como as coisas são diferentes aqui, e não pretendo causar problemas. Acima de tudo, não tenho o direito de sussurrar nomes ou ceifar vidas no território de outro Pilar, não quando o respeito e gostaria de continuar sendo seu amigo.

Ele sorriu para demonstrar que não havia se ofendido de jeito nenhum pelo que Dauk dissera.

— Dá pra aprender muita coisa sobre as pessoas quando a gente se reúne em algum lugar com elas. É por isso que quero conhecer esses Chefes. Ou melhor, que *você* os conheça. Aqui eu sou apenas um convidado.

Dana se manifestou:

— O Kromner vai ficar desconfiado. Faz meses que tem matança e depredação dos dois lados. Eles causaram problemas pra nós, mas ninguém aqui é bobo, ainda mais com o Rohn-jen do nosso lado. Por que é que os Chefes concordariam em se reunir com a gente agora?

Hilo respondeu:

— Eu entendo uma coisinha ou duas sobre guerras entre clãs, e se tem algo que eu sei é que elas são travadas em muitos frontes. A guerra nas ruas entre os Dedos é de um jeito, mas a guerra que acontece pelo telefone, ou em salas fechadas e em prédios altos... essa é diferente. Se esse tal de Chefe Kromner tem alguma habilidade de verdade como líder, não vai deixar um banhozinho de sangue de nada nas ruas atrapalhar o que ele realmente quer: um pedaço do mercado de jade. Vocês têm pouco dela. O Desponta tem muito mais. Ele vai ter interesse de se reunir com a gente.

Sana não estava convencida.

— O senhor tá realmente disposto a negociar jade com os Tripulantes?

— Isso é o que a gente vai ver.

Pela primeira vez naquela noite, Hilo olhou para seu relógio.

— Ainda temos o que conversar e planos a fazer, mas tá ficando tarde. — Ele se levantou; Tar e Anden o acompanharam. — Obrigado pela comida deliciosa, Dona Dauk. Vamos nos encontrar de novo amanhã. Dessa vez o jantar é por minha conta. Preciso da sugestão de um bom restaurante de culinária espênica. Quero experimentar durante a viagem.

Hilo voltou à sua postura descontraída de sempre; a reunião tinha acabado.

Os Dauk se levantaram e os levaram até a porta.

— Rohn-jen vai ficar à disposição do senhor durante sua estadia — informou Dauk. — Ele vai levar o senhor pro hotel.

Hilo aceitou com elegância. Rohn informou que deixaria Anden em casa também. Com um olhar de relance para Cory, Anden entrou no luxuoso sedan.

Quando chegaram em frente ao Hotel Cume Florestal, Hilo falou para o primo:

— Entra e toma um drink no bar com a gente, Andy. Eu pago um táxi pra você depois.

Com um aceno de despedida para Rohn, Anden saiu do veículo e seguiu os dois Ossos Verdes até o saguão. O bar estava quase deserto; as pessoas tinham reservado a noite anterior à Véspera da Colheita para ficar com a família. O Pilar se lançou sobre uma poltrona atrás de uma das mesas vazias enquanto Tar foi até o balcão pedir as bebidas. Hilo tirou o paletó, jogou-o em outro assento e então abriu os dois primeiros botões da camisa. Sob o colarinho frouxo, as joias verdes reluziram e capturaram lampejos dos candelabros do recinto. Ele esfregou o rosto. Agora parecia exausto, sendo que minutos antes não havia nem sinal de fadiga.

— Senta aí, Andy — pediu.

Anden obedeceu e ocupou o lugar em frente ao primo.

Hilo se apoiou sobre um lado do quadril, pegou a carteira, sacou algumas fotos pequenas e as passou para Anden.

— Seus sobrinhos — disse. O orgulho e o carinho iluminavam sua voz, apesar do *jet lag* que estava claramente afetando-o. — Tão ficando grandes. Eles brigam às vezes, mas todos os irmãos brigam.

Em uma das imagens, Wen segurava ambos os meninos no colo no banco sob a árvore no pátio dos Kaul. Na outra, os garotos estavam espremidos juntos dentro de um grande carro de brinquedo; Ru na frente e Niko atrás. Niko estava muito maior nesse retrato do que no último que Anden vira. O pequeno aparentava estar feliz e robusto, mais parecido com Lan do que nunca.

— Eu falei pros dois que eles têm um tio que tá estudando em outro país e que um dia vão conhecer ele. O Ru é novinho demais pra entender, mas o Niko sabe. — Hilo soava mais cansado a cada minuto que passava. — Fica com essas. Eu trouxe pra você. A Shae nunca manda as mais recentes.

Anden olhou para as imagens por mais um instante, e então as guardou na própria carteira. Tar voltou com os drinks e admitiu:

— Não sei o que é. Eu só apontei pra garrafa que parecia mais cara atrás do bar e pedi três copos.

Experimentaram e descobriram que era conhaque.

— Então, né... — disse Tar, estalando os lábios. — Um pouco doce, mas por ruim não passa.

— Olha só pra gente — comentou Hilo. — Juntos do outro lado do mundo.

Ele bebeu do copo, recostou a cabeça contra a poltrona acolchoada e fechou os olhos por um instante. Quando voltou a abri-los, virou o queixo em direção a Anden. Por um instante, ficou quieto, até falar baixinho:

— Você tá bonito, primo. Nada pálido e desnutrido como eu tava preocupado que talvez estivesse. Me conta como vão as coisas, o que você andou fazendo nesses últimos anos.

Capítulo 40

Os Chefes

Dauk Losun mandou Rohn Toro como um emissário atrás de Blaise "Touro" Kromner com o convite para uma reunião, que deveria acontecer o quanto antes, entre Dauk e os três Chefes de Tripulação na cidade de Porto Massy. Rohn foi instruído a deixar claro que os kekonésios estavam fartos da perseguição que corria solta por Arapuca Sul e queriam negociar a paz. Para demonstrar sua sinceridade, Dauk estava disposto a realizar o encontro num horário e local escolhido por Kromner e a levar apenas três pessoas junto, sem outras garantias para sua própria segurança.

Quando Rohn voltou, contou aos Dauk e a Kaul Hilo que Kromner concordara em providenciar a presença dos outros dois Chefes para uma reunião pacífica entre todas as partes envolvidas na Ilha Jons, no amanhecer da primidia seguinte. Enquanto atravessavam a Ponte do Olho de Ferro cedo de manhã, Hilo perguntou a respeito da escolha daquele lugar e hora específica.

— O Raiar é um horário sagrado pros Baluartes da Verdade — explicou Dauk, no banco do passageiro, enquanto olhava para Hilo e Tar pelo retrovisor. — É quando eles dizem que o Profeta encerrou a Caminhada dos Sete Anos no cume do Monte Icana e a Verdade Única foi relevada pra ele. Nenhum pecado cometido no Raiar é perdoado por Deus. É a hora mais segura pra essa reunião.

— Essa gente por acaso sabe que não fazemos parte da igreja deles? — zombou Tar.

— Não é com a gente que os Chefes se preocupam — respondeu Rohn Toro enquanto dirigia. — Vamos estar sem armas e num número tão menor que nem jade nos deixaria páreos. Eles suspeitam uns dos outros. A Tripulação do Sul é a mais forte, mas, juntos, os Tripulantes da Rua do Padeiro e de Larvadeira são muito mais numerosos do que a organização do Kromner. Mas todo mundo vai se comportar. Os espênicos são mais religiosos do que vocês pensam. Qualquer um que derrame sangue no Raiar viraria um inimigo para todos os outros, e não apenas em Porto Massy, mas no país inteiro pela Tábula dos Chefes. E eles perderiam toda a influência que compraram na polícia e nos tribunais.

— Que nem levar penitentes — apontou Tar. — Que engraçado, né? Não importa o lugar do mundo, a única coisa que impede os homens de saíram se matando é o medo do que vai acontecer depois da morte.

Ele deu uma risadinha e, como quem espera receber validação, virou-se para seu Pilar, mas Hilo permaneceu em silêncio enquanto olhava pela janela conforme passavam pelo parque de diversões, o aquário e as atrações ao lado do píer do Parque do Guildista (que, tão cedo de manhã, estavam todas fechadas) e depois subiam um morro até a Mansão Tórica, a casa do lendário barão pirata que fora transformada num ponto de encontro amplamente conhecido por ter conexões com os Tripulantes, coisa que ficou evidente pelo fato de o estabelecimento estar aberto e à disposição dos Chefes num horário tão inusitado.

Rohn estacionou a certa distância dos seis enormes e imponentes carros de luxo, dentre os quais Hilo notou um Duchesse Priza do mesmo ano que o seu. Havia diversos homens vestindo chapéus pretos e longos sobretudos à porta, e ele Percebeu que no interior e ao redor do espaço havia ainda mais, sem sombra de dúvida todos muito bem armados. Antes de saírem do veículo, Hilo falou baixinho para Tar:

— Não esquece que é o Dauk que tá no comando dessa reunião. Os espênicos não sabem quem a gente é, e é melhor que seja assim, então deixa a sua jade escondida.

Ele tinha percebido seu Encarregado tocando os dedos e os pulsos nus durante o trajeto. Tar colocara toda sua jade num colar que estava debaixo das roupas, e não as usar nos lugares de sempre estava claramente deixando o homem agoniado. Ossos Verdes normalmente tinham tiques discretos como girar os anéis nos dedos, ajeitar as mangas das camisas, tocar ou puxar o colarinho, movimentos sutis para chamar atenção para suas joias quando interagiam com outras pessoas. Era difícil perceber e reprimir manias tão inconscientes. A própria jade de Hilo estava escondida sob a desconfortável camisa abotoada e a gravata. Muito embora fossem se encontrar com gângsters estrangeiros que Hilo considerava quase da mesma laia de Zapunyo, ele não gostava da sensação de desonestidade ao esconder seu status e identidade; parecia que estava de máscara. Pelo jeito com que as coisas funcionavam aqui, com essa cultura de varrer tudo para debaixo do tapete, não era de se espantar que houvesse tanto crime neste país.

Saíram do carro e caminharam até a frente da mansão. Os guardas os pararam e revistaram com apalpadas à procura de armas. Tar pareceu se sentir afrontado, mas quando Hilo abriu os braços sem reclamar, seu Encarregado fez o mesmo. Os cascas mal lhe deram atenção, mas encararam

Rohn Toro com olhos carregados de ódio e inquietação, levaram as mãos às pistolas e mantiveram certa distância. Hilo percebeu, e isso o fez valorizar mais Rohn e Dauk. Ele não considerava Dauk um Pilar de verdade assim como o prefeito de Janloon não consideraria o líder da vila de Opia como alguém a seu nível, mas ter a amizade e a lealdade de uma figura tão claramente temida era um indicativo da competência daquele homem mais velho.

Um dos cascas os levou para dentro. Havia lustres de cristal pendurados no teto da mansão e móveis ricamente entalhados sobre tapetes requintados, iluminados pela luz do amanhecer que entrava por janelas com vitrais. O ar tinha aquele odor estagnado comum a espaços ricos e antigos. Caminharam rumo a um cômodo com uma pesada mesa de carvalho para reuniões e decorado com pinturas a óleo de famosos magnatas de Porto Massy. Em um lado da mesa, havia cinco homens e uma mulher. Perto das paredes e das portas, havia meia dúzia de cascas em pé, agindo como seguranças de seus respectivos Chefes. Pareciam relaxados, mas mantinham as mãos nas cinturas ou nos bolsos de forma que as armas ficassem visíveis enquanto observavam aqueles que haviam acabado de chegar, mas também uns aos outros. Os kekonésios foram os últimos a entrar, algo claramente proposital. Os Chefes de Tripulação estavam recebendo Dauk do mesmo jeito que um conselho de reis receberia um emissário estrangeiro. Hilo esperou que Dauk Losun se sentasse em uma das cadeiras vazias antes de se acomodar ao lado dele.

Blaise "Touro" Kromner teve uma infância paupérrima e, muito embora agora fosse muito bem nutrido e vaidoso, seria muita tolice de seus inimigos esquecer que ele deu duro para sair do submundo de Porto Massy com astúcia e uma determinação implacável, eliminando uma infinidade de rivais pelo caminho. Conforme o apelido indicava, Kromner era um sujeito corpulento com um rosto rechonchudo e uma tez avermelhada. Seus traços eram grosseiros, como se um escultor os tivesse esculpido com pressa, feito dois pequenos afundamentos rasos para os olhos e fixado uma protuberância áspera de argila para o nariz. Em contraste com a feiura natural, vestia-se de forma impecável. O terno de alfaiataria com estampa risca de giz e o colete caíam em seu corpo com perfeição. O bigode sobre os lábios grossos estava aparado, e o grosso cabelo castanho, penteado com capricho. Ele usava um relógio de ouro com mostrador de cristal e uma gravata vermelha de seda. O Touro controlava as apostas e a prostituição ao sul do Camres e grande parte do tráfico de drogas. Apenas os cartéis de Tomascio na Espenda Oeste, que comandava os narcóticos do restante do país, eram competição para ele. Kromner era o mais famoso Chefe de Tripulação da Espênia e gostava de ser fotografado pelos jornais quando aparecia em clubes caros, ia ao teatro e jantava nos mais finos restaurantes. Sua organização contava com várias camadas de segurança e, ainda que sua palavra fosse lei dentre os Tripulantes do Sul, ele deixava muito das operações cotidianas nas mãos de seus braços direitos.

Kromner estava sentado na cadeira ao centro da mesa. À esquerda, estava um homem baixinho e atarracado conhecido como Joren Gasson. "Jozão" comandava a Tripulação da Rua do Padeiro que, por sua vez, controlava a região mais abastada do nordeste de Porto Massy, principalmente a Ilha Jons, e era um expert no mundo das corridas de cavalo e da contabilidade. Gasson era um homem de rosto redondo com um olhar astuto e feição desconfiada conhecido por ser mesquinho, reservado, discreto e raramente aparecer em público. Era o que mais subornava policiais, políticos e juízes, então era comum que todos os outros Tripulantes o procurassem e pagassem por sua influência na sociedade. O uso da Mansão Tórica foi cedido devido a essas conexões.

Do lado direito da mesa, estava uma mulher com ar materno vestindo uma echarpe branca ao redor do pescoço e um chapéu sobre o cabelo bem cacheado. Anga Slatter parecia a tia rica, porém rabugenta de alguém, mas, na prática, era ela quem atuava como a Chefe da Tripulação de Larvadeira desde quando seu marido, Rickart "Ricky Vigarista" Slatter, fora para a cadeia por acusações de lavagem de dinheiro. Diziam que ela assumiu o papel do esposo em todos os frontes e comunicava as decisões dele depois de visitá-lo e consultá-lo na prisão. A Tripulação de Larvadeira controlava o noroeste da cidade e as principais áreas residenciais de lá. Todos os outros Chefes no país tinham perdido o respeito por Ricky Vigarista devido à sua estupidez em ser preso por crimes pífios e por não ter nenhum sistema melhor de gestão do que deixar a esposa comandar os negócios. Consequentemente, davam pouca importância para Anga Slatter.

Cada um trouxera um de seus braços direitos. O de Kromner, Willy "Canela Seca" Reams, estava sentado à esquerda de seu patrão. Ao contrário de seu Chefe, ele era magro e, de barba feita, vestindo um terno cinza-carvão e segurando um chapéu de feltro com abas nas mãos, tinha uma aparência discreta.

Kromner observou os kekonésios entrando com uma curiosidade arrogante. Quando todos se sentaram, ele fez um gesto com a mão englobando toda a mesa, como se estivesse apresentando as pessoas ali reunidas. Depois, falou para seus camaradas Chefes:

— Todos aqui já sabem do problema que ando enfrentando com os kekonésios em Arapuca Sul.

O sujeito falava rápido e com empolgação por natureza, e sua voz era mais fina do que se esperaria de um homem tão grande.

— Agora é o seguinte: sei que isso não afeta o restante de vocês diretamente, então devem estar se perguntando por que foi que meti vocês na encrenca de virem até aqui na Ilha Jons de uma hora pra outra, e no Raiar da Véspera da Colheita ainda por cima. — Ele parou, como se estivesse esperando alguém fazer a pergunta em voz alta para validar seu argumento. Quando não aconteceu, Kromner ergueu um dedo de qualquer forma e continuou: — Essa pequena rixa vai muito além de alguns crânios rachados lá na região dos kekonésios. A questão é o mercado de jade. Tem muito dinheiro pra sair daí, e essa questão diz respeito a todos os Chefes.

Kromner se virou para os kekonésios e passou um segundo analisando os quatro homens antes de identificar Dauk Losun.

— O Sr. Dauk é quem os kekonésios consideram como um tipo de chefe. Ele pediu pra marcarmos esta reunião e negociarmos um acordo.

Todos os olhos se viraram para o kekonésio mais velho, que estava sentado com os cotovelos na mesa, as mãos levemente entrelaçadas e as costas eretas, claramente desconfortável em ser o centro das atenções. Dauk pigarreou e falou num espênico com um sotaque sutil:

— Por muitos anos, a comunidade kekonísia teve um combinado com os Chefes. Cada um cuidava da própria vida. Não importa quanto tempo faz que estamos aqui e nem mesmo se nascemos em Porto Massy, nós, os kekonésios, ainda somos vistos como estranhos indesejáveis neste país. A gente não se mete nas coisas de ninguém. Queremos ser bons cidadãos, membros respeitados da sociedade espênica. Ao mesmo tempo, mantemos nossas tradições com firmeza, e tudo o que procuramos é que quem é de fora não interfira. Então nosso objetivo não é interferir em nada do que vocês fazem e, em troca, nós cuidamos das nossas próprias questões. Isso tem sido o caso principalmente no que diz respeito às apostas, à extorsão e, é claro, à jade.

Numa voz sibilante, Jo Gasson se pronunciou:

— Mas já não é mais assim, né? Vocês abriram suas próprias casas de apostas pra qualquer pessoa, que agora tão colocando dinheiro em rinhas de galos ou nos duelos em vez de nas corridas de cavalo ou caça-níqueis. O que compete diretamente com os negócios do Chefe Kromner.

— É verdade, a gente passou a abrir o salão do rancor pra forasteiros em dias específicos da semana — respondeu Dauk. — Mas é só pra convidados. É de se esperar que nossos filhos façam amigos espênicos e que entrem em famílias espênicas por casamento, e já não é mais justo falar que quem não é cem por cento kekonésios não pode fazer parte dos encontros da nossa comunidade. Nesses dias em que abrimos o salão, tem só rinhas de galos e apostas, mas nada de duelos. O valor que cobramos vai pra manutenção do nosso centro comunitário e pra ajudar quem precisa pelo bairro. Nosso objetivo não é tirar ninguém dos estabelecimentos de vocês.

— Esse não é o xis da questão aqui — retrucou Kromner, com uma impaciência evidente. — Sou um homem generoso, e tô disposto a perder um pouco de dinheiro se vocês, kekes, estivessem só aprontando com umas apostinhas de nada. Mas esses salões, que de secretos não têm nada, não são só uma diversãozinha barata. É onde a sua gente vai pra ficar exibindo jade e praticando movimentos refinados. Vocês comandam os únicos mercados de jade da cidade, e isso não tá certo. O setor de jade é grande demais pra vocês cuidarem de tudo sozinhos.

Um lampejo de raiva apareceu no rosto de Dauk, mas ele falou com calma:

— Jade é nossa herança cultural. Foram as nossas famílias que trouxeram pra este país, e mantemos dentro da comunidade. Não vendemos pra lucrar. E agora, com a proibição do governo e com a percepção negativa do povo, temos ainda mais motivos pra continuar escondendo nossa jade e não chamar a atenção das autoridades. Pega mal pra comunidade kekonísia quando alguém é flagrado vendendo jade ou quando alguém que não é kekonésio comete crimes usando jade ou contrai Prurido. É por isso que treinamos pra usar a pedra, e cuidamos de nós mesmos caso surja algum problema.

— Nossa, desse jeito parece até que vocês são inocentes — comentou Anga Slatter, levantando as sobrancelhas finas e bem definidas. — Como se a sua gente não tivesse atacado os agentes de aposta do Blaise ou matado os cascas dele.

Kromner bufou para deixar claro que concordava, mas Dauk disse:

— Tanto um lado quanto o outro cometeram transgressões, isso eu não nego. Mas o maior problema é que o combinado pacífico que tivemos por muitos anos caiu por terra. A atenção da polícia é ruim pra todo mundo aqui, mas nós, os kekonésios, estamos em menor número e não somos poderosos ou influentes como os Tripulantes. Sabemos que não temos condição de enfrentar vocês. Foi por isso que vim aqui fazer um pedido.

— Bom, vai em frente e fala o que você tem pra oferecer. — Kromner franziu o cenho, e a farta carne de suas bochechas repuxou o canto de seus olhos quando ele os virou pela primeira vez em direção ao homem ao lado de Dauk, que não havia dito nada até então. — E quem é esse aqui? O gato comeu a língua dele?

Dauk esclareceu:

— Kaul Hiloshudon é o representante de um dos maiores clãs Ossos Verdes de Kekon. Ele veio de Janloon a meu convite.

Os Chefes agora olharam para o estranho com interesse. Muito embora Kromner tivesse dificuldade de deduzir quando se tratava de kekonésios, ele parecia jovem, com trinta e poucos anos. Ficava olhando com atenção de uma pessoa para outra durante a conversa e, pelo visto, era importante o bastante para viajar com seu próprio guarda-costas, um sujeito igualmente jovem e com cara de durão que estava atrás dele, perto da parede. Kromner precisava admitir que, quando o assunto eram os kekes, tinha algo impossível de negar. Eram uma raça orgulhosa, uma raça que gritava "não se mete com a gente"; as mulheres pareciam arrogantes e os homens pareciam dispostos a enfiar uma faca no tronco de alguém só para se divertir caso a pessoa os olhasse meio atravessado. Blaise Kromner gostava disso neles; não abaixavam a cabeça fácil, de jeito nenhum, e era por esse motivo que precisava romper o monopólio de jade dessa gente ou apagar esses delinquentes que usavam a pedra da cidade.

Dauk falou algo para o homem ao seu lado. O visitante assentiu, se sentou mais para a frente e começou a falar em kekonésio, com pausas de vez em quando para que Dauk pudesse traduzir as palavras para espênico.

— Compreendo que a sua organização queira entrar no mercado internacional de jade — disse o jovem. — Kekon é o único lugar na terra onde se obtém jade, e é controlado pelos clãs Ossos Verdes. Qualquer um que queira participar de negociações tem que passar por eles. Eu venho de um dos clãs mais poderosos do meu país e tenho toda a autoridade pra negociar um acordo.

Kromner olhou para Dauk.

— Você tá me falando que esse cara aqui pode vender jade pra gente?

Dauk assentiu devagar.

— Vou atuar como intermediário, mas não quero receber nada. Vocês podem pegar a jade direto de Kekon, e o preço pela minha parte nessa história é só que restabeleçamos a paz em Porto Massy. Se os Tripulantes concordarem em nos deixar com total controle sobre nossa parte da Arapuca Sul, o que inclui a liberdade para comandar todos os nossos negócios e nossos salões do rancor como bem entendermos, então podemos negociar um novo acordo que beneficie todo mundo.

— Parece aceitável pra mim, Blaise — declarou Jozão Gasson, que não corria risco nenhum em Arapuca Sul, mas com certeza tiraria proveito da corrupção legal e política que inevitavelmente seria necessária em tamanha empreitada.

Kromner o ignorou e, com um forte indício de desconfiança na voz, afirmou enquanto olhava de Kaul para Dauk:

— Pensei que vocês não vendessem jade pra forasteiros.

Dauk exibiu uma feição um tanto aflita, e então falou de novo em kekonês para o homem ao seu lado. Kaul respondeu e Dauk transmitiu as palavras:

— No passado, não vendíamos mesmo. É de se admirar que nossos compatriotas de fora do país ainda consigam seguir a tradição e manter a jade pra si mesmos. Normalmente, são os imigrantes que se agarram aos velhos costumes enquanto nós em Kekon temos que acompanhar o ritmo dos novos tempos que tão sempre mudando. A verdade é que o meu clã tá envolvido numa guerra de longa data com outro clã, e precisamos do dinheiro. Eles andam vendendo jade e brilho em Ygutan, então têm essa vantagem sobre nós. Precisamos dos nossos próprios mercados. — O visitante esperou, paciente, enquanto Dauk o alcançava com a tradução. — Qualquer acordo que fizermos hoje terá que envolver uma transação completamente segura. Nossa confidencialidade precisa estar garantida. É que, veja bem, o governo de Kekon vende jade pro exército da Espênia, e vender pros Tripulantes ao mesmo tempo pegaria mal pro meu clã, que tem ligações com o governo daqui.

Kromner fez com a mão um gesto de "pode deixar essa preocupação para lá".

— Isso aí não é um problema, podemos prometer sigilo — disse, rápido. — Quanto você poderia nos vender, e por qual preço?

O visitante respondeu:

— Depende se vai ser a pedra bruta ou lapidada. Tem um cartel estatal, a Aliança Jade-Kekon, que regula com mão de ferro a quantidade de jade que é minerada e processada em Kekon. Então o fornecimento de jade lapidada é minúsculo, e muito caro. Dá pra contrabandear jade bruta direto das minas, então vocês conseguiriam muito mais pelo que pagariam, mas as pedras são inúteis a menos que tenham trabalhadores que possam esculpir e dar acabamento.

Chefe Kromner se dirigiu ao seu braço direito pela primeira vez.

— Canela Seca, o que você acha?

— Acho que conseguimos arranjar trabalhadores imigrantes o suficiente, Chefe.

Preocupado, Dauk explicou:

— Pra quem não é kekonésio, é perigoso mexer com jade.

— A gente sabe — argumentou Kromner. — Tá achando que eu ia me meter num negócio sem saber nada? Sem pesquisar? Foi a Espênia que criou o brilho, e não o país de vocês. Com todos os soldados em Oortoko e os veteranos de guerra que vão precisar das drogas, tá achando que a gente não consegue arranjar BL1? Se o Canela falou que dá pra conseguir quem faça o serviço, manter eles dopados não vai ser problema.

Dauk verteu a resposta para o representante do clã kekonésio, que disse:

— Jade bruta, então. O importante é você entender que a qualidade varia naturalmente em qualquer quantidade de pedra bruta. O esperado é que tenha de trinta a cinquenta por cento do rendimento de jade lapidada. — Kaul apoiou os braços na mesa. — A taxa de mercado atualmente tá em dez milhões de thalirs por quilo.

Pelo amor de Deus, do Vidente e da Verdade... esse tanto de dinheiro fazia até mesmo o lucrativo tráfico de drogas dos Tripulantes do Sul parecer peixe pequeno. Nem mesmo Blaise, o Touro Kromner, podia entrar sozinho numa aventura tão cara assim e, antes de responder ao kekonésio, ele se dirigiu aos outros Chefes:

— Agora vocês sabem que eu tô entrando nessa porque é dinheiro de verdade. Não tô pedindo nem pra Tripulação da Rua do Padeiro e nem pra de Larvadeira fazer parte dos negócios do Sul, mas todo mundo aqui consegue enxergar que é dinheiro de verdade. Se quiserem se envolver, a hora de falar é agora. Senão, fiquem à vontade pra se manifestar, mas espero a velha cortesia dos tripulantes, sempre em busca da fartura uns pros outros.

Jozão Gasson ajeitou a gravata e respondeu:

— Minha Tripulação não tem interesse em se envolver pessoalmente com jade. É arriscado demais, e o assunto tá no olho do furacão. Todo mundo aqui sabe que nós cuidamos de apostas, que não somos lutadores. Mas podemos adiantar o dinheiro e cuidar de todas as finanças em troca da porcentagem de sempre. E podemos pagar quem precisa ser pago pra fazer vista grossa.

Era exatamente o que Kromner esperara. Na verdade, seria difícil prosseguir sem essa ajuda. Ele assentiu.

Anga Slatter se pronunciou:

— Blaise, você sabe que o Ricky vai esperar que os Tripulantes de Larvadeira tenham pelo menos uma parte nisso tudo. Se estamos falando de contrabandear jade país adentro vindo do outro lado do oceano, então, bom... qualquer remessa que entre ou saia da cidade passa pelos portos, e somos nós que controlamos os sindicatos dos estivadores. Então vamos imaginar uns quinze por cento em troca de fazer os carregamentos atravessarem o porto em segurança. Mas, é claro, tenho que resolver tudo direitinho com o Ricky. — Ela acrescentou: — Mas vou usar meu charme de esposa, e tenho certeza de que, se você concordar, ele aceita também.

Kromner não estava lá muito disposto a dar qualquer coisa que fosse para aquele idiota do Ricky Vigarista ou para sua mulher, mas pensou a respeito e decidiu que quinze por cento era uma quantia razoável para garantir a cooperação da Tripulação de Larvadeira e impedir que ele tivesse que desperdiçar o tempo e a energia de sua própria equipe para que as mercadorias passassem pelos portos. Kromner nutria planos a longo prazo de tomar Larvadeira por completo depois que tivesse se estabelecido no mercado de jade e que a Tripulação do Sul fosse grande e forte o bastante para dar conta da expansão. Então, como tinha a intenção de recuperar essa porcentagem em algum momento, não fez cara feia agora.

— Fala pro Ricky que, por mim, tudo bem.

Durante a discussão, Dauk e seu convidado kekonésio esperaram; o mais velho, levemente ansioso e com o cenho franzido, enquanto o mais novo encarava os Chefes e seus braços direitos com um olhar estranhamente imóvel, mas um tanto desfocado, como se estivesse concentrado em alguma outra coisa conforme os espênicos conversavam.

Kromner semicerrou os olhos para ele, se virou para Dauk e disse:

— Fala pro seu amigo que eu pago setecentos milhões de thalirs por cem quilos de pedra de jade.

Dauk contraiu os lábios como se tivesse comido algo azedo. Transmitiu as palavras do Chefe para o convidado num tom pesaroso. Para a surpresa de Kromner, o sujeito mais novo não pareceu ofendido ou desconcertado pela baixa oferta. Ele voltou a encará-lo com atenção e deu um sorriso.

— No meu país, é a honra de uma aliança que importa. Os líderes atribuem pessoas em quem confiam para resolver os detalhes de um jeito mais justo.

— Bom, mas este não é o seu país, né? — falou Kromner. — Setecentos.

Sua expectativa era de parecer um negociante mais forte ao deixar o kekonésio desconfortável, mas ficou decepcionado quando o estrangeiro deu de ombros.

— Todo mundo quer jade. Eu poderia vender pros shotarianos ou pros ygutanianos e me incomodar menos, mas me dispus a vir até aqui por causa dos meus amigos kekonésios na Espênia, que querem se dar bem com vocês. Novecentos.

Depois de um vai e vem previsível, concordaram com oitocentos milhões de thalirs por cem quilos de jade bruta que seria entregue em quatro carregamentos iguais para diluir o risco de interceptação pelas autoridades espênicas. Kaul explicou que tudo seria resolvido por meio de intermediários e que a jade seria transportada em navios cargueiros que não pertenciam ou estavam registrados no nome de ninguém que tivesse ligação com os clãs kekonésios. Toda a comunicação dali em diante passaria por Dauk Losun ou por aqueles em quem ele confiava.

Kromner ficou satisfeito com a calmaria com que tudo ocorreu. Os kekonésios que tivessem uma área própria de Arapuca Sul e seus salões de apostas; isso não fazia muita diferença. Em todo o país, agora apenas sua Tripulação tinha um fornecimento de jade direto da fonte. Ele já estava pensando em toda a fortuna que faria no mercado clandestino. Claro que manteria um pouco de jade para equipar seus próprios braços direitos e cascas. A Tripulação do Sul se tornaria mais poderosa do que todas as outras; talvez sua movimentação para tomar Larvadeira aconteceria antes do que o planejado. Afinal, até parece que Ricky Vigarista, da cadeia, daria conta de fazer um bom trabalho comandando todos os negócios que tinha. Kromner daria o território dos Slatters para um de seus braços direitos, Canela Seca ou Duque Traça, talvez. Canela Seca era mais competente, disso não havia dúvidas, mas ele tinha uma mentalidade independente demais. Era bem capaz de pegar o que Kromner lhe desse e iniciar sua própria Tripulação. Traça não era inteligente o bastante para ter qualquer pensamento complexo que fosse, então era mais confiável.

Kaul, o kekonésio, continuava falando e olhando de um Chefe para outro. O sujeito era mesmo surpreendentemente amigável e tranquilo, diferente do sério Sr. Dauk ou daquele assassino, Rohn. No entanto, Kromner não era do tipo que não olhava os dentes de cavalo dado. Suspeitava que esse tal de Kaul fosse apenas uma fachada, alguém jovem e com quem fosse fácil de negociar, enviado por aqueles homens perigosos que detinham o poder real naquela ilha misteriosa. Kromner nunca tinha chegado nem perto de Kekon, mas suas divagações a respeito de lá incluíam um conselho umbroso de anciões, rituais elaborados e espadas de jade.

Mais uma vez, Dauk traduziu as palavras de Kaul:

— Como vocês são estrangeiros, sinto que é melhor falar que jade não é igual às drogas ou armas daqui, que podem ser facilmente usadas por fracos. Em Kekon, dizemos que jade pode transformar homens em deuses. Só os fortes são capazes de empunhá-la. Vocês vão ter que transportar muita jade em segurança e na surdina, e garantir que não caia nas mãos de marginais de rua dos seus próprios territórios ou que seja surrupiada por subalternos de vocês mesmos na esperança de fazer um dinheirinho extra. Quem é que vai se responsabilizar pra garantir que a jade seja manejada direito?

Kromner não gostou do toque de condescendência que sentiu na fala do kekonésio e do jeito com que o visitante estava sentado agora, reclinado no encosto da cadeira com uma expressão levemente mal-encarada. Kromner declarou:

— Nenhum marginalzinho de rua ou casca na minha Tripulação ousaria desviar recursos do Sul. A não ser que queiram passear pelo rio sem barco. — Anga Slatter sorriu e Jo Gasson fez uma careta, mas o kekonês não demonstrou nenhuma reação. — Dou a minha palavra.

Kaul meneou a cabeça.

— Sua palavra como Chefe é importante, é claro, mas ficou claro que você é importante demais pra fazer o trabalho braçal nas ruas por conta própria. — Ele gesticulou na direção de Kromner, como se quisesse indicar as roupas chiques e o corpo robusto. — Num clã kekonésio, a pessoa que cuidaria desse serviço perigoso é chamada de Chifre. Ele tem que ser cem por cento leal, respeitado pelos homens que comanda e temido pelos inimigos do clã. É em quem se confiaria pra assumir a liderança caso alguma coisa aconteça com o chefe. O que eu tô perguntando é se você tem alguém assim na sua Tripulação, porque você vai precisar deixar essa pessoa responsável pela jade.

Kromner apontou um dedo para ele.

— Escuta aqui, não me importo de fazer negócios com você, mas não preciso de keke nenhum me aconselhando quanto a como comandar minha própria Tripulação. Você por acaso já teve que pessoalmente manter uma organização de centenas de pessoas em ordem? — Quando o kekonésio não respondeu, Kromner continuou: — Acho que não. Então deixa eu te contar uma coisa: não foi com homens incompetentes sob minhas ordens que virei o Chefe do Sul. O Willy Canela Seca aqui é o sujeito certo pro serviço.

Kaul analisou Willy com interesse, e então se virou para Dauk. Os dois kekonésios tiveram uma longa conversa em seu próprio idioma.

— O que é que ele tá dizendo? — exclamou Kromner.

Dauk pigarreou e esclareceu:

— Tá preocupado que a jade acabe nas ruas e machuque gente inocente, principalmente mulheres e crianças. É que é contra o código de honra deles, sabe? Então ele tá perguntando se o Sr. Reams é realmente o principal braço direito de Porto Massy, quanto tempo faz que ele tá com você, se luta bem, quantos homens matou em combate. Eu contei que o Sr. Reams tem uma grande reputação, mas não tenho certeza dessas respostas. — Dauk abriu as mãos. — O que posso dizer? Meu amigo é da velha nação. Tudo o que eles respeitam é a força individual e a violência.

Desconfortável, Willy ficava remexendo o chapéu com os dedos, mas Kromner bufou.

— Bom, diz pro seu amigo não esquentar a cabecinha de keke dele. Jo, Anga... falem pra ele que a minha palavra *e* os meus homens são confiáveis.

Jo Gasson se pronunciou:

— Todo mundo sabe que o Canela Seca do Sul é o mais durão que tem e comanda a organização mais eficiente da cidade.

Ao que Anga Slatter concordou e complementou:

— É verdade.

Dauk repetiu essas palavras para Kaul, que analisou Canela de novo com muita atenção. Depois, assentiu.

— Foi o que minhas fontes me disseram também. Sou um forasteiro neste país e tô assumindo um grande risco com esta negociação em nome do meu clã, então peço perdão caso pareça que tô exagerando com todas essas perguntas. — O representante do clã espalhou as mãos. — Tô satisfeito com nosso acordo.

Depois de saírem da Mansão Tórica, Rohn Toro levou Hilo, Tar e Dauk de volta para a casa de Dauk, onde Sana preparara um almoço para todos. Com apenas os cinco, a mesa da sala de jantar não parecia tão lotada. O filho de Dauk tinha saído com os amigos, e Anden estava ou com ele ou trabalhando um turno extra de feriado na loja de ferramentas.

Hilo sabia que Tar queria fazer perguntas, mas o Encarregado do Pilar tinha bons modos e não as proferiu em voz alta durante a refeição com os forasteiros. Hilo se esforçou para manter um diálogo tranquilo, mas estava com dor de cabeça por ter acordado antes do amanhecer e ter passado a manhã inteira forçando a Percepção. Não entendera tudo o que fora dito entre os estrangeiros na reunião, mas observara cada expressão e gesto, o jeito com que os gringos estavam sentados em relação uns aos outros, o tom das vozes e, com cuidado, Percebera cada batimento cardíaco, pulsação, fôlego e tique corporal que sinalizava sutis mudanças de emoção durante a conversa. Então, muito embora seu espênico não estivesse no nível do de Shae, ele tinha a sensação de que compreendera as pessoas com quem estava lidando.

Ficou feliz por ter decidido vir pessoalmente a Porto Massy e não mandado a Homem do Tempo. Por mais inteligente que sua irmã fosse, às vezes ela carecia de certa noção no que dizia respeito a se conectar com os outros, a acertar o tom com amigos ou inimigos em potencial. Mais tarde naquele dia, Hilo planejava se encontrar com Hami Tumashon, para que o Mestre da Sorte soubesse que, mesmo tão longe de Janloon, ele ainda tinha o apoio do clã e a atenção do Pilar. Não havia nada mais importante do que relações interpessoais; era isso que fazia com que os juramentos do clã fossem reais, e não meras palavras que podiam ser ditas por qualquer um.

Hilo deu uma olhada no relógio. Era tarde demais para ligar para Janloon. Wen e as crianças com certeza já estariam na cama.

Quando o almoço terminou, um silêncio carregado de expectativa recaiu sobre a mesa. Ele recuou a cadeira e disse:

— Dauk-jen, você daria uma caminhada pelo bairro comigo? Ainda não vi muito de Arapuca Sul, mas meu primo me falou que tem uma loja de brinquedos no fim da rua onde posso comprar algumas lembrancinhas pros meus filhos.

Dauk se levantou do assento e os outros tiraram as cadeiras do caminho para que os dois Pilares pudessem sair da casa e conversar a sós. O ar lá fora estava revigorante e cortante de um jeito que machucava as narinas. Hilo fez uma concha com a mão ao redor do cigarro para acendê-lo e ofereceu um para Dauk, que recusou com educação depois de explicar que estava tentando parar. Enquanto vagavam rua abaixo, Hilo comentou:

— Você parece confuso, Dauk-jen. Imagino que tenha algumas perguntas na cabeça.

Dauk respondeu:

— Tô tentando entender o propósito da sua visita, Kaul-jen.

— Meu primo pediu um favor pro clã em nome da família que tá hospedando ele, pediu ajuda contra os Tripulantes. O acordo de hoje de manhã significa que o Chefe Kromner vai conseguir a jade que quer e que vai deixar você e a sua comunidade em paz. Não é isso que você esperava?

— Não é a solução que eu tinha em mente. Vender jade pra Tripulação do Sul pode satisfazer o Kromner por um tempo, mas o Touro é um sujeito ganancioso, alguém que nunca se contenta com o que tem e vive atrás de mais dinheiro e poder.

Hilo assentiu.

— Um homem assim não consegue esconder o que é. Um cachorro que já passou fome vai latir pra qualquer um que chegue perto de sua comida, não importa quanto alimento tenha agora. E ele suspeita que todo mundo seja igual. Os homens do Kromner seguem ele por ganância ou por medo, mas ninguém ama um líder que se importa só com a própria refeição.

Dauk diminuiu a velocidade.

— Fiz minha lição de casa e pesquisei sobre o senhor e a sua família, Kaul-jen. O Desponta tem consistentemente sido contra a venda de jade pra estrangeiros. Mas mesmo assim o senhor concordou em vender a jade do seu próprio clã pros Tripulantes, que não passam de um bando de criminosos. Ouvi falar que o senhor tem a reputação de ser um homem feroz e intransigente, mas deu pros Chefes exatamente o que eles queriam.

Hilo desacelerou ao lado de Dauk e afirmou:

— Você tava esperando uma solução mais drástica e permanente.

— Na época em que eu tava crescendo em Kekon — disse Dauk, devagar —, a Sociedade da Montanha Única podia sussurrar o nome de qualquer um. Até mesmo dos oficiais shotarianos de mais alto escalão, delegados da polícia, generais...

— É verdade — respondeu Hilo. — Mas, como você falou antes, aqui não é Kekon. Alguns anos atrás, derramei sangue nas Ilhas Uwiwa e isso acabou virando um problemão, coisa que minha irmã nem pestaneja antes de me lembrar. Agora é impossível pra mim e pros meus Punhos entrarmos naquele país pra lidar com nossos inimigos lá. Minha Homem do Tempo mandaria arrancar minha cabeça se eu cometesse o mesmo erro na Espênia. — Ele deu um sorriso irônico e continuou: — Então temos que lidar com essa situação de outro jeito.

— Então por que o senhor veio pessoalmente de Janloon? Se vender jade sempre foi a intenção, podia ter mandado um representante do seu clã pra negociar o acordo.

— Essa nunca foi minha única intenção. — Hilo voltou a acelerar o passo; queria sair do frio. — Faz anos que os clãs de Kekon andam lutando contra o contrabando de jade. Meu Chifre e os Punhos dele confiscaram milhares de quilos de jade bruta que tinham sido roubados das minas do país e estavam prestes a serem enviados pro exterior por peixes-pedra viciados em brilho. Uma parte ainda dá pra usar, mas a maioria é de tão baixa qualidade que nem vale a pena o custo de lapidar e polir. Talvez um pouco possa ir pra escolas ou templos pra fins de treinamento, mas a última coisa que qualquer Osso Verde quer é jade defeituosa que possa diminuir suas habilidades num momento crucial.

Hilo parou em frente à loja de brinquedos e, enquanto pisoteava o cigarro, olhou para a vitrine.

— A maioria dos estrangeiros, por outro lado, não percebe a diferença, a menos que sejam especialistas do exército espênico. E arrisco dizer que o Chefe Kromner não tem um especialista em jade kekonésio à disposição. Todo aquele resto de jade medíocre mofando num depósito do Desponta... É *isso* que vou vender pro Touro e pra Tripulação dele.

Entraram no estabelecimento. Hilo ficou de olho num conjunto de trens, mas que era grande demais para levar na bagagem. Comprou um livro infantil bilíngue e uma arminha de água para Niko e um tigre de pelúcia para Ru. A moça atrás do caixa cumprimentou Dauk pelo nome e perguntou se Hilo era de outra cidade e estava de visita. Ela ficou encantada quando descobriu que ele era de Janloon, já que seus pais tinham vindo de lá.

Enquanto caminhavam de volta para a casa, Dauk disse:

— Mesmo que o que o senhor esteja vendendo pro Kromner não preste, ainda vai deixar os Tripulantes mais fortes e mais perigosos. Não é uma solução.

— Vai servir pra eles se preocuparem com outra coisa por um longo período — respondeu Hilo. — Vai te proporcionar mais tempo, Dauk-jen. Tempo pra se fortalecer... com mais homens e mais jade.

Dauk parou abruptamente no meio da calçada.

— O que o senhor tá propondo?

Hilo parou também e se virou.

— Que o Desponta te equipe com jade, mas jade lapidada e de boa qualidade, e também com algumas pessoas pra ajudar a treinar os Ossos Verdes que você tem ou vai ter. Seu parceiro, o Rohn Toro, não é jovem, e você mesmo disse que não tem muitos outros como ele. Em que posição essa realidade te coloca daqui a cinco anos? Posso resolver essa sua preocupação te ajudando a obter a vantagem necessária contra os Tripulantes.

O homem mais velho não reagiu num primeiro momento.

— O senhor teria como transportar tanta jade lapidada assim?

— Eu tenho uma Homem do Tempo bem esperta — explicou Hilo. — Confio nela pra dar um jeito.

Dauk colocou as mãos nos bolsos. E então falou devagar:

— Ninguém simplesmente dá jade assim, nem mesmo pra um amigo. — Desconfiado, olhou para Hilo. — Tudo tem um preço, ainda mais jade. Então o que é que o Desponta vai nos fazer pagar?

Hilo apoiou uma mão no ombro do sujeito.

— Faz só uma semana que nos conhecemos, então sei que não temos um passado que possamos usar pra confiarmos um no outro. Mas também fiz meu dever de casa e pesquisei a seu respeito, Dauk-jen. Você nasceu em Janloon e vem de uma família Osso Verde. Seu pai foi um herói de guerra contra os shotarianos. Você veio pra cá como um refugiado e agora o povo desta comunidade te chama de Pilar. Você demonstrou gentileza e protegeu meu primo, algo pelo qual sou grato, e desde que cheguei foi o mais hospitaleiro possível. Conseguiu organizar a reunião com os Chefes de uma hora pra outra e cumpriu com perfeição o papel que pedi. Então eu gosto e confio em você. Isso me fez pensar que podemos nos ajudar daqui pra frente.

Dauk o encarou com firmeza.

— Você quer um contribuinte estrangeiro para o Desponta.

Hilo pensou a respeito.

— Não exatamente, mas quase isso.

Já tinha uma porção de clãs menores como contribuintes em Kekon que ficavam sob a alçada dos recursos, proteção e distribuição de jade do Desponta. Em troca, ou pagavam impostos advindos dos lucros de seus negócios, assim como os Lanternas faziam, ou se tornavam parceiros do clã para administrar determinadas cidades ou setores industriais. O maior contribuinte do Desponta, o Clã Taça de Pedra, não comandava nenhum território nas ruas, mas cuidava de uma parte considerável da construção civil, enquanto o segundo maior, o Clã Jo Sun, controlava a maior parte da península do sul de Kekon.

— Meu clã tá expandindo nossos interesses comerciais neste país — disse Hilo. — Estamos comprando imóveis. Temos planos de exportar mais bens kekonésios pra Espênia e queremos ajudar nossos Lanternas no clã a entrar no mercado espênico pra fomentar suas empresas. Minha Homem do Tempo quer mandar mais estudantes kekonésios, como o meu primo, o Andy, pra conseguirem uma educação internacional antes de colocarem os pés na Rua Caravela. Precisamos de ajuda com tudo isso. Precisamos de conexões neste país, e precisamos de parceiros e aliados.

Não apenas os parceiros pragmáticos que Hilo sabia que o escritório da Homem do Tempo estava cultivando (políticos estrangeiros, empresários e gente com formação superior), mas aliados de verdade que compreendiam o peso do clã e da jade, mesmo que a seu próprio modo esquisito e provinciano. Hilo deu um tapinha firme no ombro de Dauk Losun.

— Não me leva a mal, mas você não parece com nenhum Pilar que já conheci em Kekon. Acontece que agora consigo ver que você é o tipo certo de homem pra ser o Pilar num lugar como a Espênia. Você fica nos bastidores, mas faz a roda girar. Eu gostaria que os Ossos Verdes ficassem cada vez mais fortes dos dois lados do oceano. Você e o seu povo podem me ajudar com isso, Dauk-jen?

O sujeito ficou em silêncio por um instante, e então respondeu:

— Espero que o senhor entenda que não posso aceitar uma proposta dessas assim de imediato. Aqui em Arapuca Sul somos uma comunidade pequena, mas orgulhosa, e muito embora as pessoas me chamem de Pilar, é apenas por respeito. Mais gente teria que concordar e, sem querer ofender, Kaul-jen, mas o senhor ainda é um estranho pra nós. Não sabemos o que vai acontecer depois desse acordo que o senhor fez com a Tripulação, se o combinado vai durar ou se vai só trazer mais problemas.

Hilo soltou o ombro de Dauk e soprou dentro das mãos em concha para aquecê-las do frio. Dauk não parecia incomodado pela baixa temperatura.

— Sua relutância não me ofende de jeito nenhum — garantiu ele. — Na verdade, eu teria que reconsiderar a boa impressão que tive se você dissesse "sim" sem primeiro conversar com sua esposa e seus amigos. Vou falar só mais uma coisa e depois podemos voltar pra casa, onde tá quentinho. Eu levo minhas promessas a sério. Pode perguntar pra qualquer um que me conhece se isso é verdade ou não. E aqui vai a promessa que tô te fazendo, Dauk-jen: se você estiver disposto a confiar em mim e se aliar ao Desponta, em cinco anos, nós, os kekonésios, teremos mais poder neste país do que qualquer Tripulante.

O Pilar de Arapuca Sul entrelaçou as mãos, levou-as à testa e se inclinou numa saudação.

— Tá aí algo que eu gostaria de concretizar, Kaul-jen.

Capítulo 41

Verdejante pra Caralho

Anden se encontrou com Hilo uma última vez antes de seu retorno à Janloon. Numa sexdia de manhã, o Pilar foi até o geminado amarelo em que os Hian moravam. Chegou de táxi, com calças que eram casuais o bastante para a viagem e um sofisticado paletó esportivo em tom cáqui que comprara em uma das lojas caras perto do Hotel Cume da Mata, na Rua Bayliss.

— Tio e titia Hian — disse ele quando entrou. — Fico muito feliz de poder falar pessoalmente como sou grato por vocês cuidarem tão bem do meu primo.

Presenteou os anfitriões de Anden com uma quantia generosa de dinheiro e uma bela serigrafia de um famoso artista de Janloon. O casal ficou tão intimidado que quase lhes faltaram palavras, e passaram a agradecer baixinho e a fazer saudações sem parar.

Hilo sugeriu:

— Vamos sair pra tomar café da manhã, Andy.

Foram até uma padaria e cafeteria estepenêsa em Lagata.

— Quando fui buscar o Niko em Lybon, tinha um lugar parecido com este perto do hotel onde me hospedei — explicou o Pilar. — Gostei dessas coisinhas de confeitaria que eles fazem. Mas não achei nada igual em Janloon. Alguém devia abrir um bistrô.

A garçonete se aproximou. Hilo assentiu para que Anden escolhesse tudo o que quisesse e fizesse o pedido.

— Tudo isso vai valer a pena, Andy — comentou o Pilar, quando a funcionária partiu. — Os seus estudos, no caso.

— O que acha que vai acontecer com os Tripulantes agora? — perguntou o rapaz.

— Eu fiz um acordo com o Kromner. É arriscado porque vamos colocar um pouco da nossa jade na mão de criminosos. Só tô fazendo isso porque acho que vai dar certo pra gente, mas nunca se sabe. De agora em diante, preciso que você fique de olhos e ouvidos abertos pra nos contar o que você ver acontecendo, mesmo que não pareça importante. Mas não se mete em encrenca. É bom que você tenha amigos aqui, mas eles não são sua família ou o clã, e o Desponta não tem como te manter em segurança assim de tão longe.

A garçonete retornou com os pratos. Anden experimentou um dos doces. Era açucarado e folheado. Hilo tomou um gole de café, fez uma careta e olhou sério para o primo.

— Você ficar aqui é algo que me preocupa. Nenhum lugar em que as pessoas escondem a jade que têm é bom. Já ouviu o ditado "Escuro demais pra ver o verde"?

Anden assentiu. A expressão normalmente se referia a locais ou situações tão perversas e desesperadoras que nem mesmo os Ossos Verdes se sentiam seguros de encarar. Nos dias atuais, também era usada para descrever livros ou filmes com temas sinistros e imorais demais em que os protagonistas morriam no final, o oposto das tradicionais histórias aventurescas com gloriosos heróis Ossos Verdes. Anden sentiu uma pontada de ressentimento frente à ironia: por raiva, Hilo o banira do clã e se recusara a conversar com ele por muito tempo, mas agora que isso ficara para trás, aqui estava o Pilar, tomado por uma preocupação fraternal.

— Você devia telefonar mais pra casa — disse Hilo. — Pode ligar a cobrar, não se preocupa com o dinheiro.

— Hilo-jen. — Anden ainda não sabia ao certo como abordar o assunto que andava matutando, então decidiu que não havia outra escolha senão trazê-lo à tona de uma vez. — Eu tô me esforçando muito e minhas notas são ótimas. Verão que vem vou me formar no PIEFOL com um diploma secundário em comunicação e um certificado de fluência em espênico. Será que a gente não devia falar do que vai acontecer depois?

Hilo ficou em silêncio por um instante. Depois, se virou para a janela ao lado e cutucou o vidro.

— Tá vendo aquele prédio ali? — Havia um novo condomínio sendo construído do outro lado da rua. — É nosso, por meio de um dos Lanternas do clã. E não é o único. Tem muita coisa mudando, Andy. A Shae tá instalando uma filial do escritório da Homem do Tempo aqui em Porto Massy. Uma divisão pra cuidar dos nossos interesses no país e ajudar Lanternas que queiram expandir pro mercado espênico. Ela escolheu o Hami Tumashon pra liderar, mas vão precisar de mais gente... gente que esteja familiarizada com as duas culturas. Relações com a comunidade keko-espênica local vão ser importantes pra nós. Foi por isso que eu vim pra cá... pra fazer algumas conexões assim pessoalmente. Quando você se formar, vai trabalhar no novo escritório.

Um zunido fraco foi se encorpando na mente de Anden.

— Quando você me mandou vir estudar aqui, falou que eu poderia ir embora depois de dois anos.

— Eu falei que a gente avaliaria as suas opções. E é o que tamos fazendo agora.

— A gente não tá avaliando opções. Você tá me dizendo o que é pra eu fazer, o que, no caso, é ficar aqui. — Anden cerrou as mãos debaixo da mesa enquanto enrolava o guardanapo de pano sobre o colo. — Quanto tempo você espera que eu fique aqui? Outro ano? Mais cinco? O resto da minha vida? Quer que eu seja útil pro Desponta, mas continue exilado, pra você não ter que olhar pra minha cara ou conversar mais de uma vez comigo a cada dois anos?

Os olhos de Hilo relampejaram com uma luz repentina e perigosa que, mesmo do outro lado da pequena mesa, fez o rapaz sentir a propagação quente da aura de jade do Pilar. Anden não conseguiu evitar e recuou, mas não abaixou a cabeça e nem se desculpou pelo que dissera. Tinha dado tudo de si durante o tempo que passara na Espênia e fizera tudo o que seus familiares haviam pedido. Hilo o abraçara no aeroporto, chamara-o de primo, se dera ao trabalho de passar tempo com ele, mostrara fotos de seus sobrinhos e o convidara para se sentar ao lado dos Kaul à mesa de jantar dos Dauk. Todas essas coisas tinham deixado Anden cheio de expectativas e o fizeram esperar o perdão do clã e um lugar de volta em Janloon. Agora, ele não sabia mais o que pensar.

Um minuto sofrido e longo se passou com os dois se encarando enquanto os doces iam ficando esquecidos, e o café, gelado. Para a surpresa de Anden, foi Hilo quem suspirou alto e rompeu o silêncio.

— Eu devia ter deixado a Shae te explicar isso. Foi sugestão dela, não minha, mas ela deixa essas coisas na minha mão pra que o malvado da história seja eu. Só que mesmo assim eu não discordo. Aprender espênico só vale a pena se for pra usar o idioma. Você não vai querer que os dois últimos anos tenham sido perda de tempo. O que é que você poderia fazer em Janloon que seria tão útil pro clã quanto o que você seria capaz de conquistar aqui?

— Tem que ter alguma coisa — insistiu Anden.

Numa voz gélida, Hilo respondeu:

— Diz que você vai usar jade que eu te compro uma passagem de volta pra amanhã mesmo.

Anden engoliu em seco, mas não disse nada. Devia ter imaginado que a questão ainda era essa.

Hilo fechou os olhos por um momento e esfregou a testa com a mão. Naquele instante, pareceu muito mais velho do que poucos anos antes, quando atuava como o poderoso jovem Chifre do Desponta e nada parecia capaz de danificar seu vibrante ego. Quando voltou a encarar o primo mais novo, ele disse com uma voz que já não carregava mais raiva nenhuma:

— Você acha que eu tô teimando, que tô te punindo mais do que o necessário, que ainda tô te forçando a ser um Osso Verde. — Quando Anden continuou sem responder, Hilo, um tanto desanimado, assentiu e prosseguiu: — Entendo o seu lado, mas não é verdade, Andy. Não mais, pelo menos.

"Janloon é uma cidade Osso Verde. Claro, a maioria do povo não usa jade, mas continua sendo uma cidade Osso Verde, e você não faz parte da maioria do povo. Não tem como mudar o que aconteceu no passado. Se você voltar pra Janloon agora, nunca vai deixar de ser o mais inferior dos Kaul, o que foi arruinado por jade e não pode mais usá-la. Vai ser tratado do mesmo jeito que tratam um alcoólatra recuperado ou um ex-presidiário: com pena. É isso que você quer? Se a sua pretensão é ser alguma coisa além disso, aí vai ter que se virar sozinho. Então que se vire sozinho aqui, onde não tem ninguém te julgando."

— Você tá preocupado comigo? Ou só com a reputação da família?

— A minha esposa é uma pedrolha de uma família que tinha uma reputação de merda antes de eu transformar o Kehn e o Tar nos meus Punhos mais próximos. Você acha que eu me importo com essas coisas? — Ele soava bravo de novo. — Porra, Andy, você tem 21 anos, é novinho demais pra ser um caso de potencial desperdiçado numa cidade verdejante pra caralho como Janloon.

A garçonete veio, Hilo sorriu para a moça e pagou pelo café da manhã. Depois, se virou para Anden e falou:

— Você já se acostumou ao lugar, aprendeu o idioma e começou a construir uma vida aqui. E o Dauk Coru? Não quer ficar com ele?

Anden sentiu o rosto ficando vermelho. Não conseguia encarar o primo nos olhos. Sem pensar direito, quase afirmou que eram só amigos, mas conseguiu recuperar a compostura. O Pilar farejaria a mentira de imediato, e então Anden ficaria ainda pior. Hilo não acreditava que ser queer fosse um mau agouro ou um castigo dos deuses, assim como não julgava os Maik pelo histórico de sua família ou Wen por ser uma pedrolha. Mas Anden nunca conversara de coisas românticas com o primo (e nem com ninguém, na verdade), e seu primeiro instinto era negar. Queria, *sim*, ficar com Cory; queria vê-lo com muito mais frequência do que via agora. E, apesar de tudo, tinha começado a gostar de Porto Massy, a enxergar aquela complexidade e os costumes estranhos como algo único e vibrante à sua própria maneira. Mas também queria ir para casa, queria ouvir seu idioma nativo nas ruas, se cercar pelas vistas e pelos cheiros com que crescera em Janloon, mas que nunca valorizara. Parecia um conflito inconciliável.

Anden se obrigou a levantar a cabeça.

— O Cory sabe que meu plano era passar só dois anos estudando aqui. E ele vai passar um tempo na faculdade de direito. A gente não conversou sobre o futuro.

Hilo o encarava com firmeza, o que o deixou extremamente desconfortável, mas Anden decidiu que não se importava mais e continuou:

— Não sei se ele vai querer morar em Janloon, mas se a coisa ficar séria, talvez Cory pense a respeito. Afinal de contas, ele é kekonésio.

Hilo deu de ombros.

— É, de certa forma.

— Como assim?

— Andy, seu rosto pode até parecer só mais um na multidão aqui, mas você é mais kekonésio do que o filho do Dauk jamais vai ser. Ele usa jade, mas dá pra perceber que nunca teve que matar ou sentir medo de ser morto por ela. Ele não aguentaria o tranco de ser um Osso Verde em Janloon, e você sabe disso. Você é mais verdejante aqui e aqui — Hilo bateu no peito, depois tocou a têmpora —, e é por isso que o clã precisa que você... é por isso que *eu* preciso que, por enquanto, você seja um homem do Desponta na Espênia.

Havia autoridade, mas também uma honestidade franca e desinibida nas palavras do Pilar. Quando Kaul Hilo dava uma ordem difícil, fazia de um jeito que demonstrava que compreendia essa dificuldade. Era por isso que seus homens faziam tudo o que ele pedia. Anden não conseguiu pensar em mais nada para dizer.

Saíram da padaria e Hilo chamou um táxi para levá-lo de volta ao Hotel Cume da Mata, onde se encontraria com Maik Tar e pegaria as malas antes de partirem para o aeroporto. Anden não sabia como se despedir; não sabia nem quando o veria de novo. Não tinha certeza se deveria abraçar o primo, fazer uma saudação ou se virar e sair andando sem nem olhar para ele. Quando o carro parou na calçada à frente, o rapaz murmurou:

— Se cuida na viagem, Hilo-jen. Dá um oi pra todo mundo lá em casa por mim.

Hilo colocou a mão na nuca de Anden e o puxou para perto por um instante.

— Se cuida, primo.

E então entrou no veículo, fechou a porta e lá se foi o táxi, perdido no trânsito de Porto Massy.

Anden ficou parado na esquina por um bom tempo, e em seguida voltou para a padaria, onde encontrou um telefone público logo depois da porta. Pegou o fone levemente grudento e depositou uma moeda. Após três toques, a voz sonolenta de Cory disse:

— Alô?

— Sou eu. Vai fazer o que hoje?

— Nada. Só arrumar as malas. — Cory voltaria para a faculdade na manhã seguinte. Algo no timbre de Anden deve ter soado estranho, porque o outro garoto perguntou: — O que foi, caco?

Anden descansou a testa contra o topo da carcaça metálica do telefone.

— Tô numa padaria em Larvadeira, na esquina da Thurlow com a Rua Cinquenta e Sete. Se você não estiver muito ocupado agora... será que pode me buscar?

— Hum... tá bom, claro. Só deixa eu colocar uma roupa. — Houve um farfalhar de movimento. — Quer fazer alguma coisa?

Determinado, Anden respondeu:

— Quero foder.

Um momento de silêncio se passou. Cory disse:

— Tô indo.

Capítulo 42

Uma Posição Delicada

Shae ficou chocada pelo tamanho da dificuldade que o irmão fora capaz de gerar para ela em tão pouco tempo. Concluiu que era um perigo deixar Hilo sair da ilha de Kekon. Parecia que sempre que ele voltava do outro lado do oceano, vinha com notícias de algo chocante e irreparável que fizera no exterior. Desta vez, ao menos, ele não tinha sido irresponsável a ponto de matar alguém, mas ela ainda assim imaginava que consequências violentas e inevitáveis estavam a caminho.

— Foi uma boa viagem — contou o Pilar. — Tive algumas conversas bem úteis.

— Você vendeu cem quilos de jade bruta pro líder de uma milícia e prometeu jade lapidada, mão de obra e, pelo que parece, status tributário de clã pra pessoas que acabou de conhecer.

— Você não concorda com o que eu fiz? — perguntou Hilo, tranquilo, mas de olhos semicerrados para o tom de voz da irmã. — Resolvi o problema que estavam tendo com os Tripulantes e consegui exatamente o que você queria: informação e aliados em Porto Massy. Uma forma de conquistarmos uma base mais forte na Espênia e expandir os negócios do clã por lá sem depender exclusivamente daqueles vigaristas políticos estrangeiros.

— Vendendo jade bruta pra um miliciano famoso — repetiu ela.

Hilo se agachou para ajeitar um dos tênis de Niko, que havia afrouxado.

— A AJK controla toda a mineração oficial, e graças ao Conselho Real, agora tem uma porrada de regulamentos pra deixar toda essa atividade aberta ao público. Mas tanto o Montanha quanto o Desponta andam confiscando jade de operações de contrabando, e *essa* jade não é declarada oficialmente em lugar nenhum. Tudo isso passa pelo lado do clã comandado pelo Chifre. Essa jade é considerada dos vencedores por direito, igual acontece com qualquer batalha ou expurgo. Nada disso aparece nos arquivos da AJK. O Nau Suen anda acabando com os carregamentos do Zapunyo tanto quanto nós. O que você acha que a Ayt Mada faz com essa jade? E você acha que ela desistiu de produzir brilho depois que você vazou a informação das fábricas ygutanianas dela pros espênicos?

Hilo meneou a cabeça. Levantou Niko até o balanço que fora instalado no jardim e o empurrou para a frente e para trás.

— Aposto minha própria jade que o Montanha continua enchendo a carteira de formas que nós não sabemos e não temos como provar. Kekon abastecer os dois lados do conflito sempre fez parte da estratégia da Ayt.

Shae se sentou no banco de pedra perto do açude e, pensativa, ficou analisando a água. O que Hilo falou era verdade; um dos Ratos Brancos de Wen arranjara registros telefônicos que evidenciavam Iwe Kalundo e seus principais Agentes da Sorte fazendo ligações de longa distância para Ygutan. Outro informante relatou que o Homem do Tempo dos Montanha tinha recentemente partido numa viagem de negócios àquele país. Não havia dúvidas de que Ayt Mada sabia muito bem da aliança do Desponta com os espênicos e estava buscando expandir as empreitadas de seu próprio clã, fosse por vias legais ou não. Devido às atividades passadas dos Montanha em Ygutan e de conexões como a que tinham estabelecido com o falecido Tem Ben, fazia sentido que Ayt escolhesse focar na outra potência global com um mercado grande o bastante para competir com o da Espênia. Shae não ficaria nem um pouco surpresa se o Montanha estivesse no processo de reconstrução das fábricas de BL1, talvez num lugar menos propenso a ser descoberto e atacado, como a fronteira desmilitarizada de Tun-Ygutan, ou em busca de algum esquema ainda maior.

Apesar de concordar com a opinião de Hilo, Shae estava perturbada pela situação em que ele os havia colocado.

— A Ayt Mada tá sabotando a AJK e colocando jade na mão de estrangeiros e criminosos que não merecem e não são capazes de controlá-la. Vender jade pro Kromner é seguir o exemplo dela. Agir que nem nossos inimigos nos torna iguais a eles.

Hilo emitiu um barulho que veio do fundo da garganta.

— Se dependesse de mim, gringo nenhum teria jade, mas agora já é tarde demais pra isso, Shae. A geração do vovô começou essa história trinta anos atrás assim que deixaram os espênicos entrarem no país e pegaram o dinheiro deles pra reconstruir a nação depois da guerra. Agora olha onde a gente chegou: BL1, SCBJ e toda essa palhaçada.

Ele encarou a irmã com um olhar levemente acusatório que dava a entender que ela tinha tanta culpa nessa questão quanto qualquer um, já que tomara decisões que acabaram os envolvendo ainda mais com os interesses estrangeiros.

Hilo continuou:

— A Ayt vai ficar vendendo jade por baixo dos panos até deixar o Montanha poderoso o suficiente pra, com o tempo, nos destruir e ficar no comando do país. E se a gente não se dispor a botar a mão na massa de verdade, é isso o que vai acontecer. — Ele olhava para o vazio enquanto continuava empurrando o filho no balanço com uma mão. — Mas ao contrário da Ayt, eu não tenho a menor intenção de manter meus clientes. Os Tripulantes não são um estado, e seus membros não são guerreiros. São como os marinheiros gananciosos que atracaram em Kekon centenas de anos atrás. Não têm lealdade de clã, nenhuma irmandade concreta. Só querem jade, mas não sabem o que isso significa ou como usar. Vamos pegar o dinheiro que tão oferecendo e investir no que precisamos e nos fortalecer, porque os Montanha virão atrás da gente. É só uma questão de tempo.

— E como é que eu vou transportar tanta jade assim pro outro lado do Oceano Amárico?

Hilo abriu um sorrisinho de esguelha.

— O Kehn e as equipes dele têm experiência com todos os métodos do Zapunyo. Nós confiscamos navios e contêineres e temos empresas e contatos dos dois lados do planeta. Tenho certeza de que a minha Homem do Tempo vai dar um jeito.

Shae fez uma careta. Já estava profundamente desconfortável tendo que usar a influência do clã para apoiar os projetos políticos da Espênia no Conselho Real. O acordo que Hilo fizera podia acabar virando mais uma coisa pela qual ela teria que viver implorando a compreensão e o perdão dos deuses.

— O mercado clandestino de jade... a gente tá se metendo numa encrenca, Hilo.

— É preciso ir para onde nossos inimigos tão — disse ele. — E depois mais além.

Ela o encarou por um longo instante. Estava acostumada a ser quem tomava as decisões quanto aos interesses internacionais do clã. Pensar em Hilo agindo como um Chifre sangue frio no lugar em que o escritório da Homem do Tempo estava apostando suas fichas a deixava nervosa. Queria poder falar com Lan. Queria consultar a firme e profunda bússola moral do irmão, sua visão mais abrangente quanto ao aisho e sua mentalidade prudente. Imaginava que, se tivesse sido a Homem do Tempo de Lan, os dois teriam tido discussões detalhadas e racionais antes de cada grande decisão do clã. Hilo se guiava por princípios próprios e severos, disso não havia dúvidas, mas acontece que, sozinho e por instinto, ele tomava ações com toda a astúcia militarista e decisiva que considerava necessária... e só depois preenchia as lacunas com a racionalidade.

— Ouvi que um dos Koben foi alvejado num estacionamento semana passada — comentou ela.

— Qualquer um pode ter feito isso — respondeu Hilo, e deu de ombros, satisfeito.

O assassino, um homem sem filiações aos clãs e uma longa ficha de crimes de menor potencial ofensivo e transtornos mentais, não apenas foi convenientemente morto pela polícia ao tentar fugir, como Koben Ento, sem querer e de forma inesperada, também havia sido útil, já que ficara gritando a plenos pulmões, culpando um rival de negócios da família Iwe antes de morrer no hospital horas mais tarde em decorrência dos ferimentos. Claro que havia suspeitas de que a própria Ayt sussurrara o nome do sujeito, ou de que o Desponta estava envolvido, mas especulações contraditórias já eram de se esperar. O importante era que as diversas facções dos Montanha estavam prestes a sair no tapa umas com as outras. Cada uma tinha a plena certeza de que a outra queria exterminá-la e, por isso, estavam exigindo que Ayt Madashi se decidisse a respeito da sucessão para suprimir os conflitos internos.

Um grupo de trabalhadores passou empurrando um carrinho cheio de cadeiras dobráveis. Enormes tendas vermelhas estavam sendo montadas no pátio para as festividades do dia seguinte. Woon Papidonwa e sua noiva se casariam no Templo do Divino Retorno, mas Hilo, generoso que só, oferecera a propriedade dos Kaul para sediar a recepção como um presente para o novo casal e em reconhecimento do status de Woon no clã. Mais de um ano se passara desde que Shae o convencera a permanecer no cargo de Sombra, e Woon não dera nem indício de querer renunciar de sua posição, talvez porque parecesse muito mais feliz agora. Shae estava feliz por ele, mas era um sentimento um tanto incerto.

Niko estendeu os braços para ser tirado do balanço. Hilo atendeu, colocou-o no chão e ficou observando o menininho correr pelo jardim.

— Faz tempo que não vejo o Maro — comentou ele. — Tá tudo certo com vocês dois?

Shae se esforçou ao máximo para soar indiferente.

— A gente tá mais ou menos dando um tempo por enquanto.

Ela tinha a impressão de que a resposta parecia tão evasiva e confusa quanto o momento do casal em si, e ficou decepcionada ao perceber que, ao contrário do que pensava, ainda se importava muito com os julgamentos do irmão.

— Ainda somos amigos — acrescentou. — Ele vai vir como meu acompanhante amanhã.

Hilo a encarou como se soubesse de alguma coisa, com um olhar quase triste, como se pudesse imaginar que o duelo lhe custara muito mais do que sua jade.

— Se é só amizade mesmo, então você deveria ser sincera com ele, Shae.

Ela fingiu não ter ouvido.

— O Maro anda envolvido com o Grupo Internacional Quatro Virtudes, que advoca por direitos humanos. Ele perguntou se você aceitaria participar de uma reunião com os representantes, que tão procurando apoio dos clãs. Significaria muito pra eles.

Hilo suspirou, irritado. Provavelmente pela irmã ter mudado de assunto e provavelmente também porque, como Pilar, vivia sendo convocado por diversos grupos, coisa que nunca deixava de ser enfadonha.

— Tá bom, como um favor pro seu... *amigo* — disse ele. — Em algum momento do ano que vem, quando as coisas ficarem mais sossegadas.

O parto de Wen estava marcado para dali a um mês. Niko voltou com a mão cheia de pedrinhas coloridas. Hilo fingiu admirá-las e então pegou o pequeno no colo para levá-lo para almoçar dentro de casa.

— O Andy tá bem — falou para Shae, olhando para trás. — Não gostou de ter que ficar lá, mas entendeu.

Shae ficou observando as costas do irmão se distanciarem rumo à residência. Chamou-o:

— Você teria seguido em frente mesmo? Se a Ayt tivesse me matado no expurgo, você teria rompido o aisho e voltado à guerra com uma lâmina corrompida?

— A Ayt achou que eu fosse. — A aura de Hilo estava calma como um rio. — É isso que importa.

O Chanceler Son estava se aquecendo na banca de tiro ao alvo do Clube Três Primaveras quando Shae se juntou a ele naquela tarde.

— Kaul-jen — exclamou o sujeito, num tom tranquilo e animado. — Que dia adorável, não é?

Faltavam três meses para o fim de seu mandato, um excruciante período de seis anos, e ele claramente estava ansioso para ter mais tempo para os negócios da família, seus netos e jogar chasso.

Chasso era um jogo de campo que envolvia caminhar por uma área aberta e bem cuidada, parar em intervalos regulares para atirar em pássaros de mentirinha (bolas de borracha com penugem que são lançadas de máquinas escondidas) com dardos de besta disparados de arcos especiais. Muito embora o chasso tenha começado como um jogo de cavalheiros internacionais cujas origens remetiam à caça e à arquearia, acabou se tornando um passatempo popular entre kekonésios abastados na última década. Os políticos e empresários de mais alto escalão de Janloon costumavam ter reuniões de negócios durante partidas no recém-construído Clube Três Primaveras, localizado a trinta minutos ao sul de Janloon.

Pessoalmente, Shae achava o jogo desinteressantíssimo, mas compreendia o apelo para pessoas como Son Tomarho. Dedicar tanta terra à recreação privada em uma ilha em que espaço era um luxo significava taxas de inscrição exorbitantes, o que era uma ferramenta de manutenção de status. O esporte exigia reflexo, boa mira e equipamentos caros, mas pouco condicionamento físico, e homens chegando à terceira idade ainda gostavam de fingir que eram guerreiros capacitados. Ela também suspeitava que Son adorava vencê-la nas partidas, já que as habilidades provindas da jade davam vantagens mínimas.

Shae esperou as primeiras duas partidas passarem enquanto conversavam amenidades, e depois estivessem escalando uma pequena colina contra o vento até o local da terceira, para decidir abordar o tópico que tinha ido discutir.

— Ninguém merece mais uma folga de toda a pressão da Casa da Sabedoria do que você, Chanceler Son, mas vai ser uma perda e tanto para o Desponta não ter mais um amigo tão confiável no cargo ano que vem.

O Conselho Real votara em Guim En, o atual ministro de políticas internas, como sucessor de Son. Guim era visto como um estadista experiente, fiscalmente responsável e com uma veia populista. Também era membro de longa data do Clã da Montanha.

— Guim é um sujeito sensato — disse Son, despreocupado, enquanto se posicionava no ponto de vantagem e erguia o arco de chasso até o ombro.

Ele levantou o braço esquerdo para indicar ao operador da máquina lá embaixo que estava pronto. Uma depois da outra, meia dúzia de bolas vieram de trás de uma fileira de arbustos. Son atirou numa sequência rápida e grunhiu, satisfeito, quando três caíram com um estrondo no gramado adiante.

— É um momento difícil pro país e pro Desponta — afirmou Shae. — Os clãs mantiveram a paz, mas só porque o mundo ao nosso redor está em guerra. Será que podemos contar com o Guim En pra continuar pressionando as Ilhas Uwiwa a respeito do contrabando? Será que vai continuar a cobrar as responsabilidades do Montanha no que diz respeito à AJK?

Será que vai se opor à Lei dos Refugiados do Conflito de Oortoko quando chegar a hora do Conselho Real votar?

Son abriu espaço e Shae assumiu a posição. As bolas de chasso voaram. Ela acertou duas com o arco alugado na loja do clube e sorriu, tentada a trapacear e usar a Deflexão para desviar os alvos do oponente na próxima rodada. Enquanto desciam a colina para coletar seus pontos, Son comentou, numa voz consideravelmente mais sombria:

— Kaul-jen, eu tava presente durante a visita do secretário espênico, e tenho plena ciência das preocupações dos estrangeiros quanto à segurança. Mas a Lei dos Refugiados trata de uma questão humanitária. Se opor vai parecer falta de compaixão por parte do Desponta.

Ele limpou o suor da testa, agachou o corpanzil para recolher as bolas de chasso que atingira e as entregou para o jovem bandeirinha que os seguia a uma distância respeitável, carregando equipamento, água e marcando os pontos.

— Afinal de contas, a compaixão é uma das quatro Virtudes Divinas.

Shae não discordava dos sentimentos de Son. Ainda assim, falou:

— Num mundo perfeito, as pessoas agiriam de acordo com as Virtudes Divinas o tempo todo, e aí imagino que o Retorno fosse mais tangível. Mas o mundo tá longe de ser perfeito, e nós dois sabemos que essa negociação deve ser uma via de mão dupla.

Son se virou e cravou um dos dardos no ar.

— O que os espênicos tão pedindo é que a gente vire as costas pra viúvas sem-teto e órfãos porque têm medo de que alguns deles talvez sejam espiões ygutanianos. Será mesmo que deveríamos comprometer nossa moral por causa de pressões internacionais?

Eram palavras indignadas, mas proferidas com um tom resignado. Suas objeções estavam mais para um blá-blá-blá retórico do que para uma divergência verdadeira. Ele sabia tanto quanto Shae que a posição do Desponta era delicada. Os desafios militares em Oortoko haviam deixado os espênicos paranoicos e controladores. Para piorar o desgosto, o Conselho Real Kekonésio bateu o pé e não contribuiria com soldados ou mais jade para o esforço de guerra em Oortoko. A questão era que, em meio a tudo isso, Shae direcionara o clã rumo a expansões empresariais e acordos de comércio com a Espênia, e estava abrindo uma filial do escritório da Homem do Tempo em Porto Massy. Agora que Hilo estabelecera conexões do clã com os Ossos Verdes daquele país, e ciente de que os Montanha buscavam suas próprias oportunidades estrangeiras, Shae tinha ainda mais certeza de que o Desponta precisava de cada partícula de influência política a que pudesse se ater, tanto em casa quanto fora do país. E do contínuo apoio de Adamont Capita. Assim como toda a nação, na verdade, caso desejasse manter o rápido crescimento econômico. O negócio têxtil da própria família de Son estava se beneficiando muito das tarifas reduzidas.

— Você ocupou o maior cargo político de Kekon durante a guerra interna entre os clãs, e agora há uma guerra internacional à nossa porta — apontou Shae para o chanceler. — Você entende de pressão como ninguém... e de *quando* se comprometer.

Son meneou a cabeça.

— Agora esses são problemas do meu sucessor, Kaul-jen.

Percorreram uma trilha de cascalho muito bem planejada rumo a um pequeno bosque. A tarde estava esfriando rápido. Não demoraria muito para que o frio do outono e a luz que esmaecia os levassem de volta para dentro.

— Você ainda não tá velho, Chanceler Son. Olha só como tá se saindo muito melhor do que eu no trajeto de chasso. — Ela parou e olhou para o homem. — Em nome do Pilar, sou obrigada a pedir um último ato de amizade ao Desponta. Não se aposenta quando seu mandato terminar. Continua atuando no Conselho Real. Você vai ter tempo mais do que suficiente pra aproveitar depois, mas fica no governo por mais um ano ou dois e continua fazendo o bom trabalho que o país precisa que você faça.

Shae fez uma pausa cheia de significado.

— O clã ficaria grato a você e a sua família.

Como antigo Lanterna, o Chanceler Son sabia que a gratidão do clã não era algo fácil de ser obtido e que, quase com certeza, significava uma recompensa monetária a ele e a seus parentes. Se permanecesse no Conselho Real, Son continuaria a atuar como o político mais experiente do Desponta na Casa da Sabedoria e votaria de acordo com os interesses do clã. Caso houvesse um empate, seu status como chanceler emérito o daria o mesmo privilégio do atual chanceler, de dar um voto adicional para desempatar, o que poderia invalidar o poder de decisão de Guim.

O sujeito franziu os lábios grossos. Num tom pensativo, mas com uma pitada de orgulho, disse:

— Imagino que... depois de uma vida de serviço público, o que seria mais um ano? — Ele encarou Shae com um olhar lúcido e calculista antes de erguer seu arco de chasso e voltar a caminhar. — Continuo um amigo leal do clã, Kaul-jen, mas não tenho como lutar contra a maré. A maior parte das pessoas não entende os acordos comerciais ou se importa com as preocupações de segurança levantadas pelos espênicos. Muitos não veem motivo nenhum para que tenhamos que ajudar os estrangeiros. Você tá numa corda bamba. Se continuar colocando os interesses do Desponta contra a vontade do país, não vai triunfar.

Shae não costumava beber muito, mas tomou diversas taças de vinho na festa de casamento de Woon na noite seguinte. Algum momento depois da meia-noite, o casal partiu sob a celebração dos convidados numa limusine enfeitada com peônias vermelhas e amarelas, que simbolizavam fertilidade e alegria matrimonial. Pouco depois, Shae se retirou e foi para a residência da Homem do Tempo. Maro, com um terno de linho azul e gravata, acompanhou-a até a porta da frente. Ela parou antes de entrar e se virou para trás.

— Quer entrar um pouquinho?

Não sabia ao certo se foi a educação, a melancolia da embriaguez ou alguma outra coisa que a fez perguntar, mas naquele momento, torceu para que ele dissesse sim. Dezenas de pessoas tinham visto os dois saindo juntos da festa, mas como já passara e sobrevivera por um escândalo público nacional, já não se importava mais se houvesse fofocas pela manhã.

Maro olhou para longe, e então de volta para Shae com uma expressão esperançosa, mas cheia de cautela.

— Só por um minutinho — respondeu.

Lá dentro, ela tirou os sapatos, sentou-se no sofá e esfregou os pés doloridos. Maro encheu dois copos altos de água saborizada com menta de um jarro na geladeira. Shae aceitou, grata, e pressionou o vidro gelado contra a testa antes de tomar metade num gole só. Muito embora a casa da Homem do Tempo ficasse no fim do pátio central, ainda era possível ouvir a música e Perceber a energia da multidão restante como um pulsar distante, ao fundo. A essa altura, seu corpo tinha se acostumado a carregar menos jade, mas às vezes, a sensação era de que seus sentidos estavam atenuados e embotados. O álcool que consumira exacerbara o efeito. Estava cansada e tudo parecia ligeiramente enevoado.

Maro se sentou na outra ponta do sofá, se reclinou para trás, afrouxou a gravata e bebericou a própria água. Não parecia estar tão inebriado quanto ela.

— Seu amigo Woon Papi deve se dedicar muito ao clã — apontou. — A sua família fez uma festa e tanto pra ele.

— Ele era o melhor amigo do meu irmão mais velho. — *E meu também*. — Ele merece.

Maro revirou o copo em suas mãos.

— Bom, obrigado por ter me convidado. E agradeço muito por ter arranjado uma reunião pro Quatro Virtudes conversar com o seu irmão. — Como se quisesse preencher o espaço que os separava, continuou: — Faz um tempo que entrei na direção. Tão fazendo um bom trabalho, mas não têm muito pra onde ir sem apoio de mais figurões. Seria um passo enorme pros maiores clãs reconhecerem publicamente a necessidade de Kekon assumir um papel mais ativo em questões humanitárias internacionais.

Ele a olhou como se esperasse que ela concordasse.

— Talvez a gente consiga convencer o seu irmão a apoiar a Lei dos Refugiados do Conflito de Oortoko.

Shae não estava no clima de explicar a situação envolvendo as empreitadas comerciais do clã e a pressão do governo espênico, e nem de mencionar que era ela quem estava cobrando que o Chanceler Son e o Conselho Real questionassem os interesses internacionais.

— Não vamos de falar de política agora — sugeriu.

Maro puxou o colarinho.

— Se você diz... — falou ele, um tanto incerto, como se Shae os tivesse privado do último assunto seguro que tinham para conversar.

Um silêncio incômodo pairou entre os dois. Quase cinco meses haviam se passado desde o expurgo, mas o relacionamento continuava no esquisito limbo de dois objetos mantidos a uma distância precisa um do outro por uma força centrífuga constante, incapazes de se aproximarem ou se distanciarem ainda mais. Tinham conversado pelo telefone. Almoçado juntos algumas vezes. Shae ainda o consultava quanto a assuntos econômicos ou de política internacional, e agora ele esperava o endosso do clã para o trabalho não remunerado que começara a consumir a maior parte de seu tempo. Eram cordiais e amigáveis, mas viviam em volta um do outro de forma incerta, como se cada qual fosse um incêndio cujo calor desejavam, mas sabiam que poderia queimá-los.

Em mais de uma ocasião, Maro insinuara que conseguiriam superar esse momento difícil se estivessem dispostos a confiar um no outro de novo. Ao olhá-lo agora, bonito e todo sério, vendo o anseio em seus olhos e o leve rubor em seu rosto, Shae queria, mais do que tudo, que isso fosse verdade. Nesta noite, estava desesperada por intimidade... mas não merecia a confiança de Maro e não tolerava a ideia de reconquistá-la desonestamente. Pensou em agradecê-lo por ter vindo e, educadamente, levá-lo até a porta. Pensou em puxá-lo sobre seu corpo e transar no chão da sala de estar. Nenhuma opção parecia cem por cento correta, e nem justa com seu amigo.

Ela não se lamentava pelas decisões que tomara, mas se arrependia de não conseguir mais olhar para Maro sem ver a distância intransponível entre as realidades que habitavam.

— Shae. — Ele pigarreou forte, se levantou e chegou mais perto. Sua aura suave, transbordando de um desejo conflituoso, quase aflito, roçou contra a dela. Maro aparara a barba e havia tensão na curva de sua mandíbula. — Acho que entendo melhor o motivo de você ter me afastado antes. Aceitei o fato de que você estava sob muita pressão naquela época e quis evitar que eu virasse um alvo. Mas não tenho certeza de que posso continuar assim... como seu amigo, no caso. Alguém vagamente associado a sua família, que é convidado pra casamentos, mas não faz parte do clã em si. Não... não é bom ficar nesta posição.

Um peso se acomodou sob a caixa torácica de Shae.

— Eu sei. Eu mesma tentei viver desse jeito uma vez e não deu certo. — Ela se afundou ainda mais no sofá. Em algum lugar no fundo de suas órbitas oculares, sentiu uma pulsação começar. — Você tá certo. Te mantive longe e não te contei a verdade que você merecia saber. Eu tava tentando te proteger das minhas decisões, mas foi errado da minha parte.

O rosto de Maro se moveu num breve espasmo.

— Você não tem como me proteger de tudo. Sabe que eu não gosto da cultura Osso Verde, mas mesmo assim me importo com *você*. Lembra quando eu falei que queria que a gente fosse cem por cento aberto e sincero um com o outro? — Ele perscrutou o rosto dela. — Preciso saber qual é o meu lugar na sua vida. Dá pra só me dizer de uma vez por todas se a gente ainda tem alguma chance?

As palavras de Hilo retornaram: *se é só amizade mesmo, então você deveria ser sincera com ele, Shae.* A pressão de um desamparo ardente e masoquista tomou forma dentro de seu peito. Ela passou uma mão ao redor do pescoço de Maro e o beijou. O gosto e o cheiro dele lhe inundaram a boca, e ela suspirou, tomada por uma ferocidade nostálgica tão forte quanto a adstringência que o vinho deixava na língua. Quando se afastou, Shae confessou:

— Fiz um aborto, Maro. Engravidei antes do expurgo com a Ayt Mada.

Ele assumiu uma expressão absorta por diversos segundos, e então se recostou contra o apoio do sofá como se tivesse levado um empurrão. Suas feições gentis ficaram anuviadas, magoadas e desagradáveis. As extremidades de sua aura de jade pareceram trepidar e se endurecer.

— *Você...* — Sua voz saiu como um sussurro rouco. — Escondeu isso de mim. Decidiu sem nem me contar. Que nem o expurgo.

— Você queria honestidade. Então é isso o que tô te dando. Eu também te amo. — Shae olhou para as próprias mãos e se deu conta de que estavam entrelaçadas com força sobre seu colo. — Você perguntou se a gente ainda tinha alguma chance, mas só você pode responder a essa pergunta agora.

Maro colocou o copo sobre a mesinha de centro e se levantou. Shae sentiu o doloroso peso de seu olhar a encarando por um longo e silencioso momento. Ela recostou a cabeça contra as almofadas. O teto parecia estar girando, então fechou os olhos e não viu quando Maro se virou e saiu da casa.

Capítulo 43

Jade da Família

Três semanas antes do Ano-novo, Hilo partiu de Janloon, dirigiu por uma hora para o interior da ilha e parou num rancho abandonado indicado apenas por uma placa de rodovia instalada numa extensão plana de estrada no sopé das montanhas. Comandou o pesado Duchesse ao longo da esburacada ruazinha de chão batido até o caminho ficar estreito e coberto por mato demais, depois saiu do carro e andou pelo restante do trajeto até a única estrutura por ali, uma construção decadente de tijolo à vista. O sol já tinha deslizado para trás dos cumes recobertos pela floresta que predominavam no horizonte a oeste, e os morcegos que sobrevoavam por todo o descampado eram como centelhas de calor nas redondezas da Percepção de Hilo. Dois dos homens de Tar estavam na clareira atrás do rancho, cavando um buraco e enfiando e tilintando as pás contra a terra seca enquanto, ofegantes, condensavam seus fôlegos no ar. Pararam o trabalho, enxugaram a testa com o antebraço e tocaram a cabeça numa breve saudação quando o Pilar passou e se agachou para entrar na edificação arruinada.

Lá dentro, a luz forte vinha de um lampião pendurado num cabide que havia sido transformado em gancho de metal. Uma camada de terra, palha e fezes de pássaro cobria o chão de pedra. Tar e Doun, seu tenente, estavam juntos de pé, conversando e dividindo um cigarro enquanto esperavam pela chegada de Hilo. A seus pés, havia um amontoado comprido, enrolado em tecidos e amarrado com corda, como se fosse um tapete muito mal embalado. Ao lado, havia um enorme recipiente de aço com a tampa aberta; era a caixa de ferramentas de uma caminhonete que Tar comprara de uma empresa de equipamentos para transporte de mercadorias.

Quando Hilo entrou, Doun o saudou e então se abaixou para cortar as cordas que continham o amontoado. O sujeito puxou os tecidos para revelar um jovem sujo e machucado. O adolescente fora amordaçado e imobilizado, mas com a luz repentina, piscou e se contorceu no chão numa tentativa de se levantar. Sua aura de jade se tornou estridente, e o incômodo na mente de Hilo parecia o ruído do retorno de um microfone. Doun recuou e Hilo encarou aquele rosto magro e suado com olhos arregalados de ódio e medo. O olhar do Pilar abandonou a face do refém, repousou sobre as pepitas de jade ao redor de seu pescoço e, em seguida, nos braceletes encrustados de jade ao redor de seus braços magricelas. A jade de Kaul Lan. As joias não haviam nem sido retrabalhadas.

Hilo foi inundado por uma ira gélida e um desconforto profundo. Anos atrás, quando era o Chifre sob comando de seu irmão, estivera no restaurante Sorte em Dobro, nas Docas, na noite em que dois bandidos adolescentes tentaram roubar a jade de um Osso Verde bêbado. Junto com os Maik, impedira o assalto, mas se lembrava de ter ficado com a impressão de que aqueles rapazes eram o sinal de uma podridão social crescente, um mau agouro de que coisas piores estavam por vir. Agora, olhando para esse estranho, esse zé-ninguém que causara tanto sofrimento à família Kaul e, ainda assim, dera um jeito de passar tanto tempo sem ser punido, essa sensação era ainda mais forte. Havia quem acreditasse que, com BL1, qualquer um poderia usar jade... mas isso estava longe de ser verdade. Porque se qualquer marginalzinho fosse capaz de usar a jade de Lan, então a pedra não era nada. Então o mundo dos Ossos Verdes não era *nada*. A simples existência dessa possibilidade niilista aterrorizava Hilo lá no fundo. O Desponta era como um tigre, e esse ladrão como um rato, mas até mesmo a maior e mais poderosa das criaturas temeria uma epidemia de ratos se movendo pelo escuro, com dentes afiados e carregando pragas. Era um desequilíbrio na natureza, um indício de uma falha elementar cada vez mais voraz no mundo que nem mesmo esse momento seria capaz de corrigir.

Tar abrira uma bolsa de viagem e dispora algumas ferramentas: uma parafusadeira sem fio, um pedaço de tubo plástico e fita adesiva. Hilo se agachou. O adolescente se afastou e usou a Força para se libertar das amarras. Atirou uma rajada de Deflexão que saiu numa onda desfocada, soprou a terra do chão contra as paredes de pedra e fez o lampião pendurado balançar enquanto Hilo dissipava aquele esforço desesperado com um contra-ataque tranquilo de Deflexão. Doun se aproximou e prendeu os ombros do prisioneiro no chão para que o rapaz parasse de se debater. Hilo abriu o fecho dos braceletes e os tirou um por um. Alcançou o pescoço tenso do garoto, soltou o cordão e recolheu a longa corrente de pedras de jade. Por fim, enfiou a jade de Lan no bolso do casaco e deu um tapinha sobre o volume que se formou para confirmar para si mesmo que as joias estavam seguras.

O ladrão gemeu. Seus olhos se reviraram e, com o solavanco inicial da abstinência, seu corpo se agitou e estremeceu. Hilo tirou a mordaça da boca do bandido. O adolescente cuspiu uma maçaroca com manchas de sangue pelos dentes quebrados e, para a surpresa do Pilar, virou a cabeça para encarar Tar com o rosto contorcido e um olhar mordaz de ódio que parecia muito mais do que seu corpanzil esquelético era capaz de sustentar.

— *Você* — vociferou o ladrão, com a voz trêmula. — Você matou meu pai. Cortou a garganta dele e jogou o corpo no porto. Tomara que você e toda a sua família morram gritando, seu merdinha desalmado.

Interessado, Tar o olhou e então voltou a instalar uma broca na parafusadeira.

— Quem era ele?

— O nome era Mudt Jindonon. — O garoto começou a chorar, e rastros feios de lágrimas escorreram por seu rosto enlameado. — Era dono de uma loja e de um pouquinho de jade, só isso. Era meu pai e você matou ele.

— Eu me lembro desse tal de Mudt Jin. — Agora que tudo fazia sentido, Tar assentiu. — Espião do Montanha, traficante de brilho, ladrão de jade e dono de uma quadrilha. Ajudou a planejar o assassinato covarde de um Pilar Osso Verde. Normalmente não gosto de pensar que ter sangue ruim é coisa de família, mas pelo visto neste caso é verdade.

Hilo encarou o adolescente chorando alto que havia matado seu irmão, escapado e depois profanado o túmulo da família em busca da jade dele. Não sentia triunfo algum, apenas um nojo e uma dó sobrepujantes, um desejo intenso e impaciente de colocar um ponto-final em algo que deveria ter feito muito tempo antes. Ele desabotoou a camisa até o umbigo e a abriu. Estremeceu um pouco ao tirar três pepitas de jade do peito. Rolou-as na palma das mãos; sua própria jade, conquistada na juventude contra algum inimigo do qual agora já nem se lembrava mais. Mal sentiria a ausência delas agora, mas naquela época, cada pedacinho de verde que acrescentara ao corpo tinha gosto de destino.

— Olha pra mim — disse o Pilar, num timbre suave. Estendeu as três pedras. — Isso aqui é jade da família Kaul. É por isso que você se dispôs a matar e a roubar. E tô te dando. Você vai levar contigo pra cova, igual a qualquer outro Osso Verde.

— Não foi eu! — gritou Mudt, com um medo animalesco que finalmente ultrapassou a raiva profunda. — Tinha outro cara! Foi ele... foi tudo ideia dele. Eu só fui junto...

Hilo apertou o queixo do bandido e o forçou abrir os lábios para interromper os protestos frenéticos. Uma por uma, jogou as três pepitas de jade na boca de Mudt, e então a fechou com força. Tar rasgou um pedaço de fita adesiva de um grande rolo prateado e selou os beiços do adolescente. Passaram mais fita ao redor dos pulsos e dos tornozelos para garantir que as amarras ficassem bem firmes, e então o levantaram sem dificuldade, Tar pelos pés e Doun pelas axilas, para colocá-lo na caixa de metal. Com os joelhos dobrados, o jovem se encaixou sem que sobrasse quase nenhum espaço para que pudesse se virar lá dentro. Hilo vislumbrou um último lampejo assombroso daquele rosto pálido e marcado pelo pavor antes de fecharem a tampa. Pancadas, gritos abafados e ganidos agudos de aura de jade vinham do recipiente, interrompendo o chiado da parafusadeira sem fio enquanto Tar fazia buracos ao longo das extremidades da tampa e a fixava no lugar com parafusos de metal. Com a maior broca e quase no topo, Tar abriu um furo grande o bastante para que um dedo pudesse passar. Ali, inseriu um pedaço de tubo plástico para que entrasse ar. Não queriam que o homem trancafiado sufocasse.

Tar e Doun carregaram a caixa. Os dois sujeitos no campo haviam terminado de cavar e estavam apoiados nas pás, descansando. Quando viram o Pilar saindo, soltaram as ferramentas e se apressaram para ajudar a equilibrar o recipiente e levá-lo terra abaixo. Com os cinco revezando as pás enquanto os outros descansavam, levou uma hora para que preenchessem a tumba de dois metros de profundidade. Por fim, restaram apenas um pedaço de terra fresca para marcar o local e, saindo do chão, um rígido tubo plástico pouco visível.

Sem sua habitual dose de brilho, um viciado normalmente começaria a sentir os efeitos da superexposição à jade dentro de vinte e quatro horas. Com a pedra presa dentro de um corpo sobrecarregado de adrenalina, com certeza aconteceria muito mais rápido. O Prurido daria as caras em pouco tempo.

Recolheram os lampiões e ferramentas do rancho vazio. Ali no interior, o silêncio era absoluto. O céu noturno estava límpido e cheio de estrelas. Nada da poluição ou do barulho de Janloon os alcançava, e não havia nenhuma outra casa à vista. A cidade mais próxima, Opia, ficava a trinta quilômetros de distância passando por sinuosas estradas montanhosas. Enquanto caminhavam de volta para os carros, Hilo fez questão de agradecer pessoalmente aos três Unhas (era assim que Tar chamava seus encarregados agora, para diferenciá-los dos Dedos de Kehn) por passarem o que teria sido uma noite agradável executando com diligência uma tarefa tão desagradável. Os três, Doun, Tyin e Yonu, garantiram ao Pilar que era simplesmente seu dever para com a memória de Kaul Lan, e lamentaram que tivesse levado tanto tempo para encontrarem o ladrão e feito valer a justiça do clã.

— Cuidou pra que o bartender que ligou com a informação fosse recompensado? — perguntou Hilo para Tar.

— Claro.

Entre lidar com essa empreitada e sussurrar o nome de Koben Ento, Tar andava dando duro no trabalho. Com a expansão do clã para a Espênia, Hilo tinha algumas ideias de como usar a enxuta equipe de Tar no futuro, mas ainda não era hora de trazer o assunto à tona. Ele colocou uma mão nas costas de seu Encarregado.

— Sei que às vezes eu sou impaciente ou tenho pavio curto contigo, mas é só porque agora você é o meu irmão mais próximo, e confio em você pra cuidar de coisas que eu não delegaria pra mais ninguém — afirmou Hilo. — Fico feliz de poder contar com você, Tar. Não falo isso tanto quanto deveria.

Começava a amanhecer quando Hilo chegou em casa. Ele fechou a porta da frente em silêncio enquanto entrava sem acender nenhuma luz para não incomodar Wen e a bebê de apenas duas semanas de vida, que, é claro, era uma menina. Na cozinha, acomodou a jaqueta no encosto de uma cadeira e lavou as mãos na pia. Estava cansado, mas também morrendo de fome e sede, então se serviu de um copo de água e levou duas laranjas do cesto de frutas e um pacote de amendoim para a mesa. Sentado no escuro, o Pilar ficou descascando e comendo as laranjas e quebrando a casca dos amendoins. Era raro que ficasse sozinho, portanto, aproveitou o momento de paz e não teve pressa para ir deitar.

Hilo tirou a jade de Lan do bolso, colocou-a sobre a mesa e observou as joias. Uma agitação em sua Percepção o informou que havia mais alguém acordado na casa. Sentiu Niko se aproximando antes de ouvir os passinhos hesitantes do pequeno descendo as escadas e parando na entrada da cozinha. As cortinas na porta para o pátio estavam abertas, e o reluzir da lua, que se misturava com as luzes do jardim, era claro o suficiente apenas para que visse o rosto amassado de sono e levemente preocupado de seu sobrinho.

— Tio? — chamou o garoto. — Por que o senhor tá sentado no escuro?

— Cheguei tarde e não queria acordar vocês.

Hilo estendeu os braços e o menino se aproximou, subiu em seu colo e deitou a cabeça contra seu peito. Mesmo que Niko e Ru se reconhecessem como irmãos e chamassem Wen de mãe, ele sempre insistiu que o filho de seu irmão o chamasse de *tio* para que nunca esquecesse quem seu verdadeiro pai foi. Ele fez carinho no cabelo do garoto e sussurrou:

— Levanta, quero te mostrar uma coisa. — Colocou o neném de 3 anos (quase 4 agora, lembrou a si mesmo) de pé no chão e disse: — Quer saber onde eu fui hoje à noite e por que cheguei tão tarde que não deu de te colocar na cama? Eu tava procurando uma coisa, algo que ficou um tempinho perdido, e que finalmente encontrei.

O Pilar pegou os braceletes e o colar de jade e deixou o garotinho admirar e tocar as joias. Uma leve exposição à jade em tão tenra idade não era perigoso. Na verdade, era até benéfico para que a criança tivesse um princípio básico de tolerância à jade antes de poder entrar na Academia.

— Esta jade era do seu pai, Niko — explicou Hilo. — Pertencia a ele durante seu tempo como o Pilar do clã. Um dia, quando você for um Osso Verde, serão suas. Vou deixar guardada até lá.

Niko bocejou.

— Primeiro eu vou ter que crescer um montão.

— Um montão — concordou Hilo, antes de pegar o pequeno e levá-lo escada acima.

Capítulo 44

O Intermediário

Willum "Canela Seca" Reams estava numa doca privativa sob a sombra da Ponte do Olho de Ferro. Era uma noite de primavera nublada e despida de estrelas, e a escuridão, tirando as luzes que iluminavam a rodovia de seis vias lá em cima e carregava o fluxo constante de trânsito através do Rio Camres, se fazia quase absoluto. O avançar dos pneus era mais alto do que o constante mover da água ali embaixo.

Quatro dos cascas de Canela Seca esperavam pelo carregamento junto com ele. Os gêmeos, Viveiro e Petiz Breuer, estavam ao lado do carro que havia sido levado até o píer. Pats Rudy e Carson Sunter, com as mãos acomodadas sobre a coronha das pistolas, mantinham vigília. Não era a primeira vez que Canela e seus encarregados se apossavam de um carregamento de contrabando que subia o rio de balsa. O Camres era uma das maiores e mais movimentadas hidrovias do mundo. Por séculos, foi chamado de Caminho da Prata, mas também, de forma menos lisonjeira, como Canal do Vício graças à quantidade de drogas e armas que entravam na cidade de Porto Massy por canais mais adiante. Esse tipo de evento era rotineiro para Canela, mas ele estava agoniado esta noite devido à natureza dos bens. Era um braço direito esperto e impiedoso, muito respeitado no submundo de Porto Massy, mas era cauteloso de nascença. Ao contrário de seu Chefe, não vivia em meio ao luxo e não ficava chamando atenção; se vestia modestamente e dirigia um sedan Brock comum e confiável. Era rico, mas escondia o dinheiro com cuidado e atuava em todas as empreitadas com um objetivo em mente: as cifras. Chefe Kromner o valorizava porque ele nunca esquecia que o primeiro e mais importante trabalho de um braço direito era fazer dinheiro para a Tripulação.

Canela discordava com o Chefe quanto ao envolvimento no mercado de jade. Claro, não havia dúvidas de que dinheiro podia ser feito ali: a Tripulação do Sul já contava com uma lista de compradores à espera da jade que os kekes estavam vendendo. Colecionadores ricos, outros Tripulantes, milícias particulares, mercenários e empresas de segurança, até mesmo aquele culto no norte liderado pelo maluco que afirmava ser a reencarnação do Profeta; parecia que todo mundo queria colocar as mãos nas pedras verdes. Esse troço estava por aí havia milhares de anos, mas agora as pessoas agiam como se fosse algo recém-descoberto. Canela não confiava no conhecimento do povo. A maioria das pessoas era burra e, em sua opinião, jade era arriscada demais. Chamaria atenção demais. O governo via apostas e drogas como falhas morais que destruíam o usuário, mas não as consideravam uma ameaça ao verdadeiro poder do país, que eram as Sociedades Comerciais. A jade, entretanto, poderia fortalecer organizações armadas e perigosas que imporiam um risco verdadeiro à aplicação da lei e àqueles em posições de autoridade. Como seria impossível ter jade sem brilho, haveria repressão ao tráfico de drogas também, o que comprometeria os comércios mais tradicionalmente lucrativos da Tripulação.

Contudo, o maior problema para Canela Seca era que negociar em jade significava negociar com os kekes. Não via problema em fazer negócios com os wianos e com os gutas, até mesmo com os shotes e os tunícos caso fosse preciso, mas havia algo a respeito dos kekes que particularmente o desagradava. Eram anormais, e ele não confiava nem um pouco naquela gente.

Era capaz de perceber que seus encarregados também estavam apreensivos. Pats se aproximou e disse:

— Pelas bolas do Profeta, Canela, quanto tempo mais a gente vai ter que ficar de pé aqui fora congelando o cu? Eles não se atrasavam assim antes. Tem alguma coisa errada.

Dava para entender a desconfiança de seu casca. Para reduzir o risco de interceptação pelas autoridades, a quantia total de jade fora dividida em quatro carregamentos que eram transportados em intervalos de três a seis semanas, passavam pela inspeção do porto com a ajuda dos estivadores na Tripulação de Larvadeira e eram entregues a Canela em diferentes pontos ao longo do rio. As primeiras remessas não tinham enfrentado problema algum, então, tirando o fato de que, se os kekes quisessem ferrá-los, esta seria a última oportunidade, não havia motivo para acreditar que agora não seria igual.

Naquele momento, o barulho de um barco a motor aquietou Pats. As luzes da embarcação emergiram por debaixo do breu da ponte, viraram até a ponta da doca e pararam no píer onde estavam Canela e seus encarregados. Um sujeito baixinho que mancava de forma muito acentuada desembarcou. Parecia ser kekonésio, mas Canela ficou com a impressão de que os dois homens de pele escura com ele não eram. Talvez fossem de uma daquelas ilhas tropicais do Leste Amárico, mas era difícil vê-los direito. Trabalharam juntos para içar a pesada caixa de metal até a terra firme. O keke manco abriu a tampa e acendeu a lanterna para mostrar o conteúdo a Canela: pedras brutas de tamanhos variados, cortadas para revelar o brilho da gema verde na parte de dentro.

— Vinte e cinco quilos — informou o homem. — Quer pesar?

Canela meneou a cabeça. Nenhum dos carregamentos anteriores viera com menos do que deveria. Na verdade, dois tinham chegado com mais de trinta quilos. Quando mencionara isso, o barqueiro havia dado de ombros e respondido:

— A gente dá mais pro intermediário pegar uma parte.

O intermediário. Era ele, o braço direito. Quem colocava a mão na massa e assumia os riscos enquanto os Chefes balofos tipo o Kromner ficavam em casa, aquecidos e em segurança, bebericando conhaque e fumando cigarros em noites como esta. Canela se lembrou do estranho que se sentara ao lado de Dauk na reunião, o jovem representante de Kekon que o questionara especificamente antes de fechar o acordo. Se reconheceram que o trabalho *in loco* do braço direito era a chave para uma operação de sucesso e jogaram um pouquinho a mais ali para garantir que ele fosse recompensado por lidar com tudo de forma tão tranquila, os kekes até que nem eram tão bárbaros assim. Então, apesar de seu ceticismo com toda essa história de contrabando de jade, Canela pegou mais ou menos cinco quilos de jade de cada uma das remessas e os guardou como uma poupança que ele e seus cascas mais próximos poderiam movimentar sozinhos na surdina mais para a frente sem que ninguém, nem mesmo o restante dos Tripulantes, ficasse sabendo. Um seguro caso as coisas não acabassem bem para Kromner. O resto da jade foi levado para um armazém industrial onde outro dos braços direitos de Kromner, Duque Traça, e seus encarregados supervisionavam migrantes que, usando luvas de chumbo, cortavam e poliam a jade que seria empacotada e entregue aos clientes finais.

Canela fechou as caixas e disse para Pats:

— Vai pegar o dinheiro.

O casca foi para o caminhão, voltou alguns minutos depois com uma maleta que colocou em cima da tampa de uma das caixas fechadas e abriu a tranca para revelar bolos de notas de cem thalirs.

— Quer contar? — perguntou ao barqueiro, num tom um tanto zombeteiro.

O sujeito meneou a cabeça.

— Confio nos espênicos pra contar dinheiro.

Ele fechou a maleta, pegou-a e caminhou de volta para o barco sem dizer mais nada.

Canela gesticulou para que Viveiro e Petiz levassem as caixas de metal para o carro. Os dois estavam no meio do caminho quando dois pares de faróis os interceptaram e oito homens desembarcaram de veículos pretos.

Os gêmeos Breuer sacaram as armas num piscar de olhos. Canela empunhou sua pistola Ankev, mas então ouviu Duque Traça gritar com uma voz preocupada:

— Canela, é você aí?

— Aham, sou eu, Traça. Puta que pariu, manda seus rapazes apontaram as armas pra outro canto.

Os cascas de Duque estavam munidos de submetralhadoras Fullerton e apontando-as por todo o píer. Viveiro e Petiz começaram a abaixar as armas, mas Canela manteve a sua em riste.

— Que história é essa, Traça? O que é que você tá fazendo aqui e não no armazém esperando a gente, porra?

— Ouvimos dizer que ia dar problema, que era uma emboscada.

O corpanzil largo de Duque veio trotando adiante. Ele parou na frente de seus encarregados, e sua silhueta ficou emoldurada pelo brilho dos faróis. Canela sempre achara o sujeito parecido com um gorila de terno.

— Aí a gente veio garantir que tava tudo certo, pra dar cobertura caso os kekes inventassem alguma coisa. Pegou as pedras?

— Sim, pegamos.

— Todas? — perguntou Duque, e com essas três palavras, naquele tom especificamente ganancioso com que foram proferidas, Canela entendeu num instante que fora traído. Virou-se e correu para o píer. Os cascas de Traça abriram fogo e estraçalharam Viveiro e Pitez com balas. O barco a motor rugiu ao se retirar em pânico. Uma saraivada salpicou o casco da embarcação e Canela teve o vislumbre do barqueiro keke tombando para trás e da maleta em sua mão voando até cair no rio.

Ele se atirou na água escura e foi engolido com um choque gelado tão doloroso que, por um instante, achou que tivesse enfim sido atingido e morrido. E então, sentiu-se afundando no Camres; imaginou o próprio corpo chegando ao fundo do rio poluído para descansar ao lado dos ossos dos homens que ele mesmo colocara ali no decorrer dos anos, e o furioso instinto de sobrevivência fez sua mente voltar ao lugar. Com esforço, se livrou dos sapatos e do casaco de lã que o puxavam para baixo e então, incapaz de ver qualquer coisa, e sem a certeza de se e quando emergiria, sem saber se Pats, Carson ou qualquer outro de seus cascas continuavam vivos, mas ciente de uma única coisa, ele mergulhou e nadou.

Sem aprovação tácita, Duque Traça não teria a pachorra de se virar contra um companheiro braço direito. O que significava que Chefe Kromner, o homem para quem Canela servira tão bem e por tantos anos, queria-o morto.

Capítulo 45

Uma Promessa no Parque

Wen estava irritada com o marido. Claro que compreendia que não eram poucas as demandas do Pilar, e que suas responsabilidades com o clã inevitavelmente eram priorizadas acima de todo o resto, mas isso não a fazia se sentir melhor no momento. Quando ficava com a família, Hilo era brincalhão e atencioso; brincava com os meninos, corria atrás deles e ouvia as conversinhas das crianças como se não houvesse mais nada em sua cabeça. No entanto, quando algum assunto do Desponta precisava de atenção, ele tendia a lidar pessoalmente com a questão o mais rápido possível, o que significava que atividades previamente programadas com a família sempre eram incertas. Um aguaceiro na noite anterior amenizara o calor do verão até uma temperatura agradável, perfeita para um dia de piquenique ao ar livre, mas Hilo foi incapaz de passar tempo com eles como tinha dito que faria. Em vez disso, ficou trancado no escritório por horas a fio com os líderes do pequeno clã Taça de Pedra, conversando a respeito de uma greve dos funcionários de construção que estava atrapalhando projetos que os espênicos queriam completar na Ilha Euman. Depois, concordou em ver alguns representantes de um grupo de ajuda humanitária, e então ele e a Homem do Tempo tiveram uma reunião com Lanternas no centro da cidade que durou a tarde inteira.

Wen fez café para seus irmãos e seus filhos, depois amamentou a bebê e preparou uma bolsa para a viagem que planejara ao parque. Niko e Ru ficaram tristes pela ausência do pai na aventura e estavam importunando Kehn por atenção. Ele costumava ser indulgente com os meninos e lhes dava guloseimas quando Wen não estava olhando, mas ao se sentar para tomar café da manhã sem oferecer nada que lhes interessasse o bastante, os dois começaram a implicar um com o outro por uma mesma arminha de água e ficaram se empurrando até Ru começar a chorar. Kehn ignorou o barulho e continuou folheando o jornal, mas Tar gritou:

— Ei! — Separou os garotos e os colocou à mesa em cadeiras separadas. — Nada de brigar. Irmãos não têm nada que ficar brigando.

— Ele me empurrou — reclamou Niko. — Ele fica sempre pegando as minhas coisas!

— Fica quieto e escuta o seu tio Tar — advertiu Wen enquanto enchia garrafas d'água.

Tar apontou um dedo em riste para o rosto de Niko.

— Ele é seu irmãozinho. Você precisa ser bonzinho com ele, porque quando crescerem, vocês dois têm que ser parceiros, entendeu? Têm que cuidar um do outro. Assim as pessoas vão saber que, caso se metam em encrenca com um, vão receber o dobro de volta do outro.

Emburrado, Niko ficou olhando para o prato.

— Tá achando que é mentira? Um dos homens que matou o seu pai quando você era bebê achou que tinha se safado, mas seu tio foi atrás e achou ele. Sabe o que ele fez com o moço malvado?

— Matou ele.

Niko já ouvira essa história.

Tar pegou três uvas e as segurou na frente do garoto.

— Colocou jade na boca dele e enterrou o cara vivo. — Ele enfiou as uvas na boca de Niko, tapou-a com a mão, chacoalhou o sobrinho de brincadeira antes de soltá-lo e bagunçar seu cabelo com carinho. — É por isso que ninguém mexe com os seus tios. Então fiquem juntos. Não quero ver nenhum dos dois irritando a mãe de vocês brigando por alguma coisa boba. Vocês têm que se comportar melhor.

— Terminem o café da manhã e depois a gente vai pro parque — relembrou Wen.

Kehn se ofereceu para levá-los de carro, já que não tinha outros planos além de treinar alguns de seus Punhos mais novos antes de passar uma tarde relaxante com Lina, que estava grávida e de cama. Só que Wen prometera aos meninos que pegariam o ônibus. O parque ficava a poucos minutos de distância, logo no fim do morro, e fazia parte do Distrito Planície Verde, uma região sob sólido controle do Desponta. Era comum que encontrasse esposas e filhos de outros Ossos Verdes proeminentes na pracinha e no parque aquático sem que houvesse qualquer preocupação com a segurança. Kyanla tirara o dia folga para visitar a mão numa vila abukiana fora dos limites de Janloon, então Wen levou a bolsa com o que precisariam para o dia e passou trabalho com o carrinho de bebê sozinha. Seria uma tarefa menos insuportável se Jaya, de 6 meses de idade, não fosse a mais agitada de todos os três. Ela não suportava ficar no carrinho nem por cinco minutos. Hilo brincava que a pequena seria mais verdejante do que os irmãos, mas, irritada, Wen respondia que essa superstição ridícula existia só para prevenir que mães extremamente frustradas não dessem uma lição nos filhos mais teimosos.

Estendeu uma toalha num ponto sombreado do gramado perto dos brinquedos e deixou os meninos correrem para brincar enquanto observava a neném engatinhar. Jaya seria a última. Ela dera a Hilo um filho (dois, na verdade) e uma filha. Kehn e Lina estavam casados e esperando um herdeiro também. Wen continuava tentando dar um jeito em Tar, mas o futuro da família estava mais garantido do que antigamente. A bebê ainda era nova demais, coisa que Hilo com certeza diria, mas agora que a casa de hóspedes fora reformada, Kaul Wan Ria poderia se mudar de volta para Janloon e ajudar a cuidar das crianças para que Wen pudesse retornar ao trabalho, tanto como designer quanto em qualquer outra atribuição que a Homem do Tempo lhe arranjasse. No decorrer dos últimos anos, continuara, com menor frequência, a se encontrar com informantes na Esplendor Celestial, mas sentia que poderia fazer mais. Prestava muita atenção nos problemas do clã que seu marido e irmãos debatiam, e mesmo quando eles trocavam de assunto, ela continuava pensando no que havia escutado. Quase nunca esquecia o rosto ou o nome de quem conhecia, então era capaz de reconhecer quase todas as pessoas importantes no Desponta. Continuava com as aulas de design de interiores e de espênico, analisava os relatórios do escritório da Homem do Tempo que Shae levava até sua casa para Hilo, e lia os jornais todo dia, mesmo que estivesse exausta de cuidar de três crianças e fosse a última coisa que fizesse antes de dormir.

E fazia tudo isso porque, às vezes, quando se deitava ao lado de Hilo à noite, ele compartilhava algum problema com que estava lidando ou alguma pergunta que estivesse lhe rondando a cabeça e, nesses momentos, Wen teria como dizer: "Fala pro Kehn passar esse trabalho pro Lott Jin, que vai ser promovido a Punho este ano, não vai?" ou "Você já vai ter uma reunião com o prefeito semana que vem, por que não leva aqueles dois Lanternas junto e já aborda o assunto com todo mundo reunido?" Hilo pensava a respeito de suas palavras e respondia: "Era nisso que eu tava pensando também" ou "Não tinha pensado nisso, mas a ideia é ótima, amor", antes de envolvê-la com os braços, beijá-la e, com a cabeça tranquila, cair no sono em segundos.

Wen sempre se sentia a pessoa mais realizada do mundo naqueles poucos minutos antes de seguir o marido rumo ao sono. Nesses momentos, sabia que tinha sido de grande ajuda para a família e para o clã. Passara a vida inteira nutrindo um rancor poderoso: se não tivesse nascido com a deficiência da imunidade à jade, poderia ter entrado na Academia e se tornado uma Osso Verde. Mas agora, achava que se tivesse nascido diferente, era capaz de não ter conhecido, se casado e tido filhos com Kaul Hilo, então talvez tudo tenha acontecido por um motivo.

Tinha preparado salada fria de macarrão, pepino em conserva, castanhas fritas e bolinhos recheados. Quando chamou os meninos para o almoço, os dois, como era de se esperar, comeram só um pouquinho antes de saírem correndo de novo. Ela guardou o que sobrara da comida e depois amamentou e trocou a fralda de Jaya. Viu o Duchesse Priza branco encostar na calçada ao lado do parque e, por um instante cheio de esperança, pensou que o compromisso de Hilo houvesse sido milagrosamente desmarcado e que ele viera em pessoa se juntar à família. Depois, viu o irmão ao volante e deduziu que o Pilar continuava ocupado e mandara Kehn buscá-los em seu lugar. Wen chamou os garotos de onde estavam correndo na pracinha e falou que era hora de ir. Acomodou Jaya no carrinho e o empurrou em direção ao veículo com uma mão enquanto carregava Ru no colo com a outra. Kehn abriu a porta e saiu para cumprimentá-los.

O carro explodiu numa bola de fogo.

Num segundo estava ali e, no outro, Wen recuou aos tropeços enquanto um grito lhe estrangulava a garganta. Por instinto, agarrou Niko, puxou-o para mais perto e se virou para proteger ele e Ru daquele calor infernal que, mesmo a cinquenta metros de distância, dava para sentir na pele. Quando olhou para trás, viu que as janelas e as portas do distinto sedan branco do Pilar haviam sumido. Pedaços retorcidos de metal entulhavam a rua. Chamas e fumaça vertiam das aberturas nos destroços. Pais e mães corriam aos gritos em busca de seus filhos.

— Niko, segura no lado do carrinho da Jaya e não solta — ordenou Wen ao seu primogênito. — A gente vai atravessar a rua, agora, vamos rápido. Fica com a mamãe e não olha pra trás.

Ainda com Ru no colo e cuidando para que Niko a obedecesse, empurrou o carrinho para longe do veículo incendiado. O menino a obedeceu. Seus três filhos estavam chorando de medo. As pessoas corriam por toda a volta; alguns fugindo da cena da explosão e outros correndo para o fogo. Havia gritos e sirenes distantes, mas Wen nem percebeu. Sem dúvida, seu irmão havia morrido. Ela e as crianças continuavam em perigo. Concentrada em manobrar as rodas do carrinho de Jaya sobre o gramado, caminhou com um único objetivo em mente até chegarem à rua do outro lado. Suas mãos estavam cobertas de suor, mas a calma que sentia era chocante. Atravessaram o cruzamento na esquina, e Wen foi até a primeira loja com uma lanterna branca pendurada na fachada. Era uma boutique de roupas masculinas; ternos sob medida, coletes e chapéus de feltro adornavam os manequins expostos na vitrine. Dois vendedores à porta espiavam a fumaça e a comoção.

Wen pegou Jaya nos braços, abriu a porta com o ombro e empurrou todas as três crianças para dentro.

— Quem é o Lanterna da loja? — perguntou ao vendedor mais próximo. Um homem alto e de cabelos brancos veio dos fundos. Confuso e um tanto alarmado ao ver Wen e os três pequenos, o sujeito arqueou as sobrancelhas finas. Antes que ele pudesse se manifestar, Wen falou: — Meu nome é Kaul Maik Wen. Kaul Hiloshudon, o Pilar do Desponta, é meu marido, e estes são os filhos dele. Preciso usar seu telefone pra ligar pra ele agora mesmo. Vamos precisar nos esconder nos fundos até que ele chegue pra nos buscar. Se alguém entrar perguntando se o senhor nos viu, responda que não a menos que sejam Ossos Verdes do Desponta.

Quando o empresário a encarou horrorizado, ela o relembrou:

— O senhor é um Lanterna do clã, então sei que é um amigo em quem posso confiar pra nos ajudar em qualquer situação.

O proprietário do estabelecimento abriu e fechou a boca uma vez, e então engoliu em seco audivelmente antes de dizer:

— Claro, Dona Kaul, vem comigo.

Apressou Wen para seu escritório, um pequeno espaço cheio de catálogos e amostras de tecido, pegou o gancho do telefone e entregou-o a ela. Wen discou o número da casa principal. Ninguém atendeu. Ela bateu o gancho e ligou para o escritório da Homem do Tempo. A secretária de Shae contou que tanto a Homem do Tempo quanto o Pilar haviam ido para uma reunião no Clube Lanterna Branca. Wen a instruiu a mandar alguém imediatamente até lá para informar que algo terrível acontecera. Passou o número da loja e desligou.

Hilo chegou vinte minutos mais tarde. Àquela altura, os bombeiros tinham apagado as labaredas, e a força policial de Janloon, com cerca de doze Ossos Verdes do clã, circulavam pelo parque e pelas ruas ali perto. Wen continuou nos fundos da loja de roupas e não saiu para ver o que estava acontecendo ou para descobrir se alguma parte dos restos mortais de seu irmão, Kehn, foram descobertas. Se a bomba tivesse estourado dois minutos depois, ela e os filhos estariam todos mortos. A única coisa que importava agora era mantê-los em segurança e fora da vista dos inimigos que ainda podiam estar de olho naquela região. Os funcionários haviam trazido tudo que pudesse distrair os meninos: papel e lápis, um pacote de bolachas salgadas, alguns catálogos velhos e uma caixa de giz. Sentada no chão, Wen ficava fazendo desenhos com Niko para tentar entretê-lo. Embalava Jaya em seus braços e dava bolachas para Ru. Quando ouviu a porta da loja se abrir com tudo e a voz de Hilo a chamando, ela saiu correndo do estabelecimento e praticamente se jogou sobre o marido num acesso de alívio.

Com os braços tremendo, Hilo a segurou tão apertado que ela ficou quase imobilizada. O rosto dele estava pálido de pavor. Wen nunca vira o marido com medo de verdade, e foi isso, mais do que qualquer outra coisa, que fez com que todo o acontecido parecesse real. Até aquele momento, para manter as crianças e a si mesma calmas, ela não tinha derramado uma lágrima sequer e nem deixado nada além do mais singelo lampejo de nervosismo aparecer em sua voz, mas agora caía num pranto sufocado.

Niko e Ru correram para se agarrar às pernas de Hilo, que se abaixou, puxou os dois meninos até o peito e os beijou na cabeça e nos rostos, ignorando os funcionários da loja que os observavam e o pelotão de Ossos Verdes que o seguiu ali para dentro. Quando recuperou a postura, a cor já tinha voltado às suas bochechas e, com toda aquela autoridade severa e ligeira, Hilo falou:

— Juen, leva dois dos seus Dedos e deixa minha família em casa. Tô confiando a vida deles na sua mão.

O Primeiro Punho respondeu:

— Agora mesmo, Kaul-jen.

— Shae vai te encontrar em casa — disse Hilo para a esposa. — Eu volto assim que der.

Ela sussurrou:

— O Tar já sabe?

Com uma expressão abatida, Hilo meneou a cabeça, e Wen sentiu as lágrimas que haviam parado ameaçando voltarem a escorrer. Seus irmãos sempre tinham sido dois lados da mesma moeda; nada era capaz de separá-los. Como Tar conseguiria viver sem o irmão mais velho?

— Agora vai pra casa — ordenou Hilo com gentileza, mas num tom firme. — Cuida das crianças.

Wen agarrou o braço do marido com uma insistência que o surpreendeu, e que a assustou também.

— Me diz que vai achar as pessoas por trás disso. — Por dentro, ela estava desmoronando. O que restava de sua compostura ia se desintegrando numa tempestade estrondosa e incoerente de labaredas de fogo, e ainda assim sua voz emergiu num sibilo baixo: — Não importa quem seja, onde estejam ou quanto tempo leve. *Jura* pra mim que vai encontrar e matar essa gente.

Ela prescrutou o rosto do marido e encontrou o que precisava: aquela ira sombria nos olhos, o choque e o medo que iam criando um breu que desbocaria na promessa de violência. Hilo segurou o rosto da esposa com as mãos e encostou a testa contra a dela.

— Eu juro.

Capítulo 46

IMPERDOÁVEL

Shae saiu às pressas do Distrito Financeiro e descobriu que a propriedade Kaul havia virado uma fortaleza. Apenas parentes próximos e os Punhos em quem Hilo mais confiava tinham permissão de entrar ou sair da área. A julgar pela hora em que saíra de casa, Maik Kehn fora com o Duchesse Priza direto para a pracinha sem parar em lugar nenhum pelo caminho, então a única explicação era que alguém tinha obtido acesso ao carro e plantado o explosivo enquanto o veículo estava na garagem da família. O ataque covarde viera de dentro.

Ela mal era capaz de compreender essa possibilidade. Todos que ali entravam eram membros do clã ou associados conhecidos. Os culpados ainda poderiam estar na propriedade ou nas redondezas. Os guardas e funcionários estavam passando por interrogatórios individuais. Os líderes do Taça de Pedra, clã contribuinte do Desponta, que tinham participado de uma reunião com Hilo mais cedo naquela tarde, estavam sendo retidos, assim como os representantes da ONG. Alguns Dedos foram incumbidos de encontrar e trazer Kyanla. O fato de a abukiana ter, por acaso, se ausentado bem nesse dia levantou suspeitas, mas Shae não conseguia imaginar a governanta de longa data da família fazendo parte de um ato tão hediondo.

Wen e as crianças estavam seguros na casa principal, que fora minuciosamente vasculhada à procura de qualquer outra fonte de perigo. Shae não sabia ao certo se a esposa de Kehn já recebera a notícia. Não era difícil deduzir que a bomba tivera Hilo como alvo. Todos na cidade tinham ciência de que o monstruoso Duchesse branco era o carro dele. Kehn o dirigira para buscar Wen e as crianças a pedido do Pilar. Seu próprio veículo, um imponente Victor MX preto estava recebendo um novo carburador numa oficina.

A suposição de Shae era de que o ataque fora orquestrado por Ayt Mada. Dois anos de suposta paz entre os clãs não era motivo para acreditar que a Pilarisa deixara de lado o duradouro objetivo de ver Hilo morto. Shae estava usando o telefone do escritório, numa reunião com Woon e seus principais funcionários na Rua Caravela. A notícia da explosão já passava na TV, e o escritório da Homem do Tempo estava sendo freneticamente bombardeado de perguntas querendo saber se a guerra entre os clãs estava prestes a estourar de novo. Ela não tinha uma resposta, mas falou para sua equipe deixar claro que ainda não haviam chegado a nenhuma conclusão. Ainda tinha dúvidas. Ayt Mada sussurrava nomes de um jeito ponderado e preciso; mandava que os assassinos fizessem o serviço de perto. Plantar uma bomba em um carro era uma medida impessoal, dissimulada, covarde e fraca, com grande possibilidade de ferir transeuntes inocentes e romper com o aisho de forma descuidada. Não era assim que os Ossos Verdes agiam.

Juen bateu à porta e entrou. Sua aura de jade vibrava com urgência e agitação. Assim que Shae encerrou a chamada, o Primeiro Punho disse:

— Kaul-jen... — Havia um tom distante em sua voz. — Um homem acabou de se entregar nos portões. Ele afirma que foi o responsável pela bomba.

Um terrível receio a deixou enjoada e com um nó no estômago. Com uma certeza repentina, ela soube que não queria ver o que Juen mostraria, mesmo assim, se levantou e seguiu o Punho para o lado de fora, onde havia meia dúzia de Ossos Verdes reunidos ao redor de um sujeito ajoelhado no chão. A familiaridade daquela aura de jade a atordoou antes mesmo que Shae o visse. Maro parecia ileso, mas suas calças bege estavam puídas e a camisa azul, amarrotada. Agachado sobre as pernas e com os ombros curvados, seu olhar se mantinha fixo no asfalto. Vê-lo de joelhos ali, cercado por Ossos Verdes empunhando espadas da lua, era algo tão absurdo que a incredulidade da situação tomou Shae de assalto e a fez parar abruptamente, travada no chão.

Maro a viu e começou a se levantar. Um dos homens de Juen colocou a mão em seu ombro e o empurrou para trás com tudo. Shae protestou:

— Deixa ele levantar.

Mas Maro não tentou mais. Permaneceu onde estava e a olhou com uma expressão desolada.

Não fazia sentido nenhum. Maro não poderia ter plantado uma bomba num carro. Os dois não haviam terminado o relacionamento de forma amigável, fato que a entristecia e pelo qual se arrependia, mas Maro não era uma pessoa vingativa. Não tinha interesses no clã ou gosto pela violência, e independentemente da raiva que sentisse dela, não teria nada a ganhar matando Hilo.

— Não era pra machucar ninguém — disse ele, baixinho. — Foi o que me prometeram. Eu nunca teria cooperado se achasse que fossem machucar você ou as crianças.

Se houvesse algo por perto para que Shae se segurasse, ela teria usado o apoio para se firmar.

— A reunião que você me pediu pra marcar com o Hilo meses atrás. Foi hoje de manhã. — A compreensão adentrou sua mente em negação como uma lâmina afiada. — Foi assim que os assassinos entraram.

O rosto de Maro se contorceu como papel amassado.

— A reunião era de verdade — respondeu. — Juro pela minha vida que ninguém do Quatro Virtudes tava sabendo do plano. Tudo o que me pediram foi pra incluir de última hora alguns estagiários falsos da faculdade no grupo. Me falaram pra colocar eles aqui dentro pra ver o Pilar, só isso. Nunca me deram nenhum outro detalhe.

Juen puxou o ar entre os dentes. Era inconcebível pensar num inimigo tentando atingir o Pilar em sua própria casa. Todas as reuniões de Hilo eram aprovadas pelo Encarregado, pela Homem do Tempo ou pelo Chifre. As intenções hostis de um aspirante a assassino seriam Percebidas pelos guardas e ele jamais chegaria perto do Pilar, e nem escaparia com vida. No entanto, um ou dois visitantes desarmados, com credenciais aparentemente legítimas e sem jade, juntos de um grupo até então honesto, não levantariam suspeitas. Uma vez que passassem pelos portões, poderiam achar uma oportunidade para se distanciarem um pouco e encontrar a garagem da família. A feição lamentável de Maro deixava evidente que, apesar de sua cumplicidade, ele, tanto quanto todos ali, não antevira a bomba no carro.

— Quem é essa gente? — A sensação de Shae era de que havia sido esfaqueada e de que a faca estava alojada em suas costelas. — Quem te procurou?

Maro apertou a base da palma da mão contra os olhos.

— Eram três. O líder era meio shotariano e vestia jade escondida. Ouvi os outros chamando ele de Soradiyo.

— Barukâne — vociferou Juen. — Já ouvi esse nome antes. Ele é um recruta de peixes-pedra que trabalha pro Zapunyo.

Os olhares e auras ávidas dos Punhos e Dedos ao redor eram como uma pressão quente e física contra a pele de Shae. Ela se virou para Juen.

— Deixa eu falar com ele a sós por uns minutos. — Depois de um segundo, acrescentou com a voz mais baixa: — Por favor.

Porque, como Homem do Tempo, não tinha autoridade perante os Punhos e, com a morte de Maik Kehn, Juen Nu agora atuava como o Chifre do Desponta.

Devagar, Juen encarou o prisioneiro no chão, e então voltou a atenção para a Homem do Tempo. Gesticulou para que os demais Ossos Verdes recuassem e assumissem vigília em outro canto, mas nem fez menção de se mexer.

— Seria irresponsável da minha parte te deixar sozinha com este homem, Shae-jen — declarou, e Shae compreendeu essa fala mais como um lembrete de que, como Chifre, os dois estavam em pé de igualdade e ele tinha todo o direito de ouvir o que fosse conversado se o assunto envolvia ameaças ao clã, e menos como uma demonstração de preocupação por sua segurança.

Ela nem tentou levar a discussão adiante. O interior de sua garganta parecia estar inchando, e temia que logo mais perdesse completamente a capacidade de respirar. Forçou-se a caminhar até Maro e se ajoelhou para que ficassem com os olhos no mesmo nível.

— Por que você fez isso? — O sussurro que emergiu de sua boca foi seco e irreconhecível. Lamurioso. — Eu te magoei tanto assim?

Os olhos de Maro se encobriram de tristeza.

— Magoou. Mas não foi por causa disso.

Ele deixou o rosto cair entre as mãos.

— Eles me pegaram, Shae. As gangues barukânes são poderosas em Shotar, e não têm escrúpulos. Descobriram as minhas visitas e ligações pra Leyolo. — Agora seus ombros tremiam e sua voz soava abafada. — Primeiro, tentaram usar a informação pra me chantagear. Quando recusei e ignorei, mandaram fotos do meu pai. Das minhas meias-irmãs e sobrinhas pela janela de casa. Foram fotos de perto deles pelo bairro, na escola, no parquinho... Me falaram que se eu não fizesse o que Soradiyo pediu, alguma coisa aconteceria com a minha família. E que eles nunca saberiam o porquê.

Shae agarrou os antebraços de Maro e tirou suas mãos da frente do rosto.

— Por que foi que você não me contou? A gente podia ter feito alguma coisa... protegido a sua família, ido atrás dos barukânes...

Ele levantou a cabeça e a acusação sombria que ela viu naqueles olhos secou as palavras em sua boca.

— E por acaso *você* contou pra alguém quando se sentiu ameaçada? Quando percebeu que não tinha escolha? — questionou.

Shae não tinha como responder. Maro estava visivelmente nervoso na noite seguinte ao casamento, querendo conversar e à espera de uma reconciliação. Em vez de oferecê-lo essas coisas, ela revelara a verdade que sabia que iria afastá-lo.

Os ombros de Maro se curvaram e ele virou o rosto.

— O Soradiyo prometeu que se eu falasse pra alguém, os barukânes iriam mais cedo ou mais tarde chegar nas minhas sobrinhas e me mandar os dedinhos delas um por um. Talvez tenha sido um blefe, mas eu não ousei questionar. Mesmo que minhas irmãs sejam shotarianas e eu seja kekonésio, elas me receberam de braços abertos. Me incluíram na vida delas, na vida das filhas delas. Nunca que eu poderia fazê-las correrem perigo. — Ele tensionou a mandíbula, e uma amargura se esgueirava por sua voz. — Você nunca me incluiu na sua vida. Me manteve longe, guardou segredos de mim e nem me contou quando decidiu se livrar do nosso...

Ele parou, lançou um olhar rápido para Juen, que continuava ali, de pé e observando.

Maro comprimiu os lábios. Com os nós dos dedos embranquecidos, estava com as mãos fechadas sobre o colo. Havia giz de quadro-negro nas mangas de sua camisa, um detalhe que se tornara tão corriqueiro durante o período em que Shae o conhecera que ela se surpreendeu ao percebê-lo logo agora como se fosse algo novo.

— Você fica falando que iria proteger a minha família, mas a verdade é que os clãs só protegem a si mesmos. Será que o Desponta iria mesmo ajudar estranhos? Ainda mais sendo shotarianos? Vocês não se opõem nem aos espênicos na questão dos refugiados de Oortoko. — Maro meneou a cabeça devagar. — Os clãs Ossos Verdes mandam em Kekon, mas só aqui. Se os barukânes quisessem ir atrás da família das minhas irmãs em Shotar, dariam um jeito. Quem mais em Kekon se importaria, além de mim? Não podia me arriscar tanto. Eu sabia que eles tentariam matar o seu irmão. Por que outro motivo iriam querer passar pelos guardas? Mas você já tinha escolhido o clã no meu lugar. Eu tive que escolher a segurança da minha família no lugar da sua. Tive que fazer o que pediram.

— Por que foi que você veio aqui? — exclamou Shae, quase com raiva. — Se os barukânes são tão poderosos quanto você tá falando, por que não pediu pra eles te tirarem do país?

Maro deixou uma risadinha curta e desamparada escapar.

— Quem é que, em sã consciência, acha que é capaz de escapar da justiça do clã? Os Ossos Verdes são inigualáveis quando o assunto é administrar punições violentas. Você sabe disso melhor do que ninguém. Assim que o seu irmão sussurrasse o meu nome, eu passaria o resto da vida como um homem à espera da morte. Desse jeito, eu pelo menos tive a chance de te encarar e me explicar pessoalmente.

A indignação sumiu do rosto de Maro e ele a encarou com uma tristeza resignada.

— Nunca imaginei uma coisa dessas, Shae. Morrer pela lâmina... é pra homens verdejantes. Eu teria sido feliz com livros, conversas e... um musical romântico bobinho de vez em quando. O que a gente teve juntos foi de verdade, e foi perfeito por um tempo. — Ele deu um sorriso fraco, então suspirou de um jeito que pareceu fisicamente penoso antes de esfregar a ponta da manga na testa suada e olhar com firmeza para Juen. — Por favor, seja rápido.

Antipático, Juen respondeu:

— Conta o que mais você sabe do Soradiyo e dos barukânes que entraram em contato contigo. Os homens que vieram hoje e colocaram a bomba... quem eram eles?

— Alguns jovens que trabalharam pro Soradiyo. Posso dar as características, mas não sei o nome de ninguém. Os barukânes garantiram que eu não soubesse de muita coisa.

Não havia engodo em sua aura. Depois que Maro ofereceu as poucas informações adicionais que tinha, Juen acenou para Lott, um dos Dedos sênior, e perguntou:

— Conseguiu falar com o Pilar?

— Ele tá vindo.

Juen olhou para Maro, e então para seu relógio de pulso. Não havia dúvidas quanto à culpa do prisioneiro, mas se tratava não apenas de traição ao clã, mas de um ataque assassino à família do Pilar. Qualquer Punho inteligente esperaria pelas instruções de Hilo.

Tomada por um pavor repentino, Shae se levantou.

— O Maik Tar tá com o Hilo?

— Acho que sim — respondeu Juen.

Ela sentiu um embrulho no estômago. Tar ficaria maluco. Despedaçaria Maro. Faria com que durasse horas ou dias. Talvez Hilo colocasse um fim naquilo, mas ele tinha acabado de perder seu Chifre, um homem que considerava um irmão, e sua esposa e filhos tinham quase morrido. Não poderia contar com a misericórdia dele.

Ao ver a terrível compreensão no rosto de Shae ou Perceber a agitação de pânico em sua aura, a pouca cor que restava no rosto de Maro sumiu e foi substituída por um medo genuíno.

Uma sensação de déjà-vu pesada como chumbo inundou os braços e as pernas de Shae. Ela se lembrou de estar na cabana em Opia, encarando Yun Dorupon. Contara essa história para Maro: *não consegui matar ele*. Passara anos odiando Doru, mas naquele momento, foi incapaz de desembainhar a lâmina. Agora, com o rosto feito uma máscara que escondida toda a turbulência que sentia por dentro, caminhou em direção a Juen.

— Juen-jen. Se você se tornar o Chifre do Desponta, vamos trabalhar juntos daqui pra frente. Já ouvi meu irmão e Maik Kehn falando muito bem de você, então quero começar nossa relação com o pé direito. — Ela forçou a garganta a se umedecer. — O Tau Maro traiu não apenas o clã, mas a minha confiança também. Ele nos contou tudo o que sabe, e não há dúvidas de que tem que morrer. Você discorda?

Juen a encarou de forma calculada por um longo instante, mas havia compaixão em seu olhar. Ainda não era oficialmente o Chifre e tomar alguma atitude numa questão tão pessoal à família Kaul sem consultar o Pilar seria dar um passo maior do que a perna no que dizia respeito à sua autoridade, mas esse não era o caso de Shae, e Juen não tinha a mínima vontade ou motivo para se opor à Homem do Tempo.

— Não, Kaul-jen. Isso tudo é verdade.

Ela voltou até Maro e se ajoelhou de novo à sua frente. Estava com a nauseante sensação de que poderia afundar chão abaixo.

— Desculpa. — Conseguiu dizer.

Maro assentiu com gratidão. Pegou uma das mãos de Shae e a envolveu em uma de suas próprias mãozorras, então a levou até o rosto e a acomodou contra a bochecha como se pudesse extrair dali algum vestígio de conforto.

— Talvez eu seja mesmo um covarde, no fim das contas — falou —, mas você não é.

Se inclinou sobre a pele dela, fez cócegas na palma com a barba, e fechou os olhos. Shae se aproximou e colocou as duas mãos em concha na nuca e atrás da cabeça dele. A vida de Maro pulsou sob aquele toque; a textura franzida de sua aura de jade se deformou de angústia e arrependimento, mas não já não carregava mais o fardo da tensão da raiva e do medo.

A impressão de Shae era de que não conseguia respirar. Ela fechou os olhos com força e se imaginou como uma coluna de gelo, como uma criatura similar à Ayt Madashi, constituída de aço inabalável e de uma determinação implacável. Com um clamor sufocado e incoerente, reuniu toda a energia que conseguiu conjurar e a Afluiu na base do crânio de Maro. Ele não ofereceu resistência alguma e não chegou a erguer nem o mais frágil dos Aços. Sua energia cedeu sob a dela, e sua aura de desfez e partiu. Os vasos sanguíneos em seu cérebro estouraram e ele morreu em poucos segundos.

Shae o segurou quando Maro caiu em seus braços. Abaixou-o com gentileza no asfalto, então tombou sobre o corpo num calafrio quando o peso daquela vida em fuga entrou em seu corpo e o atravessou. Se agarrou a essa onda por um segundo; queria segurá-la, segui-la rumo a qualquer que fosse o além para o qual estava indo, mas passou rápido e ela continuou ali, no asfalto, com o cadáver de Maro em seu colo. Aos poucos, Shae o deitou de costas no chão. Ele ainda estava de olhos fechados, e seu rosto exibia uma expressão inexplicavelmente triste, mas tranquila. Beijou-o na testa, e depois as duas pálpebras, antes de se levantar. Juen e seus homens haviam se reunido ao redor dela, mas não falaram ou se aproximaram.

Ela se virou e caminhou para a casa da Homem do Tempo. No meio do caminho, as lembranças chegaram... lentas, no começo, como um gotejar de trás de uma parede com rachaduras cada vez maiores, mas que foi crescendo, tornando-se uma corrente que então a carregou para longe feito a inundação de uma barragem rompida. Longas conversas e momentos de ternura, o fogo nos olhos de Maro quando ele se empolgava com uma ideia, a suavidade de seu sorriso, o calor ardente de seus corpos um contra o outro. Por um milagre, Shae não parou de andar, não tropeçou, desmoronou ou saiu correndo, mas sua visão turvou a ponto de mal conseguir ver a porta da própria casa. Quando entrou e ficou enfim sozinha, fechou a porta, deu três passos rumo ao saguão de entrada e, com um berro demorado, silencioso e sem palavras, desabou no chão abraçando o próprio corpo. E ali, prostrada, colou a testa contra o chão de madeira como se estivesse numa penitência eterna.

Capítulo 47

De Volta ao Trabalho

Shae passou uma semana sem mal sair de casa. Vestiu-se e deu as caras para comparecer ao funeral de Kehn, mas o evento inteiro passou num borrão de caminhadas, cânticos e silêncio rancoroso. Hilo estava devastado pela morte de seu Chifre. Ficava apertando a mão de Wen e mantendo os filhos à vista o tempo todo. Tar desmoronou ao lado da cova do irmão e chorou feito uma criança. Depois, seus olhos ficaram vazios e perdidos, como se não estivesse mais presente, a não ser quando Shae passou perto dele e sentiu seu olhar encará-la por um momento enquanto sua aura de jade tremulava de amargura pela execução indolor que ela oferecera a Maro.

A Homem do Tempo não conseguia encontrar as palavras para falar com Tar e dizer que também estava de luto por Kehn. De início, não conhecia muito bem os Maik e passou muito tempo os considerando apenas os lacaios de seu irmão, mas os últimos anos tinham mudado essa impressão. Ela vira Kehn crescer como o Chifre, dividira refeições com ele ao redor da mesa de jantar da família e passara a conhecê-lo como um homem leal e perigoso, mas silenciosamente obstinado, responsável por no mínimo metade da cooperação produtiva entre os dois lados do clã. Hilo insistira que Kehn fosse enterrado ao lado do grandioso memorial da família Kaul em vez de no pequeno e abandonado túmulo em que seu infame pai fora sepultado, mas, pelo que Shae ouvira, não sobraram muitos restos mortais depois da explosão. As cinzas dele não cobriram nem mesmo uma pequena fração do caixão de aço. Ser Chifre era perigoso, um dos cargos no qual um Osso Verde poderia esperar que perdesse a vida pelo clã... mas de pé, com uma espada em mãos. Não desse jeito.

Shae voltou para casa. Mais uma vez, Woon assumiu o controle do escritório da Homem do Tempo durante sua ausência. Kyanla trazia comida da residência principal e deixava na geladeira de Shae, onde permaneciam, intocadas. Poucos dias depois da morte de Lan, ela adentrara o arranha-céu administrativo na Rua Caravela e assumira o cargo de Doru. Quando o avô falecera, passara por um luto profundo, mas logo voltou ao trabalho.

Essas tragédias tinham partido seu coração, mas não haviam arrancado um pedaço de sua alma. Desta vez, Shae não conseguia funcionar. Não sentia a mínima vontade de sair da cama, de se vestir, de comer. E nem se importava de saber o que estava acontecendo no clã durante este período.

Ela já ceifara vidas em combate antes, mas nunca se considerara uma assassina como agora. Tudo o que fizera para tentar mantê-lo longe do clã e as inevitáveis decisões de Homem do Tempo haviam magoado e colocado Maro em perigo, levado-o à morte. Shae o amara. Será que ele ao menos sabia disso? Será que ela tinha lhe contado? O mundo precisava de mais pessoas como Tau Maro, e ela acabara com a vida dele usando as próprias mãos.

Por vezes, durante seu isolamento, Shae rogava aos deuses, e em outros momentos os criticava e xingava com amargura. Questionou tudo o que já fizera. Pensou em sair de Kekon de novo. Quando fechava os olhos, via o rosto de Maro, tão triste, tão cheio de acusações e, num remorso e horror que não conseguia evitar, revivia o momento de sua morte sem parar. Nutriu um ódio crescente, flamejante e latente pelo covarde Zapunyo e seus criminosos barukânes.

Anos antes, numa discussão com Hilo, argumentara que havia coisas mais importantes com que se preocupar do que um traficante escondido nas Ilhas Uwiwa. Agora, percebia que havia subestimado Zapunyo. Os kekonésios não davam importância para o fato de que, mesmo durante uma guerra aberta entre os clãs, civis sem jade não viraram alvo. Zapunyo e os barukânes não eram Ossos Verdes. Não seguiam o aisho e não se importavam com a morte de inocentes pelo caminho.

No oitavo ou nono dia, Shae não tinha certeza, ouviu a porta da frente se abrir e passos percorrendo o corredor até seu quarto. A princípio, achou que fosse Kyanla de novo, vindo para deixar mais comida em que nem tocaria, mas ao despertar seu vagaroso senso de Percepção, reconheceu que era Wen. Sua cunhada bateu à porta.

— Irmã Shae — chamou. — Posso entrar?

Pensou em ignorar o pedido, mas a sensação era de que não tinha como se negar. Wen vira o irmão ser assassinado bem diante dos próprios olhos e ficara apavorada pela vida dos filhos. Tinha todo o direito, e talvez até mais, de estar tão incapacitada quanto Shae, e ainda assim, ali estava ela. A Homem do Tempo se arrastou para fora da cama e abriu a porta. Percebeu que devia estar com uma aparência tenebrosa; fazia dias que não tirava a mesma camiseta e calça velha de pijama, estava com o cabelo bagunçado e suspeitava que, caso se olhasse no espelho, mal se reconheceria.

Wen absorveu tudo isso sem esboçar expressão alguma. Passou por Shae rumo ao quarto abafado e abriu a janela para deixar entrar um pouco de ar. Depois virou o rosto para a cunhada e se sentou na ponta da cama desarrumada.

— Shae-jen — disse, como se aquela fosse uma conversa despretensiosa. — Quero voltar a trabalhar com você. Não agora, mas em breve. Acho que assim que a Jaya completar 9 meses. Fizemos coisas úteis juntas, mas nós duas acabamos ficando ocupadas demais. Podemos ir ainda mais longe no futuro. Convenci sua mãe a voltar pra Janloon e se mudar pra casa dos hóspedes pela própria segurança dela e pra ajudar com as crianças, assim eu posso voltar a trabalhar meio período.

A sensação de Shae era de que as palavras de Wen estavam vindo de alguma outra realidade na qual os eventos das duas semanas anteriores não haviam acontecido. Ela piscou e deixou escapar um barulho que talvez pudesse ter sido uma risada de incredulidade caso sua voz estivesse menos enferrujada.

— Por que você tá me pedindo isso agora?

— Pra quem mais eu iria pedir? — exclamou Wen. — Você é a Homem do Tempo, a menos que esteja planejando sair do cargo.

Ela encarou Shae com um olhar astuto e uma expressão questionadora.

— Você tava mais disposta a morrer nas mãos da Ayt Mada do que a renunciar. Isso mudou?

— Agora não é uma boa hora pra me pedir nada, Wen.

— E quando seria uma boa hora? Quando você tá planejando voltar a viver?

Shae sentiu um lampejo de irritação.

— Como é que você consegue pensar nessas coisas agora?

Wen cruzou os braços.

— Eu também gostaria de passar um mês escondida no meu quarto, Shae-jen. Mas não posso. Tenho que cuidar dos meus filhos. Eles não param de precisar de uma mãe só porque eu tô sofrendo. Tenho que explicar pro Niko e pro Ru que o tio Kehn morreu. E tenho que continuar forte pelo Hilo, pra que ele consiga se concentrar em administrar o clã neste momento e não se preocupar com a gente. — Olhando firme e tranquila para Shae, falou: — O Kehn se foi, o Tar tá inconsolável. Você tá trancada neste quarto. O Pilar tá sozinho agora.

— O Hilo tem dezenas de pessoas pra ajudar ele — murmurou Shae.

— Ele precisa de você. A família precisa de você, assim como precisamos depois que o Lan foi assassinado e após seu vô morrer. O Hilo precisa que você o ajude a liderar o Desponta. Você não passou uma semana sumida depois de nenhuma dessas outras coisas.

Wen aliviou a expressão, mas continuou resoluta. Ela pegou a cunhada pelo braço e a puxou para que se sentasse ao seu lado.

— Não é a primeira vez que machucaram a gente, mas é a primeira vez que você se sente pessoalmente culpada pelo que aconteceu, porque as suas boas intenções acabaram nessa mágoa toda.

Shae a encarou.

— A culpa *é* minha, Wen.

O fundo de seus olhos começou a arder, e ela os fechou por um segundo antes de olhar para Wen com um ar acusatório.

— *Você* não me culpa pela morte do Kehn? Por você e os seus filhos quase terem morrido?

— Por que é que eu te culparia? — Wen parecia perplexa. — Eu culpo os nossos inimigos, Shae-jen, por terem corrompido alguém que era importante pra você, por terem usado ele como uma ferramenta pra nos destruir. Você pode ter colocado um fim na vida do Maro, mas não causou a morte dele. No nosso mundo, essas duas coisas são diferentes.

— E o que isso tem a ver com você querer voltar ao trabalho?

Wen se levantou para olhar pela janela do quarto. A luz do sol machucava os olhos de Shae, mas sua cunhada olhou para longe sem pestanejar.

— Um peixe-pedra barukâne que trabalha pra um traficante uwiwano numa ilha a centenas de quilômetros de distância conseguiu nos alcançar aqui em Janloon, numa pracinha no nosso próprio bairro. O clã agora tem inimigos em todo canto. A gente não tá lutando só contra outros Ossos Verdes, mas contra o mundo, Shae-jen. O que significa que o aisho não vai proteger meus filhos.

Ela voltou a se virar para a Homem do Tempo.

— O Hilo nunca quis me envolver nas questões dos Ossos Verdes. Mas as ameaças ao clã já não são mais só questões dos Ossos Verdes. — Sua voz, numa súplica suave e justa, soava familiar, mas havia uma latência no timbre também. — Nossos inimigos tão dispostos a nos atacar de qualquer forma que seja. O clã perdeu um dos Maik, talvez dois já que o Tar mal consegue ser funcional, mas não todos. Então me coloca pra trabalhar, Shae-jen.

Wen foi até o closet de Shae. Ela contorceu os lábios ao pegar uma blusa e uma saia e jogou as peças sobre a cama.

— Quando você desafiou a Ayt Mada pra um expurgo por lâmina, todo mundo ficou chocado, até mesmo o Hilo, mas eu não. Nós, mulheres, conquistamos cada pedacinho deste mundo na garra, e você tinha se esforçado demais pelo seu lugar na Rua Caravela pra deixar que te tirassem de lá. E isso ainda pode acontecer, caso você não se vista e saia deste quarto. Sempre tem gente procurando por sinais de fraqueza, por alguma chance de roubar o que é importante pra nós.

Ela passou por Shae e saiu do quarto.

— Seus sobrinhos perguntaram se você jantaria com a gente hoje e eu disse que sim.

Capítulo 48

O Dobro Dobro

Bero passou mais de um mês no hospital. Mesmo depois de o veneno e o brilho serem expurgados de sua corrente sanguínea, ficou debilitado demais para ir a qualquer lugar. Fraco como já estava por ter quase morrido de overdose de BL1, o peso esmagador, a letargia voraz e o pânico que o fazia suar causado pela abstinência de jade drenou o pouco que restava das forças de Bero. Um tanto enlouquecido, ficava deitado ao lado de outros pacientes na enfermaria, alternando entre desejar morrer e amaldiçoar todos os deuses e sua própria existência.

Os médicos falaram que ele tivera sorte, muita sorte, na verdade. Tanto brilho assim teria matado qualquer pessoa normal, mas a tolerância de Bero para BL1 era alta de um jeito incomum, resultado do uso contínuo e prolongado da droga, e o poderoso sedativo que Mudt misturara com a bebida desacelerara seu metabolismo, então a injeção fatal não afetara os órgãos tão rápido quanto aconteceria normalmente. Sua vizinha, Dona Waim, indignada pela baderna que ouvira no meio de suas novelas da tarde, saíra para o corredor, encontrara-o deitado meio para dentro e para fora da porta e, depois de alguns segundos em que pensou muito se deveria salvar sua vida ou deixá-lo morrer, chamara a ambulância.

Bero não se lembrava de nada e, ainda por cima, sentia raiva de agora dever a vida à desagradável Dona Waim. Quando recebeu alta, saiu de lá com uma conta hospitalar de mais de vinte mil diens e fervendo de ódio do mundo. Estava vivo, mas era só isso. Sua jade havia sumido. E não restava dúvidas de que Mudt já teria roubado o brilho de seu esconderijo, então estava sem a droga também. Sentia-se tão frágil e bambo quanto um potro, impotente, atordoado e injustiçado por tudo o que fazia sentido no mundo. Foram necessários anos, *anos* de desejo e ambição, de planejamentos e esquemas, de ousadia e sangue frio para alcançar o que havia conquistado. Sua própria jade e tudo o que vinha com ela: dinheiro, respeito, poder e um futuro. Um futuro perigoso, claro, mas muito melhor do que aquilo que o aguardava agora, que era... nada.

Fantasiava em localizar Mudt, colocar a cabeça dele num torno e ir apertando devagarinho até que seus olhos pulassem para fora do crânio esmagado. Mas estava atento. Mudt tinha o dobro de jade agora, e Bero não tinha nada, então qualquer encontro entre os dois estava destinado a ser irremediavelmente desigual, isso para não mencionar o fato de que Bero mal conseguia subir um lance de escadas sem ficar tonto. No entanto, era a única motivação que lhe restava, então ele a seguia como um idiota. Mas quando voltou à Casa do Rato, descobriu que Mudt não havia retornado ao estabelecimento. Foi para outros dos lugares que costumavam visitar, ambientes onde novos verdes se encontravam para conversar, e o consenso era de que já fazia certo tempo que não ouviam falar ou viam Mudt. O rapaz levara a jade e o brilho e sumira por completo.

Bero voltou para o apartamento e não saiu mais. Meses se passaram. O inverno se torno primavera, e depois verão. Ele pedia comida, assistia à televisão e dormia. A perna manca que adquirira quando levara aquela surra dos Maik estava mais pronunciada, e Bero exibia uma carranca fixa que deixava seu rosto ainda mais torto. Com 21 anos, ele parecia e se sentia um velho horroroso sem mais nada pelo que viver. Sempre se considerara o tipo de pessoa que não desistia fácil, mas agora, deitado absorto no sofá, sem mal se mexer a não ser para comer, mijar ou trocar de canal, percebeu que estava considerando várias opções: se jogar na frente de um trem do metrô, pular do prédio mais alto que pudesse encontrar ou arranjar uma arma para meter uma bala bem no meio dos olhos. O debate era a respeito de qual seria a alternativa mais rápida, confiável e que fizesse menos bagunça. Já sabia que deveria descartar a overdose de drogas; era muito dolorosa, devagar demais e nem um pouco infalível.

Contou o dinheiro que ainda tinha. Um ano antes, estava cheio de grana, mas agora, quase falido. Era o bastante para mais um mês de aluguel, mas não havia nenhuma perspectiva de renda à vista. Bero se decidiu. Numa manhã, saiu da cama, vestiu as roupas mais limpas que ainda possuía, fez a barba, escovou os dentes pela primeira vez em dias e saiu depois de garantir que fechara bem a porta do apartamento. Lá fora, o mundo estava brilhante, mas esmaecido e borrado, insosso sem o efeito da jade. Foi para o banco, sacou cada último dien que restava e então pegou um táxi até a Rua do Pobre, onde ficavam as maiores e melhores casas de apostas de Janloon. As luzes no exterior do Dobro Dobro o chamavam, e ele passou um minuto na calçada olhando para elas antes de entrar.

Em sua cabeça, havia certa lógica no que estava fazendo. Passara a vida inteira sendo levado pelos ventos do destino. O velho Mudt dissera que

Bero tinha uma sorte esquisita provinda dos deuses, e ele sabia que era verdade. Seu azar virava sucesso, a sorte virava desgraça. Os deuses viviam lhe jogando para um lado e então o lançavam com tudo de volta em outra direção, como uma bola de releibol numa corda. Esse seria, então, seu teste final: pegaria o pouco que lhe restava no mundo e jogaria tudo aos ventos da sorte. Apostaria até o último tostão de dien nas cartas e nas roletas e, assim, saberia se deveria continuar em frente, se os deuses ainda o queriam vivo ou não.

Bero se sentou à maior mesa de cartas com um copo de hoji em mão e começou a jogar o quinhão do mendigo, um jogo que não exigia quase nenhuma habilidade e dependia basicamente da sorte ao sacar as cartas. Para sua surpresa, recebeu uma leva boa logo de início: um cardume de bronze, uma fenda de latão e de prata, e um par de jade. Mas então, como já era de se esperar, sua sorte piorou drasticamente. As próximas três levas (um par de cobre, um apartado de ferro e um alastro do ladrão), fizeram-no perder todas as vitórias iniciais, e então ele continuou perdendo com uma eficácia constante. Bero tomava um belo gole de hoji sempre que perdia e, duas horas mais tarde, quando restava apenas um quarto do dinheiro que levara, estava bem bêbado. Mas se divertindo. Sorriu num brinde fatalista enquanto pedia outro copo, puxava uma pilha de fichas do meio da mesa e assentia para que o crupiê lhe desse outra leva de cartas. O sujeito olhou para ele e para a quantidade cada vez menor de fichas e, pela primeira vez, perguntou:

— Tem certeza?

— Nada de parar agora — exclamou Bero. Não se sentia tão vivo assim, tão cheio de convicção, desde a noite em que pegara a jade do túmulo de Kaul Lan. — Já tô quase terminando, keke. Quando o dinheiro acabar, vou pular da Ponte Mais Que Distante. Ou quem sabe do telhado deste casino.

Ele contou as fichas.

— Os deuses têm só mais... hum, umas quatro chances, talvez, de me impedir.

O crupiê obedeceu, e Bero virou as novas cartas. Um apartado de ferro. Riu e tomou um gole de hoji.

O crupiê recolheu as cartas e pigarreou ao mesmo tempo.

— Os deuses não controlam a mesa, se o senhor não se importa que eu diga. Talvez seja melhor tirar um intervalinho do jogo. Seja lá o que esteja perturbando tanto o senhor, não pode valer a pena desperdiçar todo o seu dinheiro e depois a sua vida.

— É bem o que eu precisava — reclamou Bero. — Um crupiê de coração mole. Esse não é o seu trabalho.

O sujeito não respondeu, mas, sorrateiramente, trocou um olhar com alguém do outro lado do salão e fez um gesto com a mão que Bero não percebeu. Ele perdeu mais duas jogadas. Com um suspiro satisfeito, empurrou todas as fichas que restavam para o meio da mesa.

— Nem demorou tanto assim.

— Espera aí — disse uma voz vinda de trás.

O crupiê parou, e Bero se virou para a coisa mais estranha que já tinha visto: um homem de camisa branca, colete risca de giz e chinelo. O sujeito não tinha braços, e as mangas curtas pendiam vazias. Havia um macaquinho marrom sentado em seu ombro direito.

— Isso aqui é algum tipo de piada? — perguntou Bero.

O homem sem braços fez um gesto sucinto com o queixo.

— Vem comigo — instruiu.

— Você não pode me obrigar — respondeu Bero, como uma criança.

Uma expressão séria e irritada apareceu no rosto do estranho. Ele deu um passo na direção de Bero e inclinou o torso levemente para a frente como se estivesse estendendo os braços que não tinha, e emburrou Bero para fora da cadeira com um golpe firme de Deflexão. O rapaz tropeçou e quase caiu. Ele se segurou na ponta da mesa e vociferou:

— Você não pode fazer isso! Me deixa em paz, homem macaco. Não desobedeci a nenhuma regra. Tá aqui me enchendo o saco por quê?

— Vai andando — ordenou o desconhecido, e empurrou Bero com outro lance preciso de Deflexão que o manteve de pé, mas seguindo adiante. Bêbado, Bero cambaleou e xingou enquanto o Osso Verde o guiava pelo salão do Dobro Dobro. Apostadores desviaram a atenção dos jogos para vê-los passar, mas, por mais estranho que fosse, ninguém parecia surpreso pela cena esquisita. O macaco marrom pulou para o chão e se apressou para abrir uma entrada que anunciava: APENAS FUNCIONÁRIOS. O sujeito sem braços empurrou a porta de metal com o pé para que Bero entrasse e disse:

— Vai pra direita. Na segunda porta.

O jovem obedeceu, talvez apenas por curiosidade pela inusitada reviravolta. Estava num corredor com carpete vermelho. À esquerda, era possível ouvir os sons que vinham da cozinha do cassino. À direita, havia diversos escritórios. O Osso Verde sem braço o direcionou até um deles. Lá dentro, havia uma grande, porém baixa, mesa da altura de uma escrivaninha infantil, um sofá preto e vários certificados emoldurados que pareciam prêmios. Atrás da mesa, ficava uma prateleira de vidro com uma longa fileira de garrafas de hoji.

— Senta aí — falou o Osso Verde, apontando com a cabeça para o sofá. O homem tirou um pé da sandália, abriu a gaveta inferior da mesa e tirou uma garrafa de água, que empurrou com o pé para Bero. — Quando ficar sóbrio, você vai receber de volta o dinheiro que te sobrou e, contanto que prometa que não vai se matar, te chamo um táxi. Você tem algum lugar pra ir? Alguém pra quem voltar?

— E por que você se importa? — exclamou Bero, mas pegou a água e se jogou no sofá.

— De vez em quando aparece alguém que nem você, uma pessoa que quer fazer um showzinho antes de acabar com tudo. Ou talvez que esteja passando por maus bocados, aí vêm pra cá na esperança de mudar as coisas, mas acabam só piorando a situação. Alguns acabam até tentando pular do telhado do cassino ou explodir os miolos em uma das suítes premium. Pega mal pros negócios.

— Então você é o quê? O dono? Ou só o cão de guarda do lugar?

Bero falou com um tom zombeteiro, mas o sujeito apenas deu de ombros. Como não tinha braços, o movimento parecia esquisito, como se a cabeça se balançasse brevemente sobre o tronco.

— Pra quem tem a Percepção apurada, é fácil identificar os desesperados. Mas não, não sou o dono do Dobro Dobro. Eu faço hoji. — Ele apontou com a cabeça para as garrafas na prateleira. Bero viu que os quadros na parede exibiam certificados de várias honrarias da indústria. — O Dobro Dobro tem uma destilaria interna. Sou eu que comando, e sou um... gerente não oficial do cassino. Fico de olho em toda a Rua do Pobre.

— Por que é que você não tem braço?

Por um instante, o Osso Verde lhe encarou com um olhar gélido e de desgosto, como se estivesse se arrependendo de ter interferido no plano original de Bero. E então, respondeu:

— Não tenho braços porque o Chifre dos Montanha cortou os dois. — O homem empurrou a cadeira para ficar de frente para o sofá, e então se sentou para encarar o rapaz. — Já estive no seu lugar. Eu queria morrer. Implorei pela morte. Era dor demais e eu não conseguia visualizar um futuro pra mim. Mas um amigo falou comigo na hora certa e me convenceu a viver. Agora o homem que cortou meus braços tá morto, mas eu continuo vivo e a minha família e a minha empresa tão prosperando. Então seja lá o que te trouxe aqui, seja lá a injustiça que você sofreu... tem sempre alguma coisa te esperando do outro lado.

Bero murmurou:

— Pelo menos você ainda tem a sua jade.

O homem se inclinou para mais perto.

— Pelo menos você ainda tem braço.

Sem nem perceber, Bero havia tomado a garrafa inteira de água. Agora se acomodou e recostou a cabeça no sofá preto do Osso Verde. Podia sentir a persistente pressão atrás do olhos causada pelo álcool e acentuada pelas horas que passara debaixo das luzes fortes demais do salão do cassino.

— Tô nesse fundo do poço por causa de jade — confessou. — Sempre por causa de jade.

Tirando o fato de que agora já não se importava mais, era incapaz de definir o motivo de estar admitindo isso para um Osso Verde do Desponta. A única coisa que sentia era uma raiva coxa por esse sujeito estar tentando convencê-lo a viver quando seus planos eram outros.

— Dei ouvidos a um babaca barukâne que prometeu que se eu trabalhasse como peixe-pedra pra ele por um ano, eu receberia jade. Mas aí perdi uma equipe pros Montanha, só que nem foi culpa minha, e não aceitei ir atrás de um nome que ele sussurrou, então o cara me dispensou. Aquele filho da puta *me dispensou.* — Só de pensar nisso, Bero já ficava com vontade de gritar. Mais palavras saíram num turbilhão embriagado. — E depois o cara que tava trabalhando comigo se virou *contra* mim, aquele ratinho de esgoto ardiloso. Eu que ensinei *tudo* praquele desgraçado, e ele me drogou, roubou a minha jade e me deixou lá pra *morrer.* Se um dia eu achar esse maldito, vou matar ele do pior jeito imaginável.

Bero abriu os olhos e, com sarcasmo, zombou do Osso Verde.

— Então, é, sou um ladrão e um traficante. Trabalhei com uma gangue barukâne e catadores uwiwanos pra roubar jade das minas. Ainda quer que eu continue vivo, *jen?*

Do canto da mesa, o macaco marrom empoleirado encarava Bero. Por um minuto, o Osso Verde sem braço fez a mesma coisa. E então, tocou no telefone sobre a mesa com o dedão do pé. O macaco veio num pulo e trouxe o gancho do aparelho para a cabeça do sujeito, que o segurou entre o ombro e a orelha antes de discar um número. Seu olhar não desgrudou do rapaz nem por um segundo.

Bero ouviu o toque da chamada sendo atendida.

— Lott-jen, é o Eiten — disse o Osso Verde. — Você pode vir aqui no Dobro Dobro? Tô com uma pessoa aqui no escritório que talvez interesse o Pilar.

Capítulo 49

Limpando a Casa do Rato

Quando Hilo chegou ao Dobro Dobro, Eiten o encontrou na entrada.

— Quem é esse garoto que você encontrou? — perguntou o Pilar enquanto seu antigo Punho o guiava pelo salão e através das portas traseiras que levavam à destilaria adjacente.

Os apostadores interromperam os jogos para saudá-lo. Hilo notou alguns militares espênicos no bar, mas que estavam se comportando. A Rua do Pobre, que o Desponta lutara tanto para conquistar dos Montanha, se provara uma área problemática no decorrer dos dois anos anteriores, mas agora não andavam tendo incidentes recentes ali.

— Um peixe-pedra falido e bêbado que apareceu contando que um barukâne chamado Soradiyo passou a perna nele — respondeu Eiten. — O Juen e o Lott tavam conversando com o rapaz, mas achamos que o senhor talvez quisesse fazer suas próprias perguntas, Hilo-jen.

No depósito escuro e climatizado, passaram por fileiras de barris enormes empilhados até o teto em caixilhos de madeira e cheios de hoji em maturação. A destilaria Beleza Maldita tinha crescido consideravelmente e começado a exportar produtos para mercados de outros continentes. Ver a empresa de seu amigo indo tão bem deu um singelo motivo para Hilo sorrir no que, do contrário, teriam sido semanas trágicas e terríveis.

— Fico feliz de poder contar com você para ficar de ouvidos atento e de olhos abertos, meu amigo.

Eiten dispensou o comentário com um gesto de cabeça.

— Devo tudo ao senhor, Hilo-jen. Só queria poder ser mais útil. Se esse garoto estiver falando a verdade, talvez ele ter aparecido seja um presente dos deuses pra nos ajudar a descobrir e punir esses vira-latas que mataram o Kehn.

Hilo não ousou ficar esperançoso tão rápido, mas assentiu. Já mandara cada Punho e Dedo do clã ir em busca de informações a respeito dos capangas de Zapunyo e procurar o barukâne que Tau Maro mencionou, mas até então tinha sido como perseguir um fantasma.

O Pilar se arrependia de não ter levado os avisos de Kehn a respeito de Zapunyo mais a sério. Na época, estava dedicado a incitar uma ruptura interna no Montanha e a enganar os Tripulantes. Tratara Zapunyo mais como um problema persistente de honra do que como um inimigo verdadeiramente perigoso. Afinal de contas, contrabandistas e traficantes de droga eram como ervas daninhas; quando se arrancava uma, outra aparecia no lugar, então, de certa forma, não havia pressa. O contrabandista, por outro lado, era um criminoso diferente. Hilo percebia que havia deixado isso passar batido. Quando aquele informante fora entregado em pedaços ao Desponta, cometera o erro de não tratar a morte de um uwiwano com tanta seriedade quanto a de um kekonésio. Deveria ter compreendido a ameaça e retaliado a transgressão de Zapunyo com força e imediatamente. Esse erro de julgamento o assombraria para sempre.

Eiten trotou adiante e abriu com a Deflexão uma porta vai e vem de metal que levava a uma grande e asseada câmara de concreto ocupada pelos tanques de fermentação da destilaria. Juen e Lott estavam ao redor de uma mesa portátil de madeira sobre a qual havia um mapa da cidade e do país marcados com pontinhos coloridos e notas escritas à mão. Sentado todo encurvado numa cadeira dobrável de ferro atrás da mesa, estava um garoto pálido, magricela, de olhos vermelhos e rosto azedo que parecia ter sido quebrado e remontado pelo menos uma vez na vida. Juen e Lott interromperam a conversa para saudar o Pilar. Juen gesticulou para as notas nos mapas e disse:

— Aqui está o que descobrimos até agora, Hilo-jen. Os lugares na cidade que o Soradiyo frequenta pra recrutar ou se encontrar com seus peixes-pedra locais. A maioria são bares pra ladrões de jade e viciados em brilho. E também locais de entrega e retirada ao longo do litoral e nas montanhas pras operações de coleta de restos do Zapunyo. Vuay, Iyn e Vin já mandaram Dedos pra confirmar as informações... mas na surdina, pra não assustar ninguém antes que a gente decida agir.

Algo que deixava Hilo grato era a rapidez e a naturalidade com que Juen assumira o cargo de Chifre. O sujeito não era tão íntimo quanto Kehn tinha sido, e precisava aprender a desenvolver uma presença mais forte quando estivesse lidando com o público e com os forasteiros do clã, mas era um gênio operacional capaz de administrar uma extraordinária quantidade de detalhes, e estava sendo extremamente útil agora. Hilo analisou as informações que seus homens tinham juntado e fez perguntas até ficar satisfeito por terem feito ou estarem fazendo as diligências que lhes eram devidas.

Hilo se concentrou no jovem, o informante inesperado. Havia algo familiar no rapaz, naquele rosto descompensado e na intensidade rancorosa e taciturna de seus olhos.

— Você falou que trabalhava pro Soradiyo — disse. — Tá traindo ele por quê?

O rapaz encarou o Pilar com uma carranca desconfortável antes de fazer uma careta para o chão.

— Aquele barukâne me dispensou — murmurou. — Era pra eu ser um dos mandachuvas como ele prometeu, era pra eu ter jade, mas ele me dispensou. Todos os novos verdes são um bando de mariquinhas. Então que se fodam, e o Soradiyo que vá tomar no cu. Eles não merecem o que têm. Não merecem ter jade de jeito nenhum.

Hilo se perguntou se o jovem continuava bêbado. Com certeza parecia. Mal dava para ouvir parte de seus resmungos raivosos, e era quase como se estivesse falando para si mesmo. Se houvesse qualquer malícia ou artimanha Perceptível ali, estavam abafadas por uma aparente amargura sobrepujante. Sempre que, por acaso, o sujeito olhava para o Pilar, tremia um pouco e virava o rosto. Hilo tentou se lembrar de quando tinha visto o rosto torto daquele homem, porque tinha a impressão de que não era a primeira vez. Curioso, perguntou:

— Você contrabandeou jade, negociou brilho e trabalhou pra criminosos estrangeiros. Não tá com medo de a gente te matar agora?

O rapaz olhou para a austera sala de concreto e para os tanques de metal ao redor, como se estivesse percebendo pela primeira vez que não havia janelas e apenas uma saída, e que ninguém no movimentado salão do cassino conseguiria ouvir o que quer que fosse dito ou feito ali. Fungou e deu de ombros.

Ainda havia algo inquietante de tão familiar a respeito dele. Hilo conhecera muita gente durante sua época como Chifre, e depois como Pilar, e muito embora não conseguisse reconhecer o rapaz agora, sabia que não deveria deixar para lá, ainda mais quando tanta coisa dependia das palavras daquele estranho.

— Olha pra mim — exigiu. O jovem ficou tenso, mas obedeceu com relutância. — De onde eu te conheço?

Desta vez, o informante estremeceu visivelmente, como se tivesse levado um tapa e, naquele instante, Hilo o reconheceu.

— O Sorte em Dobro — concluiu. Quando o garoto assentiu e tremeu de novo, Hilo riu. Juen, Lott e Eiten olharam para ele, intrigados. — Anos atrás, eu e os Maik pegamos dois pirralhos da doca tentando roubar jade daquele velho pinguço do Shon Ju. Eu queria era ter quebrado o pescoço desse aqui, mas o Lan deixou ele ir embora. — A ironia o fez rir de novo. — Tava com febre de jade, como eu falei daquela vez, então não me surpreende que tenha acabado como um peixe-pedra. Mas agora ele tá aqui, nos dando as chaves pro reino do Zapunyo.

Hilo meneou a cabeça, entretido, mas também inundado de tristeza ao pensar que o otimismo e a gentileza de Lan tinham retornado para ajudar desse jeito num momento como aquele.

Tem que dar uma chance para as pessoas aprenderem, foi o que seu irmão dissera.

Hilo se inclinou sobre a mesinha e agarrou o queixo do jovem com uma mão de ferro.

— Eu falei que ia te matar se te visse de novo, lembra? — disse numa voz baixa. O rapaz arregalou os olhos, mas Hilo o soltou com uma sacudida rápida e suspirou. — Acho que, no fim das contas, não vou poder cumprir essa promessa. Não depois de você ter ajudado o clã, e com o Lan nos olhando lá de cima.

Horas depois da explosão do carro, Ayt Mada divulgara uma declaração pública condenando o ataque e categoricamente negando o envolvimento do Montanha. Cinco civis inocentes, incluindo uma criança, sofreram ferimentos não fatais com a explosão, e Ayt afirmara com todas as letras que se tratava da ação de criminosos, já que nenhum Osso Verde do Montanha se envolveria num rompimento tão repreensível do aisho. Expressou sinceras condolências do clã para as famílias Kaul e Maik e se prontificou a ajudá-los de todas as formas possíveis para levar os responsáveis à justiça.

Tudo muito convincente, admitia Hilo, e ele pretendia cobrar essas declarações públicas de Ayt Mada. Algumas das pistas que ele e seus homens haviam reunido levavam diretamente ao território dos Montanha; o Desponta não seria capaz de perseguir a organização de Zapunyo de forma efetiva sem a cooperação dos rivais. Hilo mandou Juen se encontrar com Nau Suen e pedir que os Montanha honrassem a trégua entre os clãs e ajudassem, ou ao menos não atrapalhassem, a vingança do Desponta contra o traficante estrangeiro de jade.

Com a permissão de Nau Suen, Juen, com três de seus melhores Ossos Verdes, dirigiu-se à Fábrica, o salão de Treinamento dos Montanha em Ponta de Lança. Hilo ficou esperando do lado de fora no Victor MX com outra meia dúzia de homens, dois outros carros e uma ansiedade nada discreta.

Com o braço apoiado para fora da janela, fumou dois cigarros em sequência enquanto olhava para as nuvens que atravessavam o céu acima de vagões de carga estacionados por ali. Lan disputara um expurgo por lâmina neste mesmo lugar quatro anos antes. Era difícil acreditar que isso tinha acontecido nesta mesma vida. *O Lan não devia ter lutado*, pensou ele agora. *A gente devia era ter invadido essa porra com tudo.*

Juen e seus homens voltaram trinta minutos mais tarde. O Pilar saiu do carro e ouviu o que o sujeito tinha a dizer:

— Concordaram em deixar a gente entrar no território dos Montanha pra perseguir os alvos que falarmos, mas só se eles fizerem parte da operação. Temos que compartilhar tudo o que sabemos da organização do Zapunyo, e os Ossos Verdes do Nau vão ficar com a gente em qualquer movimentação dentro das fronteiras deles.

Hilo assentiu. Tinha esperado que não fossem auxiliar em nada. Naturalmente, os Montanha iriam querer se apropriar da jade, do dinheiro e do brilho apreendidos em seus próprios distritos.

Juen franziu o cenho.

— Dá pra ver por que tem gente que acha que o Nau lê mentes. Ele não parece lá grandes coisas, mas o cara faz a pele das pessoas se arrepiar. É diferente de qualquer Chifre que eu já conheci.

— É porque ele não é um Chifre. É a serpente da Ayt Mada, e esperaria a gente dormir pra cortar nossa garganta se tivesse a chance. — Hilo voltou para o carro. — Temos que ser rápidos e trabalhar com ele.

Arrombaram a Casa do Rato na noite seguinte. Qualquer pessoa que visse o Pilar naquela ofensiva, ou em qualquer uma das diversas que aconteceram, teria a impressão de estar testemunhando o Kaul Hiloshudon de seis anos antes, o terrível jovem Chifre cravejado de jade, e armado até os dentes com seu batalhão de guerreiros. Mas estariam enganados, pensava Hilo, numa divagação sinistra. Seu aniversário de 32 anos vinha se aproximando, mas ele já não se sentia mais ou parecia jovem. Usou o Victor MX esportivo de Kehn em vez de seu típico Duchesse branco, já que o amigo não estava mais ao seu lado. No entanto, Tar estava lá. O Maik mais jovem exalava insanidade, algo que remetia a um marinheiro em naufrágio ou a um animal faminto, mas de jeito nenhum Hilo poderia deixá-lo para trás, ainda mais numa ocasião como essa.

Além de Tar, contava também com Lott, Vin e três Dedos. Em algum lugar diferente da cidade, Juen, Vuay e Iyn estavam fazendo ataques similares em outros esconderijos. Hilo parou na rua antes de entrarem no estabelecimento.

— Não é pra matar ninguém até a gente achar o Soradiyo — relembrou aos seus homens.

Estouraram a porta e invadiram o espaço. Havia cerca de doze pessoas ali dentro com auras de jade desconhecidas, irregulares, esquisitas e destreinadas que se apavoraram frente a hostilidade dos Ossos Verdes. Seis clientes pularam de suas cadeiras e sacaram armas, mas, assim tão de perto, poucos conseguiram disparar antes que fossem subjugados. Num borrão de Força, Hilo desviou a cabeça da mira de um sujeito, agarrou seu braço estendido, golpeou-o com a parte inferior interna da mão logo acima do cotovelo do homem e quebrou-lhe as juntas com um estalo alto. A arma disparou e o estouro encobriu o grito de dor. Hilo bateu na lateral de seu joelho, agarrou seu cabelo quando o homem começou a cair e amassou o rosto do criminoso contra a mesa mais próxima durante a queda.

O Pilar deu um, dois passos, indo de cima de uma cadeira rumo ao bar, girou num salto de Leveza na bancada em direção à parede mais próxima, sacou a faca talon em pleno ar e se imbuiu de Aço enquanto descia com todo o seu peso sobre o inimigo que tinha Percebido às suas costas. Os dois tombaram juntos no chão de concreto. Hilo puxou a cabeça do homem para trás e quase lhe cortou a garganta antes de se lembrar de sua própria advertência para que não matassem ninguém. Gritando e ofegante de desespero, seu oponente se virou sobre o chão grudento e, com uma Força atrapalhada, tentou prendê-lo num mata-leão. Era um sujeito corpulento e poderoso, que teria conseguido se Hilo não tivesse sido rápido. Empurrou a palma da mão contra as costas do criminoso, Afluiu em sua espinha dorsal e rompeu os discos entre as vértebras. O torso e as pernas do homem se enrijeceram de agonia antes de seu corpo repousar sem resistência no chão. Hilo se levantou e bateu a poeira das roupas.

Diversos outros fregueses da Casa do Rato estavam inconscientes ou incapacitados, mas ele suspeitava que boa parte não sobreviveria por muito tempo. Tar, com a espada da lua em mãos, arrancara o braço de um na altura do cotovelo e abrira o estômago de outro que estava agora ajoelhado no chão, gemendo baixinho e segurando as estranhas salientes. O resto dos novos verdes estavam encolhidos com as cabeças no chão, implorando por misericórdia. Lott e Vin, com auras de jade que zuniam em alerta, passaram confiscando armas e coletando a jade ilegal em forma de anéis, pingentes e cintos. Hilo parou no meio do salão à penumbra e deu uma boa olhada em volta. A Casa do Rato era um lugar deprimente e abafado.

Metade do espaço vivia coberta de colchões, blocos quebrados de concreto e diversos equipamento para o treino de habilidades de jade; e a outra, cheia de mesas sujas em frente a um bar surpreendentemente bem abastecido. Havia duas caixas de metal para descarte de agulhas penduradas em uma parede, junto com panfletos escritos à mão com dicas para uma aplicação higiênica e segura de brilho.

— Todos vocês são ladrões de jade que não merecem viver — anunciou Hilo. — Quer trabalhem para o Montanha ou para criminosos gringos, todo mundo aqui se meteu nessa porque não mudou de vida quando teve a chance.

Deixou que as palavras fossem absorvidas enquanto andava lentamente para examinar os rostos e compará-los aos desenhos que fizera baseados em descrições e mostrara para cada Osso Verde do Desponta.

— Não achei o que eu tô procurando — disse. Tinha chegado ao final do salão e estava voltando. — Vou dar um minuto pra me contarem onde eu acho o Soradiyo, o barukâne. Sei que ele vem aqui recrutar lixos que nem vocês como peixes-pedra pras operações de contrabando do Zapunyo, então não me venham fingir que não sabem do que eu tô falando. E quero a localização de qualquer outro esconderijo na cidade onde eu vá achar outros novos verdes. Se conseguir o que eu quero em um minuto, vocês vão perder a jade, mas continuar com vida. Senão, vão perder os dois.

Iyn Ro e seus Dedos pegaram Soradiyo dois dias mais tarde. Depois da bomba, o contrabandista passara semanas escondido na despensa de uma academia numa parte do Toco amplamente conhecida como um gueto étnico dos uwiwanos. Quando descobriu que o Montanha estava permitindo o Desponta em seu território para caçá-lo, tentou fugir do país. Suas chances teriam sido maiores caso tivesse tirado a jade, mas, com pressa e desesperado, não foi capaz de se lembrar desse detalhe. Com a Percepção, o time de buscas de Iyn detectou um passageiro clandestino num barco com destino às Ilhas Uwiwa. Soradiyo teve sua jade extirpada e foi levado a um armazém nas Docas, onde Tar assumiu a função de interrogá-lo.

— Os barukânes são uns frouxos — comentou Tar, quando chegou algumas horas mais tarde. — Ele deu tudo o que a gente queria. Os nomes dos dois peixes-pedra que contratou pra plantar as bombas e mais detalhes das operações do Zapunyo: revelou a localização das áreas de carregamento das equipes de catadores e onde ficam as minas em que escavam, falou como conseguem os restos de jade do país, deu o nome e a identidade de outros envolvidos em Janloon e dos mandachuvas da organização do Zapunyo, entregou os policiais e políticos pra quem o contrabandista uwineco paga propina e contou da segurança ao redor da mansão dele em Tialuhiya.

— Você anotou tudo? — perguntou Hilo.

— O Pano anotou — respondeu Tar, e gesticulou para o Dedo que segurava uma prancheta com anotações e parecia meio enjoado depois dessa tarefa desagradável.

Hilo pegou as informações e leu tudo com atenção. Depois, assentiu, satisfeito, e devolveu a prancheta antes de mandar Tar e Pano o esperarem do lado de fora. Entrou no recinto sem janelas em que Soradiyo, seminu e incapaz de controlar as tremedeiras pela abstinência de jade, estava pendurado com os braços sobre a cabeça e coberto de sangue e machucados.

Esperou até que o homem recobrasse fracamente a atenção.

— Você veio me matar? — perguntou o barukâne, todo esperançoso. Sua voz, de sotaque shotariano, se arrastava pela garganta seca e lábios rachados.

Hilo trouxera dois sucos de caixinha. Sempre mantinha algumas no carro, junto com alguns lanchinhos, para quando os filhos ficassem com fome ou sede fora de casa. A umidade opressiva do verão de Janloon era ainda pior no armazém sem janelas do que na rua. O ar rançoso tinha uma catinga forte do xixi do prisioneiro, que formara uma mancha redonda no concreto sob seus pés. Hilo se aproximou. Desembrulhou o plástico que envolvia o minúsculo canudo, enfiou-o no pequeno círculo de papel alumínio na embalagem e estendeu a bebida para Soradiyo, que apertou os lábios ensanguentados ao seu redor e sugou tudo num gole desesperado. Olhou suplicante para a segunda caixinha, mas o Pilar não a deu.

— Mais uma pergunta — disse Hilo. — Quem deu a ordem? A Ayt ou o Zapunyo?

— O Zapunyo — falou, rouco. — Com o incentivo dos Montanha.

Ele se esforçou para mudar de posição, para tirar um pouco do peso dos ombros tensionados.

— Ano passado, o Nau Suen entrou em contato. Ele queria que eu fizesse o meio de campo pro clã dele ter uma conversa com o Zapunyo. Não que eu tivesse muita escolha... aquele filho da puta tava matando meus catadores e peixes-pedra tão rápido que eu nem dava mais conta de contratar outros. Os Montanha disseram que eram obrigados a sustentar o acordo público que tinham feito com o Desponta e cumprir sua parte no combate ao contrabando. Mas que *se* o Montanha tivesse controle absoluto, as coisas talvez mudassem. Que talvez chegassem a algum meio-termo. Foi o que sugeriram.

— E o Zapunyo acreditou.

— Ele viu a proposta pelo que ela que era: uma troca. Os clãs estavam dificultando muito pra gente, custando dinheiro demais pro Zapunyo. A Ayt ficava dizendo que se a gente se livrasse de você, iria nos deixar ter um lugar à mesa.

Hilo assentiu.

— Deve ser uma merda saber que a Ayt deixou vocês na mão tão rápido, e agora olha só você aqui.

Soradiyo fez um movimento que talvez tenha sido uma tentativa de dar de ombros.

— É o preço do fracasso. Não é lá uma grande surpresa. E até parece que tô te contando alguma coisa que você já não sabia.

— Não tá — concordou Hilo. — Pra onde você quer que seu corpo vá? Tem algum parente?

Soradiyo fechou os olhos.

— Tenho, em Oortoko, mas, por causa da guerra, não sei direito onde estão agora. E não quero que me vejam assim. Manda pro meu primo Iyilo nas Ilhas Uwiwa. Ele vai me enterrar, e é bem o que ele merece mesmo. Se sentir culpado por ter me deixado aqui sozinho, e pelo que aconteceu.

Hilo não falou mais nada. Desembainhou a faca talon e abriu a garganta do barukâne num golpe rápido. O corpo destroçado de Soradiyo relaxou, seu queixo tombou para a frente, sobre o peito, e verteu um avental de vermelho. Quando saiu, Hilo falou:

— Limpem o corpo e mandem de volta pras Uwiwa.

— Aquele lixo matou o Kehn — exclamou Tar, com o rosto vermelho de raiva. — Por que você pegou tão leve com ele? A gente devia é ter afogado ele no mar de pouquinho em pouquinho.

Hilo silenciou seu Encarregado com um olhar que não era insensível, mas severo o bastante para deixar claro que não queria mais ouvir nada.

— O Soradiyo e o Tau Maro podem até ter planejado e executado o atentado, mas eram só marionetes. — Hilo limpou e guardou a faca. — A Ayt Mada tá apostando a longo prazo. Quanto ao Zapunyo... eu avisei aquele vira-lata uwiwano que, se continuasse enfiando as mãos imundas dele em Kekon, eu iria atrás dele, e é exatamente o que a gente vai fazer. — A voz do Pilar assumiu um tom cortante. — Vamos destruir tudo o que ele construiu.

Capítulo 50

Paciência

No decorrer das semanas seguintes, os Ossos Verdes do Desponta comandaram um expurgo que abrangeu toda a cidade, visando as bodegas de jade ilegal usadas pelos tais novos verdes, peixes-pedra, barukânes e contrabandistas de brilho. Dezenas de criminosos foram espancados, despojados de jade e aprisionados, isso tirando os que não foram assassinados de imediato. Os dois capangas que Soradiyo pagara para plantar a bomba no carro fugiram de Janloon e chegaram até a cidade de Toshon, ao sul da península, antes de serem pegos por membros do clã local Jo Sun. Os homens imploraram para que os captores os matassem, mas o clã os entregou para o Desponta como um gesto de aliança e boa vontade à família Kaul. E não foram os únicos que pensaram assim. Os outros clãs menores de Ossos Verdes, a polícia de Janloon e até os Montanha os auxiliaram ou saíram do caminho. Opor-se ao rompante de Hilo não levaria a nada.

A maior parte dos janloínos, a julgar pelo que se sentia nas ruas e pela cobertura da imprensa, aprovava e via a repressão como algo necessário. A essa altura, todos já sabiam que o atentado fora um esquema covarde de um criminoso shotariano a serviço de um contrabandista uwiwano de jade. Muito embora os kekonésios perdoem e até estejam acostumados com a violência pública entre pessoas de status equivalentes, a ideia de criminosos estrangeiros e desonrados atingirem uma grande e poderosa família de Ossos Verdes, e machucarem inocentes no coração de uma área afluente de Janloon, era extremamente ofensiva.

Até mesmo a proeminência de Ayt Mada como uma figura patriota ficou em segundo plano frente ao retorno da presença de Hilo nas ruas. Depois de quase quatro anos como Pilar, sua reputação jovial e violenta tinha começado a esmaecer. Mas agora ele não fazia a mínima questão de esconder que estava com sede de sangue, e o povo assentia, compreensivo. O Duchesse Priza destruído foi substituído por um reluzente e novo Duchesse Signa, ainda mais intimidador que seu antecessor, com mais cavalos de força e uma enorme grade de radiador prateada. Ele percorria a cidade com o veículo dia e noite, na dianteira de um bando de Punhos. Sempre que o viam, as pessoas recuavam e tocavam as testas numa saudação nervosa.

Houve uma época em que tudo isso agradaria Hilo, mas agora havia um único objetivo em sua mente que o motivava: matar Zapunyo.

— Não importa quantos catadores e peixes-pedra a gente mande pra cova, o Zapunyo sempre tem mais — grunhiu o Pilar. Colocou um mapa de Tialuhiya na mesinha de centro diante de Shae, Juen e Tar e ficou andando para lá e para cá no escritório. — A vida é barata nas Ilhas Uwiwa. Em menos de um ano o Zapunyo conseguiria substituir tudo o que tiramos dele. Enquanto isso, tá lá tomando coquetéis de mamão em sua sacada com vista pro lago.

— Fruta ele não pode. É diabético — informou Shae.

E recebeu uma previsível resposta sarcástica:

— Você consegue pensar em algum jeito de enfiar uma quantidade fatal de açúcar no sangue dele? Não? Então precisamos achar outro jeito de sussurrar o nome desse infeliz. — Hilo voltou a se sentar na poltrona mais próxima e disse para Juen: — Quais são as opções?

O sujeito deixou escapar um suspiro pessimista enquanto pegava as fotos borradas que mostravam o perímetro das instalações de Zapunyo. Foram tiradas à distância com lentes telefoto por espiões do Desponta nas Ilhas Uwiwa e complementavam o esboço das plantas da propriedade feitos com base no que Teije Runo se lembrava de sua longa estadia como convidado de Zapunyo. Não que desse para confiar muito na memória de Teije.

— Não vai ser fácil. A segurança dele tem tudo de melhor que o dinheiro pode comprar. Torres de vigia, cães de guarda, sensores de movimento, câmeras de segurança e, é claro, os guarda-costas barukânes. Ele é dono de toda a terra ao redor, então ninguém consegue se aproximar.

— Tem que ter um jeito de entrar naquela fortaleza — insistiu Hilo. — Ou de subornar alguém que já esteja lá dentro. Ele não tem entregadores, empregados domésticos, jardineiros?

— Além dos filhos, do médico e dos guarda-costas, o Zapunyo não deixa muita gente chegar perto dele. A maioria dos empregados da casa trabalha lá faz anos, e ele só contrata uwiwanos de famílias locais, pra garantir que nunca vai ser traído. Alguns anos atrás, um produtor rival de brilho tentou envenenar o Zapunyo com a ajuda do próprio cozinheiro dele. Por uma semana a família ficou recebendo o sujeito de volta, em setes baldes diferentes. Ninguém nunca mais tentou depois disso.

— Então tem que ser a gente mesmo — disse Tar, com veemência. — O que são umas câmeras e uns capangas contratados contra algumas dezenas de nossos melhores Punhos? Invadimos na marra e matamos ele.

Juen respondeu:

— Mesmo que a gente se divida e pegue aviões diferentes em horários diferentes, não vamos conseguir voar pra lá sem que o Zapunyo fique sabendo. — As Ilhas Uwiwa continuavam impedindo a entrada de todos os Ossos Verdes e de qualquer kekonésio com suspeitas de conexões com os clãs, o que queria dizer praticamente qualquer um. — Podíamos tentar entrar no país de barco, do mesmo jeito que o Zapunyo transporta os catadores. Seria pelo menos alguns dias no mar a bordo de uma embarcação particular. Depois de chegarmos lá, vamos precisar ir do litoral até as montanhas onde fica a propriedade do Zapunyo. São trezentos quilômetros pro interior. E, de qualquer jeito, os barukânes vão nos Perceber antes que a gente chegue. Vai dar tempo de levarem o Zapunyo pra um lugar seguro e pra montar uma defesa.

Tar se virou para o Pilar.

— Deixa comigo, Hilo-jen — implorou. — Quando foi que eu te decepcionei antes? Deixa eu levar dez Punhos e juro pela minha jade que vou colocar o Zapunyo a sete palmos do chão.

Shae se manifestou:

— Concordo com todos vocês que precisamos matar o Zapunyo.

Hilo achava que a irmã ainda parecia pálida e magra o bastante para que um vento forte a soprasse para longe, mas ela estava havia dias estudando as informações reunidas e as fotos sobre a mesa com tanta obsessão quanto o resto deles.

— Mas não podemos fazer isso, Hilo. Não podemos mandar um monte de Ossos Verdes entrar ilegalmente em outro país e fazer um massacre pra assassinar alguém, não importa quem seja. O Zapunyo com certeza vai fazer o que fez na última vez: se proteger com policiais locais, que aí vão morrer e aparecer nos jornais.

— Quem é que se importa com alguns policiais uwiwanos corruptos? — exclamou Tar.

— Vamos acabar nos incomodando muito com os espênicos — continuou Shae, ainda falando com Hilo. — Você sabe que nossa relação com eles é complicada. Limitamos a exportação de jade e nos recusamos a contribuir com tropas pra ajudar em Oortoko porque, como você e o Chanceler Son tanto explicaram pro Secretário Corris, nós, Ossos Verdes, protegemos o que é nosso, mas não invadimos outros países e matamos civis sem jade. Isso iria contradizer o nosso posicionamento e debilitar nossa ligação com eles. *E* enfraqueceria a pressão diplomática que os espênicos tão tentando fazer no governo uwiwano pra se responsabilizar mais em combater a corrupção e o crime no próprio país.

Quando Hilo franziu o cenho, ela insistiu:

— E não são só os espênicos... Diversos outros países baniram o uso de jade por civis. Muita gente ignorante nem sabe a diferença entre Ossos Verdes e barukânes graças a esses filmes shotarianos sobre gangues. Pro nosso próprio bem, temos que tomar cuidado pra não atrair ainda mais atenção internacional. Ser sanguinários, agir sem cuidado e não demonstrar respeito às leis de países vizinhos vai acabar nos custando caro de várias formas, principalmente nas nossas alianças no exterior e nos negócios que estamos tentando fazer crescer.

— Os espênicos — vociferou Tar. — Já tô de saco cheio de como a gente... de como *você* — e encarou Shae — fica pensando no sentimento dos gringos a cada passo. Ai, mas será que os espênicos vão gostar? E o que o *nosso* povo vai achar? As pessoas daqui contam com os clãs. Quer que comecem a achar que não podemos fazer nada contra inimigos de outro continente? Se tivermos medinho de agir, de combater um ataque contra o clã por causa do que a imprensa internacional pode dizer sobre a gente nos jornais, então somos um bando de frouxos que nem merece a jade que têm.

Com os olhos semicerrados frente ao insulto velado, Shae encarou Tar com desdém.

— Não tô falando pra gente desistir. Tô falando que precisamos pegar o Zapunyo de outro jeito, de uma forma que não envolva um massacre extremamente público bem na frente da casa de campo dele em Tialuhiya.

— Shae-jen tem razão — afirmou Juen para Hilo. — O Zapunyo tem que pagar pelo que fez, disso ninguém aqui discorda. Mas seria um risco muito grande mandar uma dezena ou mais de nossos melhores Punhos pra tentar atacar ele em seu próprio país. Nós precisamos desses homens. Eu, como Chifre, preciso deles em Janloon. Não podemos nos dar ao luxo de perder essas vidas, ainda mais sabendo que, com trégua ou não, o Montanha continua sendo nosso inimigo aqui em casa e vai explorar qualquer fraqueza.

A aura de Tar estalava de frustração e, quando falou, parecia prestes a chorar.

— Então deixa eu ir sozinho, Hilo-jen. Senão, como é que eu vou viver? Me deixa pelo menos tentar.

O Pilar encarou seu Encarregado com um olhar estranhamente gentil, mas também irritado.

— Você tá falando besteira, Tar. Temos que estar preparados pra morrer, isso é verdade, mas não por nada. Como é que você vai se encontrar com o Kehn na vida após a morte sem parecer um otário assim? Tá achando que eu vou deixar você jogar a sua vida fora? Já perdi irmãos o bastante. O que a Wen diria?

Tar abriu a boca, como se quisesse discutir, mas, envergonhado, fechou-a e olhou para longe.

Hilo se afundou na poltrona, fez uma careta e reclinou a cabeça para trás. Fora do escritório, conseguiam ouvir os pés das crianças tamborilando para cima e para baixo da escada, e Wen os chamando para comer. Baixinho, Hilo disse:

— Prometi pra minha esposa que iria vingar o irmão dela e punir quem colocou as vidas dos nossos filhos em perigo. Se fosse pra falar o que eu quero fazer, seria o mesmíssimo de Tar. — Hilo tensionou os lábios ao levantar a cabeça e olhar para o círculo de seus conselheiros mais próximos. — Mas a Shae tá certa. Ela sempre foi mais calma do que eu, mesmo quando fica com raiva. E também tô pensando no que o Juen falou. Fizemos muita coisa nessas últimas semanas, mas a Ayt iria querer que a gente fosse ainda mais longe, que fizéssemos mais do que damos conta, pra nos complicarmos e abrirmos vantagem pra ela. Deve estar até contanto dom isso, já que foram os Montanha que encorajaram os barukânes a virem atrás da gente. Então eliminar o Zapunyo... agora não dá, não desse jeito.

As palavras de Hilo foram proferidas com relutância, mas firmeza. Ele se levantou, indicando que a reunião havia chegado ao fim, mas, enquanto isso, colocou uma mão no ombro de Tar.

— Ainda não sei qual vai ser o jeito. Levamos anos pra vingar o Lan, lembra? Mas, no fim, conseguimos. E essa parte ainda nem acabou, não até destruirmos o Montanha. Então precisamos ter paciência.

Hilo estava esperando no saguão do *Herança* quando Ven Sando, como sempre, atracou sua embarcação na manhã da sexdia seguinte. O presidente da Estrela-K Transportes ficou compreensivelmente perplexo ao ver o

Pilar do Desponta sentado sozinho em uma das cadeiras do deque com um drink que pegara do minibar a bordo. Ven pareceu ficar chocado, depois bravo, e então um tanto apavorado. O homem abriu a boca, mas antes que pudesse dizer qualquer coisa, Hilo ergueu uma mão para impedi-lo. O Pilar se levantou num único movimento suave.

— Achei que fôssemos amigos, Ven-jen — disse ele, num timbre decepcionado e assustadoramente calmo.

Ven Sando empalideceu.

— Nós somos, Kaul-jen — argumentou o corpulento empresário. — Por que você acharia que não?

— Amigos não fazem promessas que não pretendem cumprir — declarou Hilo enquanto se aproximava devagar. — Na última vez que nos encontramos aqui neste seu belo barco, você me deixou com a impressão de que iríamos trabalhar juntos pra melhorar a situação dos nossos clãs. Foi quase um ano e meio atrás.

Hilo entortou os lábios para um canto da boca.

— Com o tudo que tá acontecendo no mundo nos últimos tempos, dá pra entender que todos andam ocupados. Mas meu maior problema é que a Ayt Mada ainda é a Pilarisa do Montanha. Minha Homem do Tempo me contou que você parou de ligar de volta pra ela. Não consigo deixar de achar que você não tá levando nosso acordo a sério.

— Kaul-jen, eu ando deixando bem claro minhas críticas à liderança da Ayt. Tive discussões frutíferas sobre o futuro do clã com inúmeros colegas influentes e reuni bastante apoio para uma mudança de rumo, pra retornarmos às nossas raízes mais honrosas, até me arrisco a dizer. — Ven pigarreou com força e cruzou os braços. — Leva tempo pra se organizar direito pra uma mudança tão... irrevogável. Supervisionei muitas aquisições empresariais durante minha longa carreira e posso afirmar que...

— Isso aqui não é uma aquisição empresarial — interrompeu-o Hilo. — A Ayt Mada veio do lado administrativo, era a Homem do Tempo, mas quando o pai dela morreu, levou só seis dias pra matar os rivais e assumir o controle do Montanha. Você disse que ela é uma mulher inapta e ambiciosa que comete um erro depois do outro. Então me fala como é que, em quase dois anos, você não deu conta de fazer o que ela fez em seis dias?

Quando Ven não respondeu, Hilo continuou a falar, com uma compaixão compreensiva, mas intimidadora:

— Acho que você tá perdendo a coragem. A guerra em Oortoko foi ruim pro mundo, mas boa pra economia nacional. Com tantos estrangeiros precisando transportar coisas por Kekon, os negócios tão indo bem pra Estrela-K, então você tá preocupado é com outras coisas. Os clientes e os acionistas começaram a gostar dessa suposta paz entre os clãs. Então agora você não tem mais tanta certeza de que quer arriscar a própria vida. Talvez esteja achando que não seria tão ruim deixar as coisas assim e esquecer que a gente sequer algum dia conversou.

Ven se afastou de Hilo e foi até a grade do barco.

— Não esqueci de nada do que conversamos — respondeu o sujeito, rápido, mas parecia menos firme agora. — Só que eu preciso de endosso do clã pra tomar alguma iniciativa. A família Koben tem apoiadores, incluindo os Tem e os Gam. A família Iwe tem seus próprios aliados. Depois que o Koben Ento foi assassinado — Ven encarou Hilo com um olhar cheio de suspeita —, teve gente dos dois lados do clã que ficou com sede de sangue. A Ayt fez uma reunião urgente e a portas fechadas com os líderes da família Koben e, de algum jeito, colocou panos quentes na crise, mas com toda essa tensão, é difícil arranjar apoio pra uma terceira via. E com Guim assumindo o lugar de Son como chanceler do Conselho Real, até mesmo os críticos de Ayt dentro do Montanha não estão dispostos a demonstrar discordâncias internas no momento.

— Você tá falando como um político, e não como um Osso Verde — respondeu Hilo, com um desprezo grosseiro. — Eu não tive apoio total do meu clã quando virei o Pilar. E se a Ayt tivesse tido apoio total do clã dela, não teria matado o próprio irmão e o Chifre do pai. Quem quer liderar, não pode ficar esperando que todo mundo vá fazer fila pra aplaudir.

O Pilar se aproximou e parou ao lado de Ven.

— Talvez eu não tenha falado com clareza da primeira vez. Te ofereci o apoio e a amizade do Desponta porque compartilhamos um desejo de ver a Ayt Mada fora do poder e numa cova. Se esse não for mais o caso, se nossos desejos não se alinham mais, então não tem motivo pra continuarmos conversando. — Hilo inclinou a cabeça para o lado, pensativo, e suavizou a voz de um jeito ameaçador para dizer: — Se não tem ninguém com quem eu possa contar pra desafiar a Ayt, então é bem capaz de eu virar a página com minha velha inimiga e contar dos traidores no clã dela.

Ven ficou com o rosto imóvel.

— Você daria uma sentença de morte pra minha família?

— O destino da sua família depende de você, não de mim — retrucou Hilo. — Talvez se você cortar a orelha fora e se jogar nos pés da Ayt, ela poupe os seus filhos, mas acho que dá pra deduzir com bastante certeza que seus dias de navegação chegariam ao fim. Você escolheu um caminho sem volta. Agora tem que ir até o fim, porque senão eu te *empurro* do precipício.

Hilo deixou o copo que pegara do minibar sobre o parapeito da grade do barco e chegou mais perto de Ven, que tensionou os ombros quando o Pilar falou em seu ouvido.

— Tô ficando sem paciência. A essa altura do ano que vem, é melhor que a Ayt Mada tenha virado comida de minhoca. Ou você vai se ver com nós dois.

Ele se apoiou sobre a grade e, com a Leveza, saltou sobre ela, aterrissou na doca e caminhou de volta pelo píer até onde Maik Tar o esperava ao lado do Duchesse.

Capítulo 51

Os Azarados

Depois de passar pela alfândega e pela imigração espênica, Kaul Maik Wen colocou a jaqueta dobrada e a maleta trancada de aço que carregava na máquina de raio-X e atravessou o detector de metais. Um guarda do Aeroporto Internacional de Porto Massy pegou a maleta do outro lado da esteira e pediu que ela o seguisse. O sujeito a guiou até uma área secundária de inspeção: uma sala cinza com algumas cadeiras contra a parede, uma mesa de metal e a bandeira da República da Espênia pendurada. Outro guarda apareceu. Pediram-lhe o passaporte e examinaram o documento.

— Você tá vindo de Kekon? — perguntou um deles. Ela assentiu. — Senhora, abre a maleta, por favor.

Wen inseriu a combinação no cadeado e destravou as trancas. Abriu a maleta e revelou um interior forrado de veludo amassado repleto de pedras verdes polidas, algumas soltas e outras em joias como colares de contas, pulseiras e anéis pesados feitos de ouro. O verde lustroso reluzia um brilho amarelado sob as luzes fluorescentes da sala do aeroporto. Um dos agentes da alfândega deu um singelo passo para trás; o outro, para a frente.

— Isso aqui é...

O sujeito com luvas começou a perguntar, mas Wen o interrompeu:

— Não, claro que não — garantiu sem perder tempo, e riu como se estivesse com vergonha de tê-los assustado. — Parece jade, né? Mas é só nefrita. Mesmo assim são lindas, não são?

Pegou um dos colares de nefrita e o estendeu para um dos guardas. Ele hesitou, mas ela deu um sorriso tranquilizador e disse:

— Eu revendo pedras preciosas. Nefrita é o nosso negócio que mais cresce. Hoje em dia todo mundo conhece jade, e ficar parecendo um Osso Verde destemido tá na moda. Em Shotar, chamam de "estilo barukâne", mas na Espênia é "militar chique". Viu só? — Afrouxou a echarpe ao redor do pescoço para revelar a gargantilha de três camadas em seu pescoço, e tocou nas pulseiras em seus pulsos. — Tô viajando pra Porto Massy, pra conhecer uns compradores.

O guarda pegou o colar e o analisou.

— Num primeiro momento eu achei mesmo que fosse jade bioenergética — admitiu, e passou a joia para o outro segurança. — Você consegue perceber a diferença?

Pela expressão em seus rostos, Wen sabia que eles não conseguiam. Com uma lupa e olhos treinados, era possível perceber a diferença na estrutura da granulação. Claro, o contato com a jade verdadeira provocava uma reação fisiológica, mas mesmo sem tocar, qualquer Osso Verde seria capaz de, com uma olhada, afirmar que as pedras preciosas na maleta eram, de fato, falsas; não eram tão duras ou lustrosas, e o tom era diferente, mais esbranquiçado e opaco. Esses agentes da alfândega, no entanto, eram espênicos que não haviam crescido cercados pela substância real. Não eram capazes de notar que as pedras na maleta eram diferentes das que ela vestia no pescoço e nos pulsos (jade de verdade, que valiam infinitamente mais do que aquela pilha de rochas inertes), e mesmo que tenham pegado e examinado diversos dos itens, não olharam sua gargantilha e suas pulseiras de perto. Wen estava contando com a ignorância e falta de orientação. Os guardas ficariam naturalmente mais propensos a prestarem atenção na grande maleta de pedras, e não nas poucas que ela estava usando. Alguns aeroportos maiores, incluindo o Internacional de Porto Massy, contavam com cães treinados para detectar auras de jade, mas Wen passara pelos bichos sem problema nenhum. Pedrolhos que não fossem abukianos eram tão raros que os espênicos nem os levavam em consideração nas medidas de segurança. Mesmo assim, haviam tomado precauções: as jades que adornavam Wen receberam um revestimento ligeiramente opaco para esmaecer a cor e o brilho, para que parecessem falsas até mesmo para olhos treinados. Essa camada poderia ser retirada depois com removedor de esmalte.

O guarda perguntou:

— Você tem os documentos?

Wen tinha. Entregou diversos papéis timbrados em nome de uma joalheria de Janloon chamada Joias da Divindade com uma lista dos itens de amostra e seus valores estimados. Deu também seu cartão de negócios. Um dos agentes pegou os documentos e algumas das pedras e saiu da sala. O outro disse:

— Obrigado pela paciência. Temos que garantir que as informações batem, a senhora entende, certo? Eu mesmo achei que fosse jade de verdade.

Wen deu uma risadinha.

— Se fosse, eu teria que ser a Osso Verde mais poderosa do mundo e estaria viajando com uns dez guarda-costas pra proteger uma maleta que vale milhões de thalirs. Meus produtos até que valem bastante, embora não *tanto* assim. Mas com certeza entendo que precisam verificar. Pelo que me falaram, o contrabando de jade é uma coisa séria.

Sentou-se em uma das cadeiras para esperar. Sabia que estavam examinando a granulação em microscópicos e provavelmente ligando para a Joias da Divindade para garantir que ela era, de fato, uma funcionária. O telefonema cairia numa linha secreta no escritório da Homem do Tempo. A pessoa que respondesse confirmaria aos guardas que Wen era, sim, uma diretora sênior de vendas que trabalhava havia quatro anos na empresa.

Ela e Shae haviam discutido e descartado diversas opções para transportar jade lapidada em segredo para a Espênia. Todas exigiam uma combinação entre transportar as pedras de formas que as submeteriam a inspeções ou a roubos, ou pelas mãos de outras pessoas: agentes em que não poderiam confiar de olhos fechados, que talvez os traíssem ou então seriam incapazes de manusear jade sem serem detectados. Como conheciam de perto o incansável trabalho de Kehn contra as operações de Zapunyo, sabiam bem demais os truques do tráfico, mas também as diversas maneiras em que poderiam fracassar. Por fim, Wen declarara com impaciência:

— Isso aqui é burrice, Shae-jen. Eu sou uma pedrolha. Às vezes a resposta mais óbvia e direta é a melhor.

A Homem do Tempo passara mais um tempo se recusando a aceitar, mas Wen sabia que a cunhada não poderia discutir com a lógica.

O inspetor da alfândega voltou depois de vinte minutos e devolveu o passaporte, os documentos e os produtos de Wen.

— A senhora tá liberada.

Ela pegou os brincos de nefrita e os colocou na mão do homem.

— Pega pra você — ofereceu. — São de amostra, eu tenho vários.

Um dos guardas fez menção de pegar o presente, mas o outro meneou a cabeça e disse:

— Não temos permissão, senhora.

Wen pareceu ficar decepcionada e respondeu:

— Pega um chaveiro, então.

E entregou um de nefrita com a gravação "Joias da Divindade" na lateral para cada guarda. Ela prendeu a echarpe de volta ao pescoço, pegou a maleta e seguiu o agente, que a guiou para fora dos portões da imigração.

Anden a esperava na área de bagagens ao lado de um homem esguio vestindo um boné preto e luvas que apresentou como Rohn Toro. Wen ficou feliz ao ver Anden. Por um tempo, achara difícil ter consideração pelo rapaz. Sempre seria grata pelo papel que ele cumprira na morte de Gont Asch e por ter ajudado a salvar o clã e seu marido, mas o rapaz depois virara as costas para a família e partira... assim como Shae fizera no passado. Hilo ficara de coração partido. Nunca abordava o assunto, mas Wen sabia que, independentemente do que ela dissesse com gentileza para lembrá-lo de que ele só fizera o necessário, Hilo ainda se culpava.

Agora, no entanto, estava feliz em ver o jovem. Ele se tornara uma âncora para o Desponta na Espênia e estava provando sua utilidade ali. Então Wen o cumprimentou com carinho e disse:

— Você tá bonito, irmãozinho.

Anden deu o mesmo sorrisinho reservado de sempre e perguntou como havia sido o voo. Ela garantiu que tinha sido tranquilo.

Dirigiram até um hotel e Wen fez o check-in de uma suíte. Rohn foi embora e falou que voltaria dali a mais ou menos uma hora. Anden a esperou numa área separada do quarto enquanto ela tomava um banho e trocava de roupa. Era sua segunda viagem à Espênia; a primeira, dois meses antes, e com uma maleta de nefrita, mas sem jade, fora um teste para estabelecer um histórico para seu papel como representante de vendas da Joias da Divindade e para que se familiarizasse com o que acontecia na alfândega. Então ela se surpreendeu com o frio e ficou contente por ter trazido moletons e echarpes. Voltou para o outro lado do quarto e puxou as cortinas pesadas para dar uma olhada no lado de fora. Porto Massy, enfumaçada e cinzenta sob o crepúsculo do inverno, se estendia lá embaixo. Estava encantada pela estrangeirice majestosa daquele lugar; até mesmo a forma com que o Mastro era menor na vida real do que nos cartões-postais a cativava. Não via a hora de explorar a cidade e ver os famosos pontos turísticos.

Anden colocou o programa que estava assistindo no mudo e perguntou se ela precisava de alguma coisa. Wen meneou a cabeça, sentou-se ao lado dele e ajeitou a saia sobre os joelhos.

— Anden — disse, e colocou a mão no braço do rapaz. — O Hilo sabe que eu tô em Porto Massy trabalhando em projetos imobiliários estrangeiros pra Homem do Tempo, mas não sabe da outra parte. Você não deve nunca mencionar que fui eu quem trouxe a jade pro país.

O rapaz olhou para ela, e então para as próprias mãos, claramente desconfortável com o pedido para guardar segredo.

Wen continuou:

— Ele não aprovaria. Você sabe como ele é com certas coisas. Com o Hilo, as pessoas ou são Ossos Verdes ou não são.

— Eu sei. Ele não quer que eu volte pra Janloon enquanto não for verdejante.

— Não é verdade. Todo mundo sente saudades de você lá em casa. Mas os seus primos têm os motivos deles. A Shae acha que ter uma educação espênica, falar outro idioma e ter experiência no exterior vai ser bom. Você vai poder tirar vantagem dessas coisas pelo clã, mesmo que não use jade. O esforço de ficar longe por um tempinho, agora, enquanto você é jovem, não vai valer a pena? O Hilo... bom.

Com uma expressão um tanto resignada, Wen sorriu.

— Qualquer um sem jade é quase como uma criança pra ele, alguém que deve manter distância da realidade e dos perigos que não nos envolvem. Até eu. Sei que me ama e valoriza minhas opiniões, mas não faço parte do mundo dele, não por completo. Se ele parece distante ou que nunca te perdoou, é porque não sabe onde você se encaixa agora, não sabe como te tratar quando você voltar.

Sério, mas esperançoso, Anden se virou para ela com um olhar inquisidor. Wen teve a impressão de que, mesmo que não fosse um Kaul de sangue, naquele momento ele se parecia mais com Lan do que tanto Hilo quanto Shae jamais pareceram.

— Você conversa com ele? Por mim? E com a Shae-jen? Claro que vou guardar o segredo de qualquer jeito — acresceu o rapaz, rápido. — Mas sei que eles vão te ouvir.

— Converso — prometeu Wen, comovida pela sinceridade. Ela entrelaçou um braço em um dos dele. — Não é tão ruim assim morar em Porto Massy, ou é? A Shae me falou que você tem uma família adotiva aqui, que tem uma comunidade kekonísia e até um time de releibol. Faz quase três anos que veio pra cá. Você sente que agora tem amigos aqui? Coisas que te fazem feliz e pessoas com quem se importa?

Anden respondeu:

— Sim. Você tá certa, não é tão ruim. É bem bom, na verdade. As aulas já terminaram, e eu... tô saindo com alguém.

Ele ficou vermelho e pareceu quase surpreso consigo mesmo por ter admitido, mas Wen apenas sorriu. Eram os dois membros azarados da família, cada um à sua própria maneira. Quem seria melhor para confidenciar esse tipo de coisa, se não um ao outro?

— Nunca imaginei que eu fosse achar alguém na Espênia, e ele é bem espênico de vários jeitos. Mas a gente não se vê mais como antes. — A voz do rapaz assumiu um tom levemente inquieto. — Não é que sou infeliz na Espênia. É só que eu acho que nunca vou me sentir em casa aqui. E é difícil ficar tão longe de tudo o que tá acontecendo na família. — Ele se virou para Wen e continuou: — Quando fiquei sabendo do que aconteceu com o Kehn, a sensação foi de que eu devia ter estado lá. E sei que não tem nada que eu poderia ter feito, que não poderia ter ajudado, e que nem era tão próximo do Chifre pra conhecer ele tão bem, mas... ainda sinto que eu devia ter estado lá.

Wen deu um sorriso triste e esfregou os olhos.

— Eu tenho todos os motivos pra ficar em casa. O Hilo iria preferir, e as crianças são pequenas. Você precisa ver o bebê da Lisa... ele é igualzinho ao Kehn. Sinto saudade de todo mundo quando fico longe. Mas o que eu sinto é que deveria estar por aí, fazendo algo a mais. Então, sim, dá pra ser feliz e insatisfeito mesmo assim.

Alguém bateu à porta. Anden se levantou para olhar pelo olho mágico, então abriu para que Rohn Toro e mais quatro homens entrassem rápido, depois a fechou logo em seguida. De repente, o quarto estava lotado. Wen ficou grata pela presença familiar de Anden entre aquelas pessoas estranhas. Todos os visitantes eram Ossos Verdes que falavam uns com os outros e com Anden em espênico, mas cumprimentaram Wen em kekonês, saudaram-na respeitosamente e disseram que era uma honra conhecê-la.

Havia apenas duas cadeiras na mesa do quarto. Wen e Anden se sentaram e os quatro Ossos Verdes ficaram de pé. Ela dispôs a gargantilha, as pulseiras e três outros conjuntos de jade que havia contrabandeado debaixo das roupas. Depois de chegar ao hotel, tinha imergido as pedras em solvente na pia do banheiro, esfregado e as deixado secar. Agora, brilhavam como algo único na terra... inconfundíveis, como autênticas jades kekonísias.

Com todos observando, ela pegou um alicate de fio e, com cuidado, separou as pedras e dispôs uma ao lado da outra sobre um tecido preto na mesinha de centro. Quando terminou, havia duzentas miçangas de tamanhos iguais, quase a mesma quantidade que se esperaria em metade de uma turma de formandos da Academia Kaul Du. Uma verdadeira fortuna. Um suspiro reverente se espalhou pelos homens ali. Ninguém tocou as joias, já que não seria seguro lidar com tanta jade de uma vez só. Apenas para uma pedrolha.

Rohn tirou da mochila que trouxera cinco pequenas caixas revestidas de chumbo com tampas articuladas. Wen colocou um número igual de pedras em cada uma. Fechou as caixas e cada Osso Verde presente pegou uma. Eles eram, pelo que lhe contaram, homens em que o Pilar desta cidade confiava muito: Rohn e dois de seus capitães de Porto Massy, um sujeito de Adamont Capita, e outro que viera da distante cidade de Resville. Ao fim da negociação, saudaram-na antes de sair.

— Que os deuses brilhem em favor do Desponta — disse o mais novo dos pupilos de Rohn, num kekonês carregado de sotaque, mas fluente.

Em um dia, o Desponta tinha fornecido à comunidade keko-espênica tanta jade quanto a um pelotão militar espênico. Esses líderes concederiam a jade a subordinados merecedores. Todos haviam concordado em assumir total responsabilidade pelos Ossos Verdes que treinavam e equipavam, e compreendiam que cautela e discrição eram de extrema importância caso quisessem tirar proveito dessa substancial nova vantagem contra os Tripulantes e, ao mesmo tempo, continuarem longe do rastro das autoridades.

Por fim, Wen pegou a maleta de aço cheia de jade falsificada e a entregou sem cerimônia para Rohn. Nem existia essa tal Joias da Divindade, mas havia uma nova empresa espênica chamada Kekon Importados, comandada por um empresário keko-espênico financiado em parte pela recente filial do escritório da Homem do Tempo em Porto Massy. Rohn entregaria aqueles produtos à loja, e então seriam, de fato, vendidos para relojoarias espênicas. O sujeito trocou algumas poucas palavras cordiais com Anden, e depois saiu.

Agora apenas com o rapaz no quarto, Wen soltou um longo suspiro e tirou os sapatos. Relaxou no sofá e massageou os pés. Ele continuou sentado onde estava, mas também parecia extremamente aliviado. Transportar aquela quantidade de jade sorrateiramente para o outro lado do Oceano Amárico e entregá-la para os destinatários não era para qualquer um.

— Quer comer alguma coisa? — perguntou Anden.

Wen se levantou, segurou um bocejo e imaginou que tivesse mais ou menos uma hora antes de o *jet lag* dar as caras.

— Eu adoraria. Me leva pra qualquer lugar que você acha que a gente devia ir. Tô confiando em você pra me apresentar à boa culinária espênica. Depois, acho que é melhor eu dormir cedo.

Ela de fato precisava ir à filial do escritório da Homem do Tempo na manhã seguinte. O trabalho oficial como consultora de design das propriedades do clã era de verdade. Haveria plantas baixas para revisar no outro dia.

Capítulo 52

É SÉRIO

A filial do escritório da Homem do Tempo na Espênia ficava na Rua Jardim, em Porto Massy. Não necessariamente na área financeira central, mas perto o bastante para ainda ser considerado o coração do centro. Anden pegava o metrô para ir e voltar do trabalho todo dia, uma jornada de apenas quinze minutos. O aluguel da quitinete era caro demais e o imóvel nem era lá essas coisas, mas ficava num dos melhores edifícios de Arapuca Sul e a apenas um quarteirão da estação, então ele precisava passar menos tempo na rua durante os meses mais frios do inverno.

Os Hian haviam garantido que Anden seria bem-vindo para continuar morando com eles depois que se formasse.

— Anden-se, você não é incômodo nenhum — insistiram. — É a melhor pessoa que já hospedamos. Você é praticamente um filho pra nós agora, e nos ajuda tanto por aqui...

Ele ficou tentado. Realmente gostava do casal de velhinhos. Com os dois, sentia que tinha um lar em Porto Massy. Havia se acostumado com seu espaço pessoal no quarto de hóspedes e à comida de Dona Hian. (O barulho que vinha de trás da casa tinha parado de atrapalhar seu sono havia muito tempo). Mas, como explicou com pesar para seus anfitriões, agora que trabalharia no centro e não iria mais para a Faculdade de Porto Massy, fazia sentido que se mudasse para um local mais conveniente. Além disso, muito embora ele não tenha mencionado, os Dauk tinham reformado e vendido o antigo apartamento de Cory, e agora que passaria a ganhar um pouco mais, Anden sentia que deveria ter seu próprio canto onde Cory pudesse vir e passar a noite quando estivesse na cidade. Prometeu aos Hian que ainda os visitaria bastante, e ao que parecia, ele os via mais do que os próprios filhos do casal. Levava compras e os ajudava a limpar a calçada durante o inverno. Ainda via alguns dos antigos amigos do releibol, mas com menos frequência. Derek conseguira um novo emprego, Sammy estava treinando regularmente com Rohn Toro e Tod fora prestar oito meses de serviço militar.

O Desponta estabelecera suas operações em um prédio comercial que sediava algumas pequenas firmas de advocacia e escritórios de contabilidade, uma agência de publicidade, um cursinho para o vestibular e a matriz de uma autoescola. O nome no quadro do saguão de entrada e na porta da filial do escritório da Homem do Tempo era, tanto em espênico quanto em kekonês, ESCRITÓRIO DE COORDENAÇÃO DE NEGÓCIOS DE KEKON. Havia um total de doze pessoas trabalhando lá, quatro a mais do que quando Anden começara, seis meses antes. O nome oficial de seu cargo era "auxiliar júnior", o que, a princípio, não forneceu pista nenhuma a respeito de qual seria sua função, mas ele deduziu que deveria ser o equivalente a um Agente da Sorte de quarto ou quinto escalão. O que era irônico e engraçado já que, levando em consideração suas notas em matemática durante os anos na Academia Kaul Du, ele jamais teria imaginado que algum dia acabaria no lado empresarial do clã.

Felizmente, não esperavam que ele desempenhasse muitas funções administrativas. Seu chefe, Hami Tumashon, tinha sido o último Mestre da Sorte do Desponta, e respondia diretamente à Kaul Shaelinsan. Hami sabia muito bem quem Anden era.

— A Kaul Shae-jen me deu a liberdade de escolher minha própria equipe. A única exceção foi que ela me mandou te incluir. — Hami era direto, e o sotaque janloíno era perceptível em sua fala, coisa que Anden nunca tinha percebido em si mesmo, mas que agora notava ser completamente diferente do jeito que keko-espênicos como Cory falavam. Hami o analisou e, com rispidez, mas sem rancor, disse: — Então vai ter um Kaul pendurado no meu ombro e relatando tudo pra Janloon pra garantir que eu não tô desperdiçando o dinheiro e o tempo do clã aqui.

Anden respondeu:

— Seu Hami, acabei de me formar na faculdade da cidade e meus primos tão tentando achar alguma coisa pra eu fazer, só isso. É pra eu ajudar em qualquer coisa que der, mas se não sou útil pro senhor, é só me dizer.

Sabia muito bem que tinha poucas qualificações.

Uma de suas primeiras tarefas foi recrutar membros para a equipe.

— Precisamos de pessoas daqui — explicou Hami. — Espênicos que tenham nascido ou se naturalizado aqui, que sejam bilíngues e conheçam o mercado, a cultura e o jeito com que se faz negócios na Espênia. Caso você tenha amigos na comunidade kekonísia de Porto Massy, começa por lá e vê se consegue algumas indicações.

Anden visitou Dauk Losunyin e explicou a situação. O Pilar assentiu, pensativo.

— Qualquer coisa que eu possa fazer pra ajudar os negócios da sua família, eu faço — disse o sujeito.

O Pilar de Arapuca Sul andava animado esses tempos. Sua filha mais nova dera à luz uma garotinha, o terceiro neto dele, e a polícia já não o monitorava mais, já que estavam ocupados demais cuidando do violento conflito que estourara entre as três maiores Tripulações.

De acordo com o que Anden ouvira de Rohn Toro, o Chefe Kromner ficara com medo do crescente status de Canela Seca e suspeitou que o sujeito estivesse roubando de sua nova empreitada com jade. Mandara outro de seus braços direitos, Duque Traça, matar Canela, mas ele escapou e se aliou à Anga Slatter, que sabia que a Tripulação do Sul, de Kromner, com certeza viria atrás da Tripulação de Larvadeira mais cedo ou mais tarde e viu na situação a oportunidade de agir preventivamente. Canela e Slatter receberam a cooperação tácita da Tripulação da Rua do Padeiro e, pouco depois, os corpos de Duque Traça e dois de seus homens foram encontrados em uma garagem náutica, estrangulados e sufocados com sacolas brancas de plástico sobre as cabeças. Uma execução típica dos Tripulantes, que servia como um aviso explícito aos outros. Kromner se escondeu no sul da cidade.

Durante toda a primavera e o verão, as altamente divulgadas batalhas entre os Tripulantes e o dramático declínio do famoso chefe do crime de Porto Massy estamparam as manchetes dos jornais da cidade. A jade, que foi popularizada no mercado clandestino pela atenção internacional à Guerra de Oortoko, levou a culpa pela violência. Quatro membros da Tripulação de Larvadeira foram mortos à luz do dia por dois assassinos que, segundo relatos, se moviam mais rápido do que qualquer ser humano normal. Combinadas, foram oito hospitalizações por envenenamento por jade e overdose de BL1. O Departamento de Polícia de Porto Massy, que encarava alegações públicas de corrupção e incompetência, caiu matando nos Tripulantes. Um armazém de polimento de jade no Rio Camres foi descoberto e fechado; os migrantes drogados foram deportados.

Com as Tripulações caçando umas às outras e a polícia encurralada, a comunidade kekonísia em Arapuca Sul se incomodou pouquíssimo. Enquanto o centro comunitário danificado passava por reformas, o salão do rancor foi discretamente transferido para um armazém que pertencia ao tio de Derek. Quando reabriram o espaço original, a demanda foi tão alta que a nova locação ficou aberta também, então agora havia um lugar adicional para que os Ossos Verdes treinassem durante o dia, e o grande público e as apostas em dinheiro continuavam ocorrendo livremente à noite.

Uma semana depois das notícias de que Chefe Kromner tinha sido localizado e apreendido pela polícia sob acusações forjadas de exploração trabalhista, Anden recebeu um telefonema de Dauk Losun apenas para perguntar o que ele andava fazendo ultimamente e quanto ao novo emprego.

— Meu amigo — disse Dauk. — Se tiver alguma coisa que você ou a sua família precise, por favor, nem pense duas vezes antes de falar comigo. Que os deuses brilhem em favor do Desponta, como dizem na velha nação.

Algumas semanas depois de Anden ter pedido ajuda, Dauk Sana chegou no ESCRITÓRIO DE COORDENAÇÃO DE NEGÓCIOS DE KEKON com uma lista de vinte e quatro nomes. Anden a apresentou a Hami e os dois passaram um tempo conversando a respeito de que parte de Kekon suas respectivas famílias eram antes de Sana começar a lidar com os negócios.

— A Dona Kuni é uma das minhas clientes mais antigas por causa do problema de estômago que ela tem. Agora, o filho dela arranjou um emprego no mercado imobiliário, mas não gosta muito. Ele ficaria interessado num trabalho novo. Sempre foi bom na escola. Tem um kekonês mais ou menos. — Dauk Sana moveu os dedos para o segundo nome na lista. — Esta é a amiga mais velha da minha filha da faculdade de direito, que largou o emprego pra ter um bebê. Agora ela quer trabalhar de novo, mas a empresa antiga falou que já contratou outra pessoa. Ela é muito inteligente, e a família do marido faz parte do exército espênico.

Dos nomes que Dauk Sana sugerira, dez pessoas demonstraram interesse quando contatadas. Sete vieram para entrevistas, e quatro foram contratadas.

Hami ficou feliz. Pelo visto, Anden se provara útil de certa forma, então foi incumbido da tarefa de aprender tudo o que pudesse a respeito do mercado de bebidas, o que incluía ler publicações comerciais, ir até lojas, restaurantes e bares para conversar com proprietários e comprar amostras de centenas de tipos de bebidas alcoólicas e empacotá-las para que fossem transportadas até Janloon, onde passariam por testes comparativos. O Desponta acreditava que poderia haver um mercado para o hoji kekonésio na Espênia. Depois, foi encarregado de fazer levantamento de imóveis residenciais.

Conforme os dias de outono iam esfriando e as decorações da Véspera do Dia da Colheita eram penduradas de novo, Anden ficou surpreso ao perceber que estava gostando do trabalho. Seus colegas eram quase todos kekonésios, então ficava à vontade entre eles, mas tinha tantas responsabilidades que havia muita necessidade de interagir com gente de fora e falar, ler e escrever em espênico. Suas obrigações variavam e consistiam em qualquer coisa que Hami precisasse que fosse feito, então era raro que se entediasse, e aprendeu muito a respeito da administração de uma pequena parte do escritório da Homem do Tempo, assim como de diferentes setores da economia espênica.

Em certa ocasião, foi designado a um serviço que Hami contou, em privado, que viera "do lado mais verdejante do clã", o que significava que era algo importante para o Chifre, ou talvez até mesmo para o próprio Pilar. Mandaram que examinasse listas telefônicas e registros governamentais e fizesse algumas ligações discretas para determinar o paradeiro de dois antigos militares que receberam liberdade condicional depois de servir um ano presos por terem sequestrado e estuprado uma garota kekonísia enquanto estavam em serviço na Ilha Euman. Anden fez algumas viagens (uma para o subúrbio de Orslow, ao sul de Porto Massy, e outra de quatro horas para a cidade de Campigual) para garantir que as informações estavam corretas, já que sabia que os homens seriam punidos, e provavelmente com a morte. Depois de relatar o que descobrira, recebeu uma inesperada ligação de longa distância de Maik Tar, pedindo esclarecimento de alguns poucos detalhes e agradecendo por ter sido tão minucioso.

Diversas semanas mais tarde, Anden ficou sabendo que um dos infratores havia sofrido uma emboscada e fora espancado numa suposta tentativa de assalto que o deixou paralisado da cintura para baixo, e o outro sofreu vastas queimaduras de terceiro grau no incêndio que destruiu sua casa. O rapaz suspeitava que fosse o único auxiliar júnior sob supervisão de Hami a quem ele confiava tais demandas, e considerou isso um bom sinal. Assim que chegara em Porto Massy, quase três anos antes, tinha enxergado sua situação pelo mais sombrio dos pontos de vista: era um exilado sem jade e fragilizado se agarrando às poucas opções que restavam. Era apenas agora que percebia que talvez houvesse um caminho adiante, uma saída do nevoeiro.

Anden observava Cory sem camisa na frente do espelho, fazendo a barba. Ele estava cantarolando uma música, alguma canção que Anden não conhecia. Era uma manhã de sepdia, no auge do inverno, e não havia o menor indício de luz matinal do lado de fora da janela de seu apartamento, mas Cory precisava pegar o primeiro ônibus de volta ao campus porque tinha um horário na sala de estudos naquela noite. Ele estava no segundo ano da faculdade de direito, e mais ocupado do que nunca. Às vezes, voltava a Porto Massy para eventos da família, mas nem conseguia ver Anden, então, em outras ocasiões, vinha de surpresa passar um ou dois dias na cidade só para que pudessem ficar um tempo juntos.

— Não me espera na rodoviária — instruíra Cory pelo telefone. — Meus pais não sabem que tô indo e vai ser um saco ter que explicar se alguém vir a gente. Eu pego um táxi pra sua casa.

Anden cancelava os compromissos e os dois transavam, assistiam à televisão, conversavam e transavam de novo. Quando queriam sair para ir a restaurantes, ao cinema ou ao fliperama, pegavam o metrô e saíam de Arapuca Sul rumo a outras partes da cidade, como Lagata, Marmelo ou Passadouro, onde era menos provável que encontrassem conhecidos. No começo, Cory vinha todo mês, mas com o tempo, as visitas começaram a demorar seis semanas, e então oito. Ali, observando-o agora, Anden se deu conta de que ainda não tinham conversado a respeito da próxima vez que se veriam. Nenhum dos dois mencionara nada a respeito.

— Com quem mais você tá ficando? — perguntou.

Cory o olhou, atônito, e travou de um jeito cômico, com creme de barbear cobrindo metade do rosto.

— Pra que *isso* agora? — perguntou, magoado e indignado. — Com mais ninguém. Nada sério.

— E o que *sério* significa? Isso *aqui* é sério? O que tá rolando entre a gente?

Anden nunca tinha se considerado possessivo, e se ouvir falando assim com tanta ferocidade o surpreendeu.

Cory terminou de fazer a barba, limpou o rosto com uma toalha, foi até a cama, onde Anden estava, e se esparramou sobre a colcha. As três pedras de jade ao redor de seu umbigo chamavam atenção em comparação com a pele pálida.

— Olha, a faculdade de direito é estressante pra caramba porque a gente nunca tem descanso. Quando temos a chance de extravasar, têm umas festas bem malucas. Em algumas eu fiquei bêbado, que nem todo mundo fica, e acabei pegando algumas poucas pessoas. E semestre passado eu transei com alguém, mas foi só uma vez e, agora, pensando bem, foi bem idiota. Mas prometo que foi só isso. Não tô ficando com mais ninguém.

Frente ao silêncio de Anden, Cory esticou a mão, tocou em seu queixo e o encarou com um olhar suplicante.

— Eu tô é *contigo*, caco. Você é mais *real*. Quero dizer, você é mais novo do que eu, mas tem alguma coisa em você que te faz parecer mais velho. Leva a vida mais a sério. Eu... — ele deu de ombros — vivo um dia de cada vez. Não sei o que quero fazer depois da faculdade, mas tô de cabeça aberta pro futuro. — Inclinou-se adiante e deu um beijo no ombro nu de Anden. — Agora, neste instante, a gente tem algo bom, não tem?

— Cory. — Anden estava hesitante com a conversa, mas irritado pelo fato de nunca terem tocado no assunto. — Você algum dia... iria querer morar em Kekon? Se eu tiver a chance de voltar pra Janloon, gostaria de saber se é algo que você... pensaria a respeito.

Cory se apoiou sobre os cotovelos e, com as sobrancelhas arqueadas, encarou-o intensamente.

— É uma possibilidade hipotética ou vai acontecer de verdade? A sua família te pediu pra voltar?

— É hipotético — murmurou Anden. — Só achei que a gente deveria conversar sobre isso.

— Olha, hipoteticamente... — Cory se deitou de costas, cruzou as mãos atrás da cabeça e olhou para o teto do apartamento. — Claro, eu não me importaria de passar um tempinho no exterior. Ver de onde meus pais vieram, me conectar com as minhas raízes ancestrais, esse tipo de coisa. Nunca morei em outro país. Seria uma experiência de vida da hora. — Seus olhos dançavam com otimismo pela ideia. — Claro, dependeria do momento e das circunstâncias, mas tudo é possível, caco.

— O que seus pais achariam?

Cory revirou os olhos, impaciente.

— Por que é que você sempre pergunta isso? Parece que eles são os *seus* pais, de tanto que se preocupa. — Ele se sentou e suspirou com tanta força que o ar agitou o cabelo em sua testa. — Olha, eu sou um bom filho pros meus pais. Fiz o que eles queriam: uso jade, ajudo a comunidade, tô estudando direito. Minha mãe sempre vai querer que eu fique por perto porque sou o caçula, e meu pai espera que eu seja "bem-sucedido", o que, pra ele, é uma combinação bem específica de ser um Osso Verde à moda antiga e um advogado rico.

Cory riu, mas havia uma centelha de frustração na gargalhada. Ele ficou sério e encarou bem os olhos de Anden.

— Quero honrar os meus pais, mas já tenho idade suficiente pra tomar minhas próprias decisões, caco. Se ir pra Kekon é importante pra você, pra *nós*, então a gente devia mesmo pensar nisso. — Ele se inclinou adiante, deu um beijinho ligeiro e despretensioso em Anden, colocou as pernas para fora da cama, se levantou e espreguiçou o corpo comprido e esguio. Enquanto recolhia as roupas, olhou para trás, para Anden. — Você me deixou falando sozinho de novo. Mas olha, a gente não precisa ter pressa, né? Podemos conversar melhor outra hora. A questão é só entender o que a gente realmente quer.

Anden pensou no diálogo mais tarde e continuou insatisfeito. Queria ter sido mais honesto e firme no momento, dito para Cory que já sabia que queria voltar para Kekon e que, quando a hora chegasse, esperava que Cory fosse junto.

Mas então se lembrou do que Hilo falara a respeito de Cory Dauk na última conversa que tiveram, e ficou ainda mais incerto. *Ele não aguentaria o tranco de ser um Osso Verde em Janloon, e você sabe disso.* Será que o primo estava certo? Cory conseguiria ser feliz em Janloon? As posições ficariam invertidas; ele é que seria o estrangeiro. Se usasse sua jade lá, não teria proteção do aisho... Será que seria perigoso demais? Mesmo que conhecesse e se envolvesse nos negócios do pai, Cory não compreendia de verdade como os clãs funcionavam em Kekon. E se os Dauk não quisessem que o filho partisse, será que isso não criaria um conflito entre as famílias? Sendo que agora eram aliados e os parentes de Anden dependiam do bom relacionamento com os Dauk para conquistar o que queriam na Espênia?

Anden repetiu para si mesmo que nenhuma dessas preocupações importavam no momento. Afinal, ele não definira um cronograma e não tinha nenhum ímpeto concreto para forçar essa questão. Era melhor viver um dia de cada vez, como dizia Cory.

Cedo, numa sexdia pouco depois do Ano-novo Kekonésio, Anden recebeu um telefonema em seu apartamento. Quinze minutos depois de ter saído da cama, estava no banheiro com os pés sobre o duto do aquecedor enquanto escovava os dentes, e seu reflexo na janelinha embaçada mostrava pouco além de uma escuridão fosca. A pequena televisão que ligara no quarto recapitulava as notícias da semana: a crescente pressão pública e política para que o Primeiro-ministro Galtz e a Assembleia Nacional ordenassem o fim das atividades em Oortoko, o aumento das taxas de juros e a mais recente fofoca a respeito de alguma celebridade do cinema.

A princípio, Anden achou que o toque de chamada vinha da televisão; depois, percebeu que o telefonema só poderia ser de Janloon, afinal, quem mais o ligaria a esta hora? Seria início da noite em Kekon. Desligou a TV, pegou o gancho e, em kekonês, disse:

— Alô?

Ainda assim, ficou surpreso ao ouvir a voz de Hilo abafada pela conexão de longa distância.

— Precisamos conversar com você, Andy — falou o Pilar. — A Shae e o Juen tão aqui comigo. Vou colocar no viva-voz.

Desde que se mudara para a Espênia, Anden era capaz de contar nos dedos de uma única mão as vezes em que Hilo o ligara.

— Ele não gosta de falar ao telefone — contara Shae uma vez, pesarosa.

Anden suspeitava de que, na verdade, Hilo não gostava era de falar com *ele* ao telefone, de ser relembrado de seu desonrado primo mais novo que estava tão longe. E, com toda a certeza, o rapaz nunca participara de uma reunião por ligação com o Pilar, a Homem do Tempo e o Chifre do Desponta ao mesmo tempo. Agora preocupado, Anden indagou:

— Aconteceu alguma coisa?

A voz de Shae ressoou de longe:

— Não aconteceu nada, Anden.

— Precisamos da sua ajuda, primo — informou Hilo. — Pra fazer uma coisa na Espênia.

Anden ligou um abajur e se sentou na cama.

— Precisam de ajuda pra quê?

— Pra matar um homem — respondeu o Pilar.

Capítulo 53

Pecados e Compromissos

A diabete de Zapunyo tinha, depois de tantos anos, enfim cobrado seu preço e ele precisava de um transplante de rim. Como o serviço médico das Ilhas Uwiwa era um dos piores do mundo, e dinheiro não era problema para um traficante rico, Zapunyo organizou uma viagem para dali a seis meses até a Espênia e desembolsou mais para que a cirurgia fosse feita em um hospital particular em Porto Massy. Essa rara ocasião em que ele sairia do fortificado complexo em Tialuhiya foi descoberta por um espião do Desponta muitíssimo bem posicionado em Uwiwa, e a oportunidade que Hilo e Shae andavam procurando desde o verão anterior apareceu.

Anden foi até Dauk Losunyin para pedir o que queria.

— Dauk-jen — disse. — Esse traficante, o Zapunyo, mal sai da fortaleza que tem nas Ilhas Uwiwa. Ele tem toda uma operação que emprega barukânes, peixes-pedra e mão de obra barata pra vasculhar jade nas minas, levar pra fora de Kekon e transportar pra clientes do mercado clandestino em Ygutan, Oortoko e pra organizações perigosas como as Tripulações.

Dauk assentiu, compreendendo tudo, mas falou:

— O Chefe Kromner tá esperando o julgamento e é capaz de passar décadas na prisão. Os outros Chefes tão escondidos. Por que é que eu preciso me preocupar com esse tal de Zapunyo?

— Mesmo que o Kromner vá preso, tem outras pessoas pra tomar o lugar dele. Enquanto jade continuar sendo ilegal e cobiçada, terão criminosos neste país e no mundo tentando se aproveitar, e o Zapunyo vai vender pra essa gente. Talvez os jornais estejam certos e a derrocada do Kromner represente o fim do apogeu das Tripulações de Porto Massy, ou talvez outros grupos se fortaleçam e se tornem uma ameaça ainda maior contra nós. A solução é cortar o mercado clandestino pela raiz, e isso significa impedir o tráfico de jade pra fora de Kekon.

Estavam sentados na sala de estar de Dauk; o Pilar numa poltrona, e Anden no sofá à sua frente. Sana tinha acabado de terminar o atendimento de um cliente que viera em busca de uma sessão de cura, e agora estava andando para lá e para cá atrás do marido com a netinha adormecida nos braços.

Dauk olhou para Anden com um leve ar de decepção.

— Anden, nós já conhecemos você e a sua família muito bem a essa altura. Por que é que você não pede exatamente o que quer e explica os motivos?

O rapaz encarou a xícara de chá que segurava, e então a colocou na mesinha de centro. Depois se pronunciou com cuidado:

— Quando conheci o senhor, falei que era só um estudante. Que, apesar da minha criação, não podia falar em nome dos meus primos em Janloon. Agora posso dizer, com toda a sinceridade, que hoje vim falar com o senhor em nome do Desponta. — Anden encarou Dauk nos olhos desta vez. — Esse homem, o Zapunyo, tentou matar o Pilar e é responsável pela morte do Chifre. Se minha cunhada e os filhos dela estivessem no carro naquela hora, teriam morrido também. Ele é um inimigo da minha família que, por causa da distância e de recursos, ficou impune pelas ações que cometeu. Temos que matar ele enquanto estiver na Espênia.

Dauk respirou fundo pelo nariz.

— Você falou que esse homem é muito protegido, que nem mesmo os guerreiros Ossos Verdes do Desponta conseguem atingir ele. Então como é que você propõe uma coisa dessas?

— Não vai ser fácil — admitiu Anden. — Meus primos têm uma ideia, um jeito de passar pelos guardas barukânes dele, mas precisamos da sua permissão e da sua ajuda, Dauk-jen. Precisamos de Rohn Toro.

Dauk Losun se virou para a esposa.

— Deixa eu falar com nosso amigo em particular por um tempinho.

Anden ficou surpreso. Nunca, em todo o tempo que conhecia os Dauk, tinha visto o Pilar pedir para sua mulher se retirar. Ainda mais surpreendente foi que Dauk Sana pressionou os lábios numa expressão compreensiva. Ela colocou a bebê no carrinho.

— Vou dar uma volta e comprar umas coisinhas — anunciou.

Abriu a porta, saiu de casa e deixou o marido e Anden sozinhos.

Dauk Losun encheu as xícaras de novo, reclinou-se na poltrona e disse:

— Desde a primeira vez que os Hian te trouxeram na minha casa, minha consideração por você só foi aumentando. Deu pra ver logo de início que é o tipo de jovem que seria respeitado na velha nação, alguém que acredita em cada palavra do que diz. Na verdade, queria que meu próprio filho fosse um pouco mais como você... mas cada um é cada um. Tenho o maior respeito por você e pela sua família. Então, quando você falou que vinha aqui, me preparei pra oferecer qualquer coisa que pedisse, porque valorizo a amizade do Desponta quase tanto quanto a minha própria jade. — O rosto normalmente amigável e receptivo de Dauk ficou sério. — No entanto, depois de ouvir o que você tá pedindo, não posso concordar em ajudar.

"Uma coisa é usar jade pra se proteger e defender amigos e vizinhos. É o que os Ossos Verdes sempre fizeram e nenhuma lei criada pelo homem pode mudar isso. Nos atemos com força às tradições, e isso é algo que os outros não entendem, e não machucamos ninguém nesse processo. E é verdade também que às vezes precisamos punir pessoas que ferem nossa comunidade e criminosos que são uma ameaça pra nós. Só queremos o que todo mundo neste país quer: ter uma vida boa e um futuro melhor pros nossos filhos."

Dauk fez uma pausa e esfregou a nuca com a mão.

— Esse tal de Zapunyo é um estranho pra mim. Ele pode até ser um homem ruim, mas não fez nada pra prejudicar nossa comunidade diretamente. Talvez até possamos sentir as reverberações da questão do tráfico de jade de Kekon pras Ilhas Uwiwa, mas é um problema que fica a um oceano de distância. Não é problema nosso. Você tá me pedindo pra assassinar um homem que eu não conheço aqui, em solo espênico, pra expor minha família e meu bom amigo Rohn Toro a um perigo desnecessário e a punições perante as leis espênicas.

Anden não se surpreendeu com a resposta, e tinha avisado aos primos que isso poderia acontecer.

— Tudo vai ser planejado e organizado pelo Desponta sob nomes falsos. Eu vou ser o contato, e nada vai remeter ao senhor. Meu Pilar garantiu que será assim. A única coisa de que precisamos é de Rohn Toro. Depois, o clã pode tirar o Rohn do país. Ele pode se esconder em Kekon, ou em qualquer lugar que prefira... seria como férias remuneradas, até que seja seguro voltar.

— Você não veio pra Espênia pra fugir da vida de Osso Verde? Escuta o que você tá dizendo, Anden. Tá parecendo um Punho. — O homem mais velho sorriu, mas meneou a cabeça. — Sinto muito. Mas não posso te ajudar com isso. — Quando Anden ficou ali, sentado e decepcionado, Dauk continuou: — Se essa causa é tão importante pra você, então talvez quem devesse resolver é *você*. Claro, eu sei que foi treinado pra usar jade.

Anden contraiu a mandíbula.

— O senhor nunca perguntou, Dauk-jen, mas tenho certeza de que sabe. Me mandaram pra cá porque eu me recusei a ser um Osso Verde. Já se passaram anos desde que usei jade pela última vez. Não sei se sou capaz de controlar, ou o que aconteceria comigo. O que me faria imprevisível demais pra ser útil nessa situação. E mesmo que não fosse o caso, jurei pela minha vida que nunca mais usaria jade. É a única coisa de que não posso abrir mão.

Dauk ficou em silêncio por mais tempo do que Anden esperava. Ele parecia estar num debate interno. Por fim, disse:

— Eu entendo, e aprecio a sua honestidade a respeito do passado. Então chegou a hora de conversarmos sobre a coisa de que *eu* não posso abrir mão.

"Quando cheguei em Porto Massy com minha mãe e irmãos, eu tinha 14 anos. Uma das minhas irmãs, a mais nova, morreu de pneumonia dois anos depois. A mais velha fugiu com um homem que minha mãe não aprovava, e paramos de ter notícias dela. Então, depois isso, éramos apenas minha mãe e eu. Morávamos num apartamento em cima de uma lavanderia pública. O que mais me lembro daquele lugar era do cheiro do sabão que todos usavam na época, o Sabão Pedra Pura, e da umidade. As janelas ficavam sempre embaçadas e a tinta nas paredes vivia com bolhas e descascando. No inverno, a gente sentia ainda mais a umidade. Era horrível.

Quase todos os moradores do bairro tinham vindo da velha nação porque nossas casas haviam sido destruídas ou nossos parentes aprisionados ou executados pelos shotarianos. Nossos pais eram orgulhosos Ossos Verdes ou Lanternas na Sociedade da Montanha Única, mas na Espênia, não tínhamos status. Éramos refugiados sem nada. Todos nos olhavam com desdém; até mesmo os imigrantes tunis que viviam do outro lado da Rua Reverendo nos consideravam abaixo deles. Mas valorizávamos quem éramos e de onde viéramos, e mantínhamos as antigas tradições.

Quando eu tinha vinte e poucos anos, trabalhei como entregador para o proprietário de uma loja de eletrodomésticos chamado Ito, que eu considerava um bom homem, mas que sofrera demais e acabara um pouco maluco. Ele era um Osso Verde de uma família que, como muitas outras, trouxera jade para a Espênia, mas não ousava usá-la abertamente nas ruas. Éramos minoria dentre estrangeiros de todos os tipos e víamos roubo por toda a parte. Crianças saqueavam de carrinhos de supermercado, bandidos, de casas e comércios, e os Tripulantes roubavam de todo mundo. E as consequências eram poucas. Tínhamos vindo para uma terra de ladrões. Então qualquer pessoa que possuísse jade, a escondia a sete chaves. Embora eu tivesse nascido e treinado numa família Osso Verde, meu pai e meus tios haviam sido aprisionados pelos shotarianos junto com a jade que tinham. Então minha família era pobre até mesmo para os padrões de nossa vizinhança.

Como eu disse, Ito era um bom homem, mas tinha ficado um tanto maluco. Um dia, se meteu numa briga com um cliente shotariano. Quando criança, em Kekon, Ito vira a própria irmã ser estuprada por soldados shotarianos e o irmão mais velho ser espancado até não conseguir mais andar ou falar, então ele odiava shotarianos ainda mais do que o resto de nós. Seu ódio era quase como um tipo de loucura. Naquela noite, palavras ofensivas foram trocadas, e então as coisas saíram do controle e o shotariano acabou morto no chão da loja. Fui o único que viu acontecer. Ele se virou para mim com um olhar insano e, naquele instante, percebi que Ito estava pensando que eu era a única testemunha e que teria que me matar também, para que ninguém descobrisse. Sem pestanejar, garanti que não havia sido culpa dele, que fora um acidente causado pela provocação do outro homem. Pensando em salvar minha própria vida, me ofereci para ajudá-lo a se livrar do corpo.

O que fizemos foi horrível. Cortamos o cadáver em pedaços, remamos um barco até o Camres e afundamos as partes revestidas de cimento em diferentes áreas do rio. Passei muitos anos tendo pesadelos. Às vezes, ainda tenho.

Mesmo depois de ter ajudado Ito com essa missão macabra, temi pela minha vida. O que tinha acontecido o deixou ainda mais desequilibrado. Sempre que olhava para mim, eu sabia que ele estava tentando Perceber minha culpa e se perguntando se eu abriria a boca. Ele continuava pensando em me matar. Olhando para trás, acredito que o estresse tinha levado a melhor e que ele estava sofrendo com os estágios iniciais do Prurido. Em Kekon, alguém do clã teria percebido. Um parente ou um amigo querido talvez o tivesse feito procurar ajuda médica, mas Ito estava sozinho em Porto Massy e eu era a única pessoa que o conhecia.

As autoridades vieram bisbilhotar e fazer perguntas a respeito do desaparecimento do shotariano. Claro, ninguém contou nada porque a polícia não é confiável e metade recebe propina dos Tripulantes, mas rumores de que Ito estava envolvido começaram a se espalhar pela vizinhança. Ele ficou convencido de que eu havia começado os boatos, mas agora hesitava em me matar e confirmar as suspeitas que já existiam. As pessoas foram ficando mais preocupadas. Um Osso Verde que perde o controle e fica louco é um perigo para todos, ainda mais na Espênia, lugar onde o povo não entende a jade e onde algo assim só traria mais atenção negativa.

Havia outro Osso Verde na comunidade, um jovem chamado Rohn Toro, um sujeito conhecido por ser bom de briga, que até mesmo os Tripulantes respeitavam e contratavam para alguns serviços. Rohn tinha se metido em problemas com a lei antes, então a polícia suspeitava que ele fosse responsável pelo assassinato do shotariano. Vieram prendê-lo, mas Rohn fugiu e se escondeu. Durante semanas, ficou num porão e não saiu de lá. Nós éramos conhecidos e morávamos no mesmo prédio, então lhe levei comida enquanto ele permanecia fora de vista.

As pessoas começaram a fofocar a respeito de Ito. Até poderiam perdoá-lo por ter matado um shotariano e acobertado o crime, mas era errado continuar em silêncio e deixar outro Osso Verde ser acusado e provavelmente executado em seu lugar. Ito, por outro lado, pensava apenas em si mesmo. Era mau-caráter e nunca teria durado muito como um Osso Verde em Kekon. Ele descobriu o esconderijo de Rohn e estava prestes a contar a informação à polícia. Ito achava que, quando ele fosse preso e punido em seu lugar, tudo ficaria bem. Tudo o que precisaria fazer, então, seria se livrar de mim também.

Ao me dar conta desse plano, procurei Rohn Toro e decidimos agir. Juntos, emboscamos Ito a caminho da delegacia. Estávamos em dois, e Rohn era mais novo e mais proeminente com jade do que ele. Matamos Ito e pegamos sua pedra.

Eu não tinha nenhuma habilidade especial ou importância na comunidade, a não ser o fato de, até mesmo naquela época, ser conhecido como alguém honesto, um bom ouvinte, pé no chão e capaz de convencer os outros do meu modo de pensar. Com a morte de Ito, fui de vizinho em vizinho e contei o que precisou ser feito para evitar qualquer problema futuro. Quando a polícia veio procurar Rohn, mais de doze pessoas se prontificaram a dizer que Ito era o assassino e que tinha fugido da cidade. E, é claro, a polícia achou a carteira do shotariano e vestígios de suas roupas e sangue na loja, para você ver como o sujeito era burro, mas nunca o encontraram. O importante é que não foram atrás de Rohn e nem de mais ninguém.

O verdadeiro assassino foi punido, a vizinhança foi poupada de mais escrutínio por parte das autoridades, e um Osso Verde em quem não se podia confiar deixou de ser um perigo para todos nós. A comunidade entendeu tudo isso como obra minha, e começaram a me procurar para cuidar de outros problemas, alguns pequenos, outros mais sérios; com o tempo, passaram a me chamar de Pilar. Mas, no meu coração, eu sabia que mesmo que o resultado tivesse sido o melhor possível, os deuses tinham ciência do que eu tinha feito.

Fui o cúmplice de Ito para encobrir o assassinato de um inocente. Mesmo que fosse shotariano, não merecia morrer e ter seu cadáver profanado. Sua família não tinha restos mortais para enterrar, e ele fora para a vida após a morte em pedaços. E, mesmo que Ito estivesse claramente planejando a minha morte, ele era um homem em sofrimento que me demonstrara gentileza e me dera meu primeiro trabalho, meu primeiro ganha-pão para sustentar minha mãe e minha jovem esposa. Eu o assassinei a sangue frio e descartei seu corpo também. Os deuses sabiam. Acho que entenderam os meus motivos, porque não foram tão severos. Então, tive sorte em quase tudo na vida. Tirando uma coisa.

Sana e eu passamos muitos anos sem conseguir ter filhos. Quando finalmente deu certo, tivemos apenas meninas. Fomos ao templo implorar aos deuses por um filho homem que carregasse a jade da família, mas apenas dez anos de tentativas mais tarde finalmente tivemos Coru. Ele é um bom filho, mas é fútil. Fiz o melhor que pude para criá-lo como um verdadeiro Osso Verde, entretanto, ele tem um coração imaturo. Só quer se dar bem com todo mundo e ficar se divertindo. É meu único filho, o único que vai carregar a jade da família quando Sana e eu não estivermos mais aqui. Eu o amo, mas ele também é a punição pelos pecados que cometi quando era jovem."

Dauk se levantou da cadeira.

— Vou fazer o que você pediu: deixar Rohn Toro à sua disposição pra ajudar o Desponta a matar esse traficante, esse tal de Zapunyo. E, em troca, peço que você desista do meu filho. Tenho sido indulgente, mas ele precisa parar de ficar se engraçando com homens por aí e começar a levar as responsabilidades a sério. Por mais ignorante e indigno que seja do verdadeiro significado de usar jade e da importância que isso tem pra identidade da nossa família, ele é o único Osso Verde dentre meus quatro filhos. Não é verdejante o bastante pra velha nação, mas não importa. Ele ainda pode ter uma boa vida na Espênia, uma carreira que faça aquela faculdade cara valer a pena e filhos, algum dia, se os deuses forem gentis conosco. Ele não serve pra você. Com certeza você vai acabar voltando pra Janloon, mas o lugar dele é aqui.

A princípio, Anden teve dificuldade para encontrar uma resposta.

— Isso quem decide é o Cory — falou.

— Não tô falando com ele agora. Tô falando é contigo. É uma escolha tanto sua quanto dele. Você chega na minha casa e pede que eu cometa um crime pra ajudar a sua família, então eu tenho todo o direito de pedir algo em troca. Desiste do meu filho, e eu passo por cima dos meus princípios pra ajudar você e a sua família com essa empreitada. É o único jeito de eu ultrapassar esse limite por você.

Anden olhou para Dauk, um homem que não havia levado a sério quando conhecera, mas que passou a respeitar; o líder de sua comunidade, um sujeito astuto, um verdadeiro Pilar por direito e à sua própria maneira, uma pessoa a quem ele agora sentia que devia muito. Naquele momento, Anden o odiou.

O rapaz se levantou.

— O senhor disse que eu sou um homem que acredita em cada palavra que diz. Não quero falar nada que vá fazer eu me arrepender depois, e é por isso que não vou te responder agora, Dauk-jen.

Dauk se levantou e o levou até a porta.

— Você é inteligente pra sua idade, meu amigo.

Era tarde na noite seguinte quando Anden reuniu a coragem para ligar para a casa que Cory dividia com outros três estudantes de direito. Para sua surpresa, a chamada foi atendida no primeiro toque e uma animada voz feminina disse:

— O que foi agora? Entra de uma vez!

Anden, surpreso, pediu para falar com Cory, e a mulher respondeu:

— Ah, pelas bolas do Profeta. Desculpa, pensei que fosse outra pessoa. Só um segundo. — Ela deixou o aparelho fora do gancho e gritou afastada dele. — Cory! É pra você!

Anden esperou. Dava para ouvir muita conversa ao longe e então uma grande comemoração, como se um grupo estivesse assistindo a algum esporte na televisão. Por fim, veio a voz de Cory.

— Oi, ilhéu! — exclamou. — Como é que andam as coisas aí?

Anden teve dificuldade para falar:

— Tô com saudade.

— Eu também. As provas de meio de semestre vão começar semana que vem, mas vou tentar voltar no outro final de semana. Você vai poder sair comigo, né?

— Foi por isso que eu liguei. Vou ficar ocupado por um tempo.

— Com o trabalho?

— Mais ou menos — respondeu Anden. — Com coisas da família.

— Com coisas do clã, no caso. — Cory parou para dizer alguma coisa em espênico para outra pessoa da casa antes de voltar à linha. — Beleza, então, mas você pode separar pelo menos uma noite pra gente, né?

As palmas das mãos de Anden suavam. Ele não fazia ideia de como continuar. Forçou as palavras para fora.

— Acho que dessa vez não vai dar pra gente se ver, Cory. Você tá ocupado com os estudos e eu vou estar ocupado também. Acho que... talvez seja melhor a gente não se ver por um tempo.

Houve uma longa e confusa pausa, e então o barulho de Cory pegando o aparelho e se afastando. Os barulhos de fundo do jogo foram enfraquecendo.

— Que história é essa, caco? — questionou Cory num sussurro. — Você tá... *terminando comigo?*

Anden não conseguiu responder. Sua garganta parecia completamente fechada.

Cory respirou alto pelo telefone. E então disse:

— Foi o meu pai que te obrigou, não foi? Eu *sei* que foi. E você aceitou. O que foi que ele te disse, hein? Te ofereceu dinheiro?

— Não foi nada assim — murmurou Anden.

— Quer saber? *Vai tomar no cu.* Seu ilhéu burro do caralho.

E desligou.

Anden bateu o gancho, sentou-se no chão e passou vários minutos encarando o telefone. Depois, pegou sua jaqueta, saiu do apartamento num rompante e foi para fora do prédio, para as ruas lamacentas e cinzentas de Porto Massy. Caminhou sem rumo por duas horas e, então, em determinado momento, percebeu que estava chorando. O pranto não era alto, tampouco intenso, mas borrava sua visão e molhava suas bochechas. Já passava da meia-noite quando finalmente voltou para casa. Seus sapatos estavam molhados, e os pés, gelados. Ele os aqueceu com a água quente da banheira, depois vestiu meias secas.

Lá em Janloon, seria meio-dia, e, sobre o porto da cidade, o sol da primavera estaria alto no céu. As pessoas nas ruas estariam desejando "Feliz Ano-novo" umas para as outras e em cima de escadas para tirar os piscas-piscas vermelhos e as serpentinas de suas calhas. Anden pegou o telefone e discou o número da operadora para solicitar uma ligação para Janloon, para que pudesse contar aos primos que Dauk Losunyin os ajudaria a matar Zapunyo.

Terceiro Interlúdio

A Beleza Maldita

Oitocentos anos antes, um renomado explorador alusiano chamado Gaubrett navegou pelo oceano em busca de uma lendária ilha com montanhas de joias protegidas por gigantes. Quando atracou com sucesso na península sul de Kekon, ficou feliz e aliviado ao não encontrar gigantes, mas uma vila abukiana. Depois de uma tensa, mas pacífica conversa com os anciões da vila, os nativos trouxeram água e comida para os viajantes quase mortos de fome, e Gaubrett, com sua tripulação, montou acampamento na orla. Por mais gratos que estivessem, os marinheiros não conseguiram evitar a ganância no olhar ao notarem as preciosas pedras verdes penduradas sobre as simples habitações da aldeia e adornando os corpos daqueles homens e mulheres. Antes mesmo do surgimento da casta guerreira kekonísia dos Ossos Verdes, a jade tinha uma grande importância cultural para os aborígenes, que a viam como os vestígios divinos de Nimuma, a deusa Primeira Mãe. Como eram geneticamente imunes aos efeitos, usavam-na por status e tradição.

Gaubrett passou a trocar uma considerável quantidade das mercadorias de seu navio pela jade dos aldeões, que pareciam mais do que dispostos a negociar pelas ferramentas e curiosas bugigangas estrangeiras. O explorador guardava a jade adquirida em um baú de madeira em sua tenda, e o abria diversas vezes ao dia para admirar tamanha fortuna. Assim que os reparos necessários na embarcação foram concluídos, Gaubrett e sua tripulação se prepararam para zarpar. Àquela altura, ele se deu conta de que havia muito mais jade à disposição, e que atravessara um caminho longo demais pelo oceano para sair com tão pouco em comparação com o quanto esses simples selvagens desleixados ostentavam.

Naquela noite, Gaubrett reuniu seus homens e os guiou até a vila abukiana, onde massacraram os habitantes e coletaram cada pedacinho de jade no qual conseguiram colocar as mãos. Animados, partiram de Kekon. Apesar do carregamento abundante e do clima agradável, no decorrer dos dois meses seguintes, o navio mergulhou numa loucura inexplicável. Pouco depois de Gaubrett enforcar dois subordinados por traição, a tripulação iniciou um motim. O próprio Gaubrett e diversos outros foram mortos e tiveram seus corpos jogados ao mar. O cadeado do depósito foi arrebentado, e a jade, dividida igualmente entre os marujos. Dois motins subsequentes resultaram em mais mortes. Seis marinheiros se jogaram no oceano; outros tiveram uma febre delirante e se cortaram com facas. Dizem que um dos homens arrancou o próprio olho e o comeu. Um pequeno grupo de sobreviventes sitiados, convencido, enfim, de que o tesouro que transportavam estava amaldiçoado, jogou cada pedra de jade no navio ao mar e conseguiram, aos trancos e barrancos, atracar a embarcação num porto no sudeste de Spenius. A trágica história logo se espalhou, e consolidou aquela ilha de "beleza maldita" como um lugar distante de riqueza quase mítica e misteriosa desgraça.

Setecentos e cinquenta anos depois da jornada de Gaubrett, aconteceu o famoso causo em que o general shotariano Damusaro discordou da decisão do Gabinete Nacional de Guerra quanto a ocupar Kekon e afirmou que "aquela ilha maldita é como uma bela mulher com a boceta farpada... muito tentadora, mas onde não dá pra se meter". Talvez como uma punição tardia por essas contestações vulgares, seus superiores acabaram, mais tarde, incumbindo-o de comandar a Casa de Garrison, na ocupação de Janloon durante a Guerra das Muitas Nações. Seu nome foi sussurrado pela Sociedade da Montanha Única e, apesar das obsessivas preocupações com a segurança, ele sofreu uma emboscada e foi morto em plena luz do dia por um jovem assassino Osso Verde chamado Nau Suenzen.

Capítulo 54

O Corpo Não Mente

Son Tomarho saiu cantarolando do chuveiro e entrou na sala de sua casa de dois andares no afluente Distrito Planície Verde. Assustou-se ao encontrar um homem alto e mais velho sentado em seu sofá. A princípio, não fazia ideia de quem era o sujeito, mesmo que seus olhos tivessem imediatamente se voltado para a jade que adornava as tiras de couro ao redor dos punhos do estranho.

— Chanceler Son, peço desculpas por aparecer de surpresa assim — disse Nau Suen, e foi só então que Son reconheceu o Chifre do Montanha.

Ele sabia que, mesmo com o aisho, havia uma grande probabilidade de que acabasse morto nos próximos cinco minutos.

O antigo chanceler do Conselho Real passara por poucas e boas durante suas várias décadas como empresário e político, então foi capaz de manter a calma e, agora recomposto, dizer:

— Nau-jen, sinto informar que você me pegou com as calças na mão. Eu adoraria me encontrar e conversar com você numa ocasião em que eu não estivesse tão... imodesto. — Fez um gesto autodepreciativo para a própria seminudez. Uma toalha cobria a parte debaixo de seu corpo, mas fora isso, estava pelado. — Caso possa esperar, prefiro colocar uma roupa.

— Fica à vontade — falou Nau. — Leva o tempo que precisar.

Son voltou para o quarto e vestiu uma calça e uma camisa. Sua mente estava acelerada. Durante os anos como chanceler, contava com uma equipe de proteção oferecida pelo governo, mas agora que voltara a ser um conselheiro comum rumo à aposentadoria, considerara os guarda-costas desnecessários. Ele tinha um sistema de segurança na casa, que serviria para... o quê? Mandar alguns guardas que chegariam tarde demais e, no fim das contas, nem seriam páreo para um Osso Verde de alto nível como Nau Suen. Não, teria que sobreviver pela lábia, como já fizera mais de uma vez na vida. Son ajeitou o cabelo molhado para que cobrisse a calvície no topo da cabeça, calçou os chinelos e voltou para a sala de estar. Deu um sorriso reluzente, mas amargurado, para o Chifre, e se sentou à frente dele.

— Você veio aqui pra me ameaçar?

— De forma alguma. O senhor é um estadista respeitado e de longa data que serviu com honra à política deste país por muitos anos. Seria grosseria da parte do Clã da Montanha. Peço desculpas por ter aparecido de surpresa. Precisava conversar em particular.

Son relaxou apenas um pouquinho.

— Bom, então o que é que eu posso fazer pelo Chifre do Montanha?

Nau se recostou e tamborilou os dedos no apoio de braço. Era um homem intenso que parecia mais novo do que o cabelo grisalho sugeria, e tinha um olhar penetrante que parecia não piscar tanto quanto uma pessoa normal.

— Minha Pilarisa tá preocupada com o futuro da Lei dos Refugiados do Conflito de Oortoko — declarou Nau. — Faz mais de um ano que essa proposta de legislação anda sendo debatida à exaustão e fica definhando nos comitês. Agora que a lei finalmente vai pra votação, parece que o Conselho Real continua muito divido nessa questão e o senhor, chanceler, pode acabar tendo o voto decisivo quando o assunto for parar na Casa da Sabedoria mês que vem. Qual a sua opinião sobre esse tópico?

— Há argumentos fortes em ambos os lados dessa problemática — respondeu Son, com cuidado. Alguns desses argumentos continuavam a se impor sobre ele através de ligações do Embaixador Mendoff. Com a estagnação da Guerra de Oortoko, os espênicos previam um longo impasse com os inimigos e, mais do que nunca, estavam preocupados em garantir que seus aliados regionais resistissem a qualquer infiltração ygutaniana. Son falou: — No fim das contas, vou ter que colocar os interesses da nação na balança e votar com a consciência.

— E se eu te dissesse que o Montanha se compromete a garantir que os interesses anti-imigração não vão interferir em nossas melhores qualidades como país? Insistiríamos para que todos os membros do Conselho Real dessem aos nossos irmãos e irmãs de ancestralidade kekonísia em Oortoko o asilo que merecem das predações dos estrangeiros imperialistas e famintos por poder. Isso mudaria sua decisão?

— Nau-jen, eu daria ouvidos a qualquer argumento que fizesse sentido — respondeu Son.

— E se eu dissesse que posso fazer o seu voto a favor do projeto valer a pena?

— Não tô no Conselho Real por ganhos pessoais, Nau-jen — declarou o chanceler, com um forte tom de indignação. — Mas com certeza me disponho a conversar com você e com a Ayt-jen sobre as suas preocupações.

Nau abaixou o queixo e encarou Son com uma compreensão calma.

— Acredito que isso não faria muita diferença, tendo em vista que o senhor já teve uma reunião com a Kaul Shaelinsan e prometeu que, para manter a vantagem do Desponta com os espênicos, iria usar seu status emérito como chanceler para se opor ao projeto e garantir que seja bloqueado no Conselho. É verdade, não é? O senhor continua um homem do Desponta da cabeça aos pés.

Son começou a suar.

— Se é nisso que você acredita, então por que é que veio aqui, Nau-jen? Meu voto tá decidido, como você falou. Há diversos outros membros do Conselho que você pode tentar convencer. — Agora ousou colocar um tom indiferente de desdém na voz. — E se o Montanha acredita que pode atingir seus objetivos políticos desse jeito, violando o aisho de um jeito tão grosseiro e simplesmente matando alguém, qual o sentido de escolher um homem como eu? Alguém tão público, cujo assassinato seria investigado a fundo?

Nau se inclinou para frente e falou:

— Porque você é o aliado político mais poderoso do Desponta. Poucos conselheiros têm tanta moral e influência quanto o senhor, Chanceler Son. E ninguém mais sofre do que você sofre... de um bloqueio arterial no ventrículo esquerdo do coração, que os médicos tão de olho porque pode causar risco de ataque cardíaco. Imagino que quase ninguém saiba disso. O senhor é discreto, é claro, mas o corpo não mente do mesmo jeito que a cabeça.

Nau se levantou. Chanceler Son tropeçou, se virou e tentou correr, mas não chegou longe. Nau agarrou seu braço corpulento num aperto de Força e pressionou uma mão em seu peito. O coração de Son já retumbava de medo; apenas um leve toque de Afluência foi necessário. O antigo chanceler agarrou o peito e tentou respirar. Nau o soltou, e ele caiu no chão com o corpo todo rígido e a boca aberta em busca de ar.

Levaria apenas alguns minutos de exame médico para concluir que Son Tomarho morrera de causas naturais. Poucos desconfiaram disso. Talvez alguns membros do Conselho Real abrissem uma investigação que não chegaria a conclusão nenhuma, mas os rumores se espalhariam de qualquer forma, o que também era algo positivo para o Montanha.

Nau passou por cima do cadáver de Son e foi até a porta.

Capítulo 55

Últimos Preparativos

O *Diário de Kekon* é um jornal semanal independente escrito em kekonês e publicado na Espênia, com grande circulação entre os kekonésios expatriados. Seu posicionamento editorial, durante muito tempo, foi favorável ao governo de Kekon, mas nos últimos anos, depois de a redação ter se mudado da sede original em Arapuca Sul para um escritório maior na Ilha Jons, o periódico passou a incluir mais reportagens profundas e coberturas críticas a respeito do sistema de clãs de Kekon, das políticas externas espênicas e, dentre outros tópicos, da regulamentação internacional da jade.

Disfarçado como um jornalista nascido na Espênia chamado Ray Caido, Anden solicitou uma entrevista cara a cara com Zapunyo em nome do *Diário de Kekon*. Nas correspondências trocadas com Iyilo, o assistente do traficante, ele enfatizou que a população kekonísia expatriada estava muito interessada em ouvir outros pontos de vista a respeito do comércio de jade. Seria uma oportunidade única para que Zapunyo contasse seu lado da história e repudiasse a cobertura negativa feita pela imprensa tradicional. Todas as credenciais falsas de Anden foram elaboradas meticulosamente usando os mesmos recursos com que o Desponta criava e mantinha empresas de fachada, como as Joias da Divindade, e com a ajuda dos Dauk, a quem o editor-chefe do jornal devia favores pessoais de uma época em que se metera em problemas financeiros.

— A questão com o Zapunyo — disse Hilo pelo telefone — é ele que se faz passar por um humilde fazendeiro uwiwano que virou empreendedor. Quando a gente se conheceu, a minha impressão foi de que ele podia muito bem ter passado o dia inteiro contando a história dramática da vida dele e me dando sermão de como os clãs Ossos Verdes é que são os verdadeiros vilões por dificultarem tanto os seus negócios. Se tem uma coisa que vai convencer ele a comparecer a um encontro pessoal, é a chance de falar com alguém que vai ouvir.

A afirmação do Pilar se provou correta. Depois de algumas idas e vindas de correspondências com Iyilo, Anden conseguiu garantir uma entrevista durante o período em que Zapunyo ficaria em Porto Massy, no dia seguinte à sua chegada na cidade e antes da cirurgia marcada no Hospital dos Baluartes da Verdade Wigham-Cross. O encontro foi marcado para acontecer na pequena Casa de Chás e Centro de Herança Cultural das Ilhas Uwiwa, na região de Marmelo, que ofereceria uma vista da Ponte do Olho de Ferro e um bom cenário para fotos. Anden iria desarmado e acompanhado apenas por Rohn Toro, que faria as vezes de fotógrafo. As luvas pretas de Rohn seriam escondidas com cuidado nos arreadores no dia anterior. Durante a entrevista falsa, Rohn reaveria os acessórios e, com jade, mataria Zapunyo.

O plano de assassinato foi elaborado durante diversas conversas à mesa de jantar da família Kaul. A discrição era a maior preocupação, já que, desde a traição de Tau Maro, fazia sentido deduzir que Zapunyo poderia ter outros espiões dentro do Desponta, e ninguém queria correr o risco de qualquer informação chegar às Ilhas Uwiwa. Para descartar quaisquer suspeitas, rumores falsos e ameaças de morte ao traficante foram espalhados de propósito indicando um esquema mais óbvio que envolvia atacá-lo no quarto do hospital durante a recuperação, quando sabiam que o traficante com certeza tomaria precauções extremas. Um novo telefone com alto-falante, conectado a uma linha privada que apenas os mais próximos da família conheciam, foi instalado na sala de jantar da casa principal dos Kaul para que Anden, à espera em horários pré-determinados em seu apartamento de Porto Massy, conseguisse participar remotamente das discussões.

Era difícil para Anden. Em seu fuso horário, as reuniões sempre aconteciam no meio da manhã, o que atrapalhava o dia, e ouvir, mas não ver o que se passava, lhe trazia uma sensação estranha, uma solidão. Dava para imaginá-los reunidos: Hilo na ponta da mesa, com um cigarro em mãos; ao lado, Tar; a cadeira vazia de Kehn; Wen servindo chá e Shae segurando Jaya no colo. E enquanto isso, Anden ficava sentado sozinho na cama de sua quitinete, com o telefone na orelha e tentando ouvir a conversa abafada à longa distância por cima dos ruídos do barulhento sistema de aquecimento central do prédio. Em alguns momentos, era possível escutar os gritos de Niko e Ru brincando no outro cômodo, ou indo até os adultos para perguntar isso ou aquilo e tendo que dizer "oi" para o tio Anden no telefone antes de serem enxotados de novo.

Às vezes, ele achava quase cômico que precisava inventar alguma desculpa para tirar um intervalo de almoço mais longo do trabalho no Escritório de Coordenação de Negócios de Kekon para participar de conversas com sua família em Janloon, e tudo isso para planejar o assassinato de um homem que ele nunca conhecera. Anden não tinha escrúpulos quanto a matar Zapunyo, e também não sentia ressentimento algum pelo que estavam lhe pedindo. Ele compreendia a importância disso para seus primos e para Wen, que sempre o visitava durante as viagens a trabalho e com quem Anden se sentia mais próximo agora do que quando morara em Janloon. A única ironia era que *esse* seria o motivo que finalmente o levaria de volta para Janloon. Depois que terminassem, tanto Anden quanto Rohn Toro teriam que sair do país. Fora instruído a não dizer nada de antemão para os Hian, amigos ou colegas de trabalho. Precisava se preparar para partir rápido, e Shae cuidaria do resto. Se tudo ocorresse de acordo com o plano, depois de três anos e meio na Espênia, retornaria para casa.

Anden ainda não se permitia acreditar. De certa forma, parecia apropriado, quase poético: matar Gont Asch o arruinara como Osso Verde e causara seu exílio; esta façanha de agora encerraria seu período no exterior e o levaria para Kekon com a prova de que, mesmo sem jade, ele não era inútil. Continuava sendo uma potência do clã, um Kaul. Pouco tempo antes, isso teria sido exatamente o que Anden queria, mas, naquele momento, sentia uma melancolia paradoxal. Estava impaciente para ir embora, mas, no fim das contas, triste por deixar Porto Massy. Quando chegara, não vira nada além da silhueta daquela vasta e impessoal cidade cinzenta do exterior. Agora, podia dizer que conhecera a vida feroz e dinâmica que pulsava como uma aura de jade pelas veias daquelas ruas e no âmago de suas estruturas de aço. Porto Massy havia sido e continuava sendo a capital do comércio global, um mercado onde era possível encontrar, comprar e vender qualquer coisa; um lugar que abrigava um pouco de tudo, até mesmo jade e Ossos Verdes, junto com incontáveis outras maravilhas conhecidas e desconhecidas, e, de algum jeito, ainda era autêntico e incomparável. Anden nunca pensaria no pai biológico com qualquer outro sentimento além de desdém e indiferença, mas agora tinha a impressão de que, talvez, o sujeito fosse apenas um mero exemplar de seu povo, alguém que não merecia ser tão culpado. A singular glória de Porto Massy era fruto da natureza mercenária e itinerante dos espênicos e, conforme o encontro com Zapunyo ia se aproximando, Anden percebeu que estava apreciando, e até mesmo admirando, a cidade mais do que jamais fizera. Wen estava certa; ele tinha amigos, uma vida independente que o orgulhava de diversas formas diferentes e, agora, vivia pensando com pesar no que estava prestes a deixar para trás.

Mais de uma vez, havia tentado ligar para Cory de novo, torcendo para que pudesse se explicar melhor do que na última conversa, mas o amigo se recusou a atender a todas as chamadas. Pelos Hian, ficou sabendo que ele começara a estagiar num grande escritório de advocacia em AC e não voltaria para Porto Massy no verão. Havia momentos em que tinha a impressão de que cometera um erro terrível, que deveria pegar um ônibus para Adamont Capita, encontrá-lo pessoalmente e dizer que errara. Quem é que se preocupava com o que Dauk Losun queria? Qual a importância de suas famílias, da faculdade de direito ou até mesmo de todo o Oceano Amárico? Poderiam fugir juntos. Seria ousado e romântico. À noite, deitado e com o pau na mão, Anden se lamentava com a infantilidade dessa ideia e, ao mesmo tempo, com a deprimente certeza de que havia se condenado a ficar sozinho para sempre. Nunca encontraria alguém como Cory, que agora nem falava mais com ele.

Por fim, Anden se sentou e escreveu uma carta, coisa que, divagando em melancolia, ele sabia que era o maior clichê pós-término, mas e daí?

Cory, começou. *Você tem todo o direito de estar bravo comigo, mas sei que você é uma pessoa boa demais para ficar mal-humorada por muito tempo, e espero que, mais para a frente, a gente possa voltar a ser amigos. Não culpe seu pai. No fim das contas, a escolha foi minha. Mesmo que tenha sido uma das coisas mais difíceis que já tive que fazer, tomei essa decisão torcendo para que seja o melhor para nós dois. Não posso explicar tudo agora porque são "coisas do clã", como você falou, mas no futuro vou poder.* Sentado na mesa apertada em frente à minúscula janela do apartamento, Anden agonizava, sem saber ao certo o quanto se justificar e como parecer sincero sem ser piegas. Começou e descartou diversas versões da carta antes de chutar o pau da barraca. Afinal, Cory iria provavelmente jogá-la no lixo sem nem ler. *Você foi o meu primeiro. Transformou Porto Massy num lugar especial para mim, e é melhor e mais generoso do que eu. Você merece o melhor. De tudo.*

De seu "ilhéu" e amigo, Anden.

Ele mandou a carta para o endereço de Cory em Adamont Capita. Foi doloroso, mas postar a correspondência tirou um fardo de sua cabeça. Depois, impaciente, ficou à espera da futura chegada de Zapunyo. Se tudo corresse de acordo com o plano, dali a algumas semanas estaria num avião de volta para Janloon. Claro, havia uma chance considerável de que morresse alvejado pelos guarda-costas de Zapunyo, mas como já tinha visto as habilidades de Rohn Toro e sabia que sua reputação era mais do que merecida, confiava em suas chances de sobrevivência. Como fora treinado na Academia e criado pela família Kaul, Anden havia sido doutrinado pela ideia de que, para Ossos Verdes, a possibilidade da morte era como o clima: era até possível de tentar prever, mas muito passível de erro, e ninguém mudava os mais importantes planos por causa da ameaça de chuva.

Capítulo 56

Sem Surpresa

A Oitavo Pecado era uma das mais badaladas boates do Distrito Cabeça de Cão. Numa noite de quardia, a fila de jovens de vinte e poucos anos com roupas da moda esperando para entrar ia até o fim do quarteirão e virava a esquina. Depois de passarem pelos seguranças, os festeiros se enfileiravam de novo em um dos dois bares com luzes neon e gritavam seus pedidos por cima da batida retumbante da música. A principal pista de dança, lotada com a multidão de corpos suados, pulsava sob os estrobos. No segundo andar, quem quisesse conversar ficava em um dos sofás vermelhos ou então, se tivesse dinheiro de verdade, alugava uma das quinze suítes com isolamento acústico com bar e garçons privativos. Um desses recintos era regularmente reservado para Ven Haku, Punho do Montanha e herdeiro da fortuna da Estrela-K Transportes, que ele usava sempre que queria entreter os vários amigos.

Haku estava reclinado em um dos sofás, e apesar do copo de hoji na mão e das duas belas garotas de cada lado, exibia uma expressão pensativa e impaciente. Quando seu principal Dedo falou algo engraçado, ele não riu com os outros. Depois da próxima rodada de drinks, Haku gesticulou para que o garçom e as garotas, decepcionadas, saíssem dali, sentou-se mais para a frente e fez os outros cinco homens presentes (todos Ossos Verdes do Montanha com reputações e jade consideráveis) interromperem a algazarra e prestarem atenção.

— Todos prontos? — perguntou Haku. — Todo mundo por dentro do plano? Se qualquer coisa der errado esta semana, a gente vai se dar mal, então não dá pra pisar na bola. Agora não dá mais pra voltar atrás.

Os homens assentiram. Um deles disse:

— A gente não conseguiu falar nem com o Sunto-jen e nem com o Uwan-jen. Não sabemos se eles vão ficar do nosso lado ou contra nós.

— Temos que seguir em frente mesmo assim — respondeu Haku. Seu pai deixara isso muito claro nas últimas conversas. Estavam ficando sem tempo. — Não importa o que o Sunto, o Uwan ou os Punhos façam. Quando a Ayt sair de cena, os Kaul vão apoiar a gente.

Foi o que Ven Sando lhe contou, e Haku não questionara. Confiava no pai, um experiente empresário corporativo, para lidar com as alianças entre os clãs e fazer com que os Lanternas se comportassem. A única preocupação de Haku deveria ser a logística do golpe, o que não era pouca coisa.

— Só não esqueçam de matar a Ayt primeiro — relembrou ele. — Não importa a habilidade daquela mulher com expurgos e sussurrando nomes, uma emboscada de seis...

Teria continuado, mas um dos outros Punhos o interrompeu com um aviso repentino:

— Percebeu isso?

Com os sentidos de jade em alerta, ficaram em silêncio. A princípio, Haku não notou nada além do normal, apenas a energia constante lá no fundo de todas as pessoas se divertindo na balada. Esse era um dos motivos para se encontrar ali com seus coconspiradores: era fácil até mesmo para as auras de meia dúzia de Punhos e Dedos passarem despercebidas num ambiente tão lotado e vívido. O estabelecimento era uma propriedade tributária do Montanha e sempre havia outros Ossos Verdes em meio à multidão. A Percepção de Haku não era lá muito forte, mas depois de um minuto, identificou diversas auras de jade vindo de vários pontos diferentes e parando no segundo andar... bem do lado de fora da sala em que estavam. Haku desembainhou sua faca talon e abriu a porta com tudo.

— Ven Haku-jen — disse Nau Suen, e entrou na dianteira de um grupo de oito Ossos Verdes. — Tô velho demais pra vida noturna, mas me contaram que você faz festas ótimas aqui.

— Nau-jen — respondeu Haku. Guardou a faca e se abaixou numa saudação respeitosa. Seus olhos vagaram até os outros homens de Nau e seu coração começou a acelerar. — Que susto.

Ele não sabia como, mas Nau Suen tinha um jeito de aquietar a própria aura em um zunir tão baixo e contínuo que o permitia se mover discretamente até mesmo para os sentidos de jade e, assim, parecia surgir do nada.

— Meus amigos e eu sempre reservamos este cantinho. Se eu soubesse que você tinha vontade de vir com a gente, teria te convidado.

Nau olhou para os camaradas de Ven Haku.

— Nau-jen — murmuraram todos ao mesmo tempo, e levaram as mãos às testas.

O sujeito assentiu, esfregou o queixo com um dedão e falou:

— Haku-jen, você é um dos Punhos de mais alto escalão do clã, mas faz meses que não te vejo direito. Acho que tá na hora de termos uma conversinha sobre todo esse tempo que você anda passando nas festas da Oitavo Pecado.

Haku se esforçou para manter a calma. O Chifre não sabia de nada, nem tinha *como* saber do esquema. No máximo, poderia ter suspeitas.

— Não tô negligenciando nenhum dos meus deveres — argumentou, um tanto na defensiva. — E se ando meio sumido, é porque tô ajudando meu pai. Ele tá super ocupado com a Estrela-K Transportes nos últimos tempos.

— Imagino que esteja mesmo — concordou Nau. — Você é um filho obediente, Ven Haku, mas, infelizmente, um péssimo mentiroso. Seus batimentos cardíacos e pressão sanguínea aumentaram, seus olhos tão tremendo e você tá suando. Se nem por um simples detector de mentiras você conseguiria passar, imagina só se seria capaz de enganar minha Percepção. E sem sombra de dúvidas é por isso que você anda se esforçando pra me evitar.

Haku se esticou para pegar a faca talon. Avançou para a garganta de Nau, mas dois dos homens do Chifre já estavam em ação. Combinando Força, derrubaram o jovem Punho e o prenderam no chão. Haku gritou e alegou inocência. Tentou Defletir e Afluir. Dois outros Ossos Verdes se aproximaram e ajudaram a segurá-lo. Com uma voz pesarosa e quase gentil, Waun Balu, o Primeiro Punho de Nau, avisou:

— Não piora a situação, Haku.

O traidor não seguiu o conselho. Ele usou o máximo de Aço possível quando sua cabeça foi puxada para trás, então Waun levou um macabro minuto inteiro para serrar sua garganta com a faca talon.

Dois dos cúmplices de Haku tentaram ajudar, e um se jogou contra a porta para tentar escapar. Os homens de Nau os impediram de sair e os obrigaram a formar uma fila em frente à parede dos fundos. Depois, sacaram pistolas com balas impossíveis de Defletir de tão pouca distância. Se alguém lá fora ouviu o barulho por sobre a música reverberante, não investigou. Ninguém, nem mesmo os seguranças, seria estúpido a ponto de se meter. Quando Haku enfim morreu, Nauk vociferou com desgosto:

— Já não basta termos que lutar com estrangeiros, criminosos e com o Desponta? Agora precisamos ficar brigando internamente e temendo deslealdade e traição dentro da nossa própria irmandade?

Os cinco Ossos Verdes que haviam conspirado com Ven e seu pai se ajoelharam e levaram a cabeça ao chão. Eram todos Punhos e Dedos de alto escalão, guerreiros merecedores do respeito que recebiam, mas com a trama exposta e a morte de Ven, não eram idiotas a ponto de acreditar que conseguiriam enfrentar o clã ou fugir de sua justiça.

Nau se dirigiu a eles:

— Vocês todos merecem a morte por terem planejado matar a Pilarisa e colocar aquele fracote no lugar dela. Vocês se arrependem de terem feito parte dessa traição? Juram pela jade e pela vida dos seus familiares que vão dedicar sua completa e inequívoca lealdade a Ayt-jen daqui pra frente?

Com uma veemência coletiva, os homens disseram que sim, e agradeceram o Chifre pela misericórdia. Nau Sen analisou aquele punhado de Ossos Verdes prostrados por um longo instante. Depois, apontou para três dentre os cinco.

— Aqueles três — falou, e de onde estavam, em pé atrás dos prisioneiros, Waun Balu e seus homens cortaram a garganta dos traidores indicados e empurraram os corpos de cara no chão.

Os dois sobreviventes restantes empalidecerem frente à espera da morte. Nau continuou:

— Esses três amigos de vocês aqui não foram sinceros. Eles iriam esperar pra se vingar pelo Haku ou trair o clã de algum outro jeito. Vocês dois, por outro lado, estão sendo honestos. — O Chifre os encarou com um olhar apavorante. — Vocês serão exilados de Janloon. Vão trabalhar pro Montanha em algum outro lugar do país. E se algum dia se virarem contra a Pilarisa de novo... já sabem o que vai acontecer com vocês e com as suas famílias.

Um dos homens poupados pediu permissão para sacar sua faca talon. Ele cortou fora a orelha esquerda e, de cabeça baixa enquanto o sangue escorria pescoço abaixo, colocou-a no chão. Seu camarada engoliu em seco.

— O clã é meu sangue, e o Pilar é seu mestre — murmurou rápido, e fez o mesmo.

Ven Sando estava numa reunião de gerência com os líderes da Estrela-K Transportes na manhã seguinte quando a porta da sala se abriu inesperadamente e Ayt Mada entrou pisando firme acompanhada do Chifre, do Homem do Tempo e de uma singela comitiva. A Pilarisa do Clã da Montanha olhou para a longa mesa de executivos e disse:

— Cavalheiros, peço desculpas pela intromissão. O escritório do Homem do Tempo recebeu uma proposta de compra da Estrela-K Transportes de uma parte confiável e interessada, e preciso discutir o assunto em particular com o Ven-jen antes de divulgarmos as notícias para os acionistas.

Os vice-presidentes, confusos e surpresos, trocaram olhares, mas saíram sem discutir. Depois de partirem, Ven se levantou de sua cadeira de couro na ponta da mesa e, afrontado, falou:

— Nenhum comprador entrou em contato comigo. Além do mais, a Estrela-K não está à venda.

Seu olhar desconfiado parou em Nau Suen e nos dois Punhos atrás dele. Um carregava uma caixa de papelão. Se era uma conversa de negócios, então o que o Chifre e seus homens estavam fazendo ali? Ven sabia a resposta e, apesar de se esforçar ao máximo para aparentar normalidade, começou a ficar com as mãos trêmulas.

Ayt gesticulou para que dois desconhecidos fossem adiante. Não eram kekonésios.

— Esses homens vieram comprar as ações majoritárias da sua família na Estrela-K. O Iwe-jen já preparou a papelada.

Iwe Kalundo, o Homem do Tempo do clã, era um sujeito careca e de pele escura que usava uma armação de óculos quadrada. Ele colocou a maleta sobre a mesa, tirou de dentro uma pasta com diversos documentos, caminhou até Ven e colocou tudo à sua frente.

O sujeito pegou a pasta e a atirou para Ayt, no outro lado da mesa. As folhas se espalharam.

— Nunca — declarou. — Nunca vou vender. Tentar me expulsar é um erro estratégico terrível. A Estrela-K é uma das maiores entidades tributárias do Montanha, uma das maiores corporações de Kekon. Não existe outra empresa com capital pra nos comprar, e muito menos com expertise internacional em logística de frete pra assumir nossas operações. Se eu sair, todo o meu time de gerência sai comigo. A Estrela-K vai fracassar, e toda a indústria de transporte também. O Clã da Montanha *precisa* da Estrela-K e da família Ven.

Ayt Mada disse:

— É de se admirar essa autoconfiança toda pra um traidor do clã encarando a morte, Ven-jen. Sim, a Estrela-K é uma das maiores empresas de Kekon, e a família Ven poderia até parecer indispensável por causa disso. Mas hoje em dia o mundo vai muito além de Kekon. Acho que alguém envolvido nessa indústria deveria é ficar feliz com isso.

— Você colocaria a Estrela-K na mão de estrangeiros? — exclamou Ven, desacreditado.

— Cinquenta e um por cento da empresa vai ser adquirido pela YGL Transportes, sediada em Bursvik. Tenho plena certeza de que esses novos proprietários têm a capacidade operacional de comandar a Estrela-K na sua ausência. Os outros quarenta e nove por cento vão continuar sob controle de acionistas kekonésios selecionados internamente pelo Montanha.

Com um aceno de cabeça da Pilarisa, o Punho que segurava a caixa de papelão fechada veio adiante e a colocou sobre a mesa.

— Seu filho mais velho, o Haku... a cabeça dele tá aí dentro. Não vou abrir a caixa pra te poupar, mas até mesmo com a miséria de jade que você usa, espero que consiga Perceber que não tô mentindo. Você jogou a vida dele e a sua fora quando conspirou com o Desponta. Eu andava mesmo achando que o Kaul Hilo tava contido demais nos últimos tempos, e agora já entendi o motivo. Assina os documentos, Ven-jen. Você vem de uma antiga família Osso Verde. Nada disso deveria te surpreender.

A frágil máscara de indignação e revolta de Ven ruiu. Seu queixo tremia e seus ombros começaram a sacudir.

— Meus outros filhos — sussurrou. — Não tiveram nada a ver com essa história. Poupa eles, Ayt-jen. Eu assino os documentos. Vou instruir meus gerentes a continuarem depois da venda e faço qualquer outra coisa que você mandar antes de eu morrer, mas só peço pra você poupar o resto da minha família.

— Seus filhos, não — respondeu Ayt. — Sua esposa e filhas podem sair do país, exiladas. Vou permitir que você e seus filhos homens sejam enterrados com a jade que têm no túmulo da família em Kekon. É o máximo que posso fazer por um homem que traiu sua Pilarisa.

Iwe Kalundo recolheu as folhas espalhadas e indicou a Ven Sandolan cada espaço onde deveria assinar.

Capítulo 57

Emergências

No dia em que os espiões do Desponta haviam lhe dito que Zapunyo se programara para chegar em Porto Massy, Hilo deu comida aos filhos, depois levou sua própria refeição até o sofá da sala de estar e ficou assistindo ao jornal enquanto esperava pela ligação de seu primo informando que estava tudo em ordem. Wen havia ido passar a semana em Adamont Capita, onde estava prestando consultoria para a reforma da embaixada kekonísia e analisando imóveis com potencial de investimento para o escritório da Homem do Tempo. Shae costumava vir comer na casa principal, mas ainda não tinha chegado do serviço na Rua Caravela, então, tirando sua mãe plantando flores no jardim lá fora e Kyanla trabalhando quietinha na cozinha, Hilo estava sozinho com os filhos.

Na TV, o âncora Toh Kita falava a respeito da recente e acirrada aprovação da Lei dos Refugiados do Conflito de Oortoko, que transformaria Kekon em uma das diversas nações comprometidas a receber refugiados de regiões destruídas pela guerra na fronteira de Shotar e Ygutan. O Chanceler Guim estava discursando na Casa da Sabedoria a respeito do terrível custo humano do imperialismo estrangeiro e de como era importante que Kekon se prontificasse como um responsável cidadão global. Ele encerrou a fala lamentando a recente morte de seu antecessor, Son Tomarho, estadista devoto e servo do país. Que os deuses o saúdem.

Hilo fez careta para a tela. Os espênicos não ficariam nada felizes com a adesão da Lei dos Refugiados. O peso das consequências diplomáticas recairia sobre Shae, mas bem que Hilo queria que o Chanceler Son tivesse dado um jeito de manter o coração batendo só mais um pouquinho. Tinha se acostumado com Son. O Chanceler Guim lhe parecia cauteloso e rebuscado demais, e era leal ao Montanha, o que significava que a influência do Desponta no Conselho Real diminuíra consideravelmente. O médico-legista afirmou que a morte com certeza fora por parada cardíaca, mas Hilo não era de acreditar em acidentes convenientes.

Jaya jogara todos os brinquedos para fora do cercadinho e estava exigindo ir para o colo. Hilo sabia que tinha um limite de cinco minutos antes da pequena surtar, então terminou de comer uma cumbuca com as sobras do ensopado de frango com gengibre, segurou a filha no colo e ficou tentando entretê-la com um fantoche. Ele gostava de ser pai e achava que levava jeito para a coisa. Crianças eram cem por cento honestas e viviam o momento. Eram exigentes, mas fáceis de agradar e tudo o que pediam era amor e atenção, simples assim. Não se oporia a ter mais filhos, caso Wen não estivesse decidida a seguir uma carreira significativa no clã, alternativa que ele apoiava em nome da felicidade da esposa, mas continuava achando completamente desnecessária.

O telefone tocou. Na expectativa de que fosse Anden, ele entregou a pequena à Kyanla e pegou o gancho do aparelho na cozinha. Juen disse:

— Hilo-jen, tem alguns... rumores circulando por aí.

Mesmo mais de um ano depois, havia vezes em que, ao ouvir Juen ao telefone, Hilo ainda se perguntava por um instante o que teria feito Kehn mandar seu Primeiro Punho telefonar em vez de ter ligado ele mesmo. Era algo que nunca deixava de obrigá-lo a dar uma pausa dolorosa.

— Rumores são tão comuns quanto ratos. O que esses têm de especial?

— O Ven Sandolan, aquele empresário importante que é dono da empresa de transporte... morreu. Foi executado pelo Montanha por traição. Pelo visto, ele tentou organizar um golpe contra a Ayt Mada, mas descobriram o plano. O povo tá chocado. Ele era um dos principais Lanternas de lá.

Hilo colocou a televisão no mudo.

— E os filhos dele?

— Mortos também, junto com mais um monte de outros conspiradores. Tão falando que o Nau Sen e os homens dele pegaram o Ven Haku e alguns outros Punhos tramando naquela boate, a Oitavo Pecado, e cortaram a garganta de todo mundo.

— A Ayt deu um fim na linhagem de Ossos Verdes mais rica do clã dela? E nenhuma das outras famílias tá se revoltando? — exclamou Hilo, desacreditado.

— A Ayt assumiu a custódia do Koben Ato — respondeu Juen. — A partir de agora, ela vai pagar pelos estudos do garoto na Wie Lon e treinar ele na mansão Ayt em particular. Colocou o rapaz debaixo da asa dela. Não tá chamando ele de filho ainda, mas já é uma mudança enorme ter conseguido o apoio dos Koben e de todo mundo que apoia eles.

— E a família Iwe?

— Não deu um pio. O boato é de que ela deu uma parte enorme da Estrela-K Transportes pra eles.

— Pelo amor dos deuses — grunhiu Hilo baixinho, chocado e furioso por tudo ter acontecido tão repentinamente, pela rapidez com que seus planos haviam se desintegrado.

Ainda assim, foi incapaz de conter uma admiração rancorosa. Ayt fora ligeira. Depois da destruição da família Ven, ninguém mais ousaria se opor a ela no clã. Ou aos agora elevados Koben. As reuniões de Hilo com Ven Sando, os pagamentos às escondidas e as garantias secretas, a forma calculada com que andava fomentando rixas internas no Montanha com provocações e violência... tudo isso, tudo o que nos últimos três anos alimentara sua esperança de que o Montanha iria derrubar a maior inimiga do Desponta sozinho e se autodestruir... não valera de nada.

— *Porra*, por que é que é tão difícil *matar* essa vagabunda?

— Tio — disse Niko, puxando a manga da camisa de Hilo.

— Agora não, Niko.

— Tio.

Desta vez não foi a voz do menino ou o contínuo puxão em seu braço que o fez olhar para o sobrinho, mas o forte rompante de confusão e medo que Hilo Percebeu no pequeno: o coraçãozinho batia como um tambor. Niko não era uma criança temperamental, não era do tipo que se chateava com facilidade ou sentia medo de coisas inofensivas, mas seus olhos estavam arregalados de aflição.

Hilo instruiu Juen a descobrir o que mais conseguisse e voltar quando tivesse mais informações. Desligou o telefone e falou:

— O que foi? Qual é o problema?

— O Ru... ele... ele... a gente tava brincando e ele... ele comeu!

— Comeu o quê? Cadê ele?

Seguiu Niko até o escritório e, assim que entrou no cômodo, compreendeu. Um pavor tenebroso lhe deu um nó no estômago. Uma pequena bolsa de pano com botões de jade, confiscados muito tempo antes de um contêiner com roupas no *Orgulho Amárico,* repousava aberta sobre a mesinha de centro. Havia diversos pedacinhos de jade espalhados ou empilhados sobre a superfície de vidro. Os meninos obviamente tinham encontrado as joias na gaveta destrancada da mesa de Hilo e as usado para brincar. Ru estava sentado, todo encolhido, num canto atrás do sofá e segurando uma almofada para encobrir o peito e rosto, como se, escondido, pudesse evitar a raiva do pai.

Hilo se aproximou rápido e puxou a almofada. Depois se abaixou e agarrou o filho pelos braços.

— O que houve? — exclamou, torcendo para que o menino desse um sorriso, para que fosse uma pegadinha que estavam pregando para assustá-lo. Mas, assim que viu o rosto de Ru manchado pelas lágrimas, percebeu a verdade.

Foi Niko quem respondeu.

— Ele engoliu.

— Foi sem querer! — desembuchou Ru, com as bochechas ficando vermelhas. O menino encarou o primo com o olhar funesto de quem se sente traído. — Foi culpa sua! Eu ia cuspir tudo, mas você tapou minha boca com a mão.

— *Por que* é que vocês fariam uma coisa dessas? — gritou Hilo para os dois.

Tinham aprendido que jade era coisa para ser usada e manuseada por adultos, que não era brinquedo. Deveriam ter pensado duas vezes.

— Era só de faz de conta.

Niko agora estava prestes a chorar também.

A vontade de Hilo de dar uma surra nos dois foi sobrepujada pela fúria consigo mesmo (não tinha imaginado que os meninos brincariam no escritório, deveria ter trancado a gaveta; por que fora tão desleixado e a deixara ali à disposição?) e por um medo mais urgente e mais intenso. Dentro do corpinho de uma criança, jade era perigosa. Poderia causar febre, disritmia cardíaca, convulsões, desmaio e morte.

Hilo tomou o filho no colo. Gritou para que Kyanla cuidasse de Jaya e de Niko, pegou as chaves do Duchesse e correu para a porta. Niko, agora chorando, foi atrás dele.

— Eu vou também. — E se agarrou à cintura de Hilo. — Não me deixa pra trás.

O Pilar abriu a porta traseira do carro e amontoou os dois no assento. Ru olhava para o pai com olhos arregalados e assustados.

— Eu vou morrer?

— Não — respondeu Hilo.

Ele entrou e deu partida no motor.

No Hospital Geral de Janloon, a equipe da UTI apressou Ru para a sala de exames. Um raio-X revelou duas pedras de jade do tamanho de botões que, felizmente, não haviam se alojado no esôfago do garoto, mas estavam agora presas no estômago. Ru foi ligado a equipamentos para monitorar seus batimentos cardíacos, pressão sanguínea e temperatura. Um médico de cabelos brancos entrou e explicou que acreditava que as joias poderiam ser removidas sem cirurgia. Ru seria sedado e inseririam uma garra flexível em sua garganta para tentar extrair as peças de jade. Hilo se sentou ao lado da cama e segurou a mãozinha suada do filho enquanto o garoto era anestesiado.

— Pai, o senhor tá bravo comigo? — perguntou Ru, com a voz ficando grogue.

— Não. — Ele estava com medo demais para ficar bravo. — Eu te amo.

Fez carinho no cabelo do pequeno. A testa do menino estava quente e úmida. Hilo não sabia ao certo se era uma febre provocada pela jade ou apenas pelo choro.

— Quero a mamãe — choramingou Ru.

— Você vai ver ela quando acordar — prometeu Hilo.

Sem que pudesse controlar, sua mente disparou para o pior cenário imaginável: ter que ligar para a esposa, que estava a milhares de quilômetros de distância, numa viagem a trabalho, para dizer que o filho deles morrera de envenenamento por jade sob seus cuidados. Sentiu um nó na garganta e disse para si mesmo que isso não aconteceria.

Uma enfermeira trouxera uma pequena pilha de livros infantis e um caminhãozinho para Niko brincar, mas depois de uma olhada superficial, ele ignorou tudo. O menino se sentou na cadeira ao lado de Hilo com os joelhos dobrados contra o peito e abraçou as pernas. Depois do rompante inicial de lágrimas no carro, seus olhos estavam secos. Ele encarava tudo em volta com interesse e de forma levemente hostil, mas não falara nada desde que chegaram.

Hilo olhou para seu relógio de pulso. Já passava da hora do jantar. Fazia duas horas que estavam na sala de emergência. Seria madrugada na costa leste da Espênia. A essa altura, Anden já deveria ter ligado para confirmar a chegada de Zapunyo em Porto Massy e garantir que tudo seguia de acordo com os conformes. Incapaz de falar com Hilo em casa, teria telefonado para o escritório da Homem do Tempo. Shae estaria se perguntando onde ele estava. Era capaz de estar tentando entrar em contato neste momento mesmo.

Os médicos entraram e levaram Ru numa maca. Hilo os seguiu até onde permitiram, e então viu o filho desaparecer atrás de portas fechadas. O doutor de cabelos brancos garantiu que o procedimento não demoraria.

— Não é a primeira vez que isso acontece com uma família de Ossos Verdes, Kaul-jen — disse o médico. — Contanto que a jade seja removida depressa, não há prejuízos permanentes. BL1 não é recomendado pra crianças, mas pode ser que pequenas doses sejam usadas, caso necessário.

Hilo agradeceu, pegou Niko pela mão e foi para o saguão do hospital. Ele se sentou com o sobrinho numa cadeira perto das fileiras de orelhões.

— Tá com fome? Precisa ir no banheiro?

O rapazinho meneou a cabeça. Hilo comprou um pacote de bolachas e uma garrafa de suco de frutas de uma máquina mesmo assim e, sem perder o garoto de vista, ligou para casa. Depois de garantir para Kyanla, preocupada que só, que Ru ficaria bem, pediu que a empregada pegasse sua agenda telefônica e procurasse o número do hotel em que Wen se hospedara em Adamont Capita. Ele escreveu o telefone na mão, bateu o gancho e inseriu moedas suficientes para uma ligação de longa distância. Quando o telefone foi transferido para o quarto de Wen, a chamada tocou e tocou, mas ninguém atendeu. Ele desligou. Ligou para o escritório da Homem do Tempo na Rua Caravela.

— Por onde você andou? — Shae estava afobada de um jeito que o surpreendeu. Dava para praticamente sentir o crepitar de sua aura de jade pelo telefone mesmo. Depois de explicar o que acontecera, a raiva dela se transformou em preocupação. Era possível dizer qualquer coisa a respeito de Shae, menos que não se preocupava com as crianças. — Vai ficar tudo bem com o Ru?

— O médico acha que vai. Vou descobrir daqui a pouco. Você teve alguma notícia do Andy?

— Tem um problema. O Zapunyo tá se recusando a aparecer na sala que organizamos no Centro Cultural Uwiwano. Talvez alguma coisa tenha assustado ele. Ou então a intenção sempre tenha sido trocar o local pra evitar qualquer ameaça em potencial. Ele tá insistindo que a entrevista seja no quarto de hotel, com os guarda-costas. Caso contrário não vai acontecer nada.

Hilo soltou um palavrão. Isso mudava tudo.

— Não dá pra deixar jade no quarto do Zapunyo. É tarde demais.

— O Anden e eu conversamos a respeito. Se a gente seguir com a entrevista, dava pra fazer alguém disfarçado de atendente do serviço de quarto levar uma arma escondida num guardanapo ou debaixo de uma bandeja. Aí o Rohn Toro poderia pegá-la antes que alguém perguntasse quem fez o pedido...

— Não — disse Hilo. — O Zapunyo já tá desconfiado. Ele descobriria de cara.

— Então não nos restam opções. Era pra entrevista acontecer daqui a seis horas.

Hilo agarrou o gancho do telefone com ainda mais força. Seu filho estava no hospital, a esposa estava do outro lado do mundo, e seu primo, prestes a entrar sem jade e desarmado num quarto de hotel para encarar um dos inimigos do clã e um bando de gângsters barukânes.

Se ele estivesse em Porto Massy agora em vez de Anden, se pudesse entrar no quarto lá com Zapunyo, faria o que quer que fosse necessário. Tentaria surrupiar uma arma de jade para dentro do recinto, ou roubar uma de um dos guardas do traficante. Arriscaria a própria vida para apunhalar Zapunyo na garganta com uma caneta esferográfica se fosse necessário.

Mas não estava. Havia tantas coisas que, como Pilar, ele não era capaz de realizar apenas por vontade e força própria, que dependiam de outras pessoas, mesmo que se tratasse de uma questão de vingança pessoal. Andy estava lá, sozinho. Na última vez que Hilo pedira ao primo que matasse em nome do clã, o assassinato levara o jovem para longe da família e o arruinara como Osso Verde. Hilo iria longe para derrotar um inimigo, coisa que já tinha feito antes, mas agora, vendo seu pequeno sobrinho comendo as últimas bolachas e tirando os farelos do colo, tudo o que pensava era na segurança de sua família.

— Cancela — mandou.

— Se a gente não seguir com a entrevista — falou Shae —, o Zapunyo vai saber que sempre foi uma armação. A fachada que a gente criou pro Anden não vai se sustentar e não teremos outra chance.

— Não vamos fazer o Anden passar por uma entrevista falsa de duas horas que não vai dar em nada, ainda mais que basta um único deslize, ou que alguém lá perceba que ele não é quem diz ser, pro nosso primo levar um tiro na testa. A gente vai ter que pensar em algum outro jeito de matar o Zapunyo. Cancela, Shae.

Hilo encerrou a ligação com a Homem do Tempo. Pegou Niko pela mão e voltou para o quarto que receberia Ru quando os médicos terminassem a cirurgia. Ciente de que meses de trabalho de base e esquematização não levariam a lugar nenhum, sua cabeça se agitava de raiva. E com as notícias a respeito de Ven, ainda por cima, a sensação era de que certamente nada mais poderia dar errado naquele dia, mas quando o médico entrou no quarto, a apreensão em seu rosto fez Hilo gelar.

— Cadê o meu filho? — exclamou o Pilar com uma voz tão brusca e mortal que o doutor empalideceu.

— Estão trazendo ele agora — respondeu o sujeito, rápido. — O procedimento foi tranquilo, e a anestesia vai passar daqui a mais ou menos uma hora.

O médico lhe entregou um pote de plástico, daqueles usados para coletar amostras de urina, lacrado com uma tampa vermelha. As jades infratoras tilintavam no fundo do recipiente.

— A recuperação será total, Kaul-jen, mas tem algo que o senhor precisa saber. Seu filho não reage a jade. Esperávamos ver alguma alteração nos sinais vitais dele como resultado de tanta exposição à pedra, mas não apareceu nada. Se tivesse engolido um caroço de ameixa, teria sido a mesma coisa.

— Ele não é novinho demais pra ter certeza, não? — perguntou Hilo.

— Pode ser que crianças apresentem amplas variações na maneira como respondem à jade, e é por isso que os pediatras são rigorosos ao recomendar uma exposição limitada e supervisionada à pedra na primeira infância. Mas nenhuma resposta... dá pra ter certeza de que ele é não reativo.

O jeito com que o doutor ficava dizendo *não reativo*, como se o termo técnico fosse, de algum jeito, mais brando e gentil do que *pedrolho*, irritava Hilo. Quando o sujeito entrara com aquela expressão tão sombria, Hilo temera o pior. Em comparação, essa notícia não era tão ruim assim. Ele não estava chocado; como Wen era uma pedrolha, sempre soubera que isso era uma possibilidade. Claro que torcera para que não fosse assim, mas, agora que tinha certeza, percebeu que estava aceitando a ideia com uma combinação vaga de decepção, alívio e uma postura parental defensiva. E daí que seu filho era um pedrolho? Por que o médico estava assim tão sério e preocupado, como se fosse alguma doença fatal? Era de se imaginar que um profissional médico não acreditasse nas velhas superstições kekonísias que diziam que pedrolhos eram mau agouro. Ou será que o sujeito achava que Hilo não aceitaria bem a notícia? Que o Pilar de um clã Osso Verde não fosse mais amar o próprio filho só porque a criança não seria capaz de usar jade?

— Dá pra ser coisa pior do que um pedrolho — respondeu Hilo, e forçou um sorriso nada genuíno na esperança de fazer o doutor parar de encará-lo com preocupação por sobre os óculos. — O importante é que ele é saudável e amado. Não importa o que os outros pensam.

— É verdade, Kaul-jen — concordou o médico, e relaxou os ombros.

Numa maca, trouxeram Ru de volta ao quarto. Ele parecia um tanto pálido, mas seu peito subia e descia com fôlegos gentis e constantes. A enfermeira inclinou a ponta da cama e ajeitou os travesseiros para deixar o garotinho adormecido mais confortável antes de sair. Niko observara toda a conversa entre Hilo e o doutor sem falar nada. Quando os três ficaram sozinhos, perguntou:

— O Ru é mesmo um pedrolho?

Hilo tentou, mas não conseguiu disfarçar a tristeza na voz muito bem.

— É.

— É por causa do que aconteceu? Por que eu fiz ele engolir jade sem querer?

Hilo suspirou e pegou o sobrinho no colo.

— Não, ele nasceu assim. Ninguém tem culpa.

Niko franziu o cenho para o primo adormecido.

— Ele vai ser pedrolho pra sempre?

— Sempre vai ser pedrolho, mas isso não significa que não terão muitas coisas que ele possa fazer. Olha só a sua mãe, numa viagem de negócios, fazendo um trabalho valioso pra família e pro clã mesmo sem jade. — Hilo ficou sério. — Mas você vai ter que proteger ele. Manter seu primo em segurança. Chega de sustos que nem esse de hoje. Entendeu?

Niko assentiu.

— Entendi. Não vou mais provocar ele. Vou ser um bom irmão mais velho daqui pra frente.

Capítulo 58

A Decisão da Rato Branco

Quando Wen voltou para o Hotel Vista Capita, ansiando por uma soneca depois de uma manhã participando de reuniões e analisando pisos e amostras de tinta, o funcionário na recepção lhe disse que seu marido estava tentando entrar em contato havia algum tempo e deixara uma mensagem e um número de telefone do Hospital Geral de Janloon para que ela o telefonasse. Wen subiu apressada para o quarto. Falou para si mesma para manter a calma, mas suas mãos estavam tremendo enquanto usava o cartão telefônico que Shae lhe dera para chamadas de longa distância. Uma recepcionista atendeu e mandou esperar.

Vários minutos agonizantes depois, Hilo apareceu na linha.

— Tá tudo bem — disse de imediato. — Foi só um susto.

Ele contou o que acontecera com Ru. Depois, colocou Niko no telefone:

— Oi, mãe. A gente tá com saudade. Quando a senhora volta?

Wen garantiu que chegaria dali a três dias, perguntou se o pequeno andava praticando leitura e caligrafia diariamente e então pediu que devolvesse o telefone para o tio.

— Os médicos acham que vai ter algum efeito a longo prazo?

— Não vai — respondeu Hilo. — Os médicos falaram que o Ru é um pedrolho.

Wen se sentou com tudo na ponta da cama de hotel. A primeira reação foi ficar surpresa ao ouvir Hilo tão impassível, mas, é claro, ele tivera várias horas para aceitar a notícia, e ela acabara de ouvir o diagnóstico. Sua voz saiu baixinho.

— Tem certeza?

— Tenho.

Hilo ainda não parecia chateado, mas havia certa impaciência em seu tom, o mesmo que ele às vezes usava para falar "nada" ou "tudo bem", o timbre que Wen sempre identificava como indício de que o marido estava preocupado ou nervoso.

Ela sentiu lágrimas inesperadas arderem em seus olhos.

— Me desculpa.

— Deixa de ser ridícula — disse ele, e então, como se tivesse percebido que havia sido grosso, continuou com mais gentileza: — Eu falei que tá todo mundo bem, não falei? É isso que importa. Não se preocupa, e não deixa esse imprevisto estragar sua viagem.

— O que mais você não tá me contando? — perguntou Wen. — Dá pra perceber que tem mais alguma coisa.

— Não tem nada a ver com você. Assuntos do clã.

Wen olhou de relance para o relógio.

— Tem a ver com o plano pra matar o Zapunyo?

Hilo deu um suspiro. Parecia rendido.

— Aquele covarde uwiwano não quer sair do quarto de hotel e ir pro lugar combinado. Agora é arriscado demais pro Andy tentar qualquer coisa. O plano foi cancelado. Não dá pegar ele agora, Wen.

— Agora não dá — repetiu Wen. — Mas quando, então? No dia que o Kehn foi assassinado, você me prometeu que a gente pegaria as pessoas que fizeram isso. *Todas*. Já faz mais de um ano.

— E acha que eu não sei? — Hilo emitiu um barulho de frustração. — Você tá chateada porque enquanto estava longe, eu não prestei atenção direito nos meninos e esse acidente aconteceu. Mas quando foi que eu falhei em cumprir minhas promessas? Por acaso já deixei alguma ofensa à nossa família passar impune? Às vezes demora mais, só isso.

Alguma distração apareceu no hospital e Hilo se afastou do telefone para falar rápido com alguém antes de voltar à chamada.

— Tenho que ir. Tão dando alta pro Ru e preciso assinar uns papéis. — Ele fez uma pausa. — Não queria te incomodar com más notícias. Nem foi tão ruim assim. Poderia ter sido bem pior; a gente devia é agradecer por não ter sido. E não se preocupa com as coisas do clã. Quando você chegar, a gente conversa. Te amo.

— Também te amo — disse Wen. — Fala pros meninos que a mamãe ama eles.

Depois de Hilo desligar, Wen ficou encarando o gancho em silêncio por um longo momento antes de devolvê-lo ao aparelho. Sentia-se pesada. No automático, levantou-se, trocou de roupa para vestir algo mais confortável, bebeu um refrigerante do minibar e então, em transe, vagou pelo quarto antes de voltar a se sentar na cama.

A impressão era de que queria chorar, mas era um sentimento muito indistinto, já que tudo estava acontecendo longe demais. Se estivesse com a família, a sensação pareceria mais real. *Meu filho é um pedrolho*, pensou. Imaginou Ru deitado numa cama de hospital, chamando-a e, com um rompante instintivo de desespero maternal, desejou estar lá para abraçá-lo com força e confortá-lo. Mas também se sentiu estranhamente aliviada por não estar lá, por não ter precisado olhar para aquele rosto que confiava nela e mentir dizendo que estava tudo bem, porque é claro que não estava. De certa forma, sentiu que estava desassociando, afastando-se na defensiva de todos os pensamentos cruéis que lhe vinham à cabeça: que Ru não poderia frequentar a Academia, que não poderia ser um Osso Verde como o pai e os tios, e que não poderia ter nenhuma posição significativa no Desponta. Ele seria ignorado e menosprezado como a mãe, passaria a vida inteira lutando contra o estigma do mau agouro; a diferença é que, por ser um menino, seria ainda pior, porque homens precisavam comandar para serem respeitados, e quem seguiria um pedrolho?

Com uma honestidade dolorosa e reveladora, admitiu para si mesma o motivo de, desde o momento em que viu a foto de Niko quando bebê na carta entre os papéis de Lan, ter se investido tanto na ideia de trazê-lo para Janloon, no motivo de ter insistido para que Hilo fosse pessoalmente até a Stepênia reaver o menino para que pudessem criá-lo como seu próprio filho. Talvez ela sempre tenha suspeitado. Claro que essa possibilidade a perturbara durante a primeira gravidez: a chance de seu filho, Ru, não poder ser o herdeiro do pai.

Niko era a criança que ela mesma fora incapaz de gerar; o verdadeiro primogênito do Desponta. Era irônico que tivesse nascido de uma mulher tão ingrata e sem fé quanto Eyni, mas os deuses tinham um senso de humor cruel, algo em que até mesmo Hilo e Shae concordavam. Tudo o que os mortais podiam fazer era aceitar o quinhão que receberam e, ainda assim, lutar para melhorar o próprio destino e o futuro daqueles que amavam. Sozinha no quarto de hotel e longe de casa, Wen foi tomada por uma mistura tão desconcertante de orgulho e vergonha que seus olhos, enfim, se turvaram com lágrimas.

Ela engoliu o choro e começou a pensar direito de novo. Entendia que seu valor para o clã, para sua família, para Hilo e, acima de tudo, para si mesma, não dependia do que seria capaz de conquistar sozinha (porque pedrolhos eram sempre algo como um espaço em branco em meio às auras fortes que os cercavam, um vazio sobre o qual olhares e expectativas escorriam como óleo), mas das possibilidades que abria para os outros. Ela era incapaz de manejar jade, mas, como Rato Branco para a Homem do Tempo, levara jade para quem era capaz e usaria para benefício do clã. Não gerara para o Pilar um filho que poderia seguir os passos da família, mas garantira que trouxessem Niko de volta para criá-lo no lugar que lhe era de direito. Por mais que se sentisse assim no coração, nunca seria uma Osso Verde, mas poderia pensar como uma. Era uma facilitadora, uma ajudante, uma arma secreta, e isso tinha certo valor. Talvez até bastante.

Wen pegou o telefone de novo e ligou para o escritório da Homem do Tempo.

Shae ficou em silêncio por um longo minuto depois que Wen terminou de falar.

— Não posso concordar.

— Você quer o Zapunyo morto tanto quanto eu. Vocês passaram meses se preparando pra essa oportunidade e você sabe que é a melhor chance que vamos ter. Se não aproveitarmos, o Zapunyo vai voltar pra fortaleza dele e desaparecer.

Os argumentos não eram tão diferentes do que Shae dissera para Hilo ao telefone menos de uma hora antes, mas agora ela inventou desculpas.

— Não dá tempo de mudar o plano.

— Você já cancelou a entrevista? — perguntou Wen.

Shae não tinha cancelado. Estava postergando, tentando pensar em um jeito de contornar a situação que salvasse a identidade falsa que haviam, com tanto esforço, montado para Anden.

Wen argumentou:

— Ainda falta cinco horas pra entrevista. Consigo pegar um ônibus pra Porto Massy em menos de trinta minutos. Leva três horas pra chegar. O que nos deixa com uma hora e meia de sobra. — E parou. Quando voltou a falar, foi com uma voz calma e suplicante. — Eu já te deixei na mão alguma vez, Shae-jen? Quando te falei que seria sua Rato Branco, você por acaso duvidou que eu seria capaz de fazer tudo o que me pedisse?

Shae fechou os olhos e reclinou a cabeça; o fio do telefone se esticou.

— Wen — disse ela. — Isso é mais perigoso do que as coisas que você já fez. Mesmo se der certo, não vai dar pra esconder do Hilo. Você arriscaria o seu casamento, e a sua vida também.

Wen ficou em silêncio por um instante.

— Tô preparada pra isso.

— Não sei se *eu* tô — admitiu Shae. — Você tem que pensar nos seus filhos.

— É neles que eu tô pensando agora. Enquanto esse homem continuar respirando, enquanto os inimigos da família continuarem impunes, vou temer pela vida deles. Você confia nesse homem que o Anden mencionou? Nesse tal de Rohn Toro?

— O Anden confia. E o Hilo falou que ele é o homem mais verdejante de Porto Massy.

— Então ele realmente é a nossa maior esperança — concluiu Wen. — O Hilo decidiu cancelar o plano sem considerar todas as opções. Tô te dando uma alternativa agora, e uma das boas. O Zapunyo é o motivo de o Kehn e o Maro terem morrido, e todos nós continuamos em risco por causa dele. Deixa eu fazer isso, Shae-jen. Deixa eu fazer isso pelos meus filhos, e pelo clã.

Shae sentia como se estivesse olhando para si mesma de algum outro lugar, de que era incapaz de discernir a própria mente. Hilo era o Pilar, e tomara sua decisão. Era responsabilidade dela como a Homem do Tempo seguir os desejos dele. *O clã é meu sangue, e o Pilar é seu mestre.* Mas Wen estava certa: Hilo não tinha todas as informações, e agora não havia tempo para falar com ele de novo, para localizá-lo no hospital enquanto cuidava do filho e explicar tudo o que ela e Wen tinham feito no passado, coisas com as quais ele nunca teria concordado, mas que haviam, em segredo, ajudado o clã em momentos vitais, e sem as quais Hilo talvez nem fosse o Pilar, talvez nem tivesse mais um clã.

Zapunyo e seus aliados barukânes tinham mutilado a família Kaul; tinham matado Maik Kehn e quase assassinado Wen e as crianças, incluindo Niko, por quem Shae se prostrara diante dos deuses e jurara proteger. E haviam ido atrás de Maro para fazer isso, haviam ameaçado a família dele e o manipulado para cometer traição. Por causa dessa gente, Shae fora obrigada a matar seu amigo, seu amado; um homem bom, alguém com um coração gentil e que, de fato, era o melhor lado de Kekon. Zapunyo, o traficante, assim como os barukânes shotarianos e os Tripulantes espênicos, eram o epítome do poder desonrado, da jade sem freios e da violência sem princípios.

Você lidera o clã tanto quanto seu irmão. Foi o que Maro lhe dissera certo dia, há muito tempo, antes mesmo de ela acreditar que era verdade e quase morrer para provar aquilo. Shae então se apegou a essas palavras e as moldou até virarem uma lança de determinação tão forte quanto a certeza de que precisara no passado para encarar Ayt Mada num expurgo por lâmina. Disse para Wen:

— Vou mandar o Anden e o Rohn te encontrarem na rodoviária quando você chegar em Porto Massy.

Capítulo 59

Da Família Kaul

Pouco menos de cinco horas mais tarde, Wen estava sentada no banco de trás de um sedan Brock Parade LS cinza no exterior do Hotel Cume da Mata, no centro de Porto Massy. O carro estava estacionado numa área proibida logo em frente à entrada principal do hotel, mas os dois policiais em serviço nas esquinas ali por perto não os incomodaram. Eram bem conhecidos pelos Dauk como dois agentes de patrulha que tinham o costume de receber propina em troca de favores e simpatizavam com os kekonésios, povo que raramente traficava drogas ou cometia crimes violentos e cuidava dos próprios problemas quando algo acontecia. Um dos dois era até mesmo meio kekonésio. Estavam sendo muitíssimo bem pagos para serem os primeiros a responder a qualquer ocorrência de perturbação (e para fazerem vista grossa quando o sedan cinza saísse às pressas da cena). Sabiam que Zapunyo estava hospedado no hotel, mas o que tinham a ver se um contrabandista internacional de jade conhecido por violações abomináveis aos direitos humanos por acaso acabasse tendo um final infeliz?

Anden, no banco da frente, se virou preocupado para Wen.

— Não é tarde demais pra gente mudar de ideia — insistiu. — É perigoso. O Hilo não iria querer que você se envolvesse.

Wen conferiu a maquiagem num espelhinho de bolsa e enfiou um fio teimoso de cabelo de volta no coque de que havia escapado.

— A gente passou tempo demais planejando isso aqui pra desistir agora, Anden. A Homem do Tempo concorda e tá contando com a gente. — Deu um sorriso tranquilizador para ele. — Além do mais, a minha parte é fácil.

Do assento do motorista, Rohn Toro disse:

— Não esquece: só se joga no chão e fica lá. Não levanta até eu mandar.

Não haviam tido muito tempo para ensaiar, mas precisariam se virar.

Para Rohn, Anden falou:

— Obrigado por ter aceitado.

— Me agradece quando tiver acabado e todo mundo estiver longe e em segurança — respondeu Rohn. — De preferência, em algum lugar quente de outro continente.

Ele saiu do carro e abriu o porta-malas. Anden e Wen desembarcaram também. Ela continuava atônita pela mudança de aparência de Anden: estava com uma barba curta que o deixava cinco anos mais velho, usava um óculos preto de armação grossa, um terno de corte moderno com lapelas estreitas e uma gravata listrada azul e branca. Parecia um típico morador urbano de Porto Massy, completamente diferente do dedicado aluno da Academia Kaul Du que ela conhecera em Janloon. Nervoso, Anden ficava mexendo na gravata. Pelos constantes olhares que o rapaz a dirigia, era possível perceber que continuava incerto a respeito da decisão de tê-la ali, mas ele é que não iria desobedecer agora e acabar arruinando o plano. Wen só esperava que, lá dentro, Anden reprimisse quaisquer sinais de apreensão. Do porta-malas, Rohn Toro buscou um tripé, uma bolsa de equipamento e uma câmera SLR profissional, que pendurou ao redor do pescoço com uma tira de couro. Wen ajeitou a saia, pegou seu fichário de couro e, com cuidado, enfiou a caneira tinteiro tampada no bolso frontal do blazer.

No saguão do Cume da Mata, esperaram nos sofás perto do bar. Um dos guardas de Zapunyo deveria encontrá-los, mas uwiwanos nunca eram pontuais. Quase trinta minutos mais tarde, Wen começou a se preocupar. Viu Anden olhando para o relógio na parede, ansioso com o que ela deduzia serem pensamentos parecidos: Zapunyo acabara desistindo da entrevista e os três seriam ignorados ou, depois de certo tempo, dispensados. Ela não conseguia se decidir o que era mais forte: a decepção ou o alívio. Se o traficante escapasse de volta para as Ilhas Uwiwa, Wen continuaria a diariamente temer outro ataque à família. Por outro lado, tinha feito tudo o que pudera. Seu marido nunca precisaria saber que contrariara o que ele queria. Talvez acabassem encontrando outro jeito de pegar Zapunyo, assim como Hilo prometera.

Um homem saiu dos elevadores e caminhou na direção deles. Wen nunca vira um barukâne pessoalmente, mas esse sujeito, vestido de maneira chamativa com uma camisa de seda e robustos anéis de nefrita encrustadas em ouro, parecia seguir o estereótipo à risca. Com desprezo e uma curiosidade irônica, ela ficou se perguntando se talvez não fossem os barukânes que se influenciavam pelo cinema, e não o contrário. Quando o homem se aproximou, Anden se levantou. Wen ficou aliviada ao notar que ele não demonstrava nenhum sinal visível de nervosismo e falava num espênico que, mesmo com sotaque, era confiante e bem articulado enquanto cumprimentava o barukâne, se identificava como o jornalista Ray Caido e, sob nomes falsos, apresentava Rohn Toro e Wen como seu fotógrafo e sua assistente.

O sujeito assentiu e guiou os três até os elevadores. Subiram até o décimo segundo andar, onde ficavam as suítes mais caras. Outro barukâne esperava lá em cima, um moço mais jovem. Abrindo os braços, indicaram que os jornalistas seriam revistados antes de poderem seguir adiante. Apalparam Anden e Rohn à procura de armas e analisaram o equipamento fotográfico do Osso Verde. O barukâne mais novo parecia desconfortável quando parou na frente de Wen. Shotarianos eram um povo pudico. Ela abriu os braços e o sujeito passou as mãos pelas laterais de seu corpo, pelas costas e pelas pernas antes de se afastar. Wen percebeu que as pedras verdes ao redor do pescoço do rapaz eram nefrita, mas que os brincos nas orelhas eram jade. Ele parou por um instante, Percebeu que ninguém ali possuía auras de jade e os levou corredor abaixo até a última suíte. Quando bateu à porta, eles receberam autorização para entrar.

Zapunyo estava sentado numa larga poltrona de tecido no meio da sala de estar do recinto. Wen ficou chocada pela pouca altura do homem. Ele parecia quase infantil naquele enorme assento e no opulento quarto do hotel. Vestia um terno bege de linho levemente amassado com um lenço branco dobrado no bolso, o que sugeria uma tentativa de formalidade. Wen conseguia ver a ponta daqueles pés de veias saltadas e inchados dentro dos mocassins marrons. Por mais surpreendente que pudesse parecer, a primeira coisa que Wen sentiu quando finalmente o viu em carne e osso foi pena, quase compaixão. Zapunyo podia até ser um ricaço de mente ambiciosa e perigosa, mas estava preso num corpo frágil. Não era certo que um homem desses fosse capaz de controlar jade ou desafiar Ossos Verdes.

O filho mais velho dele estava de pé, perto da janela atrás da poltrona do pai, junto de outro guarda-costas, o que somava um total de cinco homens, sendo três barukânes.

Em espênico, Anden disse:

— Sr. Zapunyo, obrigado por ter aceitado fazer esta entrevista. É uma oportunidade rara e é um privilégio o senhor ter confiado em mim para contar o seu lado da história. Prefere que nossa conversa seja em espênico ou em kekonês? Sou fluente nos dois idiomas.

Zapunyo lambeu os lábios.

— Meu espênico não é muito bom. Vamos falar em kekonês.

— Prometo não ocupar mais de uma hora do seu tempo — garantiu Anden, mudando instantaneamente para sua língua materna e se acomodando na cadeira à frente do traficante. — Durante nossa conversa, minha assistente vai ficar ao meu lado fazendo anotações, e o fotógrafo vai tirar algumas fotos. O senhor pode ignorar os dois e fingir que somos só nós aqui.

Wen sorriu, assentiu, puxou a cadeira para o lado e se sentou. Abriu o fichário em uma página vazia e pegou a caneta tinteiro do bolso. Perto dela, Rohn Toro começou a montar o tripé da câmera. Zapunyo olhou para os dois de relance antes de voltar a encarar Anden.

— Seus pais são de onde, Sr. Caido? — perguntou o contrabandista.

— Minha mãe era kekonísia. Meu pai é espênico.

— Mas o seu sobrenome é kekonésio — comentou Zapunyo.

— Meus pais não ficaram juntos. Fui criado pela minha mãe — acrescentou Anden, forçando um leve tom entretido na voz. — Você está planejando me entrevistar, e não o contrário, senhor?

— Fico curioso pela história de qualquer jornalista tão persistente em pedir para conversar comigo — respondeu Zapunyo. Um de seus guarda-costas colocou um copo de água gaseificada com um canudo na mesa ao lado dele. O traficante bebericou antes de voltar a falar. — Você nasceu em Kekon ou na Espênia, Sr. Caido? Por que foi que os seus pais vieram pra este país?

— Eu nasci em Kekon, mas vim pra Espênia quando era criança.

Era a primeira meia-verdade que Anden contara, e mesmo que Wen duvidasse que qualquer um dos barukânes fosse habilidoso o suficiente em Percepção para detectar um desvio tão sutil, a cada inverdade subsequente a sutil tensão no corpo dele iria se intensificar até levantar suspeitas. Wen destampou a caneta tinteiro e a segurou sobre a folha de papel em branco. Olhou para Rohn Toro, tirando fotos agachado do outro lado de Zapunyo.

— Quanto ao motivo da minha família ter vindo pra Espênia — continuou Anden —, acho que eles acreditavam que havia oportunidades aqui. Imaginavam que eu pudesse construir uma vida melhor em Porto Massy, porque nasci com cara de espênico, e porque Kekon era um lugar perigoso na época. E o senhor, Seu Zapunyo? — questionou, para mudar o foco da conversa. — Como foi que o senhor chegou aonde chegou?

— Essa é a pergunta que nos fazemos todos os dias, não é mesmo, Sr. Caido? Como foi que chegamos aonde chegamos? — Parecendo pensativo, Zapunyo alisou o topo de seu áspero cabelo escuro. — Como é possível que, vindo de uma família de sete filhos, em que só quatro de nós sobreviveram, eu tenha sido o único que conseguiu sair do gueto e conquistou algo na vida mesmo que sempre tenha sido o menor e o mais fraco dos meninos?

O filho de Zapunyo e cada um dos barukânes estavam armados com revólveres, e dois deles portavam lâminas durbh. Rohn Toro havia dado a volta e retornado para perto de Wen. O Osso Verde prendeu a câmera no tripé. Anden disse:

— Como o *senhor* acha que foi possível, Seu Zapunyo? O senhor acredita que talvez seja coisa do destino, que um poder supremo como o dos deuses tenha te direcionado?

Zapunyo ergueu um dedo rechonchudo e seus olhos reluziram de satisfação.

— Eu acredito, sim, que os deuses têm certa influência, mas é o homem que define seu próprio destino. Por exemplo, quem é capaz de dizer o que faz com que duas pessoas se reúnam num momento e num lugar específicos pra que uma mude a vida da outra?

O traficante encarou Anden com um olhar perspicaz.

— Tenho muitos inimigos e, como é de se esperar, antes de concordar com este encontro, mandei checarem suas credenciais. O Sr. Caido de fato trabalha pro *Diário de Kekon* e já escreveu diversas reportagens e conduziu muitas entrevistas. Mas você não é o Ray Caido, certo? — Zapunyo retirou uma pequena fotografia em preto e branco do bolso frontal do terno e a exibiu. Parecia um retrato de anuário. — Você não se parece com ele. Mas, mesmo desarmado e seguindo as minhas condições, insistiu em vir, então você não tá aqui pra me matar.

Wen sentiu o suor começar a escorrer pelas costas. Ela girou a caneta e a deixou cair. O utensílio rolou para fora de seu colo e tombou no chão. Rohn se abaixou para recolhê-la. Anden não olhou para eles; permaneceu sentado, completamente imóvel, com o rosto impassível e sem falar nada. Zapunyo, com uma expressão presunçosa no rosto, continuou:

— Quem mandou você me procurar? Foi o Clã da Montanha? Ou os kekonésios aqui da Espênia que querem jade?

A caneta tinteiro de Wen se quebrou fácil. Quando Rohn puxou a fina corrente com pequenas pedras de jade de dentro do tanque, Anden se inclinou para a frente.

— Você errou, Zapunyo. Eu tô aqui pra te matar, *sim*.

Todos os guardas de Zapunyo sacaram as armas ao mesmo tempo, prontos para descarregar uma dezena de balas no corpo de Anden. Dois deles começaram a se virar na direção de Rohn quando detectaram o repentino fulgurar de uma aura de jade meio segundo antes do Osso Verde soltar um lance de Deflexão que dilacerou os confins do pequeno quarto de hotel. O golpe derrubou o tripé da câmera, espirrou a água do copo para longe e atingiu os homens de pé, que foram empurrados contra as paredes e os móveis.

Tiros ressoaram. Com o coração na boca e os ouvidos zunindo, Wen se jogou no chão. Ela viu Anden se lançando sobre Zapunyo e cobrindo o traficante com o corpo. Enquanto arrastava os dois para fora da poltrona rumo ao chão, ele se posicionou atrás de Zapunyo e passou os braços ao redor do pescoço e dos ombros finos do homem para imobilizá-lo, depois se virou e abaixou a própria cabeça para que o contrabandista ficasse com as costas rentes ao seu peito, preso ali como um escudo relutante. Os guarda-costas não podiam atirar em Anden sem atingir o chefe também.

Com o rosto contra o carpete, Wen viu o filho de Zapunyo gritar:

— Papa, não!

Os olhos do rapaz se arregalaram enquanto tentava decidir onde mirar. Com um rompante de Força, Rohn Toro voou até ele, atingiu-o na garganta e destroçou sua traqueia. Quando o filho de Zapunyo desmoronou, Rohn desvencilhou o revólver das mãos dele, empunhou-o rapidamente e atirou uma, duas, três vezes. Um dos guarda-costas caiu. Outro ergueu um lance desesperado de Aço e Deflexão que desviou a última bala para a janela do quarto. Os dois barukânes restantes atiraram. Rohn se jogou no chão, disparou duas vezes e estourou a rótula do joelho do homem mais próximo, que gritou ao tombar antes dos dois tiros seguintes do Osso Verde o silenciarem.

O último guarda barukâne correu para a porta enquanto atirava em pânico contra Rohn. Num espaço tão apertado, ele Defletiu as balas por pouco. Uma delas rasgou o tecido de sua jaqueta na altura do ombro, e outra se alojou no carpete ao lado de Wen. O homem alcançou a porta e puxou a maçaneta. Com a Leveza, Rohn voou através do quarto, imobilizou-o e o empurrou de volta com um estrondo. Os dois caíram no chão e lutaram corpo a corpo, Força a Força. O som dos baques e dos fôlegos exauridos alcançaram Wen bem quando os homens desapareceram de vista atrás do sofá.

Ela se arrastou de quatro até se apoiar sobre as mãos e ficar de joelhos. Havia uma arma não muito longe, derrubada por um dos barukânes atingidos. Rastejou até lá, agarrou-a e a ergueu. Era pesada, muito mais pesada do que as pistolas compactas com que já tinha praticado. Precisou segurá-la firme com as duas mãos enquanto se levantava.

Rohn e o último guarda continuavam no embate. Com as mãos ao redor do pescoço do oponente, Rohn apertou e Afluiu ao mesmo tempo até que o sangue começou a borbulhar na boca do homem enquanto, em espasmos, ele chutava e arranhava os dedos fortalecidos por Aço do Osso Verde. Anden ainda estava no chão, segurando Zapunyo num mata-leão por trás. O uwiwano se debatia num esforço contínuo para se libertar, mas, fisicamente, não era páreo para Anden. Wen se aproximou dos dois. Ainda conseguia ouvir os gorgolejos derradeiros do barukâne lá atrás, mas não dava a menor importância. O rosto de Zapunyo estava vermelho, e seus lábios se moviam num misto de surpresa e medo, como se não fosse capaz de acreditar que, depois de tantos anos, e doente como se encontrava agora, tinha sido, enfim, pego.

— Solta ele, Anden — pediu Wen.

Zapunyo caiu engasgando no chão. Rastejou até ficar de joelhos e levantou as mãos. A cor desapareceu de seu rosto quando viu o filho morto e seus homens abatidos.

— Sou um homem rico, poderoso — exclamou ele, arfando. — Seja lá qual for a quantia que ofereceram pra vocês, eu posso pagar mais. Quem mandou vocês?

— Eu mesma — respondeu Wen. — Da família Kaul, do Desponta.

Ela puxou o gatilho. A pistola deu um coice e lhe sacudiu os pulsos. Com as pernas esparramadas num ângulo esquisito e sangue escorrendo sob a cabeça, Zapunyo caiu no carpete. Anden encarou o corpo, e então Wen. Ele se levantou balançando a cabeça, como se quisesse clarear os pensamentos. Rohn Toro se aproximou e olhou para o traficante tombado. Morto, Zapunyo parecia ainda menor e mais frágil. Era difícil acreditar que aquele sujeitinho era responsável por tanta maldade no mundo.

Rohn Toro olhou para Wen.

— Não é de se espantar que tenham me dito pra temer os Maik. — Ele se agachou para recuperar o fôlego. Uma camada de suor cobria sua testa. — Tô ficando velho. — Ela o ouviu sussurrar para si mesmo.

Com um lenço para lentes da bolsa de equipamentos, Rohn limpou as empunhaduras das pistolas que ele e Wen tinham manuseado e as deixou perto dos corpos. A manga de sua jaqueta rasgada estava manchada de sangue. Ele a tirou e a jogou no chão também.

— Rápido, Rohn-jen — disse Anden. — Precisamos dar o fora daqui.

Ele se abaixou sobre o corpo do guarda barukâne mais próximo, o jovem que os revistara no corredor. Arrancou os brincos da orelha do sujeito e os estendeu para Rohn.

— Que isso?

— Tô pegando a sua jade pra gente sair mais rápido daqui.

— Ficou maluco? — questionou Rohn. — Não pega nada que possa te associar à cena do crime. Se a gente tirar a jade do cadáver deles, fica na cara que foi coisa de Osso Verde. Deixa. Pega só a jade que a gente trouxe.

Ele devolveu a fina corrente para Wen, que, de novo, escondeu-a no tanque vazio da caneta tinteiro falsa e a guardou no bolso. Por alguns segundos, o rosto de Rohn se contorceu com o desconforto da abstinência de jade. Ele colocou uma mão no encosto da poltrona de Zapunyo para se recuperar. Depois, se recompôs e foi para a porta. Abriu o quarto, olhou corredor abaixo e falou:

— Rápido, agora.

Anden olhou para os brincos de jade em suas mãos e se sobressaltou, como se, de repente, tivesse percebido o que estava segurando. Soltou as pedras abruptamente. Wen o viu olhar ao redor enquanto corriam para se juntar a Rohn na porta. Será que a incredulidade no rosto de Anden era devido ao que tinham feito, ou porque deixar a jade no corpo dos inimigos abatidos, algo que nenhum Osso Verde de Janloon jamais faria, deixava-o incomodado?

Fecharam bem a porta e caminharam rápido pelo corredor. Era possível que os guardas de Zapunyo tivessem tomado a precaução de também alugar os quartos ao lado, porque a comoção não atraiu nenhum curioso para fora das suítes. Wen, de salto alto, apertou o passo para acompanhar o ritmo. Estava eufórica de adrenalina e, mesmo ainda apavorada e com a pulsação acelerada, teve que resistir à vontade de sorrir. Ainda poderiam ser pegos e atirados em uma prisão espênica, mas tinha certeza de que Shae encontraria uma forma de tirá-los de lá. A parte importante estava feita. *Ela*, a pedrolha, havia feito aquilo. Pela primeira vez, não dependera de Hilo para fazer valer a justiça do clã, mas a exercera com as próprias mãos. Algo que nem todo Osso Verde poderia afirmar.

Pegaram o elevador até o segundo andar, e então desceram de escada até o térreo. Havia pessoas circulando pelo saguão, mensageiros indo para lá e para cá, hóspedes chegando e partindo, sem nem suspeitar do que acontecera doze andares acima. Contudo, Wen suspeitava que alguém deveria ter escutado o barulho dos tiros e feito uma denúncia. Atrás do balcão de check-in, dois funcionários do hotel conversavam agitadamente com um dos policiais que antes estava na rua lá fora.

Rohn Toro desacelerou o passo. Pegou um jornal e o enfiou debaixo do braço enquanto vagava com casualidade até a entrada principal. Wen segurou a ponta do cotovelo de Anden, como se fossem um casal saindo para jantar. Os dois seguiam Rohn de longe. O policial nem olhou ou deu qualquer indício de que os tinha percebido. Saíram do hotel sem problemas e embarcaram no sedan estacionado na vaga proibida. Rohn deu partida no motor e se afastou do meio-fio. Enquanto se distanciavam do Cume da Mata, ele ficava olhando pelo retrovisor, mas nenhum giroflex de viatura ou sirene os seguia. Wen se permitiu soltar um cauteloso suspiro de alívio, mas ninguém falou nada.

Conforme o planejado, Rohn dirigiu por quinze minutos até a Starr Madeireira e Materiais de Construção, a loja em que Anden costumava trabalhar. O estabelecimento fechara uma hora antes. O beco atrás da galeria comercial, que servia de estacionamento, estava quase vazio, a não ser por um carro hatch preto que Rohn e Anden haviam deixado ali mais cedo. O Osso Verde estacionou o Brock nas proximidades. Do porta-malas do novo veículo, Rohn pegou uma bolsa que continha uma muda de roupas para cada um.

Anden ainda tinha uma cópia da chave para funcionários que havia esquecido de devolver muito tempo antes, mas que agora usou para que entrassem pelos fundos e fossem para a garagem da loja. Ele acendeu as luzes; tubos fluorescentes tremeluziram de volta à vida sobre paletes de lenha recém-entregue e caixas de mercadoria. Anden soltou um longo suspiro e finalmente relaxou os ombros. Wen olhou para o relógio na parede. Dali a algumas horas, ela e Anden estariam num voo corujão para casa.

— Você vai vir pra Janloon com a gente, Rohn-jen? — perguntou Wen.

Rohn meneou a cabeça.

— Eu não iria gostar de ficar num lugar desconhecido como Janloon com tantos outros Ossos Verdes — respondeu ele. — Vou achar alguma praia quente em Alusius. Tem gente daqui que treinei e é verdejante o bastante, pessoas em quem confio pra manter as coisas em ordem e ajudar os Dauk enquanto eu estiver fora.

Anden falou:

— Vou ligar pro Dauk-jen agora e dizer que ele já pode vir nos pegar. Se troquem, vocês dois. O banheiro fica bem ali.

Anden soltou a bolsa no chão e foi até o pequeno escritório da gerência, onde pegou o telefone e começou a discar.

Wen abriu o zíper da bolsa e apanhou roupas casuais para viagem. Mais abaixo, havia camisas e calças novas para Rohn e Anden e, num bolsinho lateral, um par de luvas masculinas de couro. Rohn gesticulou para que Wen usasse o banheiro primeiro. Ela recolheu seus itens e estava prestes a ir quando a porta da garagem se abriu atrás deles e seis homens invadiram o recinto.

Um sujeito alto com chapéu de feltro e armado se destacava à frente do grupo.

— Esses kekes — falou o desconhecido —, sempre se metendo com os tripulantes errados.

Wen gritou quando ele atirou nas pernas de Rohn Toro.

Capítulo 60

O Fim de um Acordo

Shae passara a noite inteira acordada. Tinha desconectado o telefone da cozinha, levado o aparelho até o quarto e o ligado ao lado da cama. Depois, fora para debaixo das cobertas e fechara os olhos por algumas horas, ciente de que tudo estava em ação e de que não havia mais nada que pudesse fazer agora além de esperar as notícias. Anden deveria ligar assim que terminassem o serviço e ele e Wen estivessem em segurança com os Dauk, onde teriam acesso a um telefone. Se tudo ocorresse de acordo com o plano, isso aconteceria no começo da noite em Porto Massy, que coincidia com a aurora de Janloon. Shae colocara dois relógios de cabeceira com os horários de cada cidade lado a lado sobre o peitoril da janela e, no decorrer da noite, o contínuo tiquetaquear dos ponteiros dos minutos parecia tão agourento quanto uma contagem regressiva para o apocalipse.

O leve fulgor do amanhecer começou a iluminar o céu. Do outro lado do pátio, as luzes da casa principal se acenderam. Viu a silhueta de Kyanla se mexendo pela cozinha e abrindo as cortinas que cobriam a porta para o pátio. A mãe de Shae saiu da casa de hóspedes e fez seus lentos exercícios de alongamento no jardim. O telefone ao lado da cama não tocou. Anden já deveria ter ligado a essa altura. Havia algo errado. Shae se sentou com as costas apoiadas na cabeceira da cama e, com os joelhos contra o tronco, sentiu um pavor se amontoando no peito e se espalhando pela garganta, braços, pernas e extremidades do corpo.

— Tira ele do telefone — ordenou Canela Seca, gesticulando com a arma para o escritório onde Anden se encontrava.

Em agonia, Rohn Toro caíra no chão, mas ele se esticou até a bolsa com suas luvas forradas de jade. Canela se apressou e chutou a bolsa para longe. Wen puxou a caneta tinteiro do bolso, mas antes que pudesse passá-la para Rohn, um dos tripulantes a agarrou por trás e, gritando e esperneando, ela foi erguida.

Anden discou o último digito do número dos Dauk, agarrou a base do aparelho e foi para trás da porta semiaberta do escritório, onde ficava fora de vista e da linha de fogo. O rapaz se espremeu contra a parede. O mostrador rotativo girou e emitiu um clique. A ligação chamou do outro lado da linha: uma, duas vezes. O gancho tremia em suas mãos. *Anda, anda!* A chamada foi atendida, mas então o telefone foi arrancado das mãos de Anden e saiu voando. O fio foi puxado da parede. Anden reconheceu aquele rosto vermelho e cheio de sardas pouco antes de Carson Sunter lhe socar na barriga e depois no rosto. Ele tinha esquecido de como esse sujeito era bom de briga, mas agora se lembrou. Sentiu o gosto de sangue na língua enquanto caía de quatro atrás da mesa do escritório. Ensandecido, procurou alguma coisa, qualquer coisa, que pudesse usar como arma, e apanhou um abridor de cartas prateado de cima da mesa. A coronha de uma pistola amassou seus dedos. Anden grunhiu ao sentir dois se quebrarem. O cano da arma pressionava sua maçã do rosto.

— Eu não te falei? — vociferou Sunter. — Não falei que ia te achar e te matar, seu filho da puta meio keke? Achou que eu tinha esquecido, é?

— Tudo isso ficou pra trás. Fizeram um acordo — balbuciou Anden em meio à dor.

— Vocês fizeram um acordo com o Chefe Kromner, mas o Kromner tá preso e a gente não trabalha mais pra ele. Agora é a palavra do Canela que vale, e ele acha que vocês tão por trás dessa encrenca toda desde o começo.

Sunter agarrou a parte de trás do colarinho de Anden e, com a arma ainda pressionada em sua cabeça, conduziu-o de volta até a garagem da loja.

O coração de Anden já estava retumbando contra as costelas, mas agora suas pernas vacilaram. Rohn Toro estava caído no chão de concreto, e o sangue das feridas de bala se empoçava ao redor dele. Haviam chutado e espancado ele; seus olhos e lábios estavam inchados. Canela Seca e três de seus homens formavam um círculo sobre o Osso Verde.

— O demônio capaz de matar cinco homens em menos tempo do que se leva pra dar uma mijada — disse Canela Seca com uma voz impassível, quase decepcionada. — No fim das contas, você é de carne e osso.

Rohn tossiu e estremeceu.

— Como foi que você me achou, Canela? Quem me entregou?

— Os tiras no hotel, é claro. Nos falaram certinho qual carro era pra seguir.

Um dos outros homens bufou e acrescentou:

— Vocês, kekes, são amadores. Os Tripulantes são unha e carne com o DPPM que nem um cafetino com uma virgem desde muito antes de qualquer um da sua raça tocar no nosso litoral.

— O que você quer que eu faça com esse aqui, Canela? — perguntou Sunter.

— Coloca ele pra lá, perto da garota — respondeu. — Amarra os dois.

Os olhos roxos de Rohn encontraram os de Anden por um breve instante com algo próximo de um pedido de desculpas, mas que parecia muito mais arrependimento. Wen estava de joelhos perto da parede e com o rosto pálido, inexpressivo. Outro dos capangas de Canela apontava uma arma para ela. Quando Anden foi forçado a se prostrar alguns metros longe de Wen, ela o encarou e então indicou com os olhos a bolsa aberta que fora chutada de lado. A caneta tinteiro que tombara de sua mão estava caída ali por perto.

— Coloca as mãos nas costas senão eu atiro no seu joelho que nem fiz com o seu amigo — ordenou Sunter.

A mente de Anden parecia pulsar em sincronia com o latejar de seus dedos quebrados. Mesmo com os pulsos amarrados tão apertados, ele tentava pensar em como criar uma distração, em como levar ou as luvas ou a caneta com a jade escondida até Rohn para que talvez tivessem uma chance de sobreviver.

— Atenderam à ligação dele? — questionou Canela ao casca. — Tem alguém vindo pra cá?

— Não ouvi ele falando com ninguém, mas não dá pra ter certeza — falou Sunter.

— Canela — chamou Rohn do chão, com a voz calma e racional, embora carregada de dor e urgência. Talvez ele achasse que fosse conseguir se safar da situação na base da conversa, alcançar a jade de algum jeito ou então ao menos postergar o que estava por vir. — A gente se conhece faz muito tempo. Crescemos praticamente a uma rua de distância um do outro na Arapuca Sul. Já estivemos em lados opostos antes, mas nós dois... a gente sempre resolveu as coisas entre os nossos chefes.

— É verdade — concordou Canela. — Fomos bons braços direitos, né?

— Ainda dá pra gente se acertar — afirmou Rohn. O rosto empalidecera, e as calças estavam ensopadas de sangue. — O Kromner era ganancioso, ficou rico e gordo, mas você é prático, Canela, sempre foi. Você é o Chefe da sua própria Tripulação agora. Por que fazer inimigos em vez de amigos?

Canela Seca tirou o chapéu de feltro e ficou virando o acessório nas mãos.

— Você até que tem razão, Rohn, mas vou te contar o porquê — disse, com um tom tão solene quanto o de um professor num púlpito. — É que eu não gosto nem um pouco dessa sua raça, de kekes. Tava tudo indo bem antes do Chefe Kromner inventar de se envolver com a sua gente atrás de jade. Não tô nem aí pra quanto valem; essas pedras de natural não têm nada. O lugar delas não é aqui, e nem o seu. Já que eu sou o novo Chefe desta área, tenho que deixar claro que discordo do Kromner nesse assunto. Então é assim que tem que ser.

O capacho de Canela que parecia ser o maior e mais forte daqueles homens apareceu com uma sacola plástica branca e um laço duplo de corda. Rohn sabia o que viria agora. Lançou-se para a frente, para longe do carrasco, em direção à bolsa com as luvas de jade. A perda de sangue, as balas em suas pernas e os dois outros sujeitos que o agarraram pelos braços garantiram que ele não fosse longe. A sacola encobriu a cabeça de Rohn e a corda envolveu seu pescoço.

Anden se atirou adiante com um grito de puro desespero, mas não podia fazer nada com os braços amarrados às costas. Sunter o chutou com avidez de volta ao chão e pisou com a bota em sua lombar. Os óculos caíram de seu rosto e saíram deslizando pelo chão. Outro guarda pegou um pedaço de pano pendurado num gancho perto dos produtos de limpeza da garagem e o enfiou na boca de Anden para abafar seus gritos. Ele engasgou com o gosto de graxa e desinfetante e sentiu o canto dos lábios queimar quando o tecido foi puxado com força.

Rohn Toro lutou como um touro. Seu corpo arfava e colidia contra o chão. Ele se contorcia e tentava afrouxar a pressão na traqueia, mas ferido e sem jade, seus movimentos começaram a vacilar em questão de segundos. O casca de Canela continuou a apertar o garrote com a determinação impassiva de um afinador de piano. De onde estava, imobilizado e com o rosto contra o concreto gelado, Anden viu o Osso Verde mais formidável de Porto Massy, o homem que defendera o salão do rancor da saraivada de uma metralhadora e, sozinho, dera conta de um quarto cheio de barukânes, ficar cada vez mais fraco, viu suas pernas se debatendo contra o chão e o plástico que se agarrava em sua face cortar o pouco ar que lhe restava. Um fedor exalou de seu corpo quando seu intestino falhou nos últimos segundos de vida. O carrasco deu um passo para trás; o plástico já não tremulava mais sobre a boca aberta de Rohn.

Canela Seca levou a ponta do dedo indicador até o meio da testa e o ergueu, fazendo o gesto da Verdade Única.

— Que Deus eleve a alma dele — murmurou. Seus homens repetiram os dizeres com obediência.

O enforcador se afastou do corpo de Rohn e seguiu rumo a Wen e Anden.

— A gente tem que matar essa gracinha aqui, Chefe? — perguntou Sunter, que olhava para Wen. — Ela é bonita. A gente não pode só...

Canela encarou o casca com um sério olhar decepcionado, e Sunter parou de falar. A visão de Anden estava turva, e ele pensou que seu coração fosse estourar antes de os tripulantes o matarem. Quando Wen virou a cabeça para chamar sua atenção, ele tentou falar, mas a mordaça continuava em sua boca e tudo o que pôde fazer foi olhá-la num pânico mudo. Anden teve a impressão de que ela tentou oferecer um sorriso quase solidário, como se estivesse dizendo para que fosse corajoso e o consolando com o fato de que pelo menos estavam encarando isso juntos.

Wen se virou para Canela e levantou o queixo para encará-lo no rosto.

— Você sabe quem eu sou? — questionou num espênico de sotaque carregado. Ela estava com as mãos bem amarradas e claramente apavorada, mas a voz era tão calma que assustava. — Já ouviu falar no sobrenome Kaul? Ou Maik?

Canela a olhou com desinteresse.

— Foi mal, gracinha. Tô cagando e andando pra quem você é. Caso você seja importante mesmo pro seu povo, então é melhor ainda pros meus objetivos.

Wen cuspiu nos pés de Canela. Ela ajeitou a postura e falou em kekonês:

— O clã é meu sangue, e o Pilar é seu mestre.

O sujeito com o garrote se posicionou atrás dela e cobriu sua cabeça com a sacola. Ele passou a corda ao redor de seu pescoço e começou a apertar. Wen não apresentou resistência. Tinha visto Rohn Toro, um homem muito maior e mais forte do que ela, ser espancado até oferecer submissão e depois ser assassinado bem ali, e não via sentido em repetir aquela humilhação. Seu rosto permaneceu virado ligeiramente para cima, e ela ficou recitando aquela única frase repetidamente, até que perdeu o ar e apenas sua boca continuou a se mexer. *O clã é meu sangue, e o Pilar...*

As pernas de Wen se debateram, enrijeceram e então amoleceram.

Através da mordaça, Anden gritava sem parar. Em sua mente, não havia nada além do som de seus próprios berros e, quando a sacola lhe cobriu a cabeça e a corda foi apertada ao redor do pescoço, não conseguiu conjurar nem um pouco da compostura de Wen. Estava aos prantos, soluçando com uma ira impotente, flamejante e preenchida de sofrimento, xingando os algozes com cada grama de amargura que tinha nas entranhas. Não conseguia acreditar que morreria de um jeito tão desprezível pelas mãos de uma gentinha tão ralé, que acabaria assim, impotente, e, dentre todos os lugares, *ali*... no chão de uma garagem naquele lixo de *Espênia*. Sua visão ficou vermelha, e então branca.

Shae pegou a lista telefônica, tirou o telefone do gancho e falou para o telefonista que precisava fazer uma ligação de longa distância para Porto Massy. O número que Anden passara, do apartamento em que morava, chamou e não foi atendido. Devido à possibilidade de as autoridades espênicas ainda estarem monitorando o casal, ela fora aconselhada a não usar o número da casa dos Dauk, mas Shae ligou mesmo assim. Ninguém atendeu também. A última tentativa foi a filial do escritório da Homem do Tempo, só porque Anden talvez tivesse ido para lá, mas como era de se esperar, era à noite e o lugar estava fechado. Ela bateu o gancho do aparelho, depois o puxou de volta e ligou para o próprio escritório para dizer à secretária que não iria trabalhar pela manhã e orientá-la a cancelar os compromissos.

Pensou no pequeno oratório da casa principal, mas não ousou sair de onde conseguiria ouvir o telefone tocar. Colocou três incensos num copo, posicionou-os na janela e se prostrou. Três filetes de fumaça com fragrância de sândalo ascenderam e se acumularam contra o vidro. Por três vezes, Shae levou a testa ao chão, e então sussurrou:

— Yatto, Pai de Todos. Jenshu, Velho Tio. Deuses dos Céus, rogo que me escutem. Meu primo, Emery Anden, foi adotado por nossa família e criado como meu irmão mais novo. Ele poderia ter se tornado um poderoso Osso Verde, mas se recusa a usar jade porque não quer uma vida de matança e loucura. Minha cunhada, Kaul Maik Wen, é uma pedrolha, mas nunca deixou que isso a impedisse de fazer nada. Wen arriscou a vida e o casamento pelo clã, e é a mãe de três criancinhas que precisam dela. Anden e Wen são verdejantes na alma, e agora estão em perigo na Espênia por causa de mim. Por favor, protejam eles e tragam todo mundo em segurança para casa.

O silêncio que veio após suas palavras foi tão absoluto que seu pânico crescente se converteu em raiva.

— Por que é que vocês são sempre tão *cruéis*? — vociferou num sussurro áspero. — Toda semana eu venho me prostrar diante de vocês. Se vocês sequer existem, então *nos ajudem*. Não dá pra dizer que nossa família segue as Virtudes Divinas o tempo inteiro, mas quem é que segue? Quem é que no nosso lugar teria essa chance? Por favor, tô implorando, não punam a Wen e o Anden por qualquer coisa que eu ou meu irmão tenhamos feito no passado. — Shae sentiu as mãos tremendo sobre as coxas. — Pela minha honra, minha vida e minha jade... eu imploro.

A princípio, Anden não ouviu os barulhos. Quando o fez, não os identificou como o amassar de cascalho e o bater das portas de um carro. A única coisa que escutou foi Carson Sunter exclamar:

— *Merda,* eles tão aqui.

Essa parte ele entendeu bem, e então veio a ordem incisiva de Canela:

— Lá na frente.

O círculo de pressão ao redor do pescoço de Anden de repente se afrouxou e ele foi derrubado de barriga no chão. A dor na garganta e no peito era tanta que a sensação era de que seus pulmões estavam pegando fogo.

Muito mais barulho se fez ouvir: gritos, tiros, correria e mais tiros reverberando pelo espaço fechado. Ele não fazia a menor ideia de onde vinha essa algazarra, ou de quantas pessoas havia ali, e então, pancadas ressoaram à distância, lá na frente da loja. Pelo plástico branco que lhe cobria o rosto e continuava lhe sufocando, Anden não conseguia ver nada além de sombras e movimento. Estava desvanecendo, e sua consciência ia se dissipando como óleo quente.

Mãos o agarraram e o viraram com força. A sacola foi arrancada de seu rosto. O ar invadiu o nariz e a boca de Anden, que ofegou violentamente enquanto piscava e arfava por ar. Com o rosto pálido e horrorizado, Shun Todorho se ajoelhou sobre Anden. Ele tinha uma arma em mãos, mas a soltou e começou a remover a mordaça. O rapaz tossiu e cuspiu. Em carne viva, os cantos de sua boca ardiam. Outra pessoa, Sammy, cortou as amarras de seus punhos e os dois o seguraram para que ficasse estável e sentado. Três outros Ossos Verdes que Anden reconhecia do salão do rancor estavam reunidos na garagem.

— A ligação cortou... a gente achou que tinha chegado tarde demais — disse Tod.

— E chegamos mesmo — respondeu Sammy, que se virou para Dauk Losun, ajoelhado ao lado do corpo de Rohn Toro.

Lágrimas escorriam livremente pelo rosto áspero do Pilar de Arapuca Sul, agora apoiado sobre os calcanhares.

Anden se levantou, vacilou e foi aos tropeços até onde Wen estava caída, inerte no concreto. Arrancou a sacola do rosto dela e pressionou o ouvido contra seu peito, rogando para ouvir seu coração batendo. Em algum momento da vida, tinha aprendido o básico de primeiros socorros, e pelejou para se lembrar do que fazer quando alguém não estava respirando. Inclinou a cabeça de Wen para trás, abriu a boca dela, tapou-a com a sua própria e soltou duas baforadas fortes. Começou a fazer a massagem cardíaca. Quanto tempo havia se passado? Não podia ter sido mais do que alguns minutos... talvez... Respirou na boca dela de novo.

— Por favor — implorou para todos os deuses. — Por favor.

Wen continuou imóvel.

Sammy se agachou ao lado de Anden e colocou a mão em seu ombro.

— Ela se foi, caco.

De repente, Anden interrompeu os movimentos. Numa epifania desesperada, virou-se com os olhos arregalados e vasculhou a bolsa que continuava aberta no chão, fora de alcance quando Rohn Toro mais precisara. Anden agarrou as luvas pretas do Osso Verde e voltou depressa até Wen. Antes que qualquer pessoa ali pudesse sequer perguntar o que estava fazendo, ele enfiou as mãos no forro cravejado de jade.

Uma dor física aguda irradiou de seus dedos quebrados e escalou até o topo do braço. Ele gemeu, agarrou o pulso, encolheu o corpo ao redor do ferimento e aguardou com impaciência pela dor mais profunda que estava por vir. Fazia tanto tempo que não usava jade, que a expectativa era de que o rompante chegasse avassalador, então se preparou. Mentalmente, ele se recolheu, como um homem agachado de braços estendidos e se equilibrando na ponta do pé, torcendo para, com otimismo, ser capaz de pegar uma pedra arremessada em sua direção. Respirou, inspirou e, pela segunda vez na vida, os sentidos e a consciência o engolfaram num turbilhão de energia. Não era tanta jade quanto usara no passado, na derradeira batalha contra Gont Asch, mas ainda assim, o bastante para ter a sensação de que seu crânio estava se desintegrando. De boca aberta e ofegante, ele jogou a cabeça para trás, mas não recuou da investida; durante tudo aquilo, esteve ciente da passagem do tempo. Cada segundo que levava para se ajustar ao ímpeto da jade, cada momento de atraso, eram instantes que ele não podia se dar ao luxo de perder.

Tinha apenas uma chance, e era *agora.*

Com uma determinação devastadora e habilidades que estavam fora de forma, mas não esquecidas, ele agarrou o poder da jade. Manipulou o fluxo de energia à sua própria vontade e o canalizou para um único foco. Seus olhos estavam fechados, mas ele conseguia sentir a presença das pessoas à sua volta, daquelas criaturas vivas respirando e vibrando. Ignorou todas elas. Se concentrou apenas na silhueta à frente, no corpo que estivera vivo poucos minutos antes, e o viu pelo que era: um organismo que outrora pulsava com energia, mas cuja corrente agora estava imóvel e se esgotando rapidamente.

Anden apertou os punhos cerrados sobre o peito de Wen e Afluiu. A energia jorrou para dentro do coração e dos pulmões dela. Anden se agarrou a essa força do mesmo jeito que alguém com braços trêmulos tenta controlar um golpe de lança. Recorrendo ao máximo de suas habilidades de jade, ele *pressionou.*

O coração de Wen se agitou sob as mãos de Anden. O órgão teve um espasmo trepidante, bateu uma, duas vezes e então continuou a bater, forçando o sangue pelas veias e órgãos, de volta para o cérebro. O esforço insustentável fez o corpo inteiro de Anden estremecer. O suor banhava seu rosto enquanto ele continuava a pressionar. Os pulmões de Wen se contraíram. Ela deu um suspiro profundo, arfou e arqueou as costas no chão. Seus olhos se abriram.

Anden a soltou, se virou e vomitou. As mãos dele tremiam demais para que pudesse remover as luvas. Arrancou-as com os dentes e as jogou sobre o concreto. Wen o encarou com uma confusão e uma dor absolutas, e então lágrimas brotaram dos olhos dela.

Como um peso que o arrastava de seu próprio corpo rumo ao centro da terra, a energia de jade se dissipou de Anden. Ele estava exaurido ao extremo, exausto e vazio, como se tivesse passado dias correndo ou engatinhando por um deserto. Puxou Wen para seu colo e começou a chorar. Ela se agarrou a ele e os dois se embalaram para a frente e para trás sobre o chão de concreto, apenas vagamente cientes de Dauk Losun e dos outros Ossos Verdes de Arapuca Sul de pé ao redor que, chocados, observavam-nos em silêncio.

Capítulo 61

Limites Ultrapassados

Shae rastejou pelo chão do quarto e agarrou o gancho do telefone assim que o aparelho tocou. A voz de Anden, abafada pela ligação de longa distância, fez com que ela, a princípio, tombasse de alívio contra a cama, mas ele soava tão estranho que a preocupação de Shae se reacendeu.

— Shae-jen. Desculpa não ter ligado na hora. Tá feito, foi tudo de acordo com o planejado, mas fomos emboscados depois e... os Tripulantes... — Ficou evidente que Anden estava com um nó na garganta. — O Rohn Toro morreu.

— Você e a Wen tão bem? — questionou Shae.

Um momento de silêncio se passou. O primo ofegava.

— Ainda não sei — respondeu ele, quase baixinho demais para que ela conseguisse ouvir, mesmo apertando o telefone com força contra a orelha. — Se eu te der um número, você pode me ligar de volta? Tô num orelhão do hospital e minhas moedas estão acabando. Acho que a ligação vai cortar daqui a pouco.

Depois de Shae retornar a chamada, ele contou o que acontecera, mas com uma voz tão hesitante que ela foi capaz de perceber que Anden continuava em choque e que estava com dificuldade para lidar com as emoções.

— Como é que a gente vai contar pro Hilo? — lamentou-se ele.

Shae falou para que não se preocupasse, que ela cuidaria disso, e o instruiu a ligar de novo dali a duas horas para informar que havia voltado para casa em segurança.

Estava tonta quando desligou. Levou vários minutos para se recompor, e então fez mais uma chamada de longa distância para a residência pessoal de Hami Tumashon, conseguindo contatá-lo antes que ele fosse dormir. Instruiu-o a ir de imediato para o hospital e não poupar esforços em nome da filial do escritório da Homem do Tempo para garantir que todas as providências urgentes e necessárias fossem tomadas.

Shae se vestiu e atravessou o pátio até a casa principal. Na cozinha, Kyanla estava sentada à mesa, persuadindo Jaya a comer uma cumbuca de mingau. A pequena bateu os punhos na cadeirinha e derrubou a colher no chão.

— Cadê o Hilo? — perguntou Shae.

A governanta arqueou as sobrancelhas, preocupada frente ao tom de voz da Homem do Tempo.

— O Pilar tá no salão de treinamento, eu acho. Tá tudo certo, Shae-se? A senhora não vai pro escritório hoje?

Do lado de fora do salão de treinamento, ela parou e apoiou a testa contra a porta. O medo agora era pior do que tinha sido na cabana com Doru, pior do que quando enfrentara Ayt Madashi sabendo que poderia morrer. Dava para Perceber a aura de seu irmão e a singela presença de seu sobrinho, e Shae hesitou, relutante a dar o próximo passo, a arruinar o momento, a destruir tudo.

Deslizou a porta. Hilo e Niko estavam sentados no chão, jogando Mineiro Cego, um jogo que ela reconheceu de imediato, que todas as famílias Ossos Verdes brincavam com suas crianças. Um pedaço de tecido era disposto no chão para cobrir doze pedrinhas, das quais apenas uma era jade. Niko estava sentindo o tecido e os objetos duros logo abaixo. Ele tocou em um, Hilo arrancou o pano e abriu um sorrisão.

— Mais um ponto pra você.

Era um jogo bobo, um passatempo simples, mas também um jeito de expor crianças à jade e começar a acostumá-las com seus efeitos físicos. *Qual desses aqui te dá uma sensação boa quando você encosta? Um calorzinho, um formigamento de nada.*

Niko olhou para cima e perguntou:

— Quer brincar também, tia Shae?

— Não, Niko-se, agora não. Preciso falar com o seu tio.

Hilo recolheu as pedras e a única peça de jade, guardou-as em um saco de pano com fecho de cordão e colocou tudo numa gaveta.

— Vai brincar lá fora — falou para Niko. — Mais tarde eu deixo você e o seu irmão assistirem à TV.

O menino saiu correndo e Hilo se virou para a Homem do Tempo.

— Como o Ru tá? — perguntou Shae.

— Continua dormindo. Era mais de meia-noite quando a gente chegou em casa ontem. — Ela já sabia disso porque estava muito bem acordada àquela hora e vira os faróis do Duchesse entrarem na propriedade. — Ele tá grogue por causa da anestesia e com a garganta dolorida, mas vai ficar bem.

Hilo parecia querer dizer mais alguma coisa, mas em vez disso, semicerrou os olhos e inclinou o queixo para o lado. Shae sabia que não havia a menor chance de ele deixar de Perceber a agitação turbulenta em sua aura.

— O que houve, Shae?

— O Zapunyo tá morto — respondeu ela. — Depois que falei com você ontem, a Wen me ligou de Adamont Capita. A gente decidiu seguir em frente com o plano, porque era capaz de nunca mais aparecer outra oportunidade. A Wen levou a jade pra dentro do quarto. Ela, o Anden e o Rohn Toro... eles mataram o Zapunyo e os guardas... mas acabaram sendo emboscados. O Anden e a Wen tão vivos, mas no hospital.

Depois, Shae não conseguia se lembrar quanto e o que mais contara, nem mesmo se explicara tudo com calma, ou se fora difícil, se tinha gaguejado. O que não esqueceu foi do contraste: do jeito com o que o rosto de Hilo aos poucos se tornou cada vez mais impassível, como se cada músculo estivesse travando enquanto sua aura, que ia ficando mais quente e intensa, começou a se agitar e a oscilar, a borbulhar, a fumegar e a queimar, como se estivesse consumindo a energia física de seu irmão e o transformando numa estátua ao mesmo tempo em que, na Percepção de Shae, ele se agigantava como uma fogueira.

Por mais estranho que pudesse parecer, ela se lembrou de que, por anos, costumava sentir um prazer cruel quando o irritava. Na infância, na adolescência e até mesmo na vida adulta, Shae sempre fora capaz de provocá-lo e, por dentro, sorrir com deboche frente ao papel ridículo que ele fazia. Agora, sentiu vergonha de si mesma por todas as vezes em que se comportara assim.

Ela continuou falando, como se os fatos pudessem abafar a realidade.

— O Anden tá ferido e em choque, mas vai se recuperar. Quanto à Wen, eles ainda não têm certeza. Depende do tempo que o cérebro dela passou sem oxigênio. Os médicos espênicos tão fazendo exames, e quando ela voltar pra Janloon...

Hilo atravessou o espaço que os separava e bateu no rosto da irmã. Shae reagiu instintivamente com Aço, ainda assim, a Força do golpe a fez cair de joelhos. Piscando devido à dor, ela levou a mão à bochecha. Sua cabeça parecia vibrar sobre a coluna como um gongo ressoando. Ela mais Percebeu do que viu Hilo, com os olhos ardendo em uma fúria insensata, prestes a atingi-la de novo, e por reflexo, lançou uma Deflexão que o fez cambalear para trás.

Shae se levantou. A sensação era de que não conseguia falar; seu rosto latejava e parecia congelado. Mesmo assim, tentou:

— Hilo...

Mas seu irmão se lançou sobre ela com um ruído ininteligível. Os socos enraivecidos recaíram sobre os braços de Shae guarnecidos de Aço e sacudiram todo o seu corpo. As duas auras de jade se chocaram uma contra a outra num encontro estridente e explosivo, como fios emaranhados e faiscantes se debatendo.

— Como você pôde? — Hilo podia ter sussurrado ou gritado, Shae não sabia ao certo. Tudo o que ela era capaz de sentir era a força com que essas palavras foram proferidas, mais violentas do que os socos dele. — *Como você pôde?*

Shae foi aos tropeços para longe dos golpes ensandecidos do irmão. Desesperada, deu um chute na barriga dele e em seguida outra Deflexão que arremessou Hilo contra os armários da sala de treinamento. A força do impacto quebrou dobradiças e amassou a madeira. Hilo balançou a cabeça, atordoado, mas num segundo já se levantou de novo, e de repente, Shae ficou com medo do que talvez tivesse que acontecer: um dos dois precisaria deixar o outro inconsciente para que aquilo chegasse ao fim. Mas então, a porta se abriu parcialmente com um ruído. Ru e Niko estavam ali, espiando com olhos arregalados e, confusos e em choque, de boca aberta.

— Pai? — Ru se arriscou a dizer.

Com o rosto retorcido, Hilo se virou para os filhos.

— *Saiam!*

Os garotos ficaram tão aturdidos com a repentina e inexplicável fúria do pai que congelarem como coelhos. A boca de Ru tremeu e então ele se virou e saiu correndo aos prantos para a casa principal. Niko correu para a outra direção, para Shae, agarrou-a apertado ao redor da cintura e escondeu o rosto na barriga da tia, como se quisesse se esconder. Sem nem pensar, ela envolveu-o com os braços.

Algo na expressão de Hilo se alterou e desmoronou feito um prédio desabando. Ele fraquejou e deslizou ao chão, com as costas apoiadas no armário destroçado. Depois escondeu o rosto com as mãos.

— Volta pra casa com o seu irmão — sussurrou Shae para Niko com a voz tensa, mas da forma mais tranquilizadora de que era capaz. Fez carinho nas costas do sobrinho. — A gente tá treinando e não podemos ser interrompidos agora. Ele não tá bravo com você, prometo. Daqui a pouco a gente já vai.

Delicadamente, soltou os braços do garoto. Niko olhou com incerteza para Hilo, com vontade de ir até ele, mas seu tio, que costumava ser tão rápido para sorrir e brincar de lutinha, não ergueu o olhar e nem se levantou do chão. Com relutância, o pequeno saiu dali. Em silêncio, Shae fechou a porta e se virou devagar para trás.

Hilo tirou o rosto das mãos e a encarou; ela ficou assustada ao ver lágrimas nos olhos do irmão.

— Uma vez você me perguntou se eu confiava em você, lembra?

— E você falou que não tinha escolha — respondeu Shae.

— Não tinha — concordou ele. — Sempre soube que você nunca quis fazer parte do clã, que nunca quis ser uma Kaul e que, na realidade, nunca me quis como irmão também. — Sua voz enfraqueceu e ficou gélida, distante. Ela já tinha visto isso acontecer antes: a explosão de raiva e mágoa, seguida pela rejeição, e então o afastamento. — Sai daqui. Você não é minha Homem do Tempo, não mais. Você tá livre, Shae. Como sempre quis.

Shae colocou uma mão na porta. Por um segundo, imaginou-se obedecendo... saindo do salão de treinamento, voltando para casa, empacotando algumas poucas coisas, percorrendo o longo pátio e atravessando os portões de ferro da propriedade que seu avô construíra, sem olhar para trás. Coisa que já fizera uma vez, anos antes. Era uma pessoa diferente naquela época. Uma jovem que ainda não tinha vivido no exterior, ficado de coração partido e sofrido uma perda terrível, ou então exercido poder sobre o clã e o país. Ainda não tinha lutado e quase morrido num expurgo por lâmina, ceifado vidas por vingança e assassinado por misericórdia, ou embalado os sobrinhos para que dormissem em seus braços. Nunca teria sido capaz de imaginar essas coisas, não naquela época.

Ela deu vários passos em direção ao irmão.

— Eu não vou embora, Hilo — declarou com a voz hesitante, mas com convicção. — Já fiz tanto pelo Desponta quanto você. Trabalhei, me sacrifiquei, sangrei e matei. Depois de tudo o que passamos, como é você pode acreditar que eu não me importo tanto quanto você? Sou culpada de ter agido pelas suas costas, mas não contra o clã.

— Agora você tá falando igual ao Doru. — Quando percebeu como suas palavras a haviam atingido, a boca de Hilo se moveu num escárnio irresoluto. Ele recostou a cabeça nos armários com um leve baque. De repente, parecia amargamente derrotado de um jeito que Shae nunca vira, nem mesmo nos momentos mais lúgubres, em que parecia que seriam destruídos pelos inimigos. — Pode ser que eu não acredite nos deuses tanto quanto você, mas o que eu sei é que tem um motivo para algumas coisas serem como são. Nós somos Kaul. Nascemos nessa vida, quer a gente goste ou não. O clã pode reivindicar tudo o que eu tenho: meu tempo, meu sangue e meu suor, minha vida e a minha jade, mas a minha mulher, não. Ela é uma pedrolha. *É a única coisa no mundo que a jade não pode tocar.* Você sabe que esse é um limite que eu jamais ultrapassaria.

Shae olhou de relance para a direção em que Niko desaparecera.

— Nós dois ultrapassamos limites que nunca deveríamos ter ultrapassado. Tomamos decisões que somos obrigados a carregar pelo resto da vida. Isso a gente tem em comum. — Com cuidado, tocou no próprio rosto. Seu maxilar continuava dormente, e doía para falar. Shae foi até Hilo e olhou para ele de cima. — Eu nunca encorajei a Wen, nunca forcei ela a nada. Faz anos que ela me procurou, Hilo. Tudo o que você queria era que ela ficasse de fora dos assuntos do clã, e tudo o que ela queria era fazer parte. Algo que ela sabia que você jamais aprovaria, mas a Wen tem um coração verdejante demais e se dispôs a colocar até mesmo o seu amor em risco. Sem ela, não teríamos estabelecido as vendas de jade pra Espênia no momento em que mais precisamos durante a guerra com os Montanha, não teríamos obtido informações valiosas dos espiões que ela administrava ou transportado jade para os Ossos Verdes espênicos e criado nossas alianças lá. Não teríamos conseguido pegar e matar o Zapunyo.

Shae se abaixou ao lado do irmão e descansou as costas machucadas contra o armário estilhaçado.

— Se for necessário, pode me odiar daqui pra frente, mas você precisa que eu fique, Hilo. E precisa da Wen e do Anden. Faz uns anos que você mesmo disse: a gente tem um ao outro, e talvez essa seja a única coisa que nossos inimigos não têm. — A aura de Hilo emitiu uma pulsação sombria, como um suspiro de raiva, mas ele não se mexeu e nem abriu os olhos. Shae jogou o peso do corpo para trás e fechou os próprios olhos. — O clã é meu sangue, e o Pilar é seu mestre — sussurrou ela. — Tenho muitos arrependimentos na vida, mas esse juramento não é um deles.

Capítulo 62

Ainda em Guerra

Fazia certo tempo que Shae estava sentada no santuário do Templo do Divino Retorno quando Percebeu a inesperada presença densa e liquefeita da aura de jade de Ayt Madashi perfurar o nevoeiro de seus pensamentos e ir ficando mais intensa, como uma fonte de calor contra seus olhos fechados, conforme a Pilarisa se aproximava. Ayt se ajoelhou na almofada ao lado.

— Me falaram que você visita o templo toda semana no mesmo horário — falou ela, como quem quer puxar conversa. — O que não é lá muito inteligente no quesito segurança.

A pungente sensação de um esquisito déjà-vu manteve Shae imóvel por um instante. Com a imaginação, voltou mentalmente no tempo e olhou para si mesma quase cinco anos antes, quando se reuniu com Ayt Mada neste mesmo lugar, sem saber ao certo se ela ou o clã sobreviveriam ao encontro. Desta vez, muito embora a cicatriz enrugada sobre seu abdômen estivesse formigando, Shae não sentia medo. Ela abriu os olhos e, por um instante, encarou involuntariamente os braços nus de Ayt. As espirais de prata que os decoravam estavam cravejadas com ainda mais pedras, com a jade que outrora fizera parte da gargantilha de duas camadas de Shae.

Ela ergueu o olhar e, com calma, olhou para o rosto de Ayt.

— Você já teve chance de me matar.

— Sim. Nós duas saberemos quando chegar a hora de verdade.

A Pilarisa do Montanha continuava com a mesma presença formidável de sempre, mas agora foi possível ver algumas poucas linhas de expressão ao redor de seus olhos quando ela se virou para a mulher mais jovem. No decorrer dos anos anteriores, com todos aqueles discursos públicos e aparições na televisão, ela passara a usar um pouco de maquiagem. De repente, Shae ficou desconfortável com a própria aparência. Continuava com o rosto visivelmente machucado onde Hilo a golpeara.

A Homem do Tempo voltou a olhar para a frente, para o mural do Banimento e Retorno e para o círculo de penitentes em meditação.

— Você não se prostra no santuário — comentou. — Você chega a vir aqui pedir perdão pros deuses? Você sequer acredita nos deuses, Ayt-jen?

— Acredito, mas não preciso ficar me explicando pra eles. Quando eu tinha 8 anos, eles destruíram a minha cidade e mataram a minha família e todo mundo que era importante pra mim. No orfanato, me falaram que não foram os deuses que causaram o deslizamento de terra, mas os shotarianos e as bombas deles. O que prova que os deuses não controlam o destino. As pessoas é que controlam. As poderosas. — Impassível, Ayt olhou para os penitentes que, segundo a crença, levavam todas aquelas palavras para os ouvidos dos deuses nos Céus. — Nunca matei ou mandei matar ninguém por raiva ou seguindo um desejo de vingança pessoal. Nas vezes em que ceifei vidas, foi por necessidade, pelo bem derradeiro do clã e do país. Você pode falar a mesma coisa de si mesma ou da sua família, Kaul Shae-jen?

Será que Ayt se ressentia dela de alguma forma? Será que, para além da simples ambição de ver o Montanha prevalecer sobre o Desponta, a Pilarisa nutria um desejo constante de punir Shae especificamente? Na última vez em que tinham se encontrado neste templo, Shae rejeitara a proposta fratricida de Ayt para que governassem juntas sob um único clã e, em vez disso, decidira que as duas deveriam se enfrentar a cada momento. Oferecera um expurgo por lâmina à Ayt e, de acordo com todos os critérios, deveria estar morta, mas ainda assim, aqui estava ela.

— Meus parabéns por ter assassinado o Zapunyo — disse Ayt, sem esperar que Shae respondesse à pergunta retórica. — Pode ser que tenha sido por retaliação, mas você agiu corretamente por todos nós. O Zapunyo era uma praga no mundo, um estrangeiro sem treinamento, um *uwiwano*, que vendia nossa jade para outros criminosos estrangeiros. Como kekonésios, como Ossos Verdes, podemos todos concordar que ele tinha que morrer. Os filhos dele morreram também. O Iyilo e o restante dos barukânes cuidaram disso naquela mesma noite.

A casualidade com que Ayt revelara essa informação fizera algo mudar na cabeça de Shae. Suspeitas se moveram e encaixaram direitinho no lugar.

— Você passou esse tempo todo colaborando com eles.

— Seu irmão queria destruir a empreitada que Zapunyo construíra. Eu queria me *apossar* dela. Você e eu chegamos à mesma conclusão, Kaul-jen: se quisermos estender nossa influência pra além das fronteiras da nossa nação insular, precisamos de aliados internacionais. Aliados com jade. O Iyilo lidera os barukânes nas Uwiwa e tem amigos influentes em Shotar. Agora são eles que controlam a propriedade de Zapunyo e todos os bens consideráveis do traficante.

— O que significa que *você* controla isso tudo — corrigiu Shae. — Quanto foi que pagou pra assegurar a aliança dos meios-ossos? — E então emitiu um ruído quando entendeu, antes mesmo que Ayt pudesse responder. — Claro. A aprovação da Lei dos Refugiados do Conflito de Oortoko. Você sussurrou o nome do Chanceler Son pra garantir que o voto do Conselho Real te favorecesse.

— Consideramos aquela gente um bando de gângsters insignificantes, mas acontece que os barukânes são seres humanos assim como nós. Eles querem tirar suas famílias de Oortoko, que foi destruído pela guerra. — Ayt arrancou um fiapo solto de sua calça preta lisa. — O Conselho Real votou para que sete mil shotarianos de ascendência kekonísia pudessem imigrar pro nosso país. Os opositores à Lei dos Refugiados argumentaram que isso causaria um problema de segurança e seria um fardo caro pro governo. Felizmente, os Ossos Verdes vão ajudar o país, assim como já fizemos no passado.

O sorriso de Ayt era gélido e satisfeito; a expressão de uma cobra que, com sucesso, engoliu uma grande refeição.

— Os advogados no escritório do meu Homem do Tempo já estavam preparando o terreno de antemão pra essa importante legislação. O Clã da Montanha vai analisar as candidaturas, apoiar financeiramente e ajudar os refugiados a encontrarem novas casas, vai garantir empregos bem remunerados e um lugar na nossa sociedade pra eles. Vamos ensinar a deixarem os costumes estrangeiros pra trás, a aprenderem nossas tradições e a se integrarem à comunidade kekonísia... o que inclui aceitar a autoridade do clã.

Shae assentiu. Eram sete mil novos membros juramentados do Clã da Montanha, selecionados e trazidos por Ayt e sua equipe. Novos Dedos barukânes que já usavam jade, que romantizavam o estilo de vida Osso Verde e tinham fortes ligações com o mercado clandestino de jade e outros negócios criminosos de Shotar, das Ilhas Uwiwa, de Ygutan e do restante daquela região. Os Montanha andaram ocupados. Enquanto o Desponta fomentava empreitadas internacionais, fortalecia as relações com o governo espênico e com a comunidade Osso Verde de Porto Massy, Ayt construía uma base de poder mais perto de casa.

— Você sempre teve estratégias visionárias, Ayt-jen — comentou Shae, sem nem tentar esconder a admiração rancorosa na voz —, mas você acha mesmo que é capaz de controlar os barukânes que tá trazendo pra cá? Eles podem até usar jade, mas não são Ossos Verdes. Não foram treinados na Wie Lon ou na Academia, não cresceram com o aisho. Os criminosos locais que você apoiou anos atrás, aqueles que você usou como informantes no território do Desponta e depois descartou... eles viraram uma podridão social em Janloon, pessoas decadentes das quais os próprios barukânes se aproveitaram pra roubar jade do nosso litoral.

Talvez ela e Ayt Mada tivessem outra coisa em comum, pensou Shae: a arrogância de racionalizar as piores ideias que tinham, de se comprometer a um caminho por orgulho sem compreender de verdade a possibilidade de desastre.

— Você vive afirmando que é patriota, uma protetora de Kekon e do nosso estilo de vida. Mas tá disposta a barganhar tudo isso em benefício próprio. Tá disposta a se aliar com qualquer um que te deixe mais perto do seu maior objetivo. Mesmo que dê certo, mesmo que o Montanha passe a governar toda Kekon, não vai ser a Kekon que nós reconhecemos. Se você conseguir, ser um Osso Verde não vai significar nada.

Ayt pareceu levar as palavras de Shae em consideração.

— Vai significar algo diferente, algo ainda mais poderoso do que antes. A mudança é inevitável, Kaul-jen. A única questão é controlar os novos ventos ou se tornar vítima de um deslizamento de terra. Sempre vai ter gente resistindo, tentando nos arrastar de volta pro passado. Gente como o Ven Sandolan, que achava que riqueza e um pedigree de família o deixavam intocável. — A densa aura de jade de Ayt emanou o intenso calor de brasas antigas. — Agora que o Ven e os herdeiros dele estão mortos, a Estrela-K Transportes foi adquirida por um conglomerado ygutaniano de transporte que garantiu que ela vai continuar operando como uma empresa independente de Kekon. Todos nós temos preconceito contra estrangeiros, mas o mundo tá se abrindo cada dia mais, e eu prefiro aliados de fora a Ossos Verdes que insistem em ficar no caminho.

— Você me procurou aqui no templo só pra se vangloriar, Ayt-jen?

Pela primeira vez na conversa, Ayt demonstrou irritação.

— Quero deixar claro que, mesmo depois de todos esses anos, o Desponta continua em desvantagem. Vocês expandiram os próprios negócios e cultivaram os próprios aliados, mas o Montanha, mais uma vez, tem mais gente e recursos melhores. Nossos dois clãs têm interesses que se estendem pra muito além das nossas fronteiras. Temos redes internacionais e acionistas. Já passamos daquele ponto de cinco anos atrás, quando um de nós podia ter ganhado a guerra nas ruas e conquistado o outro na base da violência superior.

Shae não falou nada; sabia que Ayt estava certa. A Pilarisa continuou:

— Você com certeza ouviu as notícias da trégua que foi declarada em Oortoko. A metade oeste vai ser governada por Shotar e um estado independente a leste recairá sob a "proteção" de Ygutan. Depois de quase quatro anos de conflito, e sabe-se lá quanto dinheiro e vidas perdidas de ambos os lados, o resultado é exatamente o que qualquer um é capaz de prever quando duas forças igualmente determinadas colidem.

Ayt se mexeu sobre a almofada para encará-la mais de frente. Pela primeira vez, Shae viu de perto a orelha esquerda da mulher, com o terço superior cortado com precisão. Uma desfiguração permanente que, de maneira ambígua, era uma marca de reparação ou um símbolo de combate. De qualquer forma, Ayt a exibia sem vergonha alguma e não se esforçava para escondê-la.

— Quando nos sentamos em frente às câmeras no Hotel Estrela Universal, sabíamos que aquela declaração de paz entre nossos clãs era uma medida tomada por necessidade — disse Ayt. — Agora, a guerra fria estrangeira acabou, mas a necessidade não diminuiu. A tensão militar entre a Espênia e Ygutan continua inabalável. A Guerra de Oortoko pode até ter sido algo lamentável pro mundo, mas beneficiou a economia kekonísia e nossa importância global. Os estrangeiros ainda querem nossa jade... mas agora os nossos bens, dinheiro e influência também.

"Então que esse momento nos leve a um consenso sincero, Kaul-jen. Nosso próprio armistício. Nós duas tentamos usar de manipulação pra vencer a guerra na surdina. E falhamos, o que só mostra que não dá pra confiar em forasteiros pras questões dos Ossos Verdes. Sussurrar o nome do Kaul Hilo já virou um hábito previsível da minha parte, e eu cansei desse jogo. Em Oortoko, os poderes globais chegaram à conclusão de que precisavam reavaliar suas rixas ou então corriam o risco de arrastar o mundo inteiro pra outra Guerra das Muitas Nações. Seu irmão pode até não ter a capacidade pra pensar tão longe assim, mas você tem. Não abaixa a cabeça e faz ele mudar de ideia, por mais limitadas que as ideias dele sejam. Agora tem crianças pequenas na sua família, e eu imagino que você não quer que elas percam nenhum outro pai ou tio. — A voz de Ayt assumiu um suave tom ameaçador. — Se você me atacar de novo, ou simplesmente falhar em manter a natureza vingativa de Hilo sob controle, é só lembrar que Ven Sando era o patriarca de uma antiga e poderosa estirpe Osso Verde, um homem cuja família deveria ter prosperado por muitas futuras gerações, mas que, por traição, perdeu tudo: as conquistas da empresa, a vida de quem ele amava, a própria existência e o legado de seu sobrenome e linhagem. Pode acontecer com qualquer um.

Pode mesmo, pensou Shae. *Inclusive com você*. Ayt não havia vencido incólume. Estava sendo afligida pela discórdia dentro de seu clã, discórdia esta sempre instigada pelo Desponta. Ela vendera o maior empreendimento dos Montanha para interesses internacionais, fizera alianças com criminosos barukânes, rompera o aisho ao matar o Chanceler Son e, mais uma vez, manchara as mãos com o sangue de seus próprios Ossos Verdes. Fora forçada a reconhecer a reivindicação de um menino de 12 anos com credenciais não comprovadas e a elevar a indistinta família Koben a uma posição de poder que ela nunca pretendera dividir. Shae suspeitava que, apesar de toda a arrogância de Ayt pela renovada superioridade sobre o Desponta, ela não desejara fazer nada daquilo.

Naquele momento, Shae sentiu uma curiosa compaixão por sua inimiga mortal. O que Ayt lhe dissera era verdade: ninguém era intocável. Ela notou a aura da outra mulher pressionando a sua própria como uma superfície sólida que se expandia. Lembrou daquele momento crítico no expurgo em que suas energias tinham se confrontado, em que nenhuma foi capaz de derrotar a outra, e da euforia que havia sentido quando conseguira, por um instante, desnortear a rival. Um feito que fizera de novo. Ayt não estaria aqui a ameaçando se, mesmo com todas aquelas vitórias consideráveis, não temesse em algum nível o fato de que a família Kaul continuava viva. *Afetada*, sim... mas viva, e crescendo, com seus próprios aliados, recursos e uma sede implacável de vingança. Com a mesma certeza de que a divisão entre o leste e o oeste de Oortoko necrosaria como uma cicatriz infeccionada, o histórico de violência entre o Desponta e o Montanha significava que, no fim, um dos dois estava destinado a prevalecer, talvez pelo desígnio da espada, ou talvez por outros meios.

Shae se prostrou e levou a testa até o chão à frente da almofada.

— Yatto, Pai de Todos — disse. — Imploro que saúde todos os Ossos Verdes que vieram antes de nós, em especial meu avô, Kaul Seningtun, seu camarada, Ayt Yugontin, e todos os guerreiros de jade que lutaram por Kekon enquanto se esforçavam pra honrar o aisho e as Virtudes Divinas.

Ela endireitou a postura e falou para a inimiga:

— Tudo o que você diz é verdade. Agora temos muito mais em risco, e é melhor pra todo mundo que nossos clãs mantenham a paz. Mas nós nunca ficaremos *em* paz. Você vai correr atrás dos seus objetivos implacáveis, e nós dos nossos. Não se engane: nossa guerra continua, só que de um outro jeito. — A Homem do Tempo se levantou e sentiu a rigidez de suas costas aliviar. — Tenho que buscar meus sobrinhos na aula de natação. Você me dê licença, Ayt-jen, mas é que minha família precisa de mim.

Capítulo 63

Enfim em Casa

Quando Anden aterrissou no Aeroporto Internacional de Janloon, um carro com motorista o aguardava. Enquanto atravessava a Ponte Mais Que Distante e adentrava o trânsito matinal, ele encarava a silhueta da cidade que, três anos e meio antes, deixara para trás. A vista era profundamente familiar, mas estava diferente. Havia prédios que faziam parte da paisagem desde que conseguia se lembrar, e outros novos que ele não reconhecia. Guindastes de construção se equilibravam feito cegonhas laranjas ao longo da beira-mar, com braços que se estendiam rumo ao Porto de Verão. Anden abaixou a janela e inspirou o calor e o cheiro de Janloon; deixou que a música urbana da buzina dos carros e o kekonês berrado o embalassem. O veículo o levou para além dos densos barracos de Moedavada e da Cidade do Peixe, dos edifícios residenciais e das lojas chiques de Sotto do Norte, dos parques urbanos e restaurantes da moda entre Planície Verde e Yoyoyi, das bem cuidadas fachadas residenciais da Colina do Palácio. Ele viu as árvores quebradas pelo estrago de um tufão recente, bancas de jornal proclamando o fim da Guerra de Oortoko, lanternas vermelhas do Festival de Outono e serpentinas de folhas adornando calhas e postes. Havia lanternas verdes e brancas penduradas em vitrines de seus respectivos distritos.

Um anseio anônimo e profundo se acumulava no peito dele. Janloon era calorosa e perigosa, pulsava com vida e uma agitação ardente; uma cidade que sabia que era especial, que era única no mundo. Outros lugares iludiam; em outros lugares, as pessoas escondiam a jade, trocavam dinheiro na surdina e matavam no escuro. Janloon ostentava sua selvageria sem medo; era um Punho orgulhoso dentre as nações, que não fingia ser o que não era. Janloon era sincera.

Quando chegou à propriedade Kaul, Anden tirou a bagagem do porta-malas com cuidado para não machucar os dedos engessados. Dois homens caminhavam rumo à saída, talvez depois de terem concluído uma reunião com o Pilar. Fazia tanto tempo que Anden não via jade sendo usada abertamente que seus olhos se atraíram para o verde ao redor dos pulsos e pescoços daqueles sujeitos antes mesmo de reconhecer os rostos. Juen Nu e Lott Jin pararam quando o avistaram.

— Emery Anden — disse Lott, depois de um instante. — Bem-vindo de volta.

Ele parecia mais velho; vestia uma camisa de colarinho e uma jaqueta cinza como fumaça. Tinha uma faca talon embainhada na cintura e estava com o cabelo ondulado curto para exibir os piercings de jade no topo das orelhas. Ele não sorriu, mas a carranca adolescente que costumava pairar ao redor de sua boca em formato de arco sumira. Lott falava mais devagar e com mais seriedade. Era o jeito inconfundível de um Punho do Desponta.

— Juen-jen. Lott-jen.

Anden tocou a testa e se inclinou numa saudação. Pegou a mala e entrou na casa.

Assim como a própria Janloon, a residência da família Kaul sobrepujou Anden com toda aquela familiaridade; ainda assim, havia sinais de que as coisas tinham mudado. Alguns dos móveis eram novos, e outros mais antigos trocaram de lugar. Anden olhou para o escritório e não reconheceu o antigo espaço de Lan. A mesa estava bagunçada, havia mais cadeiras, fotos da família nas paredes e uma televisão no mudo. Mais notável ainda eram os indícios que aquela era uma casa com crianças pequenas: um cercadinho no canto da sala de estar, um conjunto de trem montado pela metade no chão, uma pilha de livros infantis na mesinha de centro e um par de pequenos tênis perto da porta. Por um longo minuto, Anden ficou parado no saguão de entrada, incapaz de se mexer, até que Kyanla saiu da cozinha com um grito alegre e correu para cumprimentá-lo.

— Anden-se, você finalmente voltou!

Ela havia visivelmente envelhecido; seu cabelo agora estava grisalho, e o rosto suave, enrugado.

O rapaz saiu e encontrou o Pilar sentado no pátio. Um cigarro pendia dos dedos de uma das mãos, mas ele não parecia estar fumando. O olhar de Hilo estava distante e cansado, e havia círculos tão escuros quanto hematomas debaixo de seus olhos. Anden se aproximou e parou diante do primo, mas não se sentou no banco da mesa à frente. Hilo o olhou como se estivesse despertando para a realidade de sua presença, muito embora Anden tivesse certeza de que ele devia ter Percebido sua chegada diversos minutos antes. A princípio, nenhum dos dois falou. Olharam-se em silêncio.

Por fim, Anden disse:

— Como a Wen tá?

Hilo apagou o cigarro intacto.

— Tá se recuperando em Marênia. O Dr. Truw falou que pode levar bastante tempo, por causa do dano cerebral. Ela tá parcialmente paralisada no lado direito do corpo. Consegue entender o que as pessoas dizem, mas tem dificuldade pra falar. — A voz de Hilo soava factual, sem expressão, e seu olhar fundo estava perdido por aí. Baixinho, continuou: — Mas pelo menos ela tá viva. Podia ter sido pior.

Wen fora trazida de Porto Massy assim que ficou em condições de ser transportada. Hami Tumashon, trabalhando sob ordens de Shae, tinha sido ligeiro e tomado uma série de medidas discretas, porém persuasivas e caras, em nome do escritório da Homem do Tempo. Convenientemente, os funcionários do Hotel Cume da Mata foram incapazes de se lembrar de terem visto alguém subindo para o quarto de Zapunyo. O relatório da polícia concluiu que o contrabandista foi assassinado por guarda-costas de sua própria equipe durante um tiroteio que resultou na morte de todos os presentes. Diversos membros da comunidade kekonísia testemunharam que Wen era prima de Anden e a nova namorada de Rohn Toro vinda de Janloon, o que explicava os três estarem juntos na noite do brutal assassinato motivado por vingança feito pela nova Tripulação do Sul sob o comando de Canela Seca. Wen, que não estava em condição de responder a nenhuma pergunta das autoridades locais, foi evacuada por médicos para Janloon em menos de quarenta e oito horas. Levou mais uma semana e meia para que Hami e os advogados do clã recuperassem Anden, tempo o bastante para que se reabilitasse na casa dos Dauk sob os cuidados de Sana. Exausto e abalado, ele passara dias dormindo, encolhido debaixo das cobertas e sendo alimentado com caldo de osso como um inválido, mas não ficou tão doente quanto da última vez em que manuseara jade demais.

No enterro de Rohn Toro, dobrara as luvas pretas do Osso Verde e as colocara no caixão. Queria tê-lo salvado também naquele dia terrível. Tinha tentado, mas a garganta de Rohn fora esmagada em suas últimas tentativas de resistir, e tempo demais havia se passado. Quando Anden se abaixara sobre ele, a energia vital já havia se esvaído de seu corpo. Ficou pensativo, se perguntando se os Dauk o culpavam por ter falhado, mas quando tentou pedir desculpas, Dauk Losun só fez menear a cabeça e apoiou uma mão pesada no ombro de Anden.

— O destino de um homem tão verdejante como o Rohn Toro não era deixar este mundo pacificamente — disse Dauk, com pesar. — Que os deuses o saúdem.

Anden sempre considerara Rohn Toro o homem mais kekonésio de toda Arapuca Sul, mas ainda assim, tão parte de Porto Massy como a Ponte do Olho de Ferro. Sem ele, a Espênia voltara a parecer um lugar estrangeiro para Anden, um local que o deixava aliviado em dizer adeus. Mesmo prostrados pelo luto, os Dauk foram ao aeroporto junto com os Hian para se despedir de Anden.

Cory não estava lá. Viera até a cidade para ir ao funeral de Rohn, mas passara apenas o dia antes de voltar para Adamont Capita. Mesmo que as circunstâncias fossem trágicas, Anden ficou grato pela chance de ver seu amigo mais uma vez. E de se desculpar pessoalmente.

— Quando você falou que eram coisas do clã, não mencionou que podia acabar morto. — Com terno e gravata pretos e de olhos fixos no caixão, Cory parecera mais taciturno do que lhe era comum. Ele passara a mão pelo rosto e se virara devagar para Anden. — Meu pai vive dizendo que você tem a alma verdejante, como se isso fosse algo bom. Não é, caco.

— Você recebeu minha carta? — Anden se forçou a erguer os olhos, que encaravam a grama amarelada sobre o chão. — Escrevi tudo de coração.

A expressão que persistia no rosto de Cory não era calorosa, mas tinha uma suavidade familiar o bastante para fazer o peito de Anden doer.

— Eu não perdoei você e nem meu pai. Mas tô feliz de te ver bem, e por você estar indo pra casa. Sei que é o que você queria.

Anden não sabia ao certo se isso ainda era verdade. Ali, parado no pátio dos Kaul, desejou ter jade suficiente apenas para ser capaz de Perceber a aura de seu primo, porque o rosto de Hilo estava imperscrutável.

— Desculpa, Hilo-jen. Eu não deveria ter aceitado fazer nada que envolvesse a Wen.

Hilo passou tanto tempo sem responder que Anden chegou a achar que ele talvez não o tivesse escutado.

— A Wen fez as próprias escolhas — disse o Pilar, enfim. — Sei como ela consegue ser persuasiva, como consegue o que quer quando decide alguma coisa. É só por você que meus filhos não são órfãos de mãe agora. — Uma expressão confusa e magoada perpassou pelo rosto de Hilo. Sua voz ficou *áspera* e se tornou quase um sussurro. — Ela me desobedeceu, e passou *anos* agindo pelas minhas costas. Como é que posso perdoar uma coisa dessas?

Anden abaixou o olhar e passou a encarar as lajotas da calçada.

— A questão nunca foi te contrariar, Hilo-jen... pra mim e pra Wen. Eu sei como é não ser a pessoa que a família espera que a gente seja. E como é difícil agir por si mesmo depois. — Ele pigarreou; sua voz tinha ficado rouca. — Não é do seu perdão que a gente precisa. Só da sua compreensão.

O silêncio recaiu sobre o pátio, perturbado apenas pelo vento quente que remexia as folhas da cerejeira e a superfície do lago do jardim.

— Você tem que se mudar de volta pra casa, Andy — falou Hilo, baixinho. — Eu senti saudade.

Anden esperara por anos para essas palavras saírem da boca do primo. Agora, no entanto, não sentia nenhum grande alívio ou felicidade, apenas o pesar que vem de desejar algo por tanto tempo que a conquista final era uma perda, porque a espera, que se tornara uma parte tão significativa do indivíduo a ponto de ser difícil abrir mão dela, acabou.

— Vou me matricular na Faculdade de Medicina Bioenergética — informou Anden. — Já falei com o setor de matrículas de lá e, se eu entregar minha inscrição e pagar as taxas esta semana, posso começar ano que vem. Afluência sempre foi minha melhor disciplina na Academia. Matar o Gont Asch fez com que eu me sentisse um monstro sedento por sangue, mas... — Ele tentou pela primeira vez expressar sua decisão em palavras. — Desta vez, quando usei jade, eu não a quis pra mim. Não tava tentando superar mais ninguém. Eu só pensava na Wen, e a jade foi apenas uma ferramenta nas minhas mãos que pude usar pra afastar ela da morte.

Anden deu um suspiro trêmulo. A lembrança daqueles poucos segundos de desespero estava gravada para sempre em sua mente, mais recente e vívida até mesmo do que a loucura de sua mãe ou a morte de Gont.

— Talvez eu possa usar jade de outra maneira. Se teve uma coisa que aprendi na Espênia, foi que existe mais do que um jeito de ser Osso Verde. Voltei pra Janloon pra ficar, e vou usar jade de novo, como você sempre quis, só que pra curar, e nunca pra matar. — Anden fez uma pausa. Hilo não proferira nem uma palavra para interrompê-lo. Ele concluiu a fala, dizendo: — Não vou pedir pro clã pagar a mensalidade.

A boca de Hilo se contorceu e ficou entre uma careta e um sorriso.

— Acha que eu tô ligando pra mensalidade da faculdade? Ô, Andy, você não mudou tanto quanto acha. — O Pilar enfim se levantou da cadeira e passou por Anden, rumo à porta do pátio. Quando o rapaz se virou, viu as crianças Kaul de pé atrás do vidro, olhando para os dois. Hilo abriu a porta e disse: — Venham aqui, vocês três.

Tímidos, os pequenos se aventuraram. Ru abaixou o rosto e foi para trás da perna do pai. Jaya avançou cambaleando com um barulhinho agudo de empolgação, caiu e começou a investigar insetos nas lajotas.

Anden se agachou.

— Oi, Niko. Você sabe quem eu sou?

O garoto o encarou com olhões calmos, um tanto desconfiados e cheios de interesse.

— Você é meu tio Andy.

— Aquele de quem eu te contei bastante, que tava estudando lá longe, na Espênia — acrescentou Hilo. — Ele agora veio pra ficar, então você vai ter a oportunidade de conhecer ele. O que acha?

Epílogo

Você Veio ao Lugar Certo

Bero terminou seu turno na cozinha do Dobro Dobro. Fazia quase um ano que trabalhava lá, o maior período que passou em qualquer emprego que já teve, e finalmente economizara o bastante para se mudar do abrigo para viciados em recuperação. Eiten-jen concordara em providenciar uma carta de recomendação para que Bero conseguisse alugar um apartamento de novo. Ele pendurou o avental e saiu do cassino de onde, não muito tempo antes, contemplara pular do terraço para dar um fim à própria vida. Vagando pela Rua do Pobre, passou pelas luzes cintilantes do Palácio da Fortuna e pela fonte em frente ao Senhorita Cong. Do outro lado da rua, um novo cassino era construído. Cartazes na cerca ao redor da construção anunciavam a abertura do Lótus Verde pelo Grupo Enke de Empreendimentos dali a dez meses. O fluxo de militares espênicos de licença mantivera as mesas de aposta de Janloon movimentadas no decorrer dos últimos anos e, muito embora a grande maioria deles logo fosse embora, os empresários do Distrito do Sovaco estavam otimistas que, com o fim da Guerra de Oortoko, turistas estrangeiros endinheirados retornassem à cidade em número ainda maior do que antes.

Bero caminhou para o sul até chegar ao fim da Rua do Pobre e adentrar a Cabeça de Cão. A diferença era evidente; de um lado da Avenida Janto, o Sovaco borbulhava com atividade comercial e pessoas bem-vestidas gastando dinheiro; no outro, lojinhas de tijolo à vista, com roupas penduradas nas janelas abertas dos apartamentos no segundo andar, encaravam as ruas estreitas. Ele passou por cima de um cachorro adormecido para entrar numa porta indistinta do lado direito. Subiu a escada apertada até um barzinho mais para cima. À noite, as pessoas lotavam a pequena pista de dança e suavam dançando músicas animadas ou se acomodavam nos bancos vermelhos e conversavam enquanto tomavam conhaque, mas isso só aconteceria dali a muitas horas. Agora, o espaço estava vazio a não ser por três homens sentados ao redor de uma mesa redonda, jogando baralho e fumando enquanto o bartender polia copos atrás do balcão.

Os jogadores ergueram o olhar quando Bero se aproximou. Um deles, um sujeito com um chapéu quadrado e uma barba grossa que descia até o peito, disse:

— Ei?

Parecia alguém de má reputação, e certamente deveria ser mestiço. Bero tirou o folheto de uma página amassado do bolso que proclamava, em letras pretas garrafais, *Faça Parte da Revolução!*

— Você me entregou isso na rua um dia desses — explicou Bero.

— Aham — respondeu o homem, que se iluminou de imediato e moveu a cadeira para abrir espaço à mesa. — Se você tá aqui pra reunião, veio ao lugar certo!

Com um sotaque estrangeiro, o sujeito se apresentou como Guriho, e seus parceiros como Otonyo e Tadino.

— Eu não tava esperando shotes — comentou Bero, olhando para a gargantilha de jade falsa no pescoço de Otonyo.

Não queria mais saber de barukânes.

Os homens se irritaram, e Bero ficou com a sensação de ter cometido um erro. Tadino falou:

— Chama a gente de shote de novo que eu corto a porra das suas bolas fora e coloco sal nelas. — E, com o rosto todo anguloso e cheio de marcas de expressão, ele parecia o tipo de pessoa que faria algo assim. — Somos de Oortoko, que é um país independente da Coalisão Ygut.

Bero deu de ombros; não se importava com distinções geopolíticas.

— Mas você é barukâne.

— Ex-barukâne. Já cumpri minha pena e tô começando uma vida nova. — Otonyo colocou um dedo debaixo da corrente com elos de nefrita ao redor do pescoço. — Uso isso aqui porque é simbólico. Pra mostrar que jade é uma ferramenta de opressão que permite que os poderosos continuem no poder e mantém o resto de nós aprisionado. Aqui em Kekon, são os clãs Ossos Verdes. Na Espênia, é o exército e a classe mercantil. Em Ygutan, a aristocracia. Quando a jade se espalhar, vai ser a mesma história no mundo inteiro.

— A menos que as pessoas se rebelem — disse Guriho e bateu com a borda de uma carta contra a mesa. — Nas mãos do povo, a jade poderia também romper as amarras e libertar o mundo.

— Eu não quero jade. Essa coisa arruinou a minha vida.

As palavras saíram tão rápido da boca de Bero que ele ficou surpreso consigo mesmo. Ainda assim, soube na mesma hora que era verdade. Por muitos anos, cobiçara jade mais do que qualquer outra coisa. Arriscara tudo para obtê-la, usara a pedra por pouquíssimo tempo e então a perdera de um jeito igualmente dramático. No decorrer dos dois anos anteriores, ele fora uma casca vazia, sem saber ao certo qual significado sua vida ainda tinha. A maior parte das pessoas que conhecia estava desaparecida ou morta: Bochecha, ambos os Mudt, Soradiyo, Mo e Camarão, os catadores de jade, os novos verdes da Casa do Rato. Tudo por causa da jade e dos clãs que a controlavam.

O fato de que ele continuava vivo, sendo que toda essa gente morrera, era uma piada bem-humorada dos deuses. Ou talvez tivesse algum propósito. Bero disse:

— Agora, essa história de acabar com os clãs me parece uma boa.

AGRADECIMENTOS

Essa não foi a primeira vez que escrevi uma sequência, mas nada é capaz de nos preparar para a aparentemente impossível missão de dar continuidade ao maior e mais ambicioso livro que já escrevemos com um livro *ainda maior e mais ambicioso*, e o segundo de uma trilogia, ainda por cima. Meu imenso prazer em entregar esta história para você, querido leitor, é ofuscado pelo puro *alívio* de saber que deu tudo certo.

Mais uma vez, agradeço à equipe da Orbit e principalmente à minha editora, Sarah Guan, que nunca deixa de impulsionar minha escrita de maneiras que agregam nuance, aprofundam as camadas da história e pioram as coisas para os personagens. Se você passou nervoso devido aos traumas enfrentados pela família Kaul, isso se deve, em grande parte, ao incentivo de Sarah.

Obrigada mais uma vez à equipe de marketing e publicidade de Alex Lencicki, Ellen Wright, Laura Fitzgerald e Paola Crespo, às feiticeiras do design Lauren Panepinto e Lisa Marie Pompilio, à editora Jenni Hill, à gerente de marketing Nazia Khatun, no Reino Unido, e ao supervisor de produção Andy Ball. À sempre atenta preparadora Kelley Frodel, ao cartógrafo Tim Paul, e a todos que ajudaram a colocar meu livro nas estantes virtuais e físicas.

Compartilhei um rascunho inicial e confuso de *Guerra de Jade* com meu agente, Jim McCarthy, antes de permitir que qualquer outra alma colocasse os olhos na história, e as excelentes sugestões e contínuo otimismo dele me convenceram de que nem tudo estava perdido. (Ele é bom nessas coisas).

Obrigada aos leitores beta Curtis Chen, Simone Cooper, Vanessa MacLellan, Carolyn O'Doherty e Sonja Thomas pelo feedback e pelas sessões de *brainstorming*. Tina Connolly passou uma viagem de carro até Seattle comigo me ajudando a resolver uma parte da história que resultou na melhor cena de luta do livro.

Meu marido, Nathan, já foi leitor, revisor, conselheiro e constante provedor de apoio emocional. Sem ele, eu não teria conseguido. Nossos filhos são um lembrete constante de que há muito mais na vida do que a qualidade da escrita em qualquer dia que seja.

O maravilhoso entusiasmo dos leitores da Saga dos Ossos Verdes me motivou em cada dia de trabalho neste livro. Sou grata por cada e-mail, tweet, resenha e interação em pessoa carinhoso e encorajador que recebi dos novos membros leais do clã. Espero que todos vocês continuem voltando, porque há muito mais de onde veio este.